U0133463

满族口头遗产传统说部丛书

东海沉冤录

（上）

富育光 讲述

于敏 记录整理

吉林人民出版社

图书在版编目（CIP）数据

东海沉冤录：上下册/富育光讲述；于敏记录整
理 . -- 长春 : 吉林人民出版社 , 2019.5
　（满族口头遗产传统说部丛书）
　ISBN 978-7-206-16905-2

　Ⅰ . ①东… Ⅱ . ①富… ②于… Ⅲ . ①满族—民间故
事—中国 Ⅳ . ① I277.3

中国版本图书馆 CIP 数据核字（2019）第 293251 号

出 品 人 : 常　宏
产品总监 : 赵　岩
统　　筹 : 陆　雨　李相梅
责任编辑 : 罗明珠　郭　威
助理编辑 : 桑一萍
装帧设计 : 赵　谦

东海沉冤录（上下册）
DONGHAI CHENYUAN LU

讲　　述 : 富育光　　　　记录整理 : 于　敏
出版发行 : 吉林人民出版社（长春市人民大街 7548 号　邮政编码 : 130022）
咨询电话 : 0431-85378007
印　　刷 : 吉林省优视印务有限公司
开　　本 : 720mm×1000mm　　　1/16
印　　张 : 54.75　　　　　　字　　数 : 896 千字
标准书号 : ISBN 978-7-206-16905-2
版　　次 : 2019 年 5 月第 1 版　　印　　次 : 2019 年 5 月第 1 次印刷
定　　价 : 190.00 元　　（全两册）

出 版 说 明

满族口头遗产传统说部是具有较高社会价值和文化价值的满族文化的百科全书。整理发掘满族说部的项目工作被文化部列为中国民族民间文化保护工作试点项目，并被国务院批准列入第一批国家级非物质文化遗产名录。

"满族口头遗产传统说部丛书"是千百年来满族各氏族对祖先英雄事迹和生存经验的传述，一代一代口耳相传，保留下来的珍贵的满族遗存资料。经过近三十年抢救整理，从二〇〇七年到二〇一七年的十年间，根据整理文本的先后，我社分四次陆续出版了五十部说部和三本研究专著。此套丛书无论从社会价值和文化价值来看，都是一套极具资料性、科研性和阅读性融为一体的满族文化的百科全书。

此次出版对以下两个方面做了调整：

一、在听取各方专家建议的基础上，对原丛书进行了筛选，选取最有价值、最有代表性的四十三部说部，删去原版本中与文本关系不紧密的彩插，对文本做了大幅的编辑校订，统一采用章回体表述方式，并按照内容分为讲述萨满史诗的"窝车库乌勒本"、讲述家族内英雄人物的"包衣乌勒本"、讲述英雄和历史人物的"巴图鲁乌勒本"、讲述说唱故事的"给孙乌春乌勒本"等，突出了说部的版本特色。

二、保留研究专著《满族说部乌勒本概论》，作为本丛书的引领，新增考古发掘的图片和口述整理的手稿彩色影印件。

特此说明。

吉林人民出版社

编 委 会

主　　编：谷长春
副 主 编：杨安娣　富育光　吴景春
　　　　　荆文礼　常　宏
编　　委：（以姓氏笔画为序）
　　　　　于　敏　王少君　王宏刚
　　　　　王松林　朱立春　刘国伟
　　　　　孙桂林　陈守君　苑　利
　　　　　金旭东　赵东升　赵　岩
　　　　　曹保明　傅英仁

冯骥才

　　任何民族的文学都包括两大部分。一是个人用文字创作的、以书面传播的文学，一是民间集体口头创作的、口口相传的文学。后一部分文学是前一部分文学的源头，是根性的文学。中国作为东方文明的古国，口头文学的历史去之遥远。就像西方文学始于古希腊罗马的神话故事，我国文学史上第一部作品是《诗经》，即民间口头文学集，这表明口头文学是一个民族文学的源头。在漫长的历史中，这两部分文学一直同根并存，相互滋育，各自发展，共同构成一个民族文化与精神的极为重要的支撑。

　　中华民族有着巨大文学想象力和原创力。数千年间，各族人民以口头文学作为自己精神理想和生活情感最喜爱和最擅长的表达方式，创作出海量和样式纷繁的民间文学。口头文学包括史诗、神话、故事、传说、歌谣、谚语、谜语、笑话、俗语等。数千年来，像缤纷灿烂的花覆盖山河大地；如同一种神奇的文化的空气在我们的生活中无所不在；且代代相传，口口相传，直到今天。

　　我们的一代代先人就用这种文学方式来传承精神，表达爱憎，教育后代，传播知识，娱悦生活，抚慰心灵；农谚指导我们生产，故事教给我们做人，神话传说是节日的精神核心，史诗记录文字诞生前民族史的源头。它最鲜明和最直接地表现中华民族的精神向往、人间追求、道德准则和价值取向。中国人的气质、智慧、审美、灵气、想象力和创造力，充分彰显在这种口头的文学创造中。

　　这种无形地流动在民众口头间的口头文学，本来就是生生灭灭的。在社会转型期间，很容易被忽略，从而流失。

特别是在这个现代化、城市化飞速推进的信息时代，前一个历史阶段的文明必定要瓦解。口头文学是最脆弱、最易消亡。一个传说不管多么美丽，只要没人再说，转瞬即逝，而且消失得不知不觉和无影无踪，所以联合国教科文组织把口头传统和表现形式，包括作为非物质文化遗产媒介的语言列为非物质文化遗产之一。

在中国，有史诗留存的民族并不很多，此前发现的有藏族史诗《格萨尔王传》、蒙古族史诗《江格尔》、柯尔克孜族史诗《玛纳斯》、苗族史诗《亚鲁王》。作为满族民族历史和文化传统的重要载体——"说部"，是满族及其先民世代相传的极其宝贵的精神财富。它最初用"乌勒本"（满语 ulabun，为传或传记之意）指称，后受汉文化影响，改称为"说部"或"满族书""英雄传"。说部最初用满语讲述，至清末满语渐废，改用汉语并夹杂一些满语讲述。在漫长的历史进程中，满族各氏族都凝结和积累了精彩的"乌勒本"传本，如数家珍，口耳相传，代代承袭，保有民族的、地域的、传统的、原生的形态，从未形成完整的文本，是民间的口碑文学。"满族说部迥异于其他文类，不仅涵盖了口头传统，也吸纳了民俗学中多种民间文艺样式，包容性极强。"

我以为，对于无形地保留在人们记忆与口口相传中的口头文学，抢救比研究更重要。它是当下"非遗"工作的重中之重，要清醒地认识到文化和文明于人类的意义。当社会过于功利的时候，文化良知就要成为强音，专家学者要在抢救非物质文化遗产中勇于承担责任，走进民间帮助艺人传承与弘扬民间艺术，这也是知识分子的时代担当。

让人感到欣喜的是，经过吉林省的专家学者近三十年的抢救、发掘和整理，在保持满族传统说部的原创性、科学性、真实性，保持讲述人的讲述风格、特点，保持口述史的原汁原味的基础上，将巨量的无形的动态的口头存在，转化为确定的文本。作为"人类表达文化之根"的满族说部，受东北地域与多族群文化的影响，内容庞杂，传承至今已逾千万字。此次出版的《满族口头遗产传统说部丛书》为四十三部说部和一本概论。"说部"分为讲述萨满史诗的"窝车库乌勒本"、讲述家族内英雄人物的"包衣乌勒本"、讲述英雄和历史人物的"巴图鲁乌勒本"、讲述说唱故事的"给孙乌春乌勒本"四大部分。概论作为全套丛书的引领，从学术研究的角度对乌勒本产生的历史渊源、民族文化融合对其的影响、发展和抢救历程等多方面深入思考。

多年来"非遗"的抢救、保护、研究和弘扬，已取得卓越的成就。但未来的路途依然艰辛漫长，要做的事情无穷无尽。像口头文学这样的文化遗产的整理和出版，无法立即带来什么经济利益，反而需要巨大的投资和默默无闻的付出，能在这个物质时代坚守下来，格外困难。

文化传统和传统文化不是一个概念，我们的终极目的不是保护传统文化，而是传承文化传统。传统文化是固定的、已有既定形态的东西。我们所以要保护它，是因为这些文化里的精神在新时代应以传承，让我们的文化身份不会在国际资本背景下慢慢失落。

现在常把文化自觉与文化自信并提，这两个概念密切相关同时又有各自的内涵。文化自觉是真正认识到文化的重要性和自觉地承担；文化自信的关键是确实懂得中华文化所具有的高度和在人类文明中的价值。否则自信由何而来？

对传统文化的抢救与整理，不仅是为了传承，更为了弘扬。我们的民族渴望复兴，复兴的重要精神支撑在我们的传统和文化里，让我们担负起历史使命，让传统与文化为民族的伟大复兴发挥它无穷的力量。

冯骥才

二〇一九年五月

目录

上册

《东海沉冤录》传承情况 ………………………………………………001

引　言 ……………………………………………………………………001

第一章

　　明宫怪叟 ………………………………………………………………013

第二章

　　东海疯魔 ………………………………………………………………222

下册

第三章

　　星灿燕北 ………………………………………………………………510

第四章

　　东海的甜歌和苦歌 ……………………………………………………732

后　记 ……………………………………………………………………854

《东海沉冤录》传承情况

满族传统说部《东海沉冤录》，在长期流传不衰的满族众多民间口碑说部之中，独具特色和艺术魅力。全书的孕生，开篇便有非常明晰的表述。清初皇室中一些主要执政者，为总结前朝治国方略而凝生成此罕世说部故事，在满族众多说部中是独一无二的。正因如此，《东海沉冤录》并非讲唱清代满族往事，而是以清前朝开国皇帝朱元璋等群英勋业为说部核心背景，以气势磅礴、恢宏壮阔的感人情节，以众多有血有肉、可钦可赞的英雄人物，栩栩如生地展现了一段鲜为人知的逐鹿荒漠辽东和东海女真人的血泪生存史。本说部故事新颖跌宕、纷纭错杂、扑朔迷离，成为清前代朝野各层人士朝夕最喜听讲的热恋书目，而在东海女真人中传咏尤炽、备受崇誉。各氏族除烟火不断、盛祭频仍外，自有本部落激扬慷慨的"乌勒本"，向儿孙传讲当年祖宗血泪沧桑的经历。众多扣人心弦的传说，众多荡气回肠的长歌，像数不尽的涓涓山溪水，在数百年的奔腾流淌中汇集成了浩瀚的泱泱说部，传播于白山黑水乃至京津内地，脍炙人口，著称于世，为人们缅怀、敬慕、慨叹、传咏，在我国北方有着广泛而深远的影响。

考《东海沉冤录》在漫长的历史进程中，由清宫大内传入臣僚，由庙堂传入各地民间，必有史官的综述和街谈巷议的无数散在故事，最终凝聚成为完整的满族长篇说部，结构壮观，历史跨度很大。仅从故事形成的蛛丝马迹分析，成书于明清两朝，传于顺康时代，雍乾后得以成体。《东海沉冤录》所涉猎时期，系发生于大明朝朱元璋洪武年到燕王朱棣废恭闵称帝之时。全书涵元明两代东海故事，是往昔诸多文档中实难查询的史地民俗记载，恢宏庞阔。上自皇家，下至燕冀辽东以及东疆各部族庶民，远至日本、朝鲜李氏王朝，皆入本书表述之中。

《东海沉冤录》在长期流传中有不少大小范本。本书发端所传的初始范本，据知为口耳相传的长调祭歌，边歌边叙，夹唱夹议，《赞美人》

《娘娘乐》《东海号子》等曲牌达二十几个，可惜在流传中久已散佚，仅知者亦难录其全。

本说部《东海沉冤录》的流传，最先始的讲述者源出于后金开国大将、世居珲春之舒穆禄氏杨古利。其侄女舒穆禄格格，乃巾帼豪杰，武艺超群，由太宗恩允，嫁于太宗爱将哈勒苏将军之子、宁古塔城守尉虽哈纳为内室。杨古利与哈勒苏同佐太宗御前共事，尤有姻亲之谊，交往挚密。杨古利据有上通大内、下达东海故地之优势，能够晓知本说部之机奥是可想而知的。舒穆禄氏家族，长期生活在东海窝稽部锡霍特山南麓乌苏里江源罕噶哩松岩一带，世代同当地的土著民众朝夕与共，谙熟东海民情俚俗、语言掌故、碑史古话，亦是情理中之事。舒穆禄格格自进入富察氏家族后，便把自幼听到的所有东海故事悉数带到了吉林、宁古塔，传给了富察氏家族上下人等。故居住在宁古塔的富察氏家族得天独厚，能够很方便地听到《东海沉冤录》故事，并将其发扬光大、传播开来，成为后来富察氏家族所据有的满族传统民间说部文化财富中的又一重要组成部分，随时作为婚寿祝福时的余兴，令人百听不厌。康熙二十二年，富察氏家族中之一支托雍额携子伯奇泰，随萨布素将军奉旨永戍瑷珲后，又将《东海沉冤录》故事带到了瑷珲新址，常常在战斗空隙时，给宁古塔、吉林、盛京等地来此戍边的八旗将士们讲唱。因其史料鲜闻，生动离奇，而为兵勇称道。其实，富察氏家族传讲的《东海沉冤录》，尚属本说部的待成雏形。当年在瑷珲八旗营中，还有一位很著名的清廷大人，擅讲与《东海沉冤录》名异情近的长篇说部《血荐情缘传》，他就是马喇。姓纳喇氏，满洲镶白旗人，顺治朝以来曾在清理藩院、礼部、工部等重要部门任职。博古通今，善交天下人士，尤通晓北方索伦、蒙古、飞牙喀、俄罗斯等地的几种语言，对北疆诸民族生活区域民俗掌故极其熟悉。早在京师理藩院时，他便向外国公使戏讲《东海沉冤录》，可见很早就熟悉此说部。他受命随彭春等人由京师来到瑷珲参与指挥雅克萨之战，督军统领们为激励将士，夜晚篝火如昼，军帐里笑语喧哗，唱讲各族故事。其间，富察氏家族的《东海沉冤录》，马喇大人从京师带来的《血荐情缘传》等，常常是人们必听的选段。两部书虽然都是由明金陵传闻演义而成的满族说部故事，但《血荐情缘传》的情节，要比富察氏族众讲述的《东海沉冤录》更为丰富，增加了明初朱洪武身边众多谋臣良将的传说，还有关于金陵、秦淮河、燕京等地市井名胜和庵堂禅事等描述。自有体系，独具一宗，使全书更具有完整性和可信度，尤其增添了本说部的时代气息和全书社会历史价值的厚重性。从瑷珲地区富察氏家族传承的《萨大人传》满族长篇说部可知，清康熙朝保卫雅克萨战争胜利结束之后，汇聚瑷珲的各路清军八旗将士分别返回京师、盛京、吉林、宁古塔和黑龙江将军所辖卜奎、墨尔根等地。原在清军八旗将士中，讲唱满洲传统说部"乌勒本"和演唱满洲乌春、表演满洲"玛虎玛克辛"，即戴面具的"玛虎戏"等活跃军心的各种文化形式，也随着被带到了各地，在满洲等各族中广泛传播开来。马喇将军讲唱的《血荐情缘传》，因其情节涉及长城内外，物阜民丰，博文广记，曲折动人，俨然一个我国北方元末明初的社会万花筒。因此，《血荐情缘传》在当时影响较广。瑷珲富察氏家族后来在整理和讲述《萨大人传》的同时，对舒穆禄氏家族早年传述的《东海沉冤录》，在反复聆听了《血荐情缘传》之后，由本族说部师傅们在唱讲过程中不断切磋，不断进行合理的吸收、丰富和充实，才形成了今日特有的格局，并仍沿用固有的书名传承和流传下来。这便是满族传统说部《东海沉冤录》早期诞生、成书及传承的概略影迹。

自康熙朝以来，《东海沉冤录》在我国北方长期流传过程中影响日广。该书引起多方喜爱，究其因，就在于东海在大清国心目中，是一块既遥远又繁华，既野蛮又神秘的所在。东海一地区有漫长的海岸线和广袤的沃土，物产丰饶，故而招来八方生民。也正因如此，金、元、明以来，东海一向成为各路兵家、地方政权、各部族争相窃据、染指、火并之患难深重之域。东海故事，因其生动奇特，不单满族人家喜爱听，汉人和其他各界人士也喜欢听，不胫而走，不分尊卑，书肆客满。

许多事例证明，一部满族长篇传统说部的存藏与发展，并能持有旺盛的生命力，与传承该说部的满族家族氏族凝聚力和自身文化素质条件，有着密切的关系。富察氏家族是北方著名的望族，自古沿袭极严格的祖训——"每岁春秋，恭听祖宗'乌勒本'，勿堕锐志"。讲唱说部，成为阖族训育氏族子孙治家之道。凡所得说部档册资料，均由管家奶奶或萨满在西墙神匣中存放。族中长老们责成专师诵念熟记，再传授给各支弟子讲唱。满族传统说部《东海沉冤录》，就是如此保存下来的。

我现在讲的《东海沉冤录》，则是依据祖上富察氏家族瑷珲地区珍藏的传本讲述的。据本族重要文化传承人富希陆先生一九六一年秋回忆，本传本形成近代完整而独具系统的长篇说部，有二百多年的传承史了。这期间，有过几次补充。最突出的一次便是本家族传讲，康熙年萨布素将军在他的好友马喇大人返京师之前，应族人之约把他接到富察氏家族营地款待，专门求教，聆听对《东海沉冤录》的评监，马喇大人还耐心地传教不少故事段子和唱调。从乾隆朝以来，本族在修缮家传说部《萨大人传》的同时，亦不断修润《东海沉冤录》等说部。清末同治、光绪年间，富察氏家族《东海沉冤录》的主要传承人是富小昌萨满和毓昆大萨满，后传于先祖伊朗阿。伊朗阿庚子俄难战殁于大岭，"乌勒本"的传承人中断了十余年。进入民国时期，居住在大五家子官屯的富察氏家族，因社会变迁、家道衰落，阖族各支分居而过。尽管如此，祭礼、族规、传讲说部的古制，沿袭不变，仍由伊朗阿二子德连和全连兄弟统理。家族每逢节庆、迎送、寿诞、祭祀、婚丧等重大事项，必有妈妈或玛发讲唱说部。由于本族到瑗珲地方年代久远，除讲唱《东海沉冤录》外，传承和积累的满族说部书目很多，如《音姜萨玛》《天宫大战》《飞啸三巧传奇》《萨大人传》等，有口皆碑。德连于一九三四年病逝，《东海沉冤录》由其子富希陆承袭之，因教务甚忙，便由姐夫张石头代之。张石头自小长在富察氏家族中，虽没有文化，但聪敏好学、通晓满语满俗、过耳不忘，甚得祖父母喜爱。他擅长讲唱，一连几宿不睡觉，口若悬河般讲唱数不尽的传说故事，在附近四村颇有声誉，深得族众拥戴。后来，因我母病逝，弟妹稚幼，他家便热心地搬到孙吴镇居住，以帮助我们。两家相处得亲密融洽，先父富希陆有暇时，常跟姐夫一起追忆和切磋喜爱的《东海沉冤录》。此时，适逢一九四七年春节，孙吴小镇尽管人口不多，却地处去往逊克、瑗珲、黑河交通要枢，商贾行旅密集，畸形繁华。小城茶肆栉比，除讲一些评书曲艺外，南街口"三合茶社"开播小段儿《东海风尘录》，即《东海沉冤录》原型故事。讲此书的老板，就是从张石头处学去的，此人外号儿"刘大板儿"，讲唱河间大鼓，自弹弦，夫人唱。其夫人非同寻常，誉传小城，系日伪时期本镇"新街基"的一位名妓筱黛玉，后来从良，与"刘大板儿"同居，长相美貌，嗓音甜脆，取艺名"筱美花"。此书由"刘大板儿"改说唱路子，夹叙夹唱，别有一番韵味。先父富希陆先生和姐夫张石头曾于一九四七年秋至一九四八年冬多次被邀去听他们夫妻合唱的书，客座兴隆。据讲，后来这对艺师回关里等地求财去了。

　　本书稿系富希陆与张石头共同切磋而成的。一九四七年至一九四九年间，富希陆先生回故乡大五家子村居住，利用农活儿空隙，又记述成翔实的备忘纲要，后经多次不断地充实润改整理，形成手抄文本，土改间佚失。一九七八年我返里探亲，听先父富希陆先生口述后记录，存放有年。欣逢盛世，承蒙我省各级领导对濒临消散的民族文化遗产的关爱重视，二〇〇二年应满族口头遗产——传统说部丛书编委会之邀，用半年多时间在兴奋中口述录音完毕。在此，还要特别提及并由衷感谢吉林省艺术研究院的于敏先生，热忱于满族说部，不顾多年失眠顽疾，精心润录，使久被世人忘却的满族著名书目才得以拂尘面世。

引　言

现在开讲的《东海沉冤录》，说的是一段极其悲怆激昂的东海古史。这里有我朱伯西①对东海之族众的沉痛悼祭和思念之幽情，也有对先人们的深切缅怀和无限崇敬。由于口笨舌拙，生怕学说不全、不恭不敬，恳请众位阿哥见谅。

那么，怎样才能讲好此说部呢？得靠两条：一条是祖上先人之梦托，即祖上先人通过托梦，赋给说书人以智慧；另一条是牢记师傅们的殷殷叮嘱，即只有潜心从命、废寝忘食、仔细思忖、翻箧展册，才能彻悟其理。还需把师傅们讲故事的记录、卡片汇总到一起，结集成书。为什么要这样做呢？因《东海沉冤录》的故事历史跨度大，大约起于元末，又经历了明洪武、建文时期，直至永乐年代。具体说来，由于元朝末代皇帝的昏庸无道，统治者的残酷剥削和压榨，致使百姓忍无可忍，纷纷揭竿而起，高擎义旗，烽烟遍地。出家为和尚的朱元璋义无反顾地投身于反元大军，行天道，顺民意，异军突起，率军将大元皇帝逐出大都，进而推翻了元朝，开创了大明王朝，故事以此为发端。接下来讲到明太祖朱元璋开疆扩土，奠定大明基业；明惠帝允炆继位，激起群雄争斗；明成祖朱棣力克诸王，从其侄手中夺得皇权，开辟永乐盛世。全书涵盖了元明两朝东海的故事，恢宏而广阔，上说到皇家诸事，下讲到北国辽东各部族的繁衍生息，重点详述了美丽善良的娟娟女之身世，以及在东海寻母过程中，联络当地各部族，为大明开疆扩土屡立奇功的壮举，确堪称一部"奇书"，又称其为《东史》。随着时间的推移，传唱范围逐渐扩大，吸引了更多的人参与创作和讲唱，使故事内容越来越丰富、越来越波澜壮阔，而且情节跌宕起伏、曲折生动。清道光朝曾流放到黑龙江省卜奎②的大学士英和大人，称赞该书乃"东海实录"，此评语实不为过也。

---

① 满语：说书人。

② 今齐齐哈尔。

　　《东海沉冤录》最初之所以能传开，仰赖于世居珲春的后金开国大将舒穆禄氏杨古利。其父为库尔喀部酋长，杨古利随其父早期归附了建州部首领努尔哈赤，隶正黄旗。杨古利在随努尔哈赤统一女真各部的征战中，伐辉发，破窝稽，灭乌拉，屡建奇功，深受努尔哈赤的宠爱，收为额驸；天命年间，又于伐明的萨尔浒战役中，战铁岭，拔沈阳，战功卓著；继之从太宗皇太极收明军、夺明关、松山之役后，薄明都，直逼京畿，英名赫赫，亦甚得太宗皇太极和孝庄皇后的宠幸。崇德年间，不幸战死朝鲜，其弟接过黄龙旗，承继伐明大业。在这个显赫的家族中，战事之余或节庆之日，常有人讲唱《东海沉冤录》。后来，杨古利将侄女舒穆禄格格经太宗恩允，嫁于富察氏家族的太宗爱将哈勒苏之子、宁古塔城守尉虽哈纳为妻，此说部便被带进了富察氏家族。后金天聪年间，素有敬祖礼俗的富察氏家族家祭之后，除了讲唱歌颂本家族的英雄业绩和人物传记外，已将舒穆禄家族讲唱之《东海沉冤录》作为喜庆之余兴，每每讲起来，族人皆喜欢听，时日益多，便成了该族不能不听的书目之一。清康熙二十一年，舒穆禄的儿子、首任黑龙江将军萨布素奉旨抗击罗刹[1]，永戍瑷珲。在军中的闲暇之时，常让人同随来的吉林乌拉、宁古塔、盛京的八旗将勇们讲唱乌勒本[2]大书，《东海沉冤录》的一些段子是必讲之内容，因其史料翔实、情节离奇、脍炙人口而受到大家的称道。于是，随着各地兵将的回返，《东海沉冤录》开始在瑷珲、宁古塔、吉林乌拉一带传开了，而且流布的地方越来越广，听的人越来越多。尤其是满族诸姓，逢年过节或寿诞喜庆之日，口才佳秀者都愿意选讲《东海沉冤录》的某些段子给族人助兴。

　　据富察氏家族的传人介绍，最早到瑷珲讲《东海沉冤录》的是马喇大人。此人博学多才，会几个民族的语言。与彭春公、郎谈、萨布素等人参加保卫雅克萨的大仗中，常在征战之余向士卒们讲唱《东海沉冤录》。后来，他回到了京师，升为护军统领，由于通晓俄罗斯语，又调到管理外交事务的理藩院办差。黑龙江将军萨布素大人曾说："马喇大人常对外国公使戏讲《东海沉冤录》，以为趣事。"可见，《东海沉冤录》不仅传播于国内，对外国人亦有影响。

　　传说清乾隆年间，乾隆爷为体察下情，除在宫中听讲子弟书、八角

---

① 原意指恶鬼。此为对俄罗斯入侵者的蔑称。

② 满语：传、传记之意。

鼓书目外，还一定要听风靡一时的《东海传》。《东海传》是何书？即《东海沉冤录》。连乾隆爷都非听不可的书，你说流传能不广吗？过去在京师和吉林、卜奎市井中街头讲唱，有说《大明公主哭东海》的，还有说什么《东海古谣》《大仓豪族》等，其实这些段子都是由《东海传》书名派生出来的。故事特别招人听，有欢乐，使人捧腹大笑；有悲伤，令人撕心裂肺。讲得活灵活现、真实感人，令人百听不厌。不单单满人高兴听、汉人爱听，不少俄罗斯人、高丽人、日本人也极有兴趣听，不仅听人讲唱，还到处传诵这些故事。从乾隆年间以来，经说书人不断整理、充实、修润，《东海沉冤录》的内容愈加丰赡、完善，传至咸丰年间时，在北京天桥书肆便有成本大套地说唱《东海奇缘》的了。听了具体的故事就知道，它同样是《东海沉冤录》的翻版。

既然《东海沉冤录》是满族说部，为什么除在满洲人聚居地之外，还会在京城诸地和其他族人中广泛传讲呢？那是因为此乌勒本大书涵盖甚多，不但记叙了满洲先民——东海女真人的生活，而且述说了各个民族的故事。其中，既讲了与满族同宗的乌德盖人，即喀克喇人、奥罗奇人、俄罗斯境内称之为的那乃人，就是中国境内的赫哲人，也谈到了费雅喀人、朝鲜李朝时为逃生到东海的高丽人以及从东海漂流过来的倭人，即日本人或叫大和人；又介绍了虾夷的土著人、从山东半岛漂洋过海到东海谋生的齐鲁等地的汉人；还说到了居住在乌苏里江、绥芬河以西地域的众多女真部族的人，尤以海西女真中之乌拉部的故事最多。缘于那些部族的人与明廷交往甚密，有朝廷的支持，自恃高傲，常以地主自居，故而涉及的人和事当然少不了。书中讲到的古民族，比我们列出来的还要多些。比如元朝末年，元军把许多东海人掠到关内，与汉族人生活在一起。日久天长，一些人的习俗便随了汉人，有些人还入了汉籍。他们的后裔在此说部中，亦可找到本家族演义的踪影。这样一来，怎能不引起众多民族之人的关注并乐此不疲地传讲呢？

书中的故事，大多发生在东海。说起这个地方，地域广袤，沃野千里，物产丰富，气候宜人，向称北国的巴蜀，是各部族世代繁衍生息之福地。在那个时候，东海既荒僻又繁华，既野蛮又昌明，可以说是良莠、福祸同息。大明以来，东海更成了兵家、官家乃至各部族争夺不休的是非之地。正因为如此，在东海的宝地上，才发生了许许多多悲欢离合、可歌可泣的感人故事。经年之后，渐渐形成了现在要讲的满族传统说部——《东海沉冤录》。

那么，《东海沉冤录》在富察氏家族是怎样流传的呢？居住在黑龙江省瑗珲县大五家子隶属正黄旗的富察氏家族，有记载的传承人有富小昌萨满和毓昆大萨满，是他们把该乌勒本传给了说书人的先祖伊朗阿。庚子年间，伊朗阿遇难身亡，便由伊朗阿的大儿子富察德连袭之。德连公于伪满洲国康德二年病逝，其子富察希陆继任朱伯西。富察希陆因任乡村教员，课务甚忙，所以有时无暇讲唱，遂由其姐夫张石头接替传承。张石头擅讲故事，口才是一流的，语言流畅，吐字清楚，嗓音洪亮，字正腔圆，抑扬顿挫掌握得恰到好处。凡从他口中讲出的任何一部乌勒本，都非常精彩、生动活泼、招人爱听，令你听后过耳不忘，打下深深的烙印。一来二去的，张石头在北方的说书人中，就有了一定的影响和威望。后来，他搬到孙吴县腰屯居住，不仅人去了，还把东海的许多故事带去了。日子一长，《东海沉冤录》中的故事不胫而走，孙吴县的许多村屯都知道了此书。到了二十世纪四十年代初，在孙吴县小城的茶肆中，除有人讲《杨家将》《三侠剑》《包公传》《童林传》等评书外，还有讲《东海风尘录》段子的。《东海风尘录》的传说，实际上仍是《东海沉冤录》的故事原型。

说唱这部故事的是什么人呢？此人外号儿"刘大板儿"。他本人是弹弦儿的，老婆原是孙吴县"老牛圈"，即"窑子街"出名的妓女。人长得漂亮，嗓音甜润，会唱河间大鼓，艺名筱黛玉。"刘大板儿"先是为她伴奏，后来同其姘居，并花钱把筱黛玉赎了出来，结为夫妻。日本鬼子垮台之后，二人在孙吴县的热闹街面儿上租了间房子，开个小茶馆儿。后来，筱黛玉改了艺名叫筱美花，唱河间大鼓，不但唱过去的旧段子，而且加了些新段子。这些新段子是"刘大板儿"从张石头处学来的，之后又买了下来，经过一番加工，采用河间大鼓的曲调演唱。说书人的父亲富希陆，曾在一九四七年秋至一九四八年冬，听过不少"刘大板儿"、筱美花讲唱的《东海沉冤录》段子，客座爆满，很受听众的欢迎。你可知道，《东海沉冤录》能在茶肆里讲唱，同《杨家将》《包公案》《济公传》《三侠剑》一样受欢迎，这可是不简单哪！请想啊，《杨家将》等书已经讲唱了上百年，有了相当厚实的群众基础，人们有几个不知道杨令公、黑老包的？《东海沉冤录》与这些书相比，还算新书，听过此书的人毕竟比听过《杨家将》的人要少。一部新书，能把人说住哪那么容易呀？你讲的内容不丰富、故事不感人，听书人立马不买你的账了，耳朵随之便溜号儿了。因为听不进去，扭过身与旁座听书的唠上了，干脆不给你听。你在上边讲，他在下边唠，这书还咋能说下去？你要是收钱，好，他拍拍屁股走人了，茶钱还得搭进去！要是书的段子好、故事引人入胜，那就不一样了。全场鸦雀无声，喝茶的时候，眼睛都得直勾勾地盯着说书人的嘴，生怕漏掉一个字儿；要正赶上收钱，那好，毫不吝啬，一把一把地往盘子里扔。所以说，《东海沉冤录》能在茶馆儿站住脚，并受到广泛的欢迎，的确了不得，说明它已走向了社会，深得人心。

今天，说书人讲唱的《东海沉冤录》，当然不是"刘大板儿"改过的书路，而是根据我父亲富希陆和姑夫张石头共同磋商形成的稿本，保持了明末清初的讲唱风格。张石头在民国期间，原是富氏家族的长工，后招赘为养老女婿，成了父亲的二姐夫。德连公病逝，父亲又在外教书，顾不上家里的事儿，财产便全委托给张石头夫妇管理，可见他们之间的关系十分密切。此部说部就是在一九四七——九四九年，由张石头口述、父亲富希陆记录下来的，后来经过多次修润，才传给了我这个说书人。

本书开讲之前，还要说一段儿"引子"。汉族人写的小说前头，往往有一段话，叫"楔子"，其实就是"引子"的意思。满语把"引子""楔子"叫作"雅鲁顺"。多数的乌勒本在开讲前，需说一段儿"引子"，土话称"书头"。汉族说书前边也有一段话，不过不叫"引子"，叫"开场白"。这"开场白"要想说得好，可不那么简单。因为不是照着事先编好了的词说，而是说书人临场即兴发挥的，即根据时间、地点、场合及对象现编现说的。满族说书前的"雅鲁顺"与汉族说书前的"开场白"不同的是，它是根据乌勒本的长篇内容而定的。"雅鲁顺"多由唱领文，先唱后讲。曲调初始舒缓，渐次激昂、热烈、高亢，意在引起听众注意，提起精神，久久听之不倦不厌。"雅鲁顺"的演唱形式变化多端、活泼自如，无固定格式，单凭朱伯西的智慧和技巧现场发挥。

《东海沉冤录》讲的是东海人的故事，他们多生活在林中、海边，又叫林中人、海滨人，即林户、海户，故而引曲便保留着古朴的海号子、渔猎号子的雄浑气韵，独具一格，受到后世的称赞。《东海沉冤录》中书引子的曲调很多。目前，在珲春一带保留下来的民谣曲牌"跑南海"，便是当时"雅鲁顺"曲调之一种，属海号子。遗憾的是并不完整，只能算是残迹曲牌。

二十世纪五十年代初，先父与杨青山、张石头等先辈们时常在一起切磋满族说部，每当兴致正浓时，不禁即兴哼唱起来，有诵有唱，互相补充、互相从师，饮酒作歌。我那时正在黑龙江省江边完小任教员，习教声乐，能识谱，也能记谱。恰好有幸听了他们的吟咏，便把所哼之曲调用简谱写了下来，还记录了几首歌词。自从事满族文化研究工作以后，每当我翻看这些曲谱与歌词时，深感此乃极其珍贵的口头文化遗产。所记的基本是《东海沉冤录》中夹叙夹唱时用的一些曲调，有"赞美人""东海号子""娘娘乐""海的唢呐""赶海谣"等。当时的朱伯西，即是运用这些曲调，见景生情，自如地填词，唱一段儿，讲一段儿，绘声绘色，颇增本书的魅力和神韵。

各位阿哥，本来应当给你们学唱一下先辈们流传下来的"雅鲁顺"。但我实在是学不好、学不像、学不到家，只能把记下来的曲谱抄录在此，供大家欣赏。

第一个曲谱叫"赞美人"，是说唱本书的起调，十分悠缓，表现朱伯西那种美滋滋的心情。随着这个曲调，朱伯西连唱带扭动起来，为的是使场内肃静，将听众的注意力吸引过来。其简谱如下：

C 4/4

另一个叫"东海号子"，乃基调。什么是基调呢？在民歌里，一般来讲有个主干调子，这个主干调子，即基调。在讲唱时，可以见景生情，随着情感的抒发，有时在主干调子里加进一些花点儿，使其有些变化，以突出朱伯西讲唱的个性化。张石头有张石头的风格，刘大板儿有刘大板儿的特点，但总的调子规矩不变。现在我记录下来的，就是"东海号子"的基调。尽管由于讲唱人、讲唱场合的不同而有些变化，但都是在这个基调上发挥出来的，它的特点是悠扬、奔放。唱"东海号子"时，必须放开喉咙，嘴巴张开，无拘无束地通过胸腔气韵的喷发，把自己的情感表达出来。嗓子越放开，唱得越有感情，亦越好听。

"东海号子"基调另有个名字，叫作"渡东海"，或叫"跑南海"。东海、南海皆指现在的日本海。为什么叫东海又叫南海呢？这便是沿海诸岛地处位置不同，所看之方向不同的缘故。"扯篷帆"是"东海号子"基调的另一个名字，两个名字一回事儿，叫法不同而已。这个调子没有歌词，只凭朱伯西演唱时的声音变化，创造一种适合本书内容的气氛，以便引起听众的兴趣。此曲牌的曲调如下：

C 4/4

5 66 — — | 66 — — — | i̇ 66 i̇ 66 | 6532 6532 2 — |
嘿 嘿哟

2 — ·— | 3 — i̇ — | i̇i̇2i̇ — 2i̇i̇ 2i̇i̇ | 23̇2̇i̇ 2532 2 — |

2̇ — — — | 5 — — 6̇ | 6̇ — — — ‖

这里加的"嘿嘿哟"一唱出，很像大家共同喊着号子，合力扯起船帆，船马上要开动了一样。说书人把这帆船的篷儿一拉起来，书就要开讲啦！

再一个曲牌叫"娘娘乐"。东海的舞蹈在三百多年的流传中，保留了诸民族的秧歌及扭秧歌时用的秧歌调，可以说此为汉文化融进女真人的文化之中了。"娘娘乐"乃女真人扭秧歌用的一种曲调。所谓的娘娘，是指明朝的娘娘。这位千娇百媚的娘娘到了北方东海，同女真人在一起，她来了，同时也带来了秧歌。朱伯西嘴里唱着，身子便扭起了秧歌，那是连唱带比画兼扭动，欢快、幽默、诙谐，而且绘声绘色。东海人都爱听这个曲调，更愿意看扭秧歌，说书人这么一扭，大家自然就不想离开书场了。"娘娘乐"的简谱如下：

5 — — — | 5 — — 0 | 3 66 i̇ | i̇ 32 32 3̇ | 376 66 i̇— |

6̇i 0 6̇i 0 | 6̇i3 — — | 2̇ — — — | 34 32 27 | 66 i̇ — — |

6̇i 65 32 3̇ | 35 5 35 5 | 3̇i 32 57 | 6 — — — |

i̇6 i̇ 57 6 | 76 7i̇ 57 | 6 — — — (咳)

2̇2̇ 2̇3̇2̇ 17i̇2̇ 7676 | 3̇i 57 66 2̇3̇ | 2̇ 2̇ i̇ — | i̇ — ·— ‖

还有一个曲牌叫"赶海谣"。这个曲调朱伯西是要反复唱的，有时光哼哼调儿，有时添上词唱，词可以更换。听此曲调时，你的眼前会呈现自家的姑娘、小子拿着渔网和鱼篓儿，划着渔船出海打鱼的情景，海浪中漂着的小船摇摇摆摆、忽忽悠悠的那种意境跃然而出。其简谱如下：

C 2/4

5·6 | 1 2 | 3·5 | 2 — | 2 — | 3·5 |

1 6 | 2 — | 2 — | 2 0 | 3 3 3 2 |

1 2 | 3 — | 3 — | 3 0 | 3 3 3 2 |

1 1 6 | 2 2 6 | 1 7 7 | 6 — | 6 — ‖

"海的唢呐"为短调，是朱伯西在说书中间随时换调子用的。唢呐就是喇叭。东海的喇叭和汉人吹的喇叭不一样，有的是把草叶儿放在嘴皮儿上摁着吹，有的外头加一个用牛竹，即骨头撖成的骨头管儿。如此一吹，能使声音传得远。这种喇叭在海上吹出来的声音发尖，听起来似乎是低调儿，实际上是高调儿。其简谱如下：

C 2/4

‖: 66 63 | 2 — | 66 63 | 2 2 | 2 1 1 2 7 |

2 7 66 | 6 3 | 5 — | 5 — | 5 — :‖

前面我把《东海沉冤录》的形成过程、传播情况、历史背景做了简要的介绍，便于听众了解它的来龙去脉，另外也将这部书的"书引子"所用的几个曲调做了说明，下面便正式开讲。在讲正文之前，先讲"雅鲁顺"，即"书引子"。"雅鲁顺"仍然是连说带唱，前面的一小段儿引唱垫话是这样的：

唉嘿，那丹乌西哈①升上了北天，塔其妈妈②位在了东北方。夜深啦，人静啦，鸡不叫，狗不咬，牛、马、猪、羊进了圈。西上屋灯光明亮，喜盈盈，乐融融，族家老幼聚一堂，正是乌勒本开书的良宵时刻啊！

格灵③妈妈④、玛发⑤，
格灵阿浑⑥、阿沙⑦，
哈哈济⑧、沙里甘居⑨
按辈分挤坐热炕上吧，
别嚷也别闹，
让圣洁的西上屋鸦雀无声。
洽拉器敲起了，
口弦琴弹起了，
安心叫我朱伯西唱讲乌勒本。

迎神年期香点燃啦，
迎神的洽拉器、神歌从神匣请出来啦，
供桌上方盘里肥鱼、山果献上啦，
铜铸的大环哈勒玛刀，
穆昆达⑩玛发双手授予了我——
这是乌勒本开唱的古老礼节。

我跪叩手捧神刀，
哗唥唥，哗唥唥，
天降神兵来护场。

① 满语：七星。
② 满语：计时星。
③ 满语：各位。
④ 满语：奶奶。
⑤ 满语：爷爷。
⑥ 满语：兄。
⑦ 满语：嫂。
⑧ 满语：小子。
⑨ 满语：姑娘。
⑩ 满语穆昆即女真人的一种父系血缘组织，多以祖先名字及住地命名。组织成员公推一人为头儿，管理内部事务，这个头儿即穆昆达。

众族亲要洗耳恭听，
祖先神灵降临神堂，
同儿孙欢乐共享。
神圣的时刻，
庄严的嘱托，
祖先神灵给我们意志，
祖先神灵给我们鼓号。

我代表祖先的音容，
我代表祖先的步履，
追叙数百年前的沧桑。
用我甘美的歌喉，
用我才艺的情态，
神祖赐予金口银齿，
口若清泉源远流长。
满室年期香馨芳，
窗外是明月星光，
我为阖族讲唱。

魑魅魍魉，
圣哲贤将。
落花生根，
拓土开疆。
先人伟业，
永志勿忘。

我心潮澎湃，
气宇轩昂，
愿我的激情，
不会令你困倦。
化生拼争的火花，
永不知气馁的希望。
守成不足傲，

建树当自强。

东海明朝，

世代辉煌。

　　朱伯西我唱完"雅鲁顺"，引起各位对东海先人们的敬慕和向往，盼
着快快唱讲东海之歌。东海啊，东海！舜①妈妈升起之地，万道光芒皆
是从她那里赐给大地，赐给我们温暖和生命。先人们讲东海、唱东海，
还要先喊几声"巴图鲁吉勒冈②"，又称"喊号子"。那喊声激越、粗犷、
豪放，袒露着大海儿女们的宽阔胸襟……

　　英雄调是这样唱的：

嘿哟嘿，哎嗨哟，

嘿，嗨嗨哟嘿嘿，

嘿嘿哎嘿哟嘿，嘿嘿哎嗨哟嘿，

哎嗨，嘿嘿哟嘿嘿嘿，

嘿——哟——嘿。

巴图鲁号子一出口哟，

东海人往昔的岁月蹉跎勾上了心头。

大荒片子绿茫茫没人烟哟，

赶海的尼亚勒玛③耶，

你可要找那藤蒿榛莽里的古道印辙。

窝稽排子如碧浪滔滔遮云日哟，

你可要瞄准老先人留下的凿灼毛格④。

大桦子笼火的穿地龙土坯马架子哟，

活像漂在绿海中热气腾腾的巨舟。

听乌勒本的尼亚勒玛耶，

我朱伯西哟，

就像是赶海的摇桨人耶，

---

① 满语：太阳。

② 满语：英雄调。

③ 满语：人。

④ 满语：照头。

你们像早年坐上槽子船，
随我去拜谒咱们玛发早年住的奥木拖克索①。
鼓乐是锡霍特的螺号，
扯满岁月的航帆耶，
划哟，划哟，
嘿哟，嘿哟，划哟，
布鲁昆神鸟为我引路啊，
东海——
捷如电掣，
骇浪难遏。
我们重又回到了东海远祖桦皮巢楼，
男嫁女家那婚车羽舍。

一个个东海儿女哟，
冬涂鱼油，身披貂裘珠珞；
夏体赤裸，腰围条遮羞萝。
手弹鬃琴，夜伴篝火唱情歌。
萨满②妈妈敲击着熊皮鼙鼓，
血族仇杀，传诵着悲怨和狂乐。
遥远遥远的过去啊，
东海的沉浮，
东海的拼搏……

---

① 满语：海寨、海屯。
② 满语：即司祭、巫师。

第一章　明宫怪叟

　　俗话说得好，树有根，水有源，万事皆有起根发蔓。今儿个我给众位长老、太太、外姓来以及本家子的阿浑、阿沙们开讲的乌勒本，叫《东海沉冤录》。这里所说的故事可算奇啦，是咱们满族众姓从未听过的一桩遗事奇冤。为什么说是"遗事奇冤"呢？因为故事产生的年代遥远遥远得很哪，是咱们翁库玛发①的翁库玛发以前，是元朝顺帝前后的事儿。

　　在我们的先人叫诸申、女真人的年代，舜妈妈领着一支人居住在东海之滨。那里有座绵亘万里的高高的锡霍特阿林②，古树参天，虎豹成群。老早以前，先人们还只会钻木取火，生啖兽血、兽肉，族众都是妈妈的儿孙，世代自称"窝稽勒玛"，即"窝稽人""林中人"。他们夏日赤裸，腰系鬃条儿遮羞，冬裹毛皮御寒。住在海滨的兄弟们则身穿鱼皮服，用鲸油点灯。东海沃野千里，冰涛雪海，壮阔甲天下；山富树果，海天鱼跃，百禽争鸣，万兽竞嘶，物丰冠天下。东海众族人就是这样年复一年、日复一日地生活着，倒也安宁。

　　自打中原王朝，唐宋以降，尤其进入元朝以后，东海这片富饶安详之地可就血泪横流了。元朝的官兵看此地富庶，纷纷前来索取貂皮等珍贵皮张，数量逐年增加，百姓的鹰贡负担亦越来越沉重。元朝兵马对鲸海之波、万象奇观的东海之践踏及疯狂的烧杀劫掠，致使民众的生活一年不如一年，苦不堪言哪！许多窝稽人、海户或被捆绑而去，或惨遭杀戮，或世世代代沦落他乡为异客，子孙后裔变为汉人、西域人。大元朝说来很怪，官员们只准许各族各姓放牧，却禁止渔猎，只要见到渔猎之人不是杀就是抓走，变为大元朝的蒙古兵。为此，东海人吓得只好藏到山林、古洞中，过着饥寒交迫的日子。元兵不但强行建立牧场，造成大

---

　　① 满语：曾祖父。
　　② 满语：山。

片的土地荒芜、山林被毁，而且在乌苏里江、尼曼河、瑚布图河、珲春河沿岸建起"塔丹包"①，掠去不少女真人替他们放牧。东海的渔民是不会放牧的，不会就要被杀、被剐，甚至把人吊起来，冬天把你冻死，夏天把你晒死。

单说到了元朝末年，各族民众忍无可忍，纷纷举起刀矛，反抗元朝统治者。辽东乃受压榨最重的地方，更是刀兵四起，反元烽火熊熊燃烧起来，成为各路英雄豪杰的逐鹿之所，东海人的血泪总算快流到尽头了。本书就从大元朝的至正末年唠起。

元朝到了至正年间，已经朝纲颓败、快要寿终正寝了。朱伯西不是说了嘛，当时，举国上下群雄竞起，各树义旗，各立头领，各立王爷。在这万马营中，安徽濠州出了一位了不起的人物，外号儿称"麻脸下巴"，此人便是大明的开国君主、人称"马上皇帝"的朱元璋。

这里，朱伯西我要向各位阿哥啰唆几句。咱们女真人、索伦人、栖林人乃至锡伯、赫哲、尼堪②、李朝的高丽人及住在草原的蒙古弟兄全知道，女真人的先祖是从大明朝的手中接过的江山，建立了大清朝。现在朱伯西要追述的，可不是后期衰败的大明朝。凡事如此，像锁链的链条一样，一代接一代，代代都有兴与衰。光知道大明朝的衰败还远远不够，它也有兴盛的时期，今天便向各位阿哥讲讲大明朝初兴的丰功伟业、壮丽辉煌。因为有了它，才有了元朝的结束；有了它，才有了咱们东海的昨天、东海的生命、东海的希望。要说明朝的初兴，就得从朱元璋讲起。各位阿哥，可不能小看了他，正是这位大英雄的勇猛善战，率领身边百员战将和浩浩荡荡的义军东打西杀、奋力拼搏，才把个大元朝打得落花流水、一败涂地，继而广用人才、运筹帷幄、逐鹿千里，迎来了万里曙光、四海升平，创立了一个堂堂正正、显赫二百七十多年的大明王朝。

说来，朱元璋为建立大明功高盖世，非常值得赞颂。过去，我们只听说他的一些短处，其实他还有许许多多别人没有的长处并不完全被人知晓。应该把这些长处学过来，这是作为满洲人首先必须做到的。是啊，咱们的先人正是不断地吸取前代英雄豪杰的优长补己之短，适时地总结经验，才建立起了大清王朝。康熙爷不是特别尊敬朱元璋吗？为治理江

---

① 满语：帐篷。
② 满语：汉人。

山，就应该有此样的胸怀和气魄。单单为了这一点，我朱伯西也要好好儿讲讲大明朝那个兴国立业的朱元璋。

朱元璋是安徽濠州人，幼名重八，又名兴宗，字国瑞。"国瑞"这个雅号，说起来很有意思，据讲是他爹妈从一位饱学先生那里淘换来的，但从来没人叫过。因其家境贫寒，人们叫他重八、兴宗，就算是看得起了，哪还有称呼国瑞的？不过，"国瑞"这个字还真起对了，不但有着非凡的一生，而且皇上当得也不错，广受拥戴。尤其注重减负，百姓生活祥和、安定，称得上"国瑞"。咱回头再说他小时候的事儿。由于家里穷，小国瑞连裤子都穿不上，是个光腚娃娃。六岁时他出了天花，脸上留下了不少大大小小、深深浅浅的麻子。别看他一小儿瘰瘰瞎瞎的，长大成人后可变了样儿啦，是个大高个儿、宽肩膀、体态魁梧、四肢发达的标准小伙子。相貌怎么样呢？大眼睛、大罗汉耳、大嘴唇子、大下巴颏儿向前撅着，高额头、高颧骨、高鼻梁儿，真可谓奇男子，没有长得像他那么怪的。可在这怪中，又有一种超尘拔俗之灵性，气宇轩昂。当时，不少的相者看到他都倒抽一口凉气，偷着背过脸去，私言此儿相貌非凡，非等闲之辈也。又言："此儿是劣者为贼，祥者当为国瑞。"什么意思呢？就是说这孩子从相貌看，可了不得。如果学坏了，那是个贼，还不是一般的贼，而是江洋大盗；如果学好了、成才了，那是天才，堪称国瑞，是国家的祥瑞。

果不然，朱元璋真就中了相者之测。小国瑞从小坎坷度日，十七岁时，父母和哥哥相继亡故，你说可怜不可怜？贫不克葬，没钱发送。全靠二老平时为人好又善良，邻里帮助他，芦草裹席，将父母、兄长送到荒郊野外，挖个坑埋上，草草了事。小国瑞趴在坟头儿号啕大哭，眼泪和泥水混到一起，哭得死去活来、天昏地暗，谁也拉不起来。是啊，今后怎么活，靠谁呀？没地方去、没地方投哇！但他少有异志，哭了一场之后，把泪一擦，将身上的土拍掉，关门儿过起了日子。当时，有不少的富商大贾瞧这孩子忠厚勤快，想收为螟蛉义子，而国瑞却胸怀四海，婉言拒之。他想，爹妈给我一副结实的身板儿、一双有力的大手、一双能行万里路的脚，还有聪明的脑袋瓜儿和特殊的大下巴脸，只凭这个便可以走遍天下。难道会没有我吃的、我活的？能难住我？不可能！他并不为那些有钱人家想收自己为义子而高兴，心里话："我才不给你们磕头、请求帮忙呢，靠别人养着，寄人篱下，不干！不能只为温饱而活着，那有什么意思？"他说："人不畏艰，苦乐自立"，这八个字儿后来竟成了小国瑞安身立命的座右铭。认为，人不能被困难吓倒，畏惧退缩不可取，苦乐皆是自己创出来的。有了苦或有再大的难处，都不能惧怕、趴倒，那不等于心甘情愿地成为一个孬种、一个失败者了吗？更不能因有了欢乐而沉醉于欢乐，或迷失了方向，丧失了前进的力量。各位阿哥，"苦乐要自己去创立"，此话仔细想来是很有意义的，道出了人生的哲理和真谛。小国瑞还常用一句话来鞭策自己，即"不学雏雀求食"。就是说，自己虽孤苦无依靠，生活艰难，但得有志气，不能像黄嘴丫子未褪的小鸟只知道在窝里喳喳叫，单等大鸟来喂食。从以上这些，皆可看出他的骨气和勇于拼搏的劲头儿。

从此，小国瑞按照自己的想法一个人生活。没有衣穿，他就出外捡些破烂衣裳裹身，还常到附近一所只有三间青砖瓦房的不起眼儿的小和尚庙，即皇觉寺去走走，帮助和尚们除除草、耕耕田、浇浇水。日子一长，便认识了庙里慈眉善目的老住持。老住持很是心疼这个破衣烂衫的穷孩子，见人挺勤快，相貌又不俗，隔三岔五地把他留下来一起吃点儿僧饭，喝点儿热水、粥、汤什么的。小国瑞渐渐地离不开小和尚庙了，也是佛缘普度，又一心向佛，一日跪倒在老住持面前，请求剃度为僧，愿做皇觉寺内的一个小和尚。老住持十分喜欢他，并觉着孩子将来会有出息，答应收留下来了。剃度以后，老住持教他识字、看书、习读经文。国瑞果然绝顶聪明，对一些经文过目能诵，理解能力亦很强。这样一来，越发受到老住持的器重，常常让他在前殿整这弄那地忙着。他办事认真，从不偷懒，干得挺好。老住持还给他起了个大名儿，叫朱元璋。这便是朱元璋名字的由来，后来传扬开去，在大清以前，历代王朝历史上占据了一个相当重要的位置。

说来很蹊跷，老住持常听小和尚们来传告，讲的什么呢？说是师父呀，这可真怪了，朱国瑞住的房子外，夜里常常见有红光闪闪。小和尚传一次，老住持没在意；传两次，仍未当回事儿；传三次以后，心中开始产生了疑惑："是呀，怎么能见到红光呢？"

一天夜里，老住持披好袈裟，悄悄儿出了禅房，向前殿右侧徒儿住的青砖小房走去。这是老住持为了让朱元璋安心学习经文，特意单独拨出的一个小房，平时总是嘱咐他："元璋啊，你眼下要好好儿学，多读点儿书，多长点儿见识，将来有用啊！"国瑞说："请师父放心，徒儿一定谨遵教诲。"白天师父讲经时，他认真听，从不打盹儿；该献香时献香，该干活儿时干活儿，从不耽误；到园子里浇水、除草、铲地抢着干，从不偷懒；还抽空儿常给金鱼换换水呀，到老住持住的屋子里帮助整理整理褥子、被呀，打扫打扫灰尘什么的，很是勤快。老住持常说："元璋，这些活儿不用你干。"可国瑞照干不误，而且样样儿做得令师父满意。每天夜里，看书看得很晚，背诵师父留下的经文，不仅念，还要默写，常常是师兄师弟都睡了，他也不睡。

老住持脚步很轻地来到朱元璋住的青砖小房，从后观瞧。见屋里的烛光亮着，知道他没睡，肯定还在那里学习经文呢。于是，又绕到前面，从远处看这房子。不看则已，一看不禁大吃一惊！果然如小和尚所说，皇觉寺别的小院儿内的青砖瓦房顶儿上啥也没有，唯独朱元璋住的房舍上头有红光笼罩，闪耀彻天，真是太奇了！老住持走到砖房的窗前，想弄个仔细，以为是不是点了什么东西才发出红光。为能看得清楚，老主持用手蘸上唾沫在窗纸上慢慢揉，只几下便把窗纸揉出个小眼儿来，于是，探头从小眼儿往里细瞅，见朱元璋恰在正襟危坐习读经文。老住持很高兴，心中暗想："能有红光护身可了不得，那是吉兆也。朱元璋将来恐怕不是平常人哪！"

第二天，老住持把朱元璋叫进了自己的禅房，与他攀谈志趣。开始时，朱元璋只是听，不说什么。可老住持那眼睛多尖哪，说实在的，已经注意这个徒儿好长时间了，早把他看透了，对其为人、品德以及学习经文的认真态度都很满意；同时，也看出孩子心事重重，话语很少，饭吃得不多，总是紧皱眉头，没个笑脸儿，好像有万钧之力压在肩上，舒展不开。心想："朱元璋长相奇特，有红光笼罩，看来是个有很大抱负的非同寻常之人。眼下住在皇觉寺，只是暂时栖身，绝非长久之计。尽管跟佛有缘，跟我有缘又有情，可孩子心里却装有更重要的事儿啊，他忧国忧民哪！咳，应该圆了这个梦，让他做该做的事儿去吧！"想到这儿，老住持开口问道："元璋啊，跟师父唠唠，到底有什么志向。难道你想在小小的皇觉寺里，跟我这么个七十多岁的白发人和众师兄弟们度过一生吗？在佛的面前可不能说假话呀！阿弥陀佛。"老住持的这番话意义深远，那意思是说，你小国瑞在佛的面前应当襟怀坦荡，心里怎么想的就怎么说。佛光普照，世上的一切，佛会看得清清楚楚的。朱元璋当然知道，师父怜爱他像自己的慈父，到皇觉寺后，给予了自己无微不至的照顾。穿的衣服多是老住持年轻时穿过的，一件一件地全给了他，连脚上的僧鞋都是老住持节省下来的；晚上睡觉时，时常觉得有人给披被子，检查蚊帐放没放好，从脚步声中，听出那是师父。老住持对他真是太好了，反过来，他对老住持也很有感情。朱元璋想，对佛不能讲假话，对师父更不能有半点儿的虚伪。他便扑通一声跪在地上，给师父磕了三个响头，然后言道："师父，在佛的面前，我向师父说实话。徒儿虽在皇觉寺，但仍怀忧国忧民之心，专心苦读经文，是想用佛法拯救天下之黎民。请问师父，佛法能不能拯救百姓倒悬之苦？当今，天下大乱，民不聊生，奈何？国瑞自幼生长在贫寒之家，饱受大元之害，和我一样受苦的人很多。现在一心想为国出力，铲除元朝那些害民之官，救民于水火，让众多百姓，包括师父及师兄、师弟们皆有吃有住，这才不枉父母生我一场。说实在的，住在皇觉寺，看着天下民众受苦而不顾，心里不安啊！师父，若觉得徒儿的想法不对，就打吧、罚吧！我不能虚伪说谎，不能瞒着师父，那将对不住师父的一片心哪！"说完，不禁号啕大哭起来。

老住持听了朱元璋一番掏心窝子的话，为他的赤诚所感动，觉得没有看错这个年轻人。别看人小，心里却装着天下的黎民百姓，难能可贵呀！目前，兵荒马乱，多少人想躲开刀兵之祸，可一个孩子竟要挺身而出。好啊，有出息，将来必成大器！师父看着徒儿，轻轻地打了个咳声，双手把他扶起来，拉坐到自己身边。平时，在皇觉寺里，师父坐的座位，徒弟不能坐；师父坐着，徒弟要站着。今天，师父不仅让朱元璋坐在自己的凳子上，而且把他紧紧地搂在怀里，像父亲对待自己的儿子一样。老住持说道："国瑞呀，你的心事师父早已看出来了，也想到了，皇觉寺不是你的长久安身之地。这些天来，我一直在暗暗观察，看出你不安心，然不知究竟为什么这样。现在看来，你确实是正直之人，想得太好了，这就对了！师父答应你的要求、同意你的想法，离开皇觉寺，到该去的地方去，相信不会给皇觉寺丢了名声。什么时候想回来，随时可到皇觉寺来，这里永远是你的家。'国瑞'之号很好，只有你能堪当。'国瑞'，'国瑞'，国家之祥瑞，要把这当作你的座右铭，为国家的祥瑞献出所有的智慧和力量。师父送了你一个名讳，即'元璋'二字。'元'者，隐言今朝，又寓开元创纪之意。成事皆从元宗开始，期待你打乱旧的、创出新的；'璋'者，古王侯权柄玉器也。希望你能掌握这个权力柄，开创新的世纪，为黎民百姓办事儿。因此，还要把'元璋'这个名字也当作座右铭，做一个百折不挠、顶天立地的男子汉。"老住持这番满怀深情的话语，真是肺腑之言哪！感动得朱元璋又扑通一声跪在师父面前，双手抱住师父的双膝，脸贴着双腿，动情地说："敬谢恩师抚爱之心，徒儿定会记住师父的教诲。无论走到哪里，哪怕天涯海角，只要还有一口气，都将按师父的话去做。请放心，离开皇觉寺，徒儿就正式用师父赐的大号'朱元璋'，并把它当作座右铭。"老住持再一次把朱元璋拉了起来，嘱咐道："元璋，既然这么决定了，赶紧收拾东西早点儿走吧，跟师兄弟们不用说什么了，由我去同他们讲。你虽然离开了皇觉寺，但要记住，曾在这里住了一段时间，拜了佛，剃了度，读过佛经。作为一名僧人，你要时刻约束自己，绝不能给寺庙丢脸。还要告诉你，不管以后办什么事情，即使再忙，每天总要挤出时间诵金刚经、大悲咒、大光明咒、心经、准提咒。这样做了，在你的一生中，自会指导你、护佑你的。阿弥陀佛。孩子，去吧，去吧。"于是，话不多说，朱元璋简单地收拾了行囊，然后叩拜师父，到大殿拜过众佛，便离开了皇觉寺，踏上了新的征程。

话说朱元璋离开皇觉寺的时候，正值元朝末年。君淫宴于上，臣跋扈于下，征敛日促，水旱灾荒频年不绝。当时，民间尚有《醉太平小令》，其谣曰：

堂堂大元，
奸佞专权。
官法滥，
刑法重，
黎民怨。
人吃人，
钞买钱。
可曾见，
贼做官，
官做贼，
混贤愚，
哀哉可怜。

百姓流离失所，饿殍遍野，已到了官逼民反、民不得不反的地步。元祚数尽，江淮一带遍举义旗，群雄竞起。有的千八百号人，有的几百人，也有的十几个人甚至三五个人，说句："哥们儿，由你做头儿！"这便好使，把旗子一打，就是一个绺子。

朱元璋脱下僧袍，蓄发还俗，换上戎装，在赫赫有名的勇将郭子兴大将军麾下做了一名亲兵。他的相貌的确不一般，谁看了都觉得奇怪。过去不是有句老话嘛："其貌不扬，其人者祥。"意思是指相貌不扬者，属于官相。什么叫官相？即是说，这个人虽然看着长得不怎么样，不突出、不惹眼的，但很可能是个出名之人，"人不可貌相，海水不可斗量"嘛！郭子兴就没有以貌取人，不嫌朱元璋麻子脸、大下巴颏儿挺难看的，而是相中了他机智、果敢及聪敏过人的才能。不过话别说绝了，郭子兴也看出了朱元璋相貌非凡，相貌还是起了很大作用的，这一点很可能是他赏识朱元璋的另一原因。因为当时有个算卦相面的，说朱元璋有德相。中原王朝向来是重视德行的，郭子兴自然不例外，喜欢德行好的人。所以，当他听了算卦人的话后，心中甚喜。这一喜可不得了啦，竟把自己收养的义女、年少貌美的马氏女许给了朱元璋为妻。朱元璋时年二十有五，没过几日，便在郭子兴的主持下同马氏女结了婚。马氏女贤淑通达、颖慧机敏，从此帮助夫君举义旗打天下，成了名垂青史的人物，此为后话。

郭子兴自接纳了朱元璋之后，常常有人向他打小报告、进谗言，说朱元璋的坏话。这样一来，郭子兴对朱元璋开始怀疑了，有点儿不完全相信了。可朱元璋不在乎这些，仍然一心辅佐之。至正十五年年初，郭子兴得了场大病，后来没想到病殁了。于是，义军的权柄便落在了朱元璋手上，成为督军，执掌帅印。朱元璋是布衣出身，为人随和，没什么架子。更重要的是，他有救民于水火的远大抱负，心胸豁达，好结交天下豪杰，知人之明，能指挥十万大军，不会让你指挥一万；能指挥百万大军，不会让你指挥十万，绝不埋没人才。这些可比郭子兴强多了，故而江淮割据之大小义旅，闻元璋好义，来归者日众。对这些义军不管绺子大小、人数多少，来一个，朱元璋亲自接待一个，而且同来归者的头目在天地面前叩拜明誓，结为兄弟。只要是反元的，那便是好的，就是哥们儿。来者不拒，全部收下，以礼相待，甚至可以为弟兄们两肋插刀。他说："你帮我，我帮你，大家有饭吃，生死在一起。"这个口号一打出去，那可笼络人心哪！其他不少义军的兵卒都听说了，纷纷归顺之。就这样，朱元璋的人马越聚越多，声势越来越大，成为当时反元最强大的中坚力量。可以说，他的队伍是鹤立鸡群、所向披靡的，谁也不敢惹，威名震撼江淮一带。

朱元璋的声威之所以这么大，还因为当时手下聚集了一大批武艺高强、能征善战、披肝沥胆的将领。在这些将领中，首屈一指、赫赫有名的大将是徐达，字天德，安徽濠州人，与朱元璋同乡。他二十二岁时，随朱元璋一块儿投奔了郭子兴的义军，日后成为朱元璋身边的心腹大将，并受到赏识。

再一名大将为常遇春，字伯仁，是个江洋大盗，长得虎背熊腰，擅使箭，很多人都怕他。当时，他跟着一个绺子头儿叫刘遇的到处抢劫，后来归附了朱元璋。朱元璋不仅没有因此嫌弃或瞧不起他，还对常遇春说："官逼民反，做盗者是元帝，罪在他身上，你没罪。如果国家兴旺、百姓安居乐业，谁愿做强盗？伯仁兄弟，跟着我干吧！"人和人之间就是这样，你敬我一分，我敬你十分；你敬我十分，我敬你百分。常遇春听了朱元璋的话，觉得顺耳，又见对自己那么诚恳，很受感动，从此便死心塌地地跟着朱元璋打天下。在与元军作战中，他冲锋在先、一往无前，真可谓鞠躬尽瘁，死而后已。

另一名大将叫胡大海，原来也是个盗贼，手使大板斧，到处抢劫。自从被朱元璋以礼相待、以兄弟相称而感化、争取过来后，他很快成为朱元璋手下一员重要干将，战场上总是不离左右，处处保护之。在胡大海看来，自己的年龄比朱元璋大几岁，老哥哥保护小弟弟理所应当，就该舍生忘死、尽心尽力。

李善长，字百室，定远人，是个文人秀才，在当地算得上是一位名士。他少年读书，有智谋，胸怀大志。朱元璋前去拜见时，像三请诸葛一样把他请来当师傅，参赞军务，成为身边的智囊，常常为其出谋划策。由于朱元璋的大军是许多绺子合在一起的，将士亦来自各方，要想组成一个号行令止的大军，哪那么容易呀？何况要把许多人像铜缸一样地锢到一起，拧成一股绳儿，肯定是很难的。不过，李百室有这份儿能耐，不但甚有谋略、倜傥周旋、左右逢源，而且能把大家的力量全调动起来，让各路兵马皆能各尽其才，发挥各自的优长。

有名的大将汤和算是一个，字鼎臣，也是朱元璋的同乡，打小就认识。汤和知道朱元璋小时候很贫苦，是光腚娃娃。他信得着朱元璋，一直随着，一块儿拼命。还有两个人，一个叫冯胜，另一个叫冯国用，是哥儿俩。元朝末年，天下大乱，冯氏兄弟怕所住的寨子遭殃，便把家丁组织起来，成立了自保自的小武装力量，以武力保护之。二人不是打元朝，而是领着家丁防备匪患。后来，朱元璋率军路过他们庄子，冯氏兄弟对朱元璋的所作所为特别钦敬，于是带着众人一同随了朱元璋。一段时间后，朱元璋看这二人不错、勤快、人挺好，遂让其做了身边的幕僚，成为心腹。

另有一个叫傅友德的，原来是名副其实的大盗。而这个大盗，却是专门拦路要买路钱的绿林好汉。他手使两把大片儿刀，胸脯上长着密密的胸毛，大肚子露在外边，一看便知是个地道的武将。他人很烈性，遇到有钱人，把刀往自己腿上一扎，血直淌，吼道："你给钱不给？不给，那好，我还扎！"有些秀才一见吓坏了，忙说："好，好，爷爷，别扎了，我给银子。扎你自己，我都心疼！"他就是这样一个人。元代末年，傅友德先是追随当时反元起义的将领刘福通。跟了一阵子，觉得没啥意思，后来又追随反元将领明玉珍。过了一段儿，感到明玉珍也不行，加上与其政见不和，只好到了武昌，投靠了反元义军的头领陈友谅。时间不长，忍受不了陈友谅的心胸狭窄，认为那不是个什么英雄，没看上眼，还是不行。这么跟来跟去的，后来正好碰上了攻打江州到小孤山的朱元璋。他观察了一些时日，很是欣赏其才能，高兴地说："这回我傅友德可找到主儿了，他便是朱帅！"于是，他立马带着百十号人在小孤山那儿投奔了朱元璋，成为手下的一员大将。东打西杀，威猛无敌，不怕死，身上伤痕累累。

如此看来，朱元璋身边的这些人都是天下豪杰、好汉，谁能跟他比呀？比不了！大将们勠力同心、视死如归，所率之义军的力量怎能不强大？怎能不成为大元皇帝的一大克星，又安能不怕？朱元璋之所以能把英雄好汉聚拢到一起，凭的是他的胸襟、智慧及知能善任。凡克一城，他先了解此城有什么名人、名将没有。只要有，便亲自到府上拜谒，求取灭元之良策，征求伏元之计谋。并命令兵勇，不仅不许扰害这些名家、名人，还要鼎力保护。长江上下皆传："见元璋，天下昌。"威名日炽。朱元璋就是靠着起义弟兄的团结和睦、兵源广、民心旺，才打得元军落荒而逃、节节败退。而另外一些叱咤风云的绿林英雄，像刘福通、韩林儿、张士诚、方国珍、明玉珍、陈友谅等，一个个却含恨溃败，成为昙花一现的短命英雄。

朱元璋识时务，十分重视民心的得失。对所率之师号令甚严，任何人不可扰民，曾下令道："民为吾之父母，扰民即亵渎吾父母也，斩无赦！"此话若用白话说，即百姓是我的爹娘，谁祸害、欺压他们，就是亵渎我的爹娘，一定杀掉，决不饶恕。正值天下大乱、群雄奋起、盗贼蜂拥之时，朱元璋提出这样的口号，能不受到民众的拥护吗？"不可扰民"四个字儿，说起来容易，真正做起来并不那么简单呀，但朱元璋做到了。

这么说吧，几千年来能做到不扰民的，应该说是极少的！所以，朱元璋的口号和军令一下，每到一地，老百姓无一不是载歌载舞、箪食壶浆地迎接他。

大元朝至正十六年春三月，朱元璋的义军集中力量围剿江南大埠集庆。进攻之前，他向全军约法三章，尤其强调入城不可扰民。大军攻陷了城池，降敌三万六千人。当时，集庆的老百姓并不知道义军入城会怎么样，特别担心他们抢掠，故而大惧。朱元璋深谙民心，选派亲兵五百，解甲进城，要求一律百姓的打扮，使人们见着不害怕。亲兵入城后，严守纪律，在城内各处认真巡逻，保护黎民，维持市井秩序，只要发现有骚扰百姓的兵勇，立斩不赦。民众见此情景，人心大安，齐颂朱元璋的义军乃仁义之师，到处是箪食壶浆，以迎王师。是呀，谁能不欢迎这样不扰民的队伍呢？与此同时，朱元璋还命李善长起草告示，让兵卒在城内到处张贴。宣谕：

"元政渎扰，干戈蜂起，吾来为民除乱耳。万事安居如故，贤士吾礼用之，旧政不变者除之，吏毋贪暴殃吾民。"

布告说的是什么呢？有这样几层意思：元朝的朝纲败坏，权臣们骚扰、欺压、祸害黎民百姓，已经到了忍无可忍的地步，这才引起全国上下干戈蜂起，反对元朝的暴政；我朱元璋这次到集庆来，就是为民除乱的，必赶走元朝的贪官污吏，治理集庆，还百姓一个安定的生活；大家可以安居乐业，经商的经商，网鱼的网鱼，耕田的耕田，照常生活如故；对集庆的善良之士，必以礼相待，并加以重用；对那些继续实行元朝暴政的官吏，则要全部除掉；各个衙门的元朝官吏，只能老老实实地为民办事，切毋再贪赃枉法、欺压良民、祸害百姓了。告示一贴出，真是深得民心呀，集庆的百姓大喜过望啊！不仅如此，朱元璋认为，打下了集庆，便是应天命、顺民心，遂下令将此城的名字改成了应天府。一个多好的名字啊！

接着，朱元璋的义军挥师北上，拔镇江，克庆德，连下数城，无一处不受到百姓的欢迎。元至正二十四年春，李善长等人率众将劝进。于是，朱元璋于应天府即吴王位，随之建百官，以李善长为右相国，徐达为左相国，常遇春、俞通海为平章政事。下谕曰：

　　"立国之初，当先正纪纲。元氏暗弱，威福下移，驯至于乱，今宜鉴之。"

　　在此后的四年间，朱元璋亲率众将征武昌、汉阳、沔阳、荆州、岳阳等地，皆取。后徐达克泸州，常遇春得胜于江西。元至正二十七年年末，汤和由海道克取福州。至此，黄河、长江两岸，尽为朱元璋统御之下。

　　元至正二十八年春正月，朱元璋在百官连连上表劝进之下，于甲子日乙亥吉时，率群臣祀天于应天府南郊，即皇帝位。朱元璋戴上皇冠，坐上金銮宝殿，开始了一个新的朝代，取国号曰"明"，建元洪武，是年为洪武元年。当年，明军攻取元朝首府大都，彻底推翻了元朝的统治。从忽必烈元世祖在大都称帝算来，共享天祚九十有七年的大元朝至此寿终正寝了，一位原来轰轰烈烈的大元最高君主，已被从小放过牛、当过小和尚的一介布衣朱元璋代替了。朱元璋之所以用"日月"二字合并为国号之名，其意乃"日月在天，光华永世"。也为表明，经过十六年群雄逐鹿的局面结束了，江南、江北的百姓受战火煎熬的岁月告一段落了。就像拨开了阴云，见到了朗朗的青天，从今以后将开始过四海升平、万民尽欢颜的日子了。

　　朱元璋登基的当年，将作为都城的应天府，下诏改名为南京。南京作为中国大都会的名称，便是从此时叫起来的。朱元璋为什么能在南京建都呢？是因为这座位于长江南岸的城市不一般，乃历史上赫赫有名的古城。各位阿哥，咱们的家乡在北方，距中原遥遥万里，对南方，特别是对南京不熟悉。现在，我借这个机会，对古代名城南京说上三两句。秦时，称南京城为秣陵；战国时，叫金陵；蜀、魏、吴三国中的吴国在此建都，称建业；晋时称建康；先后有东晋、宋、齐、梁、陈、五代和南唐在这里建都。由于六朝粉黛宫阙皆建于此，所以连江水都有脂粉味儿。真可谓风流宝地呀，世上的美景，所有的风花雪月，哪儿也比不上南京城。今明太祖朱元璋也看中了，在此建都，你说这地方有名没有？自古以来，中原王朝歌颂南京古迹风光的诗词歌赋比比皆是，我就不一一列举了。

　　回头咱们再说朱元璋。他出身布衣，既务实又明智，并没有因做了皇帝、建起了大明朝而忘了社稷。他登基称帝之时，元朝的大都还没有攻克，故而常常居安思危。为此事，他屡将最信赖、最崇拜的军师刘基叫来，一块儿商量谋划。各位阿哥，前面在介绍朱元璋身边的大将时，并没有提到他。那么，刘基是何许人也，缘何得到朱元璋如此之信赖呢？刘基，字伯温，浙江青田人氏。幼时聪颖异常，其师对他父亲说过："君祖得厚，此子必大君之门矣。"元朝的至顺四年，举进士，任高安县丞、江浙儒学副提举。后因论御史失职，弃官隐居。再出任江浙行省都事，又由于反对招抚方国珍而被革职。曾著有《郁离子》一书，以寓言揭露元朝暴政，表其志向。朱元璋下金华、定括苍时，听说了刘基之名。以币聘，刘不应。多次致书，基始出。刘基到朱元璋帐之下后，陈述了经深思熟虑而得出的时务十八策，并劝说其赶紧脱离已称帝的韩林儿，此主张深合朱元璋之心意。刘基博通经史，于书无不尽窥，尤精象纬之学。朱元璋常常问计于他，所言之策于实践中每每得效，自然十分尊崇和信赖。

朱元璋把刘基召来之后，问计曰："立朝之后该如何行动？"刘基答曰："我朝虽立，但北边尚有元朝的皇帝坐在大都的金銮殿上，灭元的战事并未停止。因此，现今当务之急就是大军北进，攻取大都。"决定北进后，该选何人率军前往呢？朱元璋身边有两员倚重的战将，在当时可是赫赫有名、盖世无双。第一位是徐达，第二位是常遇春。大明建朝之后，徐达任右丞相、太子少傅；常遇春为鄂国公、太子少保。两人各有特点：常遇春擅使硬弓，弓法纯，而且勇武不怕死，威猛异常，元将一听到他的名字皆望风而逃；徐达则智勇双全，不喜杀戮，元朝的一些降将都愿跟着他。二将相辅相成，配合默契。因此，大军北进，挂帅出征者，非他二人莫属。

大明洪武元年七月，北征的圣旨下来了，任命徐达为征虏大将军，常遇春为征虏副将军，其他将领在这两位大将麾下。正、副二将分东、西两路北进，直取大都。徐达率领兵马出南京奔安徽，然后神不知鬼不觉地进河南，到了汜水的虎牢关。此关隘是秦始皇建的，位于黄河岸边，悬崖陡峭，道路险阻。元兵哪里想得到明军的动作会如此神速，像飞来的一样。汜水是黄河南岸的一条小支流，虎牢关正卡在汜水岸边的山口儿。元将托音帖木儿兵败之后刚刚退到这里，还未来得及整顿一下残兵败将、补充一些给养、喘上一口气儿呢，即在虎牢关被徐达的兵马层层包围了。围得里三层外三层，到处是明军的旗帜，金铎鸣响，喊声震天哪！托音帖木儿一看，完了！只好仓皇对阵。可他哪能抵得住徐达的进攻啊，根本招架不住，只好在护军的保护下大败而逃。有一位叫阿鲁温的梁王爷没办法逃出去，见大势已去，便要在一棵树下上吊自尽。他上了树，刚把绳子拴到树杈儿上，就被徐达的骑兵们看到了。一骑兵跃马上前，一把将他从树上薅了下来，梁王爷只得跪地投降。徐达大获全胜，整顿兵马，乘胜前进，直逼陕西的潼关。这时，探马来报："常大将军已经攻下汴梁，圣驾要去那里，请徐大将军速往面圣。"徐达听报，按兵潼关，仅带少数兵马奔赴汴梁。

　　常遇春这一路大军先克东昌，直下山东诸郡，很快攻取了汴梁。那么他进展得为什么会这么顺利呢？前面说过，常遇春是个不怕死的勇将，既使刀又使枪，还用弓箭。打仗的时候，什么得手用什么，敌将很难抵挡。在进入山东之前，朱元璋对他说："好兄弟，全看你的了，无论如何得想办法把张士诚给我堵住。"张士诚是另一伙儿义军的头领，所率之兵马占据了太湖一带富庶之地，且在各路义军里挺出名，绰号儿"九四"，非常勇猛，一向不服朱元璋，处处与其作对。为什么不服呢？他也想夺取元朝大宝称帝位呀！所以，他很早便自封为吴王，占据了长江中游，与朱元璋的地盘儿紧挨着，都在金陵附近。如今朱元璋已经称帝，怎能容得下还有个吴王睡在自己身边呢，那不是心腹之患吗？这才把得力干将常遇春请来了。朱元璋虽然做了皇帝，但是与常遇春之间仍习惯于称兄道弟，对他说："老弟，你必须用几天的时间打败张士诚。要是能抓住，或者是杀了他，哥哥皆给你庆功！"常遇春接旨之后，果然不负朱大哥的嘱托，直奔太湖大战张士诚。张士诚哪里打得过常遇春的兵马呀？没战多久便逃之夭夭了，原来所占之地尽归朱元璋所有。后来，张士诚无法存活，上吊自杀了。这是后事，不去表。

　　常遇春在太湖大胜之后，继而转战东昌，又奔济南同徐达会师，然后向北征讨，连下许多城池，一路大捷。在回师进攻河南时，元兵于洛水之北陈兵五万以待。常遇春单骑突其阵，大喝道："我常遇春来也！"元兵二十余骑攒槊刺之。常遇春左挡右杀，一抬手用弓箭将元军前锋射死，随即手一挥，其麾下的兵马狂风暴雨般向元军冲去。元军大溃，常遇春率兵追剿五十余里。此仗打过之后，常遇春在河南境内斩关夺寨，一路征杀，如入无人之境。元兵一听说常大将军来了，吓得立刻麻爪了，心里话："谁能对付得了这位不怕死的呀？打不过可别硬打，保命要紧，逃吧！"于是扔下城寨回头就跑，致使常遇春每到必克，不费吹灰之力攻下了汴梁。

　　汴梁同样是一座古京城，战国时期的魏国、五代时的后梁、后晋、后汉、后周以及北宋皆曾建都于此。皇帝住的地方，自然是块风水宝地。所以，当朱元璋听到攻下汴梁的捷报时，异常高兴，当即起驾出宫去那里看望众将士。常遇春攻下汴梁之后，本打算速向洛阳进发，与徐达会师。可恰在这时，京师传来圣旨，说圣上已经出宫，亲自摆驾汴梁犒赏三军，命常遇春就地恭候圣驾。常遇春接旨后，号令三军休整待命。过了两天，徐达也风尘仆仆地到了汴梁。二人见面，免不了互道辛苦，交换军情。在此不去详表。

单说朱元璋这位明朝的开国皇帝这一天来到了汴梁城，徐达、常遇春于行宫叩拜了皇上，皇上在此摆酒赐宴，犒赏将士。宴后，朱元璋同两位北征大将商讨继续北征的路线、策略，君臣说说唠唠，十分开怀。一致认为，眼下黄河两岸已尽收明军之手，下一步的主要目标是集中兵力直捣大都。只要占领了大都，元朝就彻底玩儿完了。于是，他们又重点商量攻取大都的办法。徐达奏道："皇上，臣以为现在正是攻打元朝老窝大都的最好时机，元朝的主力越来越衰弱，已再没有救援大都的兵力了。咱们乘胜直取大都，肯定会旗开得胜、马到成功的！只要大都落入我手，剩下的残兵败将必将军心涣散、失去战斗力，为我们彻底肃清元朝势力创造条件。"朱元璋听后，龙心大悦，异常兴奋，笑着说："好啊，就这么办了！趁热打铁，乘胜前进，不要给元兵留下半点儿喘息的机会。"常遇春心里早痒痒的，恨不能一下子扑过去直捣大都，一听圣上决定了，那是一百个赞成！

直捣大都定下后，徐达、常遇春又向皇上问道："如果元顺帝逃跑了怎么办？咱们去不去追？"朱元璋想了想，说："你们此次北征要稳扎稳打，夺下大都后，尽快将城内的百姓安置好。不许害民、伤民，也不许扰民，让他们安居乐业。对元朝的官吏和元军之将，尽量少杀戮。顺帝若是跑了，可以追。不过不追也没关系，跑了今天跑不了明天，早晚是朕的囊中之物。"二人听罢，拜别了圣上，领命而去。

徐达和常遇春仍旧分两路北进。徐达领兵疾行至河北，连下卫辉、彰德、广平。从广平继续北上，入河北境内的临清，已到了运河区域。在这里，他派出心腹大将傅友德率骑兵轻装前进，顺运河北上，马不停蹄，日夜兼程，直奔大都；又派顾时率兵乘船而上，到了运河中游山东的著名大城市德州。此时，常遇春已率兵攻克了德州。两军会合后再北上，攻取了长芦，进占了直沽。紧接着在运河上搭起浮桥，水陆并进，打下了通州。通州位于大都城的东郊，到了通州，差不多就到大都了。

元顺帝一看明军进了通州，知大势已去，慌忙带着身边的妃子、皇太子，乘半夜偷偷出了建德门，往北跑了。

在元顺帝逃出宫的第二天，徐达、常遇春率兵马从齐化门进入了大都路。由于元朝的监国淮王帖木儿不花、左丞相庆童、平章迭儿必失、朴赛因不花、右丞相张康伯、御史中丞满川等人誓死不降，故而被大军斩杀，其余未戮一人。徐达令指挥张胜以兵千人守护元帝宫殿各门，派宦官护视诸宫妃、嫔人等，禁止士卒入内侵暴；命封存府库，严加把守，保护稀世珍宝。同时发布告示："大都内的居民人等，生活如旧，安居乐业；各行商贾，照常营业；所有官兵，不许扰民害商。"以此确保了大都吏民安居，市不易肆。为防止元朝的援兵骚扰，他又派将军傅友德分兵驻守大都四周的交通要道，另派将领镇守大都以北的重要关口——古北口。

洪武元年八月，刚刚坐上明朝金銮宝殿的朱元璋驾临大都。一进城里，他是百感交集呀！血战了十六年，有多少爱将、兵士阵亡于沙场，有多少百姓丧生战乱啊！今天终于攻占了元朝的首府——大都路，怎能不让人又悲又喜又泣呀！遂下诏，将元朝京师大都路改为北平府。元朝的重要城镇原来皆称之为路，路之下，领取各个县；现在改了，称之为府。北平府就是从这个时候叫起来的。

有一天，朱元璋率领徐达等众位大臣到元帝皇宫各处巡看，望着北方的燕山，长长地叹了一口气。徐达见此，问道："皇上，我们拿下了大都该高兴才是，为什么长吁短叹呢？"朱元璋紧锁眉头，一字一板地说："好兄弟，咱们虽然夺下了元朝的首都，但要知道，元帝并没死，仍在燕山以北的大漠聚集着力量。一想到这些，朕心不安哪！不能就此贪图安乐，最后的庆功酒眼下仍喝不下去呀！"徐达忙说："启禀皇上，我们早已打算好了，准备趁势继续北征。不过此前，先要把北平周围的城镇全部夺下来，这样才可以稳稳当当占有这座城市。否则，他们必会派骑兵来骚扰或回夺的。北平稳固了，我们便可以集中兵力解决山西、陕西、甘肃的问题了。"朱元璋一听，紧锁的眉头舒展了，心中暗暗高兴："徐达呀，徐达，不愧是我的好兄弟、爱将、心腹啊，知我者是你徐达呀！"于是，马上下旨，任命徐达为征虏大将军，常遇春、冯胜为征虏副将军，继续剿元，迅速攻占陕西、山西、甘肃及北平府四周的各城，一统大明天下。

大事定下来之后，徐达等人领命去做准备，朱元璋则骑马到各处巡看。他是马上皇帝呀，不用坐八抬大轿，边走着、看着，边暗暗下了决心，一定要迁都北平。他又侧过头来，看了看身边的军师刘伯温，见他呆呆的，好像正在想什么心事，便问道："军师，在想什么？"经皇上这么一问，刘伯温如梦方醒，忙说："回皇上话，臣正在盘算何时迁都北平呢！"朱元璋听了，微微一笑，心想："知我者还有刘基呀！"朱元璋在北平待了三天，便摆驾回了南京。

徐达、常遇春受命之后，着手进行夺取北平附近城镇以及进取山西、陕西、甘肃的各项准备。粮草要筹集，兵源要补充，还要打造、修理各种武器。一眨眼的工夫，就到了洪武元年的年底。这时候，常遇春有点儿坐不住了，对徐达说："大哥，咱们是不是该行动了？这不，一年要过去了，人家急得眼睛都红了。"徐达边拉常遇春坐下，边道："好兄弟，不光你急，我也一样啊！多少日子夜不成眠，看皇上唉声叹气的样子，谁能安卧睡榻呀？可再怎么急，总得先想好万全之策，有个稳操胜券的打法吧？兄弟，依我看，咱们不妨先拿下北平附近的各据点。待占有了这些据点，北平稳固了，再进发山西等地。不然的话，前方攻取山西，后方肯定不安定。若被元兵再夺回去，到那时，咱们有啥脸面见皇上呀？"常遇春说："大哥，北平跟前的事儿好办。你干脆坐在北平等着，十天之内，老弟准把周围的一些城池拿下来！"徐达说："你说十天？怎么个打法呀，怕不行吧？"常遇春说："打了这么多年仗不能白折腾啊，跟大哥学了点儿本事，需动脑子、用计谋。"徐达盯问道："噢？说说看，什么计谋？"常遇春回道："我往西进攻，打自己的旗号；冯胜往东进攻，打大哥你的旗号；傅友德往北进攻，打皇上的旗号，这叫四面出击。元军一看，准慌了手脚，不用说打呀，吓也把他们吓得屁滚尿流了！"徐达听后乐了，兴奋地说："好兄弟，真有你的！行，我看这招儿成，就这么办了！"

常遇春的四面出击战术，你别说，还真成功了。战局的发展，正应了他的话了，元军一看这阵势，是不战自溃呀！为什么会这样呢？原来，自打大都被明军占领、顺帝逃到大漠之后，保定、河间等地的元军将领十分害怕，各自自保，互相谁也保护不了谁，全成了惊弓之鸟，没人来打，就吓得直哆嗦。现在一看，从大都杀出三股儿兵马，打的又是朱元璋、徐达、常遇春的旗号。他们知道这些人都不是善茬子，来者不善，善者不来呀，咋办？连皇帝都蹽了，我们这城守个什么劲儿呀？还是保命要紧，走人啦！于是，元朝兵马跑的跑、逃的逃、散的散，仅七八天的工夫，常遇春便收了北平周围所有的城镇，北平算是没威胁了、安定了。常遇春取胜后，战袍没来得及脱，又风尘仆仆地找徐达，说道："大哥，北平没事儿了，你说山西的仗咋打？快下令吧！"徐达笑了笑，拍拍常遇春的肩膀，说："兄弟，这回哥哥有办法了。你先歇歇，换换衣服、洗洗脸、刮刮胡子，然后大哥再告诉你。"

说书人趁常遇春换衣服的工夫，得向各位阿哥交代一下。朱元璋一直担心元帝在大漠积蓄力量，目的是寻机向北平反扑。果不其然，在常遇春出奇兵扫荡北平周围各城元军之时，原来在太原驻守的元将扩廓帖木儿，听说徐达他们要进兵山西，知道这意味着将夺取太原，便组织骑兵，率领上万兵马，出雁门，走居庸关来攻北平。此前，因这支队伍从未同朱元璋打过仗，所以一点儿元气没伤着。扩廓帖木儿是沈丘人，原姓王，小名儿保保，大号是元帝赐予的，乃一员猛将，还有点儿韬略。他的手下全是蒙古人，骑的是清一色的蒙古马。蒙古人以食肉为主，出征时，一千兵马的后头，要有四五千的牛、羊跟着。一路杀，一路吃，一路用，还要兼备战马。他们四肢发达，有一股子蛮力气，体格壮如牛，凶猛剽悍，一对一硬打，明军不是对手。别看蒙古马个头儿小，却皮实，吃苦耐劳，而且什么草料都能吃，什么陡坡儿都能爬，几天几夜不歇息照样跑。这支队伍在明军攻取大都时，拼死守住了太原一线。扩廓帖木儿善用骑兵，也善于出奇兵，很注意迅雷不及掩耳之战术。对于如此一支勇猛、敢冲敢打、速度极快的骑兵队伍该怎样制服呢？的确让徐达伤了不少脑筋。

待常遇春换好了衣服，徐达才对他亮了底牌，说道："兄弟，你刚才问起怎样才能打好山西这一仗。我看打山西，首先需打败扩廓帖木儿。此人善用骑兵，你也善使骑兵，完全可以较量一番。当然了，冲锋陷阵，骑兵最管用。但要攻城夺寨，光用骑兵不行。骑兵冲上去了，把前头打平了，后头还要有步兵跟上去才成。咱不能像扩廓帖木儿那样光用骑兵，而要骑、步兵相结合。他们的骑兵用枪用刀，又烧又杀又砍，还善使马术。如果事先估计不足，与其硬拼，必会使我们遭受很大损失。根据这种情况，我的办法是不同他们正面交手，来一个夜晚偷寨的战术。出其不意，攻其不备，让扩廓帖木儿的骑兵发挥不出威力，变成步兵，甚至是连步兵都不如的睡不醒的乌合之众。"常遇春听后高兴了，笑着说："好！大哥想得在理，只能智取，不能强攻。扩廓帖木儿这小子没挨过咱们打，不是惊弓之鸟，靠吓唬是吓不跑的，必须把他打疼了、打趴下才行！"于是，老哥儿俩坐了下来，边合计边详细地制订偷袭扩廓帖木儿的计划。

在说此次偷袭之前，说书人要向各位阿哥介绍一个人。此人是谁呢？原是扩廓帖木儿手下的一员猛将，名字叫豁鼻马。他酗酒、好女色，不管到什么地方，都要抢几个良家女子供自己享乐。往往因此而耽误了战事，气得扩廓帖木儿不知罚了他多少次，甚至下令打过三百皮鞭。正是这三百鞭子，使豁鼻马怀恨在心了。他想："扩廓帖木儿，你竟打我三百皮鞭，分明是要人的命嘛，凭啥还为你卖命？我再不和你们混在一起了，反正大元的气数快尽了，不如早点儿投降大明呢！听说徐达是个好人，怜恤仁厚，待投降的元兵挺不错，又给银子又给地的，还给妻妾呢！不像元朝的大将，不平等，不公正，对其他民族总是另眼相看。干脆吧，投奔徐达去！"想到这儿，他便偷偷地来找徐达，表示了投降的意思。徐达喜出望外，待他如兄弟一般，笑问道："豁鼻马，你真的愿意投降大明？"豁鼻马爽快地答道："愿意！说实在的，早想在大将军麾下建功立业了。"徐达又问："你可愿意同我一起去擒拿扩廓帖木儿？"豁鼻马说："我最恨的就是他，愿同将军前往。"于是，徐达将准备偷袭元军兵营、想让他做内应的想法说了。豁鼻马慨然应允，并同徐达一块儿商量了联络暗号儿及偷袭的时间。一切议定之后，豁鼻马又潜回了元军的兵营。徐达因为有了内应，所以放心多了，与常遇春等将领最后确定了作战方案。

在豁鼻马回去的第二天夜晚，徐达命孙兴祖等人率兵镇守北平府，他与常遇春亲自率领选出的精兵良将偷袭元军。出发时，号令三军兵将衔枚，战马勒紧嚼环，神不知鬼不觉地奔向扩廓帖木儿的大营。扩廓帖木儿的军营在什么地方呢？谁都想不到哇，他竟把军营安扎在北平府通往太原的交通要道上。为什么会是这样呢？扩廓帖木儿的想法是：既要反攻收复大都，也要保住山西。因为山西是元朝的最后一道屏障，如果能将山西保住，陕西、甘肃也可保住，进而能把残部集中起来，为接回元帝、重新反攻大都积蓄力量；如果丢了这个地方，那元朝真的就完了，元朝的皇上亦不会再回来了，可谓生死攸关哪！

说书人在此要多说两句。当时，山西确实很重要，吕梁正好守护着燕山。这样，前面是大都北平，后头是像靠山一样的太原保护着大都。又由于蒙古兵都是骑兵，相当厉害，你要按他们的阵法打，没个打进去。因此，只能出其不意、攻其不备，打乱他们的阵脚。前一段时间，徐达、常遇春曾率兵打乱了元兵的部署。元兵打仗是按部就班的，攻打完这个城市，再夺取那个城市。而徐达、常遇春不可能按元兵的招法来，他们是东打一下、西薅一下，绞尽脑汁地打乱对方的阵法。这样，会使你不可能总那么注意，往往顾此失彼。像这次突袭就是如此。把元大都占了以后，许多元朝的兵马怕擒王，立马去保护大都，其他地方自然顾不上。扩廓帖木儿更没想到徐达会往山西奔，当听到信儿以后，赶紧开过来了，想死守山西。朱元璋和徐达、常遇春也知道，只拿下大都，不迅速占领它后头的靠山山西，特别是太原、吕梁一带，则已经占领的大都很可能得而复失。只有明朝的力量在这儿固定下来，元朝的残兵败将才没法儿反扑回去夺北平，北平府就不会丢了，元大都也就不复存在了。正因为双方皆知道山西在战略上的重要意义，所以朱元璋号令徐达、常遇春要迅速进兵山西；扩廓帖木儿随之把大营安扎在徐达大军进攻山西的必由之路上。扩廓帖木儿想："大明要去攻打太原，得先从我扩廓帖木儿肩膀上走过去。我才不让过呢，哪能随你们便，想怎么样就怎么样？这次倒要看看你徐达究竟有啥能耐。"

那么，扩廓帖木儿仗着什么如此硬气呢？只因为他也是个善用骑兵布阵的将领。虽然所用阵法不像中原常用的八卦阵，有什么坎，代表水；离，代表火；震，代表雷；艮，代表山；巽，代表风；兑，代表沼泽。还有生门、死门、克门、杀兵，显得那么复杂，但很有威力。那几千的兵马，一看是黑压压一片哪，冲杀时，往往骑兵不动。对方兵马如不识此阵法，一进到他的圈儿里，便会分不清东南西北。只听兵士互相呼应，此起彼伏，震耳欲聋；只见到处是刀枪剑戟、斧钺钩叉，白光一片。不用打，就会被这阵势吓得魂飞魄散了，真的很厉害，绝不能小瞧。扩廓帖木儿尽管只万八兵马，有时靠此阵势，比百万兵马还要凶猛。他想："大明占了大都后，来打太原是必然的，在意料之中。我不能因声援大都而把太原给丢了，那样的话，元朝可彻底灭啦。就凭着这阵势，看你徐达还有啥招儿？怎么动我？靠打乱仗把我们的京师占了，靠出奇制胜把我们的皇上撵跑了。现在，不论再采用什么招法，要过我这一关没那么容易，必将死拼到底、誓报血仇！"

几天来，扩廓帖木儿不仅早已把阵势摆好，还隔一个时辰，便让探马报一次，看有没有动静，是否发现敌情，盯得挺紧。甚至连着几宿未安眠，只等徐达飞蛾扑火、自投罗网。想不到等了四五天却毫无动静，不过还得等，只等得兵困马乏呀！一天夜里，他命豁鼻马带兵巡逻。这可真是人心叵测呀，他不但全然不知爱将豁鼻马为那三百鞭子记了仇、变了心，早已秘密地与明朝大将徐达联系上了，背叛了他，而且对其依然很信任，委以重任。他让豁鼻马出去后，就在大帐里一边点着蜡烛看军书，一边等着报信儿。一个时辰过去了，没有动静；又一个时辰过去了，仍没有动静。到了三更天的时候，忽听外面金铎哪哪、战马嘶鸣、杀声震天！又仔细听听，那马蹄的声响和人的喊声全不是自己的兵马，知道坏了，肯定是明军攻进来啦！随即霍地站了起来，慌忙披上战袍、登上皮靴，没等穿戴完毕呢，只听下头的兵卒来报："报——徐达大军已经杀过来了！"他也顾不得还有一只靴子没穿上，匆匆忙忙跑出帐门，去马圈牵自己的战马。可战马却不见了，不知是谁给骑走了。他只好拉出仅剩的一匹瘦弱之马骑上，扬鞭狂奔，边跑边呼喊着，好让自己的兵勇跟上。跑了一阵子，回头一看，跟上来的只有十七八个卫士。他在一行人的护卫下，慌慌张张、呼哧带喘地连气儿跑了两个时辰，钻进了一片山林。看看后面没有追兵了，这才跳下马来，手扶在树干上，心急火燎地琢磨着："本来计划得好好儿的，出了什么岔子了，咋这么快就一切付诸东流了呢？"他越想越不明白，越想越生气，越想越觉得窝囊，遂拔剑要自刎。身边的几个卫士见状，急忙上前夺下了他手中的剑，劝道："王爷千万不要这样，得往前看，留得青山在，不怕没柴烧。"在大家的再三劝解下，扩廓帖木儿只好翻身上马，率领着剩余的卫士，狼狈地向大同方向败走。

徐达、常遇春这次在豁鼻马的策应下，一举打败了称雄一方的扩廓帖木儿，夺得甲士近万人，收降了豁鼻马及所带的几十号兵马。因为豁鼻马策应偷袭立下了战功，不仅赏了银两，还赏给妻妾，让他安了家。整肃战场之后，徐达、常遇春率领大军先攻已空虚的太原，继而进取大同。刚刚到了大同的扩廓帖木儿在明军的追赶下，不得不又从大同逃向了宁夏。就这样，明军顺利地克太原、占大同，夺取了山西全境。

洪武二年四月，徐达引兵西渡黄河，兵至鹿台，敌将张思道早已逃遁，遂克奉元。常遇春率兵转向河东，与冯胜大军会合，西拔凤翔。刚在凤翔落定，便有探马来报："元将也速绕道儿从山西兜了过去，要攻打通州！"接着传来皇帝旨意，令左副将军疾往通州，与平章李文忠率兵九万一起攻打也速所率之元军。常遇春按旨，迅速兵发北平，经会州，先打败了敌将江文清，夺下了锦州，接着率兵追赶也速至全宁，打得他落花流水。也速知道元顺帝在开平，马上带残兵败将星夜向那儿逃去。常遇春、李文忠率兵紧紧追之，遂拔开平。当明军攻进开平时，元帝又向北逃跑了。明兵在追赶中，抓到了宗王庆生及平章鼎住等将士万人，缴获车万辆、马三千匹、牛万头，还有元帝的子女、宝物等。常遇春、李文忠追问宗王庆生和鼎住，元帝及也速等人逃向了哪里？他俩死也不肯说，还破口大骂！气得常遇春刷地拔出剑来，嗖嗖两剑，将二人砍倒在地。明军顺利地占领了开平，冀北一带尽归大明之手。

开平大捷后，常遇春和李文忠受命率兵班师。当大军行至河北龙门县柳河林时，常遇春突然大口吐血，未及治疗，便抱病亡于军中，年仅四十岁。李文忠派快马速报京师。朱元璋闻之，悲痛万分，号哭欲绝，并亲自为常遇春发丧；命礼官议天子为大臣发丧之礼，赐常遇春葬于钟山原，给明器九十事纳墓中；赠常遇春为翊运推诚宣德靖远功臣、开府仪同三司、上柱国、太保、中书右丞相；追封开平王，谥忠武，配享太庙，肖像功臣庙，位皆第二。

朱元璋何以如此重视常遇春呢？因为他是开国大将，沉着果敢，善抚士卒，冲锋陷阵，未曾败北。此人尽管不习书史，用兵却完全符合古今之兵情；虽长于徐达两岁，但从来将老弟当成大哥一样尊重，数年随其南征北战，听从指挥，谦虚谨慎，严以律己。在明军将领中，威名赫赫的最数徐达、常遇春二人，是朱元璋的左膀右臂。常遇春曾言："我领十万兵将，可以打遍天下无敌手。"故而在明军中，又称他为"常十万"。这样一位大将突然暴亡，朱元璋怎能不有断臂之痛？当然亦会厚礼相待。

是年七月，朱元璋下诏，命徐达、李文忠合兵攻取庆阳。兵发后，元朝驻守庆阳之将张良臣见无以招架，只好率众投降了。徐达命薛显接受张良臣投降，并守庆阳。不日，张良臣发动叛乱，乘夜晚出兵伤薛显。徐达闻之，即刻率兵回师围住庆阳，逼得张良臣父子投了井。徐达进城后，将父子二人从井中捞出，又斩之示众。从此，陕西之地全部为明军所得。

洪武三年春，朱元璋命徐达为大将军、平章李文忠为副将军，分道出兵。徐达率兵自潼关出西路，走定西，直取扩廓帖木儿；李文忠领兵自居庸关出东道，进入大漠，追讨元嗣主。咱们先说徐达这一路兵马。潼关乃陕西、山西、河南三省之要冲，是古代最险要的关口，它的西边和甘肃的定西相连。此时，元将扩廓帖木儿正守在这里。徐达出潼关，奔定西，就是要同扩廓帖木儿决战。当大军到了定西的时候，扩廓帖木儿已退屯沈儿峪。徐达率军追之，在此隔沟对垒、殊死决战。扩廓帖木儿不敌，遂大败。徐达乘胜追击，擒拿了郯王、文济王及国公、平章以下文武僚属一千八百六十余人，将士八万四千五百余人，马驼杂畜数以万计。扩廓帖木儿仅带妻子及数人奔了和林。徐达破扩廓帖木儿，即率兵自徽州至略阳，克沔州，攻兴元，大获全胜。

咱们再说另一路大军，由平章李文忠率领出东道，走的是居庸关。居庸关旧称军都关、蓟门关，在北平昌平县的西北部，是洪武元年新建的内三关居庸、紫荆、倒马之一。李文忠的差事不好干，须十分隐蔽，一边秘密调查，一边向大漠深处慢慢进军，追寻元帝。他率兵出居庸关，由野狐岭至兴和，即河北的张北一带，降其守将；又进兵察罕脑儿，俘虏了元朝的平章竹真；再过骆驼山、开平，俘虏了元朝的平章上都罕等。正是在这里，李文忠听说元帝崩于应昌。

元帝是怎么死的呢？原来，在徐达大将军攻打大都的时候，大都里的官员和元帝纷纷东逃西散了。元帝先逃到开平，后被常遇春追赶，只好向大漠深处狂奔，最后躲到了应昌府。应昌府在克什克腾的达来诺尔以西，原是荒凉之地，元至元二年置府。元帝到这儿以后，连惊带吓，又不服水土，立马病倒了。你想啊，平时在宫廷里穿的、吃的、住的是啥？穿的是锦衣，吃的是美食，住的是皇宫大内。这里能比吗？他哪能受得了呀！加上饮食不好，一早一晚受风着凉，开始连拉带吐，经府内郎中诊断为血痢。每拉一次，疼得他满脑门儿淌汗珠子，浑身一点儿力气都没有。就这样，连续折腾了数日，他便在一天半夜里咽了气儿了。

元帝驾崩，其太子爱猷识理达腊继承了帝位。开始，他们不想让元帝应昌晏驾之事传出去，怕乱了军心，总是尽量瞒着，尤其不能让明兵知道。可哪能瞒得住呀？瞒得了一天两天，瞒不了十天八天，哪有不透风的墙啊？结果消息还是传了出去。当时，正在伐元的明将李文忠就是这样得知了此信儿，当即率兵日夜兼程赶至应昌。可大兵到时，元嗣君爱猷识理达腊已在护兵的保护下，打马向北逃走了。他只抓到了元帝的嫡子买的里八剌及后妃宫人、诸王将相官属数百人，得宋元玉玺、金宝十五，玉册二，镇圭、大圭、玉带、玉斧各一；再出精兵追至北庆州，也没抓到元嗣君；还军时经兴州，擒拿了国公江文清等人，收降元兵三万七千多人；过红罗山，又降服了杨思祖之众一万六千余人。李文忠把大捷奏凯报京师，群臣无不兴高采烈。朱元璋更是高兴异常，命李文忠押解买的里八剌等人班师回朝，他将在奉天门朝贺徐达、李文忠等有功之臣。

说书人先按下洪武皇帝如何朝贺功臣不表，先说说李文忠派兵将元帝嫡子、妃子及王公押解到京师之后，朱元璋学习先朝对俘虏之君王采取的做法，以宽待仁慈之政策，允许被俘的王公、嫔妃穿上元朝的朝服进宫朝见。在接见时，朱元璋用一种大度得体的态度，以礼相待。他首先降旨，元帝因顺天命，在明军攻入大都时，自动退出，故此特加其号为"顺"字，即元顺帝。"元顺帝"之称，便是这样留下来的。接着，他又降旨，赐给买的里八剌等王公、嫔妃冠带、府第，允许他们永住江宁东北之龙光山。皇上之豪举，不仅对元朝战将震动极大，还成了一段儿美谈，人们无不称赞大明天子明太祖朱元璋的英明。

此事表过，我们回头再说朱元璋下诏给徐达大将军和李文忠副将军，命他们带领所有战利品整军南归，迅速班师回朝。当年冬十一月，徐达、李文忠率得胜之师返回应天府，朱元璋亲率群臣、众将士，同南京府民出城相迎。长江岸边那是人山人海呀，并摆放着祀天祭地的香供和美酒、羔羊等犒劳之物。当大明王朝讨北的大军到达时，鼓乐齐鸣，欢声雷动，载歌载舞，可以说这是南京府百余年来从未有过的热闹场面。徐达和李文忠在奉天门叩拜皇上，洪武皇帝朱元璋走下墀台，拉着两位大将的手，热语衷肠地说："你们的北征，功高盖世，朕心大悦！今天刚刚归来，大家已是鞍马劳顿，早点儿歇息去吧。"之后，又命令大都督府和兵部："朕要大封功臣，你们速将所有参战将士和众臣的功绩上表呈奏，朕要亲自论功行赏。"意思是，根据众将和群臣功劳的大小，由皇上来决定给以不同的颁爵行赏。因这是件庄严之事，大都督府和兵部早在徐达、李文忠他们没回来之前，就已做好了这方面的准备。所以，很快便把需要颁爵行赏的众将军和大臣的名字表上去了，朱元璋一一朱笔批复。

两天后，朱元璋先率领群臣及众位将军到郊外社庙告祭天地和列祖列宗，报谢神灵，然后回宫论功赏封。朱元璋下旨，向众臣宣布：晋李善长韩国公、徐达魏国公；封李文忠曹国公、冯胜宋国公、邓愈卫国公、常遇春之子茂郑国公；封汤和等侯者二十八人；封中书右丞相汪广洋忠勤伯、御史中丞刘伯温诚意伯。在大封群臣后，皇上设坛亲祭战殁将士。受封的公、侯、伯无不激动万分，高呼万岁，叩谢圣恩。朱元璋觉得仅此还不足以表达自己对功臣的衷情，又同马皇后一起在新建的富丽堂皇的金銮宝殿奉先殿大宴有功之臣，同时犒赏参战之将士。酒席宴上，朱元璋兴致勃勃地讲起了自己叱咤风云大半生的戎马生涯，说道："刚出乡里之时，本是图自全，无大想法，因此便跟着郭子兴除匪患。起兵之后，观群雄所为，没有为民做好事的，全是害民的。如张士诚、陈友谅等，无不如是，皆为无大志、图私利之人。朕这才下决心在群臣辅助之下，为国为民立一新朝。朕的想法，即是布仁义、行解结、与众臣同心共济。对元朝，在战略上采取了出其不意、反施而北、直攻大都的办法。经众将的浴血奋战，才有了今天的局面，是大家共同奋斗的结果。"朱元璋的这番话，对自己、对国家、对儿孙、对承继大业都有好处，也可以说是对创立大明朝的总结。

朱元璋这个人无论做什么，都是言必行，行必果，善始善终。说到这儿，有两件事得向各位阿哥交代一下。第一件，也是朱元璋久久牵挂于心的事儿，就是在他做了皇帝之后，曾秘密派内臣到自己的出生地安徽濠州，去了解、拜访小时候待过的皇觉寺。朱元璋没有忘记那里是走入人生的第一座大学校、第一个课堂，皇觉寺的住持是他的第一位老师。朱元璋的父母也在濠州，他们对儿子当然是恩重如山了。可在朱元璋做皇帝时，两位老人家已经故去了。不过这用不着他惦记，因为父母的亲属该分封的早已分封了，家里再无其他什么人为他所牵挂，唯独觉得欠皇觉寺长老的那笔账没有还，心里一直过意不去。他自从投军以来，东征西杀，军事繁忙，想回去看看都不能；做了皇帝之后，更是朝野内外诸事甚多，根本无暇去皇觉寺拜望。可他始终没有忘记恩师那慈祥的目光及对自己的亲切鼓励、谆谆教诲，便让内臣脱下朝服，换上便装，悄悄前往濠州去访查。看看皇觉寺现在怎么样了，了解一下长老是否还在人世，各位师兄弟生活得如何，等等。查明后，速速回返，将情况如实奏报。

朱元璋为什么让内臣去私访呢？因为不想惊动当地的州官，怕给他们带来麻烦。只想等查清楚之后，再好好儿报答皇觉寺，特别是回报恩师对自己的栽培之情。曾不止一次地想过，是皇觉寺收留了他这个穷苦的孩子，给饭吃，给活儿干，给予生命和力量；也正是从这时起，他开始踏入社会，跟着郭子兴举义旗才有了今天。朱元璋不是忘本之人，打算拨出银两，重建皇觉寺，重塑皇觉寺佛像的金身。如果长老愿意的话，还要将其接进皇宫大内，每日给长老磕头，天天孝敬他老人家。朱元璋本来是个敬佛、爱佛之人，就是如今当上了皇上，在宫廷大内仍然供着佛，每天早晚抽出时间到佛堂诵经、敬佛。而且时刻记着从皇觉寺出来时，长老对他讲过的话："你做过和尚，已经剃度了，一定不要忘记作为一个僧人每天的课业。要日行所业，勿可荒厌。"这些年来，他一直按长老嘱咐的话去做。

朱元璋派出的内臣没过几天便回来了，向皇上叩禀了访查的情况后，朱元璋痛心疾首，差点儿没号啕大哭！四十来岁的人了，那眼泪滴滴答答地直往下掉哇！怎么回事儿呢？原来派去的内臣到皇觉寺所在的地方一看，什么都没有了，听说早在六七年前被张士诚、陈友谅的兵马给烧毁了，现在连残垣断壁也踪影皆无！朱元璋又详细地问内臣所查之处是否有差？内臣回禀道："小的问了许多人，绝无差错。"朱元璋听了，若有所思。内臣还禀道："眼下那里架一片席子营，就是用破席子搭的棚子，里边住的是丐帮。"朱元璋忙问："大概能有多少人？"内臣回道："足有三四百号人，其中有男有女，有老有少。一个个破衣烂衫、蓬头垢面的，还有个丐帮头儿，领着这些人要饭。因此，人们称那里为席子营或丐子营。"朱元璋听后，这个悔呀！恨自己派人晚了，于是决定拿出宫中皇上御用的银两去安置丐子营。他命内臣带着吏部的人和三千两白银，再次前往濠州，找地方官商量，务要安置好丐帮的所有人员。或安排他们开荒屯田，或做其他生计，使衣食能有着落、生活安定。内臣领命而去不表。朱元璋还决定，用宫廷内省下的银两，在南京鸡鸣山修建佛殿，包括在新修大殿旁边曾有过的尼姑居所明月庵一并修好，以此表示对恩师的崇仰和感激之情。另外，他考虑到离开皇觉寺时，长老已七十高龄，现在肯定圆寂了。可惜不知长老千古之后埋于何处，只能待鸡鸣山佛殿修成之时，单设一佛堂供奉恩师的神容了。自此，朱元璋告知内臣，要吃斋百日。马皇后完全同意朱元璋的做法，并表示跟皇上一起斋戒。

头一件表过，咱再说第二件事儿，即此次封赏之事。说实在的，这是件大事儿，可不是朱元璋一时心血来潮封了那么多公侯伯子爵，而是苦费心思并找人商量之后才办的。

朱元璋办事一向认真、细致。前一段时间，他既忙着指挥徐达、常遇春、李文忠在前线与大元的诸将征战，又关心着傅友德对云南、四川一带的拼杀，还要顾及李善长、汪广洋等人在治理朝政上遇到的一些不可解的问题，忙得天天吃不下饭、睡不好觉。而现在，元朝的暴政铲除了，大明朝创立了，国威渐渐树起来了，万事遂心如意。他想，之所以有今天，是众将群臣抛家舍业，跟随自己南征北杀、浴血奋战的结果。有些人已经血染沙场，侥幸存活下来的，大多浑身伤痕累累，他们为大明江山的夺取是立了大功的。为了大明的今天，也为激励诸臣和众将争取未来，总应该有所交代，对一块儿摸爬滚打的弟兄们应予授功赏爵。只有这样做，才能对得起他们。

朱元璋又想到，大封功臣是件好事儿，做得周全、封得准，便会让人服气。只有封对了心思，把诸臣众将之心拉得更近，将那心里的熊熊之火点燃，共同照耀大明天下，才是真正的日月生辉。可是一旦办得不好，出现闪失，则将事与愿违，达不到预期的效果。那么，怎样才能办好这件事，对各位大将、众位臣子的功劳评判得恰如其分呢？确实不容易呀！应该说，对每位大将、大臣的表现以及品德、才识、功绩的高低、大小，早有自己的评价，过去对他们也一直是恩赏有加的。尽管如此，看人毕竟不像买东西，半斤八两分毫不差，总有个高低、好恶之分。为了办得稳妥，一切心中有数，真正做到准确定其次第、论功行赏，还是得找个人商量商量，听听他的看法。即使是同自己的见解相悖，总可以起参照作用。找谁好呢？这个人必须得心正，心态要好，真像一杆秤、一把尺一样，不摇不摆、不高不低、不长不短。如果是个心怀叵测之人，在评定人或事情的时候，便会因私利而左右摇摆、上下颤动，一会儿高、一会儿低、一会儿长、一会儿短，这样肯定不行。李善长、胡惟庸、汪广洋都是执掌朝政的大臣，人品还不错，找他们行吗？不行。宋濂是太子的老师、大学士，有学问，人品也好。他四书五经倒是背诵如流，对其他人却很少了解，恐怕不一定能说得准确。徐达当然是信得过的老哥哥，为人谨慎、谦虚。可那是个大将啊，长期在外，对随他征战的将领能够说得清清楚楚、明明白白，但对内臣的情况不一定掌握得那么具体了。朱元璋想来想去、比来比去了好一阵子，最后选定了像老师一样受其尊敬的军师刘伯温。刘老先生刚直不阿、敢说敢讲，是个有话就说、没话不讲的人，朱元璋对他是既喜欢又怕。为什么这么说呢？因为刘伯温不惧上、不惧下、不惧内、不惧外，一向不会顺情说好话，从来是实话实说，非常坦荡，心如白水一样清澈，没有任何掩饰。不管你是天王老子还是神仙大帝，只要有话必一吐为快、倾囊而诉，才不在乎你愿听不愿听呢！哪怕明知不愿意听，只要觉得是为你好，忠言逆耳，肯定直言不讳。有些时候，正是因为这样才出了乱子，也因此得罪了不少人。

各位阿哥或许还不知道，刘伯温在群臣之中很受尊敬，不过也有些人烦他、看不上他，甚至恨他、整他。缘何如此呢？因老先生只要认准自己是对的，从不趋炎附势，说话好带刺儿，让人听了不舒服。朱元璋完全清楚这一点，所以，总是暗暗替他撑腰。特别是有那么几个人经常在朱元璋跟前告刘伯温的状，时间一长，架不住听得多呀，有时对军师便不满意了。你想啊，谁不愿意听顺情顺耳的话，谁不要面子呀？朱元璋也是这样。可刘伯温不管那套，说起话来一点儿面子都不顾。只要让我讲，我就讲，决不话到舌尖留半句，一针见血地讲给你听。哪怕是听了生气，还是照直说，你以后吧嗒吧嗒嘴慢慢去品，这话究竟是香的还是臭的、是对的还是错的。他就是这么个人。

朱元璋对刘伯温虽然有时敬而远之，但又离不开。因为自朱元璋下金华、定括苍、请出刘伯温以来，大事小情都请教于他，而且从不直呼其名，口口声声称先生。正是依军师的谋划办了，使得一步步迈得稳、走得顺，才赢得了今天。有些计策朱元璋开始时并未听，随着形势的进展，后来还是得按刘伯温的话去做，照他所指的道儿去走，结果证明是对的，否则就将功亏一篑。这些招法不是凭空而来的，而是多年的不断磨砺，从经验教训中总结出来的宝贵财富。在这种情况下，朱元璋怎能离开刘伯温呢？就是此次论功行赏，应怎么办，宴请群臣时该说些什么，也全是遵从刘老先生的主意办的。如此看来，论战功、夺城池，徐达、常遇春当数第一；论谋略、掐点子，刘伯温功劳最著。

刘伯温一世清白，淡泊名利，我行我素。在他看来，我之所以帮朱元璋，那是看中了你，是为了大明的江山社稷，不是为了攀高结贵。对那些互相倾轧、尔虞我诈之事，他向来不屑一顾。在开创明朝基业之时，刘伯温处处热心辅助朱元璋，这个事儿拿点子，那件事儿出主意，使之获益匪浅。当明朝确立、朱元璋称帝后，朱元璋待刘伯温还像以前一样，从未以皇上身份面对他。然而，刘伯温却十分注意礼法，君臣有别，处处与朱元璋按主从相处。朱元璋出于对军师的尊敬，觐见时不让他磕头，刘伯温则一定要磕。朱元璋要军师坐，刘伯温则说："只能君坐臣站。有君臣之礼，国家秩序才不至于紊乱，政令方可通达。过去我与皇上是哥们儿，现在不同了，是君臣之别。必须要树立君之威、臣之谨，依法而行。"自武洪元年之后，刘伯温做了太史公，专做立法施政之事。潜心研究唐、宋、元以来朝政的法制、规章，哪些可用，本朝就沿袭下来；哪些与本朝不合，便予以废除或加以改革。朱元璋对老先生所做的一切，既感激又非常满意。

此次朱元璋找刘伯温合计一下封功臣之事，还有一个想法，就是征求一下军师对如何分封本人的意见。朱元璋知道，之所以少走了一些弯路，少杀了不少人，很多事情办得特别顺利，主要是仰仗刘伯温的谋略。

那么，该封给军师一个什么爵位才能满意呢？这些天，他为此也是冥思苦索。他还去了坤宁宫，跟马皇后说了自己想找刘伯温合计一下封功奖臣之事，目的是听听枕头风儿。马皇后跟皇帝的感情很好，有主见，对刘伯温十分敬佩，便说："陛下想得对，应当找先生一块儿商量商量，听听他的意见，只有好处没有坏处。"夫妻俩说说唠唠了半天，意见完全一致。

这样，在论功行赏之前，朱元璋便找刘老军师来商议，并谈了关于给群臣和众将受赏的具体考虑。刘伯温认真听了朱元璋的想法后，表示赞同做论功行赏这件事，同意陛下的安排，认为给每位臣子和将领的所有恩赏是得体的，并说："皇上这样做当属英明之举，是深思熟虑而为，大明的将来会更加辉煌。"与此同时，他又为皇上出了许多主意。说书人在前面讲过的朱元璋亲自到江边儿欢迎凯旋之将士，场面布置得红火、热烈以及封赏的各种做法，包括皇上、皇后在宴请有功之臣时该讲些什么，全是刘老先生出的点子。刘伯温当时告诉朱元璋："陛下在宴会上对群臣众将不用讲别的，也无须过多表示如何如何感激。重要的是应当说些对大明的今天和明天有真知灼见的话，讲讲夺取天下的经验及为巩固大明江山今后需做些什么，肯定会鼓舞众将群臣、启示后人的。"朱元璋真的按照刘伯温的主意做了，在酒席宴上向大家说了一番十分中肯的话，效果确实很好。

朱元璋在同刘伯温的交谈快要结束时，忐忑不安地问道："对有功之臣都赏了，那么对先生您，朕该如何封赐呢？朕认为，先生为大明王朝功在首位，且功高盖世，岂是封个公、侯、伯、子、男的爵位可以的？如果没有您时时、处处、事事的深思熟虑，怎会有大明的今天？不知先生想要一个什么样的职位，只要说出来，朕定会满足心愿的。"刘伯温听后不高兴了，便道："陛下此言差矣，我怎么能与大将军徐达、相爷李善长等有功之臣相比呢？仅仅是做了应该做的，何况并不是每件事情都做得那么尽如人意。应该说，大明的每位臣属、将士都出了力了，各有贡献。只不过是寸有所长、尺有所短，每个人皆可为师，也皆为徒也。不要说哪个人凡事皆知，世上不会有这样的人。况且我刘基年事已高，难当公侯之任，唯为陛下的社稷，诚心诚意尔。"此番话说得朱元璋很是感动，从中还受到了启发，马上说道："既然先生不受公侯之位，那朕就封您诚意伯吧。"说完，立即下诏，封枢密使忠诚刘基为诚意伯。诚意伯的"诚意"二字，原来就来自刘伯温"唯为陛下的社稷，诚心诚意尔"这句话。

朱元璋同刘伯温聊了一会儿，又问："先生，您对封赏功臣之事还有什么高见？"刘伯温想了想，回道："陛下对臣属之心可鉴。但凡事物极必反，予者愈多，则伤者亦愈多，望不可过也。"刘伯温此话是什么意思呢？即是说，皇上答谢群臣的这番心意，大家都看得明明白白。可是什么事情只要做过了，则可能适得其反，会朝相反的方向转化。你给得越多，受伤害的也越多。陛下大封功臣之举，有这么一次就行了，以后不可再做了。在朱元璋正思考军师的话语之时，刘伯温接着又道："好了，好了，一切好了。"朱元璋听后，竟怔住了，没明白是啥意思。这时，刘伯温不管对方正在出神、发愣，站起来便向皇上拜别，朱元璋忙着起身送先生，可眼睛却一直瞅着军师犯疑，在想怎么个"好了，好了，一切好了"呢？想问吧，看先生的样子根本不想讲，还直往外走；不问吧，真的不明其意，心里免不了犯寻思。他知道先生有个怪脾气，常常让人对他所讲的话得想半天才能回过味来。有些人说不如称刘伯温为刘疯子，说话总是着头不着尾的，朱元璋却不这么看。他认为先生不直言其意，目的是提醒你、警示你，让你去思考、去琢磨、去品评。思忖之后，自己去多加注意。朱元璋想："这大封功臣之事，难道还有什么不好吗？"各位阿哥，随着我讲的听下去，你定能体会出刘伯温那句话的含意来。

刘伯温辞别皇上刚迈出门去，又返回来了。朱元璋一看高兴了，心想："好哇，先生回来，可能是要把方才说的话解释清楚。"这么想着，便急忙上前笑迎先生。刘伯温则站在那儿对皇上说："陛下，臣还有件事情想说，估计陛下会想到的。目前看来，北事已定，大功告成。但陛下不能掉以轻心，应同大将军商量继续北伐，尤其是对在甘肃、兰州一带活动的扩廓帖木儿不可小觑。此人是个干将，有能力亦有谋略，正在扩充自己的力量，准备东山再起。也曾同大将军徐达、常遇春较量过，恐怕将来仍会是大明的祸患呀！"朱元璋听刘伯温提到了扩廓帖木儿，心想："其实朕知道他很有能耐，恨不能早些弄到手，为己所用。"刘伯温又道："这个人孤芳自赏，善用骑兵，而且勇猛善战，是难以对付的猛将。不过还有一位比扩廓帖木儿更厉害，臣请陛下注意。"朱元璋忙问："此是何人？"刘伯温答曰："就是盘踞在辽东金山的纳哈出。他降过大明，被放回去之后，依然野心勃勃。眼下正养兵蓄锐，准备东山再起，重打元旗，另立天下。纳哈出头脑聪颖，多有智谋，掌握兵力很强，所占据之金山有独到的天时地利。我们与他对付起来，恐非陛下一代所能完成。"刘伯温谈得很是中肯。

朱元璋听后一惊，心里琢磨开了："自大明建朝以来，已是天下得安、四海升平，十几年的血战总算画上了一个句号，元朝的兵力及一些义军的势力早随之土崩瓦解。至于在辽东、甘肃、四川、云贵一带还有些元朝的兵马，只不过是残兵败将，不堪一击，怎么会有如先生所说如此严重的事情呢？"这时，刘伯温问道："说一句陛下不一定愿意听的话，此谓忠言逆耳，不知想听不想听？"朱元璋回道："老先生，您说，您说。先生讲的话，朕一向愿意听。"刘伯温刚张口要讲，朱元璋忙边拉着先生扶坐在太师椅上，边说："不急，不急，坐下来慢慢聊。"然后，命内臣献上茶，回身坐在了刘伯温的下首。刘伯温觉得这有失君臣体统，立刻站了起来，朱元璋硬摁着让他坐下，说道："老先生与朕不仅非一般的君臣之谊，还是兄弟呢，有话尽管讲。您一向是披肝沥胆为社稷，这一点朕心里比谁都明白。以此为前提，先生还有什么犹豫的？想讲什么一股脑儿全说出来，啥都行。"朱元璋的诚挚之情感动了刘伯温，于是便大胆地言道："现在朝中一片笙歌，这是应该的。然而有一股情绪，虽然尚不明显，也请陛下关注。常言道：'遇逆勿馁，遇顺勿骄。'这八个字儿中的前四个字儿很容易做到，而要做到后四个字儿，则不易。然而，它却是立世之本，人生在世当须牢记。"他是一字一板地把话吐了出来。

刘伯温说的是什么意思呢？"遇逆勿馁"，即遇到逆境之时，常常容易气馁，失去了信心和勇气，因此，在逆境、不顺心的时候，当防备气馁情绪的发生；"遇顺勿骄"，即遇到顺境之时，每每容易骄傲，只看好的方面，忘记了还可能有不好的事情出现，因此，在顺利、事事如意的情况下，要防止骄傲情绪的发生。刘伯温接着说："陛下，大明朝正处在一切顺遂之际，君君、臣臣、父父、子子绝不能自满，骄兵必败呀！只有'遇逆不馁，遇顺不骄'，陛下所创建的大明才能真正光耀天下，代代昌盛，一代更比一代强。希望陛下能委婉地提请徐大将军他们思虑这点。当然，徐大将军无论品德还是为人都很好，素为大家所尊敬，臣希望他长盛不衰呀！"刘伯温老先生苦口婆心地说了此番话，目的就是要引起皇上的注意。

朱元璋非常重视刘伯温的提醒，那是军师呀！过去每件事都说得很准，这些话当然也不例外，他是听一句答应一声。不过又觉得眼下并没发现有什么骄傲的迹象显露出来，心想，以后多注意就是了。刘伯温怕他犯老毛病，尽管表面上答应了，心里却不这么想，所以又强调道："陛下，我刚才提的不是小事儿。一定要防微杜渐，什么事情必须想到前头，可不能出现了问题后悔呀！"朱元璋笑着说："请放心，先生讲的朕都记住了。"刘伯温点点头道："那好了，臣告退了。"说着，叩别皇上往外走。朱元璋赶忙站了起来，不拘君臣之礼，上前搀扶着先生。于是，老哥儿俩手拉着手，一步步向宫外走去。

正如刘伯温所讲的，自己年事已高，快进古稀之年了，精神倒是蛮好，可腿脚不那么灵活了，走得很慢。当老哥儿俩到了宫门口儿时，朱元璋命内臣："快去，把朕所用的那个小吱扭叫来，送军师回府。"刘伯温忙道："不烦劳陛下了，我愿意走，走走好。经常走一走，身板儿更硬朗。"朱元璋说："哪能那样呢，坐着总比走舒服呀！再说先生来此好长时间了，也累了，还是坐小吱扭回去吧，以便早点儿歇息。"说着话儿的工夫，内臣已将小吱扭唤来了。

什么是小吱扭？就是类似江南常用的供人乘坐的交通工具滑竿儿。即用两根长竹竿儿，中间架起后有靠背、两边有扶手的藤椅，被抬的人坐在藤椅上。为防日晒雨淋，藤椅上还用细竹竿儿搭一凉棚儿，不用时，可放下。人坐上之后，自然有了压力。当两个人扛起竹竿儿向前走时，随着脚步的迈出，竹竿儿上的藤椅一上一下地颤悠，走出颤颤悠悠的步子来。这样，使坐的人不感到蹾跶，抬的人亦不觉累，走起来能听到有节奏的"吱扭、吱扭"之声，故而称之为小吱扭。那时，几乎家家都有此种交通工具，一般是从这个院儿到那个院儿，最多也就沿着市井中间的道儿走走，既简单又方便。朱元璋过去在征战时常坐，现在虽然当了皇帝，有了龙辇，但出行时仍愿意坐小吱扭，已经习惯了。

朱元璋站在宫门口儿，望着小吱扭走出很远了，才慢慢返回宫里。他走在玉石铺成的甬道上，低着头，倒背着手，边走边琢磨着刚才刘老先生所说的话。他越想越觉得好笑："这人哪，老了容易磨叨，过去军师可不这样。如今年岁大了，对我就像对小孩子一样，总怕听不懂他的意思。一句话能说成两句，两句话能说成三句，才不管你烦不烦，那就是个说。你还不能不听，他是军师呀，又是很自负的人。如果流露出一点儿不愿听他话的意思，转身便走，半点儿面子不给留。"朱元璋对刘伯温的脾气摸得透透的，因此，平时尽管有些话不愿听，却只能硬着头皮听下去。不论他怎么个讲法，是发脾气讲也好，瞪眼睛讲也罢，还是慢条斯理地讲，或者坐在那儿好半天不说一句话，朱元璋都做出一副认真听讲的样子，不动声色地听先生把话说完，然后自己再说几句。即便有些话听了生气，不愿听了，也得在先生走了之后，暗自生气。朱元璋今天听了刘伯温的话，觉得先生过虑了，有点儿小题大做、言重了。认为，目前根本没有什么骄兵必败的表现，就算他姑妄言之，朕姑妄听之罢了，不必计较。想到此，他还晃了晃脑袋。

单说朱元璋刚刚用过晚膳，内臣来报："启禀皇上，明天徐达大将军等人要去北平府了。皇上答应今晚为他们饯行，是不是该起驾了？"朱元璋听了内臣的禀报，忽然想起来了："对呀，是有这么个事儿。"原来那是在大封功臣之后，徐达提出马上率兵马返回北平府。一是坐镇北平，严守北疆；二是要在那里训练兵勇。他就是这样，办什么事儿一向雷厉风行，从不拖泥带水。启奏获准后，徐达与李文忠、冯胜、傅友德等众将商量，决定各自尽快回家安顿一下，准备行囊，抓紧调集所部的兵马，次日辰时出发北上。当时，李善长赶来凑热闹说："陛下，徐大将军他们劳苦功高、常年在外、风尘仆仆的，好不容易回来一次，没休息好又要出发远征，今晚应给摆宴送行，以略表我们在京城的臣僚们对诸将的感激之情。"经他一提，汪广洋、胡惟庸一致表示同意，朱元璋也觉得是件好事儿，高兴地说："好哇，今天晚上咱们君臣一起，为远征的将士设宴饯行！"事儿就这么定下来了。

汪广洋为晚上的宴会做了细致的安排，准备酒宴之后，请来几位艺人给大家助兴，既有江南美女来唱吴歌，又有著名的评弹艺人弹唱《目连救母》和《桂英出征》。大伙儿皆认为考虑得挺周全，已经好长时间没听到吴歌了，真想听听。吴歌是很出名的，曲调优美、动听。从南唐李煜以来，北方很多人到了江南想听、想看的，便是吴歌。再说江南评弹也是一绝，清婉、抒情。

朱元璋听了内臣的禀报后，忙令其去后宫再报马皇后，问皇后去不去。内臣回来禀奏，因王妃儿媳身怀六甲，皇后娘娘就不去了。朱元璋脱掉红袍，由内臣帮着换上明服，之后上了彩轿，起驾赴宴去了。在宴会厅等待的群臣见皇上来了，忙起身恭迎。朱元璋高兴地坐在了前面，特别嘱咐北征的几位大将挨着自己身边坐下，其余大臣各自落座。朱元璋左侧坐的是刚毅勇武的徐达大将军。在这次大封功臣中，他由原来的信国公又封魏国公、太子少傅、光禄大夫、右丞相，官位颇高，很是显赫。朱元璋十分崇敬徐达，亲切地拉着他的手。朱元璋右侧坐的是著名小将李文忠，字思本，小字保儿，是朱元璋姐姐的儿子。李文忠十二岁的时候，母亲早丧，由其父，即朱元璋的姐夫李贞带着转辗于乱军之中。

后在滁阳遇到朱元璋，见保儿甚喜，抚以为子，教他念书、习文，勉励其苦练武功。李文忠从十九岁始便率军打仗，骁勇冠诸将，在历次征战中，都是临阵踔厉风发，率先垂范，冲锋陷阵，立下赫赫战功，是朱元璋得力的后起之秀。此次大封功臣时，他特进荣禄大夫、右柱国、大都督府左都督，封为曹国公，同知军国事。朱元璋握住外甥的手，觉得很自豪，认为李文忠给老朱家争了光。自己的儿子们虽然皆已封王，但还没起来，没有一个能像李文忠这样成为独当一面的大将。坐在李文忠旁边的是远近闻名的大将冯胜，初名国胜，生时黑气满室，经日不散，待长大一些，威猛多智略，锋芒外露。他有个哥哥冯国用，也是一员大将。两兄弟俱喜读书、通兵法，在随朱元璋战三叉河、板门寨、鸡笼山中，皆屡立战功。朱元璋看这哥儿俩老实、厚道、肯干，而且打仗很勇敢，遂收为自己的帐下亲军，在身边做护卫。冯国用不仅在战场上敢拼、不怕死，还很有计谋。一次，朱元璋向他咨询天下大计，冯国用说："金陵龙盘虎踞、帝王之都，先拔之以为根本。然后四出征伐，倡仁义，收人心，勿贪子女玉帛，天下可定也。"此话深得朱元璋的赏识。可惜冯国用很早就战死了，享年只有三十六岁。冯国用去世，朱元璋十分痛心，在这次大封功臣时没有忘记他，追封为郢国公，并将其肖像列入功臣庙中。冯胜先是承袭其兄之职，统率亲兵，在征战中，功劳显赫，遂升迁右都督兼太子右詹事，又升至征虏副将军，此次被封为宋国公。坐在徐达旁边的是一位大将，那便是傅友德，也相当出名，将来在本书中要介绍。在大封功臣时，同样没落下他，同汤和一样，是二十八位侯爷中的一位，为颍川侯。其余在座的多为公或侯，皆是朱元璋的股肱、国家的顶梁大柱。因此，朱元璋对这些大将特别喜欢和器重，高兴地为他们饯行，希望出师得利，得以凯旋。

酒宴之后，看罢评弹，听完吴歌，大家尽欢而散，朱元璋坐着彩轿回宫。走到半道儿，突然把手一拍，叫道："哎呀，大事不好！"随从急忙叩向："陛下，怎么了？"朱元璋说："我忘了一件事儿，没有告诉徐达大将军他们关于刘伯温军师嘱咐的'遇逆勿馁，遇顺勿骄'的话，更未说要特别注意扩廓帖木儿等人，不能轻敌，一定要小心之言。"那么，他为什么忘了呢？因为朱元璋听刘伯温讲这番话时，总觉得先生把事儿看得过重了，不至于到他说的那个程度。所以在酒宴上，他只顾同大家高兴地推杯换盏，又听琵琶又听吴歌的，老军师的提醒早忘脑后去了。此刻他想，这些话说说倒没啥坏处，是应该告诉天德他们。可又一想，行啊，没说就没说吧，大将们都很尽心，不会出啥事儿。

徐达、李文忠、冯胜三位大将于酒宴的第二天一早，率众将士号炮拔营起程，用舟渡过了长江，然后骑兵北进，直奔北平而去。闲话少叙，他们到北平后，便安营扎寨，训练士卒，天天早晚皆操练。在练兵的同时，向四方派出探子，侦察了解什么地方有元兵及其具体活动等。这些探子全部乔装打扮，有的扮成猎人，有的扮成到大漠去售盐的商贩儿，也有的扮成砍柴的樵夫，或扮成贩马的、贩牛的、卖骆驼的、卖羊的，总之做什么营生的都有。这样的探子共派出二百多个，徐达将他们分成三拨儿。其中一拨儿过山海关，打入辽阳一带，因此时辽阳还在元兵手里。说书人要提醒各位阿哥，明代这个时候的势力并没有进入辽东，长城以外仍是大元的势力。出居庸关往北进入大漠蒙古之地，那是元兵藏匿的地方；从北平府的东北出古北口到科尔沁的道上同样有元兵；另外，从太原奔大同，再直接往西北进入大漠，还有蒙古兵。其中一股儿势力比较强大的元兵，就集中在甘肃兰州一带，头领便是从太原逃到那儿的扩廓帖木儿；另一股儿元兵由纳哈出率领，盘踞在辽东金山一带，力量不比扩廓帖木儿弱多少。其他地方有多少元兵，尚需详细侦察。

徐达、李文忠、冯胜将探子派出去以后，便在大营里天天练兵，着重训练骑兵。攻城略地主要靠步兵，而今后要进入大漠作战，那是数百里无人烟哪，步兵是走不远的，只能靠骑兵。再说大漠里树木不多，有的只是一片沙土、一片焦地，遇大风天沙尘滚滚，眼睛根本睁不开，很是艰苦。而且既缺粮又少水，全指仗征马驮着有限的粮食和水，马伤了或死了，随时需换马。因此那时出征，一个大将或骑兵在坐骑后总是备有两三匹马。倘若没有马了，可就寸步难行了，别说打仗，走都走不出大漠，得活活饿死、渴死。除此，为保证给养，在骑兵的后面，还得跟着大批的牛、羊、骆驼。这需要单有放牧人员，也属于兵卒，差事是饲养这些牲畜。其实，他们始终跟在大军后头一块儿走，同样很辛苦，一天二十四小时闲不着。比如给马饮水呀、喂草料哇，牛羊不能瘦了，必须随时放牧。牲畜即为口粮，供战士走一路、吃一路。那时，哪来那么多粮食呀，军队的粮食本来就不多，朱元璋又约法三章：大军进入屯寨之后，不得抢劫老百姓的粮食，违者斩；敢压价购买粮食者斩。要求各路军自备粮食，没粮只能吃牛羊肉。天天不是多吃饭少吃肉，而是倒过来了，以粮谷为辅，多吃肉少吃饭。就是这样，粮食仍不够，有时得把野菜、树叶儿同粮食掺到一起食用。

各位阿哥，要知道那时是很苦的。朱元璋还规定，南京宫殿里上下人等的膳食及御马的饲料，一天只能有一顿以粮为主，那两顿以肉、鱼为主，而且首先从他自身做起。宫内尚且如此，百姓更不用说了。前书也讲了，宫廷内臣到朱元璋故乡访问皇觉寺时，见到的席子营里有那么多衣不遮体的乞丐，这在当时不足为奇。由于长期征战，特别是十几年的讨元战争，致使土地荒芜，民不聊生。加之水旱荒灾，从洪武元年到洪武十年这段儿时间，粮食奇缺，元朝和现在的大明可以说都是乞丐之国，此话绝不是夸张之词。人们穿的是补丁摞补丁的衣服，出外要饭吃的实在太多了，卖儿卖女的、插草卖身的也不稀有，能把自己卖出去，就口念阿弥陀佛了。

放下徐达率众练兵、为征战做准备暂且不提，单说一天徐达等人秘密地接待了一个重要人物，是傅友德送来的。原来傅友德在带着十几个弟兄骑马到哨卡巡逻时，发现了一个可疑的人。抓到之后，那人直劲儿地喊："我谁都不见，就见徐达！"傅友德便按战场上的规矩，给他头上套上了猪皮口袋。这是一种北方常用的带毛的口袋，里儿冲外，缝得很严实，装水都不漏。你想啊，把皮口袋扣在人的头上，出气儿能不困难吗？真是憋得够呛。尽管此人连连叫喊："快打开，要憋死我呀？受不了啦！"傅友德没管那套。因为他知道，徐大将军办事一向谨慎，不仅是带兵打仗的元帅，还善于用探子刺探敌方的情报。每次派出去的都不少，情况了解得很细致，从不打无准备之仗。因此，经他指挥的战役从未失败过，真正做到了知己知彼，百战不殆。徐达还有个特点，就是对派出的探子皆称为朋友，并对他们的各个方面给予无微不至的照顾，像对待自己的亲兄弟一样。探子们也因此勇敢地入虎穴、探虎情、拔虎牙，很是尽心尽力。有了这些人的秘密调查、私访，使明军的耳朵不聋、眼睛不瞎，能知千里以外之事，几乎每次打仗皆能出奇制胜。探子不只是汉人，蒙古族、东海女真及各个民族的全有，做什么行当的都有。不管你是蒙古族还是原来做什么的，统一进行训练，到需要的时候，士、工、农、商该用什么用什么。对手是商人，我就派商人去；对手是做工的，我就派工人去；对手是拉药匣子的，我的探子就是那郎中，这叫"对症下药"。当傅友德一听此人直喊要见徐达，心里有些明白了，估计很可能是探子。按军中的规矩，有徐达在，自己没有问的权力，可又不能大意，所以，便给来人的头上套上了猪皮袋子，然后带回北平府的中军大帐。

一进入大帐，傅友德便对徐达说："大将军，刚才抓来一个可疑之人，口说一定要见徐大将军，还说认识你。"徐达问："谁呀？"那人一听是徐达的声音，忙喊道："徐大将军，是我。憋得难受哇，快叫他们把这东西拽下去！快，快呀，喘不过气儿来啦！"徐达命人把那人头上的皮口袋扯了下来。此时，坐在中军大帐里的还有李文忠、冯胜，他们都把目光集中在这个人身上了。只见他个子不高，身穿紫色的蒙古袍子，腰间系了一条粉色的带子，脚蹬蒙古靴。为防寒，在盘着一根辫子的头上戴顶貉皮帽子，把脑袋捂得严严的，只剩一对大眼珠子，看不清他的面目，像个地缸似的往那儿一站。看穿戴是从北方来的，因那里的天气此时还很冷。徐达走近他，缓缓地说："把帽子摘下来，让我看看你究竟是谁。"那人把帽子一摘，扑通一声跪倒在地，"咣、咣、咣"地给将军叩头。徐达说："好了，好了，抬起头来吧。"那人把头一抬，徐达这才看清了，高兴地说："哎呀，豁鼻马，原来是你回来了，太好了！"李文忠也认识豁鼻马，忙走过来，让他站起来说话。豁鼻马站起身后，大步来到桌子跟前，不管是谁的茶杯，端起来咕嘟咕嘟一饮而尽。左一杯右一杯，一口气喝光了桌子上放着的四大杯茶水，然后放下杯子说："快把我渴死了，这回可喝个痛快！"徐达让他快坐下歇歇，回头对傅友德说："友德呀，去忙你的吧，这人交给我了。他来的事儿，不要对任何人讲。"傅友德答应一声"明白"，便退出了中军大帐，接着干他的巡逻布阵之事去了。

话说傅友德带回来的豁鼻马，便是前书讲过的在徐达、常遇春攻打山西时，投降过来的那个扩廓帖木儿身边的干将。因犯了错误，挨了扩廓帖木儿的鞭打而叛离大元的。也就是他，在徐达攻取山西一仗时，里应外合帮助明军打败了扩廓帖木儿。因此，徐达对他很好，当时不仅赏了银两，还给了妻妾。之后，按豁鼻马自己的意思，徐达也同意，让他回到了故乡科尔沁。可他回去不到半年，又回来找过徐达大将军。你想啊，这豁鼻马原来是扩廓帖木儿身边的人，花天酒地、吃喝玩乐的日子已经过惯了，在那大草原上能待得下去吗？得赏的银两倒不少，不过没到半年就花光了；得赏的两房妻妾也卖了一房，剩下的一个卧病在炕。在这种情况下，他才偷偷跑回来找徐达，想让徐大将军再帮些银两，给个出路。

徐达清清楚楚记得那次他回来的情景：当时，徐达在明白豁鼻马回来的目的后，看他眼睛滴溜乱转，嘴挺能说，还蛮机灵的。心想："对呀，这是个人物哇！看长的那贼性样儿就不是善茬子。眼下正需找人办一些事儿，他肯定是必选之人哪，何不再用一回？"这么想着，便问豁鼻马："要是愿意跟我干，可以给你点儿差事，不过必须得干好。若干不好，早晚挨收拾。即使跑到天涯海角，也能扭着你的脑袋抓回来，信不信？"豁鼻马忙说："那我信！从来都信大帅的，知道你神威天下。不但我怕大帅，而且元兵所有的将士没有不怕的，就为这，才来降的。那时我错了，根本不该回家去，我哪是个能在家待得住的人呢？在外头，无论是领兵打仗，还是干别的什么全行。一回到家里，不是让看牛就是看羊的，我可干不了这个，一心只想跟着大将军出去拼一拼。再说年龄又不大，才三十多岁，还能干不少事儿呢！大帅，让我跟着您、保护您吧，准是谁也不敢碰您。谁要敢碰大帅半根毫毛，我把他两只胳膊扭下来！"徐达听罢笑了，说道："这样吧，咱俩事先讲好，像做笔交易那样，你有几分功，便给几分赏。我这个做将军的，领兵打仗从来一是一、二是二，说一不二呀！"豁鼻马表示道："大帅，让我做什么都行，给您牵马、收拾屋子、端尿盆儿全没说的。"徐达道："别说笑话了，哪能让你去做那些事儿呢？咱们说正经的。你是蒙古人，懂蒙古语，要真的愿意跟我干点儿事儿，就附耳过来。"豁鼻马急忙上前，徐达在他耳边如此这般地说了半天。

一开始，豁鼻马边听边瞪着大眼睛、仰着脖儿发愣，听了一会儿，便道："还有啥事儿？就这么点儿事儿呀，好办！"徐达又详细地嘱咐他该怎样去做，然后严肃地说："豁鼻马，可以告诉你，能不能做好此事很重要，绝非一件小事儿，而是关乎明朝大业的关键之举。若能帮助我们了解元兵的情况，一定会感谢你；对所提供的每个重要情报，都会重重赏你，可不只是像过去那样给几个银子、妻妾之赏。由于你帮大明做了好事儿，朝廷便会不分民族、一律平等地给予优待。"就这样，豁鼻马欣然接受了刺探辽东元兵情报的差事，做了徐达最重要的北方探子。他的差事具体说，即是要到山海关之外的辽东去，通过朋友或族人，了解辽东的情况，随时来报。为了通行方便，徐达还发给豁鼻马一个腰牌儿。这种腰牌儿过去全是木头做的，带着很不方便，尤其是夏天，不断地流汗，穿的衣服又少，在腰上别着挺硬的；现在改成用猪皮或牛皮、羊皮做的了，皮子熟得又软又滑，上头用墨笔写上字，然后刷一层胶，字儿才不容易掉，皮子上印有火印子。什么叫火印子？就是先将用石头或铜刻成的戳儿在火上烧一会儿，然后往皮子上吧嗒一摁，皮子一冒烟，闻着便有一股刺鼻的味道。再把戳儿拽下来，皮子就烧有一个黑色火印的印痕，怎么蹭都不会掉，哪怕字儿没了，印痕仍清晰可见。它是凭证，无论到哪个哨卡，凡是有明军的地方，也不管是哪路的，只要见到腰牌儿，必须放行。对持有腰牌儿的人还尽力给以帮助，没吃的给吃的，没喝的给喝的，没住的给安排住的地方，在明军管辖的地方可以畅通无阻。遇有急情险事，拿着腰牌儿到明军那里，或到明朝主理行政的所有衙门那里皆管用。

那么，豁鼻马将要完成的差事，以什么身份出现呢？徐达他们想来想去，决定让他扮成采购商人。因为当前到辽东去的人，多数是采购皮张、盐及海产品的。在这种情况下，以采购商人的身份出现，是在情理之中，不会引起不必要的怀疑。豁鼻马接受此项重任之后，请求道："大帅，还是我一个人去吧。以前没干过这等差事，带的人多显眼，容易出事儿。单个人怎么办都成，方便。只要能把事儿调查清楚、弄明白，不就行了吗？"徐达答应道："行，你想咋办就咋办，愿意带人就带人，愿意自己就自己。但必须记住，一定要严守秘密，出了任何差错，可要拿你是问。"豁鼻马说："请元帅放心，我记住了。"于是，豁鼻马以采购商贩的身份去了关外辽东一带。

说起来，徐达与豁鼻马订的这个君子协定，还是两年前的事儿。此次他从辽东来，是要向徐达禀明情况的，未等拿出腰牌儿呢，便被傅友德给抓住并送到了中军大帐。徐达见豁鼻马来了，何止是高兴，而是兴奋！遂问道："这次来可带回了什么情报？"豁鼻马说："我按元帅之命去辽东之后，找到了元帅安排的已先去辽东的马云和叶旺两位英雄处，同他们一起了解了元兵的情况。此次把他俩也带了回来，因有急事要向元帅禀报。"徐达更高兴了，忙问："现在何处？"豁鼻马说："回元帅，眼下元兵到处流窜，我怕一块儿过来太显眼，先让他俩在狗驮子山崖下的树林子里躲着，待我来说明情况后再去接。哪承想刚到哨卡附近，没容分说，就让傅将军的人马给抓住了。"徐达、李文忠、冯胜一听全乐了，三人站了起来，徐达说："豁鼻马，让你受苦了！好，咱们立刻去狗驮子山，找叶旺、马云去。"于是，四人出了大帐，各骑战马，向狗驮子山飞驰而去。

马云和叶旺都是徐达的参军，两年前受命乔装打扮，秘密去了明军还没进入的辽东。在那里与豁鼻马会合后，便以豁鼻马奴才的身份，一起踏查了辽东的山山水水，了解调查了方方面面的情况。表面上，豁鼻马是个有钱的贩马商人八爷，马云和叶旺是为他牵马的奴才，一看就是主仆关系。实际上，二人管着豁鼻马。

徐达一行到了狗驮子山，见到了马云和叶旺，少不了互道寒暄，而后将他俩接进了北平府的中军大帐。傅友德从外巡逻回营，得知叶旺、马云归来，便走进大帐看望。傅友德同马云、叶旺很熟，因为这俩人是从其他军旅调过来的，就在他的麾下听命，后来才做了徐达的参军，三人见面自然十分高兴。当晚徐达摆酒席，宴请豁鼻马、马云、叶旺三人，除让李文忠、冯胜到场外，也让傅友德参加了。

说起傅友德，那可是徐达大军的核心人物，是其身边的重要心腹。傅友德早在跟随常遇春的征战中，冲锋陷阵，有勇有谋，立下了不少战功；后从徐达大将军北征，连连得胜，成为军中的主要战将之一。他有时跟徐达一起出征，有时单独领兵作战，两个人是分而有合、合而有分。豁鼻马投降时，正是傅友德单独领兵伐蜀之时，故而他不可能知道豁鼻马已做了大明的探子之事，当然也就不认识此人。这次朱元璋要大封功臣，才将傅友德从西南调回，随徐达一起北伐。为什么非调他呢？因为傅友德以前参加过北征，曾做过徐达的探子，到过东海等地，对北方的情况比较熟悉。

诸位阿哥，咱们说句题外话，这部书讲的是东海沉冤。就大明而言，最先到过东海的将军是谁呢？就是傅友德。他去得很早，还是在元至正二十八年时，朱元璋已十分注意辽东的动向了。当时作为大将的徐达，想了解东海更多的情况，想知道女真人、辽东女真野人、蒙古人在那里的生活状况，便经常派人去打探。傅友德不仅会讲蒙古语，还会一些女真语，勇猛而且脑子好使，常常被派往东海。他的一只眼睛有玻璃花儿，那是在东海打仗时被枪给扎的，幸好没全扎到眼珠儿上，成了半瞎。在随徐达征战时，他曾多次协助主帅管理派往各地的探子，听取他们传来的情报。所以，今天徐达才特意让他来参加酒宴，同李文忠、冯胜等人一起听听马云、叶旺、豁鼻马介绍有关辽东的一些事儿，让大家都能做到心中有数。

马云、叶旺在酒宴上介绍说，他们在辽东与豁鼻马会合后，利用其在辽东一个远房的表姐夫的亲戚关系，刺探元兵的行踪，这位表姐夫眼下就在元朝辽东行省参政刘益的手下做参军。诸位阿哥，我要告诉你们，刘益虽然作为元朝驻守辽阳的战将和行政首领，但并不为本朝大将们所信任。说起此话题，很有意思。屯兵于辽东金山的元朝大将纳哈出，可是个不好斗的人物，本是木华黎裔孙，为元太平路万户。元顺帝在时，曾将他派到江南，镇守长江一带。后来，朱元璋率兵攻克太平时，将其抓获。朱元璋想，纳哈出乃名臣之后，应当笼络之，给予宽大和优厚的待遇，将来或许能为己所用，便按照军师刘伯温的意思，采取七擒七纵孟获之法以治之，放其北还了。七擒孟获那是诸葛孔明做的事儿，对孟获是抓了七次、放了七次的。在此后的交往中，纳哈出对朱元璋的印象挺好；朱元璋也常给纳哈出去信，以为这样做，他会感谢大明，并以实际行动报效之。

可万没料到，这是放虎归山哪！纳哈出被放走之后，先到大都，拜见了元帝。元帝是个心胸狭窄又很怯懦的人，由于纳哈出被朱元璋俘获过，便心存猜忌，总是在想："既然你曾到过朱元璋那里，不但没被杀，反而被给以厚待，还被放还了，能说得清这是为什么吗？很可能被朱元璋收买了，背叛了大元，做了对不起大元的不轨之事。此次回来，他是做朱元璋耳目的，岂能收留，这不是心腹大患吗？"所以，元帝始终不相信他。元帝不但不信任，不授予其任何官职，不给一兵一卒，而且派人处处监视他，同朝的群臣对他也是另眼相看。纳哈出面对此情，一气之下，立马带着亲信离开了元帝，回到故乡科尔沁。在接近蒙古草原的马儿成群、牛羊肥壮的开原西面，即辽东金山一带，纳哈出聚集兵马，屯兵扎寨，积蓄力量，发展自己的势力。朱元璋此时曾下旨诏谕过，可他没理睬，一直不给回信儿。纳哈出本来就勇猛善战，又有招募能力，那真是一呼百应啊！元朝许多残兵败将都自愿投奔于他，使其兵马越聚越多、力量越来越强，已到十几万之众，成为掌握众多兵马的大将。他凭借势力的逐渐壮大，占的地盘儿也越来越多，将触角伸向了辽沈一带，并控制东海的女真人，还有靺鞨人，即松花江一带的女真野人。也就是说，松花江沿岸，远至黑龙江边，东至东海，包括日本海的西海岸，尽属他的势力范围。

由于重兵在握，自命不凡的纳哈出愈加傲慢，对谁都看不上眼，包括元帝。元帝死后，元残余势力十分重视的人就是纳哈出。他雄心勃勃，决心不让大明染指辽东。他又很自信，因下边有很多自己的将领占据着各个地方。凡是他信不过的将领，就派出身边的心腹给该将领做副手，便于时刻监视，严加控制。对大明，他则认为：你在南面，我在北面，鞭长莫及；即或来了，我可以凭借虎狼之将、众多兵勇与你对垒，依据优越的地理形势和剽悍、强劲的兵力与你决一雌雄，俨然一副东北王的架势。正因如此，虽然元朝的大都已失落，元帝也亡故于大漠，但屯兵于辽东金山、掌握十几万兵马的纳哈出从未服输过。

纳哈出的老巢在金山，属辽东之地，当然会与元辽阳行省参政刘益产生关系。因纳哈出自己曾被俘过，所以从不相信辽阳路及沈阳路的元朝官员，怕他们心怀鬼胎，不一定什么时候便投降了朱元璋。特别是辽阳为当时辽东的军事、政治中心，而掌握这里大权的刘益，却偏偏是个汉人。纳哈出对刘益一直持怀疑态度，认为他不担事儿，没有恒心和魄力，早晚会投降大明，因此早就注意他了。刘益的老家是安奉路蒙城县。唐朝时，安奉路叫寿中，后改为寿春郡，宋代称宋春府或宋春县，元代时才叫安奉路。朱元璋的老家濠州也属安奉路，与刘益算是同乡，都在渭水河边。渭水是从西边流进淮河，再从淮河流进洪泽湖。蒙城即为西有濠州、东有怀远，位于濠州和怀远中间的一个县城，此地很是富庶。这样，纳哈出对刘益更不放心了，总是怀疑他，认为他随时随地会卷铺盖走人。

其实，刘益生在安奉路蒙城县倒是没错，不过很早便去了集庆，即应天府，也就是现在的南京读书。如此说，刘益尽管生于安奉路蒙城县，却是在秦淮河畔的姨家长大的。小时候，刘益常到秦淮河边玩儿，对秦淮河上的歌妓很熟。他的姨夫是个刺绣商人，其印染、刺绣在江南很出名。姨夫对刘益挺好，用自己经商赚来的银两供外甥念书。刘益进士及第后，离开南京到太湖一带任职。后来，由于他为官清廉、特别能干，便被调到京师大都做官。元至正年间，他又被调至辽东辽阳，升任辽东行省的参政，从二品。刘益现已五十多岁，为人诚恳，心地善良，然而胆小怕事。其夫人是集庆的一个美女，姓秦，原来为秦淮河畔的一个采莲女。刘益到辽东任职时，将夫人也带到了辽东。

值得一提的是，秦氏小妹妹的丈夫在一次同明兵的征杀中战死了，她成了寡妇，因与姐姐的关系好，一个人又孤单，便随姐姐和姐夫一块儿来了辽阳。尽管她已三十出头，不过看面相，也就二十多岁，仍然如窈窕淑女。不怪说江南出美女、秦淮河畔出美人呀，后来她竟被纳哈出看中了，不惜重银要聘她为妾。刘益本不敢惹纳哈出，还总想溜须人家，生怕纳哈出怀疑他投降朱元璋。尤其是在传出朱元璋和他是同乡的消息后，他更加坐不稳、站不宁了，天天提心吊胆的。现在既然纳哈出主动提出要聘自己的小姨子，是好事儿呀，于是赶紧做夫人秦氏的工作，要她同意这桩婚事。秦氏对丈夫一向百依百顺，自然痛快地答应了，并跟妹妹说了。妹妹考虑到自己住在姐姐、姐夫家，生活上要依靠他们。虽然姐姐、姐夫挺令人尊重，对自己蛮不错，各方面照顾得十分周到，但长此下去也不是个事儿呀，不能老在姐姐家待着吧？咳，反正都这样了，嫁就嫁吧，便同意了。从此，刘益和纳哈出既是上下级关系，又是连襟儿，应该说是正经的亲属关系。即使这样，纳哈出对刘益仍然是十分戒备、万分小心的，总怕他变心，还把身边一个心腹叫马延辉的安插到了刘益手下。

马延辉这个人非常狡猾，是纳哈出从江南带回来的，原是马童，后来纳哈出把他提了起来，现在已经是平章，一个不小的武官了。刘益身边原本有一个参将，叫满卡踏，是豁鼻马的一个远房姐夫，同刘益的关系挺好。这会儿又来了个马延辉，也作为参将在身边，刘益的一举一动皆要受到马延辉的监视和控制。刘益对此当然不满，可又有什么法子呢？特别是近两年来心事重重的，元朝的顺帝死了，新皇帝到处流浪，大明朝创立了，而且越来越强大。觉得我这个元朝的官员，已是上无依靠、心中无底、没几天当头儿了。纳哈出手中掌握十几万兵马，自己有什么呀？啥也没有，甚至连粮饷、俸禄都没有了。自己所能做的，只是带着身边的几个好友照看着行省，单等着明廷来人接收了。这样下去，有什么意思呢？故而心情郁闷，每日就是个混吃等死。夫人见此，常对他说："咱不能天天待着呀，得想办法挣点儿钱，要不吃啥呀？咋办哪？"刘益没吱声儿。他是个正直的人，为官多年，从来不刮不抢，家里十分清贫。夫人接着又道："要不咱们到江南贩绫罗带到辽东卖，再把辽东的海货带到江南去卖，像珍珠呀、海产呀，还有虬角什么的，一定受欢迎。虬角是那海象的牙，可以雕刻成艺术品呢，很值钱的，又是贵重的药材。听说多产于北海，在东海也能得到。把这些东西卖了以后，挣几个钱花，不是挺好嘛。你看咋样？"刘益一想，觉得夫人说得没错，总不能死等着。如果有一天连饭都吃不上了，那不没活路了吗？

正赶这时，豁鼻马来找他的远房姐夫，即刘益身边的参将满卡踏。豁鼻马是以商贩身份出现的，那参将又知道刘益想做买卖，便从中予以引见。豁鼻马和刘益见面后，谈得很是投机，还把马云、叶旺介绍给了他。从此，马云和叶旺就成了刘益身边的用人，并帮着跑货。他们把东海一带的海蛤蜊里的珍珠，还有虬角及各种渔产和貂皮、虎皮、豹皮等上好的皮张收来，送到长江一带去卖。好在大明朝初建时，要求各地市贾依旧。虽对往来之人有些盘查，但只要不是不轨之人，不是元朝的军事人员或援兵，照样可以放行。所以，南北往来一直很顺利，没有受到任何影响。叶旺和马云借此之便，把辽东的货物带到南京卖出去，然后再由秦氏的娘家帮助，把从那边买进的丝绢、绫罗、绸缎、江南的器皿等带回辽东卖。两边来回这么一折腾，还真挣了些银子，补给了刘益一家的衣食之用。马云和叶旺为了能从刘益这里了解更多元兵的情况，那是事事注意、处处小心哪。要知道，这儿可是辽东行省参政的府内，是辽东的腹地，哪能大意呢？他俩挺会办事儿，而且啥事儿都想得特别周到，连剩下的散碎银子自己都不留下，尽量多给秦氏。把刘益及秦氏溜得快找不着北了，不仅秦氏高兴，刘益也很满意。秦氏当然感激这二位，知道他们一路风尘仆仆的，非常辛苦，有时就赏点儿银子，他俩却半个子儿不花。

咱们书中暗表，其实，马云和叶旺拿来拿去的东西根本卖不出去，每次都是装作卖出去了，拿回银子交给刘益和秦氏。那么，这些东西哪儿去了呢？原来全交给了徐达他们，由徐达给银两。可刘益和夫人不知道呀，一看买卖做得这么好，便认为他俩会办事儿、有能耐。马云和叶旺刚开始时有些担心，因一路上有土匪，刀兵不断，挨抢怎么办？说实在的，能不能到南京都很难说。可走了两趟，很顺利，什么事儿没出，心里这才一块石头落了地。每次回来，二人挺会讲，说得很周全，使刘益和秦氏一点儿不怀疑，真以为是货卖得好，那是一千个满意、一万个放心，就信着他俩了。秦氏内心十分高兴，觉得豁鼻马还行，帮着找了这么两个能干的人。为此，她常到佛堂上香、磕头，觉得此为佛祖的保佑，是天赐的吉祥之人来到了身边。就这样，叶旺、马云、刘益、秦氏之间的关系处得越来越近，豁鼻马有时也来帮帮忙。一来二去的，刘益不能不吐露点儿心里话呀，常流露出悲观情绪。他觉得前程未卜，这么一天挨一天地混吃等死，谁知啥时候是个头儿呀？如果哪天大明的兵马来了，自己必得成为阶下囚。马云、叶旺便抓住时机向他灌输，悄悄儿做思想工作，推心置腹地与其亲切交谈。他俩多次劝道："大明朝的人非常好，从不轻易杀人，更不会给大人你出什么难题。只要不做坏事儿，不扰民害民，朱元璋绝对不会加害于你。倘若有功，还会重用的。"他俩又讲了一路上看到不少元朝原来的高官，由于做了好事儿，降了明朝，朝廷不但给了他们官职，而且俸禄年年有，甚至比原来还高。刘益越听，心里越活。

有一天，马云和叶旺看火候儿到了，便向刘益公开了自己的身份。刘益和秦氏开始时有些害怕，马云苦口婆心地说："你们不必担心，大明如日中天，徐达大将军正坐镇北平府，说来就来。可他们到现在并没来，为什么？就是等待你觉醒。还是趁早降过来吧，早降比晚降好。我们会向大明天子奏明刘参政的情况，他一定会欢迎你、信任你的，这一点请刘大人放心。大明天子同其他皇帝不一样，他出身布衣，来自乡里，对下头人、底层人很是同情、爱护的，对元朝各方面的人士、官员，特别是有文化教养的人一向十分尊重。不仅如此，他还礼贤下士，从不摆皇上的架子。你如果降过来，他会亲自迎接、奉为上宾的。朝野内外都知道，大明天子胸怀大度，把天下的所有义士看成好朋友、亲兄弟。只要愿意为民做好事儿，积极为大明朝稳固基业、改变元朝的残暴苛政出谋划策，他便会以诚相待。刘大人，不要彷徨了，不要怀疑了，要当机立断，早些弃暗投明，做一位大明的堂堂正正的官员、为民办事的臣子。可不能这样不明不白死在纳哈出手里，那样不觉得遗憾吗？若真有那么一天，你肯定会后悔的。正因为咱们如今已肝胆相照了，似亲兄弟一般，我们才说这些话的呀！"马云说此番话的中间，叶旺也在旁边不时地插话，帮助劝导刘益。

刘益听了二人的肺腑之言，很是感动。他一直对朱元璋的印象特别好，不管到哪里，那都是个胜利之师。"见元璋，天下昌"的民谣早已耳熟，也为自己的故乡能出现一位大英雄而感到荣耀。他心想："是呀，父母生了我，给予生命。现在又是位居元朝从二品的上层官员了，却整天无所事事，还等什么？应当弃暗投明。只有这样做了，离开黑暗的已经灭亡了的元朝，才会有出路，才会前程似锦。正像两位兄弟所讲，我能做很多事情，何必在这儿苟延残喘呢？"刘益越想越觉得眼前只有一条路可走，于是便下了决心，投降明朝！

一天晚上，刘益屏退了身边所有的侍从，不准任何人来见。然后，他以家宴的名义，把豁鼻马、马云、叶旺请到府内，由秦氏亲自上灶款待他们。做的全是辽东当地的土产，什么飞龙汤、鹿肉、东海的鲸鱼、海豹肉，还有参羹及用哈什蚂油做的哈什蚂羹等，喝的是马奶酒、米酒和白酒。刘益将三人请到后花园里原来婢女们住的一处不起眼儿的、令人想不到的处所入宴，并在外面布下了层层着便装的卫士。若真有耳目，或是飞檐走壁来探府之人，也不易找到这个地方，很难观察到他们的秘密活动。为什么如此小心呢？主要是怕纳哈出的耳目刺探消息，更怕马延辉的监视和窥伺。那些人的嗅觉像狗一样灵敏，四处打探，能闻出刘益哪怕是一点点的风吹草动。

大家坐定后，刘益先端过一碗酒放在眼前，拿起匕首将自己的左手指一划，鲜红的血滴入酒碗里，然后用双手端起这碗血酒，跪倒在马云、叶旺和豁鼻马面前。三人见此，忙起身上前要搀，刘益制止道："请不要搀。马将军、叶将军，还有我的兄弟豁鼻马，你们来到这里，不仅拯救我刘益于水火，还帮了我的全家，真是万分感激！今天，不只是给三位兄弟跪，还是给大明朝跪，给大明天子朱洪武跪。朱洪武的所作所为让人佩服，为我们家乡增了光。从心里讲，我早有归附之心，不过不敢轻举妄动，怕出事儿。咱们兄弟自见了面，相处的时间不算短了，可以说是肝胆相照，我很愿意把心掏给你们。我也想好了，同意二位将军所言，你们怎么说，我就怎么做，向大明朝从心到外彻底投降。二位将军和兄弟豁鼻马在上，我把血酒喝下去，以表示自己的一片诚心。请相信，若有三心二意，神人共诛！"说完，咕嘟、咕嘟一口气儿把血酒喝了。马云和叶旺很是激动，上前抱住了刘益，三人紧紧地搂在一起。他俩一想到这些日子风尘仆仆地风里来、雨里去，不但做事，而且要随时抓住有利时机，对刘益做细致的劝降之事，总算没白来，终于使他幡然悔悟，完成了大帅交给的差事。这不光是争取了刘益一个人，而是意味着争得了辽东大片的土地以及所有女真野人部落，怎能不高兴、不激动呢？不禁热泪盈眶啊！

大家高兴得边喝着酒、品尝着美味佳肴，边愉快地聊着。这时，只见刘益略迟疑了一下，想了想，对马云、叶旺说："二位将军，咱们如今心心相印，有啥说啥，应把一切摆在明处。依我看，今后你俩不要老跟我在一起了，会引起马延辉的注意。何况，他已有些警觉，总说过去从没见过你们，咋一来就跟我刘益那么亲、过往那么密呢？怕是南京来的奸细。我注意到了，他已派人秘密地跟踪二位了，而且对你俩带货到南边去更是怀疑。希望二位听我的话，这里不必惦着，尽管放心走。你们不在跟前，我或许好办些，在一块儿反倒不一定有利。再说，目前有很多事情要办，身边还有好几个兄弟呢，得做好他们的工作。为把一切办得周延，必须同兄弟们商量一些办法，这点请二位将军理解。别以为刘益还留一手，或者有什么二心。请相信，绝对没有！我要把事情做得十分圆满，使马延辉这条狗啥都嗅不到，悄无声息地将辽东的大片土地归于大明执掌之下。到那时，我才算没白来人世一场！"叶旺说："刘大人，不要说了，我们完全相信你。其实，我俩也挺着急，估计到了马延辉会怀疑的。说得对，我们是该马上离开这里，回去向徐大将军报捷，使他知道后放心。然后还要做好准备，赶往京师，向皇上禀奏这件喜事儿，让大明天子及时了解刘大人目前的情况及对大明的一片赤心，等候有一天，站在宫门口儿迎接刘大人。请刘大人按我们约定的去做，并祝步步顺利，咱们后会有期，望在南京相见！"商量好后，酒宴很快结束了。第二天，豁鼻马、马云、叶旺告别了刘大人，以上南边办货的名义，乔装回到了北平府，辽东之事则由刘益具体去办。

在徐达举行的欢迎酒宴上，马云、叶旺、豁鼻马三人便把以上这些情况向徐达、李文忠、冯胜禀报了。徐大将军听了非常高兴，认为事情办得不错，比预想得还要好，遂命叶旺、马云赶紧收拾东西，去京师见当今的皇上，奏报此事。一是让圣上高兴，二是使其心里有底，准备迎接刘益这些大元的降将，部署对辽东的治理。马云、叶旺站起来说："遵元帅之命！"徐达又道："你们二位今晚啥也别干了，跟着友德大哥好好儿歇歇。明天一早，吃饱了，喝足了，一同动身去南京。"于是，马云、叶旺和豁鼻马由傅友德陪着，到大帐的后边休息了，徐达、李文忠、冯胜继续商议军情大事。

这里要向各位阿哥简单说几句。马云、叶旺及傅友德，都有自己的心酸史。在《明史》中，只是简单地介绍了他们是江南某地方的人和一般情况，并没有做细致的说明。马云、叶旺的祖籍，实际上不是江南，二人皆是女真人的后裔。在大元朝时，因其先祖被强行掳到江南，他们也就生在了江南，因此不知道自己原本是女真人。朱伯西我将把他们真正的身份和历史揭开，这也是一直以来很想做的一件事。

回头再说明朝现在是喜事连连、捷报频传，形势催人奋进。特别是辽东已有了好的征兆，免去了兵刃之苦。徐大将军很是高兴，令李文忠、冯胜二位将军抓紧操练士卒，充实兵源，筹集粮食和给养、马匹，很快将要开始西征。对手当然是穷凶极恶的元朝大将扩廓帖木儿。现在，元兵已将势力伸到大漠深处蒙古草原的土喇河一带，离北平府三千多里。明兵到那里去，需经过漫漫的沙漠，甚至有几天要行进在寸草不生的杳无人烟之地。徐达在深入调查中得知，走这条路困难重重，生死难卜，必须带足水和粮食。否则，不用说打仗，就是那大沙漠，也会像虎狼张着大口一般，轻而易举地吞下大明朝的所有兵马。因此，在练兵中，务要训练士卒能适应那非人的生活，应对那迷漫得看不出二三里远的黄沙。尤其是还需对付一阵旋风刮来，只一袋烟工夫，就可能被风沙掩埋的险恶境地。这些，在北平大营里是练不出来的。徐达向李文忠、冯胜下了军令："眼下，最主要的是训练骑兵，充实力量，筹备粮食。每个士兵都要装满自己的粮食袋儿，也要准备好牛、羊、马群，率领将士出居庸关，到大漠那儿练兵。"于是，徐达、李文忠、冯胜三位大将军各率五万兵马，计十五万人，到西部昭乌达盟一带进行各种训练。除此之外，徐达还要完成皇上命他治理北平府的重任。北平府虽是元代的大都，但由于元代后期经济凋敝、财政困乏，加上贪官污吏的搜刮，并没怎么建设。尽管宫殿金碧辉煌，城市却很破烂，残缺低矮的土墙、土房每年春秋经大风一刮，便倒塌不少，这哪行呢？因此，朱元璋到了北平以后，第一句话便说："咱们不仅要夺下北平府，还要建设好这座古城。"

早从洪武元年，徐达便奉旨开始抓北平的建设。他身边有一位爱将，叫华云龙，原为京师大都人，其父为建元宫的一位巧匠。故此，他让华云龙留在北平府，主持北平城池的规划、修缮、治理和建设。徐达大将军在北平府时，要求华云龙直接向其禀奏修缮北平城池的情况，凡事必须得到他的准允。徐达是真忙，既要统率三军管理长江以北，当然也包括北平府的军事，又要负责北平府衙之事、修缮之事，以及屯田、农庄设置、工商百业、市井的恢复等。你说有这么多的事儿需要去做，去安排、督检，哪能不忙呢？徐达不是一般的官员，洪武三年朱元璋大封功臣时，他是其中职位最高、官衔最多的人，被授予开国辅运推诚宣力武臣，特晋光禄大夫、右柱国、太子少傅、右丞相、参军，受理国事，改封魏国公。可以说，他是大明朝朱元璋之下的第一人。皇上授予参军，就是掌握军权；受理国事，就是协助皇上处理国家的任何事情。这样，他当然管事儿就多，每天亦最忙。很显然，朱元璋将其看成股肱，并委以了重任。徐达尽管名位仅次于皇上，却从不计较个人的得失，总是以国事为重，所以，在朝野中声誉很高，大家十分尊敬他、信任他。军队中的将领往往互不服气，你瞧不起我，我瞧不起你，相互钩心斗角，唯独对徐达佩服得五体投地。只要他徐大将军一声令下，那真是一呼百应、山摇地动，有股子大将军的八面威风！而且他对朝廷一片赤诚，办事公道，赏罚分明，满朝文武皆服气。

大家知道，在大明朝野上下受尊敬的还有一个人，那便是军师刘伯温老先生。他大高个子，长着连鬓胡子，满腹经纶，很有才学。长期以来，他为朱元璋身边的重要佐臣。据传，早在元代时，刘伯温于燕市得天文书一函，默读精研，掌握了天文之学。他喜欢游览山水，爱访天下道观，看了许多道藏宝卷；又通易卜，懂风鉴，即会看阴阳风水。不仅如此，他还通今博古，知天文，晓地理，善观象纬，可以未卜先知。尤其是会相面，且看得很准，百言百中，人惊其神。他为人刚直不阿，眼里从不揉沙子，一就是一，二就是二，绝不把一说成二、二说成三。朝野人士皆言此人嘴巴又黑又狠，独具只眼，不少心怀叵测之人怕他。元代确有几位观相出名的人，比如大家知道的住在柳林一带的元巩，因其看相出名，故被称之为柳庄相法。这样一位权威人士对刘伯温也佩服得五体投地，十分赞赏，说刘老先生看事更准。刘伯温尽管才高八斗、智睿过人，却非常谦恭，曾多次跟朱元璋讲："陛下，徐达是大明王朝真正的勇将和良臣。有了天德，是陛下的洪福，是国家之幸！可以说，徐天德乃当今一完人，心胸坦荡无私，从不存杂念，为大明的天下鞠躬尽瘁、心不怀二。陛下一定要记住，今后无论发生什么事儿，无论在什么情况下，无论何人进谗言，都要对徐达信任到底。凡事让他办准没错，把军权交给他，大明江山会永固也。"朱元璋真就没忘刘伯温的话，对徐达的信任从未动摇过。

刘伯温对每个人都有比较准确的评价，包括对自己。朱元璋在用人时，总是首先征询先生的意见，请他帮着出主意。比如，在洪武三年大封功臣之前，朱元璋曾认真请教过老军师对一些人的看法。从洪武元年开始选丞相时，选这个不行，选那个也不行，选来选去的，朱元璋最后还是向老先生征求了意见。朱元璋最早，即洪武元年时，选的左丞相是李善长，只做了几年，便觉得此人不行。朱元璋认为他傲慢、心胸狭窄、私心太重，众臣不服，所以，洪武三年把李善长给罢了。罢之前，朱元璋曾多次将对李善长的一些不满情绪向刘伯温发泄过，老先生一再好言劝之，尽量帮助圆全。尽管如此，由于朱元璋对李善长早有自己的看法，就是不同意他再做丞相。

接着，朱元璋又摆出了几个人，先说到身边的杨宪。杨宪在当时挺出名，是位文臣，有才华，为人亦很好，替朱元璋做了不少事儿，而且认真、干练。他的岁数没有刘伯温大，两人的关系不错，经常往来，像兄弟一般，是莫逆之交。朱元璋问刘伯温："杨宪是先生的好朋友，您看他能不能做丞相？"刘伯温马上说道："不行。杨宪虽有丞相之才，但有才无气度，做不了丞相。能做丞相之人，必要赤心如水，一碗水端平，心得纯，不能有杂念，对人需以礼仪为先。这些他不具备。"朱元璋又问；"那么汪广洋怎么样？"在大封功臣时，汪广洋与刘伯温都是伯爵之位，汪广洋是中勤伯。此人也很出名，有智谋，朱元璋信任他。刘伯温说："他更不行。这个人处理事情偏颇，眼光肤浅。论治理朝政和做丞相之才，还赶不上杨宪呢！"朱元璋接着问："那么胡惟庸做丞相怎么样呢？"刘伯温说："陛下，他做丞相好有一比：比之一驾，惧其废辕也。"这话什么意思呢？就是说胡惟庸根本不行，不堪重用，就像一辆车一样，如果由他这匹马驾驭，必定能把车辕给毁坏了，成事不足，败事有余。这样的人做丞相，不仅朝纲要乱，还会把许多事情办坏的。朱元璋听了以后特别失望，诚恳地说："这样看来，朕身边的人没有超过先生您的呀！"刘伯温明白了，这不是要往自己身上推吗？忙道："陛下，我疾恶太甚，脾气不好，好管些看不惯的事儿。做丞相的，不能善于团结人、联络人怎么行？再说我的性格也不行，不耐繁缛，有风道空静之情。"意思是说，他喜欢安静，不愿看到市井和人际这么繁复。"另外，我做不了一些很细致的为民之事，太忙乱了觉得受不了。不行，承担不了此大任。我要是做丞相，会辜负皇上对臣的信赖和洪恩的。"接着又道："陛下，天下何患无才，唯明主悉心求之。"就是说，只要明主爱才，细心了解观察，会找到良相来治理朝纲的。然后，他还十分肯定地说："目前，陛下提出的这些人，臣没见到一个有什么真能耐、能真正成为一个好丞相的。"刘伯温的评价，后来都应验了，的确挺准。杨宪在做左丞相不久，便因罪被朱元璋杀掉了。汪广洋和胡惟庸曾先后当过丞相，不过像走马灯似的，上来一个，下去一个，皆因罪被赐死，包括李善长后来亦如此。

刘伯温始终给予很高评价的、最信赖和佩服的，就是徐达。徐达作为大明朝的勇将和良臣，当之无愧，无二话可说。徐达不喜外露，不张扬，简约、慎行。他领兵打仗归家后，从来是轻车简行，尽量不打扰民居，使得很多人不知道他是大将军。他又肯于助人、礼让于人，对所有的路人和百姓都是相敬相爱，遇到有困难的，必倾囊相助。眼下，他正在长江以北原来元朝的大都城北平府坐镇，为朱元璋执掌着北方的半壁河山。他兢兢业业、一丝不苟，对发现的问题往往想得很细。遇有军机大事需拿主意时，常常是别人睡觉，他就坐在院子里或于天井长时间徘徊，冥思苦想，最后总能拿出一个切实可行的方案来。他平时沉默寡言，干起事儿来却大刀阔斧、雷厉风行。这些年，他把元朝的大都北平府治理得很有成效，消除了匪患，百姓安居乐业。他还将从河南、山西一带逃过来的乞丐、流民做了妥善的安置，让他们能耕田的耕田、能做生意的做生意，各有其业、各有其所。而今北平府的集市上早不那么冷清了，已有一些商贩往来叫卖了，卖什么的都有，显得热闹多了。

徐达的年龄不算小了，四十多岁了。因长期征战，不仅给身上留下了不少的病痛，还浑身战伤，可以说伤痕累累。他吃饭常吐，胃疼，心脏时常感到闷痛。这些他都能忍耐，但有一种病很厉害，也是多年征战留下的疾患，特别折磨人。那是在元至正末年时，有一次随朱元璋追赶陈友谅。正追着，突然马失前蹄，徐达从马上摔了下来，像球儿一般顺着山坡儿滚到了山崖下边，先是全身麻木，不久便人事不省。当即把朱元璋和傅友德、李文忠、冯胜吓坏了，慌忙跳下马来，大家轮换着好不容易把他抬回了大营。在大营里，大家到处找郎中施治，有的用草药，有的用针灸或拔火罐儿。经过一段时间的治疗，总算把他从死亡线上拉了回来，手能动弹了，身子不麻了，渐渐便好了。真是老天保佑啊，全军将士始终悬着的心总算落了地，高兴得不得了。可是，由此徐达却留下了病根儿，每年一到春秋两季，就浑身难受。现在正是春天刚过，他前胸、后背开始不舒服了，而且越来越疼得厉害，饭吃不好，觉睡不了，躺也不是，坐也不是，好像有万把钢刀在一片片割身上肉似的。他是条硬汉子，有时疼得脸色铁青，黄豆粒儿大的汗珠吧嗒吧嗒地直往下掉，他就那么咬紧牙关硬挺着，大家看着心里别提多难受了。他是真有骨气，在这种情况下，照样指挥众将士按部就班地进行各种训练。练了一阵子，大伙儿都劝他休息一下，徐达总是说："不用管我，没关系，哪有那么娇气？能挺住。"众将心疼他呀，多少年来，一直在想办法为大将军解除病痛。有时把毛巾往热水里一泡，扒下他的衣服，将泡热的毛巾往后背上一煸，立刻感到浑身发热。你说怪不怪，这一热，他真就不觉得那么疼了，慢慢地还能睡一会儿了。正是在大将军的抱病日夜操劳、坚持治理下，北平府才发生了很大的变化。那是一天一个样儿，徐达高兴得天天乐颠颠的。

马云、叶旺、豁鼻马三人回来后，军营大帐更是喜事不断，不少元朝的将领来此降服，徐达同李文忠、傅友德、冯胜等人还时常到大都的田野中去走一走、看一看。一天，几个人又来到了大田，看到由于他们帮着弄来了籽种，牛正在地里耕田，农夫在扶犁播种。别看这是很平常的事儿，由于战乱连连，已是十多年不见的光景了。今天看了，他们心里比吃了蜜还甜哪！特别是看到了有人在放风筝，更是少见之举。大都的风筝挺出名，风筝原本是此地的一大特色。这些年刀光剑影的，谁有心思放风筝呀？如今见到风筝重又飞上蓝天，是人们生活欢乐的表现，你说他们几个能不乐嘛！这是个什么样的风筝呢？是一条金翅红鳞的彩龙。它在天空飞舞着，龙身上闪烁着金色的花纹儿，张着大嘴，嘴里含着一个球。球被风一吹，发出呜呜的鸣响，声声悦耳，人称金龙戏珠。报春的风筝，给北平府带来了新的生机，吸引了很多人驻足观看。傅友德、李文忠他们这一刻全然忘了自己的身份，也像孩子一样，高兴地跟着大家一块儿往放风筝那儿跑去。尤其是徐达，兴奋得眼睛都红了。他想到现在的欢乐祥和代替了群雄逐鹿，梨花飘香代替了战火纷飞，总算结束了长期的煎熬，揭开了四海升平的一页，激动得眼泪情不自禁地流了下来。当他又想到昔日的战友、今日的皇上朱元璋时，心里话："陛下，您要是能看到这乡野的春光，亲自闻闻那散发着土香的大地，一定会同我们一样乐开怀的！此景象是国家将兴的写照，真是应了一句古诗：'海跃烟霞开锦绣，春城花柳唤文明'呀！"

大家正高兴的时候，从远处嗒嗒嗒地跑过来两匹坐骑，速度相当快。待到了近前，才看清跑在前头的是徐达的护兵，后头跟着一员小将。二人到了跟前，急忙跳下马来，小将气喘吁吁地向徐达叩头下拜道："父亲，孩儿看您来了。"这一说，倒把他们几个吓了一跳！心想，徐辉祖怎么来了？

徐辉祖何许人也？乃徐达的长子。这孩子大高个子，身材魁梧，武功好，有才气。徐家枪是很有名的，他跟父亲学了一手精湛的长枪技法，十八般武艺样样儿精通，然枪法更是首屈一指。谁都知道徐达的枪法厉害，万人中没有能比得过的。徐辉祖并不比父亲差，好多武士一齐同他较量，就是打不过。朱元璋特别喜欢他，常慨叹道："有什么样的爹，就有什么样的儿呀！"徐辉祖从小便跟徐达到处闯，十五六岁时，已是马上的一员虎将，随父东征西杀了。那么，这回徐达到北平府，他怎么没与父亲一同来呢？原来，在徐达来北平府时，朱元璋曾同大将军商量："徐达呀，辉祖就别去了，留在京师吧，让他教教朕的那几个小王爷武艺，他们的功夫差得远呢！"皇上说了，徐达岂有不应之理？于是，徐辉祖留在了朱元璋身边。徐辉祖初名叫允恭，同皇太子朱标的儿子朱允炆的"允"同字，这便犯了忌讳，皇家人的名字不能碰。为避讳，有一天，朱元璋对徐达爷儿俩说："允恭一身武功，非常像父亲呀。朕看你不如改名儿叫辉祖，为国家争辉嘛！"从此，徐允恭改成了徐辉祖这个名字。

闲话少叙，书归正传。徐达惊诧儿子为何到此，急忙上前问道："辉祖，你匆匆来北平府，有什么事儿吗？"徐辉祖回道："父亲，大事不好，京师出事儿了！"此话一出，李文忠等人吓了一跳，异口同声地问："出啥大事儿了？"还没等徐辉祖回答呢，徐达便道："先别急，有话慢慢讲。"边说边转过身，命傅友德、李文忠、冯胜牵上马，赶紧回去。大伙儿牵过马来，徐达先翻身上马，随后徐辉祖同护卫和几位大将也上了马。徐达领着儿子在前头走，其他几位随其后。因为徐辉祖是来找父亲的，父子有事儿呀，别人自然不能往前凑。徐辉祖在道儿上向父亲禀道："朝廷出事儿了，刘伯温老军师已经向陛下递了条陈，准备告老还乡。言称要离开皇上，回到故乡青田去，在那里种田、观鹤，做个乡野之人，态度很坚决。听说前两天，老先生和陛下发生了口角。"徐达问："你是怎么知道的？"徐辉祖回道："前两天的晚上，军师的大儿子琏公子到咱家来过，要找父亲您。一听说眼下在北平，就见他心里挺难受，两眼立刻含满了泪水。我便问琏公子：'到底为什么事儿找我父亲？'琏公子告知说：'这两天老父因跟陛下顶了嘴，心情很不好，不知是难过还是惧怕，整天茶饭不用、沉思不语。'琏公子焦急万分，让我赶紧转告给您。因为京师谁都劝不了，谁也说不上话，包括汪广洋丞相在内。他们说刘老先生的烦心事儿，只有徐大将军才能帮助解脱。我想这个事儿陛下肯定着急，说不定正盼着父亲能赶紧回去圆全一下，只不过没来得及跟您说呢！"说完，徐辉祖焦虑地看着父亲。

徐达一听明白了，虽然表面没说什么，但心里十分清楚。最近一段时间，已发现军师和皇上有些顶牛。刘伯温说的很多话，皇上不愿听了；在一些事情的看法上，意见也往往相左。对这种情形，徐达那是看在眼里，急在心里。刘老先生要告老还乡，绝不是因为简简单单的几句口角，恐怕还有别的事情掺杂在里边。他们之间的矛盾必须尽快解决，只有君臣一致，才是国家之万幸啊！说心里话，徐达非常敬重刘老军师。大明王朝里，他最佩服的，认为最有学问、最大度的，就是刘伯温，可以说功高盖世。徐达深切体会到，凡事只要有刘老先生帮助出点子或参与意见，并按所说的话去做，准有好果子吃，否则便要尝苦头。今天或许尝不到，明天必会尝到。在这方面，徐达不止一次亲身经历过，也因此把刘伯温看成了活神仙。

其实，朱元璋对刘伯温一向是十分敬佩的，先生说什么，他听什么，百依百顺。只是近两年来，随着形势的发展及大明王朝的确立，朱元璋由一个普通的农民、义军的头领、自立为王的草头王，到了应天府登基，坐上了金銮宝殿，成了真龙天子。地位变了，臣僚则俯首帖耳，招之即来，一呼百应，朱元璋的身上便不知不觉地多了些独断专行。朱元璋说出的话，其他人不能反驳，他不大愿意听与自己不同的意见，而且听不进别人劝，有时候连马皇后的话也不起作用了，以前还真不是这样。包括对刘伯温说的，哪怕是恳求的话，朱元璋早不像过去那样听后认真思忖了，而是这只耳朵听、那只耳朵冒了，更别说有悖于自己的话了。刘伯温偏偏又是个不管做什么事情都十分认真的人，只要看不惯必得说，不说则已，一说就是透彻到底、清清楚楚、泾渭分明。意见端出之后，你要不按他的话去做，再不讲了，扭头便走。朱元璋当然不太满意刘伯温的做法，这样的情形，徐达曾多次见过。此次不知又出了什么事儿，两人的矛盾任谁解决不了。刘伯温脾气犟、自尊心强，想说通他可不易。要说能给点儿面子的，只有徐达。而在皇帝面前能说上话的，还是徐达，一般人真没这本事。徐达想："看来得做两头的工作，既要说和刘老先生，又要找出好的办法来劝说皇上，让皇上礼贤下士，向刘老先生认个错儿。要不然，互相顶起牛来，很不好办。辉祖倒是受刘伯温儿子琏公子的请求而来，过不了两天，皇上肯定得找我，总如此下去哪行？从现在的情况看，估计皇上仍要用刘伯温，不一定马上让他告老还乡。"他转念又想："这事儿可也难说。朝里人与人之间的关系挺复杂，有些人可能就喜欢看皇上和军师闹口角，希望老先生早一些告退，还会从中做手脚。所以不能拖，得快点儿解决。"

徐达一边走着，一边想着，走了一段儿路，便对儿子说："辉祖，这样吧，待会儿你先回去。我还有一摊子军务要办，马上要西征了，总得安排一下，然后再回京。你到南京之后，要耐心地跟小琏说，让他一定安慰、照顾好父亲，千万别让老先生上火，一切事情等我回去再说。"徐达为什么一再地强调让琏公子照顾好刘老先生呢？因为他知道一向受人尊敬的老嫂子，即军师的夫人已于洪武二年病逝了，这对刘伯温是个极其沉重的打击。他们夫妻之间，数十年来一直相敬相携、情笃意重。可贤淑的夫人却突然离先生而去了，剩下刘伯温孤身一人生活，精神上是很苦的。因此，徐达不放心，嘱咐儿子快些回去，要刘琏照顾好自己的父亲。

吃过晚饭，徐辉祖没在北平府逗留，连夜赶回了南京。徐辉祖走后，徐达便把李文忠、冯胜找来，开了紧急军事会议，对练兵和西征之事做了详细的部署，然后带着傅友德飞马赶向京师。

各位阿哥，朱伯西在这里要多讲几句。若说起来，朱元璋灭元而有天下，建立大明朝，打出一片新天地，这是很不容易的。明从太祖朱元璋始，至思宗崇祯帝朱由检止，传了十七帝、二百八十四年。翻开大明近三百年的历史便会发现，明代的帝君真正有作为的并不多。毫不夸张地讲，其中不少皇帝不仅创业不行，而且守业不行，一代不如一代，让人看了痛心哪！在十七位皇帝中，我们不能不赞佩朱元璋，还有他那四子朱棣，即永乐大帝，这两位可堪称有作为的圣明帝君。既然说到明朝的不少成就，就不能不提到朱元璋、朱棣，特别是朱元璋。不是说万事开头难吗？此话没错，确实不易。是朱元璋开拓了北疆方方面面的事业，并逐渐扩展，波及的地域越来越广；又是朱元璋奠定了大明三百年来的基业，一代一代地传了下来，其成果是丰硕的、有目共睹的，甚至影响到清代。大清国的不少规章、典制是沿用明朝的，而取得的那些成果，则是朱元璋和他身边的几位辅臣共同切磋、创造出来的。如清代的六部衙门等，完全沿用了明朝的体制。而此种体制，却打破了元朝的那种专权、苛政和对少数民族的残酷剥削，给女真族和其他各个民族带来了希望和恩惠。

元朝的时候，只有元人为上等人，东夷人，包括女真野人都是他们的奴才，可以随意杀戮、关押、奸淫，人们被欺压得喘不过气来。明朝建立后，朱元璋彻底改变了这种高压政策，采用了令北方民族感到宽松的羁縻之策。什么是羁縻之策呢？就是对东北地区诸女真部族用金、帛等物进行个别招抚，分立为若干羁縻式的卫所，自成单位，分而治之。给予部族酋长以卫所军官职衔，许其秉承朝命世袭，并各给玺书作为进贡和互市的凭证，从而满足了各个民族的物资交换和经济要求。这些措施，为清代招抚北疆之族提供了经验，使诸部族兴盛起来、发展起来，才有了今天。不要忘了，什么事儿都要寻其源、究其根。承继下来一个国家，如果兄弟不睦、钩心斗角，甚至相互倾轧，没法治理好。只有大家顺心、合心，共同努力，才能把国家建设得好，乃至兴旺发达。正因为有了朱洪武羁縻之策的实施，所以便有了后来大清的天下，也有了剽悍、护国的女真人。

说到这儿，我不由得想到在大清国初创时期，大清的太宗皇太极，还有顺治帝和孝庄皇太后，他们都很喜欢在空闲的时候，请当时赫赫有名的汉人大学士范文程、洪承畴二位老先生给讲颂扬朱洪武的故事或《明史》。怕听不懂，孝庄皇太后还命身边的名士将其译成满文，由满人来讲。顺治爷福临在位时，八旗兵营里曾流传着一些洪武故事的满文手抄本。圣祖皇爷康熙帝玄烨特别愿意读《明史》，经常翻阅。据传，有一次心爱的小皇孙，就是后来的乾隆皇帝跑到玄烨的内宫去了，见爷爷在看书，便问："皇祖看什么书呀？"玄烨非常喜欢这个小皇孙，笑着把他抱在怀里，说道："皇孙长大以后，也要读这本书。温故知新，明鉴可稽呀！"康熙帝在闲暇之时，常对身边一些重臣谈起看《明史》后的一些体会。他说："为政者创业维艰，守业尤艰，创而守成者艰也，守而复创者尤艰也，创而创者人生其趣也。"讲的什么意思呢？即是说，作为一个执掌政权的人、英明的君主，创业是很不容易的；作为承袭皇位的人，能把祖先传下来的家业安安稳稳守住，把国家的事情办好，不出什么事儿，也不容易；创业，而且在此基础上把事业接续下去，仍不容易；不仅把祖先的家业很好地继承下来，发扬光大，还要进一步开拓、发展，那就更不容易了；若做到既能创业，又能守业，再不断地创业，竭尽全力发展事业，使国威日盛、国家日强，这将是人活在世上最有趣、最高兴的事了。此话讲得多好啊，寓意很深哪！乾隆帝弘历继帝位以后，也挺注意读《明史》，曾言："《明史》为宝镜，君臣宜读之；为君临政者，展卷益人耳。"即是说，《明史》那是一面宝镜，为君、为臣皆应该看。尤其是为君临政者主持国家的事情，更应翻阅《明史》，可以从中受益呀！

今天，我们说康熙帝也好，乾隆帝也罢，他们讲的都是至理名言。能谈出这样的话，那是多年实践、身体力行的结果。皇帝们把《明史》作为宝镜从中受益，温故知新，明鉴可稽，得到了不少的经验和教训。作为满人讲述洪武的故事，比不得汉人那么方便，因为汉人有许多书可看。而满人不懂汉文，无奈之下，不少满洲先辈是用重银聘请汉家的老师将这些书翻译成满文的。有的把它刻在牛皮上，有的写在麻布上，有的则写在桦皮上，以便于携带，随时翻看。那是多么艰难之事呀，真可谓用心良苦也！

说书人恳请各位阿哥能谅解我为什么把书扯得这么远，讲到了《明史》，而且是从洪武帝说起，远远超过了平时说部的开头讲法。实不相瞒，这是行先王之训，受祖上之命，只能这样讲。咱们的先祖舒穆禄氏家族，有位赫赫有名的大将，就是杨古利。他长时间在太宗皇爷身边，转战沈阳、大凌河、山海关等地，功绩卓著。征战之余，他常请汉家人讲《三国演义》，讲朱洪武的故事。目的是使族人能晓彻族史，深知祖业开拓之苦，慎终追远，抱本思源。为了这个，本书才从朱洪武讲起，从过去不知道的走过的路讲起。

闲言碎语咱不表，回头再讲朱元璋。这位大英雄很有趣儿，既有个性又有代表性，是个十分典型的人。在他身上，成绩和贡献是肯定的，毛病和短处也不少。特别是现在，那些举义旗反元的将领已经死的死、亡的亡、自尽的自尽，唯独他鹤立鸡群，赢得天下，建起了朱氏王朝。环境变了，人跟着渐渐变了，各个方面亦随之变化。坐殿南京的朱洪武，同以前转战南北的朱元璋已判若两人。眼下是以一呼百应、八面威风的气派，至高无上、唯我独尊的声势出现在大庭广众面前，的确是一个变化很大、生动的人物。今天，就是要对他的功过、得失进行认真的、细细的剖白，才能做到"明鉴可稽"。我们并没有完全按照《明史》来讲，因为说部的责任是要辨明孰是孰非，以补历史之不足。

在朱元璋坐殿南京以后，特别是到晚年的时候，京师流传着不少民谣。这些民谣是对时弊的某种褒贬，也是黎民百姓心情的一种表露。其中有首好报令，即民间小令，是给当了皇上的朱元璋画的像：

> 投其所好，
> 投其所予，
> 早去早好，
> 晚走晚报。

令中说的是什么意思呢？咱们不忙解释，请大家在听书中，自己去与这十六个字儿对号，看是怎么回事儿。小令对从万马营中杀出来的主帅、后来成为大明天子的朱元璋做了生动、形象的描绘，讲了他对待功臣勋将采取的手段、策略和权术，可以说是入木三分。它带有点儿佛家偈语的味道，等到朱元璋晏驾之后，谜底就会全部揭开。说书人请各位阿哥先记住这十六个字儿，再慢慢地品评、琢磨。

自古以来，多半是人在不得志的时候，心态一个样儿；得志以后，心态又是一个样儿，此话一点儿不假。仔细品味一下，每个人或多或少都有这种变化，只是朱洪武表现得更为突出而已。早年的朱元璋能笑纳百川，只要愿同他一起反元的，不论是三教九流也好，五行八作也罢，皆为兄弟。哪怕原是土寇响马，也照样收留，进而肝胆相照。那时是广招八方贤士，抚爱四海，能容天下难容之事，能忍天下难忍之苦。同众人一起摸爬滚打，同甘共苦，使得万民颂唱"见元璋，天下昌"。人们对朱元璋是那样的信赖，那样的心心相印，可以说是与本人的品格、胸襟分不开。他已把天下的庶民，包括大元朝各个品级的官员全吸引过来了，形成了强大的力量，万众一心，所向披靡。其实，大元朝并不是好惹的，为啥能败在朱元璋手里？凭的就是那种众志成城的力量，朱元璋统揽天下的大将军风度和老百姓对他的箪食壶浆、以应王室的拥戴。当然，大元朝自身的天怒人怨、苛政重压也加速了它的灭亡。

徐达在回京的路上，心里一直惦着朱元璋同众臣关系的变化。虽然他的年龄比朱元璋大，但由于当年朱元璋是头领，便一直称其为大哥；朱元璋因为徐达比自己年龄大，所以也管徐达叫大哥。互相之间的兄弟相称，是为了表示一种礼让和尊重。这些年来，徐达早就发现大哥有不小的变化。此种变化对己、对人、对社稷皆是不利的，很为此着急，替他担心，这才飞马赶了回来。返京的目的，一是要安慰刘老先生，帮着解解气、顺顺心，以便继续辅佐朱元璋；二是要说和大哥，劝其应有所收敛。还要讲清国家正是用人之际，团结为重，可不能再伤人心哪！徐达知道，朱元璋的脾气挺犟，很傲气，是个咬住屎橛子给麻花都不换的主儿；更清楚朱元璋是从血拼征杀中打出的大明江山，沙场上死了多少人哪，他是侥幸保住了性命啊！有那么多比朱元璋还凶极一时的人物，不是一个个全没了吗？有的是被他通过血战给击垮了，有的是在同其较量智慧中败北了。朱元璋本身同样经历过不少的危难，有过心惊肉跳、死里逃生的境遇，是多少次转危为安、力挽狂澜才有了今天。朱元璋深知天下来之不易，因此才要拼死保住江山，不仅自己须坐稳金銮殿，也要让儿子、孙子、子子孙孙都如此，使大明朝的天下一代一代地传下去。朱元璋生怕到手的江山得而复失呀，真乃日有所思、夜有所梦，晚上常常惊梦不断。马皇后跟众臣曾说过："陛下因头几年的东征西杀，现在得了一种夜症，睡睡觉忽地坐起来了，大喊大叫的。甚至会跳下地来，舞刀弄斧，有一次竟砍死、砍伤了三个身边的内臣。还有一回，由于陛下的突然惊叫，竟把身边的一个妃子吓疯了。"此后的每天夜里，马皇后便吩咐派一些卫士守护朱元璋，怕他夜里睡觉出事儿或无故伤人；同时专门设立了御使郎中，为朱元璋调理汤药、治疗夜症。其实，朱元璋这个病就是担惊受怕、心里不托底、总怕坐不稳金銮宝殿所致。

朱元璋比以前又多了个毛病，即多疑症。只要他突然怀疑起一件事情或人来，从此便事事小心、处处防备。而且他越看被怀疑之人，越像自己想象得那样，越想越害怕，怕被暗算，怕被杀，怕皇权哪一天没了。于是，他千方百计地将被怀疑的人调离身边，以至于想法儿除掉才放心。对于这点，谁能提醒皇上注意呢？没人敢，即使在大明王朝的忠臣里，也很少有敢对朱元璋直言不讳的。能提醒皇上的、讲得最多的，便是马皇后。他们是结发夫妻，感情甚好，再说还是一起征杀过来的。在朱元璋做了皇帝之后，马皇后经常嘱咐他该克服什么、收敛什么。那么，其他大臣有谁敢呢？说实在的，徐达不敢，唯有大明王朝的怪叟刘伯温敢于这么做。作为朱元璋的军师，他早将生死置之度外，从不把仕途放在心上。皇上让我做什么官，就做什么官，不争宠，不愿为此天天绞尽脑汁、钩心斗角。想待大明稳固以后，告老还乡，退隐山林，与山野为伍。所以，他对皇上敢于直截了当地指点，说明这个事不该这么做，那件事应该那么做。朱元璋尽管十分敬佩老先生，可总觉得我是皇上呀，你这样跟皇上说话，是有失体统的。加之刘伯温年岁大了，说起话来没完没了，朱元璋开始有些不耐烦了，不仅不满意，还渐渐有些疏淡。感情自然不像以前那么融洽了，朱元璋有时很不愿意见他，只在有特殊军情要事时，才不得不召见刘伯温。

在洪武元年分封官职时，朱元璋将李善长、徐达都封为丞相，而把为自己出谋划策的刘老先生仅封为御史中丞兼赞善大夫，把与刘伯温、叶琛、宋濂同至应天的章溢，因与刘伯温的关系甚好，也封为御史中丞兼赞善大夫。当然，这个官衔，说低倒不算低，有气派，有权势。御史中丞是管监察、管案子的，监察朝中的文武百官是否有违反纲纪之事。谁要违反了，他们就有权过问、审查，进而收入监中、判你的刑期。当这种官的人，自身必须刚直不阿、公正无私才行。作为赞善大夫，还要辅佐皇上，帮助出谋划策，监察朝廷的礼仪，制定规章制度及为各方的风化、文化的开发、人们智力的开掘出点子。总之，帮助皇上做些有益于人民、朝廷之事。

刘伯温自打被朱元璋聘到帐下，先是做军师、太史令，后是做御史中丞兼赞善大夫，始终没有离开朱元璋左右。在千军万马的征杀中，在夺取一个城池后的安抚和治理中，在安置、救济数不清的流民、逃民、难民的过程中，凡涉及的所有大事小情，皆离不开刘伯温，几乎都是这位老先生为朱元璋出谋献策、帮助筹划的。包括对于一些突发事件的产生和处理，也是靠刘伯温给以预测或拿出办法去应对的，使各个方面能进行得顺顺利利、做得周周到到，减少了不少疏忽和纰漏。朱元璋对此非常满意。

大明朝建立之后，百废待兴。开头儿做的之所以那么好，凡事遂顺，主要是靠刘伯温等众臣的谋划。可以说，老先生在臣子中，是最累、最操心的人之一。俗话讲："不在其位，不谋其政。"刘伯温由于长期处在军师的位置上，便养成了一种习惯，即处处事事很主动、很自觉地为朱元璋操心、谋划，凡事想到头里，也讲在头里。许多人想不到的，他能想到，并且料事如神，能预测出一些十分重要的、可能要发生的事儿，以做到有备无患。因此，朱元璋和群臣把刘伯温看成神算手，说他无论什么事儿，均思虑得仔细，能够卜算未来，有气度。他们将其比之为汉高祖刘邦身边的谋士张子房、刘备刘皇叔身边的诸葛孔明，甚至称之为神人，全愿意听他的。

自朱元璋做了皇帝以后，刘伯温发现他越来越专断，顺者昌，逆者亡；排斥异姓，过分挑剔，而对自己的儿子、一窝子里的人却特别护短；脾气还越来越大，说发火儿就发火儿，有时甚至是无端的。就拿祭祀来说吧，开始时天气挺好，突然下起雨来，朱元璋便会跟群臣发火儿，责问为啥事先没想到能下雨？这种情况过去是没有的。刘伯温想，如此下去，君臣关系怎么会好呢？既然我是军师，为了社稷，理应忠诚直谏，哪怕有杀头之祸，有责任向皇上提出来。于是，他以朋友、军师、兄弟之情，婉言劝之。可劝归劝，终究没有见效，是怎么个原因呢？什么事情都有一个发展过程，冰冻三尺非一日之寒哪！现在不同于过去了，以前打仗的时候，朱元璋把众将看作拼死征杀的亲兄弟。如今不同了，纲纪已定，皇上是皇上，臣子是臣子，君君臣臣地位非常清楚。朱元璋既然是皇上了，你要有事儿同他说，那得启奏皇上；皇上对你说的话，那是下旨、下诏。所以，尽管刘伯温敢于指出皇上的毛病，诚心诚意地劝导，朱元璋却已经听不进去了，甚而根本不能接受，两人的矛盾随之逐渐加大。有时，朱元璋还表现得十分反感，以至于与老先生口角起来，君臣关系亦越发紧张了。

那么，刘伯温向皇上谏言，有哪几件事儿未得准允呢？第一件是洪武二年五月，朱元璋的一位得力大臣、刘伯温的好友章溢含恨而死之事。章溢是洪武初年时，同刘伯温一起被朱元璋召为身边的谋士、拜为御史中丞兼赞善大夫的。此人刚直耿介，办案公正，从不受贿。开始时，朱元璋对一块儿聘来的刘伯温、章溢、叶琛、宋濂都挺重视，亦很尊敬。

当年在请他们出山的时候，朱元璋表现得非常谦恭，礼贤下士。下拜时，朱元璋曾诚恳地说："我为天下事，屈四先生。"为慰勉他们，朱元璋像金屋藏娇一样，把个个看作宝贝，并经常虚心向其讨教定国安邦之策。这四个人也大有知遇之恩，愿意衔环相报，为朱元璋的事业那是鞠躬尽瘁、死而后已。

章溢自投到朱元璋帐下之后，在治理江淮时，管理营田之事。当时正处于战乱时期，农村一片凋零，谁还种庄稼？可是军队需要供应粮食呀，章溢就安置逃民分地屯田，给以种子和耕牛，让他们种地，安心农耕。而且南方气候温暖，一年四季皆可以播种。种地会有收成，不仅生活有保障，还能按时按规定缴纳给朝廷，逃民愿意接受这种安置，自然而然就不跑了。章溢干得很好，到了秋天便有粮食收获，民心大快，朱元璋也很满意。

什么时候出事儿了呢？洪武二年三月，朱元璋下诏，让章溢到福建一带征兵。此差事干得仍不错，可当他随军到处州时，母亲丧故。章溢是个大孝子，平时对老母十分孝敬，这一点满朝文武都知道。母亲死了，当然要乞求皇帝去为母守制。过去当官的父母丧故，那叫"丁忧"，就是把手头儿的事儿停下来，脱去官服，到二老灵堂或坟前致祭，一直守护三年。章溢向皇上提出请求后，朱元璋没答应，说："那不行，你不能回乡丁忧。现在正是需要征集兵马之时，此事很重要，办完再说吧。"章溢没办法了，知道刘伯温在皇上面前能说上话，便去求军师说情。刘伯温对章溢的丁忧之至很是理解，便劝说朱元璋："请皇上让别人去征兵吧，章溢回去葬母要紧。他是个大孝子，陛下这样做，不是伤了属下的心吗？等于用刀割他身上的肉一样难受啊！再说又不是没有别人可做征兵之事，为啥非留他不可呢？"朱元璋很固执，根本不听。刘伯温继续苦劝："皇上啊，不能不讲情理呀，丁忧之制，历朝如此。人最重要的，一个是敬天、敬地，一个是孝敬父母，'孝'字为大呀！你这样做，不仅伤臣子之情，还伤民心哪！"朱元璋却说："先生，言重了吧？我不怕！"那么，当时朱元璋知不知道章溢是大孝子呢？知道。以前那时候，只要听说章溢老母身子骨儿不舒服了，或有病躺倒了，马上便让章溢带上一些亲赐的礼品前去探望，有时还让自己的儿子帮助找郎中予以疗治。现在不同了，我是皇上，说出的话就是圣旨，你得按我说的去做。在这种情况下，章溢只好留下来，含憾继续组织兵力。直到把乡兵征集好了，按时由永嘉浮北上了，他这才又向朱元璋提出请求："皇上，臣下的差事已完成。现老母尸首还停在那里，等候安葬，无论如何请准允到母亲灵堂尽孝。"向皇上哭拜时，他生怕不允，急得眼睛都淌血了，朱元璋始答应。章溢回乡后，看到母亲的灵柩仍停在那儿没埋呢，很是难过，立即背石头、挖土，为母亲建灵。由于伤心落泪，悲戚过度，总觉得对不起老母，他便得了重病。百药不能医治，章溢最后抱病而亡，时年五十有六。

章溢死后，朱元璋很是后悔，感到自己不对了，也没想到能出这么大的事儿呀，遂亲自到章溢的灵堂祭祀。可人死不能复生啊！刘伯温对此十分有气，觉得朱元璋不但变了，而且变得让人不认识了，心竟然这么狠，甚至有些不近情理！

第二件事是洪武三年四月，朱元璋不顾众臣的反对和刘伯温军师苦口婆心的劝导，执意下诏，封自己的第二子至第十子为亲王。本来封儿子为王这事儿并不大，封王算啥？历朝如此。主要是他的封王学了周汉以来的那种武王分藩之法，即把儿子们封为藩王，分驻在全国军略要地，各踞一方。一直以来，朱元璋心里总是不托底，生怕有人造朱氏天下的反，时不时地夜做惊梦。于是，他便想让儿子们帮他占据各地，这样一来，看谁还敢反呀？由此足以表现出他对别人、对异姓的不信任，唯独相信自己的儿子，并坚决地下诏分藩。长子朱标是皇太子，已经定下来了，不用分藩；九子早亡；二子朱樉为秦王，占据西安；三子朱㭎为晋王，占据太原；四子朱棣为燕王，占据北平；五子朱橚为周王，占据开封。这五个儿子都是马皇后所生。六子朱桢是胡充妃所生，为楚王，占据武昌；七子朱榑是达定妃所生，为齐王，占据青州；八子朱梓也是达定妃所生，为潭王，占据长沙；十子朱檀是郭宁妃所生，为鲁王，占据兖州。从孙朱守谦，是朱元璋长兄的儿子朱文正之子，为靖江王，占据桂林。

分封已定，儿子们长到二十岁的时候，便要到各自的封地建立王府，驻守在那里，其责任就是八个字——"外卫诸藩，内资夹辅"。什么意思呢？即各藩王坐镇藩府，对外要戍守边陲，保卫国家；对内则辅佐朝廷，治理地方。具体来说，就军事形势而论，诸藩的建立分为第一线和第二线，或者说是前方和后方。第一线各王的要务是防止北元入侵，凭借天然险要，建立军事重地，有"塞王"之称。诸塞王沿长城线建藩，又可分作外内两线。外线东渡榆关，跨辽东，南接朝鲜，北联开原，控扼东北诸部族；经渔阳①、卢龙，出喜峰口，切断北元南侵道路；北平地势险要，由燕王控制；出居庸，蔽雁门，逾河而西，北保宁夏；又西向控扼河西走廊，扃嘉峪，护西域诸国。内线是太原的晋王和西安的秦王。第二线，即后方诸王是对内的，开封有周王，武昌有楚王，青州有齐王，长沙有谭王，兖州有鲁王，成都有蜀王，荆州有湘王，桂林有靖江王等。诸王每年有万石的俸禄，在其封地建立王府，设置官属。每王下皆设相及各种重要的官员辅佐，俨然一个小朝廷。

以燕王朱棣来说，他把元朝的皇宫给占了，其威风不下于皇帝之宫殿。朱元璋给亲王的权力很大，冕服车旗仅下皇帝一等，真乃天下第二。公侯大臣见亲王都要俯首拜谒，不得钧礼。与周汉的分藩所不同的是，诸王地位虽高，却"列爵而不临民""分藩而不赐土"。什么是"列爵而不临民"呢？即王位在哪儿，王府便在哪儿。地方上的民间之事不用他们管，不能统治人民，不能直接干预民政，由朝廷单派州衙府官去抓地方之事。"分藩而不赐土"，即不像过去分藩那样，将土地一块儿一块儿地划给各王自己管。现在是土地不分给他们，还由朝廷来管。你住在那里，可以拥有王位。王府之外，包括土地由朝廷所任命的各级官吏治理。此外，诸王有统兵和指挥军事之权。每王府设亲王护卫指挥使司，有三护卫，护卫甲士少者三千人，多则可到一万九千人。塞王的兵力尤其雄厚，如宁王所部带甲八万、革车六千，所属朵颜三卫蒙古骑兵骁勇善战。秦、晋、燕三王的护卫特经朝廷补充，兵力最强。《皇明祖训》还规定：凡朝廷调兵，须有皇帝的御宝、文书与王，又得王令旨，方许发兵。这就使各亲王成了地方守军的监视人，是皇帝在地方的军权代表。朱元璋以为把军权交给儿子，就完全可以放心了，其实这正是造成皇室内部矛盾的根苗。朱元璋死后，燕王朱棣不是起兵反了继承皇位的建文帝吗？此为后话。

朱元璋分封既定，朝廷上下引起了轩然大波。大家一看，当今皇上之下不是宰相群臣，而是这些王。只信儿子，不信臣子，由过去的选贤任能走向了封子立藩，由开明走向专断，由豁达走向多疑，由封赏功臣走向解兵权、杀良臣，真令忠心耿耿跟他的臣子们寒心哪！当时，有些正义的大臣向皇上提出反对意见，指出："这样做于国不利，于陛下也不好，一旦春秋之后，将给后世留下罗乱。前朝的教训还少吗？不就是因

---

① 今河北蓟县。

为分藩，诸王风起，天下才大乱的嘛。可不能重蹈覆辙呀！"

提意见的人中，一个是杨宪。此人聪明能干，为朱元璋属下重臣之一，很受信赖。他与刘伯温是好朋友，像老军师一样，不怕死，为朝廷社稷，宁愿杀头也敢于谏言。由于断案公道，又有智谋，百姓称其为杨青天，像宋朝的包文正再世。他见朱元璋分封诸王，十分担忧，便启奏道："陛下，不能这么做。分藩表面看来挺好，诸王子亦满意。但是皇上要替后代着想，倘若由此引起诸王的征杀，将不利江山的永固，那大明很可能葬于萧墙之乱呀！"你想，朱元璋能爱听这样的话吗？朱元璋认为不仅仅是直接冲他来的，还涉及其全家后代。一直钦敬杨宪的朱元璋当时就坐不住了，非常生气，大喝一声，将其轰了出去。并且朱元璋还记了仇，心想："你杨宪的话讲得也太绝了，竟联系到了朕下儿辈子的事儿。还不往好了说，想象得那么坏，什么要天下大乱呀，儿孙们将互相械斗哇，多丧气呀！"

提意见的另一位是宋濂。其人幼英敏强记，通五经，自称儒者。太祖将他与刘伯温、章溢、叶琛并征至应天，除江南儒学提举，命授太子经。朱元璋常召他入宫讲《春秋左氏传》等。洪武二年诏修《元史》，命充总裁官；是年八月史成，晋翰林院学士。濂性诚直，满腹经纶，走路端庄，乃夫子之风，受到满朝文武的尊敬。他纯粹是出于对朱元璋的爱戴，所提之意见与杨宪是一致的，多次启奏皇上："陛下，从社稷的长远考虑，我看不该分封诸王子为藩。如若这样做了，恐怕未来会不安宁，有可能带来更大的麻烦。"宋濂是考虑再三，话说得很有分寸。即使是这样，朱元璋仍听不进去，把脸一扭，说："请宋老先生回去安歇吧。此事朕心已决，不必再议。"宋濂一看皇上不听，脸还扭过去了，便打了个咳声告退，悄悄儿走了出来。他心想："反正我的话已说到前头了，皇上不听又奈何？"

持反对意见最激烈，不管朱元璋愿听不愿听，仍然进行多次规劝的是谁呢？就是刘伯温。他想："我是军师呀，分封诸王是件大事儿。皇上不与众臣商量，一个人突然定了下来，并马上下诏，这未免做得太鲁莽、太草率了。朱元璋啊，朱元璋，你现在真不似过去那样了，确实变了。本来是个细心之人，怎么能如此仓促呢？这不是给儿孙造成罗乱嘛，未来的江山如何巩固？"刘伯温为此详详细细地跟朱元璋提出自己的看法，禀明其中的成败利害，反反复复地不知讲了多少次，还一再强调："陛下这么做，将来肯定会出连想都想不到的事儿，对陛下的王位和王位的继承，皆是不利的呀！"朱元璋说："先生，您是军师，别的话我都听，但这个事儿绝不是一时头脑发热，而是经过深思熟虑才定下并施行的。不要再说了，有其他建议可以继续提，再提分封之事，可显得太啰唆了。"尽管刘伯温还是费了不少口舌，把利弊讲得很细、摆得很清，然而怎么说也不行，朱元璋干脆听不进去。尤其是，朱元璋不仅没听众臣的肺腑之言，反倒做得更坚决，除前面已分封的十子，又连续把其余的十六子也分封了。即郭惠妃生的蜀王椿、代王桂、谷王穗，胡顺妃生的湘王柏，韩妃生的辽王植，余妃生的庆王㮶，杨妃生的宁王权，周妃生的岷王楩、韩王松，赵妃生的沈王模，李贤妃生的唐王桎，刘惠妃生的郢王栋，葛丽妃生的伊王㰘，其他不知母名的还有肃王楧、安王楹等。后来，诸王之间出现的许多罗乱是谁造成的呢？便是朱元璋，这是第二件使刘伯温碰钉子、卷面子的事儿。

第三件事也使刘伯温大失所望、耿耿于怀，是在洪武三年七月发生的。他的好友杨宪，此时已是中书左丞相，为皇上身边的两大丞相之一。杨宪，字希武，杨区人，知识渊博，有苏秦、张仪之辩才。凡事头脑反应快，可以对答如流，朝廷里没有能说过他的。而且他断案分明、思维敏捷、公正不阿，令朝廷、百姓皆满意。正因如此，他才被升任了左丞相。任职后，各方面事情都做得挺好，朱元璋亦很欣赏。但有一件事却使他始终记在心里，那就是洪武三年四月，杨宪对分封诸王就藩提出了反对意见，因措辞尖锐，故而得罪了朱元璋。朱元璋觉得此人说话太损了，不能久留，是年七月，借故把杨宪杀了。朱元璋找的什么因由呢？杨宪有个毛病，心胸狭窄。刘伯温曾说过："我这个弟弟是个好人，只是心不宽，做什么事儿有些小家子气，不那么大度。"杨宪当了左丞相之后，生怕位居副位的右丞相汪广洋超过他，总是心神不宁的。汪广洋聪明能干，很会处事，又善于在朱元璋面前表现自己。杨宪既看不惯又有些忌妒，于是想尽办法在中书省安插自己的力量，排挤汪广洋，还找了人在皇上面前弹劾之。这件事后来不知怎么被汪广洋知道了，那能有杨宪好吗？便向皇上奏了一本。朱元璋为查清事实，当即把弹劾汪广洋的人抓了起来。经亲军秘密严刑拷问，被抓的人承认了弹劾汪广洋是杨宪让他干的。朱元璋一听此事立马来火儿了，心想："杨宪不是有意诬陷良臣吗？身为左丞相，怎么能加害辅佐你干事儿的同行呢？"又由于早因封子就藩之事记了杨宪的仇，所以，当审杨宪的折子一上奏，朱元璋即亲笔御批了一个"诛"字。杨宪的脑袋就掉了。

此事说起来，杨宪办得确实不对，刘伯温知道后很生气，可也罪不当诛啊！顶多是个罢官免职、逐出朝廷而已。杨宪的死，对刘伯温是一次沉重的打击，他对朱元璋的处理办法十分不理解。事先不但没同自己商量，也没跟群臣商量，只听汪广洋一讲，亲军一审，御笔一挥，便把杨宪杀了。刘伯温心想："哎呀，说罢就罢、说砍就砍呀，一点儿没有商量、权衡、斟酌的余地。如此的专断独行，不是已经赶上当年的秦始皇了吗？杨宪是心胸狭窄，不该办出这样的事儿。可要不是他直言不讳地向皇上力谏不应为其儿子封藩，恐怕不至于死吧？显然是皇上在借由子铲除异己呀！"想到这儿，刘伯温不由得倒吸了一口凉气，不寒而栗："哎呀，铲来铲去，不就铲到我的头上来了吗？看来，不能再在朱元璋身边待下去了，太危险了，太可怕了，没想到他竟是这么个翻脸不认人的人。真是人生世上，宦海沉浮，一朝河东、一朝河西呀！人心难测，说变就变，说杀就杀，将来还不知杀到谁的头上呢！"刘伯温从此对朱元璋有了进一步的认识，对自己的仕途失去了信心，愈加心灰意冷，恨不得早一点儿离开这是非之地。

第四件事对刘伯温的震动更大。一向受朱元璋重用的李善长，是个很会阿谀奉承的人，一切顺着朱元璋，也最能体知皇上的心情。朱元璋心情好的时候，他会想办法使其好上加好；朱元璋懊恼的时候，他也能以漂亮的言辞令其高兴起来。所以，朱元璋把他视为众臣之中名列第一的人物。尽管刘伯温是军师，朱元璋平时很是敬重，然而由于他说话又直又硬，故而朱元璋只是敬而远之，不似对李善长那么贴心。尤其使朱元璋对李善长另眼相看的是，在朱元璋的队伍打败陈友谅、战胜张士诚之后，李善长一看时机已到，便率先拥护与支持朱元璋自封的吴王。由此，朱元璋当然认为李善长劝进有功，尤为喜欢，视为心腹内臣，拜为右相国，职序最先，官职最高。李善长的优点是特别聪智，裁决如流，又娴于辞令，令朱元璋十分看重。军机进退，赏罚章程，包括高官之任免也多决于李善长。

朱元璋为吴王之后，决定北伐。很快便平定了山东，南征军也降服了方国珍，移军取福建，水陆两路皆势如破竹，一片报捷之声，使应天府的文武臣僚欢天喜地，估计你死我活的战乱很快就会结束，统一全国的日子可屈指算出。这时，李善长又瞅准了时机，率文武百官进表，奉请吴王称帝。十天后，朱元璋搬进了新盖的宫殿，把要做皇帝的意思祭告于上帝皇祇说："唯我中国人民之君，自宋运告终，帝命真人于沙漠，入中国为天下主，其君臣父子及孙百有余年，今运亦终。其天下土地人民，豪杰纷争。唯帝赐英贤为臣之辅，遂戡定群雄，息民于田野，今地周回二万里广。诸臣下皆曰生民无主，必欲推尊帝号，臣不敢辞，亦不敢不告上帝皇祇。是用明年正月四日于钟山之阳，设坛备议，昭告帝祇，唯简在帝心。"就这样，朱元璋在李善长等人的拥戴下，打着此乃天意的旗号，决定称帝。你想啊，李善长不是又在朱元璋面前立了一大功嘛，怎能不器重于他？因此，在洪武九年大封功臣时，朱元璋说："善长虽无汗马劳，然事朕久，给军食，功甚大，宜进封大国。"乃授开国辅运推诚守正文臣，特晋光禄大夫、左柱国、太师、中书左丞相，封韩国公，岁禄四千石，子孙世袭；给予丹书铁券，免二死，子免一死。被封公的徐达、常遇春、李文忠、冯胜、邓愈及李善长六人中，李善长位列第一，褒奖亦最高，比作汉朝的萧何。可以说，当时他是位居人臣之极。

哪承想啊，还没等李善长乐够呢，却发生了变化。这人哪，地位一高，权力一大，往往便忘乎所以了。表面看，李善长挺宽和，实际上内多伎刻，常常在下面玩弄权术。凡事傲己蔑他、蛮横骄傲，使同僚惧怕。办什么事情，他总是以我为中心，唯我独尊。谁要超过他，便会引起他的忌妒和怨恨，想尽办法把人家整下去，朝臣皆觉得难以与之共谋政事。参议李饮冰、杨希圣稍微对他表现出有些不满，他马上找各种借口予以治罪，罢其官职。他就是对御史中丞刘伯温也是一样，生怕超过自己。他见朱元璋特别敬慕、宠信刘老军师，很是气不公、吃醋，背地里多次在皇上面前进谗言、说坏话，诬告刘伯温，与之争宠。可朱元璋心里有数，一概不予理睬。刘伯温的岁数比朱元璋、李善长都大，平日里像个温文尔雅的大长兄，待人宽，对己严。刘伯温对李善长的做法只是装糊涂，事事让之，采取借由子告退的办法回避矛盾。由于李善长的飞扬跋扈，使众臣不服，一来二去的，上告和弹劾他的人渐渐多了。朱元璋听得一多，遂有些看不上，甚至讨厌这位李太师了。

朱元璋曾为李善长的骄横、夸富、争宠向军师发过牢骚，说道："百室居官自傲，总认为自己是开国功臣，目空一切。惹得大臣们十分不满，三天两头来告状，这样下去怎么行？"刘伯温当时还帮李善长说情，好言劝之："陛下，善长是老臣，这些年帮朝廷做了不少事儿，是有功劳的。他有长处，善辞令，能调和诸将之间的纷争，是朝廷的顶梁柱、帝之股肱，还是多体谅一些才好。"朱元璋听后很是吃惊，说："哎？这就怪了，连朕都晓得李善长在背后整你、告你，先生自己竟会不知道？不仅不奏本，还找理由替他开脱？实话跟你说吧，朕觉得他已不堪任丞相一职，想罢掉，请先生代替他的位置，做左丞相。如何？"刘伯温忙顿首拜曰："陛下，这可使不得，臣下不行，也没那个能耐。国家的栋梁不能轻易更换，百室乃一棵粗木，伯温则是一根细木。原先支撑朝廷的是栋梁大木，对咱们的社稷、庙堂起到了很好的稳固作用。若突然换成一根小木支撑，那社稷、庙堂岂不要塌下来？不行啊，皇上，伯温不如百室。"

洪武三年四月，朱元璋突发圣旨，罢了李善长的左丞相之职，由胡惟庸任左丞相，汪广洋任右丞相。此消息一传出，像响了个炸雷一般，朝野震惊！胡惟庸原为宁国知县，很会阿谀奉承，特别巴结李善长，还把自己的一个女儿嫁给了李善长弟弟之子佑，两家成了姻亲关系。后通过这个关系，继续讨好李善长，结果便把李善长给摩挲住了。胡惟庸自到京师后，总是看皇上的眼色行事，会摆事儿，与众臣的关系处得也挺好。再加上李善长不时地帮他说好话儿，于是他很快得到了朱元璋的赏识。刘伯温对胡惟庸早有看法，曾直言不讳地提醒过朱元璋，一再强调此人不能重用。可不管刘伯温如何坦诚相谏，朱元璋就是听不进，还是委以了重任。这对老军师又是个打击，刘伯温觉得自己说出的话，在皇上那里已经不顶用了。

再一点，也使刘伯温很有感触，这便是李善长的罢官同杨宪的罢官截然不同。皇上对杨宪，不单单是罢其官职，而且是毫不宽容，说杀就杀了。作为皇上亲信的李善长的罢官则不然，罢他不是说有错儿，而是以身体有病承担不了大任为由罢的。既给李善上找了个下台的台阶，又给足了面子。不仅如此，在李善长被罢官时，朱元璋还给予优厚待遇，赐予临濠地若干顷，置守冢户百五十，给佃户千五百家、仪仗士二十家供他享用。李善长俨然一个大地主，生活十分豪华、气派。朱元璋又以其女临安公主下嫁于之子祺。这么一来，李善长虽被罢官，但仍然很有权势，像以前一样专横跋扈。

刘伯温对李善长和朱元璋的关系看得很清楚，深感皇上这是亲一些人、疏一些人，亲者、疏者两样处理。只要善于阿谀奉承、做表面文章、会看眼色行事的，就处处偏袒、保护，怎能不让人担忧？他担心皇上如此目光短浅、忠奸不辨、是非不分、亲者宽、疏者严、被狭隘的偏见迷惑，长此下去，会出大事儿的。他是又气又难过，心想："陛下呀，胡惟庸这个人无论如何不能用啊，早晚要吃他的苦头儿的，有你后悔的那一天哪！凭我这把年纪恐怕是看不到了，活在世上的人肯定能看到，让老哥哥九泉之下无法瞑目啊！"后来事情的发展，证明了刘伯温的担心不无道理，果然出了胡惟庸的反叛事件。

第五件是刘伯温替朱元璋担心并多次向其谏言的事儿。什么事儿呢？就是从发兵讨元时起，朱元璋为了保护自己，设了亲军，专门负责他的安全，这在当时是无可非议的。朱元璋做了吴王后，将亲军改成检校，并设一机构，叫拱卫司。拱卫司的人，足迹无处不到，差事是巡查官民人等的行踪和言论，及时奏报皇上。曾有过这么一件事：一位叫钱宰的，被征编《孟子节文》。罢朝归家吟诗道："四鼓咚咚起着衣，午门朝见尚嫌迟，何时得遂田园乐，睡到人间饭熟时。"第二天，朱元璋见到钱宰便说："昨天你作了一首好诗，不过我没有'嫌'啊，改作'忧'字如何？"钱宰一听，吓得出了一身冷汗，忙磕头谢罪。还有一件事，足可见检校访查之细。宋濂性格诚谨，有一次请客喝酒。转天朱元璋就问他："昨日喝酒了没有？请了哪些客人？吃的什么菜呀？"宋濂老老实实地做了回答。朱元璋这才笑着说："全对，没有骗我。"

拱卫司的人因为常在皇上身边，后头是朱元璋撑腰哇，所以个个狗仗人势、耀武扬威、吹胡子瞪眼的，对大臣们也是说呲就呲，说喝令就一顿断喝，谁都惧他们三分。后来，拱卫司又改名亲军督卫府，成员仍然不少，待遇十分优厚，成为特权人物。再后来，皇上到哪儿，他们跟到哪儿，连銮驾都亲自承担。刘伯温见这些人趾高气扬，特别跋扈，遂向皇上提出："督卫府的人，不但私设公堂、监狱，看谁不顺眼，马上不问青红皂白地偷着把人抓起来，而且强抢豪夺，奸淫良家妇女，无恶不作，这样下去怎么得了？"护短的朱元璋一听此话，很是不耐烦、不满意。那些人当然知道皇上护着他们，更加无法无天、肆无忌惮，每天像暗探、特务似的，秘密探听朝臣们的行踪、有什么不轨行为、对朝廷有哪些不满或背地里说了皇上什么不该说的话，等等。你今天说了，明天便会到朱元璋的耳朵里，一些大臣就是这样被制裁的。朱元璋听到的话，有的是事实，有些则是捕风捉影。然而不管真假，朱元璋皆会毫不客气，立见行动。弄得大臣、武将人人自危，你防我，我防你，相互之间的关系十分紧张，不敢说一句越轨的话。这样一来，大家再不似共同反元时的人合心、马合套，和睦得像亲兄弟一般了。

刚直不阿的刘伯温见此情景，那是看在眼里，急在心里，又一次毫无顾忌地向皇上谏言："陛下，请想一想，亲军督卫府的人长此下去怎么得了？不利于君臣和睦，人心要散啊！臣下斗胆建议，还是撤销这个机构为好。"朱元璋哪里听得进？朱元璋不仅不听，还很生气，心想："刘伯温呀，刘伯温，朕这么信任你、尊重你，你却不自量力啦！怎么啥事儿都管呢，管得太宽了吧？是不是朕太宠你了，宠成摆不正自己的身份了，忘乎所以、不知天高地厚了？"刘伯温心里也挺有气："陛下根本不重视我了，虽然口口声声称老先生、叫军师的，但说什么都不听，只当耳旁风。大概根本不需要军师了，那我在朝中还有何用呢？现在看来，不但没用，而且成了绊脚石了，为啥非找不痛快呢？不如早点儿离开朝廷、离开皇上，回到青田安度晚年，讨个清闲、干净、顺心。这样，也就不用天天为皇上操这个心、生这个气了。走，不能再待下去了！"又想道："眼下，朱元璋是翻脸不认人的人，说啥是啥。我的脾气又不那么驯服，继续待下去，下场肯定不会好啊！"他真的不敢往下想了，便决定不在朝中做事了，坚决回老家去，并立即给皇上上了折子，请求恩准告老还乡。

朱元璋这几天本来正闹心呢，看了折子，心里相当不痛快了："好哇，刘伯温，你上折子要不干了，想拿朕一把。走好啊，在朕跟前倒给添乱。今天这个事儿，明天那个事儿，别人没事儿，就你总有事儿。不是愿意走吗？不是要告老还乡吗？行！"于是，马上拿起朱笔御批道："赐刘伯温告老还乡。"这么快就批了，倒是刘伯温事先没想到的。他本以为上了折子，能使皇上多少受到震动，可能做一些事情就会有所收敛，结果却大出所料。旨一下，刘伯温更有气了，心想："朱元璋啊，朱元璋，还真是狠心哪！我帮了你这么多年，没有功劳还有苦劳吧？本想能听我的话，认真思考思考，回心转意。可倒好，不听不说，竟把我扫地出门了，也太没良心了吧？"刘伯温一气之下，回到家便倒在床上了，闹了一场大病，病得还不轻，茶饭不用。这可吓坏了刘伯温的儿子刘琏和刘璟哥儿俩。他们知道，只有徐大将军能帮助说和，劝劝父亲，再找皇上好好儿做做工作。于是，刘琏一早饭都没吃便来到了徐达的府上。没想到，徐达大将军不在，而在北平府。他着急呀，又找了徐达的大儿子徐辉祖，说明了来意。徐辉祖知道此非小事，拖延不得，随即连夜骑马奔北平府而去。

话要简短，咱们再接前书。徐达赶回南京之后，先去拜见皇上。哪知道，朱元璋因得罪了刘老先生而上了一股火儿，也病倒了。朱元璋同刘伯温之间的关系一向很好，兄弟相称，又有多年的友情。只是由于一时来了脾气，朱元璋一气之下，批了军师的告老还乡之陈条，其结果等于把刘老先生赶出了宫门。他火气一过，就后悔得直拍巴掌："我这是怎么了，咋能把老先生给得罪了呢？那是军师啊，什么事儿也离不开他呀！"心情十分懊丧。此时，他正半躺在后宫的卧榻上，身后靠着丝被，闭着眼睛似睡非睡，马皇后在侧亲自服侍着。马皇后对朱元璋始终是敬爱有加的，在一起天南海北地奔波了半生，感情很深。宫里有那么多人照顾皇上，她都不放心，非要亲自伺候不可。

　　徐达来到宫殿前，从远处瞧，见宫中好几层大门全开着，内宫看得清清楚楚。后宫的门也开着，能看到皇上的卧榻，内臣站立两侧。那时候的宫殿建筑，一般宫门内有三道门，每道门都有内室。皇帝如果有什么旨意或宣诏，是从里向外一道门一道门地传出。就在马皇后从宫女手中接过银耳羹、一勺儿一勺儿地喂给朱元璋时，只见内臣来报："魏国公徐丞相在宫外候旨求见。"朱元璋一听大将军回来了，马上下旨，快传徐达觐见。内臣一道门一道门地向外传报，徐达领旨，大步流星地走过一道道宫门，径直来到了皇上的卧榻前，跪倒在地，叩拜道："臣徐达给皇上、皇后请安。"朱元璋连连说："免礼，平身，赐座。"徐达这才站起身来，在皇上卧榻旁边的一把象牙雕刻的、上镶珍珠的虎头椅子上坐了下来，内臣献上了冒着热气的茗茶。还没等徐达开口启奏呢，马皇后便笑着说："大哥来得恰是时候，我们正盼着呢！咳，皇上的脾气大哥是知道的，一着急就容易发火儿。我多次劝说过皇上，宫里宫外的事情又多又杂的，总得一件一件办，千万不要着急，更用不着发火儿。但陛下忍不住啊，这不，前些日子对军师发了脾气，惹得老先生十分生气。此事一出来，真让人着急呀！我知道，刘老军师那是好心人哪，处处为陛下着想，为社稷的绵远久长绞尽了脑汁、费尽了心思。有什么话从不顾自己的身家性命，该怎么说就怎么说，毫无保留。特别是年岁大了，说得多些、重些在所难免，咱心里都明白。可无论如何不能顶撞他呀，事情过后，皇上已经有点儿后悔了。这回你来了，必须得帮个忙，别人谁也不行。俗话说，一把钥匙开一把锁，唯有大哥这把钥匙最管用。请大哥到老先生那儿说和说和，替皇上道个过儿，使得气儿能顺过来，灭灭火儿，你看成不？"这时，半靠在卧榻上的朱元璋睁开眼睛，看了看徐达，说道："大哥，来了就好，要不朕也想召你回宫。请到军师那里去一趟，替朕探视一下他的病情，以表慰问，不一定非有什么道过儿的说辞。"很显然，朱元璋仍在摆皇上的架子，心里想服软，嘴上却不愿那么说。

徐达跟随朱元璋多年，关系十分密切，可谓生死之交。何况彼此之间都很了解，因此，朱元璋内心怎么想的，他自然清楚。徐达平时跟别人说话时，还要注意一些，而在朱元璋、马皇后面前，反倒没什么拘束，从来是有啥说啥。他言道："陛下、皇后，就臣下同刘老先生的感情来说，当然会前去看望的。不过要办好这件事，光臣下一个人去不好。"马皇后忙问："那大哥说该怎么办？"徐达试探道："想出的这个办法，说出来恐怕皇上不一定高兴。"马皇后说："咳，大哥今天怎么了，还吞吞吐吐的？该怎么办就直说。"徐达笑了笑，说道："此事来的路上已琢磨好一阵子了，是想请皇上屈尊，由臣下陪着一起去刘府。为什么呢？解铃还须系铃人哪，这是皇上惹出的乱子。再说还下了旨，赐刘伯温告老还乡，皇上是金口玉牙，说出的话谁敢改？臣下一个人去了，说什么？他只能安慰安慰，啥都解决不了。皇上去可不一样了，那是表明对军师的重视和尊敬。刘老先生对咱大明朝可以说是鞠躬尽瘁呀，朝里朝外哪有像他那样忠言直谏、有什么说什么的？他只要想到的事情，从来是不厌其烦地嘱告，不完全是为社稷着想吗？陛下，不能只图一时口头之快、发发脾气就完了。《史记》中说得好：'有贤相良臣，民之师表也。'刘老先生几十年来，一心不二地忠诚于陛下，不怕得罪任何人。可谓一片丹心，够得上贤相良臣，堪称文武百官乃至万民之表率。对这样的人，为了大明朝，为了江山社稷，陛下就该礼贤下士、屈尊去一趟。"马皇后边听边点头。

徐达这番话说得合情入理，朱元璋听了以后，知道讲得对。不过始终端着的皇帝架子想放下却不那么容易，一时半晌还转不过这个弯儿来，不好意思马上去见军师，就靠在卧榻上发呆，一言不发。站在床边儿的马皇后看出来了，知道皇上是不肯轻易认错之人，更不会主动给谁倒过儿。马皇后可不是这样，为人侃快，是个热心肠儿，对大家非常关心，群臣众将都很尊敬她，也喜欢接触她。马皇后说："大哥，这两天陛下身体不适，从前天晚上到今儿个一直不太舒服，走动也困难。这样吧，我跟大哥去，代表陛下一同去看望军师，好不好？"徐达一看，只能如此，心想："马皇后去也行，她比朱元璋会说话，军师会更给面子的。"于是，他马上赞同道："好哇，皇后去，臣下奉陪。"马皇后立即传懿旨，准备摆驾刘府。

皇后懿旨一下，内臣随之出宫宣告，仪鸾司很快备好了仪仗。霎时，长号声声，鼓乐齐鸣。马皇后出门一看，准备的是皇后出行的全副銮驾，觉得太过于声张了，忙命收起卤簿仪仗，只坐了一抬小轿，在太监、内臣的护卫下，由徐达骑马陪同，去了刘伯温的府第。

不一会儿，马皇后一行便到了刘府，看门儿的小跑着向里通报。刘琏一听说皇后驾到，遂禀告了正在屋里躺着的父亲。刘伯温慌忙起身，披了一件衣服，赶紧领着两个儿子出来迎接。父子刚到门口儿，马皇后便从轿里出来了，徐达也跳下马来，随马皇后往前走。马皇后见上身儿穿一件白衬衣、下身儿围着麻裙、头上包着一块布的刘老先生由两个儿子搀扶着，跪在那里迎候，急忙走上前，欲伸手相搀。就听刘伯温说："没想到皇后驾临寒舍，老臣这里叩头了。有事儿当召之进宫，何必亲自来，不是折杀老臣嘛。"马皇后笑着把刘伯温搀了起来，说道："军师不必拘礼，身子骨儿不好，本不应出来。咱们是老熟人了，吾作为弟妹来看看老哥哥不该吗？"边说边招呼刘伯温的两个儿子："刘琏、刘璟，好好儿搀着你父亲回屋，外头有风，别凉着。"这时，徐达走过来问候道："先生，身体可好？天德特意由北平赶回，看望您来了。"说完，上前拉住了刘伯温的手。刘伯温请马皇后先走，马皇后推辞不过，第一个进了屋。徐达扶着刘伯温一同进屋，后面跟着刘琏、刘璟两位公子。

大家落座后，刘琏献上了茶。马皇后说："陛下身体不好，要不会亲自来的，把先生惹生气了，心里挺难过。您是知道的，皇上就是这么个脾气，一上来火儿便忍不住，发火儿过后就拉倒。不管怎样，请军师一定海涵。"刘伯温一听马皇后说得十分诚恳，还能讲什么？心想："皇后亲自来，等于皇上来了一样，给了很大的面子。而且徐大将军在百忙之中，现从北平府赶回来看望，表示了对我的尊重，已经是够份儿了。"想到这儿，他火气消了一些，忙说："皇后，不能怪陛下，是老臣的不对。可能是年岁大了，话说得太急，又没讲清楚，有些昏庸了。"马皇后笑着道："先生说哪里话？千万不要这么想，您可是朝廷不可缺的人哪！身子骨儿怎么样了？好点儿没？"刘琏代父答道："启禀皇后娘娘，父亲这几天偶感风寒，今日稍好一些，请不必挂念，谢谢皇后娘娘前来看望。"说完，给皇后叩了头，然后退到一边，咱们就不细说了。

马皇后一来，一片乌云皆散。其实，本来没什么了不得的，都是亲近之人，关系那么好，见面后互相道个过儿，啥事儿都没有了。另外，马皇后会说话儿，人还好，能亲自来府上看望，早已让人很感动，就更没说的了。随后，马皇后像亲人一样，起身到府里各屋看看。她知道刘伯温目前没有新夫人，见家里的活儿全由刘琏媳妇的姐姐帮着做，便道："什么时候吾给先生引见一位金陵的女子做夫人，可好？"刘伯温忙说："皇后，请不要提这事儿。我年岁大了，对此从来没想过，谢谢陛下、皇后的关照。现在生活得挺好，愿意一个人安心度过晚年，没有其他奢望。"

简单的寒暄过后，马皇后起驾回宫。刘伯温送走马皇后，又同徐达唠了很长时间。他们兄弟之间，感情相当密切，说起话来很贴心。徐达劝了劝刘伯温，帮助他解开同皇上之间的思想疙瘩，谈得挺开心。之后，刘伯温一再挽留徐达在府上用膳，徐达说："军师，我一回来，就马不停蹄地直接去看望皇上和皇后，紧接着随皇后到老哥这儿，还没来得及回家呢！今天晚上必须返回北平府，那边的事情不少，军情正紧，晚饭不能在这里吃了，以后有的是机会相聚。望老先生保重身体，您顺心了，天德我便放心了。老先生是国家之宝哇，有您在，就是咱们皇上的福分哪！"几句话，说得刘伯温是老泪纵横，非常感动，抬起右手搭在徐达的肩膀上，说："为这事儿，不仅把马皇后惊动了，兄弟你也从北边赶了回来，老哥还有什么可说的？天德呀，我跟皇上的感情是很深的，讲的一些话确实是为了皇上。但有时说话太急，不会拐弯抹角，说得又不细，确实不如老弟那么周延、妥帖，所以才出了皇上发火儿的事儿。不过你不用惦着，一切都会解决的。回家看过之后，尽早回北平府吧。"徐达说："老先生这么想，我就放心了。"

到了该分手的时候了，徐达发现刘伯温好像有话要说，刚要发问，老先生却先开口了："走前，老哥还有几句话跟你讲，前两天已经同陛下说过了。咳，有些话虽好，但讲多了会惹人不愿意。我这人就是个碎嘴子呀，不知今天天德你听了会不会不高兴啊？"徐达说："老哥哥，想哪儿去了，天德哪是那种人？老弟对军师是一百个敬重，您的话我都听。您是知道的，这些年来不全是谨遵军师之命吗？请老哥指拨吧，不管说的是什么，天德一定谨记在心，并按先生所讲的去做。"刘伯温听徐达这么一说，当即没什么顾虑了，便道："天德呀，依我看，眼下你在北边应着重抓好三件事。第一件，就是要加紧北平府的建设。北平在北边是个十分重要的城镇，又是元代的大都。现在虽然不是咱们朝廷的都城，但早晚要起都城的作用，将来肯定比开封重要，一定会辐射四方的。到那时，我可能已不在人世了，看不到它的辉煌了。因此，你必须抓好北平府各方面的事情，除要治理和修葺、扩建外，重兵把守亦至关重要。等燕王长大以后，可以立马率兵坐镇北平，使之成为南京在北边的陪都。天德兄弟，时间不等人哪，几年一晃就过去，可千万要抓紧，时刻把此事儿放在心上啊！"徐达说："军师，我记住了，请接着往下讲。"刘伯温说："第二件是我惦记的事儿，即是对辽东那块地方万不可疏忽。现在纳哈出的强兵在北，占据着金山一带。对这股儿兵马绝不能小看。他现在控制的地方很大，是从开原北到黑龙江、乌苏里江、松花江，一直到东海好大一片呀！因此，夺下辽东、制服纳哈出无疑成了第一要务。我高兴的是，你已派叶旺、马云先行一步了，争取了辽阳的平章降了过来，可谓大功一件。然而不要忘了，宋元以来，辽金的势力很强，屡侵中原。人们都说，东夷人相当剽悍，一男顶十虎。这样一来，如何安抚好东夷，使人心向明，跟朝廷没什么隔阂，就显得至关重要。尤其是不能再使用大元欺压东夷的手段，辽东得安，即是天下得安呀！"说到这儿，停了下来，端起茶杯呷了一口茶。

此刻，徐达越听越兴奋，急盼着听下文，一边激动地说："军师讲得太好了！"一边不由得催问道："那第三件呢？"刘伯温接着说："第三件便是你已经同盘踞兰州的扩廓帖木儿交手多次了，以后仍要用重兵对付他。要知道，此人善于征杀，又有计谋，不要以为战胜过他就骄傲。记住，骄兵必败呀！对他不能有一点儿的麻痹疏忽，否则会吃大亏的。这三点，必须要重视起来。至于我同皇上之间的事儿，你不用挂心，明天就上朝去。但是，好兄弟呀，还要理解老哥，告老还乡之决，不是同皇上治气。我的年龄已大，应该让位那些后起之秀，由年轻人辅佐皇上岂不更好？况且我脾气不好，秉性疾恶如仇，再待在朝廷里也不妥。为了同皇上永远保持好关系，是该退位了，回到家乡去。以后有啥事儿，可以随时找我，肯定不会推辞的。老弟呀，能明白老哥的这片心吗？"徐达点头道："完全理解先生之意，对选择告老还乡没什么别的想法，只是怕您一时想不开，影响了健康。如果先生身体好，无论到哪里，我都放心。回到青田，老弟必能到那儿去看您。"说完，俩人紧紧搂抱在一起，四目满含着热泪。这是血战征杀铸就的友情，是心心相印的见证啊！徐达又道："放心吧，老先生讲的这三件事，天德我会一一照办的。好了，老弟要走了，请多保重！"刘伯温难舍难分地送徐达至大门外，看他翻身上马，二人挥手而别。

刘伯温堪称南京大明宫中第一智者、德高望重的长者，这样说一点儿不为过。为什么呢？论年龄，他在明廷的君臣中算比较大的一位，生于元武宗至大四年，现今六十岁。朱元璋生于元英宗至治二年，现四十九岁。一些主要大臣，如李善长五十七岁，徐达四十九岁，李文忠三十三岁。当然，也有较刘伯温大一点儿的，比如与他同时被聘的当朝太子的老师、大学士宋濂，生于元武宗至大三年，六十一岁，大刘伯温一岁。还有一位大学士，叫朱升，字允升，曾对明朝有过贡献。那是元至正十七年朱元璋率兵攻打徽州时，问计于朱升，朱答曰："要高筑墙，广积粮，缓称王。"此话后来传得很广，是朱元璋取胜的妙计之一。他生于元成宗大德二年，比刘伯温大十多岁，已于洪武三年去世了。其他当政者没有比刘伯温再大的了。既然宋濂的年龄最大，那怎么还称刘伯温为第一呢？因为宋濂在当朝威望、官品都要较刘老军师稍逊一筹，故而称之。

说起刘伯温的年龄，自然要涉及生辰。具体来讲，他生于辛亥年，即元武宗至大四年腊月二十七深夜的一个世宦之家。他生下来没过三天，便是壬子年。其父母曾请相者为儿子算命，卜曰："此儿生于吉期，辛亥年乃地支每轮之末年，壬子年乃地支每轮之首年。也就是说，此子出生时，正赶上地支之末、地支之首、地支之亥、地支之子、送旧迎新非常之时。亥时迎子时，首尾相接，长大必有开天迎朝日之才也。"你别说，后来还真应了这卜辞，确实是帮助朱元璋送走了元朝，迎来了日月同辉的明朝。刘伯温按生年该属猪，为表明心志，还根据属相立下了座右铭，用以激励、警诫自己，即"伯温本豕类，唯民献脔血，无所图也"。意思是说，我本来是属猪的，理应为百姓献出自身的肉和血，不求什么功名利禄，只要能为百姓鞠躬尽瘁、死而后已则足矣。

刘伯温的一生，完全是按照这个自提的格言去做的。朱元璋很重视，也十分崇敬他，常与之杯酒论天下安危。有时是相依而卧，彻夜长谈，十分投缘。朱元璋从刘伯温的博学里，受到不少启发，学到很多知识，教益颇深，很是感激。前书说过，凡是明朝典籍、刑法、规章等，皆出自伯温之手，当然不乏李善长、宋濂等人的协助。可以说，刘伯温对大明的立朝是做出了很大贡献的。不仅如此，他对明朝的许多大将，像徐达、常遇春、李文忠、邓愈、傅友德、冯胜以及其他一些将领，都给予过热心的帮助，为他们指点迷津、出谋划策、讲解战法，使众将在最艰难的征战中，能转危为安、化险为夷、所向披靡、捷报频传。当朱元璋向大将们授奖授勋时，个个皆对皇上说："主公，这奖我们不能得，应该授予军师，功劳要记在老先生的名下。"刘伯温听此言后，每每都是哈哈一笑，爽朗地说："那可使不得，我仅仅是说了几句话而已。仗是你们打的，血是你们流的，是诸位率领众将士冲锋陷阵才取得了胜利。功劳是你们的，伯温只是做了点儿微不足道的事情，怎能贪此大功？"对这样谦逊、礼让之人，谁能不感激、不崇仰备至呢？大家异口同声地称赞他为神仙、活诸葛、张良再世，一致推崇他为大明第一智者、德高望重第一人。

评判之词表过，咱们回头再说马皇后来看望刘伯温的第二天早晨，老先生起得挺早，吃过饭便准备更衣上朝。他心想，我跟马皇后表过态了，今天上朝去，说了就得做。可又一琢磨，不对呀，皇上已经下诏赐我告老还乡了，还能再上朝嘛，究竟去还是不去呢？正在犹豫不决之时，就听外面有銮铃之声。细一听，掺杂有"咣咣"的开道锣声，而且声音越来越近，猜想可能是哪位大臣到府里来了。刘琏、刘璟跑进来告诉刘伯温："父亲，那锣声好像是往咱们家这边来啦！"话音未落，果然听门房传报："右丞相汪广洋驾到！"刘伯温赶紧出门相迎，刚走到院子里，见汪广洋骑马过来了，后面跟着护从和轿子。汪广洋见刘老先生出迎了，便从马上翻身而下，大步流星地走过来，拱手抱拳道："向刘老军师施礼问安，广洋奉旨接先生来了。"刘伯温急忙还礼，并往屋里让。汪广洋表示不进屋了，说道："圣上有旨，召老先生上殿，有大事相商，请务必去。"刘伯温原本以为汪广洋可能是为圆全昨天的事儿，怕他不好意思露面，所以特意来接的。一听说的根本不是自己想的那样，马上答应道："好吧，广洋，我正要上朝，咱们一块儿走吧。"汪广洋说："军师，后边有大轿，请您上轿。"刘伯温在汪广洋进院子时，看见后面有一乘六人抬的轿子，当时心里挺纳闷儿："汪广洋是骑马而来的，怎么还跟着一乘轿子呢？"现在明白了，原来这轿是为自己准备的。伯温以前上朝从来都是走着去或坐小吱扭，不愿坐轿，这次仍表示步行而去。可又耐不过汪广洋的再三相请："军师，一定得坐轿去，这是圣上的意思。您要不坐，我不是抗旨吗？"刘伯温没招儿了，只好从命，上了六人大轿。汪广洋骑上马，在前头领路，六个轿夫抬着刘伯温走得既齐又稳，相随着向皇宫走去。

汪广洋带着一行人在华盖宫外停轿，将马交给侍卫，走到六人抬大轿跟前，请老先生下轿。有人已把轿帘儿打开，刘伯温弯腰缓步下得轿来，汪广洋忙上前搀扶，一同到了华盖宫门前。内臣向宫内传报："诚意伯、赞善大夫刘大人宫外候见！"朱元璋听报，马上起身从龙书案后走了下来，快步到宫殿门口儿迎接军师。刘伯温一看皇上出得门来，一时心潮起伏，想了许多。他想："前些日子我顶撞了皇上，闹了个半红脸儿，真是有些气，回家还躺了几天。可皇上昨天派马皇后到府看望，今天特令汪丞相过府轿接，这会儿又亲自出宫相迎，说明皇上并没有记恨我，心里还惦记着老臣，也算行了。"这么想着，他那一肚子的火气早就烟消云散了，反而开始自责起来："事情都怪我，说话又急又直的，不讲究方法，什么人听了能接受？也真是有些对不住圣上的地方。"此刻，刘伯温见皇上红光满面的，身穿龙袍，威武地站在华盖宫门口儿，几个太监、内臣在两旁簇拥着，便紧走两步，要长跪给皇上请安。朱元璋哪里能让军师大礼参拜？忙上前伸手搀扶，笑着说："不必多礼，元璋接您来了，先生可好吗？"语气仍像过去一样，似乎什么不愉快的事儿都未曾发生过，还亲热地拉住了刘伯温的手。这一搀一拉，尽管没多讲什么，相互之间却心照不宣，如同唠了千言万语，好像皆在说："这事儿是我不对，怨我，不怨你。"几天来所有的不满、怨气、激愤刹那间化为乌有，早已随风飘散了。于是，君臣二人相拥相携着走进了金碧辉煌的宫殿。

华盖宫是大明朝建都南京后新盖的宫殿，除大殿之外，还有一些小屋，朱元璋常同重臣在这里议政。华盖宫的名字，是刘伯温按天上星相的名称起的。《宋史·天文志》中说：

> "华盖七星，杠九星如盖有柄下垂，以复大帝之座也，在紫
> 微宫临勾陈之上。"

很显然，是以"华盖"喻其光华之意。刘伯温在皇上的搀扶下进了正殿，在这里等候的左丞相胡惟庸赶紧迎上来，向刘老先生抱拳寒暄、问候。刘伯温尽管十分讨厌他，仍抱拳还礼，点头微笑着。朱元璋把几位大臣和刘老先生一同带进了正殿后的一个小屋，驾坐龙椅之后，请刘伯温坐在自己的左首，右首是左丞相胡惟庸、右丞相汪广洋，挨着刘伯温坐的是大学士宋濂。

那么，今天皇上召几位大臣来此究竟为了何事呢？原来朝廷最近有一件喜事临门，就是元朝驻辽东的行省参政刘益，派人来正式递交降表，呈送辽东行省地图和典册。大明朝受理这一切，等于接受了元朝盘踞的辽东之地，难道不是件天大的喜事么！今天即要举行受降表和地图、典册的仪式，皇上特别下旨，召来几位重臣前来参加。朝廷已准备好几天了，刘伯温尽管未登朝，却已从徐达捎来的信中得知了这一情况，只是

没想到皇上竟把自己也请来了。心想，皇上果真只是为此请我上殿吗？总还是有些疑惑。

大家落座后，朱元璋令内臣宣刚刚从北平府回来的马云和叶旺觐见。两人进得殿来，向皇上跪拜请安，山呼万岁。皇上让其免礼平身，说道："请二位臣子向朕和诸臣禀报刘益降明之事。"二人遂将如何受大将军派遣，随嚣鼻马以商贩身份深入辽东结识和劝说刘益之事一一禀过。几位臣子听后，异口同声地说："这是当朝自收复元大都之后的又一大捷！"朱元璋高兴得把一切不愉快皆抛至脑后，病也全好了，兴致勃勃地与臣子你一言、我一语地交流着、谈论着，屋子里不时发出欢悦的笑声。

议论过后，几位大臣随皇上来到华盖宫的大殿，接受降者的礼仪马上就要开始了。这礼仪是由汪广洋负责准备的，早已做了周到、细致的安排。待朱元璋等人坐定后，在鼓乐声中，刘益派来的董尊和杨贤二位官员带领随从鱼贯而入，他们是专门跨海从登州上岸再至京师的。到了大殿之上，他们大礼参拜道："元朝罪臣董尊、杨贤受平章刘益之命前来叩见皇上，吾皇万岁，万岁，万万岁！现呈上降表，臣等心甘情愿降明，誓为大明天下效力，鞠躬尽瘁，死而后已！"胡惟庸、汪广洋上前搀起两位官员，接过降表，呈给了皇上。朱元璋看罢，龙心大悦，当即按原来刘伯温提出的、朝廷对元朝官兵来降如何处理的建议颁旨。什么建议呢？即不管此前在元朝是多大的官，无论文臣还是武将，除元帝之外，只要降过来就是好样儿的，明朝照样封你为官。原来是什么官，现在仍封什么官，或者比以前的官阶还高。而且既然已是明朝的臣子了，所降之地，依然由你来管。于是，分封了刘益等愿降的文官武将，授刘益以辽东卫所指挥使的身份，负责管理辽东之地。董尊、杨贤等官员，按原来的官品，分别予以了封赏。对其中有功者，所封官品较原来的官职要高些。这种策略，对元朝的官员很有诱惑力，吸引了大批元官一窝蜂地倒向了大明。应该说，这也是刘伯温的一大功劳，广用能人，固国安邦，且不去细表。

咱们再说这次对辽东元朝官员来降举办得如此隆重、热烈，还有一层意思，那就是做给关外的东夷人看的。宋元以来的统治者，向来把长期居住在长城以外的少数民族视为野人，知道这些野人特别厉害，只要杀入中原，就会使那里的人们受到涂炭和危害，因此很惧怕他们。元代统治者对其采取了高压政策，即用强兵镇守，部落里皆派有兵马看着，使长城以外的各个部落似牢狱一般。明朝建立后，想改变这种做法，凡愿降服明朝的，给以优抚。明朝初期，需要解决的问题很多，尚没有力量顾及辽东，现在才刚刚开始用兵于此地。那么，到底怎样解决辽东的问题呢？徐达没发一兵一卒，只是暗中派叶旺和马云前去，靠着豁鼻马远房表姐夫的关系，接触到了刘益，进而劝降之。这在前书已说过，此处不再赘述。只是用了点儿计谋，便获得这么大的胜利，当然会引起相当大的震动。明朝将如何对待来降之人，不仅受到降将本人的瞩目，还为辽东各个部落所关注。所以，大明接受降者的礼仪才故意造成一种巨大的声势。

受降封官之后，朱元璋向降将董尊、杨贤赐酒，表示欢迎。两人手捧御酒一饮而尽，然后一挥手，命四个随从抬着一幅献给皇上的地图放在了大殿的中央。董尊、杨贤把大地图徐徐展开，众臣上前围住细看。朱元璋也站起身来，离开龙椅，高兴地拉着军师刘伯温的手，来到地图前。只见，这张图大而精细，是用九十九块白色鹿皮连缀而成的。图上所绘辽东的土地面积很大，北边是黑龙江，再向北是北海；东边是乌苏里江，连着日本海，再向东是东海女真野人的居住区。那山脉、河流、城堡、古寨、部落画得十分清楚。朱元璋边看边称赞道："此乃奇异的珍宝！"看罢，命人卷好收下，珍藏起来，并兴奋地说："待朕以后详细观之。"话音刚落，马上过来四个护军，把地图卷好抬走了。接着，董尊、杨贤又命一伙儿人抬进二十多个红油漆的楠木箱子，码放在一起是很高的一摞呀，里面装着辽阳行政参省的兵马钱粮库藏账簿档案及官员名册等。朱元璋见了自然高兴，命收下，护军又抬走了。然后朱元璋下旨，令内臣取来给几位降将的见面礼。只见进来十几个人，每个人手捧一个紫檀木的匣子，匣子里装有官袍一袭、官印一个，还有金银财宝。降将们接过了皇上的赏赐，跪地高呼："谢主隆恩！"

典礼毕，朱元璋再次降旨，于后宫大宴群臣。与此同时，为弃暗投明的董尊、杨贤等一行人摆酒接风，给他们洗尘，并致以祝贺。董尊、杨贤一听，大明皇上要为他们这些降将设宴，那真是深受感动啊！元朝皇上的宴席，像他俩这样的品级是根本参加不上的。陪宴的除左丞相胡惟庸、右丞相汪广洋、御史中丞刘伯温及宋濂外，还有刚从北平府赶回来的马云、叶旺。他们冒着危险潜伏辽东，费尽了心机，说降了刘益，劳苦功高。朱元璋已特命吏部迅速将二将的功劳写成奏表上疏，准备对其进行封赏。

此次酒宴，布置得细致、周到，内容十分丰富，汪广洋还特意请来京师一些著名的优伶献艺。大家边喝酒边观赏着江南的杂技、歌舞，听弹奏琵琶，很是赏心悦目。董尊、杨贤由于过度兴奋，喝得酩酊大醉。说实在的，他们在来京的路上，心中就像揣了一只小兔子，七上八下地嘣嘣直跳。以为作为降将，到大明朝的京师肯定会受到冷遇，没想到却得到了大明天子和各位大臣、将领的以礼接待。活这么大，还是头一次受到皇上的宴请，怎能不感慨万分？心里暖如三春啊！大明的确有办法，很会做工作，怎能不得天下、得民心呢？

　　不讲董尊、杨贤等人在酒宴中如何激动不已、感激涕零。再说大明天子朱元璋看万事妥帖之后，便命胡惟庸、汪广洋两位丞相好生款待辽东来客，等他们吃好喝足后，安置到馆驿安歇。明天为其开张路引，以便返回辽东，向刘益转达朝廷的欢迎之情，望不要辜负大明朝的信任以及朕的期望，尽心竭力，承担起辽阳指挥使司的重任。之后，朱元璋来到刘伯温、宋濂的桌前，二人忙站起来迎接圣上。朱元璋对刘伯温说："朕敬请先生到宫中小憩，有事求教，不知可否？"刘伯温现在心情很好，以前那些不痛快的事儿早忘到脑后去了，对皇上的邀请当然欣然从命，忙回道："陛下，臣谨遵圣命。"宋濂见此，马上说："陛下既然与军师有事，臣已不能多饮，想早些告退了。"朱元璋回过头来，令汪广洋备轿送宋老夫子回府，然后手拉军师走出大殿，在内臣的护拥下，直奔自己的寝宫而去。

　　朱元璋与刘伯温一起走进了以紫微星命名的紫微宫。这座寝宫阳光明媚、宽敞、僻静，雕龙画凤、优雅漂亮。君臣二人落座后，内臣献上了茗茶。朱元璋特别嘱告内臣："没有极特殊的事儿，不许任何人进来打扰，也不要告诉别人朕在这里。"内臣听命，点头答应着，悄悄儿退了出去。朱元璋为什么要做这番叮嘱呢？因为宫中的人都知道，不是亲近的人，皇上从不往这儿领。他不愿让胡惟庸等人知道自己找刘伯温来紫微宫，怕引起一些不必要的猜疑，认为一些事儿有所提防和戒备是十分必要的。

　　刘伯温来朱元璋的寝宫，已不是第一次了。以前常同皇上在这儿秘议国政、彻夜深谈，有时还就此安歇。此刻，刘伯温刚喝了几口茶，便见皇上站了起来，抱拳道："先生，您是朕的恩师，前两天元璋做得不对，望千万海涵。"刘伯温忙放下茶杯，随之也站起来回礼道："陛下说哪里话？是我刘伯温粗鲁，性情像山野之人，没有礼貌，望陛下见谅。"

二人互相道过儿之后，重又坐下。刘伯温先开口了，说："皇上，有啥话直说。说句实在的，老臣的年龄大了，应该告老还乡了。陛下下旨没错儿，感谢赐臣回青田。年轻人已经成熟起来，这是朝廷之福，应让他们多历练历练。不过，伯温还向陛下表示，今后有什么用老臣之处，随时下诏，一定万死不辞。"朱元璋听了很高兴，忙道："军师这么说，朕心里就舒坦多了。"刘伯温笑了，问道："陛下，这次要跟老臣谈什么呢？"朱元璋诚恳地说："先生，您很快要离开京师回到家乡去了，元璋万分难舍难分哪，不知何时君臣再能见面。在您东归之时，朕有些大事儿想听先生赐教，就为此，才特请您留下的。朕想再耽搁您一点儿时间，费些心思，算是为朕留下临别赠言吧！无论如何，也要给朕个面子。"刘伯温一听皇上这么说，心里咯噔一下。其实，今天来的时候，已想到皇上不只是接他参加庆典，恐怕还另有事情，一看果然如此。刘伯温知道这话不说还好，如果两人说起来，再一较真儿，又要惹怒皇上。他们之间的关系就是这样，不说什么都行，一说就不行，时常谈不来。刘伯温也想接受教训，心想："今天皇上要我在离开京师、告老还乡之前，讲些军国大事。凭我的脾气和秉性，恐怕一说起来，便会忍不住、管不住自己的嘴巴。倘若是胡惟庸、汪广洋找我谈，既然请我说，为了陛下，为了江山社稷，我就说，有啥说啥。可今天是皇上找呀，自己又是个要走的人了，还是尽量别惹皇上生气为好，不说或少说些，最好装哑巴。"他想到这儿，加上酒喝得多了点儿，于是借由子就势把头倚在太师椅上，闭上了眼睛。太师椅虽然是楠木的，但靠垫很暄腾，靠起来挺舒服。刘伯温眼睛是闭上了，可心里还在琢磨："皇上若问的话，尤其是问到未来的一些事情，还是得说清楚呀。仍要有一说一、有二说二，不能粉饰现实，否则也对不起皇上和国家呀！你看着吧，绕来绕去，最后还得是我这张嘴得罪人。咳，等一会儿看看情况再说吧。"他就那么倚在太师椅上，半天没说话。

朱元璋看着刘伯温这个样子，真以为他喝醉了、睡着了，心中既着急又有些不快。但他转念一想："他可是德高望重的军师呀，不管有什么事儿，都要慢慢来，急不得。再说年龄大了，喝点儿酒犯困也是正常的，不好再打扰先生，让他睡一会儿吧。"他边想着，边起身站在一旁瞅着刘老军师。刘伯温感到了皇上就在身边，知道今天是躲不过去了。过了一会儿，他像冷丁想起什么似的，睁开眼睛道："陛下，想说什么说吧。"朱元璋这时才知道，刘伯温根本没睡，遂用十分尊敬的口气问道："先生，元璋为天下计，可否请您给卜筮未来？"说完一看，刘老军师闭着眼睛，又好像睡着了似的。一会儿，刘伯温笑了，缓慢地答应道："好，请陛下在桌案上提起御笔，任意写个什么吧。"朱元璋问："写什么呢？"刘伯温说："陛下爱写什么、画什么都行，随意而为即可。"朱元璋对刘伯温的古怪行为见得多了，已不足为奇。于是，他按先生说的，提起了笔，在龙案的宣纸上画了一个大圈儿，又在圆圈儿中胡乱打了几个大叉子，然后笔随着手一带，带出一个大横道子，立马成了一个特殊的图案。朱元璋啥意思呢？先生不是活神仙、有怪脾气吗？反正看不出朕是怎么回事儿，朕也不明白老军师心里到底怎么想的。既然让朕写画皆行，那就随便画，您猜吧，看能有什么神机妙算，难道真能把朕的心思猜出来不成？

朱元璋乱画一气之后，把笔往桌上一摆，抬眼看了看刘伯温。他见先生仍然靠在太师椅上闭目养神，一副似睡非睡的样子，心中顿时又有些不快，说："哎呀，老先生，原来没在意呀？您让朕画，朕也画了，能起啥作用啊，岂不是白画了？"等了一会儿，他实在憋不住了，便用手捂着那张画好的宣纸，说："先生啊，您咋睡了？行了，算朕没画，不让您看了。能否猜猜朕刚才画的是什么？若是猜对了，证明您没睡；若是猜不对，先生啊，朕看您有点儿让人过意不去。朕这么诚恳地求您，怎么还能睡得着觉呢？"哪知刘伯温突然睁开双眼坐了起来，笑眯眯地冲朱元璋说："那张纸上画的是一个圆圈儿，圆圈儿内横七竖八地打了几个叉子，还有一道杠儿，是个乱图，对不对？陛下，伯温没睡，眼睛闭着心却醒着，陛下的一举一动全在眼里和心里。看得出陛下的思绪很乱，画的那个图是表明正在惦记和考虑如何尽早统御荒乱的北方及治政诸事，并想让老臣就此出些主意、拿出良策，是这个意思吧？"朱元璋听后，那是大吃一惊啊！忙道："哎呀，先生如何猜得这么准，真的没有傻睡呀？是呀，朕现在惦着的正是如何治理北方之事。"刘伯温笑了，说道："陛下，臣可始终都在看着您的这支笔呀，为何说臣睡了？哪能睡得着哇！陛下画的那个图可以归纳出二十个字儿，即'万事求圆满，天下繁乱中。唯寻安天道，百难持恒心'。可以说，这二十个字儿就是陛下目前的烦乱心绪。为什么这样说呢？咱一句一句来。先说第一句'万事求圆满'。陛下提笔画了一个圈儿，说明陛下认为天下一定会尽归大明所有，并能治理得很好，这便是所画圈儿之意。再说第二句'天下繁乱中'。圈儿里画了一些叉子，说明陛下认为目前天下正处于一片纷繁之中，很多事儿还没有个头绪。怎么办呢？接下来是第三句'唯寻安天道'。这是说，陛下想要能够寻找出治理天下、安定天下的办法和道理，那么只能，按第四句'百难持恒心'去做。陛下最后一笔不是画一道杠儿吗？其实这仍是心绪的一种反映。如果想治理好天下，没有恒心和决心，那是什么事儿也办不成的。所以，陛下必须有耐心和毅力，持之以恒。无论碰到什么难事儿，都不能退缩，遇到再大的风浪，也能够稳得住。只要坚持做下去，才能求得圆满，天下的忧繁之事必会解决，并能安定天下。"说完，一脸笑意地看着朱元璋。

此刻，朱元璋是边听边频频点头表示赞同，打心眼儿里佩服军师讲的这番话，使自己大开了眼界。他顿时豁然开朗起来，思考的条理开始清晰了，似乎懂得了安天下之道的真谛，即要在千变万化之中，始终不渝地抓住要领，不气馁，不退缩，百折不回。朱元璋诚恳地言道："军师，说句心里话，朕刚才那是不假思索随便乱画的图，只是想到哪儿就画到哪儿而已。尽管这样，军师的话已给了朕很大的启发。朕还想求先生在离开朝廷之前，多多教诲，指点迷津；也特别想听听先生的告诫，今后该如何做才能国泰民安。一想到先生快走了，朕心里很不好受，会想念先生的。今天您最好多讲些，朕定会终生永记的。"听皇上的话讲得如此恳切，刘伯温深受感动，说道："既然陛下一定让讲讲，那臣下直言不讳地说几句，伯温失礼了。"于是，便讲了治国三策：

"定国先安北，一也。今方元孽未除，拥兵诸地，作乱荼民。尤其是纳哈出拥兵辽东，野心为王，不可小觑也。辽东重地，为燕京左臂，三面濒夷，一面阻海，北连黑水远夷，东括东海野林险恶要地，历来为兵家相争之地。纵观古史，北方乃城略要地。北地多悍儿，箭马神勇，夷族野部，未纳教化。昔者辽金欺宋，定鼎大业。本朝立国固邦，宜抚恤东北远夷尤居当务。调兵马招抚辽东，北燕元裔，赐高禄，兵镇长城处，建卫屯田。陛下应切记，放大胆使用北儿。他们勇悍厚直，内地又无田产家私，只要受招，必一心为朝廷所用。且北儿熟悉北情，陛下应委其以重任。另马云、叶旺忠厚克职，亦当堪任。还要建海上通道，选精海运者连通北方，北疆可安适，帝业则高枕永固也。我朝若能如此，胜北可立国；若不能如此，亦可败北失国。"

刘伯温说的第一策，就是让朱元璋全力以赴地抓好北疆，特别是辽东的治理，绝不能疏忽大意。要接受宋元的教训，把北方的诸夷，即各民族安抚好、团结好。如果大明朝能如此做，国家方能站得住；若不这样做，将有可能被北方诸民族推倒，导致败北、失国。

诸位阿哥，刘伯温此话说得非常有远见，对世事看得很深、很透，称其神机妙算不为过，实在不简单。他早在朱元璋刚建大明的初期，就预见到了明朝在二百年以后，终因没有治理好北方而被清灭掉，真乃奇人也！

"定北用勋将，二也。《易经》曰：'帝出乎震，相见乎离。'自古以来，君臣不和，国不永，天下必乱矣，一向如此。故古人言：'帝王有出震向离之象，大臣有辅天浴日之功。'帝布衣得神器，皆仗众兄弟同舟共济、生死与共。务如昔日盼将似渴，得士似金，信爱广用，不疑不嫉。君亲将猛，誓效犬马，死不足惜也。创世择良将，固国赖良臣，陛下百世高枕无忧焉。夫今朝，江山既定，帝勿二心，攻讦不惑，荣辱不动，众臣必忠心为帝敬劳矣。"

这第二策，就是说靠谁去治理、安定北方呢？要靠身边的众兄弟，即过去跟皇上一同起兵的那些兄弟，尤其是现在已被封为功勋的大将们。在《易经》中，"震""离"指山河而言。皇帝得了天下之后，还要靠为陛下所有的、像山河一样的辅臣去巩固、去治理。因此，一定要做到君臣信任不疑，重用他们，相信他们，不能无端地怀疑他们，臣子才会一心向着陛下。君与臣之间是相辅相成的关系，如果君臣不和、互相猜忌，则国家不能巩固，天下亦必会大乱。皇帝不要忘了，你是从一个平民登上皇位的，全赖众兄弟同舟共济、生死与共方得今天。现在还要像过去一样，如饥似渴地求得良臣良将，要知道，得到一个文士比得到一块儿金子还要宝贵。对他们要诚信、关爱、不怀疑、不忌妒。皇上若对臣子亲，将士打仗定能勇敢，必然为皇上鞠躬尽瘁、死而后已。打天下靠良将，巩固国家靠良臣，只有这样，陛下才能代代高枕无忧。今天，大明的天下已定，望皇上对良臣、良将不要存有二心，不管是谁从中挑拨离间、诬陷他人，都不要相信，不要受其蛊惑。无论是发达时，还是遇到困境时，皆应一心相信臣子不动摇。这样，众将群臣肯定会忠心耿耿地为皇上效劳。

刘伯温为什么反复讲此道理呢？因为他早已看出朱元璋对群臣开始有些怀疑了，不那么相信了。《明史》中所讲"太祖春秋多猜忌"，说的就是朱元璋到了晚年，总是无端怀疑各勋将。刘老先生正是针对这个才讲的。

刘伯温在讲到重用良臣一策时，又一次指出了朱元璋在洪武元年封子就藩的错误。他说："卫边镇阜，器用勋旧。帝步姬发封众子之心，重蹈五霸七雄之辙，恕臣谏言，略表思心耳。忌也，错也。不宜荫子藩也，则益倡习经学武艺，不傲宗藩之势，凭智德与庶子比肩同殿。出类拔萃者万民敬仰，堪成陛下干城之臣，而免生棠棣纷争，煮豆燃萁之祸。"意思是说，守卫边疆、坐镇城阜，一定要重用那些有功之老臣。皇上不应该重蹈五霸七雄分封儿子的覆辙，那么做是犯忌的、是错的呀！不宜给诸子分封就藩，而是应当让他们习经学武、增长才干。更不要仰仗宗藩、皇家子孙的势力晋升官职，而是要凭借他们的能力、德行和智慧与普通人一样比肩同殿。只有这样做，才不至给后人留下罗乱，避免兄弟之间互相争权夺势，或者出现三国时的曹植和曹丕之间煮豆燃萁、相煎何急之祸。

诸位阿哥，刘伯温这人就这么正直。封子就藩之事虽然过去曾多次向皇上谏言，朱元璋每每听了都不高兴，但只要让我说，便直言相谏，把讲过的话再说一遍。告诫皇上，为国家的永固，务要重用臣子，他们会一心跟着皇上的。千万不要光重用自己的儿子，分封就藩，图一时之快。而从长远来看，这样做，肯定要留下祸患的。

"定力戒滥杀人，三也。昔日马皇后曾说过：'定天下，安天下，皆应以不杀人为本。'陛下喜之、从之，此言极是。古人云：'以德行仁者，王；以力嗜杀者，霸。'古为君者行德爱民，戒杀霸，政纪明，民心归一焉。行德政，曰心政、曰情政、曰理政。唯心、唯情、唯理，则民庶顺焉。百令可通，黎庶可化，河山稳序；滥杀行霸政，曰权政、曰苛政、曰力政。唯权、唯苛、唯力，则民庶怨焉。百令难行，黎庶不化，河山乱序，滥杀出也。勿草菅人命，恩惠一人则化万心，滥杀一人则怒万心，其乱无穷，其害无穷，临政慎哉。"

刘伯温在这里告诫皇上，一定要做到不滥杀人，不错杀无辜。古代人曾说过，以德行仁义者，才能做个真正的王，并受到民众的尊重；如果靠力气、霸道，动不动就杀戮，那绝不是君主，而是霸。做皇上若行德政，爱百姓，戒杀戮，政纪严明，百姓定会心向皇上。什么叫德政？即是心心相印，以心、以情、以理来感动和说服百姓，百姓不仅会接受，还将感激和拥戴你。也只有以心、以情、以理统治天下，民心才能顺，黎民方能感化，政令自会通畅，江山亦能稳定，社会秩序井然，不会乱。要是滥杀无辜，行的是霸道，以权力、以苛捐杂税、以强力压人，便会民怨沸腾，像大元朝那样如同坐在了火山口儿，受到百姓的挞伐和唾骂。没有秩序就要乱，百令贯彻不下去，政权必然垮台。这一切，皆由杀戮造成的。刘伯温十分强调民心不可侮，不要随意杀人。用感情感化一人，则能获万心。如果错杀一人，则会惹怒万人，其乱无穷，其害也无穷，这是作为皇上一定要记牢的道理。军师就这样直言不讳地一口气讲了三条治国之策，最后还叮咛道："陛下若持伯温所言三策，国邦永宁，万民荫福也。"

朱元璋听了刘伯温讲的三策，心中有自己的主见，并不是全能痛痛快快地接受，甚至还有些不快。不过当着军师的面儿，他还是表示三策都很重要，的确是治国安邦的良策。当然了，他感到刘老先生所讲，有的很顺自己的心。比如，头一策"定国先安北"，正是朱元璋牵肠挂肚的大事儿。当今尽管大元朝灭了，元帝也死了，然而元朝还有些残兵败将蛮有势力。尤其是占据辽东金山的纳哈出及盘踞在西北兰州一带的扩廓帖木儿，很让人头疼。到底该如何征服他们，原来只是有个想法，并未理出头绪来。经刘伯温一指拨，讲得还那么透彻，使他骤然耳聪目明、勃然奋励、茅塞顿开了。其实，对北疆的治理，刘伯温早已出了许多好主意。比如，徐达到北边去之前，刘伯温建议派可靠之人进入辽东观察动静，以做内应。所推荐的两位将军，便是马云和叶旺。因为他俩皆是朱元璋给刘伯温的，并与刘伯温的关系处得挺好，所以才又介绍给了徐达。说到底，刘益能那么快降明，有马云和叶旺的功劳，也是刘伯温出的点子好。这一点朱元璋当然知道。

刘伯温提出的第二策"定北用勋将"，朱元璋并未接受。他表面没说什么，心里暗暗埋怨道："老先生真是好多管闲事儿，连朕家里的事儿都管上了。俗话说得好：'上阵父子兵。'最信得过的人，还得是自己的众皇子、公主，把各地分给他们，朕放心。一朝春秋之后，在九泉之下心也安哪！外人总是外人，知人知面不知心哪，朕咋能那么做呢？军师呀，您可以那样说，却不能听您的，朕自有主见。"

至于第三策，朱元璋不仅没放在心上，还暗自好笑。他认为，杀伐决断，那是朕的权力，别人无权干涉。为权者，杀人如麻，确为人不齿。然杀一儆百，自古法理有之。何况生杀予夺、软硬兼施、刚柔兼济，亦为权者之策也。他转念又想："老先生要归乡里，不知何时再见，索性让他多讲讲，把所有要说的话都留下，不一定是坏事儿。这样一来，自己的心中会更有数了。"于是，他便耐着性子问道："朕请军师明示，按先生看，对北疆军情治理之策，今后除找惟庸、广洋外，还该请教何人好？谁最熟悉北域民风民习？请军师告诉朕，最可信赖之人究竟应是谁呢？"朱元璋十分清楚，刘伯温作为军师，很善于调查。他能掌握那么多情况，不单单是神机妙算，更多的是通过多方了解而得。只有如此，才能做到凡事有的放矢，出的主意自然就得当。这一点，不只我朱元璋佩服，满朝文武大臣也没有不佩服的。

刘伯温对皇上提出的至关重要的该用哪些人问题，认真想了想，又停了一会儿，然后说道："臣积年帮助陛下挞伐元廷，熟知众将的出身家事，所掌握的一些情况，陛下不一定都那么清楚。比如，傅友德大将军，陛下挺熟悉，也很敬佩，多次给以厚赏。不过陛下只知友德为安徽宿州人氏，后迁徙砀山，绿林出身。元代末年，他先后从刘福通、明玉珍、陈友谅起事。陛下攻江州至小孤山时，友德率部来降。从此，他多年来随陛下出生入死，英勇血拼，常率虎狼之师东打西杀，夺城斩将，如入无人之境，所向披靡，名扬天下。现在是铁甲沾满了鲜血，浑身疮痍，咽喉被刀刺断，声音沙哑，险些成了哑巴，走路颠瘸，以马代步。尽管如此，他仍然那么勇敢、无畏，是一员猛将、虎将，又是陛下的爱将。然帝并不知其真实家事，老臣曾多次与友德夜谈，方知其家乡为辽东，不是安徽。他从未往外讲过，觉得这是悲伤的历史，说起来让人心痛！其先世为北方女真野人，会说番语，即北方少数民族的语言。本姓为蒲察氏，说来应归北方诸申，乃女真人之后。据其先人回忆，在元致和至天历年间，北方大乱。元军疯狂掠抢当地土奴充军，一时鸡飞狗跳的。尽管东躲西藏，被掳者仍达千人之多，调往江南镇守各地，还为元朝修洞庭湖、鄱阳湖，以防水患。当时死伤甚多，漂尸淮河，他的先祖也死在了那里。其父逃亡后，流落洞庭农家，娶当地女为妻，并于元延祐六年，己巳末年生友德。友德生于江南，长大后为生活所迫，流徙安徽宿州做脚行活计。他从老人处学会番语，通晓北方习俗，常思念辽东故地，迷恋北方，对北域充满深情。此人可信赖，为人勇直耿正，治北诸务可委之。除他之外，冯胜、兰玉、马云、叶旺皆可为御北之将。他们都曾随徐达大将军到北边去过，对那儿比较熟悉，马云、叶旺和北地亦有血缘关系。"

朱元璋听了刘伯温的一番介绍，异常兴奋，觉得友德确实是一御北的干才。过去根本不知道傅大将军有凄凉的身世，既然熟悉北方，朕将来就多用友德这些人，让他们去扫北、平北、镇北。他接着又问刘伯温："老军师，朕的几个儿子您都熟，依先生观其相何如？"刘伯温停了停，半天才说："陛下，臣安敢妄言？那可不能随便讲。"朱元璋哀求道："先生，但讲无妨，纵可言之，朕不怪也。"刘伯温一看，知道挨不过去，便道："陛下，说起几个王子，那朱标已立为太子，何评之有？不过，观其

刘伯温吃的是捞水饭，青菜蘸大酱，也不跟来人说话，在那儿一个劲儿地闷头吃。县令见不理他，这才说："刘老军师，我是青田知县。"刘伯温一听，忙道："哎呀，没想到父母官来了！"马上起来见礼，然后对儿子说："公子，快送父母老大人回去。我累了，一会儿还要下地，无所谈，无所告。"就这样，他把县令给打发走了。

各位阿哥，说书人讲的这位曾在明宫中帮助朱元璋坐天下的怪叟、神算军师刘伯温，自从告老还乡之后，以山野为伍，风云远鹤；或对月吟诗，或下下围棋，在大石板上青白两子一走就是通宵达旦，不问天下事；剩下的时间便到田间去，赶着水牛耕地、播种。他渴了，喝山间流淌的清泉水；饿了，清水泡干饭，就着大葱蘸大酱，嚼得蛮香，真也其乐无穷也。

回头再说说刘伯温离开皇宫之后，朝廷怎么样了呢？老军师临回故乡之前，在朱元璋的一再请求下，留下了治国三策，可以说对治理朝纲是极为重要的锦囊妙计。如果朱元璋和他的后代儿孙一步一个脚窝儿地踏踏实实予以实施的话，那大明王朝可就不得了啦！可惜，不但朱元璋未完全按三策行事，明宫后来的十六帝也都没这么做，故而没有出现让人惊心动魄的作为。古语云：天道酬勤。正因为没做到这些，大明王朝便渐渐不行了。此为后来的事情，咱们不去表它。

单说朱元璋对刘伯温还是很器重的。尽管刘伯温已告老还乡了，朱元璋只要遇到一些难办的事儿，依然去找他。刘伯温怎么做的呢？他曾说过："不管离去与否，仍按君君、臣臣、父父、子子去做。皇上说的话，那是圣旨，必须照办。君命臣死，臣不得不死。"因此，刘伯温虽然回到了青田故居，天天过着潇洒、轻松、自如的日子，既高兴又痛快，不用操心费神，没有朝廷中人与人之间的那些钩心斗角、尔虞我诈的烦心事儿搅扰，不用防备谁，爱说啥就说啥，爱咋唱就咋唱，爱咋玩儿就咋玩儿，但只要是皇上找他，就不能不去。这不，事儿真凑巧，这种日子还没过上二十天呢，朝廷便派太监坐着九匹高头大马的轿车来到草堂宣旨，召刘伯温晋京。皇上召见，尽管不知为何事，也一定得去。刘伯温一点儿没敢耽搁，赶紧吩咐长子刘琏、二子刘璟照看好家里一应诸事，庄稼地要按时侍弄，然后带上日常所用和几件换洗衣裳，匆匆忙忙随太监直奔京城而去。

刘伯温乘坐九匹马的大轿车刚刚进入京城，离皇宫还挺远呢，便见皇上已带领群臣前来迎接了。君臣相见，免不了一套礼仪寒暄，随之把刘伯温请进了宫内。落座后，内臣献上了茗茶，朱元璋边请先生喝茶，边说："军师啊，又要麻烦您了，有些要事得商量商量。刚刚回乡不久，就把您宣进京来，朕万分过意不去呀！"刘伯温忙道："皇上说哪里话？这是臣子的本分，有事儿尽管说。"那么，朱元璋找刘伯温究竟为啥呢？原来辽东出了大事儿，朝中君臣为此十分慌乱。说书人前面不是讲过嘛，朱元璋曾下旨给当时元朝的降臣刘益，任命他为大明朝辽东的辽阳都指挥使司指挥使，其他降明众臣也都一一封赏了。一切本来办得挺顺利，刘益的投降，总算将大家心里压着的一块石头卸下去了，使辽东没费一兵一卒全部解决了。尽管仍有元将纳哈出盘踞金山，但不过是残兵败将而已。应该说，这是一件大喜事儿。大家正在高兴中，近日突然接到辽东都指挥使司镇抚司的重要辅臣、刘益的亲信张良佐将军派人从海路来急报。报了些什么呢？待说书人细细讲来。

元朝辽东行省参政刘益投降了朱元璋，这对辽东来说，是件晴天霹雳的大事。他受封的辽阳都指挥使司指挥使的牌子还没挂出去，就惹怒了元朝窃踞金山的大将纳哈出。前书讲过了，自纳哈出把自己的心腹马延辉派去监视、调查、跟踪刘益后，马延辉便隔三岔五地向主子奏报其动向。纳哈出也知道刘益靠马云、叶旺给他南北贩货，可对底细不甚了解，故而没太在意。不料，刘益恰恰就是在马云、叶旺的策动下投降了大明，并受到大明皇帝的封赏，受命把守辽东。这时，纳哈出方知自己失算了，便将马延辉找去狠狠地申斥了一顿，大骂他无能，并命令他潜回刘府，想办法杀掉刘益，眼前决不能再出现仍享荣华富贵的叛元投明的奸细，定要干净利落地摘除心腹之患。

马延辉对纳哈出没有杀他已是感恩不尽了，对交给的差事怎能不尽心去完成呢？马延辉回到刘益身边后，仍是以参将的身份积极帮助办差，暗中却在寻找机会谋划着杀死刘益的办法。刘益那也是从二品官员，平时身边跟随许多人，还有护从守卫，想杀他并非易事。问题就出在刘益虽然对马延辉的一些举止有些怀疑，也防着他，但并没有引起足够的重视。一天夜里，马延辉乘领兵巡营的机会，聚集了几个心腹和十几个蒙古兵，于夜深人静之时，冲进了刘府。他们先砍了护兵，又闯进刘益的住所，将刘益和妻子、三个女儿全部杀死于睡梦之中，然后放一把火将刘府点着了，焚尸灭迹。

大火一着起来，辽阳城就乱了。董尊、杨贤、张良佐等一看人刘府起火了，赶忙带兵前来救护。马延辉也装成救火的样子，边取水灭火，边痛哭流涕地喊着："快救刘大人哪，肯定有匪徒闯进来抢夺财宝啦！一定抓住贼首，替刘大人报仇啊！他"不仅连喊带叫了一通儿，还在众人面前单骑冲进火里，包括他的几个亲信也一同随着闯进去佯装捉贼。马延辉出来时，全身铠甲都被烈火烧黑了，看此架势，谁能说他同刘大人的关系不好呢？

谁知，聪明反被聪明误。常年跟随刘益的董尊、杨贤、张良佐等人，以平时对马延辉的了解，觉得往日的这条狼，今天很奇怪，怎么一口一个要为刘大人报仇，还满脸泪痕呢？表现有些失常，显然是故意做给别人看，肯定是有原因的。其实，马延辉早就该逃走了。只可惜他把别人看得太幼稚了，以为这样做会唬住人家，绝不会把杀人凶手的罪名安在自己的头上。

为稳住马延辉，张良佐等人表面上劝慰他不要过度悲伤，要节哀，声言这是刘大人有仇人所致，并与其一同商量捉拿凶手的办法，暗地里，秘密收买了马延辉家的一个看门儿奴才。这位老人叫突尔丹，是蒙古人，老实厚道，干活儿从不偷懒。不过不知为什么，马延辉就是看不上他，对他十分刻薄，平日里说打就打、说骂就骂。老人吃的是冷灶、猪狗食，睡的是光板儿凉土炕，受了不少苦。张良佐通过与老人亲切攀谈，了解其身世，并做了细致的思想工作，很快便争取过来了。老人家早就看不惯马延辉这个人，天天得有七八个女人陪着，净做些男盗女娼的勾当。老人对张良佐说："有一天夜里，我给马延辉送奶茶去，刚走到窗前，听见屋里有说话声。可能马延辉以为是在自己府里，也没在乎，声音还挺大。开始只听他说要谋杀谁，还要点火，后来才迸出'刘益'两个字儿。我当时心中一惊，挺害怕的。可总得把奶茶送进去呀，正要开门时，屋里却没声儿了，马延辉推门出来了。一看是我，他厉声儿问道：'你在这儿干什么？'我说：'老爷不是天天晚上要喝奶茶嘛，这不，给老爷送来了。'他又问：'听到什么没有？'我说：'刚到门口儿，啥都没听见呀！'马延辉瞪了我几眼，让赶紧送进去。当把奶茶放在桌上还没放稳时，他立马十分有气地说：'快走吧，睡觉去，这儿没你的事儿了！'吓得我赶忙退出来了。"

听了突尔丹的一番话，张良佐彻底明白了，杀刘益的不是别人，正是纳哈出派来的奸细马延辉。张良佐谢过老人，回来同董尊、杨贤说明了情况，具体合计了一下除掉马延辉的办法。为防止潜逃，他们决定在当天的半夜，趁马延辉还没省过腔儿来，干净利落地收拾喽，给刘大人报仇。

子夜时分，董尊、杨贤、张良佐率人闯进马家，堵住了大门。张良佐带几个兵勇进了屋，连灯都没点，像马延辉杀刘益全家那样，挥刀喊咻咔嚓地一顿砍。梦乡中的马延辉赤身裸体被砍死在炕上，与他同睡的两个爱妾也见了阎王，还捉拿了一个叫八丹的平章和知院僧儒及兵丁三十余人。

在一片混乱之时，两个喽啰跑到辽阳城外的山寨报了信儿。这个山寨离辽阳很近，驻有纳哈出的兵马。马延辉之所以大意，是因为仗着城外有元兵驻守，谅张良佐不敢对他动手。山寨驻守头领叫宏宝宝，同马延辉像亲哥们儿一样。他听喽啰一报，一边赶紧派人给纳哈出报信儿，一边带兵下山，直扑辽阳。他到那儿以后，抓了大明朝廷派来辽阳的断事官黄仇，很快便离开了，直奔金山找纳哈出去了。

张良佐带的兵马在辽阳不但没有堵住宏宝宝，倒把朝廷派来的断事官给丢了，他们能不着急嘛！当时，辽阳城内十分混乱，在这种情况下，大家推举张良佐代行刘益职务。另外，黄仇还带来一位副断事官吴立。因此人是朝廷派来的，便请他辅助张良佐，并把大明辽东都指挥使司的牌子正式挂了出去，以安抚民众。张良佐分析了辽东的形势，即大部分地方已为纳哈出所占据，辽阳几乎成了一座孤城；就现有的兵力来看，根本无法与其对抗，等于以卵击石。所以，他才遣人带着奏折到京师急报军情，请朝廷速派兵马前去援助。

朱元璋接到辽阳急报之后，十分着急。汪广洋等文武官员，也为辽东一旦得而复失而焦虑万分，认为得赶紧想办法解决，不然，纳哈出占了辽阳，前段所取得的成功岂不化为乌有？到北平去找正忙着西征的徐达大将军吧，看来已经不赶趟了，时间太紧，等他到京早就晚三秋了。怎么办？众臣建议皇上，还是快些请回青田的军师商议对策。朱元璋采纳了此建议，立即下旨，从几百里外接来了刘伯温。

那么，刘伯温来京后，是怎样解决这个问题、怎么化险为夷的呢？他受皇上之命，反复看了辽阳派人带来的奏文。奏文曰：

> "辽东僻处海隅，肘腋皆敌境。平章高家奴守辽阳山寨，知院哈喇章屯沈阳古城，开原有左丞也先不花，金山则有太尉纳哈出，彼此相依，时谋入犯。宏宝宝逃往，衅必起。乞留副断事吴立镇抚军民，而以所擒平章八丹、知院僧儒等械送京师。"

刘伯温从奏文中得知，偏僻之地辽东靠近海边儿，目前在元朝的残余势力控制之下。纳哈出的心腹高家奴正镇守于辽阳山寨，知院哈喇章屯兵沈阳古城，开原有元朝的左丞相也先不花，金山则直接由纳哈出控制，元朝的残兵败将都在辽东这块儿固守。他们之间互相依靠，时时筹谋入犯辽阳城。眼下，宏宝宝又抓了明朝的断事官黄仇大人作为人质，已押至金山。这样，纳哈出很快就会发兵，抢夺辽阳古城。张良佐等人的意思是，在等待朝廷援兵到来之前，暂由副断事官吴立镇守辽阳，安抚臣民；与此同时，将所俘的平章八丹和马延辉之心腹三十多个元朝兵卒押解至京。刘伯温经反复琢磨，对朱元璋说：“陛下，既然事情已经发生，就不必惊慌，要沉着应对。依臣之见，张良佐、董尊、杨贤等人是可以信赖的。如果没有他们的忠实于朝廷，固守着辽阳孤城，则更危险了。陛下应迅速发旨，重用张良佐这些人，以彰其功。”朱元璋接受了刘伯温的建议，马上拟旨：

> “令张良佐等人为辽东卫指挥使司指挥佥事，官位正四品。按尔等所议，吴立留任辽阳，辅佐张良佐。”

旨发之后，刘伯温接着建议皇上，命曾在辽东立有大功的马云、叶旺两位将军即刻带兵驰援，接替刘益管理辽东，任辽阳都指挥使司同知之职，作为并肩王共同治理和镇守那里。二将相互提携，相得益彰。朱元璋也同意了，正要发旨，左丞相胡惟庸却提出异议，称军师的建议不妥。他认为马云、叶旺身居内地，只是去过辽东，不谙北情。不像刘益那样，原来是元朝的将领，一心归了大明，长期在辽东，熟悉那里，治理起来十分顺手。何况他俩又是武将，难当治理辽东重任。遂推荐了一位著名的宦官、很早就降明了的元朝大将九昌宝。此人本是倭奴，住在倭岛、经常行窃于日本海的海盗，后来降了元朝。由于他经常在海上活动，熟悉东海语言及当地的民俗风情，了解日本海的海情，善于观测海上动向，还通倭寇，故而一度为元朝所重用。他被明将衡海侯张贺所俘后，便又降了明朝，现于胡惟庸身边做谋士，同时帮助管理海上之事。因此，胡惟庸认为，九昌宝是作为辽阳都指挥使司同知的最佳人选，比马云、叶旺更合适。

朱元璋听了胡惟庸的禀奏后，默然沉思，一时不知如何办好。刘伯温见此，起而荐言：“谁人都清楚，九昌宝是个海盗，名声不好，久与我屿，在海上做了不少坏事儿。后来，他是被张贺大将军他们俘虏过来的，这点陛下也知道。假如咱们不考虑以前的作为而任用此辈，难道是明廷没人了吗？能这么办嘛？要是讲出去大明重用了海盗，有多难听啊！必将影响陛下和朝廷的声誉！何况此辈做辽阳都指挥使司同知，无论是身份还是经历，皆赶不上马云和叶旺。二位将军跟随陛下多年，又在徐大将军的身边转战南北、东挡西杀，屡立战功，而且对北方的治理相当有办法，辽东刘益能够受降，不就是他们二位努力的结果吗？从资历、身份、功劳哪方面来讲，都远远超过九昌宝。陛下细想，九昌宝虽然降过来了，但海上肯定还有其同伙儿。如果派他执掌辽东大任，一旦与海上那些人再相互勾结，恐酿大乱哪，后果不堪设想。让九昌宝赴任辽东不可，万万不可呀！"

刘伯温的话一针见血，讲得很有道理，众臣听了频频点头称是，一时议论纷纷。不少大臣表示了意见："是呀，九昌宝这样的人，怎么能担当辽东要地之重任呢？那不是给大明朝丢脸吗？""军师讲得对呀，九昌宝确实有同党在海上，将来他们联合在一起，则将后患无穷啊！辽东重地焉能交给这样的人去管理？"有人小声儿说："胡惟庸不是胡来吗？真是利欲熏心哪！九昌宝究竟给了他多少好处，这么极力推荐？"连与胡惟庸关系比较好的，像宋濂大人等，也都直晃脑袋，觉得他的提议很不合适。右丞相汪广洋激动得站了起来，公开反对胡惟庸的意见，说军师提得对，马云、叶旺二人堪当此任。邓愈大将也表示军师讲得有道理，除马云、叶旺二将外，其他任何人没有能力管理辽东，亦没有资格充当辽阳都指挥使司同知。朱元璋听了众位的表态，深有感触，心想："还得是军师刘伯温哪，头脑敏锐，想得周全，为江山社稷仍敢于直言！胡惟庸怎么糊涂了呢，竟提出了这样一个人，咋会如此没有头脑？"于是，朱元璋便按照刘伯温的荐贤，当即下旨，任命马云、叶旺为辽东辽阳都指挥使司同知，即刻赴任。

此事定下以后，胡惟庸作为左丞相，感到无地自容，脸一红一白的，也非常有气。本来刘伯温决定告老还乡，一向忌妒老军师的他知道后，既高兴又痛快，在家里请了所有的友好同党，连喝了三天喜酒，庆贺刘伯温终于离开皇宫了。他还扬言是被皇上给除了，驱逐出宫，从此少了颗眼中钉。可万没想到，这次皇上又把刘老先生给请回来了，你说他那脸往哪儿放吧？因此，他为找回面子，在决定究竟应由谁来充任辽东辽阳都指挥使司同知的节骨眼儿上，想跟刘伯温较量一番，便把自己的心腹九昌宝提出来了，却遭到老军师的据理反驳，且讲得头头是道。对胡惟庸的力荐，众臣不仅不支持，有的人还认为他别有用心，自己也觉得理亏。结果弄得满身不是、一败涂地，你说他能不有气吗？何止是有气呀，而是怀恨在心，恨不得置刘伯温于死地！

　　说起来，马云和叶旺都是刘伯温器重的将军，也是徐达大将军身边的爱将。按年龄来讲，尽管马云比叶旺大十来岁，可交往却从没有因年龄的差异而受到影响，关系始终挺好。二人跟随徐达大将军多年，久经沙场，互相间建立起了兄弟的情谊。马云骁勇善战，叶旺考虑问题细致，他俩凑到一块儿，真像军师所讲的，能相得益彰、有勇有谋。此次他俩同去辽东，定能干出一番大事业来。

　　其实，朱元璋对马云、叶旺十分喜欢，早就视其为股肱，也是他的左膀右臂，认为是不可多得的将才。这次派去辽东，又是军师亲自荐举的，他当然放心。那么，二位将军究竟是怎样的人呢？《明史列传》做了记载，然而记述不多，只是寥寥数语。实际上，马云、叶旺在辽东的影响很大，一生的经历充满了传奇色彩，北方各族、各部落将其奉为神明。马云将军后来虽然没有故于辽东，但土民为了纪念他，于当地除建了叶将军庙，也建了马将军庙，春秋祭祀总是香火不断，可见百姓对故人是何等的敬重！随着本书的逐渐深入，许多事情都同二位将军有关，故事亦十分生动，诸位阿哥会越来越清楚地看到马云、叶旺在治理辽东上的盖世功劳。

　　马云、叶旺的祖上并不是合肥人，元代管他们叫氓民。所谓的氓民，即朝廷对那些祖籍无法细考之人的一个总称。也就是，一些人在强压之下，迁徙流动，其后代因多次的变迁，便无从知道自己的祖籍了。这些后代在关内流浪，有的成为乞丐，有的在市井中讨一个活计混饭吃，也有的投入了行伍之中，做个兵卒养家糊口。

　　此种情形是怎么造成的呢？前书说过，元代的苛政猛于虎啊！凡是与朝廷所定制度不合之人，或者统治者认为行为不轨之人，便用绳子捆绑链成一串儿，然后全部往兵车上一装，由元兵押解着，将男女老少南北互迁。即是说，本来居住在北方的，把你迁到大南方；本来居住在南方的，强行迁到大北方。迁徙时，皆送到千里、万里之外，重新找地方居住。有的成为奴隶，有的沦为乞丐，有些则因衣食无着而冻死、饿死。可见，元代的百姓真是苦不堪言、啼饥号寒哪！这些人的子孙后代长大以后，仍到处流浪，找不到自己的祖宗和故居地，因无可考。这样一来，在哪儿讨饭或找到了活儿干，大元管户籍的人便将其记载为那个府县的人。他们一点儿招儿没有，只能往前看，往后没法儿刨根儿。自己到底是从哪儿来的，谁也不知道，年年有今天没明天地对付着活，这即是出现氓民的原因，在大元是不足为奇的。马云、叶旺就属于万万千千的氓民之一，无依无靠，生活非常凄惨。

追根究源，马云的祖上在辽东，其父是经商贩皮货的，后因祖上遭当时的广宁府千户欺侮而被迁徙的。什么是千户呢？元朝管理地方的官，有百户官、千户官、万户官。这个官管的地方有百十来户，叫百户长；有千十来户，叫千户长；有万十来户，叫万户长。也就是说，马云的父辈同千户长发生了争斗。为了什么事儿呢？广宁府的千户长强奸了马云的母亲，母亲含恨自缢。马云的父亲为此去找千户长报仇，结果，不仅仇没报成，还被千户长给抓了起来。之后，千户长把马云的父亲和幼小的马云及妹妹一起押送到潭州，即湖南的湘潭地方。在这里，父亲沦落为当地的巴次巴尔巴千户长家的奴才，受了不少苦，遭了不少罪。尽管马云和妹妹美娘当时都很小，也要为巴次巴尔巴千户长干这个干那个的。到了元朝末年，父亲得了瘟疫而死。妹妹已经长大一些了，于是巴次巴尔巴动了邪念，欲强娶美娘为妾。马云本来打心眼儿里恨透了巴次巴尔巴，一看妹妹要遭禽兽蹂躏，便毅然决然地带着美娘，趁半夜人静之时逃出了虎口。

元末，正是反元义军风起云涌之时。马云带妹妹逃出后，投奔了义军，开始是在长枪将谢再兴的手下做护军。马云的父亲虽然是个商人，由于处于那种动乱的年代，又要走南闯北、跑来跑去地经商，特别是北地荒凉、人烟稀少，走几百里地见不到人家，马上驮的货物尽管不多，也值一些银两，要是没点儿能耐，很容易遭到盗匪的抢劫和元兵的欺压。为了保护生命安全和财产不受损失，马云的父亲便铆上了劲儿，学会了一些武功，尤擅使长枪。这些枪法，是马云父亲的祖上从汉家师傅那里学来的，后来祖上传给祖父，祖父传给了马云的父亲。每当长途贩运时，马云的父亲无论是走路还是骑马，总是长枪不离手，随时提防盗匪的袭扰。另外，他觉得使长枪方便，一杆长枪舞动起来，可以抵挡一面呀。马家枪在当时还算是有些名气的。

马云和美娘从小受到父亲的熏陶，各使一银杆枪。他们有时需陪父亲练练枪，枪法都很厉害，远近闻名。正因如此，兄妹俩在谢再兴的手下，称得上是两员小虎将。开始时，谢再兴对他们挺好，二人很愿意跟着他干。后来，由于谢再兴不能容人，没有军事头脑，常常乱打乱冲，跟周围战将的关系也没处好，便引起了内部的分化。马云和美娘一看，觉得总在这样一个人的手下不行，终归不是个办法，应投名主才对，于是，立马离开了谢再兴，反身投靠了当时赫赫有名的朱元璋，随着反元义军东打西杀。

过了一段时间后，朱元璋看兄妹俩精明强干、枪法又好、人还勤快，很是喜欢，遂收在身边，做亲随护军。后来，朱元璋请出了刘伯温，拜为军师。为表示对先生的敬重，朱元璋就将已成为心腹的马云兄妹赐给了他，以做护卫。二人到刘老军师身边后，勤勤恳恳地做事，认认真真地护卫，相互之间的感情处得越来越好。有时前线急需用人时，马云兄妹也被调去，跟随其他大将上阵征杀、斩官夺寨。马云武功高强，威猛善战；美娘颇具巾帼英雄的气概，挥刀驰马，屡立战功。刘伯温见兄妹俩如此神勇，心里暗自高兴，那真是美滋滋的，由衷地感谢朱元璋把这么优秀的年轻人赐给自己。在日常生活中，他像对待亲生儿女一样喜爱他们、照顾他们。特别是看到美娘既勇武无敌，又十分温柔，刘伯温便萌生了一个想法。

一天，刘伯温把马云兄妹找到跟前，说有事儿同他们商量，还要征求意见。什么事儿呢？刘伯温诚恳地说："有个请求一直没说，就是你们兄妹，尤其是美娘若不嫌弃刘家的话，能否屈就，做刘璟的续弦。这个儿子的命苦，妻子七年前过世了，留下一女。美娘如能答应做老朽的二儿媳妇，照看我那孙女，这可是全家最盼望的事儿了。当然了，美娘做续弦是委屈了些，让你为难了。此事已考虑很长时间了，不知是不是妥当，想来想去，还是决定把话直说了。如果不同意，也没关系，啥都不用顾虑，无论结果怎么样，我都会万分感激的。"说完，慈祥地看着兄妹俩。

马云对刘伯温的印象非常好，觉得刘琏、刘璟人也不错。他清楚军师对待自己和妹妹就像自家人一样，根本没有亲疏远近的差异。所以，当一听到刘伯温提出的请求时，他并未感到突然，反而觉得似在情理之中，认为是件好事儿，很替妹妹高兴。可这是美娘的终身大事，光做哥哥的同意哪成啊？得本人同意才行呀！他便瞅瞅妹妹，看有什么反应。

美娘打从到了刘伯温手下之后，十分敬重其学问和品德，早已感到军师待她和马云哥哥亲如己生，所给予的温暖和照顾自不必说。刘琏、刘璟两位哥哥也不错，人品还好，待自己如亲妹妹般疼爱。今天，刘老军师直言不讳地提出可否做他的二儿媳，尽管美娘内心很同意，可一个姑娘家，怎么好说出口啊？她便也侧过头，笑着瞅瞅哥哥，意思是说："我没什么意见，刘璟哥人挺好，我看成。"马云一看妹妹的眼神儿，立刻明白了，马上说："军师，我和妹妹特别感激您往日的恩情，待我们恩重如山，这如父般的情谊将永生难忘。刘璟哥为人忠厚，又好学，妹妹一向很是敬重。看来没有什么意见，同意续弦为正室。"马云说完，美娘羞涩地冲军师点了点头。刘伯温乐了，就这样顺顺当当地为二儿子找了个媳妇，很快选了个良辰吉日，热热闹闹地把婚事办了。从此，美娘成了刘伯温家中的一员，马云同刘家的关系更加亲密无间了。

说来挺有意思，刘老军师的两个儿子是文人，这回家里增加的兄妹俩是武将。刘伯温既通晓天文地理、经纬之学，又懂得一些兵书战法，过去常给儿子讲经论典，很少谈战场上的事情。现在所掌握的兵书战法可用得着了，每每在酒足饭饱之后，他总是饶有兴致地讲给马云、美娘听。什么孙子兵法呀，排兵布阵之策呀，怎样斩官夺寨、怎么运用三十六计呀，一条一条地论，一件一件地说，讲得认真细致、鞭辟入里。马云本是疆场上的一员猛将，对他来讲，打仗像吃饭、喝水一样平常。现在听了刘伯温的亲自口授，知道了不少以前从未听说过的战略战术，这下便大不一样了，那真是如虎添翼呀！况且他有丰富的作战经验，经刘伯温一讲解就通了、一点拨就透了，有如心中亮起了万盏明灯，豁然开朗！从此，马云逐渐成长为一员智勇双全的虎将。美娘自从听公爹介绍了有关敌我双方对阵的知识后，也是茅塞顿开，两眼如神光一样能照穿千里物，头脑越发清醒、灵活，懂得了很多杀敌之策。什么佯攻、什么退守呀，什么情况猛攻、什么情况施用缓兵之计呀等等，并将这些不同的战法都默记于心。

咱们再说叶旺。朱元璋在把马云兄妹分拨给刘伯温做护卫后，不久又把叶旺也分去了。刘伯温一见叶旺，便从他的眉宇间、一言一行中，看出是个久经坎坷的苦命之人。叶旺与马云不同：马云岁数虽然比叶旺大，但做事又快又急，性格外向，有话就说；叶旺尽管年岁轻，做事却不慌不忙，十分沉稳，性格内向，总是愁眉不展，少言寡语。刘伯温想，这孩子肯定是受了不少苦、遭了不少罪，没地方诉冤，才养成了一种孤僻的性格。为详细了解叶旺的身世，也为了与之建立感情，本来睡觉一向是独自一人、不习惯身边有人的刘伯温，有时就单独拉叶旺到身边，破例让他与自己同榻而眠。时间一长，叶旺对军师由过去的敬重变得越来越亲近。军师晚上有时给他盖被子，有时还给他扇扇子、赶蚊子，使叶旺渐渐从中感受到了一种父爱，有些话也愿意说了。刘伯温慢慢地知道了他的苦难家事。

据叶旺幼时模糊的记忆，他家的祖辈也是辽东人。他脑子里经常出现两个人的影子，一个是蓬头散发的女人，还有一个是挓挲着、浓眉大眼、十分剽悍的蒙古人。咱们先说这个女人。叶旺只是依稀记得，小的时候没有见过父亲，总是藏在那女人的怀里。此人善骑烈马，是北方勇猛的骑手，很多男子与之比试都甘拜下风，被奉为马上英雄，这就是他的慈母。母亲经常骑在马上，将他抱在怀里，让他吃奶、睡觉。尽管马不停地奔跑，他也能迷迷糊糊地睡着。有时，他还会听到母亲的哭声，感到热热的泪水滴到自己的小脸蛋儿上。那时他还小，只有两岁，不懂事儿，不知道母亲为什么哭。

当叶旺长到三岁多的时候，母亲身边来了一个男子把他收养下来，此人叫安帖帖木儿，即上面提到的那个蒙古人。安帖帖木儿有时喂他马奶，间或也喂饭吃；天冷时，还把自己身上的皮袍子脱下一件，裹在小叶旺光溜溜的身上，用以防寒。每当抱着他骑马驰奔的时候，无论叶旺怎么喊，安帖帖木儿也听不着，有时尿和屎憋不住了，就拉到安帖爸爸的皮袍子里。于是，这个蒙古人会用大巴掌冲他屁股抡几下，把小叶旺打得哇哇直哭。安帖爸爸有时也挺疼他，当哭的时候，便用满脸胡荐子去亲他、哄他。安帖爸爸很凶暴，经常酗酒。叶旺懂些事儿以后才知道，母亲常被安帖帖木儿推进圈豹子用的铁笼子里，有时还拽着头发狠打。母亲跑了几次，都被抓了回来，当然是被一顿顿地暴打。母亲搂着小叶旺一宿宿地哭，从不讲是什么原因挨打。在叶旺长到十来岁时的一天深夜里，因安帖爸爸要离家出征，临走时，又把母亲圈到铁笼子里。安帖帖木儿走后，小叶旺来到铁笼子跟前问妈妈："安帖爸爸为什么打你，咋对咱们这么狠呢？"母亲含着眼泪半天没说话。小叶旺把一只小手伸进笼子里，拉着妈妈的手，妈妈哭着道："孩子，要报仇，要报仇啊！"说到这儿，母亲只是哽咽，不往下讲了，从笼子里伸出双手，紧紧搂着小叶旺。第二天，叶旺又到笼子那儿看母亲，却已不在了。后来，安帖爸爸回来了，当叶旺追问母亲哪里去了时，安帖爸爸说："你妈妈太坏，不愿跟咱们过了，跳河死了！"就这样，小叶旺从此再没有见到母亲，只是安帖爸爸带着他转战各地。

　　过了一段时日，安帖帖木儿有了新夫人，叶旺也长大、长高了，对以往的事情似乎有些明白了。母亲的影子已留在了他幼小的心灵里，他常常能想起母亲那瘦弱的身体、在笼子里哭泣的声音，有时会在梦中哭醒。他朦胧中觉得母亲一定有深仇大恨，有说不完的冤屈。可是母亲现在究竟在哪里呀，是否还活在人世？他开始怀疑，安帖爸爸对母亲那么狠，能是自己的亲爸吗？难道世间会有父亲害心爱的儿子的母亲吗？他看到安帖帖木儿对新夫人特别好，而对自己的母亲却那么狠，断定那绝不是什么亲生父亲。那么，安帖帖木儿到底是谁呢？叶旺真正的父亲又在哪里呢？不得而知。由于母亲、父亲都不在了，这便成了他始终解不开的一个谜。幼小的叶旺被疑团沉重地压着，变得越来越不愿意说话，总是愁眉不展的，形成了忧郁的性格。他在南方的时候，就曾暗下决心，一定要拼死拼活回到辽东，找母亲的坟，或能知晓母亲活着的影子，找自己童年的足迹，把难解之谜弄个水落石出。

　　小叶旺很聪明，特别懂事，知道自己现在还小，既在屋檐下，怎敢不低头？所以，他对安帖爸爸表面上言听计从，仍像对待自己的爸爸那样，但心里却埋藏着一股熊熊的复仇火焰。有一年，安帖帖木儿奉命平息江南的民乱，便领着小叶旺跨过长城，离开了住地；后来，又率元朝的兵马，到广西大山中去平叛彝族人之乱。那里到处是崇山峻岭、悬崖峭壁，安帖帖木儿带着个孩子，打仗不方便呀，只好把小叶旺放在广西元帅府的兵站里，想等打完仗再回来领走孩子。可哪承想，安帖帖木儿一上阵，就被彝人乱箭穿心，死在了悬崖峭壁之下。小叶旺在广西元帅府兵站里等了好久，也不见安帖爸爸来接，急得不得了，哪里知道他已魂归西天了呀！

　　当时，正逢天下大乱，反元起义的兵马四方举义旗，一天比一天强大。广西的少数民族也揭竿而起，拿起刀枪，见元人就杀，见元将就砍。元帅府的兵站已无法立足，人们纷纷逃散，保命要紧哪！小叶旺被兵站几个认识安帖帖木儿的蒙古兵带着，从广西逃到了安徽，又从安徽逃到了江苏。当他们反身从江苏逃回安徽时，却被韩再兴的兵马截住并收降了。韩再兴看小叶旺长得虎头虎脑、胖乎乎的，个头儿还不矮，挺着人喜欢，便把他留在帐下做了一名马童。当问他叫什么名字时，小叶旺先是晃晃脑袋说不知道，之后，忽然想起恍惚记得安帖爸爸曾用蒙古话憨声憨气地叫他"也罔"，马上回答说叫也罔。韩再兴没听清，又问："再说一遍，叫啥？"叶旺抬眼瞅瞅韩再兴，怯怯地小声儿说："叫也罔。"韩再兴是个愣头儿青啊，扯开嗓门儿嚷道："啥也罔不也罔的，不好听，以后干脆叫叶旺吧！"从此，叶旺这个大号便留下了。叶旺根本不晓得自己的亲生父母姓甚名谁，自然不知道自己该姓什么、叫什么、祖籍在哪儿。当时，韩再兴手下的书记官登记花名册时，问韩再兴："元帅，马童的名字怎么填？"韩再兴说："我不是说了嘛，叫叶旺，你写叶旺吧。"书记官又问："那他的祖籍写哪儿呀？"韩再兴说："孩子是在这儿捡的，他不是从安徽六安那边过来的吗？算六安人吧。"就这样，叶旺有了名字，也有了所谓的祖籍。

六安，在元代叫六安州，是个挺出名的地方，然而与叶旺却毫无瓜葛。只因他从江苏逃到安徽，这才有了六安人氏之说，历史书也就这么记载了，成为永久的笑话。后来，曾有不少知情人逗叶旺道："你既然是六安人，应是江南的汉人，怎么口音和人家不一样？听起来倒像蒙古人，恐怕是个地地道道的野秧子、蒙古种吧？"叶旺一听可气坏了，睖睖着眼，紧闭着嘴，腮帮子鼓得圆圆的，小拳头攥得紧紧的，像两个小黑锤子，摆出一副要同人家打仗的架势。幸好有些人从中拉架，这才没打起来。

由于马云和叶旺都有苦难的经历及不幸的遭遇，后来又都在韩再兴身边，二人很快便结成了患难兄弟，感情亦越来越深。韩再兴的队伍分化之后，他俩一块儿投到了朱元璋帐下。过了些日子，朱元璋先后把马云和叶旺分拨给了军师刘伯温，做先生身边的护从，进而成为刘家的家门挚友。

刘伯温既喜欢马云兄妹，又喜欢叶旺，三人虽有着不同的经历，但坎坷是共同的。特别是叶旺，连自己的父母都不知在哪里，也不知二老究竟是什么样的人，更不知祖籍是何地。像这样经历的人，在当时的元朝里并不少见，叶旺是其中比较典型的一个。刘伯温不仅同情叶旺的身世，还喜欢他的为人。前书说了，由于叶旺长期受痛苦生活的煎熬，逐渐养成了沉默寡言的性格。他为人忠厚老实、勤奋，而又吃苦耐劳，为主子、为朋友不惜两肋插刀，做起事来不但认真，而且想得周到、细致。只要交给他办的差事，即使再难，也从不表现出为难，每次皆完成得较为圆满。因此，给刘伯温留下了很深的印象，认为他年轻有为，是一块好料，常受到军师的夸奖，深得信赖。

自从叶旺来到刘伯温身边之后，两个人就觉得投缘，相处非常密切。刘老军师是个博学多才、通周易、有佛缘的人，总是觉得叶旺的名字挺有特点，经常琢磨"叶旺"这两个字儿似乎在哪儿出现过，可一时半晌又想不出是怎么回事儿。一天晚上，他喝完茶，出外溜达一圈儿，头脑顿觉清醒，忽然悟出"叶旺"俩字儿大有来头儿呀！刘伯温想到什么了呢？想到了明月长老给他留下的一条玉带，玉带里藏着几个字儿。当时他看过，只是觉得有些奇怪，没想太多，难道玉带里的那几个字儿同"叶旺"这两个字儿只是巧合不成？他越想越兴奋，真是踏破铁鞋无觅处，得来全不费功夫啊，这是仙缘普照哇！到底是怎么回事儿呢？事情十分蹊跷，且听我慢慢道来。

金陵，即应天府，也就是现在的南京。城外有座山，叫鸡鸣山，山林葱翠，奇花异草遍地，是座名山。山上有座寺院，名曰鸡鸣寺。寺院的后面是满目的山石，沿着山石的窄路攀缘而上，过几道石廊、石阶，便可见一片浓郁的古松林。在松枝的掩映下，有座庙庵，曰明月庵。此庵说来要比鸡鸣寺建的年代还早些，原来的住持已经圆寂了。现在的住持是一位德高望重的老尼、多年得道的高僧，法号明月，叫明月长老，人们尊称为明月师太。她年高德劭，已过九十龄，平时从不言自己的年岁，徒儿们说师太已近百龄。别看她岁数大，可体健如壮年，行走如飞，攀缘石阶的速度极快，年轻人跟不上。她不但佛经造诣颇深，而且武术高强，走路总是手拄一根金玉镶嵌的、上有龙头的禅杖，从远处看，金光闪闪。相传，这根禅杖是宋朝的皇上赏赐给当时此庵长老的，作为庵里的传承宝物，已传到了明月师太的手中。她身边有女徒二十余位，除了诵经，也练武术。前两年，老人家还收下了一位世俗弟子，她就是刘伯温的义女娟娟。

众位阿哥，听到这儿，您一定会感到奇怪：前书只说刘伯温有两个儿子，没说有义女呀，娟娟从何而来呢？事情是这样的：有一天，刘伯温骑马从一小石板桥上经过。这种小石板桥，自宋代以来，在江南水乡很多。他刚踏上桥，就听桥下人声嘈杂。侧脸看去，只见潺潺流水的小河岸边，围着男男女女不少人。他们在看什么呢？刘伯温一时好奇，便下了马，仔细观瞧。这时，只听一老者气愤地说："咳，太造孽了。老天哪，快睁眼看看吧，这是什么世道哇！"刘伯温知道，这条小河，人们都叫它牛屎河。为什么叫牛屎河呢？离河岸不远，有一道高高的石墙。石墙里面，是座雕龙画凤的楼阁，楼阁墙面儿皆有彩漆绘画，非常好看。楼阁的楼脊上，雕有不少望乡猴等物，檐下挂着铜铃儿。风一吹，铃声叮叮当当，萦萦入耳。一看就知道，原来此座画楼不是一般的所在，乃青田有名的一家妓馆，名曰"醉花楼"。日夜红灯高挂，脂粉飘香，笙管笛箫之声不绝于耳。来来往往的多是达官显贵，没钱是万万去不起的。当时，曾有人这样说："你的裆裤里若不是装有万八千两银子，还敢登醉花楼？"达官显贵来到这里，那就是个花天酒地，要听有唱的，要看有舞的，要睡则有众多美女相伴。正因为它是个特别的地方，便常有一些绢衣、金钗、残粉之类的女人用物，从石墙扔到外面的小河边，人们故而称其为"牛屎河"，自然也就引来不少游人、乞丐到这儿来拾些遗物。除此，还常常能听到一些被扔到墙外的弃婴的哭声。阿哥若问：小孩儿从那么高的墙上扔下来，不得摔死吗？不会的。别看墙高，孩子的外头可包着好几层丝被呢，并用丝带儿捆绑着。轻轻扔下，只能将小孩儿摔哭，不会摔死。一见有人扔孩子，来这里的游人、乞丐便争抢着那些包小孩儿的丝被，剩下没用的弃物和一些脏东西顺手扬到河里。有时也会从被子里面拾到银锞或金锞子、银簪、金耳坠子等，可能是扔小孩儿的人心疼孩子，自己又不能养，向那些救孩子的人表示感激之情。青田有些行善之人，常常是边骂禽兽的世道，边把啼哭的弃婴抱回，收养了这些孩子。可有些乞丐就不那么义气了，只要金银，不要孩子，常把孩子往牛屎河边儿一扔，拿起被子、揣上银子转身跑走了，甚至还为争抢银两打得头破血流，而孩子却不去理会，或者被饿死，或者被野狗叼走。

刘伯温这天碰巧了，正赶上从石墙里抛出了一个孩子，也是包着多层的丝被。丝被之类的东西已被乞丐抢去，只剩下红不棱登的女婴在那儿啼哭。见此情景，他十分痛心，不忍离去，便冲桥下大声儿喊道："把那个孩子给我吧，我要了！"桥下抢着被子的一个乞丐听到桥上有人要孩子，高兴了。说实在的，这种好事儿谁都愿意做，省得剩下个孩子，扔下怪可怜见儿的，那可是造孽呀！那乞丐就抱着孩子慢慢上了台阶，递给了刘伯温。刘伯温接过孩子，又对那乞丐好言说道："你能把裹孩子的布单子给我吗？好将她包上，不然怎么抱哇？"乞丐还算好心，把布单子刷地撕下一大块，给了刘伯温。刘伯温用布单子好歹将孩子包上了，怕她受风，又脱下身穿的英雄氅，把啼哭不停的孩子裹在里面，然后翻身上马，赶紧抱回了家。

当时，刘伯温的夫人还健在。安夫人见丈夫从外面抱回一个女婴，忙接在手里，将布单子打开，看了看，问是不是从牛屎河那儿捡来的，刘伯温点点头。安夫人是位一心向佛的慈善之人，家里供有佛堂。两口子平日一向省吃俭用，有时宁可自己不花，也把银两施舍给穷苦的邻里，或给那些讨饭的穷人。能救孩子一条小命，觉得是做了件善事，倒蛮高兴的。

刘伯温将女婴抱回家的日子，正是他辞去高安县令、在家赋闲无事之时，即元至正十五年前后。前书说过，刘伯温在元朝时中过进士，做过高安县令。后来，由于兵荒马乱，安夫人便对他说："先生，现在世面儿这么乱，盗匪猖獗，谁听你的？哪个违法、哪个不违法都不好说，你管谁呀？算了，县令咱别干了。"刘伯温也是这么想的，连牢头儿、县里的衙役全跑了，剩我个县令还能干什么？就这样，他从高安县回来了，已在家闲待五六年了。因无事可做，他有时陪夫人出外走一走，有时拿起锄头种地，很愿意自己种粮、种菜吃，余下的一些时间读读书，或吟诗作画。安夫人是大家闺秀，知书达理，通诗文。夫妻俩常在一起赋诗作对，过着较为安宁的生活。

自打刘伯温从石板桥下将女婴抱回家后，夫妇俩又多了件活计：伺候孩子。每当安夫人仔细端详怀中的女婴时，见她天庭饱满，地阁方圆，长得胖乎乎的，挺精神。只是由于出生不久，肉有些发红，不过已经变过点儿色了。她的小嘴一会儿张开、一会儿合上的，刚刚哭时脸上还带着泪呢，不大一会儿就不哭了，睁开眼睛仰脖儿往上看，瞅着安夫人笑了。这时会逗得安夫人异常开心，边乐边对丈夫说："你快瞧呀，笑得多好看，这孩子同咱们还真是有缘哪！"于是，又低头拍着孩子说："欢迎宝宝到我们家来，刘家又添人进口啦！"从此，安夫人伺候得更加精心，并让侍女为女婴缝制了十几件小衣服以及小被褥、小枕头什么的。全家几乎都忙碌开了，儿子、儿媳也高兴得为婴儿做这做那的。平时，孩子专由侍女、儿媳照顾着，可安夫人仍不放心，换尿布等一些事儿非要自己亲自去做。刘伯温则每天到外头给孩子买羊奶，打回来热好，再由安夫人一点点儿喂。夫妇俩对女婴细心呵护，视如己出。

时间过得真快呀，转眼就到女婴一岁生日的时候了。刘家按照"抓周"的习俗，准备让孩子"抓周"。什么叫"抓周"呢？就是在孩子周岁那天，选几样东西放到床帐的里边，看刚刚会爬的孩子去拿什么。所拿的那件东西，便预示着孩子的未来会向那方面发展，有那方面的出息和造诣。

这天，刘伯温和安夫人把刀、箭、笔、墨、粉黛、苏绣、佛珠儿等几样东西摆放好了，让孩儿去抓。哪知小丫头在全家的注目下，爬呀爬，爬到炕里边，别的什么都不摸不动，小腿儿一蹬，小手往前一探，就把佛珠儿拿起来了。安夫人当即着急了，忙道："怎么偏抓它呢？"便想把佛珠儿从孩子手里拿下来，让她重新抓。哪知小丫头握着念珠不撒手，拽不下来。刘伯温说："这孩子有佛缘哪，你不要让她再抓了。看来，将来肯定与庙堂有什么因果关系呀！"安夫人只好作罢，又让丈夫给孩子起个名字。刘伯温仔细端详着女孩儿手拿佛珠儿坐在炕上的样子，姿态十分可人，忍不住笑了，说："好了，我想起来了，干脆用苏东坡词里的'千里共婵娟'的'娟'字吧。娟娟，多好看的孩子，春水涓涓，未来的前途无量啊！"安夫人高兴地说："行，名儿不错，我看挺好，就定了吧！"刘伯温的两个儿子刘琏、刘璟也拍手道："爹爹给小妹起的名字真美！"娟娟这名字从此叫开了。

　　光阴荏苒，时光如流水，一晃几年过去了。这一天，娟娟醒得早，还一个劲儿地咯咯笑。安夫人本来是信佛的，见平时一向不爱笑的娟娟今天却笑个没完，认为一定有缘由，便翻过身来推醒了睡在身边的丈夫，高兴地说："先生，你听见没？咱们的娟娟笑了！笑声那么好听，笑的样子那么好看，快瞧呀！"刘伯温闭着眼睛道："咳，一惊一乍的，孩子笑有什么奇怪的。"安夫人说："娟娟笑，可能有喜事儿来呀！"没想到，还真让她给猜着了。

　　元至正二十年春三月，刘伯温四十九岁、安夫人四十七岁、小娟娟五岁的时候，喜事儿真的临门了。什么喜事儿呢？前书我们说过，刘伯温从高安县已回家好几年了。为躲匪患，他这几年哪儿也没去，经常做的就是帮助乡里组织民团，保护屯子，以防盗匪袭扰。他没事儿时，便在家里看书或到地里种田、种菜。单说这一天，外边来了几位骑马的将士。走在前面的大将是谁呢？就是邓愈大将军，受朱元璋的派遣，领着护卫前来拜访刘伯温。刘伯温把大将军让进屋后，邓愈便说明了来意。声言朱元璋自到青田，就听说了先生的大名。他是求贤若渴，希望您能出山，协助讨伐大元，给民众以安乐与祥和。刘伯温开始不太同意，不想出去，婉言回绝了。因那时乱军太多，都打着义旗。实际上，不少人是挂羊头卖狗肉的，不干真事儿，他信不着。可是，架不住后来朱元璋派邓愈二次、三次地邀请，再加之平日对朱元璋的一些了解，他终于决定出山了。与刘伯温一起被朱元璋聘用的，还有宋濂、章溢、叶琛等名士。朱元璋将他们请至元帅府，亲自下拜，感谢鼎力出山，帮助朱某人讨伐元孽、救国安邦。刘伯温从此离开了青田，离开了夫人及两个儿子、儿媳，还有他喜欢的小娟娟，跟随朱元璋转战于江淮一带，成为其最信赖、最尊重的军师。

此后的八年中，战事不断，刘伯温很少有时间回家，家里就由安夫人料理。这是刘伯温帮助朱元璋定鼎天下的八年，也是安夫人日夜辛劳、牵肠挂肚的八年，直到朱元璋在应天府称帝，刘伯温才得以把安夫人和儿女们从青田接到南京。本来离散多年，现在能阖家团聚，共享天伦之乐，是件高兴的事情。况且，刘伯温又在朝中任御史中丞、赞善大夫，大儿子刘琏也有了职位，一切尽如人意。可万没料到，噩兆却悄无声息地降临了刘家。

这年，按元朝算是至正二十八年，按新建的大明算是洪武元年，刘伯温五十七岁，安夫人刚刚五十五岁，娟娟只有十三岁。安夫人于五月初突然病倒了，而且病势一天比一天沉重。娟娟天天愁眉苦脸的，有时背着人偷偷哭，很是伤心，眼睛经常是红红的。安夫人心里明白，孩子是为自己的病势难过呀！安夫人本来好好儿的，怎么一下子病得如此沉重呢？原因是多年来的积劳成疾，也由于忧心忡忡所致。做女人的就是这样，那些年丈夫不在家，家里家外全由她操持，能不劳累吗？丈夫在外头征战，很少音信，兵荒马乱的，能不惦着吗？每日里，她不仅觉睡得不安生，连饭有时都吃不下。偶尔听到有关朱元璋队伍的消息时，她马上为他们上香磕头、祈福安宁，精神上长期处于一种紧张状态。久之，病坐成了。至洪武元年全家搬到南京后，她心里稍一放松竟躺倒了，秋天便撒手人寰了。

刘伯温同安夫人感情一向甚好，相亲相携、相敬如宾。特别是随军转战南北，根本顾不上家，家里的一切只能由夫人照料。日子过得本来不十分宽裕，还要节衣缩食，教育子女，天天穿衣、吃饭之事，没有她手不到的地方。这个家能有今天，是安夫人的辛劳、心血换来的，也是劳苦功高啊！安夫人的去世，对刘伯温来说，是一个沉重的打击，痛苦得哭昏过去几次，整日茶饭不想，心情郁闷不乐。朱元璋和徐达等重臣，帮忙出资厚葬了安夫人，并时不时地劝说军师要节哀宽心。可刘伯温无论如何也止不住心痛啊！朱元璋和马皇后看老先生实在是孤苦难熬，便劝他续弦。朱元璋说道："军师，你是否看中了宫中的哪个才女？看中一个朕给你一个，要两个朕给你两个。"这些话并没有打动刘伯温，他想念的就是安夫人，决心后半生不再娶。

安夫人去世时，娟娟尚小，刘伯温只好把女儿交给长子刘琏两口子照看。刘琏夫人是江南刺绣的好手，除照看娟娟衣食之外，还耐心地手把手教她女红。可是，娟娟对此并不上心，每天总是伤心落泪，想念母亲。不怪孩子会因母亲的去世而如此难过，这些年来，她一直没离安夫人左右，是在身边长大的。安夫人每回做佛事，她一次不落地跟着；安夫人崇敬佛祖，她同样一心向佛；自从安夫人有病，她天天涕泪满面。安夫人去世时，她死死地抱住母亲不放，刘伯温和刘琏、刘璟夫人不得不一起掰开了她的手，才从安夫人的怀里推开了。如此诚恳真挚的母女之情，怎能不让世人为之动容？娟娟承受不了母亲去世的打击，到现在仍不思茶饭，已卧病在床，这也是刘伯温每日挂牵之事。尽管刘璟两口子精心照料、热心相劝，却无济于事，娟娟天天还是哭着要母亲，非要跟母亲一块儿走，谁都没想到她竟这么烈性。

　　一天，娟娟来到刘伯温的屋中，扑通一声跪下了，说道："爹爹，孩儿想好了，决心走入佛门，去母亲常拜的明月庵，朝朝暮暮与佛相伴。晨钟暮鼓，诵念佛经，给母亲超度、祈祷。让母亲尽快脱离苦海，早早涅槃，升入佛国。"说完，又是泪流不止。刘伯温听罢，摇了摇头，劝道："那可不行，怎么能遁入佛门呢？孩子，明月庵不是你去的地方，同哥嫂们在家里不是挺好嘛。不要胡思乱想了，赶快打消这个要不得的念头，听话。"他表面虽然力劝，但心里知道，这是天缘哪，孩子从小就恋佛。安夫人在世时曾说过："咱们的娟娟头脑聪敏，佛经背得特别流利，对其中的意思也能说得清楚。心经只要跟她讲一遍，很快便会背，是生来的佛缘呀！"刘伯温的劝说，对娟娟没起丝毫作用。她仍然执意要去，并表示，如果父亲不答应，就跪在这儿，永远不起来。刘伯温看着满脸泪痕的娟娟消瘦了不少，脸色苍白，精神恍惚，很是心疼。知道这孩子挺烈性，怎么劝都劝不了，不答应肯定不行。他只好打个咳声说："孩子，只要你不再哭，好好儿吃饭，好好儿睡觉，把身体养好，爹爹就答应你，一定帮这个忙。好不好？快起来吧。"娟娟一听爹爹总算吐口了，便站了起来。可刘伯温这几天因朝中的事情忙，再说还没想出什么更好的办法劝慰女儿，所以说出的话并没办，娟娟则不依不饶地天天催促父亲。

　　单说一天早上，娟娟又大声儿哭着、吵着，说父亲要不帮助办，立即就走，投寺庙出家。刘琏、刘璟兄弟俩好说歹说全不行，刘伯温急得一时不知如何是好。正这时，门子来报："外面来了一位老尼姑，说要求见军师。"刘伯温一听说有位尼姑来府，当时一愣："哎？没人请啊，怎么有尼姑上门呢？"他边想着，边命人赶紧请师父进来。门子马上到外头传报，刘伯温掸掸衣服，也跟了出来。只见大门开了，走进来一位身体健壮、一头白发、满脸皱纹的老尼姑，手里拄着明闪闪的龙头禅杖，后头跟着一个女尼徒儿。还没等老尼姑打佛号表示敬意的时候，刘伯温忙迎上去，拱手抱拳道："没想到仙姑到此，刘伯温迎接来迟，望请恕罪！请仙姑入府喝茶。"老尼姑笑着说："军师呀，没想到咱们有缘哪，今天老尼是特意看你来了。"刘伯温忙道："请，屋里请。"说完，他转过身来头前带路，向府内走去。

老尼姑走道特别利索，一步一步地落地有声，挺有劲儿，根本看不出实际年龄有多大。她拄着禅杖，随刘老先生进到屋里。落座后，刘伯温命人献上了茗茶。老尼姑端起茶杯，呷了一口，然后说道："军师，老尼是明月庵的明月长老，咱们虽然没有见过面，但您的赫赫声名，我们是如雷贯耳呀！今天，不单单是来拜望老先生，也是看您的千金来了。"刘伯温一听说来看娟娟，心中一惊，问道："仙姑怎么知道我的千金呀？"老尼姑笑了，笑声很爽朗，说："军师呀，什么事儿能瞒住佛家人呢？好了，好了，请叫娟娟出来吧。实不相瞒，军师每天忙着朝中之事，不知道老尼同已逝去的安夫人很熟。安夫人曾多次带女儿到明月庵去。可惜呀，安夫人不幸早早仙逝，老尼只能天天为她诵经祈祷，祝福早日升入佛国，阿弥陀佛。自从千金到庵里时，我就知道她是一心向佛之人，故而今天前来探望。老尼知道，母亲去世，女儿一定万分悲伤。老尼想，军师还是把孩子先交给我吧，这是娟娟前生之缘哪，又可安慰安夫人的在天之灵。"刘伯温听后，全明白了。原来眼前的老尼就是明月庵的住持明月长老，以前从没想到长老对自家的事儿都知道，只好让大儿子刘琏到内室唤出娟娟，来拜见明月庵的师太。

不一会儿，刘琏领着妹妹走了出来。娟娟一看，是明月长老来了，激动得立马扑了过去，像见到久别的奶奶那么亲，又像有多少委屈似的，在老尼姑的怀里低着头，尽情地大哭起来，嘴里不住地说："师太，您怎么才来呀？正想去庵里找您哪！我的想法同父亲说过了，父亲也答应了。师太，就让娟娟削发为尼吧，从此愿意伴随晨钟暮鼓，日日诵经，超度母亲的灵魂，早成正果。"明月长老边亲昵地搂着娟娟，用手抚摸着娟娟的长发，边说："傻丫头，说什么话？那样做，你爹爹、哥哥怎能舍得呢？师太也不敢留哇！再说，你的世俗尘缘未了，走不了的，将来还要为国效力呢。不过，孩子，我刚才跟老军师已经说好了。你不仅可以到明月庵去住，同师太一起拜神堂，一起诵经做佛事，我还要传给你些武艺。孩子，别哭了，赶紧收拾一下东西，有些事儿师太得和你爹爹商量一下。"娟娟听了明月长老的话，这才不哭了，擦擦眼泪，急忙走进内室，拾掇去庙庵的一应用物。刘琏媳妇跟在后边，帮助妹妹打点行囊。

此时，坐在外间的明月长老跟刘伯温唠了起来。长老说："军师呀，娟娟到我那儿住，您就放心吧，吃住都很方便，孩子的心情也会好一些。别让她为了想母亲而忧伤过度，若因此再得个什么病，不更让人操心吗？"刘伯温听了直点头，觉得长老说得在理。明月长老又道："娟娟是个好孩子，老尼已算定了她的未来。这回我带来一条玉带，有佛家的偈语，推算了娟娟的将来之事。等过几年孩子大了时，必有贵人们到您这儿来，他们皆会得到军师的帮助，成为国家的顶梁柱。其中，有一位贵人，与娟娟有前世之缘，您女儿与他可能要到北边去，为国效力，并结为夫妻。"长老的一席话，使刘伯温吃了一惊！未待他来得及细想，明月长老接着说道："军师呀，您会易经，又会卜测，老尼可没有您的造诣高深哪！这小小的佛家偈语，您一看就通。不过希望军师暂时不要泄露天机。"说罢，明月长老伸手从一块儿来的小尼姑手里接过一个用黄绫子布包裹着的小包儿，包得还挺严实。

明月长老轻轻把黄包儿放在桌子上，然后解开，拿出一条镶嵌玉石的黄绫布缝成的玉带。这是佛家常用的东西，中间宽，两头儿稍细一些，是往腰上系的。一些僧人游走各地时，常把带子系在腰间，内里包着佛家的经文和随时用的物品，随用随把腰带解下来，很是方便。这样的玉带，刘伯温曾看到过。明月长老解开玉带后，从里边抽出一本经书，经书里夹着一个在宣纸上写有佛家偈语的字条儿。所谓"偈语"，即佛家对一些事情的预卜话语。她把字条儿交给了刘伯温。刘伯温接过来一看，字条儿上的字儿写得规整、纤秀，猜想肯定是明月长老的墨迹，共十六个字儿："立木主世，双十并肩，日在西天，王者相伴"。刘伯温边看，心里边琢磨，什么意思呢？尽管刘伯温懂占卜之术，但对字意也不会很快看透。坐在旁边的明月长老见此，笑着说："军师呀，佛家的话，您或许一时还悟不透。我相信，您日后准会明白上面十六个字儿的含义，老尼就不多说了。但务要记住我刚才说的那句话，暂不要泄露天机。"刘伯温心想："对呀，它是预卜未来的。要过一段时间，有了那个环境，才会对十六字儿明了，现在还没到时候。"想到这儿，他便恭恭敬敬地把宣纸字条儿还给了明月长老。明月长老接过后，仍夹在经书之中，又把经书放在玉带里包好，将玉带的扣儿系上，折了几折，外面再用黄绫布包上，然后交给刘伯温。明月长老郑重地说："军师，我把它给您，日后再打开看。"刘伯温虔诚地双手接过黄绫布包儿，转过身递与正在旁边倒茶的大儿媳，叮嘱好好儿珍藏起来。大儿媳边答应，边把黄绫布包儿接了过去，送回了内室。

刘伯温聪明得很，其实对明月长老所讲的，早已心领神会。是呀，长老现在不讲，自己当然不能说。他十分相信佛家为女儿娟娟未来身世的预卜，过些年肯定有贵人来，娟娟的前程会很好。现在女儿的年龄还小，需要栽培，让她住到明月长老那儿去接受训教，是孩子的福分。刘伯温这么想着，便道："娟娟从此就是长老的徒孙了，做父亲的了解女儿，知道去了之后，会听师太您的话的。可以说，她现在什么都不懂，今后全靠长老教诲了，给您添麻烦了。"明月长老说："军师千万不要客气，您朝中事情甚忙，教育和栽培娟娟成人的大事全交给老尼吧。安夫人在世的时候，我俩的关系非同一般，您相信她，也应该相信我。再说了，娟娟不是平常人，做父亲的更能看得出来。她聪明而机灵，有抱负，不愿安于家中做通常女子所做之事。老尼定会凭技艺和能耐用心培养这孩子的，除让她一心向佛，也将教授剑术，传习武功。请军师不必担心女儿的未来，她的前程似锦，会为国家做些重要的事情、为国立功的。您把她交给老尼尽管放心好了。阿弥陀佛。"刘伯温说："谢谢长老对刘家的帮助，并替已故的夫人拜谢长老对娟娟的关怀。"说到此，刘伯温又想起了安夫人故去时的情景。安夫人平时本来特别喜欢自己的宝贝女儿，从没把她看成是从外边捡来的私生子，而是视为亲生骨肉。她临故去时，最惦记的还是娟娟。当她奄奄一息、说不出话的时候，眼睛盯着丈夫，手却指着娟娟。就这样，两眼含着泪咽气了。想到这儿，刘伯温暗暗对夫人祷告道："夫人，因你平时做了那么多的好事儿，感动了佛祖。所以，如今咱们的娟娟很幸运，要被明月师太接去了。如果在天有灵，看到这些，总可以放心了！"

刘伯温和明月长老仍在谈着，娟娟已打点完一应用品，提着个兰花儿布包儿，由嫂嫂陪伴，兴致勃勃地从内室走了出来。明月长老一看娟娟出来了，马上站起身来对刘伯温说："好吧，军师，老尼这就带孩子走了。"刘伯温点点头。娟娟先拜别了父亲，又拜别了哥嫂，然后随师太出了家门。刘伯温和家人恭恭敬敬地送出好远。

娟娟跟着师太到了明月庵。明月长老破例没让她和别的尼姑住在一起，而是与自己同住一间禅房，还给她起了一个好听而又寓意深刻的法号，叫妙善居士。为何要在法号后有"居士"二字呢？因为明月长老说过，娟娟尘缘未了，今后还要为国家办很多事情，便没为她剃度，只是收做世俗弟子，故而称"居士"。这一点，明月长老在领娟娟来庵里时，已同刘伯温讲过。在明月庵里，眼下有"居士"二字的世俗弟子，只有娟娟一人。

自从娟娟来到明月庵，明月长老十分喜欢她，终日照料其诵经、拜佛，一句一句地讲解经文，耐心地教授武功。娟娟原本就是个聪慧明智的姑娘，记忆力好，学得快，还特别勤奋。除默记经文，她对学武功更是上心，确实没有辜负师太的关怀和疼爱。越是这样，明月长老越是用心教，恨不得把自身的看家本事全传授给她。正因如此，娟娟比庵中的任何爱徒都受益匪浅，对所学的知识打的烙印也最深。

明月庵是处幽静的地方，建筑很有特点。明月庵嘛，所有的门窗皆是圆形的，似月亮一般，有的似弯月，有的似满月。月亮门、月亮窗全用红漆、绿漆粉刷一新，那红红绿绿的颜色，与古松翠柏相映生辉，别有一番风情。庵中有个后花园，园内设有练功场，还建了个演武厅。练功场是明月长老教徒儿练功之处，场子不太大，四面有高墙围着，显得格外静谧。演武厅多为明月师太练功、休息的地方。练武人一走进练功场，马上会感到犹如到了神仙福地，将你带入一个脱离尘世搅扰、万念归一的环境。在此种特殊的氛围下练功，会使人万种杂念顿时烟消云散，只想着功法的秘诀、所练之功的套路。娟娟天天就是在这里，在师太的耳提面命之下，无论冬夏，无论严寒酷暑，披星戴月地勤学苦练。因她是世俗弟子，所以平时可穿一般的世人服装，也可穿道姑长袍儿。一进练功场，娟娟经常穿的便是明月长老送给她的壮士服。这套衣裳是当年师太穿过的，送给娟娟的时候，还像新的一样，上下衣都是白绢的，紧袖儿，抽裤脚儿，腰间还有一条蓝色花边儿的宽腰带。娟娟穿在身上既合体又美观，不知道的，还以为是特意为她缝制的呢！尤其是那宽腰带往身上一扎，把力和气全收到了丹田，显得特别有精气神儿。练功时，明月长老在前一招一式地做着，娟娟在后面一招一式地学着，教得非常耐心，学得更是认真。

明月长老曾说过："古之言，兵者必言剑。"剑是最灵活、最便捷的武器，中国在上古时代便有了剑，至今已有三千多年的历史了。可以说，在中国的兵刃之中，剑为首宗。春秋时，齐国的管子曾说过："昔葛芦之山，发而出金，蚩尤受而制之，以为剑。"就是说，过去蚩尤的时候，即远古时代，在荒凉的大山里发现了一种金属，蚩尤拿它经锤炼而成为剑。剑之锋利，可以吹毛立断、削铁如泥。正因如此，在文字中，剑者检也。什么意思呢？检，即凡事物要经过检验、检查；剑，同样起着检验、检查防身之力的作用。身上有剑，寒光瑟瑟，震撼周围。有敌人来侵时，古剑可以知敌，贼来剑抵。剑可以防身，可以震鬼，可以驱邪。因而，自古以来，人人崇拜剑。剑有长有短，长剑九尺，中剑六尺，短剑三尺。不管是长剑、中剑、短剑，带在身上都很威武。带剑，人们把它看成是一种身份和正义不可侵犯的象征。这种兵刃不大，平时装在剑匣儿里，用时才拿出来。除剑把儿之外，皆可刺杀，因为剑是两边带刃的。前面是尖刺，无论砍、扎、挑、撅、削、剁、劈、旋、刺等，样样儿行。一剑在手，可以正反挥旋，伸缩自由，其力无比，游刃有余，相当灵活。自古以来的侠客、壮士、武将全喜欢佩剑，不仅因其精美华丽而显得气派，还因其形制精巧、杀伤力强而便于使用。随着时间的推移，剑术也不断地向前发展。武士手中的剑如果旋转起来，可生八方，又可生八八六十四方，再由六十四方成倍增加，直至二千八百一十六方，最后整个人被剑光包围了，此乃用剑之上乘。由于有这样的剑术，万敌不可近，滴水不能入。剑术和造剑技术再向前发展，又有了单刃剑和雌雄剑。所谓雌雄剑或曰子母剑，即一个剑匣儿中有两把宝剑。用剑时，从剑匣儿里同时抽出两把剑，双手挥舞，犹如双鹤齐翔。不但如此，剑刃是钢铸铁造的，也可在增加柔韧度后撖成圆的。所以，在造剑工艺中，又出现了子母弹簧剑，平时撖成圆形，围在腰间，外边有英雄氅一罩，根本看不见带剑；用时，一撅弹簧，便可从腰间抽出双剑，对防身、御敌极为有利。

明月庵的明月长老，不但腾、挪、闪、躲等功夫高人一等，而且是用剑的高手。她在向娟娟传讲武功的同时，还特别注意教授用剑之法。她将剑法中的单鹤亮翅、旋转飞身、哪吒探海、猛虎掏心、江蝉啄食、野马分鬃、双鹰展翅、雏雁凌空、沧海蛟龙、双风贯耳等一招一式，都认认真真地做给娟娟看，不仅传授动作，还传授剑诀。明月长老教娟娟使剑时，特别严格，一招一式必须到位。手握剑的姿势要准，剑穗儿和剑把儿的方向要正，不能有分毫之差；转圈儿时，剑离身体的距离要始终如一，不可有丁点儿移动；腾空后的落地，站位要稳，稳如泰山，像钉在地上一样。只有这样，用剑才有杀伤力。否则，姿态哪怕差一分，那剑功就会谬千里，剑的杀伤力和进攻力则毫无疑问等于零。

在娟娟掌握了一般的剑术之后，一天，明月长老将她带到师祖的像前，让她跪在那儿，然后拿出了一把珍藏多年的传世宝剑，说道："孩子，师太决定现在将此剑传给你。相信不会辜负师祖们的期望，未来要为国出力，做个巾帼英雄。娟娟，不要忘了，这宝剑来之不易呀，是我的师姐月禅禅师传给我的。世人称它双鹤剑，双鹤剑法的口诀以后会一句句传授给你，必须刻骨铭心地记下。功夫不负有心人，你只要煞下心来勤学苦练，一定能把剑练好，并日臻成熟。"娟娟在佛祖像前咣、咣、咣地磕了三个响头，又给明月长老磕头，立誓学好双鹤剑，决不辜负祖望。之后，娟娟恭恭敬敬地从师太手中接过了宝剑。

这口传世双鹤剑的确不一般，是在一个软皮的剑匣儿内，插着两把用软钢锻制的光亮亮的宝剑，就是平时可围在腰间，用时一揿弹簧，会随之弹出的那种。其剑法亦如此形，为著名的道家传下来的双鹤剑法。为什么叫双鹤剑法呢？因为它完全采用古代先人的形意剑法，即模仿飞禽走兽的形态，经过世代的锤炼、总结而形成，具体则像两只仙鹤的飞翔啊，舞爪呀，相互鹤斗哇，等等。用这些姿势编成了各种各样舞剑的形态，有双鹤啄食、双鹤探水、双鹤护仔、双鹤凌空、双鹤斗蟒、双鹤劈风、双鹤翻飞、双鹤登枝、双鹤舞爪、双鹤望月、双鹤卧巢等九九八十一式。据讲，双鹤剑法最早源自张天师，为道家羽化观念而凝成的摄生养身之古术，后为道家弘扬形成阴阳两宗。阴剑之法九九八十一式，在此基础上又生成阳剑之法九九八十一式，都是模仿双鹤的各种形态而成的。阴阳互补、阴阳相合，使双鹤剑法达到了天衣无缝、宇宙浑圆的最神奇之境界，万剑难敌，所有兵器皆无法破此功。其剑力凶狠无比，其招式优美若舞。有人将它比作双鹤太极，即像太极一样胸怀八方。动作优美，软中有硬，柔中有刚；姿态飘洒、舒展、柔曼、轻盈，美观大方，为世人叹绝。

说书人在这里为刘伯温和去世的安夫人贺喜呀！为什么呢？是他们的祖上有德，使女儿娟娟有如此大的福分和殊荣，承继了道家之宝剑，为其所用，又幸运地得到了明月长老的亲传，掌握了双鹤剑法。该是多么不易呀，可喜可贺！

说来，在明月庵跟明月长老学剑术的，不单单有刘伯温的女儿娟娟，还有一位白面书生，他就是赫赫有名的原大明朝左丞相、韩国公、太师、极有权势的李善长的弟弟李存义之子，现在的左丞相胡惟庸的女婿李佑。当然，李佑用的剑，不是像娟娟那样的宝剑，学的也只是一般剑法。

李佑自从在庵里见过娟娟之后，便被其美貌吸引，并想方设法地接近她，表现得特别殷勤。有一次，娟娟在做双鹤翔舞时，不慎摔倒了，右脚脖子崴了，当即肿得挺高，站不起来。周围几个尼姑忙要过去搀扶，李佑却抢先一步，把娟娟扶了起来，抱着送进明月长老的禅房，然后，颇有礼貌地退了出来。娟娟当时并不认识他，对公子的热心帮助自然很是感激，由此对他的印象不错。后来，娟娟问明月长老此人是谁？从师太的口中，娟娟方知他是韩国公李太师的侄子。明月长老暗暗嘱咐娟娟，不要理会李公子，他是有妇之夫，举止轻浮，还告诉她："李公子到这儿习剑，不过是雅兴。你跟他不同，自己当心就是了，其他事儿不要多管。"此后，李佑常来娟娟处搅扰。娟娟考虑得比较细，有自己的想法，对李公子总是以礼相待，尽量不得罪。

娟娟去明月庵的这段儿时间，刘伯温虽然对女儿十分挂念，但因朝中事情忙，无法脱身，不能前去探看。于是，他便嘱咐儿子刘琏他们有工夫多去庵里关照一下妹妹，看都缺些什么、饮食如何、身体怎么样，打听打听住在那儿习惯不。娟娟一有空闲，也常回家来，看望父亲及两位哥哥和嫂嫂。

光阴荏苒，娟娟到明月庵已两年了。到了洪武四年下半年，刘伯温告老还乡，全家将要离开金陵。临走之前的一天，刘伯温带着家人来明月庵看望娟娟。明月长老盛情地挽留，为他们拨出房子，让全家在庵里团聚。别看此庵不大，房舍却不少，平时常留一些施主住宿。明月长老笑着对刘伯温说："今天大家不要走了，由我做东，给你们做素宴吃。"所说的素宴，主要指三道大菜，每道大菜包括好几样儿蔬菜，算起来总有二十多种。还有什么鱼呀，肉呀，形态俱全；天上飞的，地上跑的，在席上也能见到。不过，这些巧夺天工的各类菜肴，全是用豆腐做成的，煎、炒、烹、炸用的皆为豆油。素宴做好后，刘伯温一家着实品尝了一番，对这顿美餐那是赞不绝口啊！

第二天用过早膳，刘伯温领着两位公子及全家人同娟娟泪别，又向明月长老辞行，准备起程回故乡青田去了。娟娟虽然刚强，可亲人要走了，难过得眼泪像断了线的珠子顺脸往下掉，执意要送送父亲和哥嫂。刘伯温劝阻女儿说："孩子，不用送了，好好儿学，不要辜负了师太对你的关怀和教诲。我看庵里的环境和条件都挺好，做父亲的也就放心了。我们离开南京后，若有什么事儿，可以去找马云和叶旺，由他们替我传信儿。"娟娟边点头，边答应道："孩儿记住了，请父亲和哥嫂放心走吧。"

一家人就这样依依不舍地分别了。

这里朱伯西要向诸位阿哥多讲几句。刘伯温在告老还乡要离开南京之前，身边的随从护卫一直是马云和叶旺。自从朱元璋让他俩给老军师做护卫之后，三人之间的关系处得很好，如同亲人一般。刘伯温眼下要回故乡去，作为护卫的马云和叶旺当然不可能也随之去青田。朱元璋给他们分派了新的差事，让在枢密院任都督佥事，负责掌握北域边情，联络徐达大将军，做好北平府与皇上的上下通达之事。还因辽东的刘益是由他们劝降的，便由二人继续沟通朝廷与辽阳都指挥使司之间的关系。这样，马云、叶旺仍要留在京师。所以，刘伯温在走之前，托付二位代其照看娟娟。

其实，马云、叶旺在刘府之时，同娟娟已经很熟了，曾多次一起到明月庵拜望过明月长老，探询过娟娟小妹。再说二位都是武将，喜欢看庵中的武术演练，关心娟娟的习艺情况。说实在的，他们到庵里来的次数比刘琏、刘璟还要多呢！只要一来，他们对方方面面问得很细不说，总是耐心地告诉娟娟遇事该怎么做、不该怎么做，像对自己的亲妹妹一样，想得十分周到，娟娟很是感激。而她对马云、叶旺的印象一向很好，认为忠厚老实、谦虚诚恳、待人热情，因而也把二人看作自己的大哥哥。现在刘伯温交代他们一定要照看好娟娟，马云、叶旺当然会照办。这样，二人便按照军师的嘱咐，常到庵里看望娟娟妹妹，再加上明月长老武艺高强，教授徒儿们一段时间后，总是要求徒儿互相间要进行比试。在练武场里有比刀的、比剑的，还有比棍的。看到这些不同的技艺，既可以增加不少见识，开阔眼界，又可以提高自身的技能。马云、叶旺对此很有兴趣，在探望妹妹的同时，也看些招数的对抗，还常能聆听明月长老讲的经文，以及武术的各种技巧、诀窍等。娟娟因为有马云、叶旺的照看，并能不断地从他们口中得知父亲的消息，所以并不感到孤独。她在庵中认真学经，刻苦习武，很快掌握了明月长老传授的剑法，手、眼、身、法、步练得皆纯熟到位，剑诀记得挺扎实。叶旺、马云看到娟娟妹妹长进很快，非常高兴，认为将来肯定会大有出息的。但是，万事不可能那么顺当，总会有绊绊磕磕的时候。这不，庵里冒出个李佑来，就使娟娟十分为难，也令马云、叶旺不快。

前面我们说了，李佑出身豪门，好吃懒做，浮华得很。到明月庵来学剑法，不过是为壮壮门面，哪里肯下什么苦功夫。说此人懒，真是懒到家了，连穿鞋、穿衣都不自己动手，还得由带来的侍从、奴仆替他穿。

马云对此十分有气，厌恶地说："他哪里是来学剑的，分明是看这些姑子长得漂亮，心存歹意！"叶旺劝道："大哥，别这么说，咱们不去管他就是了。"可李佑却认为，凭李家的势力，谁敢把我李公子怎么样？在庵里那是横膀子逛、我行我素。

事实真是这样。李佑的大爷李善长曾为当朝一品，是皇帝身边的亲信。朱元璋不是说过嘛："李善长要有了大罪，犯两次死罪都可免死。"朱元璋虽罢去李善长左丞相之职，但仍分给他许多土地、上千奴仆，让他在临濠一带为皇上修建行宫，势力真是够大的！还有李佑的岳父胡惟庸，也不得了哇，那是当朝的丞相啊，同样是说一不二的主儿。李佑就仗着这些，趾高气扬，谁都不放在眼里。何况小小的明月庵呢，谁敢惹他呀？当初，明月长老是皱着眉头寻思了半天，终究没个办法，不得不把胡丞相派人送来的这位公子哥儿留下，那是不留也得留、不收也得收、不教也得教啊！

李佑这小子真是不学好，为非作歹，在庵里任何人都敢碰，今天捏捏这个尼姑的脸蛋儿，明天摸摸那个尼姑的奶头儿，天天到处撩骚。不少尼姑被他欺负得偷着哭，有的则屡向师太告状。明月长老只能唉声叹气地说："行了，我知道了。你们自己多注意点儿，离李公子远点儿，没招儿哇，咱们小小的庵堂惹不起人家呀！"李佑曾看到军师来过，待的时间不长就走了。刘琏、刘璟也来过，可那是文人，他根本没在乎。现在又见来了两位将军，一位是马云，另一位是叶旺，全是武将，是大丞相、大将军徐达身边的红人。他还听说二人收降辽东刘益立了大功，连皇上都喜欢他们、看重他们。偏偏两位将军是替刘伯温来看望和关照自己多日梦寐以求的娟娟的，这可使他醋意大发。李佑尽管有老婆，也有不少小妾，但仍满足不了他的淫欲。他只要看谁漂亮，便惦记上了，总要千方百计弄到手。他现在又看上娟娟了，那能放过吗？琢磨着得想尽一切办法占有她。还没等下手呢，却来了马云、叶旺这么两个人。娟娟叫他们哥哥，他们称娟娟妹妹，你说他能答应吗？不是来了拦路虎了吗？岂不就成了他的眼中钉、肉中刺了嘛？无论如何也要阻挡这俩人和娟娟的来往。尤其是每一次马云、叶旺来看娟娟时，娟娟总是热情地同两位哥哥谈这谈那的，一聊起来就没个完。李佑看三人唠得那么亲热，越发生气，忌妒得眼珠子都红了。

那么，怎么对付这两个碍眼的家伙呢？李佑知道来横的肯定不行，那两个将军不可能怕他，眼珠儿一转，想出了个办法。以后每次马云、叶旺一来，他就装出一副笑脸相迎的样子，走到他俩面前，又拱手又鞠躬的，皮笑肉不笑地问候道："二位将军可好啊？"然后转向娟娟，一脸媚笑地说："妙善居士，我受师太的吩咐前来找你，让师妹务必静心习武，不许在这儿打连连，会误了课业的。"娟娟开始还真以为师太传话儿给她，便对马云、叶旺说："二位哥哥，咱们不能唠了。我得马上去了，改日再见。"道了万福之后，匆匆忙忙地去了练武场。等马云、叶旺一走，李佑便跑去对娟娟说："妙善居士，你不该跟那两个鲁夫在一块儿，有什么意思，还是能唠出个啥来？应该抓紧时间习练，不要辜负了师太的期望。"李佑的话，使娟娟很不耐烦，都是十四五的大姑娘了，啥不明白呀？她明知李佑不怀好意，也听尼姑们讲过有关李公子的不少事儿，看不惯他那一见到女人就迈不动步或动手动脚的轻狂样子，对这一切心中是有数的。不过，娟娟有自己的志向和想法，朱伯西以后再讲。总之，她眼下不想得罪李佑，只是不吭声儿而已。

打这以后，每当过个七八天、十来天，李佑估计马云、叶旺该来明月庵看娟娟了，便先跑到大门口儿等着。待他俩一到，李佑立马迎上前，嬉皮笑脸地说："哎呀，二位将军来了。不过很不巧啊，妙善居士正在禅堂读经书、静听长老讲经呢！实在对不起，请改日再来吧。明天，明天我一定会告诉师太，也告诉妙善居士。"叶旺、马云本不愿和李佑多说话，被他这么一挡，只当白跑一趟，扭头就回去了。李佑用此办法，多次阻止了马云、叶旺同娟娟妹妹的见面。

时间一长，马云、叶旺才发现，原来是李佑从中作梗。他俩一合计："咱们总不能让这小子给挡驾了，再说可是受军师之托呀！如果不去看望娟娟，对不起军师不说，娟娟真要有个啥事儿，咱们怎么向军师交代？不行，得想个办法。"他们动了半天脑筋，终于有了招儿。每当再去明月庵时，由马云一人从正门去找娟娟。果不然，门口儿站着李公子，仍然笑嘻嘻地对马云说："哎呀，妙善居士今天碰巧又有事儿，正在修课、打扫佛堂呢。她告诉我，如果将军来了，请先回去，明后天再来。"马云听了以后，向他表示感谢道："好，明白了。谢谢你。"李佑哪里知道，在他同马云纠缠的时候，叶旺已悄悄儿从另一处小门儿进去，过了一扇禅堂的圆门，直接到后花园练武场去找娟娟了。因为大家对马云、叶旺的印象挺好，都认识并尊敬二位将军，连明月长老也很信任他们，所以，叶旺进来时没人拦，顺顺当当地见到了娟娟妹妹。两人在一起谈谈、唠唠，很是开心，就这样把李佑给耍了。

娟娟知道李佑从中挡驾的事儿，也挺有气，然而仍不声张。有一次，马云实在忍不住了，便跟娟娟讲："妹妹，做哥哥的不得不提醒你，千万要小心哪，李佑这小子心怀不轨。"娟娟却佯装不知，说道："是吗？请二位哥哥放心，妹子心中有数。"不仅如此，娟娟还从不讲一句对李佑不好的话，总是嘱咐道："以后你们不用管他说什么，就直接来找我，不要麻烦李公子。"听了娟娟的话，马云有些担心了，私下里同叶旺嘀咕："娟娟究竟是怎么想的，我咋看不明白呢？她好像认为李佑挺好，难道对李善长这个侄子明显的心存歹意没有戒备、不知道他是有妻之人？娟娟可不要上他的当啊！"叶旺说："马大哥，你想想，小妹是个聪明伶俐的孩子，什么不懂？估计是有自己的打算。放心吧，我相信小妹不会上当，你的猜测也不必和她讲。"马云听了叶旺的话，真的没把内心的想法向娟娟透露。

话说这天，马云、叶旺办完公差，又一块儿骑马去鸡鸣山的明月庵看望娟娟了。他俩直接走到禅堂门口儿，看见明月长老正站在那儿观望着什么。明月长老一眼看见二位将军来了，马上笑着迎上前，说道："好哇，将军来得正是时候，老尼的徒儿们一会儿要在练武场表演剑法、刀法、枪法。你们可以去看看，娟娟她们正在那里准备呢！"马云、叶旺听了很高兴，下了马，将缰绳拴在庵角儿门外一棵树上，然后随明月长老穿过禅堂右角儿圆门，走过一条石铺的甬道，再穿过长满葡萄秧蔓花墙的红圆门，就到了练武场。这里太热闹啦，简直像兵家征杀之地一般！尼姑们脱下了僧袍、僧鞋，换上了短衣小打扮，头上扎着英雄巾，腰间系着英雄缎带。她们身上穿的，有的是白色，有的是红色、蓝色、绿色、黄色等不同颜色的绸子衣服。有拿棍子、拿棒子的，也有拿剑、扎枪的，还有拿刀的，总之拿什么武器的都有。有的在那儿舞耍，有的则在腾腾地折着跟头；有的对枪，有的对剑，有的对棍、对刀，演武场上一片噼噼啪啪的响声。"武士"们冲蹿、纵跃，像一群矫健的猿猴，看了真是令人振奋！

娟娟见马云、叶旺哥哥来了，高兴得快步走了过去，拉着他俩的手，相互问候着。李佑老远便看见了二位将军，仍像以前一样，赶忙主动打招呼。娟娟没理会这些，拉着两位哥哥们来到场外的雕着各式花卉的鼓椅旁，让他们坐在铺有坐垫儿的石鼓上，说道："哥哥们来得太巧了，今天正好看看我学的剑法。小妹初学乍练，毛病肯定不少，愿听哥哥们指教。"李佑为了讨好娟娟，随即跟了过来，并附和着娟娟的话，装出一副笑脸儿，奉迎地说："二位将军真有眼福哇，一会儿咱们的妙善居士给你们表演传奇剑法。要知道，那可不是一般的剑法呀，还是师太亲传的秘诀呢！在我们庵中，唯她一人学得了此真功夫，大伙儿没有不羡慕的。我们都盼着有这么一天啊，可是谁也没得到师太这样的信任。等着看吧，妙善居士一定会把剑耍得非常出奇，那可是名副其实的天下独一剑、天下独一人哪！"李佑使出浑身解数，尽量把娟娟吹得天花乱坠。说着，他还转过脸来，拽了拽娟娟的衣袖子，极献殷勤地说："妙善，还是少说话吧，好不？你到那边歇一歇，好好儿静坐一会儿，养养神，全套剑法打下来，会很累的。"娟娟根本没听他那套，手一甩，不让扯自己的袖子，绷着脸说："李公子，不要胡说好不好，在我哥哥们跟前乱吹些什么？我还是个没有出笼的雏燕，吹得那么邪乎干啥？"李佑造个好没趣儿，不过并不因此而生气。

不大工夫，铜锣响起，明月长老一声令下，众徒儿鱼贯入场，按照刀、枪、棍、鞭、剑这五类的顺序，一样样儿地逐个登场献艺。每完一样儿，由明月长老进行细致的审评。今天表演剑术的只有两个人，一个是妙善居士，另一个是李佑。先是李佑上场，打了一圈儿，把所学的一套路子完成后便下来了。明月长老微微点了点头，说："不错，大有长进，继续努力！"接着招呼道："妙善哪，上场吧。不一定把全套招式都献出来，只拿出十六式就行了。"娟娟遵照师太的吩咐，起身最后一个跳入圈儿内，压轴献艺。

明月庵的人都知道，娟娟是师太的心肝儿，武术是庵里的佼佼者，要表演的又是师太祖传下来的剑法。说实在的，不少尼姑没见过师太这个剑法，谁不想看哪？此次有幸一见，肯定能大饱眼福啊！平时，师太向娟娟传授剑法时，不能有第二个人在场。今天破例，允许众徒儿不离场，尽管不是全套招式露出来，只露十六招儿，那也很难得呀！所以，大家屏住呼吸，不错眼珠儿地注视着场外的娟娟。只见她头扎白缎带儿，上身儿穿一件洁白的紧身印花儿白缎短衫，下身儿着长裤，腰围兰花儿紧带儿，前垂红绒英雄缎带，脚登英雄靴，显得十分俊秀、英武。她进场后，先向场外抱拳，然后做了一个金鸡独立的姿势，再来一个滚场，即走着寸步绕场一圈儿，向各位表示谢意，道个过儿。意思就是，我的表演如有不对的地方、有做得不好的地方，请各位师姐、师妹包涵了，多多指教。这时，她突然大喊一声："嘿！"同时，双手一摁腰间绷簧，只听得嘎嘎两响，弹出两把白光闪闪的长剑。她双手各握剑把儿，手一甩，两把宝剑噌地亮了出来，随即来了个白鹤亮翅，接着便一招一式地舞了起来。周围的人鸦雀无声，紧张地注视着剑的走势。见她的双剑由开始的缓慢，继而转入快速，剑光上下翻飞，令人眼花缭乱，围观的人不禁连连喝彩！

马云和叶旺虽多次来过明月庵，知道娟娟在跟明月长老学剑，但究竟学的是什么剑法，并不清楚。一开始，他们满以为只是耍耍剑而已，没太在意，这次有机会看小妹的表演也真是赶巧了。马云不太在乎剑，使的一个是马家枪，再一个是马家刀。因他家祖传不使剑，所以，马云平时对剑术的并不十分了解。叶旺则不同，本身是使剑的，剑是他的老本行。因此，他看得很仔细，看剑的路子，看手、脚、步的各种姿势，看两剑的形态等。这一看不要紧，他立刻被吸引住了，大吃一惊不说，还倒吸了一口凉气！果然非同一般，知道绝不是一般的剑术。他越看越惊愕，越发觉得不可解："这个剑路子咋这么熟呢？怪了，怎么会跟我的剑路如此贴近呢？"尽管娟娟还只是个孩子，刚练不久，气尚未运好，直上喘，而且剑的舞动也不那么到家，显得稚嫩，很不成熟。比不得叶旺的久经战阵，剑法高超，使用剑的时间比较长，既年轻力壮，又有力气。但是，她的一招一式及剑的走向、形态，作为内行人一眼便会看出来，剑路确实不简单。叶旺看着看着，忽地站起来了，全神贯注、目不转睛地盯着娟娟，举手投足、一举一动都不放过，心想："难道这个剑路子就是师父徐达大将军曾经说过的那个阴宗双鹤剑吗？可是巧极了，明月长老掌握的家传之剑，竟与我师傅的同出一系呀！找了这么多年，今天才找到，原来近在咫尺啊！这真是踏破铁鞋无觅处，得来全不费功夫呀，尤其持剑之人，没承想恰是喜欢的娟娟妹妹。娟娟学的剑，跟自己学的又是同一个路子、一个剑法，实在太让人高兴了！叶旺激动得直想拍巴掌，恨不得痛痛快快地大喊几声，却终究没有那么做。

就在叶旺万分激动的时候，娟娟已把十六招儿走完了，稳稳地站住了，将双剑弹簧一摁，"刷"的一声收进剑囊之中，围在了腰带之下，动作干净利落！然后，她把上身儿的白缎英雄衫脱下一摞，抱拳向各位致谢，又向师太行了个半跪礼。明月长老说："好，很好！妙善哪，你还年轻，要锻炼好身体，能看出气力尚不足。使这把剑，首先必须有足够的体力才行，以后要继续勤于练习，不能懒惰，下去吧。"娟娟退下场后，又坐到了马云、叶旺二位哥哥之间。

娟娟刚刚坐好，哪知旁边的李佑没等师太再发话，便急不可待地站了起来，不是好声儿地喊道："师太！"全场的人一看李佑不同往常，似乎要耍疯，谁也没敢吱声儿，全看着师太。慈祥的明月长老稳稳地说："李佑啊，喊什么？有啥话就说吧。"李佑说："师太，咱不能光看自己的。马将军、叶将军都来了，又看了咱们的演练了。明月庵的武功那是远近闻名，谁不知道啊，谁敢招惹呀？"师太问道："李佑，你到底想说什么？有话尽管讲，不要闲扯些没用的。"李佑接着说："师太，我的意思是，该让马将军、叶将军露露本事了。咱们的底儿已经亮出去了，二位总应亮亮吧？走南闯北、久经战阵、舞枪弄棒的，露儿招儿对他们来说，还不是小菜一碟？来吧，是骡子是马，拉出来遛一遛，让我们大家开开眼、长长见识！"话讲得很难听。

坐在一边的马云听李佑这么一说，气得直哆嗦，心想："你凭什么呀？简直太傲气了，这不是目中无人嘛！"刚想站起来，叶旺扯了一下马云的衣角儿，让他冷静些。这时，又听李佑在那儿向尼姑们大声儿白话开了："按武场的规矩，既然看了我们的武技了，就该以礼还礼，以艺答谢，拿出自己的功夫来！"李佑又转过头，冲马云、叶旺轻蔑地说："马将军、叶将军，别犹豫了，快上场吧！"此话一出口，在场的人当然不愿得罪李佑，又觉得说得在理："是呀，应该以武会武、以武会友。从大元朝以来，各地皆是这个风气，此乃武林界习以为常的事儿。人家敬你十分，你要回敬人家百分才对呀！"

说实在的，马云、叶旺那是打心眼儿里感激明月长老。二人知道，家传的神秘剑法，长老没有瞒着他俩，还让娟娟献了十六式，已经不简单了。很显然，可谓看得起他们，根本没当外人，而是当成了自家人。从这点来说，着实让人感动。但李佑的话说得太难听，连损带挖苦加上瞧不起的，酸甜苦辣什么味儿都有了，即使拂袖而走，也不算失礼。但又一琢磨："不能啊，明月长老今天是主动让我们观看演练的，确实亮了底。只为此，无论如何不能走。何况按武林的规矩，是应以礼还礼、以武会友的，表示一下感谢和敬意。"马云和叶旺正在商量呢，娟娟走了过来，笑着轻声儿道："二位哥哥，应该让我们一饱眼福，大家全盼着呢。别客气了，快进场吧！"叶旺便推了一下马云，说："好吧，那就先让马大哥表演。"

马云本是个侃快人，早被李佑的话激怒了，心里像点了把火似的！马云一听叶旺让他先上场，心想："不知深浅的李佑，没瞧得起我们哥们儿是不是？好，今天让你开开眼，看看从没见过的马家刀！"想到这儿，他忽地站了起来，一抱拳道："好，我给诸位表演祖传的马家刀！"马云穿的本来就是武士服，也不用换装，刀在他身上挎着呢，进场便舞了起来。马家刀的招式奇妙，刀光闪闪，上下舞动，神速至极，最后落得只见刀光、不见马云了。李佑张着大嘴看着，觉得技艺的确很厉害、了不得，连连叫好儿！所有在场的人兴奋得大喊大叫着助威。马云打了几场马家刀后，气不长出、面不改色，刷地像钉子一样站在那儿了。刀先是背着的，而后麻利地收入刀囊之中，抱拳道："马云向师太和众位师妹献丑了。"众人报以热烈的掌声，马云跳出了场外。

接着不用说了，轮到叶旺上场了。大伙儿都转过头来看着叶旺，李佑连喊带起哄地带头鼓掌，尼姑们也附和着，请叶将军献艺。叶旺却一再推辞、婉言谢绝。为什么呢？他想："我上去表演什么？自己使的就是剑。如果把剑法全拿出来，肯定盖过娟娟，难道还跟妹妹比试个高低不成？那可是个孩子呀，而我是久经战阵的将军，在这儿显摆啥？即使大家夸我的剑耍得好，也有点儿说不过去呀！既然马大哥的马家刀已经亮出来了，就算行了，没必要非露几招儿我的剑术不可。"叶旺这么想着，便站起来说："马大哥已经代表我了，再说真的没什么特别技艺可献，只是一般的功夫而已，请各位谅解。"越是这么礼貌相拒，李佑偏偏越纠缠不放，以为叶旺没啥本事。本来就想在娟娟面前出叶旺的丑，因为他早已看出娟娟对叶旺比对马云更好些，且叶旺的年岁跟娟娟又相当，醋得很，从内心里希望叶旺越不行越好，是个癞蛤蟆才高兴呢，那不正好显出我李佑了嘛！

李佑看叶旺很为难的样子，还直往后缩，更高兴了，那掌鼓得越发响了，恨不得就此把叶旺羞死才痛快。他心想："这回可有机会让娟娟好好儿看看了，看你口口声声叫着的叶大哥是个什么东西、什么货色！他不行吧？差多了，还跟他好呢，那不白瞎了你这个美人了？今天就让叶旺在明月庵丢人现眼、下不了台，没脸出这个院子！"他边想着，边拼命鼓动大家鼓掌，叫喊着让叶旺上场。不仅如此，他还走到叶将军跟前，拽着人家的衣袖子，很不客气地说："出来，出来，男子汉大丈夫不能退缩，赶紧遛一遛吧！"几乎是在骂人了，"遛一遛"这话，那可是冲马说的呀！娟娟看不下去了，快速走了过来，指着李佑制止道："放手！李公子，你想干什么，怎么这样无理？"娟娟的目的是想打个圆场，挡住李佑，心里话："叶大哥不想上场就不上呗，改日再献艺有什么不好？不能强求呀！"可李佑不干，硬是把叶旺拉入场内，又命随自己来的家奴拿来两把家巴什儿，一把是刀，一把是剑，对叶旺说："想使哪个？任选，选哪个都行，不表演可万万不行。吃着国家的俸禄，一年要用去多少俸银哪，一口一个将军地叫着你，难道却一点儿真能耐没有？要是让我太师大爷知道了，叶将军，那可要吃不了兜着走哇，准让你滚蛋！还是快表演吧，别耽误时间了！"李佑是一句好听的没有，用尽所能奚落叶旺。

娟娟听李佑拿李家的权势来要挟叶将军，觉得太不像话了，真生气了，高声儿喊道："李佑，不要无礼，不许说我叶大哥！"李佑愈加来劲儿了，讥讽地说："妙善，他叫个大男人，就要显出英雄本色。叶将军没有本事呀，无能啊，难道还不允许我说吗？"场内气氛非常紧张，谁都不出声儿，娟娟对李佑是怒目横眉。明月长老一看，此时不能不说话了，赶紧走了过来，把娟娟推到一边，冲李佑指责道："怎么能这样？过分了吧，多不好？"然后转过身，对大伙儿说："献艺的时间不短了，有三个多时辰了。眼看天色已晚，各自把家巴什儿整理一下，回到禅堂去吧。晚上还要诵经作业呢！"显然，明月长老的意思是干脆把众人轰走算了。

明月长老为什么要这么做呢？说书人得多说几句。因为她知道自己惹不起李公子。当初，人家是左丞相胡惟庸命人送来的，而且交代说，让明月庵好好儿款待他的姑爷，必须好生侍候，并要耐心教授剑法。如果李公子高兴了，朝廷有赏；若惹得李公子发怒了，朝廷必关掉明月庵，遣送庵中的所有人等离开南京城。在这种情况下，明月长老不得已才收下了飞扬跋扈的阔公子。胡惟庸还曾派人威逼明月长老："不许把此事宣扬出去。若走漏半点儿风声，照样封明月庵，谁都别想在这儿待了。"明月长老没招儿了，几次下过狠心，想密告刘伯温。她知道，刘军师正直，是皇上身边最有威望、最信任的人，百姓特别敬仰他。可她每次话到嘴边儿又咽了回去，一直没敢张口。她是怕朝中的事儿多，人多嘴杂，一旦露出去，不仅刘伯温军师办不成，明月庵要遭殃，恐怕连我老太婆也活不成了。她想来想去，忽然想起了刘伯温已过世的安夫人，知道她身边有个捡来的义女。对了，不如去刘府一趟，把娟娟接到庵里来。这样，刘军师便会关照我们，从此有了靠山。倘若跟朝廷的胡惟庸那些人把事儿闹大了，不让我在鸡鸣山待下去了，可领着娟娟去找刘伯温。相信老先生肯定能帮忙，会在当今皇上面前为我们说话的，明月庵方能化险为夷、转危为安。就为这个，她才把刘伯温的女儿收为自己的世俗弟子，并将家传的宝剑和剑法传给了娟娟。

咱们说完了明月长老去刘府接走娟娟的缘由，再接前书。明月长老觉得现在不能惹怒李佑，尽量别给刘伯温添麻烦，息事宁人为好，再看叶旺被李佑闹得站在那儿，尴尬得很，怎么着都觉得不好办。所以想出了让大家回去这一招儿，大事化小，小事化了。这么做也等于帮助了叶将军，使他能下得了台，再说总不能太勉强人家。明月长老紧接着又冲娟娟吩咐道："娟娟哪，你先到我那儿，师太想看看你那路鹤拳打得怎么样了。"说此话，不外乎是想尽快把气氛缓和下来。可李佑还是不干，抱着屎橛子不放，仍大呼小叫地喊着，别人走不走他不管，单要看看叶旺究竟有什么能耐。听李佑不停地吵吵，叶旺心想："好吧，都到这个份儿上了，那就应付一下，何必惹这么多人不高兴呢？"叶旺并没拿剑，认为如果拿剑，等于同娟娟比高低。还有一点，也是最重要的一点，如果拿剑，便会把师傅教的那个家传剑法露出来，那是绝对不可以的。因此，他故意不露自己是使剑的，想给明月庵的人和李佑一个错觉，以为他是使刀的。

叶旺走到场内，低下身拿起一把刀来。是把什么刀呢？人称鬼头刀。此刀很重，有八十多斤，后边儿有一刀环，刀环下吊有红穗子。一般说来，面对沉重的大鬼头刀，身不强、力不壮的人不用说要呀，若能稳稳当当抓住，连续举起来再放下，有那么二三十下，看的人就会哇呀呀叫好儿！那可是块铁呀，而且刀刃薄、刀背厚、把儿还大。因此，耍刀的人，尤其使这种大鬼头刀，多为猛士才敢领教。叶旺正经有把子力气，多次在营房中同众弟兄比试过，全比不过他。他曾左右手同时各抓住一头水牛的角，让别人用粗柳条打那两头水牛。水牛被打疼了，必然左挣右挣地想跑出去。可叶旺在那儿半蹲式的两手一拽，老牛愣是动弹不得，像被钉子钉在地上一样。你说力气有多大吧？在行武之中，他力大无穷是出了名的。此刻，当他拎起那把八十多斤重的鬼头大刀时，看样子像拿个挖耳勺儿一样随便，心想："不管怎么样，我就是不露剑术。马马虎虎玩儿一下刀，能让李佑这小子放过自己便行了。"叶旺由于心中仍然有气，只是随意舞动起来，并没认真。

一般来说，鬼头大刀是在对敌招架时才用的，刀功不像剑功有那么多花样和技艺，也就是推、挡、砍、杀、挑这些招法。所以，一舞起来，只听"嚯嚯"的响声，没啥看头儿。众人看了，虽没兴趣也算行了，谁能说啥呀？可李佑是阔家子弟，家里养了方方面面的拳师和武功高手，尽管自己能耐不大，可见得多呀！他看叶旺只会耍大刀，没什么真本事，更不放在眼里了，认为纯粹是个鲁夫，不过有点劲儿罢了。李佑便晃着脑袋、撇着嘴，阴阳怪气地说："哎呀，太俗气了，没啥脓水，乌合之众而已。"他心里还十分得意："嘿，今天可让你叶旺现了眼啦，大家看吧，所谓的叶将军怎么出明月庵的门？就你这样，还想得到娟娟的爱慕？真给她丢脸。咱不必多说了，让娟娟自己去评吧！"

叶旺走完了三圈儿滚地刀法，把八十斤重的鬼头刀往地上一放，面不改色，气不长嘘，抱拳道："叶旺给师兄、师妹献丑了。本人才疏学浅、武艺一般，只是个武夫而已。让各位见笑了，在下作揖了。"说完，在场内转了一圈儿后，跳出场外。这叶旺还真能装，你说我不行，我也不显摆。没什么关系，有没有能耐，将来疆场上见，一点儿不在乎别人怎么看。可很多人都知道叶旺了不起呀，怎么能这样就完了呢？一时弄不明白是咋回事儿。这时，娟娟走了过来，拉着叶旺，好像解围似的说："叶大哥的刀法真好，大伙儿挺爱看的，将来教教妹妹行不行？我要有你那么大力气该多好呀！"李佑却说："妙善，这个刀法算什么？我父亲那滚地刀法才是最拿手的。当年常大将军在世时，父亲就是从他那儿学来的，可以说在大明朝是独占鳌头！叶将军不行，耍来耍去的，走了那么三圈儿，有啥意思？"明月长老也笑着过来了，故意打圆场，请叶旺坐下喝茶。

此刻，可把坐在一旁的马云气坏了，早看不下去了。他是个烈性人哪，从来没受过这种窝囊气。他一看李佑的表现，寻思这不纯粹是仗着李家的势力，骑在我们脖颈子上拉屎吗？简直是目中无人到了极点！叶旺还在那儿愣挺，穷装什么呀？你哪是使刀的，不是使剑的嘛，为啥不露自己的真本事、显得这么软气呢？装个落汤鸡似的损样儿给人看，图个啥呀？瞧让人家给埋汰的，我跟你坐在这儿，脸都没地方放。马云不理解叶旺。他实在憋不住了，突然站了起来，冲着叶旺，实际也是冲在场的明月长老、李佑、娟娟及所有的人，大声儿说道："叶旺，这是何必呢，能不能把真本事给大伙儿亮一亮？好让师太知道你的来路啊！"此话一出口，一下就把事儿挑开了。

马云的这两句话，是话里有话、掷地有声啊！只见，明月长老马上站起身来，对叶旺言道："叶将军，才听了马将军说的，老尼的脸可挂不住了，你到庵里来还客气什么呢？自古以武会友，当英雄面儿不说假话，以诚相待。是条好汉要拿出真功夫，这才仗义，才是敬重明月庵，也是敬重本老尼姑。叶将军，不能这样对待我们，那不等于耍人吗？听马将军这么一讲，我倒对叶将军有想法了，无论如何不应蒙人哪！原来想就算了，现在即使李佑不提，老尼都不能答应。可否给大家露儿手，让老尼和众徒儿长长见识，知道山外有山、天外有天哪？百尺竿头勤攀登，永不可孤高自赏啊，我们静静地学几招儿。"娟娟一听师太发话了，高兴得蹦了起来，推了一下叶旺道："我的叶大哥哟，你可急死娟娟了，有本事为啥不露？这样做，我当妹妹的跟着没脸儿不是，让人家瞧不起。师太说得对，娟娟也想看看哥哥的真功夫，要是能跟着学几手才好呢！"李佑站在娟娟身边，撇着蛤蟆嘴，斜着眼睛，说："算啥呀，小鸡拉屎能有多大个臭味儿？竟胡扯，有啥真本事，瞎吹呗！"此时的叶旺经马云这么一点火，再加上师太的责备、娟娟的激将，还有李佑不屑一顾的神情及近乎污辱人格的挑逗，心想："反正再躲是躲不开了，退又退不了了，露就露出来吧。师傅啊，不是我叶旺妄自傲慢非露剑法，实在是被逼无奈！徒弟只能不经您的允许，把剑法在明月庵表演一番了。望请原谅。"于是，他又二番脚儿站了起来，先向各位抱拳道："既然师太抬爱，又有妹妹娟娟的信任和鼓励，还有马大哥一定让我献艺，那叶旺便不客气了，给众位表演一下三丰剑法。"然后他脱掉了平时武士身上穿的一件斗篷，放在石鼓椅子上，露出了里边的短身小打扮，疾步走进场内。

各位阿哥，刚才叶旺在耍八十斤重的鬼头大刀时，由于只是为了应付，缓解一下场上众人的不快气氛，所以很不认真，连外罩儿都没脱，穿着长衫儿便上场了。又没什么表演，大家自然看不上眼，还让李佑给损了一通儿。这回可就不一样了，他穿着黄地紫花儿绣有飞虎的英雄衫，腰间扎一黑缎子面儿的、上镶白色绸花绦子的紧身围腰，围腰下垂一条黄绒穗儿的护下腋的英雄宽带，双袖儿、双裤腿儿全扎着绣的金缎紧身，头上戴一顶英雄壮帽，脚蹬一双黑绒盘丝的英雄靴，真可谓精神气派！这一身儿打扮站在众人面前，与方才耍刀的叶旺判若两人，把娟娟乐得直喊："哎呀，分明是个奇男子呀，俊俏极了！"明月长老看了，更是高兴，不禁赞叹道："善哉，善哉，眼前是一位少见的英雄啊。英雄到我们明月庵来了！"这时，只听叶旺大喊一声："各位师兄、师姐妹，叶旺献丑了！"随即，他在场子里右脚一点地，忽地跳将起来，腾空连着两个鹞子翻身，又打了两个旋子后，没有一点儿声音地、像钉子一样钉在了练武场中间；紧接着来了个野马分鬃，两腿做骑马蹲裆式，双腿一叉腾起，右手往腰间一摁，只听"咔吧"一声，弹簧崩开，从软带中跳出两个剑把儿；继之两手握住剑把儿，顺势往外一抽，嗖地拔出两把白光闪闪的宝剑。从跃起到双手握剑，不过刹那间的事儿。如果稍不注意，你绝不会知道宝剑从何而来，动作就这么神速、这么巧妙。叶旺两手握剑一纵身，来了个猿猴上树，一把剑冲上，一把剑冲下；接着一个鹞子翻身，两把剑抡起成圆形，越转越快。围观的人往他身下看，先只见两只脚在动，而后竟变成了百只脚在动；往上看，先只是两只手舞两把剑，而后竟是百只手舞百剑，一片白光，神奇至极！说时迟，那时快，再往后则根本看不到舞剑人了，只有剑海一片。俗话说："外行看热闹，内行看门道。"叶旺只来了个双鹤展翅、双鹤探水、双鹤凌空这么几招儿，便把坐在石礅子上喝茶的明月长老看呆了。明月长老不禁站了起来，口诵"阿弥陀佛"，激动地说："老尼久违了，仙师之剑，徒儿我今日方一睹真容啊！"回头忙不迭地命娟娟："快请叶将军收剑，不要再打下去了，老尼看到了，知道了！"娟娟马上双手捂着嘴，冲场内大声儿喊了起来："叶大哥，师太让你收功啦！"

明月长老的话和娟娟的喊声，正在舞剑的叶旺听得清清楚楚。为什么呢？因为只要是一个武将或剑侠，在场上不论转得多快，无时无刻不在眼观六路、耳听八方，这是武侠特有的、必须具备的能耐。其实，叶旺原本也没打算把路子全打完，就是想表演几招儿。一听师太有话，正合自己的心意，马上收回双剑，"咔嚓"一声，剑已收入软囊之中。只见叶旺只身一人站立于场子中央，气不长出，脸不变色。仿佛刚才舞剑的不是他，那剑神已经走了，站在跟前的仍是大家熟悉的叶将军。那么些剑，那么些手脚，瞬间消失得无影无踪！尼姑们全惊愕了，看得如醉如痴，可以说，有生以来还是头一次观赏到如此精湛的剑法、剑功！好一会儿，众人才回过神儿来，场外爆发出雷鸣般的掌声。

娟娟当然比谁都高兴了，而且深受感动，对叶旺愈加敬重并刮目相看了。因为她是学剑的，一看叶旺使剑，觉得那动作、那剑法真是太漂亮了，完全可以做自己的师傅。她心想："我同叶旺哥哥相比，差得实在太多了，是天壤之别呀！今后还得继续下苦功夫认真学才是。"明月长老更是激动万分，欣喜得双手打着佛号走到叶旺跟前，说道："善哉，善哉。多少年了，总算盼到了这一天。老尼久违了，今天重又看见这套剑法的真容啊！"并表示能否请叶将军撮一下腰间弹簧，让她看看珍藏的宝剑，也好死前长长见识、饱饱眼福。她一再说："将军，望你一定满足老尼的心愿啊！"对明月长老的真诚请求，叶旺欣然接受，立即将双剑抽了出来，托在手上。

明月长老低下头来，一看这对儿剑，顿时惊诧不已！心想："难道是做梦吗？不是呀，是千真万确的事儿呀！"她用手抚着剑，觉得是那么眼熟，想到刚才叶将军在场上的表演，那剑路同自己所掌握的剑法似同又不同、似像又不像。想着想着，她猛然大悟，叶将军所使的剑，不正是娟娟现在用的阴宗双鹤剑的姊妹剑——阳宗双鹤剑吗？师姐在时曾多次说："师妹呀，以前师父讲过，双鹤剑和三丰剑是阴阳相加的两剑，各九九八十一式。我们所掌握的是雌剑，叫三丰剑，又叫阴宗双鹤剑。还有一把雄剑，也叫三丰剑，又叫阳宗双鹤剑，不知现今在哪位高人手中，或许已经失传了。咱姊妹俩无论如何得想办法，哪怕是历尽千辛万苦，也要找到那把雄剑。"可她们四处寻觅多年，终未得见。没想到，连做梦都想求见的阳宗双鹤剑，今天竟突然出现在眼前，又是在叶将军手中，天下竟有如此的奇事、巧事！叶将军的剑既同娟娟所使的剑是同宗同派，按照过去武林的规矩，就该亲如一家，不管遇到什么难事儿，应生死相依才是。何况阴、阳双鹤剑是同一师祖、同一师父传下来的，岂不更是一家人吗？想到这儿，明月长老便走上前紧紧抱住叶旺，说："孩子，老尼真是有福气呀，那么多年终于寻到了，原来你就是我和师姐要找的那个人啊！"明月长老兴奋得一时不知如何是好，边拍着叶旺的肩膀，边落泪呀，就像个老奶奶见到了久别的孙子那么亲。她又道："咱们能够相逢，正是佛祖有眼哪！阿弥陀佛，感谢佛祖赐下的洪恩，让老尼总算见到了阳宗双鹤剑。咳，说起来太不易呀，真是沧海桑田，终有时日啊。幸甚，幸甚，阳宗双鹤剑终于出世了！叶旺、娟娟哪，你们可知道，老尼盼这把剑盼得苦啊！以为圆寂之时都不会有希望了。没想到哇，我是真有幸，是修来的福啊。老了老了，还能亲自看到它，太叫人高兴了！说来我的师姐明月禅师至今已圆寂四十多年了，她在世时总想见到这把剑，遗憾的是未能如愿哪！"明月长老嘴里说着，仍止不住眼泪顺着两颊滴滴答答地往下掉。

这时，叶旺把软皮剑囊连同宝剑一起，交到明月长老手上。明月长老接过剑，紧紧地抱在怀里，低下头，脸贴在剑把儿上，亲啊亲，就是亲不够；随即大步流星地走到禅堂，焚香敲钟，把阳宗双鹤剑供在佛堂之上，领着娟娟、叶旺及众尼姑磕头祭拜。与此同时，她让娟娟把阴宗双鹤剑也拿出来，一块儿供在佛堂上，重又跪下磕头祭拜。几十年雌雄二剑分离，今天终于团聚了，终于阴阳相合、阴阳归一了，这是多么令人激动不已的喜事儿啊！

阴宗双鹤剑和阳宗双鹤剑确实很有特点，明月长老在拜祭后，先拿起娟娟使用的阴宗双鹤剑。剑匣儿的外面是用绢布做的剑套儿，绢布套儿并非原有的，而是因原来的鹿皮剑套儿丢失了，所以才换成现在的绢布套儿。这把宝剑发寒光，寒气瑟瑟，犹如有冷气扑鼻，使人觉得凉爽。看了一会儿放下了，她又拿起叶旺使用的阳宗双鹤剑。此剑的剑套儿是用鹿皮制成的，仔细看去，由于年代太久，皮子已有磨损。此把剑则暖气习习，给人以暖的感觉，发热，平和。真不知古人在锻造宝剑的时候，加进了什么原料，竟会使两把同样白光闪闪的宝剑，发出不同的冷气和热气，此乃两剑相区别的重要一点，怎不令人惊叹！其剑法虽然都有九九八十一式，又全是模仿双鹤的动作而成，但是阳剑和阴剑的招式和形态并不完全相同。阴剑主静，静中有动，以静为主；阳剑主动，动中有静，以动为主。各自的九九八十一式，互为补充、相辅相成。正因如此，双鹤剑自大元朝以来就非常出名，武林中人皆认为此乃神剑，称之为传世之宝。

各位阿哥还记得吧，明月长老在领娟娟去明月庵那天，曾与刘伯温讲过，说刘老先生家将来会有贵人去，并给他留下了十六字儿的佛家偈语，预示着娟娟未来的归宿。也就是说，娟娟将来要与符合这十六个字儿的贵人相结合，成为夫妻。明月长老当时一再嘱咐刘伯温，悟出偈语的意思后，暂时不要泄露天机，刘伯温当时答应下来了。那个时候，明月长老并不知道十六个字儿所指的贵人究竟是谁。叶旺初来明月庵时，明月长老对他的印象不错。常来常往后，她这才豁然开朗，明白了原来叶旺即是偈语中所指的那位贵人。明月长老一有机会，便仔细、认真地观察、打量着叶旺，觉得无论从长相、品德以及文武之才等方面，都让人满意。为此，她不仅暗暗高兴、叫好儿，同时也为娟娟庆幸，认为叶旺和娟娟是天作之合。现在，她又知道了叶旺是掌握阳宗双鹤剑之人，对他更是高看一眼，心想："是神人相助，才会有如此的巧合。娟娟手中掌握着阴宗双鹤剑，叶旺手中掌握着阳宗双鹤剑，他们的结合不正是阴阳归一嘛。你说这还不巧吗？是天下少有的事儿呀！"她越想越高兴，感到余兴未尽，于是想请马云和叶旺当晚在庵中留宿，继续畅谈。明月长老对他俩说："时候不早了，我看你们别走了。今晚在庵里用膳，吃完后就住下，咱们的话还没唠完呢，可以接着唠。明天早晨回去，耽误不了早朝，怎么样？"由于明月长老的一再挽留，加上娟娟一个劲儿地缠磨着不让走，二人只好留在明月庵。明月长老马上吩咐厨房专门准备了素宴，摆在禅房里，热情款待二位将军，另有娟娟作陪。

宴间，四人边吃边聊，似有说不完的话、讲不完的事儿，很是亲近。叶旺、马云、娟娟哪里清楚是怎么回事儿呀，以为师太看到了久违的双鹤剑之阳宗剑高兴呗，不知另有其意。过了一会儿，明月长老说："孩子，你们想不想听听来之不易的阴宗双鹤剑的故事呀？"三人异口同声地回道："当然想听。太好了，快请师太讲来！"明月长老说："那好吧，趁今天老尼有兴致，不妨讲给你们听听。明月庵早在大元朝至顺年间，先师张三丰，也就是张君实曾云游到此。张三丰是道家派出名的得道高僧，先师原是江西龙虎山人。其祖父裕贤公时，为逃避旱荒，携家眷迁徙到山海关的辽阳懿州。张三丰这个人很有个性，不愿走科举之路，唯独喜欢学道。他风姿奇异，确有一股飘逸的道家之风，曾云游天下，遍历名山。他所走过的地方，北抵燕赵，东至齐鲁，南达韩魏，往来于江淮一带名山古刹之中，修道多年，自号三丰居士。到元朝延佑年间，已年过六十，终入南山修道，造诣更加高深，自号为玄素。元朝泰定年春，适逢湖北武当山道友汇聚，谈经论道。当时，我的师姐恰在湖北西北部的武当山修道。这里有上下十八盘险路及七十二峰、三十六涧等胜景，更有紫霄宫、太清宫、玉虚宫等，为道教名山。师姐明月禅师在此修道时，不仅喜欢云游天下，还愿广交天下名尼、名道。就在这次武当道人汇集时，师姐有幸结识了颇有名望的三丰道长。此时的三丰道长用的名字为昆阳先师，后来又称玄化真人，也叫玄玄子。他们在一起越谈越投机，越唠感情越深。临别时，三丰道长跟师姐说：'我有祖上的两把宝剑，是师父传下来的双鹤剑。此乃传世之宝，愿送你一把，可惜现在没带在身边。放心，我说话一向是算数的，几年后，定会送去。'过了十余年，即大元至正十九年的时候，昆阳先师云游江南，到了金陵，在鸡鸣山的道观里，拜见了他的好友、我的师姐明月禅师。明月禅师好生高兴，盛情款待，单独拨出一处房子，让三丰道长休息。此间，他们通宵论道，交谊日深。正是这次，三丰道长将一把宝剑——双鹤剑赠给了我的师姐，同时传授了剑诀，作为友谊的象征和永久的纪念。这把宝剑，便是现在娟娟用的阴宗双鹤剑。当时，昆阳先师说：'此为阴阳两剑，阳宗双鹤剑还在我那儿放着。'师姐遂问：'那把阳宗双鹤剑您打算怎么办？'昆阳先师没有多讲，只是说：'这事儿自有打算，天机不可泄露。不过你要记住，眼下大元山河不稳，动荡不安，民不聊生。待到社会稳定、国泰民安之时，必是雌雄二剑的邂逅之期。'后来，师姐圆寂时，便把阴宗双鹤剑传给了我，我又传给了娟娟。正如三丰道长所说，如今已不再是大元的苛政之时，而是换了新的朝代——大明朝，天下安定，四海升平，百姓欢歌。恰是在此时，雌雄二剑真就出世、相合啦，说来多么令人振奋啊！"明月长老讲完，端起茶杯，呷了一口茶。

叶旺、马云、娟娟瞪着三对儿大眼睛，聚精会神地听着，一眨不眨地全入神了，激动得热泪盈眶。明月长老的话音刚落，娟娟便迫不及待地侧过头来，两眼盯着叶旺，兴奋地问道："叶大哥，三丰道长的阳宗双鹤剑怎么会到你手呢？"明月长老说："是啊，叶旺，我就不叫将军了。这下你和明月庵可不是一般关系了，双鹤剑已把我们紧密地联系到一起了，成了同宗、同派、同师祖的后世传人了。敢问是怎么得来阳宗双鹤剑的？又是何时与三丰先师结下仙缘的？阳宗双鹤剑一定有它神奇的故事，老尼很想知道，也同谢先师的抚佑之恩哪！"叶旺在明月长老的恳请和娟娟的一再催促下，便讲起了阳宗双鹤剑的来历。

原来事情是这样的：前书讲过，马云、叶旺二人皆是武将，各自有惯使的兵刃。马云兄妹用的主要是家传的马家枪、马家刀。在两军交战中，马家刀、马家枪都挺厉害，用起来很方便，所以马家一直使用着。叶旺原来用的兵刃，是从其父安帖帖木儿处学来的蒙古人常用的大铁棍"蒙古棍"。当时，叶旺虽然年龄不大，但特别有劲儿，一个人不是可拖住两头水牛嘛，人称大力士。他常用的大铁棍足有四百来斤重，没有点儿力气，肯定是悠不动、甩不动的。叶旺常练，练得全身是劲儿，浑身上下是筋疙瘩，胳膊、腿也很粗壮。越练，越觉得大铁棍拿在手里，像耍一根细木棍儿似的，轻飘飘的。可一耍起来，铁棍发出的声音却震耳欲聋！大铁棍外镀白银，故放白光，光芒耀眼，万夫难以靠前。叶旺一开始跟韩再兴时，使用的就是这个大铁棍。当叶旺和马云做了刘伯温的护从一段时间后，前线需要人，刘伯温又把他们推荐给了徐达。徐达见他俩挺勤快，为人忠厚、诚实、肯干，很是喜欢，十分信任。由于军情的需要，常派二人打入元兵或者其他义军队伍里做分化瓦解工作，还曾派到刘益身边说服其归附大明。可在元军做内探，拿着长枪、大铁棍不方便呀，那不露馅儿了吗？再说平常根本用不上啊，怎么办？只好换兵刃。从此，马云不再使马家枪，想在马家刀上做文章，发挥马家刀的功力。他铆上劲儿，下了不少苦功，练得相当好，成了一绝。叶旺不会使刀，从没学过，便把大铁棍一扔，开始用小匕首。没承想，怎么练怎么觉着不行，后来徐达给他出了个招儿，说："不如这么办，你拜我为师，改学剑吧。"于是，叶旺就正式焚香磕头，拜徐达大将军为师。

开始时，徐达只教叶旺一般的剑法。后来，他看叶旺真的很聪明，学得既认真又快，十分刻苦，而且早晚都舍不得休息，使出浑身解数，一练一身汗，有时竟忘了吃饭。这下深深地打动了他的心，认为叶旺是块好料，孺子可教。徐达是个办事干脆的人，又特别爱才，只要看中的人，什么全舍得。于是，他便把自己深藏的一把珍爱的宝剑——阳宗双鹤剑送给了爱徒，并教了剑诀。叶旺感动得跪谢了师傅，表示一定练好此剑，以报答其赐剑、训教之恩。从此，叶旺更加认真刻苦、废寝忘食地苦练，终于以他的韧劲儿、拼劲儿，练就了阳宗双鹤剑的硬功夫。打这以后，在任何的比武场中，叶旺精湛的剑技总是占上风，在明朝的大军中，立马出了名。许多将军，如李文忠、邓愈、傅友德、冯胜、沐英，包括常遇春大将军，都特别看重他。

那么，徐达大将军是如何得到阳宗双鹤剑？又是怎样掌握剑技的呢？徐达是大元至顺三年五月，生于安徽凤阳一带的一户农家，和朱元璋是老乡。少年时，他就有大志，刚毅、武勇。因其家以耕牧为生，便随着父亲牧牛、耕田。元至正七年，即徐达十六岁这年夏日的一天，爹爹让他上山去打草，同时把牛放一放。从家里出来时，天气挺好，天空晴朗无云。没想到进山之后，突然变天了，乌云密布，雷声隆隆，霎时大雨滂沱。只一会儿工夫，周围一片白茫茫的全是水了。风刮得很猛，连碗口儿粗的树枝也被折断了。徐达虽然只是个孩子，但并没在乎，对这一切已经习惯了。他一看草割不成，牛又无法放，于是披上蓑衣，在大雨中牵着水牛，一步一步地往家走。雨像瓢泼一般，借着风力，从头上直往下灌，睁不开眼睛，什么都看不见。他见走不了了，老水牛被雨浇得根本不迈步，只好往旁边的一个小树林里赶。此时，地上的水已经淌成了河，徐达脚上穿的草鞋早让水冲走了。他只能光着脚，挽着湿裤腿儿，深一脚浅一脚地拉着老水牛在泥沼中蹒跚前行。

正往前走着，突然，徐达被地上一个软乎乎的东西重重地绊了一下。本来在大水中就站不稳，这下可倒好，实实惠惠地摔了个大跟头，浑身全是水了。他站了起来，抹了抹脸上的水，心想，是啥把我给绊倒了？他低头仔细一看，原来是个人躺在泥沼之中！当时还真把他吓了一跳。尽管这里是处小高岗儿，那人的脸露在水面上，身子却泡在泥水里，露着胸脯和肚子，一点儿声音都没有，看上去像个死倒儿。徐达便想赶紧牵着水牛绕过去，走了没多远，又一想："这是谁呢？不管怎样，总不能不管呀！或许他并没死，只是因为有病没有了气力，才被大水冲倒在这儿的。若是不想法儿施救，太不应该了，那可是一条命啊！对，哪能见死不救呢？不能走。"这么想着，又牵着水牛绕了回来。徐达走到那人跟前，弯下腰，伸手放在他的鼻孔下面，觉得还在轻轻地往外吐着气儿。哎呀，竟然没死，还活着！徐达年龄是不大，由于天天干农活儿，练就了硬身板儿，还真有点儿干巴劲儿。他赶紧放开牛缰绳，低下身来，试图将泥沼中的人抱起来。可此人挺胖，浑身又是泥又是水的，滑得很，根本抱不起来。他想了想，便一鼓劲儿，把那人先搁了起来。然后拽住他的两条胳膊，一反身，就搭在了自己的后背上。徐达的个头儿小，那人的个子高，他的两条腿耷拉在地上，背不起来呀，只好连背带拖、一点儿一点儿地向前挪着走。费了挺大的劲儿，好不容易背到山岗儿的一片空地上，放在石碌子上，后背正好可以靠着一棵老榆树，上面有浓密的树叶儿遮雨，浇不着。徐达见他的衣服全碎了，满身是泥浆，忙脱下了自己的裘衣，披在了他的后背上。直到这个时候，徐达才得空儿仔细地端详刚刚还倒在水中的人。

原来这是一位相貌慈祥、白发苍苍的老者。看那打扮，像是个道人，下巴留着三绺儿长须。头上本是梳着发髻、插着簪子的，由于雨大，发辫儿被冲开了，头发蓬乱着，松散地垂于两耳之间。他闭目靠着老榆树，一声不响。看老人的样子，似乎是长途跋涉而来，一路风尘，吃尽了辛苦，又被大雨淋得时间过长，造成身体不适，最后疲惫不堪地倒在水里，再也站不起来了。徐达很是心疼，到前面的树林里捡了些比较干的枝叶抱回来，铺在老榆树下的草地上；而后把老人轻轻揽起，放躺在用柳树枝铺成的"床"上，以便让他能歇息得更舒服些，也好缓缓劲儿；又脱下自己的上衣，给老人盖上了。可怜的老人可能是长时间没有合眼了，太累了，很快就睡着了。徐达光着个膀子，蹲在老人旁边看着，见睡得还挺香，显得很安详。徐达顿时好像卸下了一块大石头，感到轻松多了，心想，还好，总算没事儿了。于是，便坐在了老者身边，微闭着双眼，等待他醒来。

一袋烟的工夫过去后，暴雨停了，太阳的光辉从密林的空隙中照射出来，大地明亮了，四周一片清新翠绿。阳光下，老水牛悠闲地嚼着鲜嫩的青草，不时发出"哞哞"的叫声。徐达睁眼一看，天晴了，太阳出来了，猛然想道："何不趁此把老人身上的破碎衣服脱下来，拧掉泥水，晾干后再给他穿上，那不就舒坦多了吗？"他想到这儿，便轻轻推了老人一下，看来睡得很熟，没醒，这才开始动手给老人脱衣裳。好在周围全是旷野，没有行人，只有他们一老一少，再加上一头老水牛，全脱了也没关系。徐达先把老人外面穿的已经碎了的长衫脱了下来，长衫上满是一条条儿的硬口子，估计是走路时被树枝刮的；然后又慢慢地将湿裤子扒了下来，怕老人因此而着凉，赶忙用自己的衣服给盖上了。老人睡得可真死，任凭徐达把他的胳膊、腿抬起来又放下的，就是不醒，还一个劲儿地打呼噜。

徐达将老人的衣裳一件件拧掉泥水，再挂在树枝上晾晒。只一会儿工夫，衣裳便干得差不多了，除个别地方不太干，潮乎乎的也能穿。徐达又见衣服已经破碎得没法儿再穿在身上了，就动手用麻绳儿把刮成条儿的衣服系一系、连一连，弄好后，再一件件地给老人穿上。费了不少力气，用了挺长时间，总算穿戴好了。穿上干爽的衣服，再看那老者，显得顺眼多了。由于老人身体魁梧，徐达又是个孩子，为给老人脱衣服、穿衣服，翻过来捆过去的，把徐达累得够呛，满头是汗哪！

刚刚穿好衣服，老者就醒了。徐达一看老人家睁开眼睛了，很高兴，正要说话。老人却把眼睛一闭，两只胳膊往头上一举，腿一蹬，伸了个懒腰，大声儿唱着说："好舒坦，好舒坦哪，神仙比不了哇，老朽的觉睡得真香啊！"好像旁边没有第二个人似的，一点儿不在乎。徐达站在那儿，愣愣地瞅着他，一声没出。这时，老人又把眼睛睁开了，慢慢坐了起来。按理说，他看见徐达在身旁，也知道人家为自己忙活半天了，总应有个表示吧。可老人不但没有感谢的意思，而且连孩子是从哪儿来的都不问一句，张口的第一句话就是："孩子，我的肚子可饿得很哪。这个臭皮囊跟我生气了、恼怒了，快点儿想办法给它弄点儿吃的。得先填饱娇贵的臭皮囊，吃完还要赶路呢！"他一边说着，一边用手啪啪地拍打着大肚子。

此刻，徐达听了不仅没反感，反倒挺高兴。刚才还在泥水里昏昏沉沉、人事不省的老人，现在睁开眼就要吃的，这是好事儿呀！知道饿了，说明他有精神了。是呀，都好长时间了，老人的肚子肯定会饿的，应该吃点儿东西了。正巧，在牛背上的柳条筐儿里，有老娘特意给带着的干粮，方才光顾忙着救人了，早忘了吃晌饭的事儿了。经老人这么一提，徐达便急忙把挂在老牛背上的小柳条筐儿解了下来。柳条筐儿的盖儿盖得挺严，绳子绑得也挺紧，绝对不会掉下来。这是老娘怕孩子饿着想的办法，真是可怜天下父母心哪！徐达把装着饭菜的柳条筐儿连同筷子一块儿递给了老人，说："老人家，请您快吃吧。"老人接过小柳条筐儿，二话没说，将筐外缠的绳子解开，取下了筐盖儿，把饭菜拿了出来。顺手抓过筷子，一口接一口地大嚼起来，吃得蛮香。只一会儿工夫，老人就把柳条筐儿里的饭食吃得光光的，半点儿没留。吃完了，他边打着饱嗝儿，边吩咐道："这位年轻人，我的肚子已经填饱了，不饿了，可是渴得很哪，好长时间没喝着水了。你赶紧到附近的溪流舀点儿清水来，越快越好。"徐达说："老人家，您不要着急，我这儿带着呢。"说着，他走到老牛身边，把吊在牛背上的水葫芦解了下来，拿过来交给老者，道："请老人家喝凉开水，这个水好，是老娘特意给我准备的。溪流水太凉，喝了会闹肚子的。"老者也没说话，接过了水葫芦，打开盖儿，咕嘟咕嘟地一口气儿喝得一滴没剩。

现在，老人是饭吃得饱饱的，那叫咽下了一小柳条筐儿啊！水也喝足了，那是灌了一水葫芦的凉开水呀！他高兴了，盘膝而坐，大睁着双目，一对儿剑眉、凤眼显得格外精神，右手捋着白胡须，满面红光，非常慈祥。看上去，尽管年龄已经很大了，却有仙风道骨之风范！徐达想："老者肯定不是一般人，看那做派，就令人敬畏。"老人家此刻也上上下下地打量着徐达，看得很仔细，瞧了好一会儿，然后哈哈大笑道："善哉，善哉呀，后生可畏也。尔非等闲之辈，看你的相貌、五官、身材和为人便可算定，日后绝非村野耕夫，乃大将之才。孩子，再过六载，必遇贵人重用你。那是出头之日也！"老人这么一说，徐达听了是什么都没懂，寻思道："可能是老人家太高兴了，随便夸奖几句而已。"他一点儿没往心里去，还站在那儿听着。老人接着说："年轻人，咱们萍水相逢。今天来到濠州，有幸见到你并救了我，真是三世有缘啊！可能老夫正是为你而来的。既然这样，总不能白让你好心从水中将我救起，费了那么大的劲儿，背到老榆树下避雨；又晾晒衣服，干了后，再给穿上，使我这么舒坦；还给美食和凉开水，以饱肚腹，解决干渴。老夫一时无有所报，这样吧，孩子，教你一些武功吧，或许能帮尔等未来一世。愿意不？"徐达一时不知该如何回答才好。还没等吱声儿呢，老人又说了："孩子，我问你话，必须回答。要是不愿意，我抬腿便走，可说走就走了；要愿意，趁这个机会教你几招儿，传一些绝技，将来在人贵人面前肯定有用。要学什么？告诉我。"

徐达这人咱们说过，自幼便有奇志，是个勇敢、仗义疏财之人，好打抱不平。何况当时的元朝，软弱就会被欺。因此，他觉得老人家说得对，是应当学些武功，不仅能保护自己及父母、亲人，还能为屯寨的安全出把力。于是，徐达直截了当地回道："老人家，您要问起爱学什么，我只想学武功。并希望能拜您为师，请收下这个徒弟吧，教什么都成。"老人听了哈哈大笑，说："孺子可教也。是呀，学武功算对了，未来必有大用。可怎么教你呢？"老者真是与众不同，身上什么也没带，连个包袱都没有。他坐在那儿，举目向四周看了看，视线之内的旷野里，除了树林就是绿草。他想了想，说道："这样吧，孩子，你到前边树林里撅两根儿直溜点儿的粗木棍子来。"徐达虽没明白这么做是什么意思，但还是遵照老人说的话，顺从地到前面树林里选了两根儿槐木棒子。徐达还挺有劲儿，把木棒儿上的树枝喊嗦咔喳地一顿削，然后将一人高、打削得干干净净的木棍子送到老人面前。老者看了看，说："挺好，挺好，这便行了。咱们用它们做兵刃，我拿一根儿，你拿一根儿，先教你几招儿。"其实，徐达不太相信老人能教他什么，心想："浑身上下破衣烂衫的，也看不出究竟有什么能耐，能跟你学到啥呢？"转念又想："老人家心眼儿好，一定要教授武术，是好事儿嘛。那就教啥是啥，跟着学呗，总比我强。"

这时，老者站起来一直往前走，腿脚特别利索，走得很快，脚步落地轻如猿猴。徐达一看，感觉这老人家可不一般，不能小瞧。老者把他领进树林里，找一块儿较为平整的草地，将周围的小树踩倒几棵，打出一个圆场，让徐达站在那儿。老人家先用气功围着徐达噌噌噌地走了一圈儿，说道："这是用太极之气，给你开七窍充智。可都是武功啊，一般人没这个本事，只有得道高人才有此能耐。"然后让徐达闭上双眼，直立在那儿。徐达照做后，感觉身体周围像有凉风吹似的，头上也有风，吹得头脑从没有过的清醒，这便是给他运气、充智。一会儿，老者在他头顶儿啪、啪、啪连续拍了三下，说："好了，现在我教你什么，你就全能记住了。"接下来，老者先教了一路拳法，又教了一路枪法，之后说："我教你的拳法，乃三丰拳的太极最高拳法。只有掌握了它，方可对付世上各样的拳，还能破解各种拳。第二个教你的，不是棍法，而是枪法。是枪，三丰枪。这根棍子上，再加上个矛头，那就是枪。可别小看这杆枪，练好了同样会相当厉害。你回去要勤练，千万不能忘了，绝对不许偷懒。"徐达边听，边点头，表示道："请师傅放心，您所讲的每句话徒儿全记住了。"

此刻的老者，看起来很兴奋，双眼盯着徐达，心里话："这孩子真不错！"接着说道："年轻人，我看你挺有仙缘，今天还要教徒儿一套剑法。

它不是一般的剑法，而是三丰剑法。掌握了三丰的枪法和拳法，在万马营中，尽可显出上将之才。如果再练就了世上独有的剑法，则更会有万夫不当之勇。此套剑法是三丰剑法中的一宗，叫双鹤剑法。内容十分宏富，可提太华之气、纳太虚之奇、汇百灵之态。双鹤剑法分上双鹤、下双鹤，为阴阳两宗。上双鹤即阳宗双鹤，下双鹤即阴宗双鹤，合到一起则是阴阳互合。我要教你的是上双鹤，也就是阳宗双鹤剑。学之前，我先要运用浑圆之气，打通你的智慧。"说完，老者站起身形，伸出双手，又双手相合，再半蹲式，双手分开，汇通天地之气，然后双眼微闭，说道："年轻人，跪在地上。"徐达按照吩咐，跪在了老者面前。老者又说："要双手相合，闭目而跪，受我手中之热。"徐达一丝不苟地照做。老者将一只手伸到徐达的左耳边，另一只手伸到徐达的右耳边，用天地之气贯通他的头脑。顿时，徐达觉得浑身发热、头发涨，好像要迸开一样。老者告诉他："我这样做的目的是，使你把教的剑法神速记住，终生不忘。好了，起来吧，跟我学剑。"于是，二人各手提一木棍代剑，老人在前面一招一式地做，徐达在后面一招一式地学。真神了！徐达也不知从哪儿来的这么一股子劲头儿、那么多的智慧，一学便会，好像已跟随师傅好多年了、早就会了一样，做得那么自如、那么熟练，记得那么清楚。

老者教了一通儿后，停了下来，吩咐道："好了，现在你给我做一遍。"徐达便按师傅刚才教的，认认真真地来了一遍。老者对个别招式做了些纠正，又讲解了一番，让徐达重做。就这样，徐达做了，老者做些纠正；徐达再做，老者再做些纠正。一直做到老者满意了，点头说："好了，好了，可以了。"这才停止。老者又嘱咐道："你务要把剑法的九九八十一式全都记住，而且必须天天练习，日日不辍。业精于勤，熟能生巧，熟能生奇，熟能生神韵。唯有勤思勤做，才能使剑法达到上乘之境，那阳宗双鹤剑也就成为神剑了。"徐达表示一定遵照师傅的话去做，决不辜负师傅的教授和一片用心，然后跪下请求道："请问师傅，能否把阴宗双鹤剑也教于徒儿？"老人家说："孩子，你命中所得只有这么多。阴宗双鹤剑已经有传人了，掌握了阳宗双鹤剑足够用了。阴宗双鹤剑不久会出世的，届时你们定能相会，阴阳相合。好了，不多说了，没时间了，我得赶回辽阳了。"说完，老者抽身便走。徐达急忙拽住师傅的衣角儿，叩拜道："我徐达今日能见到仙翁老人家，真是三生有幸。您就要走了，能不能将名讳给徒儿留下？不然徒儿日后想要报答师傅，却不知该怎样称呼。"老者说："孩子，咱们这次见面确是有缘，是三世之缘呀！以后不一定能再见到了。不过，要是想我时，可以在晚上焚上香，唤师父的名字。我是昆阳真人，还可称玄化真人或玄玄子，早先叫张三丰。总之，记住哪个名儿都行。只要喊三声昆阳师父，我必会来此与你梦中相见，照样传授各种神技。记住没有？"徐达忙回道："徒儿记住了。""好了，我要走了。"昆阳真人转身刚要走，徐达又拽住他，心疼地说："师父，天色已晚，道不好走，您坐在水牛背上，让徒儿送一程吧。咱们见面不易，不知什么时候还能再见到仙翁恩师。"昆阳真人笑了，说："好孩子，我说来就来，说去就去，这是常事儿。眼下你可能还不理解，放心吧，今后我会惦着你这个年轻人的。既然已说了往后不容易再见，那好，我们在一起多待一会儿，在你的牛背上再坐一阵儿，咱们师徒一起往家走。你走你的路，我坐我的牛，到时候我就走了。"徐达一听高兴了，赶紧将老水牛牵过来，把师父抱到水牛背上，看老人家坐好了，这才牵着水牛往前走。因道路泥泞、坎坷不平，徐达怕蹾跶着师父，所以走得很慢很慢。

师徒二人边走边唠，老者说："孩子，你就在家等着，六年以后，准有人来接。这六年里，千万不能荒废教你的学业和武功，坚持天天一早一晚练。必须勤学苦练，勿张扬，不能跟别人讲，应虚怀若谷。"徐达点头答应着。老者又强调道："还要记住，不要祸害人、欺压人，如有哪一点违背了为师的话，随时会来惩戒你的。"徐达说："这一点，请师父不必担心，徒儿本来就不是那种人。"老者哈哈大笑道："孩子，我说的是戏言，实话告诉你吧，徒儿的为人和家事我都清楚。正因知道你不是那种人，所以才把这些技艺传授于你，一定好好儿苦练，千万要牢记。"徐达一边牵着水牛往前走着，一边认真地听着师父说的话，并一口一个"是"地答应着。走了一段路，徐达回头一看，水牛背上早已没有了师父，不知仙翁何时已经走了。

果然，在徐达向张三丰学剑之后的第六年，即大元至正十三年、他二十三岁的时候，朱元璋的义军辗转返回到凤阳一带。一天夜里，朱元璋做了个梦，梦中有一仙翁告诉他："大帅，要想得大元的天下，必须用一个人，此人便是你濠州的同乡徐达。只要把他请来，就有了股肱之力，万事遂顺。"待忽然醒来时，朱元璋知道原来是南柯一梦，心想："这梦境究竟是怎么回事儿呢？一位老道向我推荐个人，名儿叫徐达，他是谁呢？"于是，朱元璋第二天早上一起来，便派人四处打听。打听来打听去，还算没白费劲儿，真的在家乡找到了叫徐达的人。他此时正按照师父的嘱告，边练功，边在家里等人来接呢！来人把他领到了帅帐，朱元璋见徐达身体健壮，有赳赳武夫之气，内心十分高兴，唠起来又是那么投缘，很是谈得来，马上对他有了亲近之感。再加上朱元璋让徐达为众将表演武功时，见那拳、那枪、那剑更令人佩服。于是，徐达很快成了朱元璋身边的一员重要战将。后来，徐达晋升为朱元璋大军的统帅，还在帅府里设立了专门供奉恩师昆阳真人的神位。徐达每每出征前，都要在夜里焚香磕头，请昆阳真人为他指点迷津。据说徐达之所以每战必胜，皆是因为有师父在暗中相助。

徐达在征战中的一天夜里，突然做了个梦，看见仙师昆阳真人来了，对他说："孩子，有件东西由于当时太忙，没有来得及给你。现在，应正式传授给徒儿了。"说着，昆阳真人把道袍打开，从腰里拿出一个软皮的剑匣儿，将剑匣儿上的弹簧一摁，顿时亮出了一把寒光闪闪的金刚剑。昆阳真人说："这把宝剑，是我曾讲过的阳宗双鹤剑，你把它收下吧。"说完，昆阳真人将剑放在了床头儿。徐达一看，好长时间没有见到的昆阳恩师送宝剑来了，乐坏了，高兴得哈哈一笑，竟笑醒了。他醒来一想，这才明白，原来是做了场梦。他无论如何睡不着了，索性坐了起来，揉了揉眼睛向四处看着。此时，正是半夜时分，月光从窗棂中透到屋里，显得那么宁静。于是，他又下了地，点燃了蜡烛，不经意间随便看了看梦中恩师放剑的床头儿。这一看不要紧，居然发现在那里真的摆放着一把阳宗双鹤剑！他愣了一会儿，以为还在梦中，使劲儿揉了揉眼睛，没错儿，醒着，是真的。他赶紧穿好衣服，在供奉昆阳真人的神位前焚香叩拜，感谢恩师赐剑。徐达就是这样得到了传世宝剑。后来在收叶旺为徒时，他将阳宗双鹤剑赐给了叶旺。叶旺在接剑的时候，也在昆阳真人的神牌前焚香叩拜过。

叶旺讲完了徐达大将军如何得剑的神奇经过。大家从这个故事里明白了，原来徐达在年轻时，有幸遇到了张三丰。他的拳、枪、剑皆是受张三丰的亲传，怪不得如此了得，不由得赞叹了一番。

放下此话不说，回头咱们再接前书，讲讲军师刘伯温被召进京一事。刘老先生从青田应诏急急赶到京师，叩见了皇上。皇上让他来，就是为了解决刘益受害后，由谁去辽东对付纳哈出之事。他向皇上推荐了由马云、叶旺前去镇守辽东，并得到了圣上的恩准。刘伯温办完此事，心想："行了，该说的都说了，该办的也都办了，再没我什么事儿了，应回青田去了。"他在回乡之前，由于挂念娟娟，便到明月庵去探望。父女相见，格外亲切。明月长老亦为刘老军师的到来感到分外高兴，还特别告诉刘伯温："马云、叶旺二将军常来庵里看娟娟，你的女儿挺好的，放心吧。"

明月长老一提到叶旺，倒使刘伯温想起来了一件事。想起什么了呢？各位阿哥，数年前，明月长老去刘府领走娟娟的时候，不是留下了十六字佛家偈语吗？言说将来必有贵人至，这贵人有可能就是娟娟的如意郎君。刘伯温当时十分困惑，没有悟透那十六个字儿的真意。然而，他毕竟会测字、懂相卜，经不断揣摩，近两年顿然感悟："所谓前八个字儿'立木主世，双十并肩'，不就是'葉'①字吗？后八个字儿'日在西天，王者相伴'，则是兴旺的'旺'字，连起来便是'叶旺'啊！难道皇上赐给我做护从的人，竟是到身边的贵人、娟娟未来的夫婿？果真如此，说不定是神的福佑和安排呢！叶旺确是百里挑一之人，又是我最喜欢的、年轻有为的将领。若能把娟娟嫁给他，那可是天大的好事儿呀，更是难求之美、天作之合啊！不仅我满意，夫人在九泉之下也能瞑目了。"当刘伯温听到明月长老说叶旺常来看望娟娟，而且二人又分别掌握了阴宗、阳宗双鹤剑时，别提心里有多痛快了，直想拍案叫绝呀！但天机不可泄露，还不能明说自己已破解了那十六个字儿的偈语。他琢磨着两个孩子现在既然都在明月长老身边，又有师太的关照，他们的婚事不用我老头子多操心了。朝中的事儿办完了，孩子的事儿托底了，还是尽早返回老家去吧。

刘伯温从不贪恋京师的繁华，总愿图个清静，修身养性。自十几年前投入朱元璋的反元义军后，始终未忘记青田，特别酷爱自己的老家。咱们在前面并没有介绍刘伯温的故乡。讲到这儿，各位阿哥，说书人还真得说几句。

青田不是一般的地方，乃浙江东南部的山清水秀之地，临瓯江之滨，处方山脚下。瓯水过去叫永嘉江、温江，清澈见底，盛产鱼虾。因方山产叶蜡石，也叫青田石，故而称青田山。青田山不仅有叶蜡石可做雕塑之料传于世，更因其产仙鹤而称之为鹤城。青山绿水，田园野鹤，真乃人间别一番洞天。刘伯温就出生在这个美丽的地方，并且愿意一辈子生活于此。所以，他不顾娟娟、叶旺、马云的苦苦挽留，还有明月长老的

---

① 即"叶"的繁体字。

亲切劝说："老先生，别回去了，不妨在庵里待一段儿时间。愿意吃什么，我这里都有，又有地方住。愿意玩儿呢，明月庵也很好玩儿，不比别的地方差。再说了，孩子们全在这儿呢，天天和他们在一起不挺好嘛！"这一切，并没能把刘伯温留住。他还是急匆匆地骑着马，头戴斗笠，一路上饱尝着旷野孤旅的滋味，单身一人回到了青田。

再说马云、叶旺那日演武之后，被明月长老留下，在庵里住了一宿，次日一早离开明月庵，上朝叩见皇上。朱元璋见二将来朝觐见，马上命传事官传来兵部齐震大人，共同商议分拨兵马镇守辽东之事。

大明朝建国之初，有个规矩，即为征战便利，始终是以帅统兵。就是各个大将都有自己的兵马，大将驻扎在哪儿，兵马则随大将驻扎在哪儿；大将被调动，兵马亦随之调动。这叫有帅有兵，无帅无兵，兵帅相凝，平战与共。此种兵制同以前的王朝不同，同以后的清朝也不同。前朝与清朝的兵力皆由朝廷分拨，尤其是清朝的八旗，以牛录为基层组织，将渔猎生产与兵战相结合。以一个氏族为中心，不管到哪里，边生产边征战。没有征战时，则渔猎，从事生产与镇守诸务；有征战时，男人出征，女人做后勤及耕牧、渔猎之事。兵部只起备案、注记、载功、行赏诸任，即哪个主帅在什么地方、兵有多少、尚缺多少、怎么补充等，备这个案，注记这个事儿。主帅率领兵卒在哪儿征战、有什么功劳，由兵部记载，再奏报皇上，论功封赏。明朝兵部只管下令让大将率兵驻在哪儿、攻打哪儿，不管具体兵力的分拨，也不管哪个将领率多少兵马和辎重。要打仗时，朝廷和兵部要和主帅商量，再通过主帅把他的兵马带到那里去征战，完全以主帅为主。因此，长期以来，兵权掌握在各大将军手里，甚至占据一个地方，土地也归大将军所有，并有自己的奴才。这样，很容易造成各个大将拥兵自恃、割据分裂的局面。后来，朱元璋为了排除异己，集中兵权，利于朝政的统一，便撤销了各个大将手中的兵权，杀掉一些人。这是后来的事情了。

朝廷要派马云、叶旺二将到辽东去，必得有军力做后盾才行。而二位将军原来都是徐达大将军的部下，如今单独调出来叫他们拥兵镇守，手里没有兵啊，不带兵去行吗？刘伯温没走之前，曾对皇上说："陛下，不能让马云、叶旺光身儿去呀，那哪儿成？张良佐的奏文讲得再清楚不过了，辽东僻处海隅，肘腋皆敌境，那可是四面受敌呀！元朝在辽东势力很强，马云、叶旺二将军去，是孤军深入，到虎狼窝里安家，时时刻刻有被纳哈出吞掉之虞！如果那样的话，可就前功尽弃了，以后若再往里派人也不像现在这么容易了。目前在辽东的张良佐等几个降明的元将，主要目的是想请朝廷快去兵马为后援，做他们立脚儿的得力后盾，这样纳哈出才不敢造次。依老臣之见，必须让马云、叶旺带着兵马去，亮亮大明朝的实力，让纳哈出看一看，这对北方肯定是不小的震慑。至于兵源该如何解决，只能想尽办法征集兵力。眼下，北平府、昆明等地用兵甚紧，抽不出人来。唯有靠马云、叶旺二将自己筹谋，兵部具体实施，力争及早成行，不可迟延。"朱元璋认为，刘伯温的建议是对的，是啊，朕不能光下一道旨，让二将孤身而去，岂不是等于叫他们往虎口里跳吗？再说眼下的辽东，元朝的力量还很强，纳哈出拥兵几十万哪，不派兵怎么成？因当时朝中对此事的意见不统一，也就暂时放下了，准备以后再接着议。

　　光阴似箭，一晃月余，辽阳又来奏文，催办征兵之事。朱元璋心急如焚，便将胡惟庸、汪广洋两位丞相召进宫来商量，说道："刘军师临走前交代，应当让马云、叶旺带兵前往辽东，朕同意了。可至今兵源问题尚未解决，不抓紧不行啊。二位丞相看如何办理才好？"胡惟庸阴阳怪气地奏道："陛下，既然刘伯温提出派兵，他很可能就有办法解决兵源。不妨令马云、叶旺速找刘军师，求得良策，事不宜迟呀！"这显然是推脱之辞。朱元璋想："刘老军师离朝回乡之后，目前朝中能够依靠的，只有你胡惟庸这根顶梁柱了。不仅不想办法解决，反而一推了之，朕让你坐在左丞相位置上白吃干饭呀？"他想到这儿，很不耐烦地说："爱卿，刘军师已是告老还乡之人，怎么好张口向他要兵，此话不妥吧？"胡惟庸一听皇上有些不悦，急忙奏道："陛下圣明。臣不是不想为马云、叶旺二位将军征兵，实在是无处可征。何况现在也征不来，谁能那么快组织起兵力？这可不是两三天能办到的事儿。因此，臣才想看看军师大人是否有什么好办法。陛下知道，咱们的兵马一向掌握在大将手中。徐达大将军所率兵马正准备西征，沐英将军亦领兵向云贵一带进发，朝廷真的无有兵力呀，让臣上哪儿弄去？不好办哪！"朱元璋仔细一琢磨，也是这么个理儿。兵都在大将军手里，有的在北平，有的在成都、昆明，身边确实没有兵。他随即又问："你看该怎么办哪？"胡惟庸眼珠儿一转，动起了心眼儿，像极为认真地出主意似的说道："皇上，这么办吧，北边的事儿得找徐大将军。他正在北平府，那儿离辽东又近，不如陛下发一圣旨，让他从自己掌握的十几万大军中分拨出一些，交给马云、叶旺带去震慑辽东。这样做，既省时，又不会对徐大将军有多大影响。依老臣之见，唯有这个是上策了。"朱元璋一听，再也没什么好招儿了，只能如此，于是马上下诏，派快马传旨给徐大将军。

不两天，徐达派人送来奏文回禀皇上，奏文曰：

"经得知，兵部命臣分出部分兵力给马云、叶旺二将军，实感无能为力。陛下知道，那扩廓帖木儿十分凶悍，不但在宁夏、甘肃一带活动颇频，而且于蒙古的西部和北部数千里之外也有布防。为有效控制其力量，臣与冯胜、傅友德、李文忠等几位将军只好分兵追剿。几十万兵力在数万里的战线上，像撒芝麻盐一样，甚显力量不足。眼下，扩廓帖木儿已进入蒙古的大漠深处，在土喇河一带屯兵。这样，又要分拨部分人马迅速追至土喇河。一路上，千里不见人烟，需杀马、杀牛，以其血解渴，以其肉充腹，十分艰苦，兵力少了是万万不行的。倘若兵力不够，不用说到土喇城迎敌，在半道儿上就可能被沙漠吞掉。如此看来，兵力本已极其紧张，故而不能再从这里抽人了。再说，即使是把我的人派到山海关之外的辽东去，路途遥遥，赶到目的地恐怕也是不赶趟啊！还有一点须向陛下说明；臣所率之兵马，为适应大漠作战的需要，自到北平府后，便拉到百里之外的沙漠中练兵。天天没早没晚地与黄沙相依，训练怎样在大漠中生活、怎样找到水喝及在沙漠中的作战方式。还要在短时间内，尽早掌握蒙古族语言，以利与当地人沟通。经过这段时间的演习，兵卒已基本适应西部地区的生活，可以在战斗中发挥作用了。如果将他们调离这刚刚习惯的地方，而去另外一个陌生的环境，岂不是可惜了过去的所有努力？倘若现在突然把他们派往东部，同东夷人交战，必会因为不熟悉那个民族的生活和地域环境而不能很好地完成战事。依臣之见，还是应该听从老军师刘伯温的意见。臣记得刘大人曾经说过，我们不是没有兵源，是有些人惧怕辽东，进而不敢碰辽东才不愿出人，此为问题的症结。请陛下想想，不是这样吗？有些大臣就拥有不少的部将和家兵嘛，难道这些力量不能组织起来？愚臣望陛下把以上想法跟胡丞相说一下，让兵部以国家为重，动动脑筋，想想办法，兵源问题是可以解决的。具体该怎么办，请皇上仔细思忖后再做定夺为好。"

朱元璋看过了奏文，觉得徐达讲得很对，头头是道。

事实正如徐达所讲，刘伯温早在议论辽东之事时，曾说过一句话："陛下欲取辽东，剪除朝野惧辽痼习，诚用元虏，其功必成。"意思是说，皇上想要得到辽东那块地方，则必须首先铲除朝野上下怕辽、惧辽这种顽固的坏毛病。不能一听"辽东"二字就不寒而栗，或者认为东夷人剽悍，担心斗不过他们而不敢北上，没等去先怕了。如果大明的兵眼下对北方还不熟悉，可以用从元朝掳来的兵。把这些人组织起来，以强力去攻取辽东，必能获得成功。刘伯温临回乡之前，一再禀明陛下，一定得按他说的去做，千万不能轻视此事，而且反复强调做起来并非易事，解决起来亦有难度，要有思想准备。他为什么这么说呢？因为不仅仅是大明，几百年来各个朝代关内的人，对辽东都有个"怕"字。当朝的左丞相胡惟庸等人，之所以提出种种困难，实际上就是怕，不想同窃踞辽东的纳哈出相碰。表面上说，纳哈出占据辽东，离我们很遥远，鞭长莫及，可先不去惹他，暂时不会有什么险情。实际上，他们对纳哈出根本谈不上什么惹不惹，而是在暗地里有着千丝万缕的联系，经常干着勾搭连环的勾当，书中慢慢会讲到。刘伯温早对胡惟庸这点有所察觉，很是有气，不止一次地同朱元璋讲："陛下，按照胡惟庸所谓的安于现状，我们很可能会永远失去辽东，此乃鼠目寸光之见。对辽东绝不能惧怕，必须主动出击，敢于同纳哈出争夺当地土民对大明朝之拥戴。他们受纳哈出的愚弄，对大明不甚了解。有些人由于受到元朝的镇压，是敢怒不敢言哪！让土民知道明朝的恤民、爱民、亲民的一片诚心，那将有百利而无一害。"

刘伯温之所以反复说明要皇上必须破除惧辽的痼习，不要为胡惟庸的话所迷惑，就是因为害怕辽东的顽症由来已久。过去几百年中，中原一带的人对长城以外、大漠以北的地方非常陌生，视为隐蔽、荒僻、神奇之所，鬼哭之域，令人既向往又十分恐惧。中原人一听谈到东夷之人，那是毛骨悚然哪！他们几乎无人到过长城以外，历史也很少记载长城以外的人和事。要说知道一点儿东夷人的情况，主要是来自一些神话传说及野史中的记载。一些人从《山海经》中知道，大漠以北的人都像妖怪一样，头上生角，长臂、长腿。为什么会这么说呢？说是北边雪太大，腿长可以不被雪埋。胳膊特别长，长到什么程度呢？往树林里一伸，便能把林中的食物拿出来，即所谓的长臂寻食，可居高林之中。

其他的一些书籍和文献中，对东夷人也有介绍。如《竹书纪年》中记载道："帝舜二十五年，息慎氏来朝，贡弓矢。"可见，在三皇五帝时代，肃慎已同中原有了联系。西晋杜预注疏的《春秋左传》中讲："肃慎为远夷"，又说他们是"夏则巢居，冬则穴处"。即夏天热，他们就在树上搭房子住，像鸟垒窝似的，巢居；冬天冷，雪大，则掘地为穴，在地下住，防寒。战国和秦、汉之间成书的《山海经·大荒北经》里讲得更细："东北海之外……大荒之中有山，名曰不咸，有肃慎之国。""今肃慎国去辽东三千余里，穴居，无衣，衣猪皮，冬以膏涂体，厚数分，用御风寒。其人皆工射，弓长四尺，劲强，箭长尺五寸，青石为镝。"即是说，荒凉旷野之中立座山，叫长白山，有肃慎之国。离辽东三千多里地的肃慎国的国民生活是什么样呢？住地下，以猪皮为衣；冬天冷时，把猪油涂在身上，涂得很厚，以防御风寒。肃慎国人皆善骑射，弓长四尺，射出之箭力量甚强。箭长一尺五寸，用石头做箭头儿。

《后汉书·东夷列传》中说："挹娄，古肃慎国也，在夫余东北千余里，东濒大海，不知其北所极。土地多山险……土气寒。""人形似夫余，而言语各异。"《后汉书·挹娄传》载："这里有五谷、麻布，出赤玉、好貂。"《三国志·挹娄传》载："挹娄无大长，邑落各有大人。处于各山林之间，土气极寒，常为穴居。以深为贵，大家至接九梯。好养豕，食其肉，衣其皮。冬以豕膏涂身，厚数分，以御风寒。多则裸袒，以尺布蔽其前后。其人多秽不洁，作厕于中，圜之而居……北处山险，又善射，发能入人目。弓长四尺，力如弩。矢同楛，长一尺八寸，青石为镝，镝皆施毒，中人即死。"就是说，古肃慎之国，东濒大海，住的地方不知离北边有多远哪。他们是处于群山峻岭之中，那里有五谷、麻布，出产赤玉和貂，还没有形成部落联盟，只是进入野蛮中级阶段和父系社会的初期。由于居于山林之间，非常寒冷，因此常住地下，挖得越深越好，大户人家深至九层梯子可达。他们好养猪，吃猪肉，穿猪皮衣服。冬天冷时用猪油涂身，涂数公分厚，以抵挡风寒；到夏天时，全身则光着，只用猪毛或貂毛做成的小布遮挡羞处。个个善于使箭，射人的眼睛，一发即中。箭头儿皆有毒，中箭者立刻倒地而死。

《淮南子》又是如何讲的呢？"北地为裸国，为羽民"。是说，北方人都赤裸着，赤脚、赤背，没衣服，光着身子，或穿羽毛做的衣裳。长期以来，中原的人们便是这样来了解东夷人，将东夷之地视为蛮荒之域。

其地酷寒，寒彻袭人，七八个月风雪冰霜，把生活在那里的人们一概视为愚氓野蛮之人。如果抓来一个夷人，大家会争先恐后地去看。看看长得到底啥模样，牙有多大，胳膊、腿有多长，身子有多粗，像观赏一件稀世珍宝那样反反复复、仔仔细细地品评。加上对其所记文献甚少，单凭一些传说以讹传讹，结果则是越来越畏惧北方人。数千年来就是这样形成了一种痼习。

中原人之所以怕北方人，还有一点，即是因为那里的人异常剽悍。历史上，北方人有三次南下，打入了中原，致使中原人更加胆怯。在五代十国时期，契丹族的领袖耶律阿保机创建了契丹国，后改为辽。从辽太祖耶律阿保机开始，历经辽太宗耶律德光、世宗耶律阮、穆宗耶律璟、景宗耶律贤、圣宗耶律隆绪、兴宗耶律宗真、道宗耶律洪基直至天祚帝耶律延禧，共九代皇帝，共统治二百一十有八年。疆域为：东北到黑龙江口，西北到蒙古中部，南至天津海河、河北霸县、山西雁门关与宋接界，同北宋相对峙，对其构成了严重的威胁。

辽灭亡之后，又由女真族完颜部领袖完颜阿骨打建起了金朝，都城会宁，建元收国。从他开始，历经了太宗完颜晟、熙宗完颜亶、海陵王完颜亮、世宗完颜雍、章宗完颜璟、卫绍王完颜永济、宣宗完颜珣、哀宗完颜守绪九代皇帝，共统治一百二十年。金自建国后，先灭辽，又灭北宋，将宋朝的徽、钦二帝掠到白城，史称靖康之耻。金先后迁都北京、开封等地，其疆域是：东北到日本海、鄂霍次克海、外兴安岭；西北到蒙古；西以河套、陕西横山、甘肃东部与西夏接界；南以秦岭、淮河与南宋对峙，是统治中国北部的一个王朝。由于金的南侵，始于赵构建立的偏安政权，越来越怕北方的蛮夷，甚至向北称为儿皇帝。上面怕，下面的人也怕，连老人吓唬孩子都常说："快闭嘴，金兵来了，别出声儿！"可见，辽、金两代三百多年的辉煌历史，对中原有着深刻的影响。中原人对北方民族有一种胆战心惊之感，也是历史形成的。

宋宁宗开禧二年的时候，蒙古族领袖成吉思汗建立了蒙古汗国，其势力伸展到黄河流域。从成吉思汗到蒙哥汗时，陆续歼灭了西辽、西夏、金、大理，并在吐蕃建立行政机构。后忽必烈定国号为元，灭了南宋，统一了全国，建都大都，即北京。这就是历史上统治中原面积更大、手段更苛刻的少数民族王朝——元朝。元从成吉思汗至灭亡，历经十五帝，共统治一百六十三年。若从忽必烈定国为元算起，历经十一帝，共统治九十八年。再加上元朝的一百来年，中国便有四百来年是在北方民族的统治下。

　　大明推翻元朝后，睿智的刘伯温提出，大明的朝野上下必须树起一种扬眉吐气的气势，以恤民、亲民、爱民政策，把北方各少数民族团结过来。一定要把历史上形成的畏惧辽东、害怕北方各少数民族的心理状态彻底剪除，重新认识辽东，转过弯子来。在谈到这个问题的时候，朱元璋本身就没完全想通。刘老先生则特别强调皇上首先要转弯儿，还指出，元朝的统治者对北方少数民族实行的是残酷的压榨政策，所以，深受其害的百姓觉得推翻了元朝，那是从苛政下解放出来了，重见天日了，尤其是白山黑水的女真人更会深深感觉到这一点，这对大明朝抚民政策的实施是极为有利的。

　　事实正如刘伯温所讲，元朝之所以实行苛政，因为它是在推翻了金代的女真人后才建立起来的王朝，特别害怕女真人再反，故而对女真人及其后裔控制得最严，施用的手段最凶残，统治得最厉害，使他们一直喘不过气来。元朝统治者对在一地发展起来的女真人的望族和姓氏十分警惕，担心他们在一块儿待的时间长了、联络的人多了，再起而反之，于是便以游牧生产为由，用兵马押解着，强迫这些族人离开故乡，驱赶到另一个地方去，并将其分散。对他们的住地，则派蒙古兵丁和官员监守。当时，在女真人里，传流着不少反映元朝欺压、控制女真人的歌谣，如《半拉哈的土地》。这支歌谣，即是女真人被迫离开生养自己的土地时，唱的一首哀歌。其歌词如下：

> 半拉哈的土地，
> 半拉哈的江河，
> 我爱你十年整了，
> 我守你十年整了。
> 哈番①带我们离开，
> 像割我们的肉，
> 像剜我们的心。
> 跪拜一次，
> 向你永别……

---

① 满语：官。

还有如《妈妈的奶》，也是一首表现女真人不愿离开故乡及对所热爱的土地无限眷恋的悲歌。其歌词如下：

> 妈妈的奶，
> 可以吃到我能会骑马打猎了。
> 祖先的山，
> 却不能让我纵情的爱恋。
> 明日太阳出山，
> 哈番要带我们到一个遥远的地方，
> 何年何月再能回故乡。

在大元朝里，生活在白山黑水的女真人各姓家族，还有个奇怪的现象。那就是元朝的朝廷要派一名官员，官名叫平章，驻扎在女真各姓家里。女真人的祭祀、婚丧嫁娶等，都得由派驻的平章说了算。他让你做，才可以做；不让你做，绝对不许做。甚至他要你娶哪个女子，你就得娶哪个女子，不许说个"不"字儿。而且结婚初夜，那女子必须同平章一起睡，女真人对此是敢怒不敢言。当时民歌中有句话："平章都是女真家的姑爷"，恰好反映了这一史实。元朝当时不断向外扩张，需要大量的兵力，居住在白山黑水的女真家族，便成了兵卒的主要来源之所。征调的数目逐年增加，像填不满的沟壑似的。征调走后，再也回不来了，造成很多家庭妻离子散，天各一方。在歌谣《两个阴间》中这样唱道：

> 女真人有两个阴间，
> 一个阴间在地下，
> 走了的亲人永世回不来。
> 一个阴间在地上，
> 走了的兵勇永世难相见。

女真人在大元朝残酷统治的漫漫岁月里，苦难连连，惨痛无比，人口锐减十之四五。许多家族被拆散，家中的长者被抓去做各样的徭役，年轻的兄弟被捆走，不知去向何方。世世代代居住的白山黑水，土地荒芜，万木萧条。不少人为躲避元朝的苛政，不得不逃入荒山野岭，甚至偷跑至北海之滨。那里居住着的很多所谓的野人，就是元代逃过去的女真之后裔。其时，女真部落里出现了三逃：

一是逃兵役。刚才我们讲了，元朝统治者所用的兵卒，多数是从白山黑水的女真家族中征召的，差不多每个家族的年轻人有三分之二被征当兵。这样一来，各个家族看孩子快长大了，便赶紧想办法秘密地送出去，送入荒山老林或者到更遥远的地方。这样，起码父子和亲人将来还可能有见面的那一天，否则等于一死。尽管大元朝对女真人看得很紧，天天有兵丁把守，然而不少人还是靠自己的智慧逃了出去。

二是逃徭役。大元朝的徭役异常繁重，女真人更无例外。不论是男、是女、是老、是少，都要被抓去做工。抓走以后，别想再回来，那里有干不完的差事，每天被鞭子驱赶着，如同畜生一般。吃的是猪狗食，干的是牛马活儿，没早没晚地劳作，从无闲着的时候。稍有懈怠，就要棍棒加身，甚至被扔到油锅里去，极为悲惨，惨不可言。抓徭役从不规定数儿，而是有多少抓多少。所以，人们非常害怕徭役，像躲瘟神一样，想尽一切办法逃脱。

三是逃迁徙。前书说了，元朝统治者认为女真部较大的家族时刻有再反的危险，因此便强行他们迁徙。迁徙中，他们还要受到元兵的奸淫杀戮，等到达目的地时，已所剩无几。就是剩下的那少数人，也要像囚徒一样被圈起来，没有自由。为躲避迁徙的灾难，许多家族一看风声不好，比如发觉已被某个平章盯上了，赶紧暗中准备，趁半夜举家逃走，藏到深山老林中去，以躲避被元朝强行流放的厄运。

这三逃，从一定意义上讲，保住了女真家族的安全和世族的繁衍，对元朝统治者则是沉重的打击。由于世居白山黑水的女真族的逃走、人口的减少，致使土地荒芜、粮食奇缺。而原来人烟稀少的边远地带及荒山密林，乃至黑水之滨、乌苏里江以东的数百里之外，人口却逐渐多了起来。从日本海的西部到乌苏里江的东部，中间有一座大山横亘南北，那便是锡霍特山。这里古树参天、丛林密布、河流纵横，也就是人们所说的东海之地。以前荒凉的不毛之地，本无什么人居住，现在却可见堆堆篝火。篝火之间，总有逃来的女真之先人三五家、七八家居于此，有的就同当地的土著人家联姻了，逐渐使这里发展起来。其他如乌苏里江以西有个北琴海，或称兴格定，后来又叫兴凯湖的地方，这湖滨沃野原来只是个渔乡，人不多，慢慢地也出现了不少女真家族。还有长白山麓以南的翠滨古地以及鸭绿江以东、朝鲜半岛北部等，都有逃去的女真家族在那里繁衍、生息。

刘伯温曾向朱元璋提出，辽东的土著居民有所变化，对陛下十分有利，应抓住好机会，利用这个变化，解决辽东问题。所说之变化，即指上述而言。刘伯温还具体献策道："纵考元廷之世，罪愆难书。广交辽东土民，以诚相待，以信宣之。必振呼百应，同御金山，安惧哉。"这是什么意思呢？就是说，总体来观察和思考元朝九十多年的历史，其罪过真是太多了，罄竹难书。尤其对当地的土民更是罪孽累累，你说他们能不恨元朝吗？多么希望有人能去那里解救之。只要大明朝的兵马一到，广泛与辽东的土民交朋友，以诚相待，讲信用，说话算数，鼓励屯田，奖励农桑，由部落长负责地方，跟元朝的苛政一反而代之。他们对朝廷的号召，必然会一呼百应。这样，我们再同土民一起去围歼盘踞于金山一带的元朝残部纳哈出，还有什么可惧怕的呢？刘伯温此话讲得真好啊，令人兴奋，使人心明眼亮！

朱元璋把前前后后的事情想了一遍，觉得如今要解决辽东事务，唯有刘伯温。去找胡惟庸吧，他只是给你提出一堆的困难搪塞，拖延时间；找徐达吧，目前的确难于抽出兵力。所以他只能按徐达的建议，前去请教军师了。朱元璋经深思熟虑之后，下了决心，立即把马云、叶旺召上殿来，命他们速去青田，叩见军师，将棘手之事告之，当面儿聆听训诲，并嘱告二位将军，抚辽一切事宜，按军师所言行事，万万不可疏怠。为了能尽快解决辽东之急，朱元璋与此同时下了一道草诏，要刘伯温为抚辽东献计，令马云、叶旺按军师之言就地遵行。为什么"就地遵行"呢？因为诏书已说得明明白白了，必须按军师的话去办理，就地执行，就地宣诏，就不用今天到京师、明天再去青田那么来回折腾了，既节省时间，又十分稳妥。为办好此事，朱元璋还派身边内臣、带刀侍卫、刘伯温的好友钱俊前去协助办差。

钱俊是徐达大将军在征战北平府时，收降的元朝顺帝身边的一位谋士。虽然报的是元人后裔，实际是女真人。钱俊对北方比较熟，又有谋略，为人耿正，一直在元顺帝左右。他目睹了元朝廷的颓败，从内心钦佩朱元璋，便在元顺帝逃离大都时，自动投到了徐达帐下。徐达见他是个谋士，遂推荐给了刘伯温。刘伯温一向主张："若要取胜，必知己知彼。"他平时很注意与各方面人士的接触，尤其会想办法与元朝的人沟通，比如同钱俊相处得就很好。钱俊向他介绍了许多元朝廷的弊端，也讲了不少元朝建政的秘密，这些对刘伯温为健全明朝的法规起了不小的作用。元朝好的东西，他就吸收过来；不好的东西，在大明朝建政之后，作为教训加以取缔。刘伯温觉得钱俊很有头脑，擅讲，人又可靠，可以信任，故推荐给了皇上。朱元璋一看是军师所荐，便留在了身边。

钱俊这些年也真是兢兢业业地干事儿，帮助朱元璋出了不少好主意。特别是对元朝的各种政策，像对元朝来降的人应采取啥招儿安抚，怎样做才能有效地扭转元朝之苛政等，提出了切实可行的办法。他还向朱元璋介绍了纳哈出的有关情况，对将来如何对付纳哈出也献了一些计谋。这样一来，朱元璋能不重视钱俊吗？不仅将其晋升为带刀侍卫，还视为重要的内臣。此次为解决辽东诸务，朱元璋特意派了钱俊与马云、叶旺一同办差。于是，朱元璋在皇宫大内，向几位心腹详详细细地做了交代。让他们速去拜见军师，讨教解决辽东之策，并立即就地按草诏执行。三人得旨后，当夜快马急奔青田。

青田这个地方，马云、叶旺因多次来过，已是很熟，也知道军师住在什么地方。但他们更清楚，那刘伯温似孤云野鹤，很多时候不在府内待着，要想找到他并不那么容易。所以，一行三人到了青田，一边走，一边打听。青田小镇市井繁华，叫卖声此起彼伏，非常热闹。有卖唱的，有做各种小吃的，有推车的，有挑担儿的，行人熙熙攘攘。叶旺他们对这一切没心思看，直接穿过青砖碧瓦的市井，奔青田郊外而去，不一会儿，来到了瓯江江畔。江畔上，生长着一片翠林。过了翠林，是座小石桥，桥下淌着潺潺流水，几只白鹅在戏水。桥的左侧，有三只小山羊正在树旁嚼食着嫩桑叶。就在这山野田园风光之中的颇有世外桃源味道的地方，有一栋茅草房，便是刘伯温的家。马云、叶旺领着钱俊飞快地来到了茅草房前，一看，正如所料，军师果然不在茅舍之中。他们经打听才知道，原来老先生正领着家人在后菜园子里锄草呢。他们赶紧来到了后菜园子，在几个锄草人中间，一眼就看出有位头戴细竹大斗笠、光着膀子、肩上搭着一条白汗巾、下身围着一件麻裙的完全是一副山野农夫打扮的长髯飘洒之人，那就是当年赫赫有名的军师刘伯温先生，旁边跟着的是他的儿子、儿媳和孙子、孙女。

三人紧走两步，来到军师面前作揖问候。刘伯温一看，竟是马云、叶旺和钱俊来了，忙收住锄头，边用搭在肩上的汗巾擦了擦汗，边向他们还礼。他知道，这几个人前来，绝不会是为一般的事儿，肯定有要务。他顺手把锄头交给大儿子刘琏，吩咐道："你们接着干，累了就歇一歇，我先陪京师来的贵客到屋里坐坐。"刘伯温对马云、叶旺从来都像待自己的孩子一样，呼来唤去的，随便得很；对钱俊就不同了，虽是朋友，但人家的身份在那儿，是皇帝身边的内臣。他来是代表皇上，能不以礼相待吗？于是，他一只手拉着钱俊，另一只手往前一指，笑着说："走吧，我这刚搭成的茅草房前头有个小亭子，请你们到那儿看看。看装饰得怎样，可全是老朽弄起来的呀！"三人听后，也跟着笑了起来。

刘伯温领着他们穿过茅草屋到了前院儿，院子里有几棵枣树，枣树下有花丛，各种各样的花儿开得特别鲜艳，蜜蜂、彩蝶在上方飞舞。花丛的前面，便是刘老先生说的那个小凉亭。凉亭建得挺好看，上头用茅草搭的盖儿，都是江南的"白头翁"，即那种草尖儿上带有小白穗儿的细芦苇草。将其编成圆形，像个圆顶儿帽子一样，下面用几根细木柱子支撑着圆棚儿。亭子里的桌子挺有新意，是用一个古树根子刨平后做成的，雕琢得十分自然，给人一种古朴的美感。桌子的四周摆四把椅子，同样很有特点，一色是用古槐木的树根雕刻成的盘龙椅。钱俊蛮有兴致地左看右瞧了半天，高兴地问："军师大哥，您可真有办法，古树根子是从哪儿弄到这儿来的呀？"刘伯温说："都是在山里找到的。我领着孩子们把它锯下，再搬回来，自己琢磨着雕刻成的，你看做得怎么样？"钱俊称赞道："实在是太好了，真有您的，没想到还有这方面的手艺呢！"马云、叶旺也边看，边不住嘴地夸个没完。四人坐下之后，刘琏献上了茗茶，然后退了下去，领着家人继续除草去了，咱们不去细说。

单说当刘伯温知晓马云、叶旺、钱俊此次来是有要事相商之后，便说："我已是飞出笼子的鸟了，终日只知'锄禾日当午，汗滴禾下土，谁知盘中餐，粒粒皆辛苦'。没想到刚从京师归来没多长时间，又来找山野之人的麻烦了。"马云、叶旺刚要站起来想说什么，钱俊抢先道："军师大哥呀，这次可是皇上的意思，不是我们自己要来的。看来有许多事儿还得请军师帮忙指教，陛下总是离不开您哪！"接着，钱俊详细地介绍了皇上派他们来的具体想法。叶旺站起来补充钱俊大人的话，向老先生讲："征召赴辽东兵卒之事，一直到现在朝中并没有落实。胡丞相对您提出的办法摆出了很多难处，表示办不了，并把此事推到了北平府。言说想要兵，只能去找徐达。可徐大将军不久要去西征，本来兵源就不足，难于分拨。南边邓愈将军的兵全在广西、湖南、四川一带，家里也没有兵，现去征召肯定来不及。后来，徐大将军向陛下提出建议说，还是听听军师的意见为好。于是，皇上下诏，命我们到青田来，请您帮助出主意，拿出良策，解决兵源，我与马云以便早日去辽东赴任。皇上已下旨，让按照先生出的主意立办。"马云接着说道："我们是奉旨而来，请军师一定帮忙，此事不能再拖了。辽东的张良佐已上三次奏折了，讲到金山的纳哈出正准备南侵，时间长了恐怕会误大事的。我们得赶紧带兵前往，事不宜迟，陛下为此着急得很。您看怎么办好？"刘伯温听罢，完全明白了，闹了半天，原来曾向皇上提出的招募赴辽东兵源一事，绕了一圈儿，又转回来了，还得自己去解决。他顿足拍胸地对钱俊说："我当时是好心为皇上出招儿，也相信马云、叶旺有这个能力，没成想到今天还没办成。咳，本想图个清静，以为只要出了主意，皇上便会办了，不愿意再管此事了。现在看，是越帮越忙、越帮越乱，这算完了，完了！你们一来，我又得得罪胡丞相了。若是陛下不给做主，刘伯温的日子可就不好过喽！"钱俊说："正因为皇上想到了这点，所以才有草诏交给您。我们是陛下让来的，这件事也是陛下叫办的，他们谁还敢有什么不同意见？请先生尽管放心好了。"虽然钱俊一再解释，但刘伯温心里明白，朱元璋对胡惟庸一向很信任，也特别重用。对此，满朝文武都知道。

那么，胡惟庸同刘伯温何以成冤家对头了呢？前书讲过，刘伯温曾告诫过朱元璋，不要太相信胡惟庸，将其"比之一驾，惧其废辕也"，后来不知怎么传到了他的耳朵里。本来就是小肚鸡肠、好记仇的胡惟庸，不仅大发其火，还非常恨刘伯温，把此话深深地记在了心里。自他当上丞相之后，便故意跟刘伯温摽劲儿。刘伯温说往东，他偏说往西；刘伯温说行的事儿，他偏咬屎橛子说不行。只要是刘伯温讲的，哪怕是对的，他也愣不那么干，心想："我是在朝之人，手中又有权力，不说呼风唤雨也差不多。你刘伯温眼下是个啥呀？告老还乡了，能比得了我吗？今后专跟你找别扭，看能怎么着？"前些日子，朱元璋把老先生召到京师，商讨征服辽东之策。刘伯温建议去辽东的兵马就地招募，不能让马云、叶旺光身儿去。只有带着兵马，有了实力，才能在那儿站住脚。纳哈出这些元朝残部即使想惹我们，恐怕也得掂量掂量。胡惟庸听说后，很是恼火，心里琢磨开了："刘伯温呀，刘伯温，哪儿都少不了你，净瞎出主意，兵力哪那么好组织的？好，我非让他们组织不成不可，这回就叫你坐蜡！"于是，在朱元璋找他时，他便借口朝中没有兵源，又东推西推的，想尽办法在中间作梗。另外，他之所以不想让马云、叶旺带兵去对付纳哈出，还有一个原因，即是怕把他与纳哈出的关系露出去，故而一直顶着不办。他认为自己是当朝左丞相，除了皇上，没第二个人了。李善长早下去了，已经不管事儿了；汪广洋没太大的魄力，似乎嫩了点儿，没有我说话算数。从目前来看，顶数我权最大，就坚持在皇上面前说没有兵源，别人能说什么，长几个脑袋敢跟丞相作对呀？

表面看，朝中确实没有兵源。可实际上，正像刘伯温所讲的，高官家里全有家兵。不用说别人，胡惟庸家就有胡家兵。不仅如此，他还收有很多元朝的降臣和兵将，在他的封地里耕田、练兵。明朝一直是这样，重要的大臣，包括武将都有自己的兵力。相比之下，胡惟庸的实力更大一些。这些事儿是秃子头上的虱子明摆着的，没有不知道的，唯独瞒着朱元璋，有人即或想说也没那胆量。胡惟庸想："你刘伯温不是在陛下面前说了能招到兵吗？去招哇，招不到兵，不得在皇上面前丢脸哪，让大家看你的笑话。"对胡惟庸的种种表现，刘伯温看得十分清楚。然而千不看万不看，总得看朱元璋为社稷着想的面子上吧？结果他还是出了主意。他也知道这样做会对自己不利，本来已经告老还乡了，只要有人背后给你小鞋穿，故意无中生有地编排，你也不好办。可是为了朱元璋的事业，就顾不得那么多了。这不，话说完以后，果然惹出乱子来了。不用说，刘伯温便知道，从中作梗的不会是别人，肯定是左丞相胡惟庸。他心想："皇上没法儿办了，又把叶旺、马云派来找我，让帮助想办法。怕不给办，还特地将内臣钱俊派来了，你说办不办吧？不办，毫无疑问，那是抗旨。另外，不管怎么说，不能看朝中的笑话吧？何况这是个大事儿。只有辽东平，明朝才能安稳呀，因此不能眼看着不管。可要是办了，必然得罪当朝的大丞相胡惟庸，更得记我的仇了，将来也许置我于死地也未可知。"此事真的让刘老先生非常为难。

钱俊最了解内情，也很理解刘伯温，知道有些不好办。不过他更清楚老军师是个热心肠儿、有正义感、为人耿正、刚直不阿之人，敢做一些别人不敢做的事儿。只要他认为是对的，哪怕掉脑袋，照样会去做。钱俊心里琢磨着："看来我得用激将法激一下，让军师知晓此事的利害关系，使他才能下决心帮这个忙。"于是，他便说："军师大人，我知道您现在的心情，有些左右为难。其实，朝中的事情哪个心里没数呀？孰是孰非，谁好谁坏，不仅我钱俊心里明明白白，徐大将军心里也清清楚楚。咱哥们儿说句肺腑之言，暂时还蒙在鼓里的，只是当今的皇上，把胡惟庸捧得那么高，但早晚狐狸尾巴要露出来。好人就是好人，坏人就是坏人，到时候一定会水落石出的。军师，怕那干啥？您做事向来堂堂正正、光明磊落，这一点不仅我知道，大明朝无人不知、无人不晓。您办的每件事为的皆是社稷，可以说功高盖世，谁能说一个'不'字儿？就是胡惟庸也只能是背后忌妒而已。那有什么用，能奈何？看得出来，军师对辽东最关心不过了，不然怎么会冒着风险向皇上一而再、再而三地提建议呢？在大明朝的兵马占领了大都、仓皇而逃的元顺帝死于应昌以后，您立即向皇上提出，别的事情都不怕，重要的是要赶紧把辽东夺过来。有了辽东，大明方可安定。这个荐言，不单皇上同意，徐大将军、宋濂大学士，还有其他一些朝臣，全认为讲得对，所以才按您说的做了。也的确取得了成效，刘益投降了，大明得到了辽东，辽阳从此全归到了本朝手里。尽管目前辽东出现了反复，有元朝的残部纳哈出盘踞，可那里的政务仍掌握在我们手中，张良佐等人不是还在苦苦地支撑着吗？在这种时候，如果将辽东轻易放弃，拱手让给纳哈出，所得到的一切便会得而复失，到那时再派兵可晚三秋了。既然已经取得了初步的胜利，就必须赶紧让马云、叶旺二位将军带着兵马去辽东，控制住纳哈出。当前的关键时刻，您要不帮着出主意解决兵源，那么早已提出的建议不落空了吗？建议落空，只能使朝廷受害，而胡惟庸等一些小人们会高兴，甚至从中渔利，与国何益？其实不用我说，军师肯定能想到这些的。"钱俊的话，讲得一针见血。

那么，刘伯温对钱俊的话是否听懂了？又想到这些没有呢？他既听懂了，也早想到了。他嘴上虽然说三人找上门儿来是给添麻烦，但实际上，已经想帮忙了。此刻，他并没有知难而退，对好朋友钱俊所说的话十分满意，觉得自己在朝中还是有知音的。于是，他激动地说："好兄弟，说得对。我刚才之所以那么说，不过是要你们清楚朝中的形势，吐露一下心中的愤懑而已。我这个人的性格，恐怕朝中的人都知道，只要认准的事儿，咬死理儿，棒打不回头。从不在乎谁放暗箭、穿小鞋，倘若真惧怕了，就不敢在皇上跟前忠言直谏了。当然也不是不懂这样做，有时得罪的不单单是朝臣武将，甚至包括皇上，皇上对我是有看法的呀！好了，不说那些没用的了。钱俊，咱们言归正传，赶紧唠唠正事儿吧。既然皇上叫你们来了，说明还信得着我，仍把老头子当成军师，理应像军师一样帮着出主意。辽东的成败，事关重大，陛下能心系北疆，乃国之幸事、民之幸事。俗话讲得好：'射雁要射领头雁，套马要套领头马。'目前，大明朝在辽东的主要敌人是纳哈出。当然，西部还有扩廓帖木儿，为元朝的重要大将之一，务必得认真对待。他懂阵法、有谋略，可惜不愿降明。要是降过来，必是栋梁之材。目前他正拥兵几十万，伺机向我们进犯。不过没关系，徐大将军已按照我的意见在征讨，只要谨慎行事，定会取胜的。对邓愈在湖广一带的征剿不必担心，因那里元朝的势力已是强弩之末，邓将军很快会凯旋报捷的。眼下最难于对付的，便是辽东的纳哈出，不但拥有兵将十万之众，而且与高家奴、哈喇章也先不花等彼此相依，时谋进犯。仍是原来说过的那句话，辽东安危关系到大明的命运，不可小觑。纳哈出是在北国高举反明旗帜之人，一日不砍倒这面旗，大明的江山就一日不得安宁，北疆的夷民亦无法去安抚。我们的办法只有一个，就是在辽东投入兵力，准备与纳哈出一决雌雄。唯有如此，国运才能昌盛。值得高兴的是，皇上对辽东很重视，并下旨让马云、叶旺前去，这是件好事儿。为能征服辽东，我出几条计谋，望回去后向皇上奏明。一定要记住：不管遇到什么风浪，还是有谁在中间作梗，或者故意散布些流言蜚语，都不能听，要始终如一地坚持按我说的话去做。若真能一以贯之地行事，辽东必将是明朝的地方，大明的江山会永固矣。"钱俊、马云、叶旺三人异口同声地说："恳请军师高见。"接着，刘伯温向三人面授机宜，陈述了奇招妙计。

刘伯温说："第一点，马云、叶旺，你俩此次去辽东，不是暂时住些日子过一段再回来，而是必须带家眷去，长住在那里，以表卫护北疆的决心和勇气。不但你们要这样做，而且所有去辽东的将士们都要这样做。到那儿安家，并作为自己后半生献身的地方，与当地的人同甘共苦，辽东才会永远是大明的。"二人听后表示："请军师放心，我们会按您的话去做。"刘伯温点点头。

刘伯温接着说："第二点，你们到了辽东，遇事须谨慎，特别是对土民务要以诚相待。历朝历代的汉人边关大吏，一向把辽东人视作愚氓无知之人，作为奴隶供自己驱使。故此，当地土民始终将中原人视为仇敌。我们应一改过去历朝的弊端，要尊重、爱护土民，视为父母、兄弟，心心相印。他们是辽东的主人，正是由于这些人的世代耕耘，辽东才开发出来的。因此要记住，一定不可扰民、虐民，更不可刮民。"说完，双眼以一种期盼的目光盯着马云、叶旺。二位将军说："军师，我们记住了。"刘伯温又满意地点了点头。

刘伯温清了清嗓子，继续说道："第三点，便是你们所关心的招募兵源之事。兵源肯定有，关键在于是否以诚相招。招集选征的对象，就是那些曾被我们打败的元朝的将士及逃逸的元人。要知道，这些人在元朝的时候，受尽了欺压和凌辱，过着牛马不如的生活。战败被俘后，有的流离失所，有的沦为奴隶，有的不得不远走他乡。他们离开了妻子、儿女，生存艰难，过着啼饥号寒的生活，认为前程已经无望。在这种情况下，他们是多么想早日回到故乡啊！可是没有银子，回不去。咱们若真诚地将其招徕，不是当成阶下囚，而是晓以利害，施与信任、尊重和帮助，给予勇气和信心，他们定会受宠若惊，纷纷主动前来投充。依我看，现在就可以把招募元兵、元将的旗帜打出去，告诉他们，对前罪、前恶一概不究，只要愿意随我们回到辽东故乡的人，皆可录用。录用后，按其品德和才能重新评定品级。只要此旗号一亮出，他们有机会可以回故乡了、有生路了，不是天大的好事嘛，将会有很多人踊跃来到二位将军旗下的，何愁没有兵源？必会马到成功！用不了多长时间，辽东军便能整顿起来，或许没几天，募兵营会人满为患的，恐怕还要经过筛选才能被留下呢！那些夷人原来居住在北方，熟悉北地的水土，组织起既熟悉北地民情又同土民有亲情的兵马去征服辽东，不是如虎添翼吗？诸申野氓杂夷悍勇，能吃苦，个个如猛虎，听指挥，在军中也会安心。只要加强管理，岂不是兵威必震？军中应不用南人或少用为好，为什么呢？南人骄慢，不能吃苦，惧怕北土不合。由于他们的恋南畏北，会导致军心不安。当然，用元兵、元将组织起来的征服辽东的大军，能否战而能胜，关键还在于马云、叶旺二位将军是否治理有方。如果治理得好，定会威猛无比！"

马云、叶旺、钱俊三人听得简直入迷了，觉得军师的点子太妙了，放着如此多的可用之人为什么不用？再说，这些人因生活无着，成了社会的累赘，干坏事儿是免不了的。倘若把散民组织起来，使生活有着落，充分发挥其智能和作用，不仅各地会安宁，也可解决征服辽东的大难事，可谓是对国、对民十分有利的、一举两得的好办法呀！三人连连叫绝，兴奋地说："军师真乃神人也！我们回去马上禀奏皇上，立即去办。"刘伯温说："你们只去做，不必张扬。胡惟庸不是还在等着看热闹吗？不用管他，悄声儿做。等办成之后，再挥师北上，到那时候，我再给你们送行。"就这样，马云、叶旺、钱俊拜别了刘老军师，匆匆离开青田，回到了京师。

闲话少叙，刘伯温出的招儿，还真是有效。叶旺、马云谨遵老先生之言，经皇上恩准，到青田和金陵京师广招元逃逸之人及元军降人，凡喜返乡者，皆征召之。招募的旗帜一打出，募兵大营可热闹了，有不少降明的元兵、元将前来应招，不单有京师一带的，连方圆几十里、几百里外的也没落下。你想啊，这些人天天盼北归，现在可有机会了，能不争先恐后地报名吗？晚上仍有人到场。马云、叶旺他们忙不过来，没办法了，把明月庵的尼姑们全请来帮忙了。尤其那娟娟更是热心肠儿，天天跟着两位大哥忙乎着，认真地填写招募兵丁的花名册。她登记时，对来报名的人问得可详细了，比如祖籍是哪里呀，在元军里曾干过什么差使呀，年龄及家庭情况啊，等等，皆一一记录在册。见招募之人很有诚心，应招的人也就无所顾忌，敢于公开讲出先人是辽东人，为北国女真野人，自己是被元朝逼迫充军流浪到关内的。报名的人，有姓纳喇氏、富察氏、尼玛察氏、鄂嫩氏、董佳氏的，也有姓瓜尔佳氏、吴子氏、何舍里氏的，还有自称是金人后裔完颜氏的。总之，女真族的各个姓氏都有。不到十日，报名的人竟达八百之多，而且至今络绎不绝。更令人惊喜的是，有的甚至是带着家口来的，要求全家参军从征北归。此大好形势很让马云、叶旺喜出望外。

那么，为什么刘伯温能想出这样一个主意并能顺利实施呢？我们不妨多说几句。刘伯温与元军打了多年的交道，当然了解兵将的情况。史书上写得很清楚："元起朔方，俗善骑射。"就是说，元朝的士卒善于弓马，以弓马取天下。他们凭着胯下一匹马、手中一张弓，曾经远征到欧洲，确有摧枯拉朽之势。可后来怎么会被义军打得稀里哗啦呢？问题不在于士兵不勇猛，而在于当官的治理无方、兵将之间的矛盾越来越尖锐。

元朝的军队，大致可分为五种：一是赤军，即皇帝身边的御林军、亲军，多为蒙古兵，异常勇猛；二是仪仗军，也在皇帝身边，为帝出行之仪仗，威武无比；三是巡逻兵，负责在京师一带巡逻，骑兵居多；四是震遏军，就像后来的警察部队，哪块儿出什么事儿，便派他们去那里镇压和控制局势；五是镇民军，差事是于各地管理地方治安的，为兵马最多的军队有蒙古人、汉人，多数来自东北、西北的少数民族，其中较多的是女真人。镇民军兵力强，勇于拼杀，能战敢冲，开始时，征召十五至五十岁的人入伍，后来为了扩大兵马，连七十岁的人都可被征。他们皆善于骑射，同女真人是马上民族有关。由于这支军队人数最多，又来自各个民族，故而矛盾亦最多。元朝的等级观念特别强，蒙古人为上等人，其次是汉人、女真人。就是说，女真人连汉人都不如，受欺压最重，对他们的管理、监视、控制最严。

元朝直接管理兵丁的官员，有百户长、千户长、万户长等。按规定，长官可以带妻妾、奴仆，下级官兵则不可，还不准他们探家。军士哪有不恋家的？加之长官的欺压、奴役和压榨，日积月累，造成兵将之间的矛盾相当尖锐，常常发生哗变，或是逃走，或是射杀长官。越是这样，惩罚越严厉，对抓住的反叛逃兵一律杀掉。有的被处以极刑，有的被火烧，有的被剖腹，惨不忍睹。如此一来，军心能不涣散吗？成了元末元兵节节溃败的一个重要原因。正因为刘伯温对此了如指掌，所以才想出了一个良策，与其让降明的元兵到处沦落，不如把他们重新聚到一起，为大明所用。他们个个善于马术、弓箭，又剽悍、勇猛，组织起来后，放回故乡，再给予充分的尊重和良好的待遇，不成为一支有强大力量的军队才怪呢！

刘伯温的主意很快得到了朱元璋的认可，当即下旨："凡是降过来的元兵、元将，现在没有职业、愿意为明朝效劳的，均可前来应招。被招募后，给予优待。眼下尚无家口的老兵，朝廷赏赐银两，帮助娶妻立家。"圣旨一下，人心大快呀，谁不高兴啊？一些早已投诚过来的和战败被俘的元兵，从此看到了希望，怎能不踊跃报名应招呢？当时在招募营里，还出现了许多新鲜、感人的事儿，这里也向各位阿哥讲上几句。圣旨上不是说帮助没有家口的老兵安家吗？你别说，在应招的人员中，还真是来了不少三四十岁、五十来岁的老光棍儿。马云、叶旺当然没说的，遵旨照办呗！马上派人到集市上买来不少生活无着的贫家女，还有一些孤苦无依的寡妇。然后，让那些前来应招的老光棍儿与接进招募营里的女人、寡妇"对庆"，就是让他们相互看看是否合适。待双方都看好了、同意了，再由朝廷赏给他们银两"同贺"，即结婚成亲。"同贺"之后，夫妻双双携手入伍。这样做，不但赢得了降明元兵的心，而且使那些贫困之家和孤儿寡母因为有了依靠而对未来的生活充满了信心。不少孤男寡女在入伍前都成了婚，招募营里热闹极了，天天是一片喜气洋洋。于是，新兵营里便有了"轿家"，即结婚后坐着喜轿来入伍的；有了"篷家"，即有些蒙古人、女真人结婚时住在类似蒙古包的帐篷里，现在全家来入伍的；还有"竹楼家"，即一些汉人结婚时住的是竹楼，一家子一个不落来入伍的。每日皆有类似的一些人家闻风而至，使招募营里有男有女、有老有少，欢声笑语不断。兵营里的分工明确，诸如做饭、洗涮、缝补衣裳、营寨治理等事，均由女人承担；男人则终日在训练场上习练马术、弓箭。

为建立辽东军，皇上降旨，于京师东部钟山脚下的一片林莽建立连营大寨，又调拨千匹战马和各种兵刃供将士使用。同时旨下，由马云、叶旺负责成立各级指挥机构。在二位将军的统领下，很快便建起了千人大营，外面用木栅夹起来，里边是一座座的白布帐，连成了一片。一切就绪后，操练兵马的呼喊声、敲起金锣的喤喤声、击打铜鼓的咚咚声接连不断、此起彼伏地从大营传出，显得那样的气魄、那样的威严！

由于应招的人十分踊跃，辽东军很快建立起来了。马云、叶旺非常高兴，日夜操练着这些新兵，只等一声令下，即出发北征。那时，出外打仗带家口是常见之事，并不新鲜。凡大军出征，后面通常要跟着牛群、马群、羊群作为给养，还有家眷的车辆。一路上浩浩荡荡，像长蛇阵一般，很是壮观。马云、叶旺经过商量，考虑目前正是大明初兴之时，世人一定会特别注意这支北上辽东的队伍，因此，必须选出善于组织后勤的人员，以便管好畜群，更要照顾好家眷。于是，他们便对以上这些都做了精心的安排。

单说万事俱备之后，马云、叶旺进宫叩拜皇上，禀明招兵和训练新军之事，并请旨出征。朱元璋听了二人的禀奏，十分满意，前些日子还为此事愁得团团转呢，如今总算一块石头落了地。全仗刘伯温军师推荐的两位年轻、干练的将军呀，办得这么顺当、这么快捷。朱元璋当即颁旨，封马云、叶旺为辽阳都指挥使司同知，总辖辽东诸卫。为使大军及早北征，他又命吴祯大将军率舟师北上，辅助马云、叶旺治理辽东。

那么，什么叫"舟师"呢？即用船将大军摆渡到某地的部队。自唐朝以来，要运送兵将到辽东，多是从山东登州府，即所谓的渤海里仙人居住的蓬莱仙岛那块儿登船，再渡海北上，到旅顺口下船。这是最近的、重要的海上交通线，运送给养和各种物资都很方便，要比绕到山海关、顺旱路去近得多。据传，唐太宗李世民率右领军中郎将薛仁贵东征时，就是乘船从蓬莱出发，经渤海海峡，一宿多一点儿的时间便到了辽东，再从那儿进入高丽，一番苦战，取得了东征的胜利。去辽东，唐朝时走的是蓬莱海道，宋、元时仍如此，大明的吴祯将军所带的舟师走的也是这条道。

吴祯已在海上航行多年了，是一位有着丰富航海经验的著名将领，原来不叫此名儿，而叫吴国宝。他刚跟朱元璋打天下时，朱元璋说："什么'国宝'呀，太俗气，我给你起个新名儿，叫吴祯吧，多好听啊！"从此，吴祯这个名字就叫开了。他本是已故大将军常遇春身边的一员虎将，曾随其攻集庆，下镇江，夺广德、常州、江阴，皆立有战功。他又善使水军，洪武元年时，奋力剿平兰秀山的海寇，被封为靖海将军。他与冯胜大将配合得也很默契，勇猛善战，指挥有方，每每出兵均获全胜。后受皇帝之命，培训大明朝的舟师，功劳不小，洪武四年冬，被封为靖海侯。当时镇守辽东有个叫仇成的，也是一员大将，在辽阳驻守时的给养和物资，皆由吴祯派舟师供给。舟师有四万多人，经常走的便是蓬莱至旅顺这条道，一宿多点儿的时间，就能把粮饷经由海路运载到辽东。其实，海上并不平静，不仅风大浪高，还常有海盗出没。然而，吴祯全没放在眼里，他既会观天象、知海情，又有战胜海盗的能力。尽管困难重重，由于经略有方，他次次都能顺利地把物资和给养及时送到辽阳，供给仇成他们用，使辽东兵食无乏、所用无缺。此次马云、叶旺等千余人要东渡辽东，这是件大事儿，皇上怎能不重视？所以才把靖海侯吴祯老将军请来了。

朱元璋召吴祯到大殿之后，直截了当地命道："老将军，朕派你亲自督理舟船，无论如何要把马云、叶旺率领的一行人马和众多辎重平安地护送至辽东，以创建大明辽东都司大任。将来他们在辽东所需之给养，皆由老将军筹备，必须及时送到，不得有误。此事朕就拜托老将军了。"吴祯说："请陛下放心，全包在臣下身上了。"吴祯欣然领命。朱元璋心里便托底了，因他知道也相信老靖海侯有这份儿能力，绝不会误事的。

吴祯之事安排已定，朱元璋宣马云、叶旺上殿，与老将军见面。二位年轻小将到了大殿之上，先叩拜皇上，再向吴老将军施礼。论职位，吴祯是侯爷；论年龄，那是六十出头儿的老将。马云、叶旺对他打心眼儿里佩服、敬重。吴老将军早就听说过两位小将的业绩，眼下又担负着东征辽东的重任，因而见面后，不禁流露出了对他们的由衷喜爱。双方互道寒暄之后，共同约定，吴老将军先行赶到山东的登州府，做好舟船准备。然后，二位将军率大队人马按时到达登州，由那儿乘船渡海北上东征。马云、叶旺十分兴奋，庆幸这次赴辽东不仅有皇上的重视，还有吴老将军亲自护驾，做强有力的后盾，没有了后顾之忧，必能增强将士征服辽东的决心。他们坚信，战胜纳哈出的日子不会太远了。

正当朱元璋与马云、叶旺、吴祯议事之时，内臣钱俊匆匆来到大殿，向皇上奏道："陛下，刘大人的长子刘琏公子带着军师的书函到此。同来的还有明月庵的明月长老，他们正在宫外候旨，想叩见皇上。"朱元璋一听是刘伯温的儿子来了，一定是无事不登三宝殿，必有重要的事情禀告。他一向重视军师的意见，何况有书信捎来，怎能不见？他便对马云、叶旺、吴祯说："好了，咱们先议到这儿吧。你们就按照今日的约定，回去各自分头准备北上诸事。"三人拜别皇上，退出了大殿。朱元璋目送三人离去，回头对钱俊说："宣刘琏、明月长老上殿。"钱俊领旨，快步出了宫门。

刘琏和明月长老应召上得殿来，向皇上行三拜九叩大礼。朱元璋微笑着说道："平身，快起来说话。"他本来就喜欢刘琏，现在一看，公子已有二十多岁，长得一表人才，文雅、谦逊，话不多，礼貌周到。因为平时刘伯温对儿子要求极严，不许与自己一块儿临朝，所以刘琏至今尚未入仕，仍在家中苦读。拜见完毕，刘琏恭恭敬敬地将父亲的书信呈上。这封信写了些什么呢？第一是向皇上禀明了女儿娟娟将与叶旺成亲，准备由明月长老做媒，在叶旺北上之前办了大婚之事；第二是介绍明月长老来叩见皇上，希望能恩准由这位德高望重的高僧做马云、叶旺所率领之东征大军的向导，为国献力。还说明月长老过去常去北海、东海辽东一带踏雪采药，谙熟北方，同当地的野人和土民亲如一家。此次是本人一再请求前去的，可她过去从未见过皇上，故老臣特派犬子奉书信予以引荐。

朱元璋看完刘伯温的信后，脸上堆满了笑容，朗声儿道："今天是喜鹊登枝头哇，喜事一件连着一件，令朕高兴！"他又对明月长老言道："长老，感谢你的一片心意，自愿为国效劳，令朕欣慰。"明月长老说："陛下，老尼多次带徒儿们出关，到辽东东海之滨和锡霍特山中采药，对那里比较熟悉。锡霍特山中满目几乎全是悬崖峭壁，峻岭深谷无论冷暖皆有白雪覆盖，四季寒冰不消。更令人叹绝的是，有一种鲜花竟开于冰雪石崖、岩谷冰凌之中，真乃天下奇观。它叫冬花，是一种除热奇药，能治惊悸、癫狂等症。另外，东海有种长生草，主要产在海滨和海岛，十年一茬，迎阳而生，迎夕而消。即在圆月或潮水涨的时候，可以见到这种草；月暗或潮水退的时候，便不见了。据说有海蛇保护，很难寻觅。还有人们熟知的龙蛇胆、鲸黄等，是极为贵重的药材。为寻觅这些药，故而老尼常到东海去，对那里的山川、道路、海滨地理都很熟，对所有的沟沟坎坎、坑坑洼洼以及各个河口、山谷皆了如指掌，并与世代生活于此的女真野人、土民交上了朋友。他们像儿女一样照顾我，常常一同进山，帮助寻找那些药材。若陛下需要联络辽东野人、土民，老尼一定可以办得到。希望陛下能够恩准前去做向导，诚愿为此鞠躬尽瘁、死而后已。"

明月长老是位久经世面、生活阅历丰富之人，连朱元璋这位包打天下的皇上也很佩服她。一听老人家熟悉东海的事情，并毛遂自荐赴北，当即龙心大悦，忙说："长老能为国献力甚好，求之不得呀！能有您这样的高僧相助，乃朝廷之幸也。老人家，朕谢谢啦！"明月长老见皇上已经恩准自己去做向导了，便又说道："今天特来叩见皇上，还有一个请求，望能满足老尼的心愿。就是请恩准我的爱徒、军师的爱女娟娟同叶大将军的婚事。老尼多年前为他们抽签儿，得了十六字的佛家偈语，表明他们的联姻是天作之合。叶大将军将要北上，此去经年，需久驻辽东，所以老尼很是着急我那苦命的徒儿娟娟的大婚。为此，也曾多次找过军师，军师表示同意他们尽早完婚。但老先生处处着眼于朝廷，怕由于办婚事而影响东征大事，更不愿为此搅扰陛下。在我的再三劝说之下，军师才答应为女儿完婚。因种的地还没铲完，便让老尼先来一步，今天晚上必会赶过来的。望陛下能成全两个孩子的婚事，为他们祝福。老尼万分感激了！"朱元璋听后笑了。

其实，娟娟与叶旺的大婚之事，朱元璋从刘琏带来的军师的信中已经知道了。你想，对于所尊敬的先生之请求，皇上能不往心里去吗？何况一位是军师的女儿，那也像他自己的女儿一样；另一位是信任的爱将、徐达的徒弟，又是军师身边的护从。自古婚姻是喜事儿，"宁成十家亲，不坏一家婚"，对他们喜结良缘岂有不同意之理？朱元璋忙安慰明月长老道："老人家，娟娟与叶旺成婚，乃我朝的一件大喜事儿，可喜可贺！朕为他们高兴还来不及呢，怎会不恩准呢？再说了，理当早些了却军师的心愿。请您放心，此事不会影响大军北进的。依朕看哪，北进之前举办大婚，正合时宜！"说完，朱元璋侧过头来冲身边站着的钱俊吩咐道："你去告诉汪丞相，仍由他筹办这桩婚事为好，一定要让长老、军师都满意才行。"钱俊"嗻嗻"称是，赶紧退了下去。两件事情全说明白了，明月长老便告别皇上，回明月庵去了。

今天，适逢中秋，当晚刘伯温从青田匆匆赶到了京师。实际上，他并不想来，而是明月长老硬逼着来的。怎么的呢？当明月长老得知叶旺马上要北上的消息时，心里琢磨开了："这一走，不知什么时候能回来，可就误了与娟娟的婚事了。况且叶旺是领兵大将，受命北上，没有皇上的允准也不好办。应与老军师一同去京师面君，尽快促成此事才好。"于是，她便向刘伯温说："你是军师，得亲自跟陛下讲明。不然，我一个出家人，怎么好开口呀？何况又未见过皇上，一国之君哪能听一个老尼的话呢？"刘伯温本想不管，觉得有明月长老照看就行了。再说了，婚姻之事得让年轻人自己去处，啥时候觉着行了，就啥时候办，也别太强求，一切顺其自然。可明月长老不答应，非要拉着刘伯温来京师不可。老先生被磨得没招儿了，只好叫大儿子刘琏拿着自己的手书，领着明月长老先到京师去叩见皇上，呈上书信。并告诉明月长老，中秋的晚上，他必赶到京师。在这种情况下，才有了我们前面说的刘琏与明月长老面君之举。

刘伯温赶到京师时，已经很晚了。刚要歇息，徐达大将军在马云、叶旺的陪同下，前来拜见老军师。自徐达到北平府准备西征、刘伯温告老还乡回到青田，两人再就没见过面。而且刘伯温几次回京师，总盼望着能看看他，也没见到。这次倒巧了，正赶上徐达要催运军粮，又受皇帝之召回朝议政，昨晚才由北平府赶来。徐达一进屋，便听叶旺、马云说，军师中秋晚上到京。前书说了，徐达与刘伯温之间的感情相当深，是莫逆之交、挚友。徐达崇敬刘伯温，刘伯温佩服徐达。这不，刘伯温前脚儿刚到，徐达后脚儿便前来拜望了。刘伯温一见徐达，先是吃了一惊，没承想他能来，继而对此次意外相逢是分外高兴。刘伯温还有个新的想法，遂上前拉着徐达的手，笑着说："好兄弟，来得正好，何不一块儿在这中秋之夜去明月庵拜访明月长老呢？"马云、叶旺听两位恩师说要去明月庵，乐得嘴都合不上了，立刻表示愿意相随。于是，四人上马踏镫，奔明月庵而去。

刘伯温一行很快到了明月庵大门口儿。明月长老见老军师如期而至，十分高兴，马上领着小尼姑到房门外迎接。四人下了马，庵里的人把缰绳接过去，送到马棚去喂。因为明月长老这是第一次见到徐达，故而刘伯温为他们做了介绍。二人见了礼后，明月长老喜出望外地说："徐大将军，您的威名早已如雷贯耳。今日驾临本庵，是明月庵之幸、老尼之幸啊！"随即恭敬地将一行人让进了禅堂客房。这时，只见娟娟乐颠颠地从内堂跑了出来，先叩见徐达叔叔，深深地道了个万福。徐达把她搀了起来，像看自己的小女儿一样仔细地端详了一会儿，然后点了点头，说："好哇，孩子，你长高了，越来越漂亮了，成材了。十余年来，我始终在暗访阴宗双鹤剑，没想到此番竟在明月庵里见到了传剑的师父和现在使剑的人。这是国家吉祥之兆，亦是徐叔叔之幸，真得祝贺你呀，我的小娟娟！叔叔知道，你从小就喜欢佛门之事，一定要拜佛学经。安夫人在世时，曾多次说过女儿有佛缘，看来果真如此啊！"他又回过头，来对明月长老说："师太，您老人家没有看错人哪，咱们阴阳两宗双鹤剑今天得以出世、相见、相合，这是佛家的点化，其中也有娟娟的功劳呢，得给她记功啊！"刘伯温笑着说："娟娟是有缘得以认识明月长老，不但收为徒，而且将阴宗双鹤剑传授给她。要说有功，那可是师太的功劳，是我们全家之幸。我要特别感谢明月长老，慈祥普度，关爱我的孩儿，并把她领进庵中学艺，这也是天缘注定。正因她随长老入庵，才有了琏儿同马云、叶旺常来庵中看望妹妹之举，又引出了娟娟、叶旺相逢于庵中的佳话呀！"徐达说："正是，正是。明月长老，我还要替安嫂嫂感谢您呀，谢谢老人家热心关照我的侄女娟娟，免去了军师大哥的惦念之心，这是做了件大好事呀！"他们是话越说越多，嗑儿越唠越近，越聊越投机。

当晚，明月长老在庵中摆宴。宴间，刘伯温早有准备，将那张写有十六字偈语的字条儿拿了出来。明月长老会意地让叶旺、娟娟站在刘伯温、徐达面前，然后念了十六字偈语，用以点化他们，并指出叶旺、娟娟的婚事乃佛家之缘，为天作之合。俗话说得好，男大当婚，女大当嫁。其实，娟娟、叶旺俩人心里互相早已有了对方，因此一听到这偈语，那是喜出望外呀！叶旺自见到娟娟以来，发自内心地喜欢，真可谓一见钟情；娟娟在叶旺每次前来探望时，尽管李佑从中作梗，还是表示了对叶将军的爱慕之意。特别是看了叶旺的剑功之后，更是心动不已、佩服至极。二人听完明月长老读的偈语，叶旺先跪下给军师、未来的岳丈大人磕头，又给明月长老和恩师徐达磕头。娟娟是个女孩儿家，虽然早就钦敬叶旺的为人，两剑相会之时，便是两情相系之始。但她当着众人的面儿，总有些害羞，红着脸随后也跟着跪了下来，给师太和徐叔叔叩头，感谢玉成之意，再给父亲刘伯温叩头，感谢对女儿的关爱之心。马云当然为他俩的婚事高兴，乐得不管不顾地一个劲儿高声道喜，庙堂里的尼姑们亦纷纷上前表示美好的祝愿。

十五的月亮特别圆，幽静的庵中充满了喜悦。宴毕，徐达、马云、叶旺因还有些事要办，遂告别了明月长老和刘老军师，回大营了。刘伯温本想去驿馆歇息，可由于明月长老的一再挽留，无法离开。徐达临走时也说："老哥别走了，回到驿馆还不是一个人？况且女儿就在这儿，我看不如在庵里多陪陪娟娟吧！"这样，刘伯温便留下了。

徐达、马云、叶旺走了以后，明月庵立刻静了下来。明月长老请刘伯温到院子里赏月。二人信步来到凉亭之中，坐在石凳上，迎着柔柔的秋风，看着天上的圆月，慢慢饮着茶，倾心而谈。就在这时，他们看到娟娟一会儿从禅堂出来，一会儿又进禅堂里去，或若有所思地绕着凉亭蹀来蹀去的。刘伯温发现女儿似乎有心事，又见明月长老直劲儿地给娟娟暗使眼色，并一再催促让回去安歇，不要在跟前待着。刘老先生是多精明的人哪，什么事儿也瞒不过他呀，早已觉察到娟娟有些不对头。至于究竟是怎么了，他一时弄不清楚。只听明月长老对向凉亭走来的娟娟说："早点儿回去歇着吧。师太和你父亲再谈一会儿，不要搅扰我们。好孩子，回去吧。"可娟娟非但没听师父的话，还进了凉亭，径直来到父亲跟前，先是俯身蹲在膝前，之后又亲昵地偎坐在身边。刘伯温一看，娟娟的一双眼睛始终盯着师太。明月长老也瞅着娟娟，说道："妙善，不是告诉过你嘛，要像个大人，心中应该平静如水。空即是有，有即是空，一切要深悟'空'字，勿沉醉于儿女情长。去睡觉吧。"娟娟扭了扭身子，仍不听，紧靠着父亲。刘伯温听了明月长老讲的一番话，心想："这是话中有话呀，难道她们有啥事儿瞒着我不成？什么空即是有，有即是空，一切要深悟'空'字？"他便没吱声儿，继续察言观色。他看出女儿满怀心腹事，而且再藏不下去了，今天非要同自己讲出来不可。而明月长老却用一些佛家语来点化她，左拦右挡地不让说。刘伯温那也是会占卜之人，能背佛家的许多经文，琢磨了一会儿，便明白了。原来刚才明月长老对娟娟说的一些话，是佛家常讲的"空静"二字。就是说，佛家之人应对尘世的一切东西不入心、不入眼、不入情，要做到"空"，心要静。他心想："现在看来，女儿心中没有做到'空'。所以，明月长老才让她不要把尘世间的事儿总牵挂于心，应平静如水。另外，大概长老是怕娟娟把心事讲出来之后，会影响我的情绪，或者更担心因此会受到什么刺激吧？"

实际上，刘伯温内心当然清楚，女儿是从外面抱回来的弃婴，是在自己的养育下一天天长大的，如今已成了十五六岁的大姑娘了。尽管她是抱养的，许多方面却像已故的安夫人，聪慧过人，心中装事儿，善思考，善探求，不是一个碌碌无为、饱食终日之人。十几年来，他从没见到女儿像今天似的，一心巴火地想跟自己讲什么，或是流露出什么不满。总是那么平静、那么安详，一副若无其事的样子。这样一来，做父亲的反倒不放心了，常暗暗祈祷："孩子，有啥话就说，千万别沉陷到什么可怕的境遇中去呀！"由于时常不放心，他多思多想的头脑有时会猛然紧张起来："不对，越静越容易有事儿！何况娟娟这孩子聪明伶俐，啥事儿好刨根问底儿。不像有些人吃完就玩儿，玩儿完就睡，睡醒再吃，一天天无所用心。女儿越来越大了，有思想了，很多事儿能辨个是非了，要问几个为什么了。可她却啥也不说，很不正常啊！"每当想到这些，心中尤感痛苦，觉得父亲不好做，尤其不是亲生之女的爹更难当，甚至认为对不起自己的夫人。

安夫人在世时，娟娟有啥心里话，愿意跟母亲唠，母女间也好说话。平时，刘伯温对女儿有什么要求或不便直接讲的话，通过安夫人去说，都好办些。现在不同了，安夫人走了，女儿大了，父女之间有些事情不那么好讲，也不是很好接近。女儿有些话不说，做爹的还不好多问，较难于沟通，尤其对抱养来的女儿则更觉不知如何是好。如果把这层窗户纸捅破了，告诉她不是老刘家的亲骨肉，倒也无妨，早晚得让她知道，可眼下并没到和盘托出的时候。刘伯温曾发现女儿对自己的身世有些察觉，记得那是安夫人在世时的一天晚上，夫妇俩闲唠嗑儿。因为娟娟还小，只有三四岁，说起孩子的事儿没太在意，露出了她是抱来的话。哪承想小丫头机灵得很，耳朵还特别装话儿，马上就问安夫人："妈妈，你们说谁是抱来的？是我吗？"安夫人当时一愣，没有立即回答孩子的问话。娟娟便没完没了地哭着、闹着，一定要让妈妈讲清楚。安夫人只好哄她说："小娟娟，怎么净说傻话呢？根本没这档子事儿。我和你爹是在唠别人家的孩子呢，不是说你。娟娟不是爹妈的心尖儿宝贝吗？"好说歹说，好不容易才把女儿安顿下来。尽管他们两口子以后说话十分注意，但那句"抱来的"话，却深深地刻在了娟娟的小脑袋瓜儿里，时常问安夫人到底是怎么一回事儿。

随着娟娟一天天长大，问的次数也就更多了。尤其是安夫人去世后，她不止一次地向刘伯温问起那个事儿。刘伯温想，今天娟娟这样心事重重的，是不是又为了始终没能明了的身世呀？那么，他为什么会一下子就想到这儿了呢？听我说书人慢慢道来。

自从安夫人去世后，刘伯温就觉得娟娟同自己也说不清楚是亲还是远。你说亲吧，又不那么亲；你说远吧，又不那么远，但总有个距离。刘伯温感到娟娟不是把他当成亲生父亲，从女儿的目光、神态中，能觉察出时时在猜测、琢磨着什么。究竟想的是啥呢？难道看出自己不是刘家的孩子，想寻找亲生母亲、亲生父亲？特别是当娟娟提出一定要出家时，越发使他感到吃惊，曾一再地问娟娟："孩子，你怎么想遁入空门呢？到底为啥非要这样做呀？"娟娟就是个哭，从不多说。在父亲的一再追问之下，她只是搪塞道："孩儿爱佛，愿意学佛经。妈妈在世时，我就说过此心愿，还常跟着去明月庵进香。"刘伯温当时想："这孩子心事太重，看来在我家已经待不住了。"刘老先生真说对了，确实如此。后来娟娟多次到明月庵去拜见明月长老，在师太面前没少哭，并掏出了自己的心里话。安夫人同明月长老处得挺好，交谊颇深，很谈得来，常到庵里给佛上香，送些布施。正因如此，明月长老对娟娟的感情自然不一般。这样，在安夫人去世后，娟娟向长老哭诉、说出内心的秘密，也就不足为怪了。一开始，明月长老为刘伯温着想，没有把娟娟的话告诉他。时间一长，在刘伯温的再三追问下，明月长老不得不告知他："你这个女儿可不简单，心计多，已知道自己是抱养的，不是刘家的人，所以要出家到明月庵来。而且还下了决心，长大以后，一定要找到苦难的母亲。她天天这么苦学剑法，是为了有朝一日，只身走遍天下寻母。务要弄清母亲为何抛弃她、是怎么流落为娼妓的、后来又到什么地方去了。"刘伯温想到这一切，又联系到今天明月长老总挡着娟娟，不让把话说出来，心里能不明白吗？立马便想到了，看来多年来怕说出的话，今天终于要吐出来了。

刘伯温非常疼爱女儿，那是自己一把屎一把尿伺候大的，真像亲骨肉一样呀！自打夫人去世以后，最让他牵挂在心的、最怕受到委屈的就是娟娟了。他常常想："好孩子，爹爹何尝不愿替你找到那可怜的、苦命的亲生母亲呢？可茫茫人海、浩浩环宇，到哪里去寻呀？娟娟，你虽然长大了，但还太幼稚。人生世上是多么的艰险和复杂，爹爹对此是早有所思的，已经悟透了人生，遗憾的是不少人还在浑浑噩噩中苦度着。孩子，不要折磨自己了，不要再沉浸于那无穷无尽的悲伤痛苦之中了，爹爹求你了！"正因为刘伯温过去这么想过，又常暗自为女儿着急，所以便同意了娟娟随明月长老进明月庵学佛道，觉得或许是件好事儿，是救了女儿呢！让明月长老用佛法约束、引导她，使之平静地度过一生，与那些忧伤、恩怨、无尽的苦难永远分离。可是，他一看今天娟娟的样子，感到不对头了，显然不说是不行了，事情要真端出来还的确不好办。刘伯温此时此刻心里很是不安，只好佯装平静，默默祈祷，但愿万事顺遂，什么都不要发生。

刘伯温正在默默地祈祷着，身边的女儿娟娟却再也憋不住了，像一江的洪涛，一股脑儿地喷了出来，一泻千里，不可遏止。她扬起小脸儿，用手拍着父亲的双膝，泪流满面，哭得那么悲痛、那么伤心。在一旁的明月长老看着娟娟的样子，心疼极了，长叹一声道："阿弥陀佛，事在人为呀。妙善哪，想哭就痛痛快快地哭吧，都告诉爹爹，师太不挡你了。咳，我苦命的孩子！"说着，她走了过去，将娟娟拉了起来，搂抱到自己怀里。哪知倔强的娟娟却从师太的怀里挣了出来，又走到刘伯温面前，说："爹爹呀，我不小了，不要继续蒙哄下去了。再说，父亲不是不正视现实的人，若是那样，您便不是被大明朝上下尊重的军师老先生了。今天当着孩儿的面儿，揭开这个深藏心中的秘密吧。"明月长老说："军师啊，已到了将窗户纸捅破的时候了。我帮你对娟娟瞒了好长时间，她是个懂事理的孩子，已经学会了承受。军师，不要太痛苦、太委屈自己了，你是一位铮铮铁骨的硬汉子，应当设法帮助娟娟圆全好梦，找到她的家和亲人。不少事儿现在是不好说，不过也没啥，咱们可以共同想办法。我看阴阳双鹤剑同时出世，就是个好兆头，佛祖定会庇佑正直、善良的人。"刘伯温自言自语道："好，好呀！"娟娟又道："爹爹，此事已在孩儿心中憋了好多年了，早想跟您老一五一十地讲出来。'君子坦荡荡，小人长戚戚'，若再不讲，我不成了欺瞒老父的不孝之女了？"刘伯温见女儿的态度很坚决，挡是挡不住了，只好答应道："娟娟，既然想说，那就说吧。"现出一脸的无奈。

娟娟看了看父亲，又瞅了瞅明月长老，见师太点了点头，于是便含悲忍恨、振振有词地讲起了自己的身世："自从母亲过世，我就立志习武，并非出于好奇，而是为了解开自己身世的谜团。三岁多一点儿的时候，听过爹妈悄悄儿讲，说我不是刘家人，是抱养的。那时虽然小，但你们的话却像把刀子一样扎进我的心中，成了块一直不能平复的伤疤。随着年龄的增长，我感到伤口越来越痛，为抚慰流血的心，曾多少次地追问您和母亲。开始，父母大人都哄我，不讲实情。后来，母亲被磨得实在没法儿了，才在病重期间，向我说出了事情的原委。还一再嘱咐我：'娟娟，此话绝不能告诉你爹，那会伤了他的心。他可是最疼你的呀，若不是爹爹把你抱回来，救了你，怎么会有今天？他每次散朝回家，都要先看看你、亲亲你、抱抱你，喜欢得不得了，可千万不能对不起他，要有良心哪！好孩子，能记住妈妈的话吗？'当时，我向母亲发誓：'就让此话烂在孩儿肚子里，永远不说！'可时至今日，女儿再也无法继续憋在心里了！想来爹爹是一国军师，相信很多事情是知道的。因此，孩儿只能跟您说，并请天上有知的母亲原谅。我知道，孩儿是爹爹从醉花楼下的小河岸边捡回来的弃婴，精心照护如掌上明珠，非常感激二老这么多年的养育之恩。可娟娟还知道乌鸦反哺、羊羔跪乳之古喻，倘若不去寻找亲生父母，苟且偷生，岂为人乎？母亲在世的时候，孩儿系念她体弱多病，不忍远离。她去世以后，娟娟故求遁入佛门，诚诵经书，以期佛祖垂怜，指儿迷津，或许可睹慈母尊颜。尤其感激师太的洪恩，不仅深谙娟娟，还教以经文，授以武技，助以钱财，鼓励暗访八方。三年来，孩儿的武功没有白学，走了许多地方，寻访了那里的市井街巷，问过不少早年的老人和农夫。过去一些心存疑难之事，现已水落石出，全赖神佑天助之奇功，更赖师太老人家的苦心帮忙啊！娟娟曾七访青田醉花楼，因生怕爹爹为儿分忧，故而七过家门而不入。这些事儿，爹爹当然不知道，琏哥哥亦不晓得。如今醉花楼名儿依旧，馆主叫黄三娘。她为人善良，怜我身世，又十分同情，便告知了实情。据黄三娘讲，大元至正年间，有个雅号叫赛嫦娥的，是爹爹当年在青田捡到弃婴时醉花楼的馆主，即现今馆主黄三娘的鸨奶奶。黄三娘当时还是个幼女，在馆中尚未开脸接客。听鸨奶奶言讲，时有婺州桑女楚氏，被义军头领占而弃之，含恨逃到丽水、青田，后被赛嫦娥引入醉花楼。楚氏在醉花楼生一女后，弃女私逃，然后便不知去向了。孩儿生于青田，父亲又是在醉花楼下小溪流边捡到的我。由此推断，那位婺州楚氏所生之女正是孩儿，婺州桑女定是娟娟的生母了。事也凑巧，真是天佑孩儿这片孝心，偏偏在明月庵中，让我结识了李佑公子。李佑何许人也？他是李存义之子、李善长的侄子。我们闲唠嗑儿时谈起家事，李佑夸说他大爷李善长有个怪嗜好，就是尤爱女色，秘密收养了从江南各地逃来的江淮娼妓、名伶百人之多，个个长得花容月貌，打扮得花枝招展，能歌善舞。为了收藏这些千姿百媚的名妓，李善长特建了一座百花楼，除供自己享乐之外，还以此广交天下豪富，用美色笼络人，使得朝中不少人追随他。不难看出，李善长表面上是太师，八面威风，暗地里却干着男盗女娼的勾当。孩儿为了解生母的下落，有意接近李佑。他本来心存邪念，又误以为与之有情，竟置妻子于一边而不顾，一心奉迎我，主动亲近我，处处顺着我的要求办。孩儿采取了将计就计、佯装情投意合、顺水推舟的办法，尽量不得罪他。这样，自然使得师太为我担心、着急，怕被李佑耍玩。我告知师太，徒儿心中有数，早已防范，请不必挂心。之后，孩儿开始利用李佑与我的亲密关系，想方设法让他带着去李家。为讨好我，他思来想去，终于答应了。从此，我有了机会常到李府去，结识了家里的人，打算通过李佑的关系，从他父亲李存义那里打听百花楼的情况。李存义的脑袋瓜儿比较简单，见他的宝贝儿子那么喜欢我，还真上了圈套了，一个劲儿地夸我长得好，声言希望将来能有这样一个好儿媳。当我将百花楼之事提了出来，又在李佑的一再缠磨之下，李存义声称得向兄长李善长打听打听。

其实，李存义是故意拖延时间，他完全清楚那些妓女的情况，因为他本人就是玩弄、霸占妓女的常客。在实在拖不过去的情况下，他只好说从与兄长李善长的谈话中得知，百花楼的妓女中，确实有一个婺州桑女叫楚绣绣的。她美貌俊秀，为诸妓之冠，尽管年近三十，却俨如二九佳人一般年轻漂亮，一些名流士绅无不惊羡江南美女楚绣绣。我也打听到李善长、李存义也为该女子所迷，将成群的妻妾抛到一边，皆想占有之，甚至为此阋于墙，闹了不少争风吃醋之事。李善长以他的权势、威严镇住了弟弟，要独霸楚绣绣，最终兄弟反目成仇。楚绣绣在被李氏家族留住多年之后，元至正十五年，李善长为结交降明的元将纳哈出，将她赠赐之，随去辽东，久无音信。孩儿所以知其详，不仅是李佑从中帮了忙，也由于李存义因争楚绣绣，对哥哥心生忌妒，故对此事记忆甚清甚确。现在看来，娟娟之母当在辽东。"

娟娟一五一十、头头是道地详细阐述了寻找亲生母亲下落的过程。刘伯温听后，那是大吃一惊啊！他特别信服女儿，认为虽然年岁小，但有极强的判断能力，对情况了解得比较全面，证据确凿，抓得很准。到头来，女儿竟把十几年的迷津破解得如此清晰、透彻，十分了得！在这里，朱伯西要向各位阿哥多讲几句。这些年来，刘伯温一家对娟娟的父母情况知道与否呢？说实在的，自从刘伯温被请入朱元璋的大帐、成为义军军师之后，对朱元璋所信任的李善长的为人及其家里的一些事情还是了解的。他也听说李善长养了许多妓女，然而并不知道娟娟的生母就在其中。如果这么说，那么刘伯温对娟娟的父母是谁完全不晓得吗？不是的。刘伯温抱来娟娟时，看见在孩子的右腿上系有一个小玉坠儿，看似不起眼儿，那可是当时的天子之宝。即是说，只有称帝之人才能有这样的物件，可见娟娟的父亲不是等闲之辈。不过，元朝末年反元义军太多了，不少首领自立为王，称什么公或什么王，还自比为什么龙，把妻子看成什么凤，皆想登上皇位。在那个时候，可以说是天子满天飞，每个所谓的天子手里，都有代表天子的玉器，表明一种权力的象征。那么娟娟的右腿上系着的玉坠儿究竟是哪个义军首领的呢？说来也巧，刘伯温最怕出现的事儿，还真的就来了。

怎么的呢？刘伯温在元至顺年间，进士及第后，做了高安县令。时值义军揭竿而起，市面儿兵荒马乱，他便辞去县令，退隐回至青田的家中。他为了保护自己的家乡，遂把大家组织起来，守城护寨。乡亲们的生活平顺如常，他同妻子、孩子过得也算安闲。退官回乡的第二年，一股强大的义军进入了浙东，头领就是奉为吴国公的朱元璋。朱元璋率军下金华、定括苍，占领了浙东之地，并在这里听到了刘伯温的名字。知此人博通经史、晓天文地理，可与诸葛孔明相比。于是，朱元璋派人三顾其家，左说右劝，请出了刘伯温。刘伯温从此跟随朱元璋南征北战，被尊为军师，知道进入浙东的义军首领只有朱元璋。朱元璋先是占领了集庆，即后来的应天府。又同部将胡大海、常遇春一起夺取婺州，即火腿很出名的金华。朱元璋在攻占了金华之后，于城西立起了大帐、建起了兵营，坐镇婺州，并以此为据点，围衢州，占括苍等地。集庆方面，则由朱元璋的夫人马氏和大将徐达主持。刘伯温得知一切后，吃惊不小，马上想到了原来娟娟腿上系的玉坠儿不是别人的，正是自己效命的当年义军的首领朱元璋的啊！刘伯温同安夫人讲明这点之后，安夫人不禁一阵眩晕，惊出一身冷汗哪！哎呀，没承想孩子竟与朱元璋有关，可怎么办好呢？夫妻二人为此事大为不安。因为事关重大，哪敢声张啊？两人商量来商量去，最后决定把小玉坠儿藏起来，今后无论在什么情况下都得咬紧牙关，终生不能露。

然而，事情并不如想象得那么简单。前书说过，刘伯温与安夫人在谈话中，偶尔露出了孩子是捡来的话，却偏偏被娟娟听到了。尽管她才三四岁，却总是抓住这个话茬儿不放，一再地刨根问底儿，非要问出个子午卯酉不可。尤其是当聪明的娟娟一天天长大了，慢慢地懂得事理了，你说这事儿咋还能瞒得过她？别说瞒呀，想回避都不成，刘伯温和安夫人为此可愁坏了，真是大伤脑筋。安夫人在世时，有时看出娟娟心里难受，时常听到她夜里偷着哭，是又心疼又感到过意不去，常唉声叹气地问刘伯温："咳，怎么办好呢？总不能天天眼看着孩子难过掉泪吧，能否想办法尽快将娟娟的生母找到？找到以后，把她接到家中，和咱们一起生活。这样，不但娟娟高兴，而且咱们也是做了一件积德的好事儿呀！"刘伯温无可奈何地说："好是好，不过上哪儿去寻呀？没那么容易呀！"安夫人说："将来你看着吧，娟娟很难对付的，不说实话不行啊！与其瞒不住，不如彻底将身世揭开。"刘伯温心想："不行啊，这事儿关乎皇上，闹大了不好收场啊！再一个要是真把事实一五一十、原原本本地告诉了娟娟，若出点儿啥事儿也不好办呀，还是挨着吧。"就这样，他们一拖再拖，始终没把真相对娟娟讲。而今看来，结果正像安夫人预料的那样，娟娟什么都知道了。安夫人要是在世的话，此事可能会处理得妥帖些，起码为了娟娟能注意处好同朱元璋、马皇后的关系。刘伯温却不注意这些，特别是对一些细心事儿不大会办。

说起来，刘伯温自参加了朱元璋的义军以后，被奉为军师，出了不少好点子，大家特别信得过。朱元璋同他的关系很密切，又十分敬重，从不直呼其名，平时总是一口一个先生地叫着。朱元璋往往对别人的话可以不听，或者理都不理，而对刘伯温的话却洗耳恭听，甚至有时刘伯温发脾气，他能做到不出声儿，即使有了矛盾，亦很容易解决。为了商议军情，二人常是通宵而谈，或同榻而眠，相互之间毫无保留，有什么说什么，很是合手。不仅如此，连马皇后与安夫人的关系也非同寻常。若说刘伯温与朱元璋处得来，是出于治国安邦，那么安夫人与马皇后处得好，则多了一层想法。什么想法呢？就是想通过与马皇后建立起亲如姊妹的感情后，找一个有利的时机，把娟娟的事情告诉她。因为安夫人知道马皇后一向开明，不是小肚鸡肠或好忌妒的人，心胸比朱元璋开阔得多；还善于联络人，在军中的威信很高。朱元璋所率领的义军不断壮大以及后来能成为一代君王，同马皇后的功劳是分不开的。很多大将打心眼儿里佩服她，亲切地称其为嫂子，或称婶娘、妈妈什么的。这样看来，此事暂时不能跟朱元璋说，而是得想办法先向马皇后透露。假如把娟娟的事儿跟马皇后说明白了，朱元璋那儿便好办了。怎么做好呢？只能是与马皇后的关系渐渐处得密切了，随之把娟娟自然而然地引到马皇后身边来。让她们二人一天天亲近，使之对娟娟的印象越来越深，越来越喜欢，能像对待自己的女儿一样则更好了。到一定的时候，便可向马皇后说出娟娟的身世，对方才容易接受。然后，再通过马皇后做当今陛下的工作，让朱元璋能名正言顺地承认娟娟是自己的女儿。可见，安夫人为了娟娟应得的名分，真是费尽了心机呀！

安夫人正是出于这种想法，才跟马皇后越处越近，姊妹长、姊妹短地一唠便没个完，有事儿没事儿地常往一块儿凑。一段时间之后，安夫人同马皇后的关系确实处得不错。马皇后的年龄比安夫人小五岁，又没有皇后的架子，总是一口一个姐姐地叫着。只可惜安夫人寿命不永，竟在未向马皇后开口之前，于洪武初年与世长辞了。刘伯温失去了贤内助，对他来说，是个极其沉重的打击，从此决心不再娶。马皇后知道后，为失去一个最好的姐姐悲痛万分，并亲自为之吊丧。自此，娟娟的秘密被撂了下来，咱们暂且按下不表。

回头再说当今天子朱元璋和马皇后闻听刘老先生由青田老家来京，

徐达大将军也从北平府前来奏报军情，君臣能得以相会，二人十分高兴；同时，还从钱俊处得悉，明月庵的明月长老占卜得到的"立木主世，双十并肩，日在西天，王者相伴"的十六字佛家偈语，原来乃叶旺将军的名字。这条偈语是佛家专门送给刘伯温之女的，也就是明月长老苦心教习的徒儿妙善居士的。佛家指明，叶旺是娟娟未来的丈夫，军师的爱女和徐达大将军的得意高徒受佛光普照，将要喜结良缘。听此消息，朱元璋兴奋异常，心想："叶旺即将东征，与马云将军一起去辽东赴任，这是在刘伯温老先生的具体筹谋之下决定的。刘伯温为解决去辽东的兵力，做出了多么大的贡献呀！若不是他，不可能在数日之内，征召到降明的千余名兵将，也不可能这么快就组织起士气昂扬、威武雄壮的东征大军。眼下大军万事俱备，只等诏书一下，便可挥师北上，去夺取辽东的胜利。"想到这儿，他觉得应该速办娟娟的婚事，以慰刘老先生之心。此刻，他同马皇后一块儿谈着一桩桩喜事儿，心里相当畅快，那是越唠兴致越高！

朱元璋这个人，前书介绍过，从小很苦，自入皇觉寺后，对佛非常崇敬。他从举义旗反元，南征北讨，一直到登上皇帝宝座，始终敬佛。就是现在，在宫殿的后面仍设有佛堂，每天要上香叩拜。马皇后同夫君一样，也敬佛。二人对明月长老的佛签儿上写的十六字偈语诚信不疑，不仅向刘伯温祝贺，向徐达大将军祝贺，还向他们共同喜爱的娟娟祝贺。因为他们知道娟娟是刘老先生和安夫人捡来的遗孤，又都见过这个聪明伶俐的女孩儿，而且特别喜欢，如今长大了，要办喜事儿了，能不与之同乐吗？尤其马皇后更是高兴万分，她同已故的安夫人亲如姊妹，对其女儿娟娟当然格外喜爱和器重了。自从朱元璋荣登大宝、做了皇帝，马皇后便跟着住进了深宫大内。马皇后尽管同安夫人不像以前接触那么频繁了，但由于时常想起，曾在宫中多次召见过她们母女。安夫人去世以后，娟娟渐渐长大了，马皇后再没见过这孩子，娟娟从此也没有到宫里叩见婶娘马皇后。

还有一件令朱元璋和马皇后欣喜的事儿，那就是徐达大将军所掌握的三丰阳宗双鹤剑与沉寂多年的三丰阴宗双鹤剑相会合啦！这对大明朝来说，是一件大吉大利的事儿。他们万万没想到的是，三丰阴宗双鹤剑竟掌握在京师明月庵的明月长老手中，继而又传给了刘伯温的爱女娟娟，怎能不让人喜出望外呀！自古以来，民间传言说，越是在荒乱的时候、民不聊生的时候，宝物越不容易见到；凡是社会最安定的时候，一些奇兆、奇珍异宝便容易出现。名剑问世，这是国家昌明的一种吉祥的征兆。朱元璋、马皇后惊悉三丰阴、阳双鹤剑相会合，认为此乃大明朝之祥瑞，能不龙心、凤心大悦吗？他们不但在宫中敬佛祈祷，每日里佛堂明烛辉映、香烟缭绕，日夜木鱼传遍宫墙内外。而且朱元璋还宣旨，特召在京的徐达大将军、刘伯温老先生、胡惟庸与汪广洋二丞相、宋濂大学士、明月庵的明月长老率娟娟以及叶旺、马云等人于次日寅时入宫，在御花园摆宴祝贺。那李善长太师原本是在灵蒙监修皇帝行宫的，近日由于身子骨儿不好回京调养，故而也被召来。

第二天寅时，皇上、皇后与太子、众王、众妃来到了华盖宫的御花园，按宫中的礼序，依次就座。徐达、胡惟庸、汪广洋首先率领众臣进宫叩拜皇上，接着是李善长，继而是刘伯温。因刘老先生已是告老还乡之人，故于众臣之后进宫。皇上、皇后见刘伯温来了，忙命内臣钱俊快快将老军师搀扶入座，并说："先生不必冗礼。"刘伯温不答应，执意跪倒在地，叩拜道："山野之人刘伯温蒙陛下、皇后隆恩，召之入宫，万分感谢。臣恭祝皇上、皇后万寿无疆！"朱元璋走下龙椅，上前搀起刘伯温，扶到自己的龙椅旁边，请老先生入座。接着是马云、叶旺等人入宫叩见。最后，钱俊宣诏："明月庵明月长老觐见！"明月长老拉着徒弟妙善居士缓缓走进宫来，手打佛号，说："阿弥陀佛。老尼叩拜皇上，吾皇万岁，万岁，万万岁！皇后千岁，千岁，千千岁！"随后娟娟叩头，道："妙善居士恭祝皇帝、皇后万寿无疆！"朱元璋很高兴，忙宣道："平身，赐座。"马皇后也笑着传下懿旨："赐妙善居士、吾的好侄女娟娟到吾身边入座。"话音刚落，早有侍女引领娟娟来到马皇后身边，另有侍女端来一把金丝绢绣彩凤的小靠椅让娟娟坐。马皇后笑眯眯地对娟娟说："好丫头，许久没见，越长越招人喜欢啦！来，让婶娘亲亲你，不必拘束。"边说，边搂过娟娟。娟娟本来就与马皇后挺熟，小时候皇后还抱过她呢，便自然而然地与之亲昵起来。

所有的人就座之后，朱元璋看了看大家，说道："今日朕与皇后请众爱卿来，非同往常，是为了庆祝我朝千载难逢的几件喜事儿。纯属皇家与故友相聚，众爱卿不必拘于君臣之礼，咱们同喜共庆！"马皇后接着说："众位哥哥、弟弟们。"她为什么这样称呼臣子呢？因为过去共同反元时，在万马营中常常是兄弟相称，已经叫惯了。"咱们都是转战多年的生死患难弟兄。过去相见没有那么多繁文缛节，都很随便，感到亲近。吾还真不习惯现在的规矩，今天不妨破一次例，仍像以前那样吧，没啥讲究反倒自在些。刚才皇上不是说了嘛，咱们是皇家与故友聚首一堂，大家在一起好好儿乐和乐和，不要客气。"她又侧过头，对娟娟说："丫头哇，你是吾的好侄女，安姐姐在世时，咱娘儿们每天早晚常聊。后来虽在宫中见面的机会少了，但也能见到，再往后便看不到你的影儿了，婶娘很想呢！今儿个是你与叶旺将军定亲的大喜日子，侄女的喜事儿就是吾的喜事儿，一定要办好。吾在这里替已故的安姐姐做主了，以慰在天之灵。军师刘老先生也在，想必会同意的。"之后，她转过头来冲大家言道："何况又逢三丰雌雄双鹤宝剑出世，乃本朝之幸，该大喜、大庆之，陛下非常高兴。阴、阳双鹤剑相合，是百瑞降世，显示了国运兴隆，吾和皇上在这里向徐达兄弟和明月长老祝贺了！陛下，可否让众兄弟共同鉴赏天下奇宝——道家先师张三丰阴阳二剑的真容，亲观传人的高招剑法？"朱元璋笑着道："好哇，就依皇后之言。"马皇后更乐了，瞅着太子标和十岁的燕王朱棣说："你们也见识见识，开开眼界。"因其他几位王爷已离开京师，驻到各地做藩王去了，眼下只有四皇子朱棣在京，故而赶上了。朱棣很机灵，十分好奇，听皇娘这么一说，马上跑到身边抱拳道："儿臣遵命！"然后，他又扑到母后旁边的娟娟怀里，直劲儿地问："娟娟姐姐，宝剑在哪儿？快让我看看，让我看看嘛！"那个顽皮样儿特别招人喜欢。马皇后把他拉了过来，哄道："小王爷，别缠姐姐，一会儿就看见了。"朱棣便不出声儿了。

马皇后的话音刚落，只听内臣钱俊宣道："陛下有旨，命叶旺、妙善居士表演三丰剑法。"大家纷纷鼓掌，掌声异常热烈，都想见识一下多年未见的神剑剑技，以一饱眼福。首先出场的是叶旺。在此之前，师傅徐达向他嘱咐道："下场献艺选几个招式便行了，倒出更多的时间给娟娟。咱们要多观赏阴宗双鹤剑的剑法，也好让皇上、皇后好好儿认识认识娟娟，以便给他们留下深深的印象。"徐达为什么特意交代一下呢？因为他知道内情啊，当然一再叮嘱叶旺这个傻小子了，别脑子不转弯儿，一说让你耍，就耍起没完，把时间全给占了。

叶旺精神抖擞地出得场来，先到龙案前给朱元璋、马皇后叩头，又向众大臣抱拳施礼，随即跳入场中。一个金鸡独立的亮相后，连续走了三圈儿，表演了阳宗双鹤剑的二十几个招式。他心中明白，皇后要看的主要是军师之女娟娟的剑法和功夫，自己不过是陪衬，可不能喧宾夺主。尽管他只表演了九九八十一式中的二十几招儿，也可看出剑法很厉害，在场中是一连串的蹿上、跃下、腾左、闪右。大家只见白光一片，眼睛都花了。正看得高兴之时，瞬间白光没有了。叶旺双手握剑，一个跟头来了个大鹏展翅的姿势，纹丝不动地立于场中央，接着将双剑往怀中一插，弹簧一摁，"咔嚓"一声入鞘，随即围在了腰间。他再向周围一抱拳，又一个连环功，退出了场地，疾步来到龙书案前，向皇上、皇后叩头谢恩。皇上点头称赞道："妙哇，好剑法，朕开了眼界啦！"叶旺在一片掌声中，回坐到徐达大将军身后，面不改色、心不跳。

掌声过后，大家的目光回盯在场中央，只见随着一道白光的闪动，娟娟上场了，穿的是一身儿白绸短襟儿紧袖儿英雄衫，头上扎着白绸红缨儿英雄冠，矫健好看。娟娟纵入场中后，抱拳施礼，将外罩的英雄衫一脱，现出了里面白绸子的紧身、紧袖儿、紧腰的小打扮，更显出飒爽英姿。第一个招式是白鹤凌空，紧接着是白鹤亮翅、白鹤御风、白鹤戏水、白鹤腾空、白鹤斗蟒、白鹤驱虎。招式一个接着一个，一个快过一个，双手剑的剑形全是仙鹤的姿势。

咱们前书讲过，双鹤剑的每招每式都是把白鹤的千变万化的姿势融入武术之中，绘声绘色，逼真生动。各个招式柔中有刚、刚中有柔，招招连接，迅雷不及掩耳。故而，娟娟表演起来是只见白光不见人，令四座赞不绝口。她的阴宗双鹤剑的功夫与叶旺表演的阳宗双鹤剑的功夫是相辅相成的。阳剑刚在外，阴剑柔在外；阳剑多纵跃、高跳，阴剑多躺地、滚翻，阴阳两合，相映生辉。两宗剑皆为缓中求速。静中求动。而阴宗剑则更显优雅美观，看似柔，柔中有刚；看似雅，雅中有威。剑光闪闪，白如光球。为什么称"光球"呢？因为双剑舞快之时，只见剑光滚动，像白色的光球一般，不见人影儿。只听剑的飞啸之声，不闻运剑人的脚步声，充满了神光神韵，令人眼花缭乱。

正在众人大气儿不出地凝神观望场上表演的阴宗双鹤剑时，娟娟"嚓"的一声剑起，一摁弹簧，软剑已插回围在身上的剑鞘中，抱拳揖礼，随后跳出圈儿外。场内静了片刻，突然爆发出雷鸣般的掌声和接连不断的喝彩声。个个依依不舍的，觉得没看够啊，万万没想到刘伯温之女的剑法如此之美、之高！在座的文臣武将纷纷议论着、赞叹着。有的说："娟娟没进场之前，看上去只是一位俏美纤细、文静动人的小女子。可是一入场地，就感到她是那么威风凛凛、气压群雄，瞬息之间判若两人哪！表演起来动作轻如鹅毛、跃如猿猴，人剑合一，完全融入了奇幻的银光之中。把你顿时引入一个神奇的境地，让人遐思冥想、回味无穷。好剑法呀，妙极了！"有的脱口而出："如此高超的绝技，若在万马营中，要取敌方上将之头，犹如探囊取物一般、这是我大明朝之幸啊！"还有的竖起大拇指，夸赞道："阴宗双鹤剑的出世，造就了一位了不起的巾帼女杰，实在是太让人高兴了！真是一代更比一代强、一浪高过一浪，后继有人哪！"

马皇后看得很认真，眼睛几乎看直了，那是一个劲儿地连拍手带喊呀："娟娟，好侄女，神剑，神剑哪！让婶娘开了眼界了！孩子，百尺竿头，更进一步，继续努力吧！"朱元璋头一次看晚辈中小女孩儿的剑法表演，乐得嘴都合不上了。他领兵打仗几十年，什么样儿的威猛武将没见过？什么样儿的刀枪剑戟斧钺钩又没使过？今天一看，娟娟的剑法的确不简单，尽管还显得稚嫩些，认定这孩子将来肯定有出息，前程无量。他对娟娟是由衷的喜欢、赞佩，虽然没说出来，但那心里可是一千个、一万个满意啊！

徐达大将军看了娟娟的剑术后，高兴得也是赞不绝口。他本身就是阳宗双鹤剑的传人，自然很想见识一下阴宗双鹤剑的招式。今天娟娟把阴双鹤宗剑的九九八十一式全露了出来，使他痛快淋漓地目睹了阴双鹤宗剑剑法的风采。他也看出了小丫头完全掌握了阴宗双鹤剑的神韵，悟性很好，一招一式皆做得到家、到位。说实在的，这点很重要，可不是花架子，是要打仗的、对敌征杀的。一招一式有虚有实，那是阴阳相辅，行家要看剑法到不到家、到不到位。徐达今天算是开了眼了，认为娟娟不错，有出息，是后起之秀，剑法不次于徒弟叶旺。将他俩放在一起，那才叫真正的天作之合、天生的一对儿、阴阳相配呢！他笑着走到娟娟跟前，拍着她的脑袋瓜儿说："孩子，你给咱们祖传的剑法增光啦！明月长老没白传哪，传得对呀，确实把阴宗双鹤剑剑法的神韵接过去了。好，好哇！"他又大步流星地来到明月长老面前，先抱拳致谢，深深鞠了一躬，然后回身对皇上说："陛下，娟娟能有如此高超的剑法，首先要感谢明月长老的无私栽培和精心传授。能把一个女孩子的剑术训练到几乎是炉火纯青的地步，很是不易，看出长老费尽了心思。娟娟了不得呀，堪为我朝当今第一位巾帼女杰，是朝廷之幸啊！老臣为军师大哥和已故的安嫂嫂感到欣慰，同时为他们有这样一个好女儿表示祝贺！"

徐达的话音刚落，马皇后激动得站了起来，一把将娟娟拉坐到身边，又搂进自己的怀里，说："婶娘与你母亲关系很密切，就像亲姐妹一样，是吾最亲的人。今天见到你这么有出息，真为安姐姐高兴啊！她是好人啊，哪承想走得太早了，没享到福哇，没看到女儿这个出息劲儿哟！若是她看到你的剑法，不知得高兴成什么样儿呢？吾想念她呀！"说着潸然泪下。接着，马皇后边擦眼泪，边又转过头向刘伯温说："老先生，想跟你商量个事儿，能不能让吾收娟娟做女儿，如何？"刘伯温忙道："这是娟娟的福分呀，只要皇后娘娘愿意这么做，那太好了，岂有不同意之理？"马皇后听罢，微笑着点了点头。

明月长老在旁边一听马皇后说的这话，赶紧叫妙善跪下叩头。娟娟何等聪明啊，又是何其懂事明理呀，马上从皇后怀里挣出来，扑通一声跪在地上，咣、咣、咣连磕了三个响头，然后说："皇娘在上，妙善居士给您叩头谢恩了！"周围的人一阵欢笑，都替娟娟高兴。马皇后低下身来，伸手把娟娟拉了起来，上上下下地看呀，喜欢得不得了，乐得直淌眼泪。就这样，从小被扔到河边的苦命的娟娟从此便成了一位有公主身份的人了。朱元璋下旨道："明月庵的明月长老精心培育娟娟，弘布佛法，雄振国威，为本朝教授文武之才付出一片热心，其情感人，其志可嘉。特赏重塑众佛金身，赐修缮佛殿白银万两、明月庵金字匾额一块，以彰其功。"明月长老听后，慌忙跪下叩头领旨，谢主隆恩！

这里朱伯西要向各位阿哥插说几句。朱元璋对明月庵的赏赐，当即从库银中照拨。很快便将一座破旧的庙庵修缮一新，显得异常富丽、壮观，为鸡鸣山增色，为世人所敬仰，此为后话。

剑法表演过后，该赏的也赏了，该赐的也赐了，内臣钱俊接着宣了皇上的旨意："今天晚上，皇帝、皇后在漱芳园摆御宴。让大家品尝秋蟹，痛饮御酒，君臣同乐，请各位莅席。"众臣听后，不禁欢呼起来。谁都知道，眼下是秋蟹最肥、蟹籽最多的时候，那真是美味呀！与此同时，钱俊听到有人遗憾地说："御宴美归美，可明月长老是信佛之人，不动荤哪！另外，马皇后近日因多年身有微恙，许下愿要吃七日素斋。这样，御宴她们是只能看不能吃呀！"钱俊听罢，马上奏明圣上，并请准是不是除开蟹宴，再摆一桌素宴？朱元璋听奏，恍然大悟，自言自语道："是啊，理当如此。"这时，刘伯温走了过来，向朱元璋和马皇后禀道："陛下、皇后，要吃素宴，何不摆明月庵的呢？大家可能还没尝过，做得很好，颇有特点。她们擅做百种素食，能在各种盛宴中，将菜调出不同的味道，创下了色香味形独具特色的明月庵素宴。所取之料，皆大块儿物料。什么是'大块儿之物料'呢？宇宙即大块儿，料是选宇宙中最好的物料，然而又非大块儿之实料。也就是说，它不是宇宙中的实际那个东西，而是仿造而成的。神哉、奇哉，妙在其中，美不可言啊！陛下、皇后，在她们的素宴中，有天上飞的、地上跑的、水里游的，百种俱全。可又并非天上飞的、地上跑的、水里游的实物，有的用花儿呀、水果呀雕琢而成，有的则用面呀、豆腐呀烹调而成。看起来很像，吃起来味美，细品才知道，竟不是原物。"说得是活灵活现。

朱元璋、马皇后听得兴致勃勃，恨不能立刻吃到嘴。明月长老见此，笑着说："若陛下、皇后喜欢，为表达对朝廷的感激之情，老尼愿献明月庵的一种东海素宴，请陛下、皇后品尝。此宴是以东海的花卉、林果为原料，兼用一些面食、豆腐之类制成的。不知允纳否？"马皇后说："那不是太劳烦师太了吗？皇上和吾常吃素斋，全是请各个庙里的僧尼师父给做的，今天不妨尝尝明月庵的素宴。陛下，您看呢？"朱元璋当然高兴了，赞同道："好哇，皇后要愿意，那咱们就感谢明月长老了！"坐在马皇后旁边的娟娟忙说："皇娘，不费什么事儿的，很好做。不管做什么，反正都得用料，所费时辰是一样的，或许东海素宴还是陛下、皇娘在宫中从没有品尝过的一道美味佳肴呢！"汪广洋、宋濂、徐达、李善长等人也表示很愿意尝鲜。这时，朱元璋发话了："钱俊哪，你去帮明月长老张罗张罗吧。"圣旨一下，明月长老、娟娟同钱俊一起，先行乘宫中小轿去明月庵了。宫里有个规矩，皇帝、皇后用膳，非同一般，必须经过宫中的御膳司。因此，钱俊立马通知了他们，让派人共同督办此事。去时，多带了两抬小轿和一辆车，以便将明月庵擅做东海素宴的几位僧尼和准备之肴料一起接进宫来。总不能在明月庵做好了，再往宫中拿，那不是既凉又落上灰尘了吗？因此，只能带料来，就在马皇后的御膳房里烹制。另一个御膳房则用从东海新送来的冰镇的龙虾、大螃蟹做秋蟹宴，双管齐下。

一个多时辰后，两种盛宴做好了。钱俊禀奏皇上恩准，朱元璋陪着马皇后、领着众臣一起到漱芳园入宴。这里装饰得非常漂亮，园外绿树成荫，园内金碧辉煌，养殖一些花草、鱼虫，给人一种神清气爽之感。大厅中摆放了两张大桌子，桌上铺着好看的桌布。第一张桌，朱元璋坐在首席，汪广洋、宋濂、胡惟庸、徐达、李善长、马云、叶旺等几位臣子依次坐在皇上下首；第二张桌，马皇后坐在首席，旁边是太子标、四儿燕王朱棣，再就是明月长老、刘伯温、娟娟、钱俊等人。朱伯西在这里要插说两句。其实，此次御宴远不是上面说的只两桌。在园子的后暖阁中，还有三张桌子，用布帘儿挡着，为的是同前两桌分开。如果只吃蟹宴，便不会有这个安排。为什么呢？因为今天特殊，要吃明月庵置办的东海素宴，众王子、妃嫔、内臣都想尝个新鲜。尤其是朱元璋的几个爱妃，如胡充妃、达定妃、郭宁妃、高丽妃、蒙古妃正是风华正茂之年，也愿凑热闹。于是经皇上恩准，才多开了三桌。这些妃子生的孩儿们，有的还很小，就由侍女们抱着，全来参加了御宴。三桌的情形，咱们按下不去细表。

单说大厅内的那两桌，众臣和故友按次序坐定之后，钱俊问皇上是否开宴？朱元璋说："开始吧。"皇上旨下，奏乐声起，送菜的排着队，手端盘子鱼贯而入。因为有吃秋蟹的，有吃素宴的，皇后笑着征询大家的意见，怎么个吃法儿好呢？汪广洋提出一个很好的建议，说道："陛下、皇后，按说呢，蟹宴和东海素宴皆是皇上、皇后赐给的，我们哪个也不想放过。不吃的就看一看，爱吃的就吃一口，还是两样宴一块儿摆好。"此话说得多好听啊，那是真会讲啊。是呀，秋蟹御酒宴是皇上、皇后赐的，素宴同样是皇上、皇后赏的，你能说哪个不好吗？应该说都好。汪广洋的话很让马皇后高兴，大家听了也觉得讲得妙，于是便按汪丞相所说，一张桌摆了荤、素两种宴。两个御膳房的人在乐声中各走各的路，一块儿进入漱芳园，把一道道佳肴摆上桌。朱伯西不妨将其中的几道菜，向各位阿哥简单介绍一下。

秋蟹是十分讲究的美味，有全蟹、蟹籽、蟹肉羹、蟹甲。有的蟹甲是用酒泡过的，清香扑鼻，煮好后呈红色。除此之外，还多加了龙虾肉和整只龙虾。每道菜装在圆形、方形、长形、椭圆形等不同形状的盘子里，在餐桌上摆成凤凰形、龙形、"寿"字、"万寿无疆"字样及各种花卉样式，奇特好看。就是不吃光瞧，也会让你目不暇接、爱不释手。

东海素宴更是出奇的好，一炮打响。明月庵这是头一次蒙受皇恩，赏赐了那么多银两，又亲赐匾额，怎能不由衷地感谢皇恩浩荡呢！明月长老嘱咐她的姊妹、徒弟们："你们要拿出高超的手艺来，露露咱们明月庵的本事，有多大能耐全使出来，一定把素宴做好。"几位明月庵来上灶的僧尼师父，那真是使尽了浑身解数，做得精益求精，堪称一绝。每上一道菜，在座的人没有不叫好儿、不鼓掌的，交口称赞，啧啧之声不绝于耳。菜名儿很特殊，什么"东海海花"，是用海中的长寿花做成的。它不单单是药材，也可以吃，味道清香，营养价值胜过人参、鹿茸百倍。什么"东海古菜"，是在终年不见天日的几十丈深的海底礁石上采集来的，可入药，又可做菜。还有什么"东海龙爪芽""东海海蛇叶""东海冰胆"等。"东海冰胆"是一种奇特的蔬菜，海中最冷的地方有水也有冰，它便是在冰中开的小团花儿，做成菜后，味道十分可口。另有各种海物仿形大餐，什么大刀鱼、海兽、蛟龙、海蛇、海龟、海鲸等。只要一吃才会知道，那不是真物，而是用面、豆腐精制而成的。就是说，除礁石上的花草、古药等海中名产为真品外，其他的鱼、蛤等，皆由他物烹制而成，需经过烹调、油炸、雕刻等几道工序。仿形大菜中，除了水里游的鱼类，还有天上飞的禽类、地上跑的兽类，做得都很逼真。不算汤羹之类，东海素宴一共上了九道五十四肴，令在座的人开了眼福了，饱了口福了，尝到了从未享受过的美味佳肴，无不称赞道："东海素宴观之，如入龙王宫中一游，样样儿飞禽走兽栩栩如生；吃起来清淡可口、香而不腻，既鲜且嫩，咸淡适宜，绝妙之至。"

在宴席上，明月长老特别指派了两位徒弟分别毕恭毕敬地站在皇上、皇后的身后，每上一道菜，就由她们分别向陛下、皇后禀奏一下此菜的名字、来历及烹制之法。朱元璋和马皇后感到吃了这餐素宴，仿佛去了一趟远离万里之遥的美丽陌生的东海，欣赏到了那里迷人的风光，增长了不少关于当地土生土长的珍贵的药用和食用知识。二人吃得十分开心，并约定明月长老今后要常来宫中，希望多多品尝明月庵的素宴。

大宴用了两个多时辰，朱元璋、马皇后和众臣、故友才离席，出了漱芳园，到前面的凉亭休息、饮茶。大家兴致未了，不约而同地对宴席又称道了一番，直到天色渐渐黑了下来，时间已经很晚了，才陆续向皇上、皇后拜别离去。凉亭里只剩下朱元璋、马皇后、军师刘伯温、明月长老和娟娟。

马皇后这个人向来侃快，善于与人交往。特别是此次见到明月长老，俩人说话挺对心思，很是投缘，大有相见恨晚之感，并觉得没唠够，故而一定不让师太走，婉请留下。娟娟是皇后刚刚认下的女儿，那是十个头儿的爱，当然也不愿意让离去。于是明月长老和娟娟都留在这里了。另外，军师刘伯温住在青田很长时间了，来一次京师不易，还能见多少次面呀？再说，马皇后与老先生的感情很深，于是极力挽留说："军师，不要走了，在哪儿不是待着？咱们在宫中多唠一会儿，这是难得的机会呀！"而刘伯温恰好心里有事儿，正想同皇上、皇后说。什么事儿呢？当然是娟娟的身世。此事又不是随便什么时候都可以讲的，得在适当的时机才能开口，索性顺势接受了马皇后的一再挽留未走。马皇后之所以没让明月长老走，还有一个想法，就是想让她给自己看看病。朱元璋明白马皇后留明月长老是为了什么，便没走，主动相陪。马皇后多年来转战各地，积劳成疾，表面只说身患微疾，谁又愿意把病说重了？实际上，她知道自己的病不轻，怕是寿命不长了，不过还想继续帮衬丈夫，多个人手多把力嘛，因此想尽快治治病，才能有力气做些事情。总之，这五个人各有自己的想法，只是没讲出来，所以全没走。他们坐了一会儿，闲聊了几句，马皇后抬头看了看天，然后说道："陛下，还是请几位到吾的寝宫里去吧。那里方便，屋子又暖和，在炕上坐着还舒服，硬椅子坐长了会感到疲劳的。"朱元璋说："好吧，就听皇后的。"于是，由内臣陪伴，几位一块儿去了马皇后的寝宫。

一行人到了寝宫，坐下来喝了一会儿茶，马皇后便亲切地对明月长老说："师太，这次有幸相识，很高兴，说明咱们有缘哪，很多事情能想到一块儿。吾不拿长老当外人，不仅敬重，还很信任。不知能否给吾把把脉？"明月长老答应道："好吧，那就请皇后娘娘坐在床上，头靠在被子上。"马皇后顺从地上了床，一个侍女赶忙拿了床丝被放在她的身后，让皇后娘娘靠着。明月长老随即也上了床，其他几位都围了过来，看长老如何给娘娘号脉，旁边还有四个婢女侍候着。床上摆着一张小桌案，上面放个小枕头，明月长老让皇后把右手伸出来放在枕头上，开始把脉。把完右手脉，又让皇后伸出左手，明月长老轻轻地摁着寸关尺，闭目体会着脉象，不说话。皇上在一旁注意地看着。半天，明月长老抽回手，说道："皇后娘娘的脉看过了，请把舌头伸出来。"马皇后照做了。明月长老仔细地看了看舌苔，然后点头道："好了，看完了。"马皇后闭上嘴，大睁着眼睛，急切地看着师太，想听听怎么说。明月长老迟疑了一下，这才语气悠缓地说："老尼得说实话，不过没关系，请皇后不要着急。娘娘还真有毛病，并且不是一天两天了，是老病，主要为思虑过度引起的心血不足。从脉象上看，娘娘疲于劳累，心为火，火不旺，其他的脉象就显得微弱了。出现芤脉，脉搏浮大而软，说明血不充足，按之中空，如葱管儿。血虚且微弱，看来娘娘的体虚有年。从舌苔上看，舌苔红滑，又有热症。"马皇后问："师太，那吾该如何办？应用什么药治才好呢？"朱元璋插嘴道："过去曾请不少郎中看过，跟师太说得差不多。都讲皇后虚弱，血虚心悸，可用了药，也未见好。看看该怎么调理，是否能开个奇方？"明月长老说："这陈年老病，说好治也好治，说不好治也不好治，光吃些补药恐怕不行。依老尼看，得用海产的虬角及食饮东海龟肉、龟血，才可以补血去热。所说的虬角，只有北域海中出产，俗称海象牙，除燥热有神功。另外，东海千年巨龟的龟肉，滋补最佳，远超过参茸诸药。老尼常带徒儿冬去北方，夏季返回，用采集的东海药制膏丹，颇具长生不老之功效，多年来已经验证了是很起作用的。我回去看看，可能还有点药丸儿。如果没了，就尽快给皇后娘娘炮制一些送过来。服用后，若是觉得好使，老尼再到北方去，想办法多弄些虬角回来。"说着话时，显现出一脸的关切之情。

明月长老的介绍，朱元璋听得入了迷，颇感兴趣，由此对北海、东海一带的印象越来越深。马皇后也很高兴，庆幸遇到了仙师与知音，对其更加敬慕，又见师太心地善良，对人诚恳热情，精通药理方剂，没想到在京师咫尺之地，竟能求到活神仙，这可真是福分呀！想及此，她十分感激军师刘伯温及其女儿娟娟。如果没有他们父女的引荐，怎么能认识明月庵的明月长老呢？皇后同师太是越唠越投机，越来越亲近，一心想要挽留于宫中住，总觉得还有许多话没说完，后来索性将此想法直截了当地同师太讲了。

明月长老有个习惯，除非到外地远游或采药，一般来说，从不在外面留宿，无论多晚都要回到庵堂，诵经文、拜佛、修身养性。这次是为了娟娟，才离开明月庵的，直到这么晚了还未返回庵里。原来以为当今的皇上、皇后肯定是难见之人，一个老尼姑哪那么容易看到哇？现在不仅见到了，还深感他们竟是那么平易近人。尤其是皇后娘娘，没把她当外人不说，还不摆皇后的架子，非要留住在宫中。明月长老心想，这样也好，一方面有机会同皇后处得更近些，便于说娟娟的事儿；另一方面可于夜里再给娘娘把把脉，对治病会更有利。马皇后是真心想留明月长老，又说道："师太，您老放心，住在宫中不会耽误诵经的。这里专门设有禅堂，大雄宝殿不会逊于你们明月庵的。"明月长老说："当然，当然。老尼那儿只是普普通通的小庙堂，大家对庵里的大雄宝殿就是那么叫，实际上只是一个很小的地方，哪能同皇宫大内之大雄宝殿相比呢？"马皇后说："您老就在宫中的禅堂诵经做佛事吧，为吾斋醮、祈福。吾将感激不尽。"在一旁的内臣钱俊插嘴道："长老啊，皇后既然留您，最好别推辞了，留宿一宵吧。"刘伯温和娟娟都向师太使眼色，意思是不让她走。明月长老笑着说："感谢皇后的盛情，让老尼在宫中留宿，只能搅扰皇后了。既然留老尼在身边，也就别让娟娟和军师走了，宫中能有歇息的地方吧？"马皇后高兴地回道："这点请放心，有的是地方住。军师家在青田，是长老的客人，又是吾的客人。君臣难得一见，还没唠够怎能放走呢？当然得在宫中下榻。说到娟娟，那已是吾的女儿了，没亲够更不能走呀，对吧？"就这样，明月长老、娟娟同刘伯温一同被留下了。

　　说来也真巧，是做梦都不易盼到的好机会，事情的发展没想到会这么顺当。夜晚，马皇后先命内监领刘伯温到皇上寝宫的另一处内室安歇。其实，过去老先生常因商议一些军机大事而与朱元璋住在一起，故而对所住的地方丝毫不感到陌生。宫中的内臣全都熟悉、敬重军师，照顾得周周到到，咱们不去细表。

　　单说马皇后与明月长老、娟娟在寝宫歇了一阵儿后，便同去明宫佛堂的大雄宝殿焚香拜佛。这座佛堂虽然在宫内，但不次于一个大型的古刹，里边有不少僧人在诵经。她们进去以后，皇后先领着娟娟到各个佛面前叩拜、焚香，然后明月长老命妙善居士为皇后跪诵大悲咒、菩提咒，祈福除邪。马皇后在佛堂跪拜敬香时，明月长老默念经文，并在皇后周围转了一圈儿，为她祈福。做完了佛事，三人一同返回皇后寝宫。

　　尽管已时至深夜，马皇后仍无倦意，兴致不减。她命侍臣传上夜膳，其实谁都吃不动了，谁也没有吃下多少。撤下夜膳后，马皇后把娟娟拉到身边，笑眯眯地左瞅右瞧看不够。娟娟很懂事，知道皇后有些累了，便说："皇娘啊，让女儿给按摩一下怎么样？"她是从明月长老处学的按摩术，就是"罗汉杵"，全是用五指点穴，即用双手的十指点对方的穴位、经络。不同的穴位，施以不同的揉、按、点、压之法，可以通经活络、舒筋活血。

　　马皇后一听娟娟这丫头说要给自己按摩，很高兴，笑着答应道："好哇，吾倒要看看女儿有什么能耐。说实在的，吾一天下来累得厉害，觉得身子骨儿快散了架子似的，巴不得有人能给按摩按摩呢！"娟娟请皇娘把外衣脱掉，只穿内衣，趴在床上。侍女们上前帮着除去外衣，扶马皇后到炕上后，娟娟便用十指从头、肩、腰、背、臀部、大腿一直到脚心连揉带按，用劲儿十分均匀，然后又请皇娘翻过身，仰面冲上，从头到脚及四肢连点带压。马皇后觉得娟娟那手劲儿是真好哇，按得那么熟练、认真、仔细，以前还从未享受过此等纯熟手法的按摩呢，浑身上下顿时感到舒坦、好受。长时间以来，感到骨关节从里往外疼，难受得觉都睡不好。今天让娟娟这么一按、一点、一揉、一压，嚯！所有的疼痛酸软皆消，轻松极了，浑身轻飘飘的，特别有精神，可把马皇后高兴坏了。这时，娟娟故意逗趣儿道："皇娘啊，起来吧，宝贝女儿做的罗汉杵收功了。觉得怎么样啊？"马皇后连说："好哇，好哇，丫头，你还真行！"边说边坐了起来。马皇后是从心眼儿里喜欢娟娟，觉得孩子既懂事又有能耐，又笑着说："娟娟哪，方才咏诵的大悲咒，吾知道这是最难记的。看你竟能背得那么熟练、那么流畅，记性又那么好，小脑瓜儿灵着呢，难得呀，是个好孩子！不仅剑法好、诵经好、按摩好，还能文能武，咋这么聪明呢？你要是吾的亲姑娘该有多好呀！咳，丫头哇，看你的长相，不知怎么，总觉得挺面熟，似乎像谁，像谁呢？"马皇后就那么边琢磨着，边打量着小娟娟。娟娟则调皮地眨巴着眼睛说道："像皇娘呗，我不是皇娘最疼爱的女儿吗？能不像嘛，这才叫真有缘分呢！"

此时，"真有缘分"四个字儿，立刻勾起了明月长老的心思。她想："这可是难得的机会呀，何不趁热打铁？正好马皇后情绪不错，不妨让小娟娟把苦难的身世在她面前全部吐出来，肯定能听得进去。对，就这么办！"于是，明月长老马上接过话茬儿道："皇后娘娘，说来娟娟真是与皇上、皇后有缘哪！"马皇后对没头没脑的话一时未弄明白，忙问："是嘛，怎么个缘分呢？"明月长老说："这样吧，老尼叫娟娟给皇后讲个故事，怎么样？哎呀，算了，今天太晚了，等明天有时间再讲吧。"马皇后听完不干了，着急地说："不行，不行，吾不累也不困。好娟娟，现在就给皇娘讲，吾爱听。"明月长老说："哎呀，皇后娘娘，孩子有时说话不着边际，听了以后，要是怪罪老尼可咋办？一生气再跟皇上说了，那可是金口玉牙呀，下道旨，我们不被杀头才怪呢！"马皇后听了哈哈大笑起来，边笑边说："师太，您这是说的哪里话，哪有那么邪乎呀？再大的事儿，只要是师太讲的，只要是宝贝女儿娟娟讲的，吾不但不会怪罪，而且能给你们做主呢！讲吧，没事儿，吾愿意听，讲到什么时候都行。"说罢，还正了正身子，一心巴火地想听故事。

聪明的娟娟偷眼看看师太，见师太正向自己递眼色，便心领神会了，知道意思是让她此刻把所知道的那些身世赶紧一五一十地向皇后好好儿说说，说得越细越好，能使皇后越感动越好。于是，娟娟过去趴在马皇后的怀里，撒娇儿地说："皇娘啊，不，皇后妈妈，那女儿真的开讲了，可要认真听啊！"娟娟那顽皮逗趣儿的样儿，把马皇后乐得又亲了一下她的小脑门儿，说："讲吧，快讲吧。吾爱听，爱听！"然后转过脸，吩咐侍女们："都退下吧，我们还要唠一会儿，不宣不必来搅扰。"众侍退下，寝宫中只有马皇后、明月长老和娟娟。

三人偎坐在金丝龙凤帐中，娟娟讲起了悲怆的身世。她说："相传，婺州有一采桑女，曾是反元义军一个大统帅的女婢，身材娇秀，美貌端庄，军中常以'小西施'称之。她聪慧过人，能用桑丝染绢绸，织出龙飞凤舞的锦缎，所织缎绣为军中人制作衣裙锦衿，人人称颂，誉为'绣姑'。义军夺采石、下集庆，当年集庆路更名儿'应天府'。"娟娟刚讲到这儿，马皇后便吃惊地突然打断道："哎呀，小娟娟，不是说到了咱们大军的事儿了吗？看，传得多快呀，黎民百姓都讲上了。那'小西施'是我们家里的人哪！当年，正是吾和陛下进了集庆，陛下改集庆路为应天府，就是金陵、现在的南京，算来已是十几年前的事儿了。娟娟，你这个故事一定很有意思，那后来呢？"娟娟说："皇娘，别着急，听女儿往下讲嘛！"马皇后连连道："好，好，快接着讲，皇娘听着呢！"边说边端起水杯，呷了一口茶。

娟娟双目注视着马皇后，接着讲道："大统帅挥师东进，所向披靡，夺长兴，克常州，下常熟，占徽州，又夺了婺州。"马皇后忍不住又插话了，说："娟娟，那婺州就是后来的金华呀，是陛下当年自己领兵夺下的。"娟娟边点头边道："皇娘说得是，夺婺州时，的确是大统帅亲自率军在城西与元兵死战，大破元敌，才得婺州城的，得后在城西立大寨，旌旗抖抖，改婺州府为宁越路。大统帅为了谋取浙东，久驻宁越，当时由'小西施'侍奉，后攻打浙东诸地，克衢州，定括苍，聘得刘基、宋濂、章溢、叶琛四先生，声威大震。大统帅返回集庆府后，不知何故，竟狠心将有忤于己的美女绣姑斥之出走，只身回了集庆。可怜的绣姑无依无靠、举目无亲，只好流落市井他乡，求乞为生。由婺州徒步行至丽水，又从丽水行至青田，穷困潦倒，惨病街头，好不可怜。"这时，只见娟娟的眼圈儿红了。

马皇后听到此，惊诧道："娟娟，你如何知道楚绣绣？那是吾的好妹子呀，一直到现在都不知道怎么失踪的，心里始终惦着这个事儿呢！她随陛下前往婺州时，是胡大海哥哥陪着去的。后来见陛下自己回来了，吾便问，楚妹妹怎么没回来呀？陛下说是征战中走失了。说实在的，一想起楚绣绣，吾的心里就酸楚得很哪！娟娟，你讲的可是真的？听谁说的？"马皇后说着落起泪来，边用手帕擦眼泪，边催问娟娟绣绣后来到底怎么样了。

娟娟调整一下情绪，继续讲了下去："在青田，绣姑病卧街头后，幸好遇上了一位女子相救，给她饭吃，予以诊病。调养月余，救她的女子才告之了实情，言称此地是青田，有处几十年声名在外的醉花楼，为名冠江南的名妓歌馆，她本人便是妓馆馆主赛嫦娥。后来赛嫦娥讲实话了，力劝楚绣绣身许娟楼。她说：'我看别的地方你不能去了，一个女人家往哪儿去？没路可走。不如在醉花楼谋生吧，不出工、不出力的，能享尽人间富贵柔情，不是挺好嘛！'可怜的绣姑也没别的招儿哇，因时怀身孕六个月，无法逃身，只好含悲忍恨地应允了，单等生完孩子再说。四个月后，绣姑生一女。这时，馆主威逼道：'醉花楼无育子先例，必须卖出去或卖于本馆，待女孩儿长大后可为妓。若不答应，我可就命楼丁抢走！'这下愁坏了绣姑，心想：'我将来是死是活无所谓，只能看命运咋样了，但无论如何不能让娇小的孩儿再受苦哇，这不是作孽嘛！'绣姑想来想去，便把孩子用被子包好，偷着抛出馆外，以求好心人相救，育其成人。绣姑不甘心做妓女，一天乘夜深人静之时，逃出了醉花楼。真是天怜苦命人呀，该着她命大不死，后来被一太师收留，从此金屋藏娇。过了一段时间，太师知道了绣女与义军首领有关，担心早晚会露出马脚，危及自己的前程，于是将绣姑秘密转赐给了北国元凶纳哈出，眼下沦落在北国……"娟娟实在讲不下去了，一头扑到马皇后怀里，不禁号啕大哭起来。

马皇后被故事感动，伤心得潸然泪下，明月长老也是涕泪满面。娟娟边哭边说："皇娘，给女儿申冤哪！那个被扔出墙外的女孩儿不是别人，正是娟娟呀。绣姑是我的亲娘啊！快救救她吧，皇后妈妈，娟娟给您叩头了，请给女儿做主呀！"马皇后边给娟娟擦眼泪，边说："好孩子，不要哭，有什么话一股脑儿全吐出来，不要再讲什么故事、演什么戏了。直接说吧，这些你是怎么知道的，事情果真如此吗？当年咱们举义旗反元，不正是为了要打掉天下的不平之事、申天下难申之冤吗？大明建立刚刚几年，正事儿还没办完呢，自己家里倒出来麻烦了。必须得查问明白，谁的过就是谁的过，不能含糊，我姓马的从来讲究做人要仗义。娟娟、师太，你们要相信吾，即使陛下知道了，也会这么做的。吾决不护短，一定为女儿申冤，找到女儿的亲生母亲、我的好妹子。娟娟，那个收留你母绣绣的太师是谁？是不是李善长？说得到底准不准？"说此话时，马皇后显现出一脸的焦虑。

娟娟被马皇后的正直和深情感动，心中升腾起一股希望之火，抹了抹眼泪道："皇后妈妈，女儿把此事都弄清楚了，已经暗访好几年了。我在师太那儿学会武术以后，有了能耐了，曾七次到青田、九次下苏杭，只为了解这个事儿。而且曾秘访李府，就是太师李善长的家，可用我的人头作保，肯定准！女儿是怎么知道李善长家的情况呢？因为李善长的弟弟李存义之子李佑，也在明月庵师太处学剑术，对我挺好。当时为了弄清真相，不管他怎么想，反正我是佯装与李佑投合。他心存邪念，为了奉迎我，表现得极其主动。正是经他帮助，使我认识了其父李存义，之后让李佑做他父亲的工作。李存义在儿子的再三恳求之下，才端出李善长收养众多娼妓名伶之事。李太师的家中确有许多名妓，终日陪伴着他，楚绣绣是其中的一个。一段时间后，李善长知道了绣女与义军首领有关，不敢继续留在家中，马上送给了纳哈出。当时我母虽已三十多岁，但仍是个很有姿色的女人，纳哈出不知实情，便欣然收下了。至于李善长和纳哈出究竟怎么个关系，我就不太清楚了，更不知李太师从中得到了什么好处。"马皇后说："行了，这回吾知道了。今晚不早了，睡觉吧，待明天吾找皇上，将此事告知。孩子，放心，皇娘一定要弄个水落石出。"说罢，宣侍女进殿，服侍明月长老、娟娟安歇，自己则单独睡在龙凤帐中。

次日晨，明月长老惦念庵中之事，执意回庵。马皇后不便再挽留，遂令内臣钱俊备专轿，送师太离宫回庵。

说来头天后半夜，马皇后让明月长老、娟娟睡下后，自己并没入睡。你想啊，出了这么大的事儿，能睡得着吗？她本是个善于观察、遇事深思熟虑、沉着稳健之人，还是位巾帼英雄，不逊于朱元璋。朱元璋时常夸赞妻子聪明睿智，主意多、有办法，是当年万马营中最依赖的谋臣和智多星，在很多大小征战中立下了汗马功劳，义军中没有不佩服的。马皇后总是忙前忙后、忙里忙外地替丈夫安排安排这个、解决解决那个，排除了许多困难，竭尽全力、热语衷肠地联络众兄弟，参赞军机大事，说服降将，为灭元拼死卖命。可以说，朱元璋的许多要事皆是在马皇后的帮助下办成的。之所以能建立大明朝，朱氏的江山能坐得稳，有郭子兴及众将的功劳，也有马皇后不可泯灭的勋绩。所以，朱元璋一直万分感激她。

马皇后躺在铺着软缎被子的帷幔中，毫无困意，翻来覆去地怎么也睡不着，对昨天晚上娟娟痛哭流涕讲述的一切认真思索着。以她的判断，那故事绝不是捕风捉影、信口雌黄，单凭姑娘的性情和为人，不至于会恶语中伤、搬弄是非。况且，从明月长老那坦然自若的神态、表情可以证实，这是她们老少经过几番思忖、反复掂量之后，才敢向吾直陈的。明月长老是出家之人，不贪恋世俗之事，娟娟又是她的亲传得意弟子。为了前程，为了明月庵的声誉及明月长老的一世美名考虑，断不会轻易造次，乱编故事，诋毁当今陛下和新建起的大明朝廷的重臣。李善长是太师啊，诬蔑他，犯的可是杀头之罪呀！她们不会那么糊涂，孰轻孰重，起码明月长老的心中是有数的。娟娟在陈述过程中，一旁的明月长老一点儿没有恐惧不安或想制止不让讲下去的意思，而是完全赞同，甚至看法都是一致的。很可能娟娟的某些想法和做法，早就得到了明月长老的认同，并施以帮助也未可知。如此看来，陛下过去确实做出了有悖于吾的举动，此事定是存在并且准确无疑了。马皇后又精又灵啊，你看她想得多细！她一想到这些，那同样是一肚子气呀："好哇，朱元璋，当初你硬说楚绣绣是战乱中遇难失散了，怎么找也找不着了，说的跟真事儿似的，把吾给蒙住了。今天看来，一准是用假话欺骗了我，定不饶你！"

各位阿哥，马皇后终究不一般，我们刚才不是说了嘛，这位皇后不光想事很周全，做事亦十分慎重，总是想前一步，再退后想一步。当她有意识地舒缓了一下火气、镇定下来后，又琢磨开了："从娟娟的叙述来看，事儿就出在当今陛下朱元璋身上。我要是去找他说道说道，把陈年旧谷子、乱芝麻全翻出来折腾，互相撕破情面算老账，成何体统？也不是那么回事儿呀！绝不能冒失，不该向丈夫发脾气。真要为此闹起来，弄不好再打起来，将会是几败俱伤啊，没有一点儿好处。况且都不是小孩子了，为已经过去了的事儿伤了夫妻情分不值呀！我还是应冷静下来，想出办法，尽量解决得恰到好处。"那么，到底该怎么办好呢？她一时没想出什么辙来。

马皇后翻了一下身，不禁想起了十几年前发生这件事的实际情况。那正是征伐极其艰苦的时候，是难熬的烽烟岁月。当时，她与朱元璋一起为推翻元朝，率领义兵转战南北，拼死搏杀，极其不容易。元兵也是相当厉害的，两军交战往往打得难解难分，战袍浸透了鲜血，浑身湿漉漉的。这还不算，更危险的则是起义的兵马太多了，各自为王，不但跟元帝争天下，而且不择手段地互相吞噬，以强欺弱，大鱼吃小鱼，小鱼吃虾米，防不胜防。朱元璋义军的周围就有好多勇猛善战的兵马，如陈友谅、张士诚、韩林儿、明玉珍等人都是难于对付的，为争王争霸拼死夺天下。朱元璋真乃八方受敌、危机四伏呀！他率领的兵将没睡过一宿好觉，夜夜得枕戈待旦，随时准备与突然而至的元兵或是哪股义军血战。谁勇敢不怕死，谁就能杀出一条血路活下来；谁是孬种，谁就会死在万马铁蹄之下。为了明天的出路，多至二三年，皆是和衣而卧，虮虱如糠，一抓一把呀！几乎天天打仗，累得喘不上气来。好在夫妻俩情深意笃、关系密切，团结了不少人，仰仗着兄弟们的同舟共济，硬是杀出了一条血路，队伍随之越来越壮大。经过夜以继日的艰苦征战，终于攻下了集庆，即金陵、后改为南京的帝王之都，总算站住了脚，有了安身立命之地。为求得进一步发展，朱元璋跟马皇后商量道："咱们不能停留在集庆，得想办法往东扩展，把江浙一带夺过来。只有这样，才能在江南稳固下来，也才有能力跟陈友谅、张士诚等人比试高低，进而灭掉大元朝，夺取天下。"听了此话，马皇后认为丈夫说得极是。二人下了决心后，于大元至正十九年，朱元璋率兵攻取浙东、浙西。随着一块儿去的有常遇春、胡大海，先是相伴东征婺州。开始是胡大海去攻，结果没攻下来；接着朱元璋亲自率兵强夺，这才占领了婺州，就是后来改为金华的地方。此为江浙一带的重要战略咽喉之地，朱元璋不敢怠慢，准备领兵镇守在那里。可当时恰赶上他身患痢疾，折腾得一点儿劲儿没有，走路直打晃儿，脸色灰黑，骨瘦如柴。马皇后见此很是心疼，便要同他一块儿前往婺州。朱元璋不同意，说道："不行，你要和徐达据守集庆大营。这块儿要是丢了，咱们的基地就没了，你必须留下来指挥三军。"马皇后见无法脱身，只好答应道："好吧。大统帅呀，我是担心你的身子骨儿，千万要保重啊！"朱元璋说："请夫人勿要惦念，一点儿小疾算不了什么，很快会好的，没事儿。"不管丈夫怎么说，马皇后还是不放心，觉得丈夫身边不能没人照顾，于是就把侍女楚绣绣叫来了，告诉丈夫："大统帅不是挺喜欢绣绣吗？就让她陪你去吧，像我的小妹妹一样，很会体贴人的。有她照顾着，我能少牵挂些。"马皇后正是在这种情况下，将楚绣绣派去侍候朱元璋了。

说起楚绣绣，本不是江南的采桑女，乃早年朱元璋和马皇后率军征战徐州时，半道儿捡来的一个女孩儿。原为北国东海女真人之女，其父征伐死于徐州。小女当时十三岁，姿丽乖美，马皇后和朱元璋都挺喜欢她，便收在帐下，成为皇后身边的一个侍女。马皇后对奴婢一向很好，对楚绣绣当然也不例外，待如自己的小妹妹一样，互相之间处得特别亲近。尤其是楚绣绣天资聪颖，善织绣，马皇后与丈夫的衿衣皆出于她之手。楚绣绣对朱元璋照顾得无微不至，深得大统帅的喜欢，作为夫人的马皇后并不因此而忌妒，默许了楚绣绣同自己的丈夫在一起。还特意嘱咐楚绣绣要好生侍候将军，注意他的冷暖健安、起居饮食。马皇后回忆到这儿，联想到娟娟讲到的义军首领身边跟着一个女婢，确实不假。那个首领就是朱元璋，那个女婢正是楚绣绣，说得很对呀！记得数月后，元至正十九年下半年，正是炎热的夏天。朱元璋只身一人率部胜利返回集庆，却没有见到楚绣绣。问之，朱元璋声称战火中离散了。马皇后当时信以为真，还暗暗为楚绣绣伤心落泪，时间一长，也就淡忘了此事。今天听娟娟一讲，楚绣绣很可能还活着，这可是天大的喜事儿呀！更没想到楚绣绣竟被李善长得到，并于家中私藏，窃为己有，真太令人气愤了！别的事儿还能原谅，甚至朱元璋与楚绣绣有了孩子都可以谅得过去。但李善长这么做，却让人咽不下这口气，着实可恶至极！

马皇后此刻已开始冷静下来，对楚绣绣与朱元璋的火气渐渐消了，觉得这事儿绝不能张扬出去，那将有两大害处：一是有碍陛下圣容，皇上刚登基没几年，就出了不光彩的事儿，很不应该；二是有损本朝声誉，李善长身为太师，与陛下的关系那么密切，要是揭出他私藏楚绣绣之举，影响极坏。这两方面，一个是朱元璋，另一个是李善长，皆为举足轻重之人。因此，吾只能是事先仔细想好了，然后再慢慢透给丈夫，想法儿处理得既近情理又稳妥。另外，这个事儿还不能撂下不管，那样做，就是娟娟都不能答应啊！她直截了当地向吾提出了亲生母亲楚绣绣，明月长老又知道，若是明知不办，不仅吾的名声丢了，事儿也完不了呀！何况人家那么信任咱，照直说了，吾表示一定为她做主。既然已经答应了，就不能不管，必须平息娟娟一肚子的积怨，帮着找到生母，至少得让她知道母亲目前在哪里。此事不同于其他，孰是孰非，总得有个结果，否则交代不下去呀！

马皇后就这么平心静气地寻思来寻思去，觉得还真挺复杂，不那么简单，声扬出去当然不好，还是家里事家里办吧。要想圆满解决这件有伤风雅之事，其中的四个人是少不了的。一个是丈夫朱元璋，一个是军师刘伯温。老先生肯定知道一切，他的头可难剃，只要你不对，真敢直说。何况娟娟是他心爱的女儿呀，倘若吾办不好，他是绝不会答应的。另一个是李善长。这个人狡诈、奸猾，像条泥鳅似的，抓他的把柄不那么容易，而且权势相当大，朝里朝外都有他的人，想制服恐怕得费点儿功夫。如果要收拾他，有损朝廷的声誉。大明刚建，就把钦封的重要大臣给处理了，此话好说不好听呀！所以，得先把李太师稳住，然后再把他背后究竟做了些啥摸个清楚。还有一个就是娟娟，即明月庵的妙善居士。比较起来，这孩子还算好办些，就是替她出出这口气、平平这个怨，再找到其生母。要想让四个人都能说得清楚，达到真相大白的目的，只能暗地里进行。该调查的调查，该摸清的摸清，最后平平安安地、不露声色地将陈年旧事弄清楚，这也是吾眼下需抓紧必做的。

马皇后的确很会办事，有点子。在上面说到的四个人中，她认为应首先找皇上。只有把朱元璋笼过来，站在自己一边，其他人或许会好办些。得想个什么招儿，既让陛下把事儿说清楚，又不会使他感到尴尬，下不来台？他要是生起气来大发雷霆，愣是跟你犟，顶起牛来那就糟了，反倒把事情弄砸了。马皇后和朱元璋生活了几十年，能不了解丈夫的脾气秉性吗？知道朱元璋是个有心眼儿、特别爱面子、愿摆谱儿的人，轻易放不下那个大将军、大统帅、吴国公、陛下的架子，觉得真得给留这个面子。只要吾不是出于忌妒，不吃醋，想来陛下不会怎么样。再说，吾已经步入了晚年，以前的那些儿女情长之事早过去了，现在也算不得什么了，何必纠缠？马皇后反复地把前前后后的事儿想好之后，决定去找当今陛下朱元璋。

这天，马皇后用过早膳，命内监引路，去奉天殿见皇上。守门儿的内监见皇后来了，急忙回身禀奏道："皇后驾到！"朱元璋正在批奏折，一听皇后临朝，很是诧异："哎呀？怪了，为什么事儿一大早来找朕呢？"遂赶紧让身边的钱俊接皇后进殿。钱俊前脚儿刚走，朱元璋便坐不住了，把奏折一放，也站起身来到门口儿迎接，边走边想："皇后匆匆忙忙地来这儿，是不是昨晚在同军师刘伯温、明月长老、娟娟的闲聊中，听说了什么鲜为人知之事，今天特来禀告朕？"他刚走到门口儿，钱俊已将马皇后接进了大殿。朱元璋笑着说："皇后，怎么这样客气？有啥事儿让内监传报一声，朕去你那儿就是了，何必亲自来？"马皇后没说什么，夫妻俩缓缓进了内室。双双坐定之后，马皇后告诉内监钱俊："吾同陛下有事儿要说，你们都出去吧。钱俊哪，有人要求见皇上，你先挡一下，不要进来。"屏退众内臣后，俩人坐在那儿，互相看着对方，谁都没说话。过了一会儿，马皇后才开口，小声小气地，话表述得温柔、缓慢，一点儿没有生气的样子。她说："妾来见陛下，是想告知一件大喜事。昨天妾听娟娟她们讲了才知道，咱们思念多年的楚绣绣有着落了，她还活着！"朱元璋听后一惊，急忙问道："皇后，消息准吗？人在哪里？"马皇后说："楚绣绣失踪后，曾被李太师藏匿了好长一段时间，后来据说又被李太师转赐给了纳哈出，回到辽东老家去了。"朱元璋又一愣，盯问道："噢，果真有此事?"马皇后说:"千真万确,若不信,可问李百室。"马皇后边说,边关注着丈夫的反应。

朱元璋真是不愿提及此事,一说便勾起了当年在婺州发生的那些不愉快的回忆。在婺州镇守时,他确实占有了楚绣绣。楚绣绣一向敬重马皇后,视其为自己的姐姐一样,性子刚烈。此事一发生,她毫不客气地指责朱元璋:"大将军,您占了楚绣绣的身子,我没什么可说的。姐姐现还在集庆,她对您那么好,这样做不觉得心里有愧嘛,能对得起姐姐吗?我楚绣绣不是轻浮的女人,既然姐姐让来侍候大将军,我也愿意诚心诚意地照做。可您竟能如此做,不是有损楚绣绣的人格吗?我一向敬重大统帅,知道当前元军仍十分凶猛,我们刚刚得到一点儿胜利。在这种情况下,您更应当自重,好自为之,不该贪恋女色呀!"楚绣绣此话一出,特别是说到让朱元璋自重,对他的刺激太大了,觉得挂不住脸儿了,腾地涨得通红。于是,他怒不可遏地站了起来,抬腿踹了楚绣绣一脚。楚绣绣根本没防备,扑通一声,结结实实地摔倒在地,伤心得躺在那儿痛哭不止。由于当时正忙于打仗,诸事繁乱,朱元璋没管楚绣绣,转身出门就同胡大海一起忙别的事儿去了。等回来时,楚绣绣已不知去向,他这才知道着急了,立即派人四处去寻,找了多时,也未找到,绣绣从此离开了他。朱元璋回到集庆时,觉得这些事儿没法儿张口对马皇后讲,只好谎称说因战乱离散了。

朱元璋喜欢绣绣,钦佩她那刚烈的性格。他发完脾气、踢了一脚后便后悔了,觉得对不住绣绣,有愧于人家。绣绣一走,他立马觉得空荡荡的,内心很痛苦。十几年来,他始终思念着绣绣,连晚上做梦都常常梦到。事后想想,他觉得绣绣讲得对,忠言逆耳,全是为我朱元璋好。在那战事紧急之时,绣绣的一番话完全以国事为重,是在安慰我、提醒我,果真是个难得的好女子,人家的的确确没什么错儿呀!所以长期以来,朱元璋的内心深处一直埋藏着一种难以名状的负疚感,并且从没跟任何人讲过,像块石头一样压在心头。没想到这个伤疤却让马皇后给揭开了,你说他的心哪能平静呢?一个是觉得对不起皇后,当初没说真话,欺骗了她。夫人一向对朕关爱有加,那时由于实在不能脱身陪着去婺州,才让把绣绣带在身边侍奉,皇后对朕是真体贴、真好啊!朕早应当如实地向她讲明事情的来龙去脉。而朕不仅没讲,还一直隐瞒到现在,太不应该了。另一个是觉得对不起楚绣绣。绣绣是因朕情急之下的粗暴之举才离去的。此后经年,不知她流落到何处,肯定是遭了不少罪。今天马皇后提起这个事儿，那朱元璋毕竟是朱元璋，让他把架子一放到底可不容易，仍然觉得不好对皇后讲出实情，遂佯装又惊喜又吃惊地说："是呀，皇后说得对，那就问问李太师吧。"

说到李太师，朱元璋心里更不是滋味。他想："李善长啊，李善长，真是知人知面不知心哪！朕对你不错呀，在众人眼中捧到了第一位不感激也罢，反过来却这么对待朕，应该吗？你明明知道绣绣是我的人，是马皇后身边的侍女，怎么能将她秘密弄到自己手里金屋藏娇呢？太不像话了，朕恨不得杀了你！"真是恨透了李善长。

马皇后坐在旁边一个劲儿地瞅着朱元璋，看他的脸青一阵儿、白一阵儿、红一阵儿的，眉毛一皱一皱的，还把双手放在龙案上，似有很多话要说。马皇后知道丈夫的脾气暴躁，李善长的做法一定惹怒了他。朱元璋从来就有权力欲、领有欲、占有欲，绝不能允许其他人霸占自己喜欢的东西或人。一旦出现这种情况，不管是谁，那是说杀就杀、说砍就砍，决不留情。别人的话，他通常是听不进去的。过去，有很多事儿全仗夫人压一下或阻挡一下，才不至于做得那么极端。今天看来，他的火儿发大了，又要杀人了。果然，只见朱元璋气愤得全不顾皇后在跟前，脱口嚷道："真是可恶到了极点，此人留有何用？这是朕从来没想到的！"马皇后一看不好，忙细声细语地安慰道："陛下，请不要动怒，千万保重龙体，消消气好吗？"哪承想马皇后那柔情似水的慰藉之语，使朱元璋的情绪突然转了个弯儿，立即缓和了。为什么会急转直下呢？他听了夫人的劝解后，心里开始琢磨："朕那么对不起皇后，人家没生气不说，反过来却安慰朕、劝朕息怒，夫人真是让人感动啊！"他这么想着，情绪开始有了变化。他又想道："朕与皇后共处多年，相依为命。她从来都是心地善良，慈祥大度，宽容、体谅朕。即便朕做了再大的错事儿，也会得到真诚的原谅。何况朕与夫人的感情至深，已到了暮年，有什么非要再瞒着不可呢？"于是，朱元璋平息了一下怒气，对马皇后说："夫人，在绣绣出逃这件事上，朕有错，对不起你，也对不起绣绣。是朕一时来火儿了，使烈性的绣绣不辞而别，这些年来朕一直为此事忏悔。可是令朕特别有气又难于容忍的是，李善长竟敢把绣绣秘藏于府中，霸占多年。而且他每天都和朕在一起，却从不露声色，真是奸险诡诈到了令人发指的地步！李善长平时对朕最亲近、最知心、最会处事了，是朕最信赖的重臣。可他却能办出此等见不得人的事儿来，不仅占有了绣绣，还转赐给了纳哈出，让人不可思议呀！可恶，可恶啊，朕实在忍不住了，必要问个清楚！"说完，朱元璋遂命钱俊传旨，召在京因疾致仕的李善长太师入后宫，到皇后处陛见。

马皇后见朱元璋刚刚平缓的火气又上来了，马上制止道："陛下请息怒，万不可如此草率。绣绣若真是从李善长处被转送给了辽东金山的纳哈出，此中必有瞒人的关节。陛下是否想过，这可是事关重大呀！李善长这个人陛下是知道的，为人处事胆小如鼠，一向谨小慎微。他能干出这等冒死杀头的事儿来，必有同纳哈出暗里密切疏通的人助虐之，此人值得陛下关注，需要做一番细致的了解。待一切清楚了，才能从中认识一些人的丑恶嘴脸。陛下可以召李善长来，不过最好听妾的。妾的意思是陛下不要动怒，也不用说话，坐在那儿就是对他的震慑。由妾来询问，如何？"朱元璋略一思忖，说道："那好吧，朕准允了。"随后，朱元璋一切便按皇后的主意行之。

不大一会儿，内臣钱俊奏报，李太师奉召在宫外候见。已于后宫等着的朱元璋和马皇后互相会意地对视了一下，立刻传旨召见。李善长大步流星地进了后宫，很是坦然，一点儿害怕的意思都没有。为什么会这样呢？李善长是多机灵的人呀，对此事是做了准备的。原来，他早就知道楚绣绣的身份。那还是与其弟李存义日夜争宠楚绣绣的时候，每当夜晚，李善长独霸其身；到了白日，李存义则与之云雨不断。后来，楚绣绣被折磨得实在无法忍受了，一怒之下，向他们讲了实情，说自己是当今天子身边的爱妾、马皇后的干妹妹。兄弟俩一听这话，当时就吓蒙了，差点儿没尿裤子！他们对朱元璋是了解的，认为那是个杀人不眨眼的混世魔王。如今惹下了这样的大祸，能不被治罪吗？弄不好会祸灭九族的！李善长左思右想，越想越害怕，只好狠心割爱，把已经身怀有孕的楚绣绣送给了胡惟庸。胡惟庸得了楚绣绣，对李善长是千恩万谢，一再表示让他放心，决不说出去。从此，楚绣绣虽然易主了，但仍受到没完没了的日夜缠磨，不久，在胡家生下一子。胡惟庸将孩子送给了郊外的刘老汉夫妇抱养，至于命运如何，这是后话。

李善长见胡惟庸把楚绣绣一直养在家中，怕一旦传出去对己不利，便偷着告诉他，速将此女送走，越远越好，别为一时肌肤之欢而断送了自己的前程。胡惟庸一听，也害怕了，于是借与金山之间的秘密联系，将楚绣绣转送给了纳哈出。同时，李善长同胡惟庸议定，若有人问起，就说楚绣绣想念在北方的故乡，回家了。

李善长之所以有准备，还在于此前，其侄李佑被刘伯温之女娟娟吸引。出于情爱，李佑甘愿为其做一切事情，受娟娟之托，多次向大爷打听楚绣绣的情况。尤其是李佑的父亲李存义，因为对楚绣绣的事儿有的知道，有些是不知道的，为了儿子，也曾多次找哥哥了解楚绣绣的身世，一来二去的，便引起了李善长的警惕。他感到很奇怪，为啥父子两个都想知道楚绣绣的过去呢？本来是不能往外讲的呀，这事儿要是传出去，被当朝知道了，可是杀头、灭族的大罪呀！后来，李善长几次逼问弟弟，为什么这样关注此事？李存义见实在推脱不了了，只得向哥哥老老实实地讲了原原本本的经过。李善长一听，如五雷轰顶，差点儿没气昏过去，当时是捶胸顿足、大骂不止："混蛋哪，混蛋，一点点诓骗就讲了出来，真是糊涂到家啦！存义呀，这不是等于亲手杀兄长吗？我死了，你们是能得什么好处呢，还是有啥便宜可占？不是同我一样死无葬身之地嘛！咋就不想想，那刘伯温是什么人哪，是咱们的死对头哇！你即便再生出二十个脑袋，也算计不过人家呀，防都防不过来呀！那公子哥儿李佑还要与刘伯温的女儿谈情说爱，真是愚蠢至极，不纯粹是上了刘伯温的圈套了吗？什么是娟娟要了解，肯定是刘伯温出的损招儿，让他的姑娘出面，抓咱们的小辫子、找咱们的贼证、置咱们于死地，这老东西实在是太狠了！刘伯温哪，老王八蛋，等着吧，我李善长早晚得收拾你。想让我死，没那么容易，我也不能让你活！"李善长对刘伯温真是恨之入骨，又搓手又跺脚地咬牙切齿骂了半天后，心想："不管怎么样，总不能善罢甘休，还是要想办法去应付。"为此，他打发家奴把弟弟李存义找来商量。

李存义更故懂，满肚子坏水儿。他听李善长如此这般一讲，便出主意道："兄长请别急，也不用怕，咱们有什么罪？应该说这是办了件好事儿。要是皇上找你问，不妨在皇上、皇后面前把来龙去脉和盘托出，根本不用藏着掖着。"李善长一听又来气了，开口便骂："你咋这么浑呢，长没长脑子？灌铅了吧，不是胡说嘛，还嫌害我不够哇？你把事情毫无保留地说给了刘娟娟，已经让人家抓住了把柄。我要是再犯傻，在皇上面前实打实地说，不更罪责难逃了吗？"李存义当然不敢发火儿，耐心地劝道："大哥，仔细想想，这算啥事儿呀？你是当朝太师、皇上驾前的红人，其奈你何？又能把咱们老李家弄到哪儿去？况且我也不白给呀，是皇上殿前的有功之臣，总得给个面子吧？想来不至于因一个女人被怪罪。何况皇上老儿朱元璋偷着在外头与小妾厮混，是啥光彩的事儿呀？肯定不愿把这丑事儿张扬出去。如若那样，对朝廷、对皇上、对大家全没脸儿。我断定，此事只能使朱元璋暗暗窝火，讲不出个什么里表来，谅他不敢往外讲。在宫廷里，马皇后是最好说话的了，倘若能求得开恩，那你就啥事儿都没有了。"李善长不耐烦地问道："想得倒美，我对马皇后怎么讲呀？"李存义回道："你可以说，我的确收留了楚绣绣，目的是救她。对于楚绣绣以前的情况，则至死咬定过去不认识，不知其身世，也不知她是陛下身边的人，更不知是皇后的侍女。再说了，皇宫内宫女那么多，怎么非一定得认识她？即使马皇后和皇上怀疑你，没证据，他们就没辙！"李善长一想，眼下没别的招儿，只好同意按李存义说的做了。

李存义见李善长接受了自己的招法，又使出浑身解数，进一步鼓气儿道："楚绣绣如今远在万里之遥的金山，皇上和马皇后上哪儿找去？找不到便无法对证，还不是只凭大哥上下嘴唇一吧嗒随便说嘛。为了表明不知她过去的身世，就说收留时，只知道那是个烟花女子，至于是哪地方人以及别的什么情况一概不知。"李善长说："好糊涂的弟弟呀，如果陛下知道我收藏烟花女子，不是罪加一等吗"李存义说："大哥呀，聪明一世、糊涂一时了不是？不能说收藏烟花女子，哪能往自己头上扣屎盆子呢？你得这么说：'陛下呀，我这个人看不得邪行，心肠好，愿做慈善之事。大明朝刚建国不久，许多人在元朝的压榨下流离失所，缺吃少穿，娼妓遍地。娼妓那也全是苦难之人，因生活所迫，无依无靠，不得已而为之。我是为了积德做善事，才主动拯救她们，自己花钱为其赎身。再帮助找个合适的人家或另谋生路，你是耕田哪，还是做工呀，都行，使这些人改邪归正。'"说完，李有义显露出一脸的洋洋自得。

李善长听后，觉得弟弟说得不错，起码有两点可取。第一，在皇上面前，不承认了解楚绣绣过去的身世，声言不知原来她是宫里的人；第二，极力说明收留娼妓的目的是为救她们出水火，是做积德造福的事儿。接着李存义又告诉李善长："至于楚绣绣为什么会落到金山纳哈出之手，你就说：'当时她苦苦哀求我，说自己是北方人，思念故乡，想回去。我为了成全她，给了些回家的银子。'楚绣绣要走的时候，适逢元至正二十七年夏天，纳哈出举兵出喜峰口，犯大宁，被徐达大将军歼其众，擒拿了平章万家奴等数人。陛下为感化纳哈出，亲自传旨，放万家奴及众降人北归。想来此事陛下不会忘记，是丞相胡惟庸大人一手经办的。哥哥，那胡大人可是咱们自己的人，应尽量给予保护，不能让他担什么责任。要特别强调，放纳哈出的降兵北归，是胡大人按皇上旨意去办的，一股脑儿全推到朱元璋的身上。再说，既然皇上知道有这个事儿，你再讲当时胡大人是奉旨而行，也就顺理成章了。这样，便可以妄称是顺便求胡丞相把楚绣绣交给纳哈出派来的使臣，带到北方去了。至于楚绣绣后来被纳哈出纳为妃子，你就说那不过是传言，不可信。记住，必须一口咬定：根本不知其详！"李善长琢磨了一会儿，觉得只能按弟弟说的予以搪塞了，再也想不出什么别的好办法。兄弟俩商量完后，当即派贴心家奴偷偷将此话传给了胡惟庸，于是在神不知鬼不觉中，与胡丞相统一了口径。

胡惟庸同李善长可不是一般关系，他能从一个县令升至当朝一品的丞相，全靠李太师的举荐，两个人那是志趣相投、沆瀣一气。李善长给胡惟庸传话儿，他肯定得照着去说；皇上若召见他问及此事，必会同李善长说得一模一样。由此看来，李善长对这事儿早都想好了，也安排妥帖了，能不胸有成竹吗？所以，当朱元璋召见他的时候，便心安理得地来到了华盖宫。

李善长见了朱元璋、马皇后，立刻匍匐在地，鼻涕一把泪一把地禀道："陛下将修建行宫的重任交给老臣，本当尽心尽力去办。由于老臣忧思成疾，身体不佳，不能临场视事，真是对不起皇上啊！之所以如此，是因为前不久，军师的爱女刘娟娟向臣追问其母楚绣绣的身世，臣有些事儿知道，有些事儿不知道，不敢诳言。就为这，可能触怒了父女二人，他们必会向陛下告状，陛下或许会责怪老臣。臣为此寝不安席、食不甘味，思虑过度，重病在身。今天陛下和皇后召见老臣，知道大概是为了这个事儿。臣冤枉啊，很多情况是真不知道哇，请陛下和皇后为臣做主！"说完干号起来。马皇后见此，不紧不慢地言道："太师，不要急，慢慢把事情告诉陛下和吾就行了。"李善长说："回皇后娘娘，对楚绣绣的身世以及原来在哪儿、做什么的，老臣及家人都不晓得，也未听本人讲过。只知她是楚地的贫困潦倒、走投无路的烟花女子，看起来很是可怜，老臣便收留下了。其实，为臣收养了很多这样的娼妓，否则一个个将无家可归、到处流浪、啼饥号寒，有损大明朝的声誉。臣不仅救了她们，还把省吃俭用的银两赠之，以自谋生路，楚绣绣只是其中之一。有人说老臣霸占了楚绣绣，天理良心，不但从未招惹过她，而且未占过任何便宜，更未霸为己有。这一点，请陛下和皇后可以问楚绣绣和其他妓女。至于楚绣绣回到北方，那是因她苦苦声言自己是辽东人，天天痛哭流涕地欲回归故里。老臣看她实在可怜，谁不想家呀，能不答应吗？偏巧，适逢胡丞相遵照陛下旨意，将大宁一役所俘虏的元兵、元将交还给纳哈出，纳哈出遂派来使臣接收万家奴等人。臣下赶忙求胡丞相将楚绣绣交于使臣，让他帮助带回北方，事情就是这么简单。据传讲，楚绣绣到北方后，为纳哈出所留。至于究竟实情如何，老臣确实一概不知，不敢妄言，祈请陛下和皇后明鉴。"说完，他愣是挤出几滴眼泪，好像受了多大冤屈似的。

马皇后看了李善长的一番表演，早有作呕之感，然而还是压住了火气，让太师平身、赐座，然后说道："请不要为此过于难过，吾只是想请太师说说是不是有这回事儿，并不想过多探究，更不想惊动众人。"李善长抬头看了看皇上，朱元璋没说什么，在一旁只是闷声不语。接着马皇后又道："太师千万不要想得过多，吾和陛下只是随便问问而已。你是陛下重用的老臣，吾也很信任你、尊敬你，哪能只听娟娟一个孩子信口说的话呢？即使听，总不会全听吧？谁好谁坏、孰是孰非，陛下与吾心中都有数，根本没当回事儿。对楚绣绣的身世原本不十分清楚，只听娟娟说此女乃北方人，是她的母亲。不过，楚绣绣过去确实在吾身边做过奴婢，你们也是知道的。吾对待奴婢从来像姊妹一样，既然听说了，能不关心、不打听打听她的情况吗？好在楚绣绣已由胡丞相代为安置到北方去了，心愿得到满足，算是她的福气吧。有劳太师了，请回府安歇吧，楚绣绣的事儿依吾看，以后不必声张了。"马皇后就这样，心平气和地打发了李善长。

李善长走后，朱元璋问马皇后："夫人，是不是把胡惟庸召来问一下？"马皇后说："妾曾同陛下讲过，胡惟庸与纳哈出、胡惟庸与蒙古之间到底是一种什么关系，陛下不一定太清楚，更不知其底细。纳哈出并非寻常之人，陛下是知晓的。他明明知道楚绣绣是本朝送去的女子，为何很快便纳为妃子？请陛下想想，纳哈出能把一个不知底细的女子慨然纳为妃子吗？能如此做，是何缘故？妾劝陛下要深思。对胡惟庸这个人，不可再过于任其所为，否则必生事端呀！"

朱元璋对胡惟庸一向十分倚重，听了皇后讲的话，不仅不同意，反而委婉地说："夫人，不要多虑。送归纳哈出被俘兵将之举，是朕与徐达等人议定的，胡丞相只是经办而已。"朱元璋说到这儿，停了停，又看了看马皇后，继续道："有些话朕不能不对夫人直言，此事能小题大做到如此地步，是不是因为你太宠信老先生之女了？她缘何认定楚绣绣是自己的亲生母亲，这不是节外生枝、坏本朝名声吗？要朕看来，是军师过于娇惯女儿了。祸乱宫闱，成何体统？皇后也知道，刘伯温素与胡丞相、李太师有隙，互相间矛盾不小。要小心哪，勿坠入谷中，为其所惑而不知。"朱元璋的这番话，的确是他心里所想，又如实地表述出来了。马皇后听完却琢磨开了："丈夫能把真心话讲出来当然好。看来到现在他根本不承认自己有错儿，还想推托和绣绣的关系，完全站在了李善长、胡惟庸那边，倒打一耙，发泄对老先生的不满。他呀，真假人不分，仍在混淆视听，企图把罪责推到主持正义、好心帮着将大事化小、小事化无的军师刘伯温和女儿娟娟身上，来个张冠李戴！"马皇后故而很是不满，生气地说："陛下如果这么说，那就应当让娟娟出来讲讲，为何一定认楚绣绣为母亲。陛下最好听她说个明白，否则不就是妄惹是生非了吗？"朱元璋一看事儿不好，要闹大，这才有些着急了。他原本不愿公开自己与军师之间的隔阂，刚欲劝慰，但是已经不赶趟了。马皇后马上命内监到后宫内室唤娟娟去了。

娟娟听唤来至宫殿之上，跪地叩拜了皇上、皇后。马皇后说："娟娟哪，你详细禀奏给皇上，根据什么缘由，一定非认楚绣绣为母亲呢？好姑娘，起来慢慢说。"朱元璋一听皇后这么说，便不好再讲什么了。娟娟谢过皇上、皇后，站起身来立于一旁，说道："禀皇上、皇后，此事是小女经过多次调查得知的。小女已找到了醉花楼的馆主赛嫦娥，据她讲，在收留楚绣绣的时候，发现正怀有身孕，所以当时没让她接客。四个月后，楚绣绣生下一女。这时，馆主逼她接客，如果不答应，声言要卖掉其亲生女。楚绣绣含恨之下，把可怜的女儿，就是我，用厚被包裹扔出了楼外，求世上仁人君子救小女一命。之后，她也乘夜逃跑了。现已查清，小女被军师、养父刘伯温从醉花楼墙外小河边抱养之时，正与楚绣绣逃出醉花楼的时间是一致的。"娟娟讲得清楚、肯定。朱元璋说："仅此怎么能断定你与楚绣绣是母女关系呀？只是个人的推测而已。孩子，不要胡思乱想，她不可能是你母亲。因为娼楼中弃婴之事太多了，事过十几年了，能指清哪个是谁的子女吗？朕劝你还是回庵中用心习武，不要白白虚度时光。好了，回去吧。"娟娟扑通一声跪地，带着哭腔儿道："陛下，楚绣绣肯定是小女的母亲。天经地义，不认亲，法理不容！"马皇后劝娟娟冷静些，回头对朱元璋说："陛下，不该这么心狠哪！我不愿当孩子的面儿多说什么，难道陛下一点儿不记得当时的情景，对娟娟讲的真不明白吗？"很显然，马皇后有些震怒了！觉得丈夫太不应该了，已经到这个份儿上了，怎么还咬着屎橛子不放呢？

正在僵持不下之时，内臣钱俊匆匆进宫禀道："陛下、皇后，刘伯温在宫外候旨，言称来接娟娟出宫。""谁，老先生来了？"马皇后猛听说军师来了，不禁惊问了一句。刚才她看朱元璋同自己僵起来的样子，情绪禁不住有些激动，不免伤感起来，心想："咳，本要把这件事压下去，家里出现问题最好在家里解决，别闹大了。为了维护刚刚建立起来的大明朝的声誉和圣上的尊容，绝不能露出去，那对谁都不好。可今天在这里的只有圣上、吾，再一个便是娟娟了。至于娟娟，吾已经认作女儿了，算是家里人。此事是秃子头上的虱子明摆着，你朱元璋咋不敢正视自己的所作所为呢？怎么净瞪着眼睛说瞎话呀？本是个起义的大将军、堂堂正正的男人，咋如此不仗义呢？现在只差没把那层窗户纸捅破、打开天窗说亮话了。说实在的，连娟娟都明白她的父亲是谁，你还愣装啥呀？只是吾和娟娟不愿将事儿做绝，才没有把话说得那么直白罢了。可我们全盼着你在家里人面前该咋回事儿就咋说，竹筒儿倒豆子来个痛快，何必硬犟呢？多伤人心哪！"她这么想着，又看了看丈夫板着的铁青面孔，知道是不想放下君王的威严和架子。马皇后十分清楚朱元璋不管遇到啥事儿，只要他自己不想转弯儿，任你用一百条老牛拉也扭不过来，寻思道："就这么的吧，别跟丈夫太较真儿了，不一定非得捅破这层窗户纸，放一放再说吧。真要是把事情端出来闹大了，肯定不好。陛下既然不想说，那就不说吧，坚持要揭往日的痛苦、伤疤又有什么好处呢？对丈夫、对吾只能是徒增烦恼。行啊，好在军师来了，看他有什么办法使你讲出实情吧。"于是，马皇后长叹一声，冲内臣吩咐道："请刘老先生进殿。"内臣马上向外照宣了。

不一会儿，刘伯温进入大殿，先叩拜了皇上、皇后，然后走到娟娟面前，给宝贝女儿拭去了满脸的泪水，拉着她的手说："好孩子，你一向非常懂事，跟爹爹走吧，到明月庵去。明月长老说了，佛经里便能找到你的母亲。那经文可以照彻人的心底，会告诉人们要仁爱、坦荡、无私。"他说完回过身来，郑重其事地向朱元璋、马皇后说："陛下、皇后，容臣启禀，当今天下方兴、百业待举，又值北虏甚嚣尘上，勿可为此区区小事而伤了陛下、皇后数十年的濡沫之情，更不可因而误了国事。算了，算了，过去的就让它永远过去吧。臣十数年前，得一弃婴娟娟，这事儿陛下、皇后不但知道，而且对她爱如亲子。内荆在世时，久久念念不忘皇恩，可惜突病早亡，不能回来谢恩。还有一件事儿，臣想启奏皇上、皇后。臣在抱养娟娟时，见她的右足腕上系有龙凤玉坠儿，显然是表明弃婴身世的证物。不过，弃婴身上只有半壁龙凤玉坠儿，相信另一半儿一定在。因那半壁究竟在何人之手，臣尚且不知，所以才一直未将此物告诉娟娟。就是说，直至今日，娟娟并不知晓。臣现将此物呈上，不知皇上、皇后可识否？"说完，刘伯温双手托着包着半壁龙凤玉坠儿的小包儿呈了上去，呈毕，遂携娟娟一同离宫而去。马皇后只顾低头看呈上来的白绢小包儿了，再抬头时，却不见了军师和娟娟，忙令内臣赶快出殿去找。少顷，钱俊回禀皇上、皇后："刘军师出宫后已返青田，娟娟也回明月庵了。"

且说马皇后将刘伯温呈上来的白绢小包儿慢慢打开，见包儿内是一枚由美玉雕成的半壁龙凤坠儿，一时竟愣住了，这不正与自己系于脖颈之上的半壁龙凤玉坠儿一模一样吗？遂将两个同模同样儿的半壁龙凤玉坠儿相合，恰是一起的。合璧为一时，两壁间的凸槽相压，即可合二而一。此玉是当年马皇后的干爹郭子兴赐予她的。她与朱元璋成婚后，项下一直戴着这枚玉坠儿同丈夫转战各地。捡得楚绣绣后，楚绣绣便在帐下侍奉朱元璋和马皇后。随着时间的推移，马皇后与楚绣绣相处得越来越好，俩人的关系亲如姊妹。马皇后为表示与楚妹妹生死同心、患难与共的情怀，就把此龙凤玉坠儿的半壁赠给了楚绣绣，自己留下了另半壁。

朱元璋对这枚龙凤玉坠儿当然十分熟悉。他从马皇后的手中接过玉坠儿一看，半晌说不出话来，深感惭愧，那是无地自容啊！马皇后见朱元璋尴尬的样子，心想："这回看你还说什么、犟什么？龙凤碧玉坠儿已摆在这里，它原来就系在弃婴的小腿儿上呀！人家刘伯温为了保护皇上的声誉，跟任何人没讲过，连娟娟都不知道玉坠儿的事儿。"这时的朱元璋也是思前想后哇，很受感动，从心里敬佩刘老先生的豁达大度。

正在朱元璋不知怎么办才好的时候，马皇后提出，马上派人把明月庵的明月长老和娟娟接进宫来，还要下旨，召从北平府回京尚未走的徐达大将军，以及丞相汪广洋、大学士宋濂、韩国公李善长等几位臣子来宫。朱元璋一时没明白到底是为何，便问道："皇后，接他们来干啥？"马皇后回道："陛下不是看到了嘛，刘老先生显然已被惹怒了，发了脾气，一气之下回青田了。既然事情已到这个份儿上了，还能蔫不唧的不吱声儿吗？为收拾已出现的难堪局面，讨回娟娟对陛下的信任，使明月长老保留对陛下的良好印象，也为了取得军师刘老先生的谅解，陛下得赶紧当众表明自己的态度。难道直至现在，陛下还不感激军师刘老先生的一片赤诚之心吗？十几年来，人家明知娟娟是陛下的孩子，为了大明的声誉和陛下的人格，与安老夫人含辛茹苦、默默无闻地替陛下抚养着，且教子有方，使其长大成人，却从不信口讲一句闲话，可以说是守口如瓶啊！谁能有这么博大的胸怀？谁又能有这么崇高的品德？共事以后，陛下对刘伯温又是如何呢？初起还可以，给予了很高的信任。后来则胡乱地斥责人家，甚至跟那些居心叵测的小人中伤人家，这样做，不觉得汗颜无地吗？所以，妾觉得应当马上召娟娟、明月长老以及众位大臣来，当着大家的面儿，公开认下娟娟为自己的女儿，名正言顺地封为公主。不要以为李善长真的不知道楚绣绣的身世，陛下在婺州与常遇春、胡大海在一起时，楚绣绣就侍奉在身边，他怎么会不知情呢？说不知道，那不纯粹是骗人吗？他骗陛下，陛下也装聋作哑、自己骗自己吗？依妾看，只有坦荡承认下来才是正事儿，才能保住君王的声威与荣耀。臣子们来了之后，陛下可以不讲别的，但认下女儿是必须。至于他们暗地里会怎样评议此事，愿意说什么就说什么，不必去管。"朱元璋一看，已经闹到了无法收拾的地步了，再没别的办法了，只好同意按皇后说的去做了。

话说朱元璋命人接来娟娟、明月长老，召来了众位大臣，公开认下了娟娟这个女儿，并下旨封刘娟娟为秉仁公主。皇上、皇后还做主，要为娟娟和叶旺择吉日完婚。可明月长老却说："娟娟执意要寻找生身母，表示不完成此愿，誓不出嫁。叶旺将军也要奉旨与马云将军同去北疆辽东远戍，大任在肩，时间紧迫，需赶紧登程。打算在辽东诸事安顿好后，再办自己的婚事。二人的心愿，老尼已同军师讲过，他觉得应该按孩子们的意见办。"朱元璋、马皇后听了很是高兴，认为考虑得挺周全，同意婚事以后再说。娟娟谢过了父皇的恩典，恳切地对马皇后说："娟娟本为居士，如今又是秉仁公主，想向皇娘要一个纪念之物。不知可否？"马皇后想了想，说："应该，应该的，吾就送给秉仁公主一把心爱的小玉锁吧。要是你想皇娘，便把它带在身上，有了玉锁，宫中各处可随便去。锁在如吾在，见锁如见吾，谁都会另眼看待的。孩子，这回总行了吧？"娟娟边笑边揖礼道："谢皇娘！"于是，马皇后从腰间解下一把小小的玉锁，锁上系着一条长长的金丝盘花儿玉穗儿，是一种珍稀的饰物，做得既精巧又美观。娟娟接过小玉锁后，随即跪在地上，向皇娘叩头谢恩。因要去辽东寻母，娟娟又哀求父皇能够准允随叶旺一起赴北。朱元璋半晌未语。在她的一再请求和缠磨之下，朱元璋才破例恩准，并御赐一件内放圣旨，即印有皇帝御宝封诰的绢丝绣匣儿，其文曰："特钦封秉仁公主刘娟娟为本朝武威安抚使，随师镇戍辽东，参赞东征诸务，扶正惩恶，精诚为国，勿辱圣望，钦此。"娟娟接过了绣匣儿，忙向父皇叩头谢恩。马云、叶旺二将尤其高兴，祝贺娟娟如愿以偿，既可帮助东征之师，又有机会寻访生母。明月长老一是为了采药；二是为了帮助马云、叶旺安抚东夷之民；三是因为不忍离开娟娟，也求得皇上、皇后恩准，随师北上。

明月长老于宫中该办之事办完后，便让马云、叶旺、娟娟随她一起回到明月庵，帮助准备外出的行囊。明月长老先安排了庵中佛事，嘱托了慧、了净两位心爱的徒弟在她走后，庵里一应诸事由二人料理，然后神秘地对娟娟、叶旺和马云说："知不知道为什么叫你们回到庵里来？"三人皆愣愣地摇了摇头，说："不知道。"明月长老扑哧一声笑了，朗声儿道："师太敢说，要是知道了，肯定会痛乐一宵哇！"三人你看看我、我看看你，还没等弄明白是什么意思呢，就见师太手一招，由了慧、了净引来了一位身穿道袍、头戴道冠的长老。他手拿羽扇，缓步走到大家面前，说道："善哉，善哉。贫道祝贺妙善居士和马云、叶旺二将军如今全遂心愿。皇上封妙善居士为秉仁公主，任本朝武威安抚使，为国东征，肩负重任，真是可喜可贺呀！尔等此去辽东，如虎添翼，纳哈出将成笼中之鸟，娟娟之母必能找到，并会助你们万事顺遂的！"说完，他还摇了摇扇子。

娟娟、马云、叶旺一听，声音咋这么熟呢？仔细再看，原来长老不是别人，而是军师刘伯温在假扮道长，跟他们捉迷藏、顽皮地逗笑呢！娟娟乐得一下子扑到父亲的怀里，撒娇道："爹爹，爹爹，你不是回青田了嘛，怎么没走哇，咋骗人呢？"马云、叶旺也惊喜万分地说："军师，您老没回青田哪，那为啥不亲耳听听陛下和皇后诰封娟娟呢？"明月长老笑着说："傻孩子，你们哪里会想到，之所以能有今天这么好的结局，娟娟得到了陛下的封赐名号，全靠军师的巧妙计谋啊！"马云、叶旺一时没有完全弄懂明月长老这番话的意思，异口同声地问："为何在军师不出面的情况下，反倒使娟娟寻母的理想实现了，又能被皇上承认为亲骨肉、正式封为皇家公主的？"刘伯温开心地笑了，说道："是呀，孩子，你们是没法儿弄明白。说起娟娟的事儿，原来按我的打算，就想认命了，不去争了，不较那个真儿了。让她到明月庵跟明月长老静心诵经文、学佛法、习剑法，一生做个与世无争的女孩儿便行了。人怎么着都是活，斗不起还躲得起吧，何苦一定要那样呢？可是我的娟娟不干哪，偏要弄清这个理儿不可。她的性格像我，要明明白白地活着，不糊糊涂涂地混一生。前程纵有万道难关，也要拨开乌云见青天、打破砂锅问到底。一定找到亲生母亲，把世上苦不堪言的不平事抖搂得干干净净，为苦命的生母申冤，为自己正名，证明自己不是无父、无母、无人管的弃儿。让那些投机取巧、得了便宜还虚伪度日之人，还其本来面目。孩子的想法我很赞成，明月长老多次劝我应为娟娟做主，必须帮帮她，娟娟的命太苦了。我深知当今陛下的秉性，是不会轻易认下娟娟这个女儿的。因此，我只好在娟娟与陛下据理力争时突然到场，将娟娟小时母亲留下的半壁龙凤玉坠儿呈上，使陛下面对实物无言以对，惭愧就范，乖乖按皇后的心意行事。我当时说回青田，其实是用了个激将法表示对皇上不敢正视现实的愤怒之情，怪罪陛下无情无义。只有如此，才能促使陛下横下心来，公开承认自己的过错，按皇后之意封娟娟为公主，为其伸张正义。这么一来，娟娟要北上寻母，就成了天经地义之事了，陛下不能不顺理成章地答应下来。日后娟娟母女便有了真正相逢、团聚的机会了。我预料这样做，会有好的结果，遂悄悄儿回到明月庵吃茶、歇息，等待佳音，咱们好同喜同贺呀！明白了吧，孩子们？"刘伯温说完哈哈大笑起来，三人方才恍然大悟。

刘伯温接着又拍拍娟娟的肩膀，双眼关切地盯着女儿，语气凝重地说："好孩子，现在还年轻，青年应以立业为重。你与叶旺商量晚结婚是对的，很合为父之心。况且叶旺军务在身，孩儿北上寻母心切，这是大事儿，陛下和朝臣都赞成你们的做法。"说着，他回头看了一下马云，嘱咐道："马将军哪，你可不小了，早该寻得一个合适之人了。但愿你们到辽东之后，一切顺利。叶旺、娟娟你们务要帮马云大哥找个妻室。我老头子不一定能赶上了，唯愿此去双喜临门，老叟翘首以盼啊！另外，还要告诉诸位，我的小儿刘璟和媳妇美娘愿与你们同行。原是美娘先提出来的，想随哥哥去北方，相依相伴。她本来身怀武功，是个巾帼英雄。时值国家用人之际，应该效力疆场，这是正当之事。我觉得挺好，很高兴，表示支持。既然美娘去北方，当然希望刘璟能跟着一块儿走，正好出去闯荡闯荡。美娘和马云此去，可谓同返乡里，去寻找祖先故土，乃人之常情。我的璟儿从未出过远门儿，更没到过北方，能有机会陪妻北游，开阔眼界，饱览江山沃土，实在是一生中难得之举。好在家中有你们的哥嫂琏儿夫妇，老叟不觉得孤单。尔等此去东征，务要记住老夫的十六字赠言，这是多年琢磨出来的，即'逆元顺世，广交土民，就地生根，稳中求进'。你们若按十六个字儿去做，必会否极泰来，喜中生喜，祠满荒夷，其魂可归也。"

说书人在这里不能不多说几句。刘伯温的十六字赠言，可以说是平定辽东的方略，又是安抚北夷东海女真野人之诀窍，不仅在当时使马云、叶旺他们受益匪浅，后世也人人称道，一直是明清两朝平北所采取的正确之策。大家都知道，明朝曾对北方实行羁縻之策，此策略正是来自刘伯温的这十六个字儿。我们不妨将其简略剖析一下，从中可看出其影响之深远。其大概的意思是说，由于元代以来深重的民族压迫，百姓生活惨遭涂炭。尤其是北方诸民族受到了残酷的杀戮，造成冤魂旷鬼遍于漠北大地。如今元朝已基本上被推翻，由大明执掌乾坤，那就要安抚好北方民众，使土民心向本朝，让所有的冤魂旷鬼得到安宁。要做到这一点，则必须"逆元顺世"，即不能再按元朝的苛政办事，应反其道而行之，体恤民众，顺民心，随民意，不扰害民众；还要广泛交好土民，即北方的各少数民族，和他们联结在一起，成为兄弟、亲人、手足，就地生根。只有稳扎稳打、稳中求进，北国的辽东才会成为大明的江山，黎民百姓才会和朝廷一条心，再不出现由于逆贼反叛而带来的横祸，世道便可安宁。

刘伯温献出十六字赠言后，叶旺、马云、娟娟又异口声地问老先生，能不能细讲讲何为"否极泰来，喜中生喜，祠满荒夷，其魂可归也"？刘伯温说："凡事务要逆元而行，顺世而动，方赢众心。尔等仔细推之，身体力行，吉象必生，早言何用？"此话是什么意思呢？就是说，只要与元的政策相逆而行，顺应民心，赢得民意，极力推广这一政策，必然会出现好的局面。你们可仔细推敲琢磨，我现在更具体的说不明白，你们听了也不一定能听明白，早说有什么用呢？按老叟的话，亲自去做便行了。

刘伯温的十六个字儿，颇有佛家偈语之妙。十余年后，马云、叶旺他们由于完全按照老先生的赠言办了，果真应验了，这是后话。娟娟随二位将军北去，方引出妙善踏金山探险，田田奋勇斗疯狼，姐弟相认将军府，师兄妹血刃贼子，豁鼻马仗义献身，英雄聚义展宏图，请听我朱伯西继续讲唱下章乌勒本。

第二章　东海疯魔

东海"疯魔"，女真语叫索罗妈妈，有的说部则称之为"长发魔女"。这且不去细论，咱们单说马云、叶旺、娟娟奉旨东征之事。

前书说到马云、叶旺、娟娟受命之后，随明月长老回到明月庵，准备北去的行囊。没承想竟意外地见到了刘伯温老先生，并听取了军师留给的十六字赠言。出征事宜准备就绪，单等令下，即刻出发。这天，皇上降旨，命新组建的东征军旅开赴辽东。接旨后，马云、叶旺、娟娟率辽东军来到江边儿，旌旗招展，千骑待发，气氛非常热烈。大明天子朱元璋带领仍逗留于京的徐达及众将前来送行。人马集合完毕，号炮齐鸣，浩浩荡荡的队伍向东北开拔了。他们一路奔驰，晓行夜宿，五天后，便进入了山东地界。

辽东大军的行动为什么如神兵天将般的神速呢？

一是朱元璋、马皇后对这彪新军格外关爱。因为只有早日征服北虏，安定北域，招抚东海野民，大明方可江山一统，实现四海升平。否则，辽东一日不平，大明朝廷则一日难安。可见，此次东征事关重大。故而在大军出南京城前，朱元璋就颁诏沿途各州城府县，务要一路迎迓，饮食供应立足，不可延误行程。再说那秉仁公主为本朝的武威安抚使，参赞东征军务，随军镇戍辽东。她一路面带公主的威仪，身挎公主的宝剑，有生杀予夺之权，更有震慑八方的雄风。沿路官员知道此情，怎能不注意小心侍候？生怕有误军情，惹下祸端。

二是为早日抵达辽东，大军没有走经北平府、再至天津东拐那条比较远但好走的大道，而是由明月长老做向导，选了一条笔直的捷径。明月长老过去带领徒儿到东海采药时，经常走的便是这条道，故而对此路很熟。他们先从南京出发，先向北奔马拉、淮阳，由沐阳进入山东地界；

再经济南、石臼①、胶南、胶州、莱西、龙口，就到了山东半岛的重镇蓬莱，即当时的登州府；然后从蓬莱乘船，向东驶向辽东。这条道虽然不如北道宽广平坦，并且由于元末明初海盗猖獗，一路十分危险。特别是海路风大浪高，常可能因此而翻船，致使人马葬身海底，但是能近几日的路程。

三是纪律严明，号行令止，奔北心切。前书我们讲过，按照刘老军师的主意，东征大军的成员多是元朝的降兵、降将。被招时，这些人干什么的都有，挑挑儿的、担担儿的、当脚行的、沿街乞讨的、唱小戏儿的，还有走街串巷卖杂货的小贩子。看似一群乌合之众，加入进来后，只经过两三个月的训练，便成了一支纪律严明的军队，创下了明史初期出名的一次大军东进。为什么呢？这里说书人不妨多说几句。

元朝征兵采取的是"签军"之策，尤其在辽东更是如此。女真人生下小孩儿后，要对婴儿进行登记造册。当长到十三至十五岁的时候，从三人中选一人参军，逃是逃不了的。若是真跑了，抓回来就是个杀，甚至全家连坐。那怎么叫"签军"呢？即官衙按照登记，把你的名字写在竹签儿上，然后将其中的一些竹签儿发给当地地保。到征兵的时候，地保按签儿上的名字去找人。不管是张三、李四还是王二麻子，只要有你的名签儿，无论什么理由，不去肯定不行。即使老娘要死、爹爹病重，也得捆绑着去当兵。被强迫当兵的人远戍江南诸省，一走最少得十年八载，有的则老死异乡，永远回不了故土。所以，元朝的百姓特别害怕征兵。尽管元朝被推翻了，可那些远离家乡的元兵、元将却无钱、无力回去，孤苦可怜得很。有的只好在江南各地改了名、换了姓，有的连本籍都不说了，身在哪个地方，便说是哪个地方的人。在浙江的，就说是浙江人；在安徽的，就说是安徽人；在广州的，就说是广州人。反正是经年流落在外，再也见不到日夜思念的父母、兄弟、姐妹和亲人了。然而，令他们万万没有想到的是，大明朝刚建，皇上下旨要征调流落在外的人入伍。此次应征入伍，同元朝的"签军"之策大不相同。元朝那是强迫你从家里出来，入伍后，还要受到残酷的压榨。而大明不同，是给你提供了返回家乡的机会。不仅如此，还蒙皇恩厚爱，赏赐给银两和口粮，帮助娶妻立家。说实在的，有的人大半辈子都没娶上媳妇，这回不但能参军，而且有了家，可以同新婚妻子一块儿回到久别的故土，不是世上

---

① 即日照。

难找、天下难寻的美事儿嘛！他们听到征兵的消息后，能不高兴、不从心眼儿里感激大明的开国之君朱元璋吗？能不争先恐后地去应征、为大明以死效力吗？被招来的兵将，当然士气高涨，并自觉接受严格的训练。由于他们思乡恋故之情心切，在穿上明兵的号坎儿之后，只想着大军能早日回归故里。因此，当开拔北疆的命令一下，一个个精神抖擞、气宇轩昂，听从将令。他们没有因路途艰难而叫苦的，更没有溜号儿逃逸的，那是大步流星地向北走，恨不得一步变成两步，几步能迈上故土才好。你说，这样的大军怎能不行动神速呢？

之所以如此，还有一个原因，就是由于马云、叶旺、娟娟组织得好。三人也真是下了功夫了，对人员做周密细致的登记造册，再划分成小组，选出头目，一个管一个，各负其责。为便于机动灵活、通达顺畅地调动指挥，他们又将浩浩荡荡的大军分为三路，由他们仨各负责一路，约定时间到达目的地。要求控制好各个小组，发现问题在组内解决，不得节外生枝，徒增麻烦。

第一路人马为开路先锋，是由经过精挑细选出的身强力壮之尚武男儿组成的。个个摩拳擦掌、意气风发，是东征大军的主力。武器装备充足，刀枪剑戟斧钺钩叉样样儿有，爱使什么武器就发给你什么武器，一路雄赳赳、气昂昂，威武雄壮。此路大军由叶旺率领，九百来人。多是东海出外多年的兵将，归心似箭，恨不得立刻踏上生养自己的沃土，尽早见到阔别已久的亲人。儿子想见父母，孙子想见爷爷、奶奶，叔叔想见侄男、侄女，哥哥想见弟弟、妹妹，行进速度极快。

第二路是由四十多辆两个轮子或四个轮子的勒勒车、轿子车、篷车和一些护卫马队组成的。车上坐的多是女人，也有白发苍苍的老头儿、老太太，还有些携儿带女的，总计五百来人。一辆又一辆的车子，排出好长一溜儿哇，从头儿一眼望不到尾。加上车辆行进的速度快，掀起一路烟尘，成了最受人们注目的一大奇观。像这种男女老少皆有的队列，人们在元朝的时候曾见过。不过那是征召的兵士同其家眷被强行迁移时，常常是一串儿一串儿地捆绑着，排成长队缓缓前行。自大元被灭之后，已是多年未见的景象了。现在又有了先前那样的车队，沿途的百姓自然会当作一件新奇事儿，扶老携幼地前来观瞧，边看边议论纷纷。他们眼中所见的车上之人，不再是愁眉苦脸、哀号不止了，而是舒展眉头、欢声笑语啦！这些人大多是东征大军的家眷，即朝廷专为收容元朝的降兵、降将安置的家口，一切生活用品皆由朝廷供给。大军既然东征，家眷亦随军到辽东，不仅可以与在故土的亲人团聚，还可随夫安家。安家费也是由朝廷赏赐的。得到了如此的优抚，他们能不兴高采烈吗？

起初，马云、叶旺曾为带众多的家眷一路同行而大伤脑筋，担心没有这方面的经验，再闹出什么麻烦事儿来，更怕由此耽误了大军的行程，很是提心吊胆。可几天一路行来，万事顺遂，车队跟着第一路近千人的大军有条不紊地向前奔驰。二人看在眼里，心里踏实不少。负责中路人马的是谁呢？不是别人，正是刘伯温的女儿刘娟娟。由于她刚刚被封为秉仁公主、东征的武威安抚使，出行自然会有车轿仪仗相随。但是她今日并没有坐轿，而是身着征袍，头扎英雄巾，骑一匹红鬃烈马，后面跟着十多名卫兵护从，随车队一块儿前行，显得格外豪迈矫健。尽管地位显贵，却不因此盛气凌人，始终是跑前跑后地指挥、号令着车队，跟紧第一路大军前进。在此路队伍里还有一位挺惹眼，就是军师刘老先生的二儿子、娟娟的二哥刘璟，是受父亲之命随军奔赴辽东的。因他是个书生，所以没有同会武功的妻子美娘并辔而行，而是与明月长老坐在一辆轿车里。

第三路则是由驴马驮子组成的队伍，驮的都是大皮囊口袋，里面装着大军一路上所用的被服、粮食、草料之类的辎重，由马云兄妹率领前行。

三路长长的大军，组织有序，行进迅速，过了一屯又一寨，飞跨一山又一岭，好不威风；一路旌旗伞盖，烟尘滚滚，战马嘶鸣，好不气派。沿路百姓见此情景，那是笑语欢颜、鞭炮齐鸣、鼓乐相送啊，格外增添了一分热闹！人们无不敬佩赞叹，有诗颂曰：

> 铁马征尘弥古道，
> 旌旗抖展撼山岳。
> 飞越雄关驰如箭，
> 唯凤捷传虏元嫉。

这首诗言简意赅地把东征大军行进的壮观景象、兵将的畅怀欢悦之情以及东征的目的写得明白如话，深切地表达了百姓的由衷祝福。谁写的？不清楚。当时的文人很多，不知出自何人的手笔。可以说是大家留下的，是众人的一口同音，是对大明朝初期征战的豪举发自内心之礼赞！

咱们单说东征大军飞速地前进，跨州衙，过府县，到达蓬莱已指日可待。大家无比兴奋，相互激励、鼓舞着："哥们儿，眼看就要到达目的地了。到了蓬莱，便可以登舟跨海啦！"没过几日，队伍顺利抵达蓬莱，早有皇上颁旨钦定的靖海侯吴祯率舟师于此等候，准备送他们渡海去辽东。

说起吴祯，那可是明朝有名的舟师将军，乃江国襄烈公吴良之弟也。吴祯初名儿曰国宝，"祯"是皇上赐给的名字。他始从朱元璋克滁州，攻采石，定集庆，下镇江等地；继而从常遇春大将军取池州，以舟师毁其北门入城，皆立战功，积功由帐前都先锋累迁为天兴翼副元帅；后又破张士诚水寨，擒拿骁将朱定，被授英武卫亲军指挥使。他在随副征南将军汤和讨方国珍时，率舟师乘潮入曹娥江，毁坝通道，出其不意直抵军厩，迫使方国珍入海亡。在从徐达大将军平陕、随副将军冯胜驻庆阳时，都有不凡的战绩，故而朱元璋提升他为靖海将军，练军海上。当年冬，封为靖海侯。毫不夸口地说，吴祯是当朝一位有丰富海上作战经验的老将军。他接受皇上的以舟师送东征大军渡海之命后，做了精心的准备、周到的布置。在大军到来之前，为防奸细，他还布置了哨兵守护海岸，蓬莱码头接应渡海的舟船早已整备齐全，列队以待。

马云、叶旺和娟娟率师到达蓬莱时，不但吴老将军亲往城外很远的地方敬候，而且山东的知府也率当地各级官员出郭恭迎。他们一起拜谒了秉仁公主，并要为马云、叶旺等将接风洗尘。为不搅扰当地百姓，三人早向山东知府传报，免去迎迓接送等各种礼节，不要有鼓乐喧天的举动，声言此次只是借路而行。所以，他们对前来之人在做了礼节性的寒暄后，遂立即指挥大军按吴老将军的舟船排列顺序，依次按号从岸上直接登舟，以便迅速北上。大队人马及所有的辎重、车辆，有条不紊地很快安置就绪，没给当地增添任何麻烦，知府等官员对此特别感激。兵卒登船之后，哪几个人是这个舱的，哪几个兄弟是那个舱的，均已分好。在船舱坐定后，行囊一放，唯一要做的就是歇息、睡觉。食宿全在船上，既可作为安歇之处，又可随时号令继续北上。每只船舱都有吴老将军派定的两名侍卫做保卫和照顾兵将的生活，日常用品一应俱全，茶水、水盆等应有尽有，可供喝茶、洗脸、洗脚用；也备足了锅灶、碗筷，吃喝十分便利。怕有晕船的或头疼脑热的、生病的，各船还准备了各类外用和内服的药品。山东知府特意给北上的舟师拉来数车肉、蛋和海鲜，分拨给各个舟船，供应颇为充足。马云、叶旺、娟娟对吴老将军和山东知府如此周到、细致的安排，再三表示了谢意。

入夜后，蓬莱岛一片宁静，明月升天，海浪轻轻地摇动着战船。从船上向远望去，波光浩渺无垠，隐约可见水面上的各种船只往来穿梭，有巡逻船，也有渔船，戒备森严。近处，停靠在岸边的一排排战船已鼓起征帆，正待远行。诸船之上，炊烟缭绕，兵将们正在舱里饮茶、用膳呢！

吴老将军自奉旨率舟师至蓬莱已有月余，为运送东征大军日夜操劳，看上去有些消瘦，两眼充满了血丝，真够累的了，然而仍英姿抖擞、目光炯炯、精力充沛，令人肃然起敬。这不，吴老将军吃过晚饭，马上带着几名护卫四周巡逻去了，见一切平静，无有异常，便去看望了马云、叶旺。之后由二人陪同，专门到乘载车轿的大帆船上，拜望秉仁公主和明月长老。

此时，明月长老和娟娟正在一艘舟船的内舱闲聊着，有人传报："吴老将军来见！"二人赶忙起身从舱里登梯子上来，走到船的甲板上等候迎接。这里备有茶桌、椅子，可以观景、歇息，并设专人侍候。吴老将军等人来到船上，大家一起见过礼、互道寒暄后，便坐下来饮茶叙话。明月长老虽然年过古稀，又走了很长的路途，但并不感到累，依然那么精神。她有个习惯，到远处云游，为防不测，从不穿宽袍儿肥腿儿裤，着的是紧身小打扮。干净利落，一点儿看不出年迈老态的样子，倒像个年轻的壮士一般。娟娟同样不是凤冠霞帔，而是一身女侠的装束，外披一件武士夜行斗篷，里头为短身小打扮，腰间围着软剑，俨然一位武将，随时能够应付任何突发而至之事。吴老将军向二位抱拳道："师太，您数千里劳顿，却没有疲劳感，令人很是欣慰，且万分钦敬啊！秉仁公主也不显倦意，仍飒爽勃发。看到你们能这样，老叟甚感心安了，也就不辱圣上的嘱托和军师的厚意了！"明月长老说："老将军这样高龄还为国操劳，为我们今天的到来，不知有多少个日夜没有很好安歇了。要说累，您是最累的；要说功劳，您最有功劳啊。大家非常感谢您哪！"娟娟对吴老将军并不熟悉，可吴祯对她却不陌生。为什么呢？因为吴祯素与刘伯温关系甚密，二人又都是徐达的好友、莫逆之交。安夫人在世时，吴祯常到刘伯温家里做客，没少喝安夫人备办的浓酒、香茶，多次见过娟娟，只不过她那时还小而已。

在叙谈中，吴老将军听说刘伯温的小儿子刘璟带着夫人也来了，立刻到另一个舱去看望刘璟夫妇。吴老将军像对待自己的孩子似的问刘璟和美娘晕船没、累不累、吐了没有，并嘱咐他们海上风大，吃点儿晕船药为好。之后，夫妇二人随吴老将军来到甲板上。吴老将军向大家说："各位还有什么需要做的事儿、尚缺什么，赶紧告诉我，以便尽快告知当地府衙的官员，他们一定会竭诚去办的。"别看吴老将军不是登州的人，只不过先来了一个多月，可此时倒像个主人热情地招待着来客。众人听后，异口同声地说："将军考虑得面面俱到哇，我们感激万分呀，再没什么需要了。"吴祯转过头来，冲身边的马云、叶旺言道："二位将军，今晨已观天象，夜间海风不大，正好北上。一切天遂人愿，明日子时，便可起航开拔。圣上、刘老军师和徐达大将军最惦记的就是辽东了，那是当今大明朝廷最头疼、最棘手的地方。东海女真野人连年乘我们讨元之机，起兵闹事，各据一方，相互之间还血战不已。何况纳哈出一伙儿正日益壮大、兵强马壮，不可小觑。此次东征，你们是重任在身哪！本将既然承担运送之责，就要安全地将大军送到辽东，这是至关重要的一步。老叟的肩上，同样有担子万斛重的感觉，咱们必须要事事仔细、处处谨慎啊！"马云、叶旺听后，频频点头称是。

大家正谈着，不少人还在观赏着明月下的海浪、往来的舟船。明月长老突然一愣，似乎听到了一种奇怪的响动。你想啊，在海上，那是无风三尺浪啊！她能在浪涛的啪啪声、舟船运行的哗哗声、人们说话的喻喻声以及做饭的锅碗瓢盆碰撞之嘈杂声中，捕捉一点点不正常的声音，耳朵该有多尖呀，无怪乎是得道高僧、世外高人、武术强人哪，真有眼观六路、耳听八方之奇能！老人家循着那轻微的响声猛一抬头，见前头一艘战船的桅杆顶儿上，有个黑影儿突然一闪而过，接着又一闪，闪到了另一艘战船的桅杆顶儿上，瞬间就从那儿不见了，速度相当快，很多人根本没看到。唯有站在旁边的吴老将军在明月长老一愣神儿时，凭着多年捉拿海盗的经验，立即觉察到了有情况发生，感觉这声音来得很怪。他马上把身披的大斗篷呼啦往船上一甩，甩到了甲板上，露出了里边的短身小打扮。别看他已是六十七八岁的人了，却依然灵活，随即纵身向上一蹿，嗖地一下登上了桅杆的横掌儿，噌噌几下便站在了大船的瞭望台上。那个时候，大帆船的桅杆顶儿上，都有用铁笼子围的一个小台子，那是航行时的瞭望台。吴祯在上面往四周看了看，只见各船的将士们有的在走动着，也有三三两两地交谈着，再向远处望，只有星星点点的渔船于夜风中忽隐忽现。老人家见没有发现什么异常情况，又纵身跳下了桅杆。

此时的明月长老早已穿好了一身夜行服，带上兵刃，正向众人讲着她发现的情况。吴老将军到了甲板后，吩咐马云、叶旺："你们速传令各船严加防守，众将士要和衣而卧，随时做好迎战准备！"明月长老说："我断定那个夜盗仍穿行在舟船之上，只是不知现藏身在哪儿。从夜盗的行动来看，身形十分敏捷，是个有些功夫的不速之客。待老尼再去看看，你们不用惦着。"娟娟一听明月长老要去寻查，便执意随同前往，着急地说："师太，带我去吧。您教了徒儿那么长时间的轻功，平时只能在庵里练练，如今既然有了实战的机会，应当看看本事究竟怎样。请师太千万别嫌麻烦，徒弟在后面跟着您，不会误事的。"老人家一看娟娟讲得十分恳切，不好不带，只得答应道："好吧，权且算是检验一下你的功夫。跟我来，可一定要跟住喽！"说完，明月长老轻身一纵，早已不知去向。娟娟随之也不见影儿了。马云、叶旺立马传了将令，要求各舟船严加戒备，所有将士速回自己的舱内和衣安歇，静听金铎军令。

那么，什么是"金铎军令"呢？即以金铎作为各舟船之间的联络工具。它像个大铜锣似的，由主帅掌握。一敲起来，发出的哪哪之声，在大海之上听着既遥远又清晰，将士们按敲击金铎所发出声音的缓急和一二三四的点数来分辨将令。金铎军令就是舟船统一行动的命令，没有此军令，谁也不能乱动，只需抓紧时间休息、睡觉，以备随时征战。叶旺命哨兵加强巡逻，擦亮眼睛，百倍警惕；令将舟船上所有的篝火、炉火、灯火全部熄灭，不得有半点儿亮光。指令一下，各舟船随之一片沉寂，马云、叶旺、吴祯三人分别率兵卒持刀仗剑守护之，并搜查各处，严防海盗和元朝派来的奸细骚扰。

咱们暂且放下各舟船备战不讲，单说明月长老带着娟娟，以轻功巡行于各个舟船之间。一般的轻功，多在水面或树上穿行。踏在水面上，沉不下去；踩在树上，枝叶不动，轻得像棉花团儿似的。明月长老的轻功却非同小可，不但轻如鹅毛，而且于水面、树上穿行时，可以辗转腾挪，既快又无一点儿声响。如果说风多快，老人家的轻功便有多快，碰哪儿都没声儿，就这么厉害。

明月长老在前头带路，到各船上寻索，看海寇究竟藏在了哪里，一艘一艘地看，连舟船上的旮旯末角都搜得相当仔细。娟娟随其后，从船头到船尾、从船上到桅杆顶儿上，认真地查找，看有无隐藏之海寇的影子。突然，明月长老发现在远处一艘舟船桅杆顶儿上的风信旗下，有个黑影儿。为什么帆船上插有风信旗呢？因为需要看风使舵，根据风速、风向掌握船怎么走。看风看什么？就是看桅杆顶儿上呼呼啦啦飘着的风信旗。风往哪边吹，旗尾随之朝向哪边。舵工则据此喊号子，让船员和扯篷的人往一边儿使劲儿，这样才能破浪前进。那黑影儿因为有船帆半遮着，所以若是一般的眼力，再不仔细观察，是很难发现的。可明月长老独具只眼，看得十分清楚，确定了在黑暗的角落里，有个海盗紧紧贴身于桅杆，遁伏在那儿。她想："好家伙，桅杆那么细，那贼竟可以贴身于此，一动不动，真够厉害的！"还没等后面跟上来的娟娟看仔细呢，明月长老早已从腰间抽出一把小匕首，也可以叫飞镖，把儿上还带着穗子，心里默念着："毛贼，快给我下来吧！"随即"噌"的一声，飞镖投了出去。说时迟，那时快，明月长老在发出飞镖的同时，一腾身追了过去。为什么呢？因为她的飞镖一出手，如果投中了黑影儿，那个人就得掉下来，所以，必须跟随而至。

从远处看，大船是一只紧挨一只，跨过去似乎很容易。实则不然，船与船之间的空隙挺大的。为什么这么说呢？因为海上的风浪大呀，两船若挨得近了，海浪一起一落的，船必然涌动，会碰撞到一起。虽然船的外头都有软垫儿挡着，但船体容易伤着或被撞碎。故而，船与船之间必须拉开距离，才不至于相互碰撞。如此一来，从这只船跳到那只船，并不是谁都能做到的。倘若功夫不到家，一跳，很可能跳不到船上，反倒掉进海里去了。要真掉进了大海，不要说海水有多深，那大船的船身就很高，想上来谈何容易？明月长老可不是一般人，有轻功啊，只见她用脚尖儿轻轻一点，便从这只船飞身跳到另一只船上。她跳过去一看，那黑影儿却向前移动了，心想："我的飞镖肯定是中的了，让你使劲儿跑，还能跑多远咋的？"她边想着，边腾飞、纵跃，紧追不舍。娟娟跟了一段儿，速度渐渐有些慢了，落在了后头。

明月长老正追着，眼看离那个黑影儿很近了，可猛抬头往上一看，却发现了另一个黑影儿。只见此黑影儿一个翻身，便从头顶儿的桅杆上向海里蹿去了。神奇的是，当黑影儿落到海面时，没有溅起多高的浪花儿，声音极小，而且在海面上疾走如飞。这个黑影儿可是太有能耐了，只见他在水面上辗转腾挪，如同踏在平地一般，有时腾空而起，有时落将下来；脚脖子刚刚插进水里，紧接着来个旋身功，又从水面上腾起。看上去像是脚在海面上只一点，就这么连续地向前跳跃着，足见其轻功之上乘，若非如此，早已沉入海底玩儿完了。黑影儿在海上行走了一段儿，连续做了十几个旋身功，然后突然身子一拔，一个鹞子翻身，跳到远处的一艘大舟船上。接着，黑影儿又从那艘大船飞身跳上另一艘大船，速度之快，让人目不暇接；声音之小，就是从你的船上过去，都不会有丝毫察觉。明月长老暗暗佩服这个黑影儿的功夫，十分了得，真可谓出神入化。说实在的，老人家虽然武术高强，但没有海上御敌搏斗的经验，不知如何擒拿海寇，特别是在一排排的船只中纵来纵去的，过去很少经历过。加上对登州府的海港不熟悉，追来追去的，结果两个黑影儿全不见了。

　　明月长老正站在那儿，遗憾地跺着脚、叹着气，四处张望呢，娟娟赶上来了。她一看师太的样子，知道是把海寇给追丢了。俩人无不万分懊恼，自恨本来跟得挺紧，眼看要抓住了，怎么能把人给跟没了呢？就在二人愣神儿之时，突然，嗖地随着一股冷风，咕咚一声，像是一件什么东西被扔到了她俩面前。她俩低头一看，原来是个全身湿漉漉的人，已经龟缩成一团，直喘长气。明月长老和娟娟一惊，不知这是怎么回事儿，忽地又纵身跳来一个人。仔细一看，不是别人，竟是靖海侯吴祯老将军。她们心中更奇怪了："吴老将军怎么会出现在此呢？"这时，吴祯说道："海盗自以为得计，可怎能逃出我的手心儿？老叟在海上几十年，跟海盗打交道不计其数。师太，抓海盗不能跟在他的后面，追不起。这些人像狸猫一样，精得很，对周围的一切非常熟。必须摸准他们常走的路，否则，追一追有可能追丢了。我早料到了这一手，断定他被你俩一撵，已知无法施展什么诡计了，只能逃跑。并且只有一招儿，就是逃离海面，上岸寻找繁华之地，钻进民宅之中，乘人不备，溜之大吉。刚来登州时，咱们的战船一停靠在码头，我便观察了周围的地形，知道了哪块儿凸，哪块儿凹，哪块儿有石崖，哪块儿挨着民宅、集市，以防海盗的侵扰。经几天的日夜守候，没有发现什么异常动静，估计若有事儿，必是在大军到来之后。果不然，人马一到，海盗随之也来了。为了吸引海盗，在去看望你们时，我故意大声儿喊话，使隐藏的海盗知道舟师的将领在哪条船上，以便让他们尽快露面儿。还算行，真的上钩了儿了。咱们在闲聊的时候，海盗已经藏到了船只的桅杆顶儿上了，大家所说的那些话和一举一动，全都被看见了、听到了。不过，令海盗万万没有想到的是，师太却发现了其藏身之处。随之一动、一追，海盗惊慌了。师太，你在追赶时，我已料定他必向蛇头屿那块儿逃窜。因为从蛇头屿上岸，可很快进入繁华的渔市，那里有民房藏身。他只要钻进去，便不易被找到。所以，刚才我先到附近的一只船上等待、观察。当看到师太把他追了过来时，遂从海上先行一步，到了蛇头屿。由于海盗已被师太的飞镖刺中，右腿行走的速度自然慢，待一瘸一拐地爬上了岸，正好被等在那儿的我逮个正着。"明月长老听罢，那是打心眼儿里佩服老将军的谋略和精湛的武功。

就在这时，马云、叶旺带几个军士赶到了，看到海盗被擒拿，大家才放下心来。吴老将军命军士将受伤的海盗捆绑起来，又让随军郎中给他简单包扎了一下伤口，止住血后，带回了船舱。经过马云、叶旺、娟娟连夜突审，方知此非一般的到船上掠抢民财的小海盗，而是辽东元朝的太尉、丞相纳哈出派出的暗探。纳哈出听说大明朝廷发来东征之师，便向山海关与登州两处派出探子，访查其实力与机密。按照他的指令，暗探的差事是乘机在海中纵火，焚烧帅船，引起内乱，然后速返，向纳哈出禀报。军士们从探子所带的皮囊中，果然搜出了纵火用的硫黄、火药等物。

马云、叶旺请明月长老和娟娟到船舱中安歇后，向吴老将军禀明了突审的情况。吴祯说："现在看来，纳哈出已经开始动手了。事不宜迟，依老夫之意，目前风向渐转向北，夜间必有西南风，乃天助我也。原想子夜起航，主要是考虑大家长途劳累，应该好好儿歇息一下。可是不行啊，只能让众将士提前出发了，待天明后便可赶到旅顺口。"叶旺高兴地说："老将军之意乃英明决策，我和马将军也是这么想的。既然纳哈出已经知道咱们的行踪了，因此必须提前三个多时辰出发，出其不意，及早到达辽东。这样，才有可能争取主动。"三人商量一番后，马云、叶旺又征求娟娟、明月长老的意见，二人表示赞同此议。于是，决定大军立刻向北进发。马云、叶旺、吴祯分头传令，蓬莱码头当即响起了金铎之声。本来战船上都备有开航鼓。什么是开航鼓呢？就是战船上立着的一面大鼓。出征时，各船将敲起来，咚咚之声震撼云海，山摇地动，以此鼓舞士气、震慑敌人。此刻因是秘密进发，所以没有敲开航鼓。金铎响后，众将士马上从舱里走了出来，执刀仗剑地列队于甲板之上。舟师的所有舵工、水手扯起了风帆，拔锚起航。吴祯老将军、马云、叶旺与登州岸边的州府官员挥手作别，请他们转告知州大人，由于军情紧急，不得不提前出发了，来不及告辞，只能深表歉意了。大船依次驶离蓬莱码头，很快进入了深海。吴祯老将军在舟师帅船之上，看准灯塔，以金铎指挥着各船，不时调整着航线，严防与海上归来的渔船及海底的暗礁相撞。船队浩浩荡荡地行进着，要将大明朝廷派出的东征大军众儿郎，安全、迅速地送至辽东旅顺口。一路乘风破浪不去细讲。

单说马云他们为了掌握辽东金山纳哈出的更多情况，乘着夜航，再次审讯被擒拿的暗探。早有几名兵卒将其五花大绑地押至作为中军大帐的船舱。"大帐"里挺宽敞，摆有桌椅、板凳，马云、叶旺、娟娟坐在正面长条儿桌旁的椅子上，圆瞪双目，显得十分威严。探子被推进来后，让他跪倒在三人的对面。那人穿得很单薄，满脸的络腮胡子，长着西葫芦似的长脸，尖下颏儿，一口大黄牙，看上去凶神恶煞的样子。帐内两旁站着十几名执仗的兵卒，有的卷着袖子，有的握紧拳头，也是怒目横眉。那人看了看这阵势，先是一句话不说，接着便倒在地上嗷嗷怪叫，装出一副右腿的伤口被碰疼的样子。其实，明月长老的飞镖尽管刺中了这个毛贼，但那是没有涂过毒药的，经过用治红伤的止血止痛药敷上后，已经止血了，不至于那么疼了。几个军士去叫他的时候，呼噜呼噜睡得正香呢，踢了好几脚才醒过来。他叫了一阵儿后，接着是骂不绝口："他妈的，碰到爷爷的疼处了！混蛋，为什么不小心点儿？"叶旺忽地往起一站，厉声儿道："你算什么英雄，叫唤啥？不就是碰破了皮儿嘛！一个猫咬那么大的疤，又涂上了药，有啥值得大呼小叫的？少在这儿装蒜，老老实实地照我说的做，必须讲出辽东的情况。你若是不说，可听好了，我们随时都能用鲸鱼钩儿钩着你的心窝儿，扔进大海喂海龟去。是死是活，看你能不能说出实情啦！"马云在一旁配合着，用脚板儿似的大手往桌子上啪啪地一拍，震得茶杯哗哗响，高声儿断喝："少跟他啰唆，快说！"故意显现出一脸的杀气。

探子先是一惊，随后抬眼偷偷往上瞥了瞥，看到了三双怒目，又向旁瞅了瞅仗剑的兵卒，心想："嚯，今天来审我的人真是不少哇！看这意思，只要三个主帅一声令下，不把我扔进海里去，也得砸成粉末儿呀。可老子不怕这个。"暗探是见过世面之人，看了看，又撇了撇嘴，然后仰面哈哈大笑起来，并笑个没完。马云怒不可遏地喝道："混账东西，笑什么？还不快快照实说谁让你来的，不然可要动大刑了！"叶旺和护卫们也齐声儿吼道："快说，快说！"边喊，边用棒子敲打着船舱的地板。探子收敛了笑容，摆出一副若无其事的样子，慢条斯理地说："你们穷咋呼啥？吓唬两岁半的孩子呢，还是哄一个没见过世面的傻头呆脑的木鸡呢？出外打听打听，爷爷怕过谁呀？我看透了，你们几个纯粹是堆白薯！初来乍到吧，过去没在海上玩儿过，对吧？"然后他用手指了指叶旺和周围的人，轻蔑地说："不是小瞧你们，一帮旱鸭子吧？见过大海嘛，见过海神爷爷嘛，跟我说说他长几只眼睛？你们这些蠢货，奶奶的！"探子就这么猖狂、嚣张。马云、叶旺一下子竟给噎住了，心想："哎呀？这小子倒比我们还横！"正在二人打奔儿时，那个探子又说了："咋的了，怎么不说话了？不是要审我嘛，倒是审呀！"他边说，边啪啪啪地拍打着胸脯，嚷道："告诉你们吧，我就是人称海神爷爷的舅舅——海神舅舅！在海上闯荡了四十年，玩儿海也玩儿了几十年，你们可以到辽东旅顺、东海的苏城沟，不管是哪儿随便问，谁不知道我海神舅舅？你们不妨先看看这身上的伤疤，然后再听本海神舅舅讲讲海的事儿，好长长见识、开开眼！"

探子嗷嗷地一通儿自吹，反把马云、叶旺、娟娟弄没了主意。也难怪，他们是头一遭遇到什么海上的探子，头一回打交道，一时真不知道如何办才好。叶旺心想："不管怎样，船得走一宿，你不是能磨吗？那咱们就磨。反正我们坐着，你得在地上倒着，身子还有伤。靠呗，看谁能靠过谁！"叶旺这么想着，便说："好哇，兄弟，那只好委屈你。既然你不怕疼，愿意在船上靠，我们奉陪到底了。"然后叶旺侧过头，对旁边的马云说："他不是让咱们看伤疤吗？来人，扒光他的衣裳！"此话一出口，叶旺马上回头看了一眼娟娟，觉得话说得有些不合适，忙又改口道："噢，不用扒光，把上衣扯下来就行了！"两个护卫扑了过去，薅住探子的脖领子，"刺啦"一声便把上衣撕碎并扒了下来，那人的上半身露了出来。大伙儿一看，吓了一大跳哇！只见他身上没一块儿好地方，全是伤疤，一块儿连着一块儿。有的地方是疤痕豁成的沟，有的地方是肉疙瘩疤，那是伤疤聚到一起形成的。凹凸不平，红一块儿、紫一块儿、黑一块儿、白一块儿的，说惨不忍睹，一点儿不过分。在座的人从未见过这样的疤痕之体，谁看了，谁不大惊失色？甚至都不敢看。娟娟只匆匆瞥了一眼，赶紧把脸扭到一边去了。这时，探子撇了撇嘴，狂傲地说："怎么样，眼珠子从没装过这些新鲜东西吧？就你们几个刚从娘胎里出来的嫩苗儿还想威吓个人？我经过的那些磨难和办过的事儿，以为一吓唬就能乖乖讲出来？敢审我，真是瞎了眼啦！告诉你们，海神舅舅可不是好惹的，看见锁子骨左右两个大黑洞了吧？这是大元至正元年，官府用双铁钩子钩着锁子骨把我吊了起来，吊了一个多时辰，我没喊过一声妈、叫过一声疼。最后他们没招儿了，只好放了。再看看两肋上又黑又紫又红的肉疙瘩疤，是大元至正九年那会儿，官府对我施火刑，火烧双肋。折腾得我昏死过去两个时辰，醒来没服一声软。官府不仅没得到一丁点儿口供，反而吓住了。海神舅舅依然如我！你们看我心口窝儿处，碗大的坑疤，能放下一个拳头，肉已经没了。这是大元至正十五年被官府签军征去时，我骂不绝口，遭到剐刑所致。那些兔崽子用快刀剐我的心口儿，剜下了碗大的一块儿肉，流出殷红的鲜血，那也没喊一声疼！我没有死，只是少了块儿肉，官府的人却全被吓傻了。若不是这样，就哪能逃过去广西的兵役，仍在辽东老家东海横混？我看你们就省点儿心吧，别瞎子点灯白费蜡了，爷爷根本没把什么上大刑放在眼里。元朝的刑法最残酷吧，我怕过吗？没怕，都熬过来了，还在乎几个乳臭未干的毛孩子不成？说实话吧，你们到辽东，什么也得不到，大丞相、太尉纳哈出是帮我们的，大明朝跟他作对赢不了。为什么？因为东海千千万万的女真人同大丞相在一起！"探子就这么声嘶力竭地喊了半天，看不出一点儿惧怕的意思。

马云见探子还要喊下去，便打断他的话头儿说："行了，住嘴吧，不用再磨嘴皮子、兜圈子胡编海吹了，少讲那些陈年烂谷子臭芝麻的事儿。我问你，既然你原本在辽东，为什么赶来登州上了明军的船？到底啥时候到这儿的？怎么知道我们也到此地？必须如实讲！"那探子瞪着一双贼溜溜的眼睛，语无伦次地说："啊？你说那个呀，我不是从辽东来的……噢，不对，我是从辽东来的，又怎么样？说实在的，早就知道你们来，啥事儿能瞒住我海神舅舅？哎呀，渴死我了，别审起没完了，给我水喝！"接着他便耍开赖了，满地打滚儿道："你们太没人味儿了，打算渴死我还是怎么着，海神舅舅离不开水不知道哇？快拿水来，拿水来！"他闭着眼睛一声接一声地喊叫着。

马云、叶旺、娟娟一看这种情形，觉得真是审不下去了。老是同探子针锋相对的，总不是个办法，你问一句，他有百句等着呢！而且他比你吵吵得厉害，还不停地嘲笑、戏弄，根本没瞧得起参审的人。再说了，时间紧迫呀，一宿很快会过去，眼看天要亮了，哪能跟他没完没了地穷靠呢？必须得想办法撬开他的口，知道其来龙去脉，弄清是怎么探得大明舟师要北上这个消息的。不能被他蒙骗过去、按他设定的圈子转，东一榔头西一棒子的，纯粹是在磨时间呢！若是再靠下去，就上当了，那将什么也得不到。看来，探子相当狡猾、老练，很难对付，得想个对策。三人意识到这点后，叶旺命护卫取来茶水给探子。那人接过碗，一仰脖儿，咕嘟咕嘟几口便喝光了。叶旺又令护卫把他搀到"中军大帐"旁边那个船舱内间的一张软床上歇息，严加看守，好生关照，并让送去米粥和山东大麻花。探子可能真是又饥又渴，一口气喝了四大碗米粥，吃了三根儿大麻花，嚼得挺香。

在护卫们将探子带到另一船舱后，马云、叶旺、娟娟三人静下心来，仔细分析了暗探的情况。从浑身的伤疤可知，他不是一般人，大有来历。从曾被征过兵又逃跑过的情况看，他对元朝廷是有仇恨的。他口口声声说自己是东海女真人，看情形，不像是蒙古人，很可能真的是东海女真野人。刘老军师曾讲过，对东海女真野人要采取安抚之策，那是我们的拯救对象。辽东当地的土民，是受尽了苦难之人，也是被元朝欺压得最重、剥削得最惨之人。大明反元，务要团结和依靠被元朝任意宰割的辽东东海女真野人，不能把他们看成与己对立的仇人。从探子说话的口气，便看出了破绽。他先是不承认从辽东来，后又急忙改口，自称是从那儿来的。由此可推断，他根本不是从辽东来的。那么，他到底从哪儿来？怎么就到了登州？为什么对大明舟师火气那么大、怨恨那么深呢？其中必有文章，一定有重要的隐瞒之事，应该查个水落石出，绝不可小觑。

叶旺他们几个越想越觉得探子的来历非同寻常，一旦弄清楚，或许很多疑团就会迎刃而解，辽东一些棘手的事情也会从中找到解决的办法，很可能是柳暗花明又一村呢！想到此，他们便不像刚才那样沉闷了，渐渐兴奋起来，又请来了吴祯老将军和明月长老。几个人在一起商量着，七言八语地出主意、想对策，很是热烈。他们合计了半天，一致的意见是尽量感化、说服，想办法快些撬开探子的嘴，使冥顽不化的头脑能够开窍儿，不与大明朝对立。只有这样，他才能主动与我们合作，讲出眼下急想知道的一些事情。那么，探子的嘴该如何撬呢？大家希望吴祯老将军能多说几句。

吴老将军认真想了想，然后开口道："依我这些年在海上的活动，再加上为给仇成大将军送给养，常去辽东了解到的女真人情况看，当地的土民、野人、女真人，对大明王朝是寄予希望的。从你们对探子的审问来看，尽管没有摸到什么细情，起码知道了他的身世。可以肯定，此人不是纳哈出的心腹、族人，只是个为纳哈出办事儿的女真人，这就好办了。东海女真人从骨子里讲是反元的，因为大元朝加害他们的事儿太多了，家家皆有一本心酸的血泪史。而今大明王朝推翻了元朝，把压在东海女真人身上的大石头搬走了，他们可以舒舒服服地喘口气了。因此，他们对大明朝廷的印象会很好的。仇成大将军曾跟我讲过，辽东的女真人特别佩服大明的三大活神仙，每当说到他们的时候，都虔诚地叩头烧香啊！哪三个活神仙呢？一个是刘伯温。说他能掐会算，可预卜未来，大明天子就是靠这位军师超人的智谋战胜了大元朝，故而全佩服他，说他是活神仙。第二个是徐达。说皇上能够讨平大元朝，第一有功的大将便是徐大将军，不仅自己能征善战，手下还有常遇春、胡大海等众将军，那是真厉害呀，令人佩服，不是活神仙是什么？第三个是当今的皇上。说他过去是个放牛的，后来当了穷和尚。能组织起这么大的队伍，打败群雄，推翻元朝当了皇帝，真是硬干起来的，没有点儿能耐能行吗？就是他把女真人救出来了，肯定是活神仙。女真人对以上三位明朝人佩服得五体投地，其中最受推崇的，当属军师刘伯温。你们是知道的，军师最戒杀人，主张对任何人，哪怕敌人，也应该是'知其难，察其行，诱其醒；反敌为友，反祸为福，天下同荣'。刘老军师的这个策略，得到了圣上的赞同，亦受到女真人，包括蒙古人的赞成。许多元朝的降兵、降将之所以能聚在大明旗帜之下，势不可挡，原因固然很多。对军师的印象非常好、信任度极高，乃其中的重要原因之一。"吴祯说到这儿，停了下来，端起茶杯，呷了几口茶。

　　马云他们四个人听得入神了，一边点头称是，一边急切地盼着下文。尤其是娟娟更着急，目不转睛地盯着吴祯，不禁催促道："吴老将军，请继续讲呀！"吴祯放下茶杯，看了看娟娟，以商量的口气说："既然如此，依老夫看，娟娟你就演出戏，当此戏的主角，穿戴上秉仁公主的凤冠霞帔，摆出当今皇帝的圣旨宝匣儿，亮出封诰，让探子知道你是最受万民敬仰的刘伯温老先生的女儿。为什么要这样做呢？我刚才已经说了，元朝上下人等从心眼儿里敬佩的英雄和圣人就是刘老军师，不是奉为活神仙吗？他们认为，若没有他的神机妙算，大元朝不可能垮得如此之惨、如此之快！只要让探子知道你是刘伯温之女，是圣上亲封的秉仁公主，恐怕便不会对咱们那么敌视了，也不会那么冥顽不化、狂傲嚣张了，会立马变个样儿。娟娟，怎么样，试一试？"吴老将军完全是胸有成竹的口气。

　　马云、叶旺乍一听，没怎么理解吴老将军出的主意，寻思如此做能有啥用？探子哪会吃这套呢？后来一想，是呀，刘老军师的声望确实很高，一提到他的名字，不光大元朝众臣、将士知道，连北方女真野人都知道。由于刘伯温一向重视所采取的策略，注意团结人，虽然治军很严，但决不轻易杀人。所以，敌人也好，朋友也罢，皆对他十分尊崇。这一点，吴老将军说得没错。他俩仔细一琢磨，觉得此做法或许能行。叶旺说："娟娟，我看不妨按老将军之意试一试。要是灵验，探子如能因此而感悟过来不很好吗？"马云表示同意，又侧过头问明月长老："师太，您看呢？"坐在旁边一直没开口的明月长老表态道："老将军讲得甚好，要想获胜，首要的是攻心。老尼久去辽东，知道东海野人的古俗。一会儿，我打算见见探子，何况刚才已跟他打了一仗，并给伤了。只冲这一点，也应该去看看，向他致歉，就说手重了，然后再以族情加以感化。好在东海女真人有不少是我的朋友，对他们的生活习性和心态比较了解，人非草木，孰能无情？解其心，动之情，顽石可化也。"明月长老的这番话，说得大家更有信心了。于是，让娟娟出山的事儿便定下来了，各自分头去做准备。

单说明月长老同吴祯老将军一前一后走出"中军大帐"，来到旁边那个囚探子的小船舱。见外头有几个兵卒把守，舱门儿开着，是往上捅开的。从舱门儿顺下个梯子，需登梯子下去，才能到舱里。因舱门儿已开，一张舱板支在那儿，从上往下一看，就能清楚地看到舱里的人。二人见那探子躺在软床上，闭着眼睛，似乎睡着了。其实，这个小舱本来是船队头领休息的地方，现在让一个暗探住在里面，对他实在是一种优待。所不同的是，探子住进去之后，多了几个拿鬼头刀的护卫看守着。明月长老顺着梯子下去，进了船舱，紧随其后的是吴祯。明月长老摆手示意，让拿鬼头刀的护兵们退下。护兵全认识明月长老，又有吴老将军在，马上退出了舱外。明月长老心想："别看护卫都出去了，探子想蹿起来行凶可没那么容易，单凭我老太太的武功也能制服你。不过那不是我的目的。能进到船舱来，是想制造一种平和的氛围，然后与你进行心与心的沟通，掏出肚子里的话，这是最重要的。"应该说，明月长老想得很对。你想啊，刚才探子周围好几个拿着鬼头刀的护兵站在那儿，气氛多紧张呀，怎会利于以情化之呢？

护卫们一撤，小船舱里自然显得轻松多了。探子此时根本没睡，偷眼看了看，进来一位老人家。仔细一瞧，原来认识，这不是同自己交手的第一人吗？明月长老看他身上还被绳子绑着，便问吴老将军："可否给他松绑？"吴祯点点头，遂命两个护兵下到舱里，将那人身上、手上、脚上的绳索一一解了下来。之后，护兵转身登梯子上去了，舱里只有明月长老、吴祯、探子三人。

表面上显得刚强、啥都不惧的探子，由于吴祯命人把捆住他身体的绳索除去了，顿感轻松了不少，似乎挺受感动。明月长老又亲自拿出红伤药，再一次为他治伤口，以便止血、止疼。这时，从探子狼一样的眼睛里流露出来的那种仇恨立马减少了，眼神儿较前温柔了许多，却仍不友好，怔怔地问明月长老和吴祯老将军："你们解下了我身上的绳索，难道不怕逃跑吗？别忘了，我可是海神舅舅，在海上如鱼得水。要是逃之夭夭，朝廷跟你们要人犯怎么办？不怕犯杀头之罪吗？告诉我，究竟是为啥？"明月长老走上前来，轻轻地拍拍探子的肩膀，道："好汉哪，不要这么硬气，我问你话，你要好好儿听着，是诸申尼亚勒玛吧？是艾痕哈喇艾乌克孙的人？"两句问话是什么意思呢？即是不是女真人，是哪个艾痕哪个部落的人。这么一问，那人当即一愣，万没想到船上还会有说女真野人话的！如同大难逢知己、千里遇故人一般，两只眼睛直冒亮光儿，显得格外亲切。只见本来是半躺半靠在软床上、一副爱答不理样子的探子，扑棱一声坐了起来，目不转睛地盯着明月长老，几乎不相信自己的耳朵，那脸上的表情分明在说："这熟悉的话语，真的是从眼前身穿尼姑道袍的老太太口中说出来的吗？她怎么会女真野人语呢？"旁边的吴祯老将军看他那么一愣神儿，马上明白了，说道："好汉，向你介绍一下，这位是德高望重的南京鸡鸣山明月庵的住持明月长老。老人家常去辽东东海的一些地方，包括锡霍特山一带采药，因此很熟悉女真野人诸部的生活，结交了不少朋友。当地的男女老少闹各种叫不上名儿来的病，都是明月长老不厌其烦地一次次登门，最后给诊治好的。如果你有良心，是东海女真野人，对我说的这些事儿就能知道，也肯定听说过她老人家的名字。"探子听后，眨巴眨巴眼睛没吭声儿。

此刻，明月长老站在那儿，目光炯炯，微笑地望着探子。探子光着上身，侧坐在卧榻上，瞪着两眼，也从下往上打量着明月长老。老人家早已看清了他满身的伤痕，左肩膀处有文身的痕迹。花纹儿是一株葡萄叶儿，还有一根叶蔓，好像一株葡萄叶儿带着藤蔓覆盖在肩膀上一样。文完之后，曾用花汁儿水抹过，因此依然很清晰，甚是好看。明月长老知道，花纹儿的颜色同花儿的颜色是一样的。因为当时的文身，是用针刺完之后，须立即把花汁儿抹在肉皮上，花色很快渗入肉里。这样，花纹儿一辈子不会消失，颜色也会不退。她还知道，东海女真野人有文身的古俗，喜欢在身上刺各种花纹儿。所文花饰，即是这个人本族系的标识或符号。各个族皆有自己的标识，在东海，只要看身上的图案，便可知道他是哪个族系的、哪伙儿的、哪块儿的人，头领是谁。这些花饰绝不相互混淆，而是泾渭分明，以此区别于各部的地域、礼仪及生活规范。

明月长老一看探子的文身就认出来了，此人并不是什么闯荡江湖的海盗，而是辽东东海女真野人部的成员。那些人剽悍、正直、勇猛，不怕死，又吃苦耐劳、淳朴忠厚。族众团结抱团儿，一人有难，大家会毫不犹豫地挡在前面，敢于拼杀，决不后退，为本族人两肋插刀。明月长老对东海女真野人很有感情，不仅由衷地喜爱，也十分钦佩。并且知道眼前的人肯定是被纳哈出欺骗了、利用了、上了当了，这才与明朝作对的。她用女真语大声儿问道："孩子，你家是不是东海赫勒痕霍通桑痕哈喇的人哪，首领是班布朗痕妈妈吧？那可是我的老妹子呀！你怎么到登州来了？为什么给纳哈出卖命？"这一问不要紧，那人完全蒙了，一听问得这么详细、这么具体，而且句句说得都对，甚至连自己的首领是谁都知道。可真是怪了，到底怎么回事儿呢？一时弄不懂。只见他立马变了样儿，再不恶狠狠的了，也不呼号乱喊了，反倒像只俯首帖耳的绵羊了，激动得头冲下一下子从床上滚了下来，爬到明月长老脚下，匍匐在地，双手紧抱着长老的双脚，捣蒜似的连连叩头道："小子我瞎了眼，不知老人家驾到，您难道就是我家妈妈常讲的那位金陵的活神仙、我们上香叩头的比牙妈妈吗？比牙妈妈，您真的来了？"说着，他高兴得号啕大哭起来。

说来很有意思。前面我们讲了，慈善的明月长老因为常到辽东采药，故与当地女真野人部落的男女老少处得挺近，感情颇深，可谓是心心相印。明月长老与有些女真野人来往频繁，像亲人一样，为其治病，时常向他们讲解如何识别和采集野药，帮着选出一些草药进行炮制、晾晒，还教授怎样给本部落的人治病。比如治个头疼脑热了、眼睛起盲了、肚子胀泻了以及女人生孩子生不出来该用啥招儿，等等，真像活菩萨一般，族众因而非常敬重她。你想啊，在女真野人中间来了一位能治病救命的人，那不就是活神仙嘛，谁不供着、不崇拜呀？他们便问老人家叫什么名字，该怎么称呼。明月长老说："我呀，是明月庵的住持，人们都称明月长老，你们也这么叫吧。"女真野人不会说汉话，便不解地问她："什么是'明月'？"老人家比画着告诉他们："'明月'就是天上那个照到地面的月亮。"女真野人明白了："噢，原来'明月'是天上的亮东西呀！"女真野人管月亮叫比牙，这样，遂称明月长老为比牙妈妈，译成汉话即月亮奶奶。从此，明月长老就有了比牙妈妈这个雅号了。在东海，提别人兴许不认识，一说比牙妈妈，那沟沟坎坎、山山岭岭的人没有不知道活神仙的。被抓的探子当然也不例外，不止一次地听过这个名字，做梦都想不到竟会在船上见到了比牙妈妈。你说他能不一反常态、欣喜若狂吗？

　　明月长老低头看了看，然后弯下身子，拍了拍探子的头，将他搀了起来，说道："孩子，快坐下，坐下。你刚才猜对了，我就是你们的比牙妈妈。"明月长老边说边笑了起来。那么，明月长老的话，这个东海女真野人能听懂吗？因为此人是专门搞联络的，长期在外活动，也认识一些明朝和元朝的官员，还会说不少汉话。所以，老人家所言之意，他基本能听得懂。明月长老又道："孩子，行了，不要胡闹了。我们是从大明朝来的，到这儿是为拯救你们、惩治那些坏人的。在北方，元朝剩下的最大的官，便是金山的大丞相纳哈出了……"还没等说完呢，探子马上接过了话茬儿："纳哈出是王爷，我们都得听他的，我就在他手下为官。"明月长老说："你在他手下听令，那是过去的事儿。从今天认识我，又叫了一声比牙妈妈，以后必须听我的，不许再跟纳哈出干坏事儿了。那可是咱们的仇人哪，女真人祖祖辈辈受尽了他的欺辱，怎么能帮仇人害自己的兄弟姐妹呢？"那人茫然不解地看着明月长老，问道："比牙妈妈，我应该怎么办呀？"明月长老说："好吧，让我慢慢告诉你……"

　　咱们不去细讲明月长老都嘱咐、告诫了探子一些什么，单讲船舱里的人是越唠嗑儿越多，越唠越热乎。正在这时，就听船舱外有脚步声向这边走来。谁呢？原来是吴老将军领着马云、叶旺、娟娟来了。怎么回事儿呢？吴祯见明月长老与探子唠得挺好，觉得有门儿，很高兴，便悄悄儿地登上梯子出去了，来到甲板上，把娟娟、马云、叶旺全招呼过来。他们从舱门儿往里一看，见那探子的狂傲、蛮横和嚣张气焰已消失得无影无踪，也不再出言不逊了，而是像个孩子一样扑在明月长老的怀里，静静听着温和的训教。他哭一阵儿、笑一阵儿，亲昵地搂抱着长老，边听边不住地点头。东海女真人的性格和心胸就是这样，爱就是爱，恨就是恨，敬重就是敬重，淳朴、忠厚，从不遮遮掩掩。

　　娟娟、马云、叶旺随吴老将军下了小梯子，进到了舱里。探子见过他们呀，刚才正是这三个人审的他，怎么能不认识呢？他一看到这些人，脸忽地红了，表情也有些不自然了。怎么个不自然呢？就是觉得有些过意不去呗！因为他已经知道了大明朝廷派出的人是来拯救女真人的，不感激且不说，自己还同人家吆五喝六的，当然不好意思了。没等吴祯说话呢，明月长老便吩咐道："孩子，过去给他们磕个头吧。"这时，探子才仔细看了看，发现进来的几个人同方才的穿着不一样了。那个女的原来穿的是武侠衣服，紧身小打扮，现在却身着大明朝的凤冠霞帔。他不懂，也不知道这红色的、上边绣着十分好看的凤凰之霞帔，还有那头上戴着的镶有各种漂亮珠穗儿的金冠，该是什么人的穿戴。明月长老见探子有些疑惑，便轻声儿告诉他："孩子，上头坐的那位，是大明朝的秉仁公主。所穿戴的是公主的百珠霞帔，怀里捧着的是皇上的圣旨玉匣儿。快过去给秉仁公主叩头，她就是当今大明天子的女儿，也是大明朝被你们奉为活神仙的军师刘伯温的女儿。刘老先生不是都很受人尊重吗？现在他的女儿来了，去吧！"那人一听，忙跪爬过去，匍匐在秉仁公主的脚下，连连叩头，然后又给马云、叶旺二位将军叩头，说道："各位大人，小人本为北地的东海女真野人，原来给纳哈出当先锋官。我不是蒙古人，是萨勒痕家族的，名字叫萨家奴，现叩见天朝公主和众位大人。俗话说得好，大人不见小人怪，请各位大人别跟小的一般见识。我是个边塞野人，癫狂放任惯了，又常受到无缘无故的欺侮，所以把世上的人全看成自己的仇人。今天真是有眼无珠哇，斗胆冒犯了天朝的恩人、众位活菩萨。该死，该死呀！别人咱不讲，就说刘伯温吧，那可是女真人敬佩的神仙。既然是刘老军师的女儿来了，根本不用看你是不是天朝的什么公主，我服了！"说着咣咣咣地磕着响头。娟娟坐在那儿，慢条斯理地开口道："得了，你能认出真假人来，我们已经很高兴了。起来吧。"萨家奴没敢动。马云、叶旺过去把他拉了起来，有意安慰道："坐下吧，不必想太多，有话慢慢说。"萨家奴也没敢坐，仍然站在那儿。娟娟接着说："你不用奉承，亦无须懊悔了，咱们是不打不相识。认识了就好，还是坐下唠唠吧，想听你介绍一下辽东和女真人的情况。可以实话告知，我是奉旨专门为此而来，是为了给你们做主才赴北的。"萨勒痕的子弟萨家奴听后，顺从地坐在了娟娟的对面，护卫送上了茶，大家边喝茶，边聊了起来。

征船在风平浪静的海面上行进得异常神速，此时，天快放亮儿了。娟娟、马云、叶旺、明月长老及萨家奴一宿没合眼，也怪了，全都不困，是越唠越精神、越谈越兴奋。娟娟等人为结识了一位辽东女真野人而高兴，萨家奴也为见到了救苦救难的恩人而推心置腹地说个不停。尽管海上的风光无限好，谁也顾不上到舱外的甲板上去瞧上一眼。他们就是这样真诚地、热烈地、详细地攀谈着。娟娟、马云、叶旺毕竟年轻，从萨家奴的述说中，了解了许多过去从未听到过的、仿佛是另一个世界的东海之生活状况，知道了不少新鲜、古怪的习俗，感叹世上的事情无奇不有，掌握了一些纳哈出的军事部署和机密，还知晓了萨家奴的身世。三人恨不得能多长出两只耳朵，生怕漏掉一句话，把萨家奴为什么能给仇人纳哈出干事儿的来龙去脉了解得清清楚楚、明明白白。年轻的娟娟从没经历过如此沧桑之世道，也是第一次到辽东，又听了那么多奇闻怪事，当然感到特别震惊。马云、叶旺尽管去过辽东，亲眼见过东海当地土民生活之悲苦，可无论如何想不到竟会有如萨家奴所讲的惨烈之事。总之，毫不夸张地说，他们所听到的，正是一部典型的辽东东海女真野人的血泪史。

说起元朝末期，辽东是很乱的。当时执掌辽东大权的，是大元至正元年于辽阳建立的辽东路总管府，管理着北到北海、东至东海这方圆很大的地方事务。总管府当时简称为辽阳行省，元至正二十三年，改为辽东路总管府开源路，设辽东道玄尉司，掌管地方各族各部落的民情事务。元代的各种苛捐杂税多得很，徭役极其繁重。所设置的层层官衙，说是管理地方事务，实际上却是专门搜刮、压榨当地女真野人，收取苛捐杂税，强迫徭役的虎狼之所。那些衙门里的差役凶狠暴虐，用刑相当残酷，说书人在前书曾向各位阿哥简单讲了讲。这回咱们借萨勒痕家族之萨家奴对自己身世的介绍，再具体地说一说。

大元朝把女真各部族、各户的人口全部注册登记，标明性别、年龄、名字，然后按登记由辽东行省下达固定的军签儿。木制的军签儿上，刻着某部、某氏、某人、某系、何时该入兵籍等。到了规定的年龄，不管有什么理由，必须入兵籍，入后方可销签儿，异常严格。该入兵籍的，稍有疏怠，其罪甚重。女真人对此实在无法忍受，年年岁岁多有达军签儿、为不入兵籍而逃脱者。向哪里逃呢？无处可去。没有办法的情况下，他们只好离开亲人，逃入锡霍特山。此山靠近东海，峻岭林莽，重重沟壑，气候适宜，便于躲藏。藏身于那里，元朝兵将很难搜寻。再者，锡霍特山位于绥芬河，乌苏里江以东，离辽东内陆很近，跨江即到。因此，逃到那里的人可以随时偷偷回老家探望。若是元兵来了，便过江往东跑入锡霍特山躲起来；元兵走了，再从锡霍特山跨乌苏里江回到家乡。当时的东海女真人，就是这样跑来跑去地与朝廷的官兵周旋。

兵役有时可以逃脱，苛捐杂税却是无法躲过的。名目繁多的徭役无休无止，贡赋的征调年年增加，逼得女真人无法生存。大元朝在辽东这块儿，一直设有海西辽东鹰房，即强迫各地女真人按时向朝廷纳贡名鹰的处所。还特别要求须贡给雏鹰，就是小鹰崽儿——海东青，因此各户要专门驯养雏鹰。到一定的时候，官府要来验看，看够不够斤两、毛色如何。合格以后，才能征收。各个鹰房把征来的雏鹰按时运到应昌，即元朝的大都，供给皇上和贵族放鹰玩儿或用它抓野鸡、沙半斤、小鹿、小兔等。大元朝的贵族玩儿鹰最盛，每个富贵之家都有鹰，连公主们也好骑马放鹰。他们为了享乐，把鹰分成等级，名鹰的房子要比人住的房子好上千倍，甚至一只名鹰需有上百个奴仆伺候。名鹰要是死了，奴才必须殉葬。这鹰是从哪儿来的呢？全是辽东女真野人到很远的地方抓来的，从小驯养大。官府为逼迫女真野人抓鹰，便强行驱赶他们远涉重洋，到混同江、黑龙江以及黑龙江以北的北海海滨去。有的则到更远的地方，比如北海以北的库克奇一带去捕鹰，一走至少二三年、三五年不能回家。不少人不得不远离故乡，致使妻离子散，亲人们几年之内见不了面。为了捕鹰，有的冻死、饿死在北疆；有的被虎、豹残害；也有的爬上石崖后，被毒蛇咬死，被鹰啄死，令人惨不忍睹；还有坠下悬崖、掉入大海的，尸骨无存。尽管捕捉之难，但贡鹰的额数仍与年俱增，百姓重负沉沉。

这且不算，元朝还要女真部落贡献皮货。什么是"皮货"？就是动物皮、野兽皮。按人摊派，大人交几张，小孩儿交几张，老人交几张，都有规定，到时必须按质缴纳，少一张也不行。在当时的大元王朝，辽东的所有统治者，不论男女老少皆愿穿皮服。所以，北方不单单建了很多鹰房收鹰，同时建了不少熟皮房。经熟皮房熟好的皮子，分为大兽皮，即虎、豹、熊的，还有狗皮。由于北方家家是猎人，打猎离不开狗，故而各家全养狗，狗皮的来源自然多。还有各种细软的皮子，像银鼠等。诸类、诸色的皮货，必须够等级，不可虫蛀、霉烂、短毛；毛色要光亮，长度要均等，不能这块儿长、那块儿短的，或哪块儿刮掉了，得像活的动物一样柔软好看。如不合等级，则要重罚，熟皮人将惨遭各种酷刑和劳役。

大元至正三年冬天，由于贡鹰没有交足，拖延了时日，辽阳行省便把东海女真野人诸部的二十六名首领抓去当了人质，扬言如果各部落不按朝廷规定缴纳皮货或贡鹰，必杀掉他们。女真人的性格是倔强的，你不是抓人吗？好吧，随便抓，我誓不再缴纳贡鹰、皮张了。其实，百姓真是没招儿了，实在无法完成贡赋名鹰额数了。官府就在老鸦山下的一片开阔地上，竖起高杆，把二十六名首领捆绑在高杆上，泼上兽油，点起了天灯，活活烧死了。像点燃了二十六根大蜡烛，照彻夜空，足足烧到后半夜。这下可把被欺压多年的女真野人的愤怒之火给勾起来了，也是逼到份儿了，忍无可忍，于是揭竿而起，大张旗鼓地奋起反抗元朝。

松阿里、火儿阿、额多里、托温、乌苏里等地的女真人抱成团儿，杀向了辽阳，誓为部落首领复仇，一连闹腾了好长时间。元朝廷派兵进行了血腥镇压，反抗者死伤无数，血流成河。但是，女真人是有骨气的，杀死一拨儿，又有一拨儿重新组织起来，继续跟大元朝斗。此起彼伏，从大元至正三年到至正七年，连续不断。最后，那些反叛者才被辽阳等处中书省的武力平抚下来，好不容易将女真反元的怒火暂时扑灭了。

大元王朝，尤其是辽阳行省的官员尝到了女真人的厉害，吃了不少苦头儿，为此也付出了代价。他们见以硬碰硬不行，便不得不改变统治方法，不敢再狠狠地欺压女真人了，而是用了软招子，苛捐税赋有了些许减少。为平复女真人的积怨和复仇之心，元朝廷先是下令杀掉了辽东行省的两个领兵的平章，把罪责全推到了他俩身上，声言这二人因对女真人不好，才杀了二十六位首领，与朝廷无关，朝廷根本不知此事。与此同时，元朝廷又下拨数万两银子，作为对杀掉的首领之安葬抚恤费用；为笼络女真人，还任女真几个部落的首领为平章副佥事，协助大元朝廷安抚民众。并许诺新任的平章副佥事，如发现再有哪些官员违反朝廷之命，欺压女真人，可以缉拿，有权处置；若发现有滥杀无辜者，有权惩治之，为朝廷主持公法，杀戮不贷，将概不究罪。这样，女真人总算取得了初步胜利。

在此次反元的斗争中，萨勒痕家族是冲在最前面的，为重要的中坚力量。眼下在场的萨家奴便是其中之一，因此，他对当时的情况知道得很详细。萨勒痕家族对外的符号即葡萄叶儿，人人的肩膀上刺有葡萄叶儿的文身。一看这个纹饰，互相就知道是自家人，不论男女都是一样的。在北方的少数民族中，特别是女真野人，除了腰间围一束柳叶儿或一张小皮子用以遮羞处外，其他地方全祖露着。每个人的名字后面有"痕"字，"痕"字一般是发"奴"音，因此才叫什么什么"奴"。萨家奴便是从萨勒痕的名字演变来的。"痕"字是他们部落的符号、部落的代称，也是部落每个子孙的代称。女真野人属母系社会，部落的首领皆是女性。萨勒痕家族部落的首领是一位年轻、貌美、勇敢、泼辣的女人，人们叫她奴鲁泰妈妈。在那次反元朝贡鹰时，她让自己的心爱之人，即大家称为依鲁泰的小叔叔率领，萨家奴已是个二十来岁的青年，自然是落不下的。在这里，说书人要向各位阿哥多讲几句。

在东海女真野人的原始部落中，其古俗之一，便是部落由女人掌权，女人说话算数，以女王为核心，并享有至高无上的权力。在女王妈妈的统属下，部落的所有人全是她的子女，组织严密，井然有序，纪律严明。大家共同生活、共同劳动、平均分配，谁也不许欺压谁。男儿长大以后，由女王妈妈与外部落联络，同他们的女子通婚。专有婚嫁的特殊礼仪，成为规范，任何人不得违拗，违者遭活埋或火烧。女王可以在众多的男人中，选出年轻、可心的放在身边，做自己的侍卫。奴鲁泰妈妈就选了二十多个棒小伙子。说这些人是护卫女王的，其实主要与女王同居，繁育子孙后代。女王跟二十几个壮小伙儿轮流同居，今天与这个住，明天又与那个住。同部族所有的儿孙，对凡是与女王奴鲁泰同居过的侍卫，即那些哈哈①皆尊称为额索②。这样，在东海女真野人中，子女知道自己的妈妈是谁，却不知道爸爸是谁。个个不认爸只认妈，把那些跟妈妈同居过的哈哈，统称为额索特③。

我们说到的依鲁泰，是和首领同居的二十几个小伙子里最有能耐、最讨得奴鲁泰妈妈欢心的哈哈，所以，奴鲁泰妈妈就把率众反元的权力交给了他。萨家奴当年便是在这个小叔叔的引领下参加反元的，并成为一员猛将，称依鲁泰为小额索，也叫阿玛④，不过不知道是否是自己的阿玛。依鲁泰相当威猛、剽悍，不怕死。后来，在一次血战中，他被元兵用乱箭射穿心肋而死。依鲁泰之死，可把奴鲁泰妈妈心疼坏了，为失去一个最亲爱的哈哈痛哭了好多天。萨家奴也非常勇敢，敢打敢拼，有一股天不怕地不怕的劲头儿。在几次反元斗争中，他身上落下了不少伤疤，可以说是刀痕累累，好在幸免于难，活了下来。

萨家奴在讲完了自己的身世后，无限感慨地说："我只有一个想法，就是要像依鲁泰叔叔一样坚决反元，身上的一块块儿伤疤都是元兵留下的，这笔账一定要讨还。原来不懂，以为只要依靠纳哈出帮忙，便能报仇雪恨了，现在知道是我眼瞎了。"接着，又讲了他是怎样帮助纳哈出的。前面我们说过，为讨好女真人，元朝廷让各个部落选几个儿孙到辽阳的衙门中任职，声称要共同治理辽东。萨家奴则是被最受尊敬的生他的奴鲁泰妈妈选中的人之一。当时被挑选出的还有曾家奴、齐家奴、高家奴、安家奴等，一块儿送到元朝辽阳行省，有的做了副平章金事，有的做了其他的官。萨家奴被封为先锋官，主要差事是负责联络军事情报。

---

① 满语：男人。
② 女真语：叔叔。
③ 女真语：一帮叔叔。
④ 满语：父亲。

元朝大都被明朝占领之后，元帝外逃，于是辽东掌握在纳哈出手中。纳哈出是元朝的一位大丞相，既凶狠又有计谋，尤其注意笼络女真人的心。因此，原来在辽阳行省做官的女真人，什么曾家奴、齐家奴、安家奴等人全依附了他。现在这些人分别坐镇北京北边的大宁、云州等地，高家奴被派到辽阳老鸭山秘寨驻守，萨家奴在纳哈出手下办事，为身边的一个护卫、先锋官。因萨家奴很讲义气，认真肯干，所以很快得到了纳哈出的信任和喜欢，成了亲信和知己。这次正是纳哈出把他派出来的，早在明朝东征大军到来之前，已于登州等候了。当然，其中还有些秘密，说书人暂不多说。

萨家奴在说到纳哈出占据辽东时，特别强调地谈到，元朝的辽阳卫同知刘益降了明，后来又被元军杀了。派人去杀刘益的，便是盘踞金山的元朝最后一位丞相、太尉纳哈出。此时，他已成为辽东乃至黄河以北元残部的唯一最有名望的统帅和首领，可以说是一呼百应，辽东的大权被他一人独揽了。北平府四周以及新疆、甘肃、宁夏等地的反明复元势力，实际上也由纳哈出掌握。如果说遍布各地反明复元的组织像被放出的风筝，那无数的风筝线都握在纳哈出的手中，任其随意扯动。由此看来，毫无疑问，纳哈出是明朝廷最大、最危险的敌人。他的野心不小，为了反明复元、登上大元皇帝的宝座，极力聚集、扩大反明队伍，许多元朝逃散的人员无处可去，几乎全投靠了他。大家也愿意抬他、捧他，因为元朝总得有个主儿嘛。他先后组成了虎头军、豹头军、鹰头军、鲸头军、熊头军五路人马，各路人马皆由纳哈出任命统帅，有至高无上的权力。为什么叫虎头军、豹头军、鹰头军、鲸头军、熊头军呢？是因为各路军战旗的标识不同，分别有虎头形、豹头形，熊头形，鹰头形，还有鲸鱼的鱼头形。在什么形制战旗下的人马，就叫什么军，仅这五路大军有几十万之众。元朝那些旧臣、老将、皇亲国戚，在元帝逃离宫廷之后，惶惶不可终日，一看纳哈出举起了反明的旗帜，以为很快便可时来运转了，纷纷乘机奔向了辽东金山。还有什么元朝的宿将、不愿降明的辅臣、元帝的七姑八婆亦纷至沓来，连元宫廷中的后妃、宫娥也来了不少。总之，凡不愿降朱元璋的人，蜂拥齐聚金山。如此一来，金山这块儿可热闹了，那些人做梦都想在纳哈出的卵翼之下东山再起，踌躇满志地妄图称霸一方。希望纳哈出有朝一日，获得背北面南之尊，重振大漠蒙古军威。

纳哈出为笼络人心，发展自己的势力，从杀死女真二十六个部落头领遭到反抗的事件中吸取了经验教训，采取了与大元完全不同的策略，即放松对辽东各地女真野人的控制和压榨，尽量安抚之，使其为他效劳。原先，元朝对女真人是虎狼之面。现在，聪明的纳哈出装出一副慈祥的面孔，自称要拯救女真部落，采用了一个"北松南紧"之策。什么叫"北松南紧"呢？所谓的"北松"，就是在北边，对辽东的女真各部尽量宽松些，不欺压，免除一些繁杂的贡物和徭役，使北方民族对他产生好感，不再处于敌视状态。这样，既可稳定后方，自己待得更悠闲、更安稳，又可把女真人作为马前卒。所说的"南紧"，则是指对在南京坐殿的大明天子朱元璋采取强硬、对峙的态度，以武力与明廷决一死战。即使不能推翻明朝，至少也可偏安北方，在辽东重新建立元朝政权，画地为王。所以，纳哈出在实施"北松南紧"之策时，为防止女真人抱团儿驱赶他，遂利用女真各部族之间长期的积怨和仇恨，极力制造矛盾，怂恿、挑拨、分化各个部族。勤劳、淳朴的女真人真就上当了，各个部族都以为纳哈出对本部族好，是靠山，便仰仗他的势力，将几十年的积怨和仇恨全进发出来了。过去被其他部族撵跑了的，现在也杀回来了，向另个部族讨还被侵占的土地及被掠去的人马，并扬言若不把我原先的地方夺回来，誓不罢休！另个部族同样是如此这般地照做。于是，矛盾越来越尖锐，争斗越来越厉害，相互仇杀，相互血拼。凡是生活安适一点儿的女真人，皆被抢劫一空，故而不得不躲避灾难，逃往其他地方。而别的地方的人，再带着兵马至此，堵这个空子。这样一来，辽东乱了，地方上亦日益动荡不安，其根源就在纳哈出。在动乱中，不可避免又起来一些新的部落头领，带领族人拼杀。纳哈出又回头支持这些新的部落头领，攻打那些旧的部落头领，令部族间征战不已。而他却从中培植了自己的势力，坐享渔翁之利。新起来的一些势力，多以东海为基地，占地为王，互相攻伐。为什么他们要占据辽东呢？不仅因为此处偏僻，便于躲避，不易被征伐、追寻，逃来的女真人最多，还因它的地理位置、气候条件特别适于生存。

当时辽东女真野人在东海地方，形成了元初没有的三大部落，即北山部落、中部山区部落和南山部落。其布局基本是这样的：北山部落在北部依曼河流域，即乌苏里江以东的地方。依曼河发源于锡霍特山北麓，流向乌苏里江及比新河。中部山区部落又称中山部落，在乌苏里江中下游和兴凯湖一带。这里地域辽阔，山峦陡峭，绵延纵横，适于耕猎，猎业分为林、海两项。南山部落在苏昌沟至珲春以南一带。同其他两个部落相比，它的历史较久、势力很强、人口最多。三个部落中，势力较薄弱的为中山部落，因它是后来发展起来的。南山部落所处的地理位置好，物产丰富，还产煤，当时叫火石。人们的造船技艺较高，能造大木船，可以乘船通过日本海到倭奴的岛上去。此地古代曾有人居住，常能发现一些古墓。所靠之海岸，比北部山区沿海一带诸区域的气温高，冬季结冻时间短。总之，由于各方面条件的优越，便为南山部落的发展奠定了良好的基础。前书说到的那个探子萨家奴，原来就是南山部落的，后来才北上的。

南部发展得比较活跃，从瓦尔喀山道往东去，到岩杵河、苏昌河，再从南边进入雅兰河。在雅兰河和苏昌河之间，有个西噶达阿林，位于锡霍特山南麓的边缘地方，离海很近。其山峦像人的手指头一样，分别伸向西、南、东三个方向，中间为纵横交错的河流，一直延伸向海岸而消逝。西噶达阿林有个白雕砬子，白雕砬子的下面住着西噶达山部落，首领是一位赫赫有名的"女魔"。白雕砬子附近有个蜘蛛谷，那里的蜘蛛个头儿大，如拳头，皆有毒。毒蜘蛛很厉害，能杀死小鼠、小鸟、小兔，甚至还可以毒死野兽、猛禽。因此，族人把蜘蛛谷称作赫勒痕霍通。"赫勒痕"即女真语蜘蛛，蜘蛛谷又叫断魂谷。西噶达山部落的人因长期生活在这里，不可避免地要与山谷里的蜘蛛打交道，所以，十分熟悉蜘蛛的习性。每个人的身上，随时随地都带解蜘蛛毒的药，时间长了，便有了抗御毒蜘蛛的能力了，也就不怕毒蜘蛛的蜇咬了。赫勒痕霍通掌管部落权力的，是一位年轻美貌、风姿翩翩的女首领，罕位是元朝末年从其母的手中继承下来的。她的母亲叫赫思痕妈妈，当时已六七十岁了，仍身体强壮、精明干练。继位的女儿叫阿吉赫思痕妈妈，只有二十六七岁。

赫思痕老妈妈年高德劭，威望很高，至于大家所说的她多大多大岁数，其实都是猜测的。北方女真野人有个古俗，就是不记岁数，不知道自己到底有多大。那时候，记年龄的方法也不同，有的是在脖子上挂野猪牙或鱼牙，以牙的多少辨别岁数的大小。有的则在身上文上点儿，以黑点儿记录生下来多少年了。身上的黑点儿越多，表示年岁越大。只有年老的人，身上的黑点儿才会像黑豹子的花点儿一样，浑身全是。族人看着这些黑点儿，十分钦羡，觉得很是俊美，认为是正义、崇高的标志。点数越多，越受大家的尊敬，权势也最大，故而文点儿逐渐成了权力的象征。年轻人对身上豹花点儿多的人，会佩服得五体投地，叩头下拜，俯首听命。赫思痕妈妈的女儿阿吉赫思痕的身上也有黑点儿，文在胸前两个乳房中间，并列三排，每排九个点儿，三九二十七个。由此说，她已经二十七岁了。

为什么文出来的是黑色的点儿呢？因为那点儿是针刺后，又用东海黑穗麦榨出的汁儿染过了，所以便落成了黑点儿。黑点儿排列的形状并不一样，有的文成星星似的，有的文成一排排的。由于他们称自己住的地方为蜘蛛谷，蜘蛛是黑色的，有毒，又特别厉害。因此，女罕王就取蜘蛛的颜色，每个黑点儿代表一只蜘蛛，以此来象征勇猛，成了权威的标志，又是当地罕王的标识。"赫勒痕"，即蜘蛛，尾音是"痕"，代表部落的即是"痕"。女首领的名字中用"痕"字，部落其他的人亦都用"痕"字，文身一律为黑色，谁也不许违拗这个约定俗成的规矩。有违反者，则群起而攻之，甚至被杀掉或烧死。因而没有敢越权冒险者，不但名儿有"痕"字，而且黑痣文身。这在蜘蛛谷已历经五代了。

赫思痕妈妈的姐姐当年带一部分族人到北部依曼河流域，建立了北山部落，自立为罕，把南山部落这个地方留给了妹妹。姐姐到北山后，改名儿叫萨勒奴妈妈。由此可见，北山部族是从南山部落分拨出去的。如今，萨勒奴妈妈依然健在，年岁有多大，谁也说不清。他们住在锡霍特山北麓，呼吸着那里的新鲜空气，从没有什么疾病流行；吃的是野果、野菜以及野兽的胞胎、皮肉和内脏，这些食物皆可增强人的抵抗力和生育能力，使生命力异常旺盛，寿命自然长。人们只知道萨勒奴降生时，那些榆树还只是小树，现在已长成三个人搂不过来的参天老古榆了。老榆树的根子又生新根，新根子上长出了小榆树，足足有一搂多粗了，变成了一望无边的大榆树林。受大家尊敬的萨勒奴妈妈不仅身体好，还显得特别年轻。更令人惊奇的是，她那么大年纪了，仍一直不停地在为部落生儿育女呢！她非常能干，能征善战，率领族众不断地从其他部落掠来许多人丁、牲畜，以壮大自己的部落，是治理部落有方的女罕。从目前看，她所带领的北山部落已渐渐兴旺起来，开始超过妹妹赫思痕妈妈的南山部落了。萨勒奴妈妈为了使自己的部落同妹妹的南山部落的名字有所区别，便以"奴"字音为部落命名，作为本部落的代表。也就是说，萨勒奴妈妈部落里的人，包括子孙们，名字后头必须加个"奴"字。在前书中咱们提到的高家奴、曾家奴、安家奴，都是从萨勒奴妈妈那块儿走出去的，做了纳哈出的部将，为纳哈出征战、掌政。拿叶旺他们所俘的探子来说吧，原来叫萨勒痕，后改名儿叫萨家奴。为什么呢？因为先前他是赫勒痕部落的，故而叫萨勒痕；后来又到了北山部落，便改名儿叫萨家奴了，其名字就是这样演变过来的。

　　说起萨家奴名字的变化，这里还有一段儿有趣儿的故事呢！大元至正末年，萨家奴在南山部落长大了，成为一个英俊少年。他当年受南山部落的女罕赫思痕妈妈与其女儿阿吉赫思痕妈妈的委派，领兵去北山部落，与北山部落的兵马到虎尔哈部抢掠民财和人口。小伙子很是精壮，十分勇猛，带领几十员兵将，很快便从虎尔哈部抢得了十几辆大轮车的财产，还有三百多口男女及众多的牛马。因抢来的这些人正当壮年，既能干活儿，又能生育儿女，所以萨家奴受到了北山部落的女罕萨勒奴妈妈的夸奖，并摆酒款待。萨家奴很聪明，能唱会跳，在南山部落兼做萨满。传说他有虎神、鹰神附体，故而每当唱起来、跳起来时，会令人惊心动魄、赞叹不已。在北山部落时，萨勒奴妈妈曾让他帮助办过祭祀。祭祀时，他不仅歌儿唱得好听，虎神舞、鹰神舞也跳得很美。萨勒奴妈妈见小伙子聪慧、机灵，武艺高强，远远超出了她的两个老情人奴鲁欣和奴鲁春，很是喜欢。说到这儿，咱们还得回头讲讲萨勒奴妈妈这个人。

　　萨勒奴妈妈虽然年岁很大，但精力旺盛，性欲极强，生育能力不减当年。她找了许多壮小伙儿陪在身边，名义是侍卫，实际上是为满足自己性欲的需要而随时侍候在侧。奴鲁欣、奴鲁春就是她亲自选的、最满意的侍卫，身体壮得像牤牛，随用随到，不离左右。她通过与两个小伙子的交合，还真为北山部落生育了不少儿女，成了部落的新成员。

　　萨勒奴妈妈喜欢上了萨家奴后，当即引起了奴鲁欣、奴鲁春的怀恨。一天晚上，二人趁夜深人静，放了把大火，烧了萨家奴住的帐篷。结果是，萨家奴不仅没被烧死，还从大火中跳将出来，反倒把放火烧他的奴鲁欣、奴鲁春一手拎一个地扔进了火海，活活烧死了。他知道这下坏了，可惹了大祸了，烧死萨勒奴妈妈身边的两个卫士，那能轻饶吗？一准会受到制裁。他也没别的招儿哇，刚想跑的当口儿，萨勒奴妈妈赶到了，立刻将他绑进了自己住的帐篷。萨家奴心想，能怎样处罚我呢？咳，肯定是死到临头了，是杀是剐，只好由她了。他正琢磨着，只见萨勒奴妈妈喝退了众人，随手关上了帐篷的门，然后将身上的衣服一件件脱掉，连用以遮羞的、用柳条儿编的帘子也除去了，赤身裸体地走向萨家奴。越来越近，她到了跟前，绕到萨家奴的身后，快速地解开了捆绑的绳索，双手紧紧抱住了他。……此后，萨家奴越发讨得女罕的钟情和喜爱，便不让他走了，留在了北山部落。萨家奴就是这样由原来的南山部落住进了北山部落，名字也由萨勒痕改成了萨家奴。在东海的女真部落里，人们所说的"北奴南痕"，即指凡是北山部落女真野人的名字，后头都用"奴"字音；凡是南山部落女真野人的名字，后头都用"痕"字音。如此看来，萨家奴用了"奴"字音，当然是名正言顺的了。他原来按照南山部落的古俗，身上文了些黑痣，即刺的那些表示年岁的蜘蛛点儿；到了北山部落以后，因为北山部落有葡萄叶儿文身，所以又在身上文了葡萄叶儿。这样，他才有了双重符号。

当时，北山部落的生活条件要比南山部落好一些。它所处的地理位置与辽东的中心地带往来便利，不像东海的南部地区那么偏僻。北山部落靠近牡丹江、松花江，与外界联系广泛，同牡丹江一带的虎尔哈部、松花江沿岸的窝得里部关系很密切，同盘踞在金山的纳哈出联系也不少，交往比较频繁。萨家奴自被留在北山部落之后，一切顺心如意，生活得挺好，又由于有萨勒奴妈妈的宠爱和信任，地位立马提高了，掌握了北山部落的一些权力。人就是这样，生活条件变了，要求随之亦会改变。何况萨勒奴妈妈是一位年岁比较大的老女人，人老珠黄了，只能靠权威拥有男人。而萨家奴毕竟是个年轻人，也有权势了，渐渐便不喜欢萨勒奴妈妈了，开始寻求部落中年轻貌美、年龄与自己相仿的女人交往。过了一段时间，萨家奴终于结交了萨勒奴妈妈身边的一个小主人萨勒甘妈妈，并与她日夜厮守在一起。

按照东海女真人的古俗，一个女人可以占有许多男人，而男人却不可有二心。如果男人除有自己的女人外，又占有了另外的女人，则为天下难容之罪恶，必被杀死。当萨勒奴妈妈发现萨家奴同萨勒甘的淫乱之事后，首先派人把萨勒甘杀了，紧接着抓捕萨家奴。萨家奴多机灵啊，听到信儿后，立即骑马冲出了重围，逃离了北山部落，去了金山，在纳哈出的手下专任武将。因萨家奴既在南山部落生活过，又在北山部落待过，对各部女真野人的生活很是熟悉，对部落的每一位妈妈、女罕也都认识，所以，后来纳哈出便派他做女真各部的联络官和通事。又由于大明王朝的军队中，有不少是被俘的元将、元兵，这些人多为辽东女真人，按签军制被强行征兵到军旅，在战场上被俘虏到明军之后，十分怀念家乡。纳哈出出于瓦解明军、涣散人心的目的，遂派萨家奴前去做秘密联络和策反诸务。

萨家奴在与明军联络的过程中，一来二去的，认识了大明丞相胡惟庸。他发现胡丞相也在极力发展自己的势力，建立地下大军，还诡称为"屯兵"。表面看，是以"屯兵"的名义为朝廷聚集人马。实际上，这支兵马控制在胡惟庸的手中，由他支配、调动，主要官员皆由自己的儿子、女婿、外甥、侄子、干儿子及亲信充任。萨家奴在了解到这一情况后，马上禀告给了纳哈出。纳哈出得此密报，如获至宝，高兴得一再称赞萨家奴，说他不但能干，而且为大元朝做了件大好事，接着便让萨家奴带上一封亲笔信到南京，当面儿交给了胡惟庸。信中写了些什么呢？大概的意思是说，我纳哈出可是认识大明天子，他对本太尉不错，常有书信往来。你胡惟庸竟敢大逆不道，暗地里组织自己的军旅，其用心何在？事情如果捅出去，告诉了当今的皇上朱元璋，你可就犯下了抄灭九族之大罪。胡丞相看怎么办好哇？显然，送来的是一封威胁信，逼迫胡惟庸向他就范。

胡惟庸一看此信吓坏了，当时便瘫在了地上，知道把柄被纳哈出抓住了，赶忙连磕头带作揖地向萨家奴哀求、说好话儿："你回去告诉纳哈出大人，请他务必替我保密。只要不向我们皇上揭出这件事，本丞相一定俯首帖耳，一切听太尉之命。"他说完，并给纳哈出写了封回信，让萨家奴带了去。双方表明心迹，暗中订下了互通情报、生死相依的约定，即纳哈出不向朱元璋揭穿其秘密，胡惟庸则听从纳哈出的调遣，帮助他在辽东面南成尊。事成之后，给胡惟庸以好处，官可升至一品。胡惟庸如果违反，纳哈出定将他碎尸万段。为了方便联系，纳哈出将萨家奴派到了胡惟庸处，随时通报情况。这样，萨家奴就以上灶的厨师身份住在了胡府。朝廷若有什么动向，胡惟庸可通过萨家奴迅速传报给纳哈出。此次圣上旨派马云、叶旺北上之事，尽管行动十分秘密，但瞒不过胡惟庸呀！胡惟庸知道后，很快将这一消息经萨家奴传给了纳哈出，并叮嘱要严加观察动向。纳哈出通过脚快①传令，让萨家奴跟踪了解。萨家奴受命后，遂于马云、叶旺所率东征大军起行的前五天赶到了登州隐藏，专等明大军人马一到，伺机在海上焚烧大明北上舟师的帅船，以拖延到达旅顺口的时间。然后纳哈出命在辽阳驻守的高家奴平章大将军做好准备，及早动手，先抓住明朝事先派来的大将仇成，再等东征大军到达旅顺时，一举歼之。由于高家奴有胡惟庸的通风报信儿，又部署得十分周密，便顺利地在辽东抓住了仇成将军，囚禁在狼牙屿的水牢里。当马云、叶旺、娟娟听萨家奴说出了这些情况后，真是惊出了一身冷汗哪，无论如何想不到高居相位的胡惟庸，竟然是藏在大明朝廷又是当今天子心腹

---

① 女真语：奸细。

的叛国之人！

　　说起仇成大将军，乃含山人，也是一位能征善战的明朝战将。他曾随太祖朱元璋攻安庆，率陆兵与廖永忠、张志雄相配合，遂克之，后来任横海指挥同知，时四面受敌。他抚集军民，防御严密，守住其地。洪武三年，他受徐达大将军派遣，同元降将、辽阳指挥同知刘益一起镇守辽东。刘益被马延辉杀死后，仇成仍留辽东，屯戍金州。在辽东各地逐渐被纳哈出占据后，他便同吴立、张良佐等人一起守盖州。有一天，他带几个人出城查看情况，结果在城外不远处中了埋伏，被高家奴俘获，被捆绑至狼牙屿的水牢里。仇成到辽东，是由吴老将军的舟师护送来的；在金州屯戍之前的一切给养，也是由吴老将军从海上运来的，直到退守盖州，才与吴祯断了联系。可以看出，吴老将军从洪武初年，就往来于登州和旅顺口之间，始终忙碌不停，功劳甚著。正因如此，吴祯才得到了圣上和军师刘伯温的信赖。这次东征，圣上又特别点名儿让吴祯负责海运，以帮助马云、叶旺的军旅顺利抵达辽东。

　　吴祯、马云、叶旺、娟娟同萨家奴经过一夜推心置腹的长谈，相互间已成为朋友了。他们不但知道了敌方的情况，而且掌握了大明朝廷中有纳哈出内奸的重要信息。综合这些情况后，叶旺提出登岸后需做好三件事：第一，要想方设法将因在狼牙屿水牢中的仇成大大将军解救出来。纳哈出手下那些人手段残忍，凶恶至极，说杀就杀，说砍就砍。因此，必须及早营救，否则，仇成将军性命难保。第二，尽快赶到盖州，与那里的张良佐会合，设法擒拿高家奴。高家奴是纳哈出伸向辽东半岛的一只魔爪，只有抓住他，斩断这只魔爪，东征大军才有立足之地。第三，要向朝廷奏报胡惟庸的所作所为，揭开其真面目，以认清大明的丞相究竟是个什么样的人。眼下，皇上对他仍十分信任，处处依靠之，实在是太危险了。

　　在大家具体研究这三件事该如何落到实处时，吴祯老将军说：“依老夫看，件件都很紧急，要抓紧办好。但前两件事比后一件事更急，应该立办，第三件暂可缓一缓。为什么呢？因为前两件事直接涉及我们上岸后能否立住脚跟，这可是迫在眉睫呀！我是受皇命负责护送东征大军的，最终得使你们安全抵达辽东，安稳地立足于此，才能够让皇上和军师放心，算是圆满交差了。至于第三件事，到辽东以后，派专人继续深入地了解情况，争取摸清并掌握更多的把柄，再酌情向朝廷奏报也不迟。这一点，老叟不便多言了。”应该说，吴祯想得挺细致，讲得很有分寸。马云、叶旺认为老将军的想法是对的，不过又担心胡惟庸叛国之举如果现在不报，将来一旦出个什么差错，谁也负不起那么大的责任呀！他俩琢磨来琢磨去，就想先派一个最亲信的人回京师，把胡惟庸的事儿通报给军师，由军师转奏给皇上。

这时，聪明的娟娟却晃晃脑袋，说："两位哥哥，我不同意你们的做法，这是怕担责任。还是吴老将军讲得好，先办好前两件事，第三件缓办的提议是有道理的。凡事不要太急，对胡惟庸和纳哈出有些瓜连才刚刚摸到点儿须子，要是圣上和军师问起来，咱们能够讲得清楚并且有理有据吗？起码现在不能。事关重大，目前只是听了萨家奴一面之词，并没有去印证。就此向上禀报，那哪儿行呢，能对得起皇上吗？这样做，也对不起我父亲对你们的信任呀！两位哥哥，圣上、军师既然派咱们来了，就得下力气把北上的事情办好。'不入虎穴，焉得虎子'，到辽东后，我们做些深入细致的打探，肯定会掌握更多的证据，稳稳抓住胡惟庸的狐狸尾巴。到那个时候，人赃俱获，再向朝廷禀奏来得及。眼下须抓紧办好前两件事，对第三件要严加守密，佯装啥也不知，静观其变。登岸后，一鼓作气拿下辽阳，救出仇成大将军，然后广交朋友，想方设法去对付大元朝盘踞在金山的纳哈出。这样做，不要说皇上，军师听了也一定会高兴的。马云大哥、叶旺哥哥，你们看我说的行不行？"马云、叶旺，包括吴祯老将军都频频点头。叶旺更是暗中佩服。要知道，娟娟可是他的未嫁夫人呀，年岁那么轻，想事儿竟能如此周延、细密，你说他能不喜上心头吗？叶旺说："娟娟想得好、说得对。军师在我们临走的时候，赐给我和马云大哥十六字赠言，这可是锦囊妙计呀！我看娟娟提出的办法不错，完全符合老军师赠言的意思。从现在起，我们要踏踏实实地按照十六字赠言去做，力争把大明朝廷对辽东未来的打算通过咱们的汗水变成现实。只要这样做了，相信会如愿以偿的，其他一些需要解决的事情亦会随之好办些。马云大哥，你看呢？"马云表示完全赞同叶旺和娟娟的想法。

此时，舟师的战船已经开进了旅顺口，岸上一闪一闪的灯火隐约可见，站在指挥台上的吴祯老将军精神抖擞，命身边侍卫击铎发令。接着摇起铃铛，各战船所有的船工来到了甲板上，有的拿好杆子，有的抄起缆绳，准备登岸。马云、叶旺叫过萨家奴，问道："好兄弟，马上就要上岸了，打算帮我们做些什么呢？"萨家奴说："二位将军，承蒙你们开导了一宿，我的脑袋瓜儿彻底开窍儿了，全都明白了。为了更稳妥、有效地帮你们干事儿，最好先不要暴露我的身份，我仍回到纳哈出那儿去，一切在暗中进行。这样做，只有好处，没有坏处。我先去岸上摸摸有关的信息和各方面的动向，了解一下高家奴他们在辽东半岛的兵力情况，然后咱们在金县相会。如果能信着，就按我说的办；若是不放心，仍把我绑在这儿。"娟娟笑了，说道："萨家奴，我们相信你。只要与大明一条心，为朝廷立功，回到京师以后，我定向父王禀奏，给你请封一个官职。到那时，自然有享不尽的荣华富贵，也为女真人增光添彩啦！"萨家奴表示道："请秉仁公主放心，小的必为朝廷万死不辞！"叶旺说："萨家奴兄弟，你可以先行一步，也同意暂不暴露身份、依然是金山纳哈出大丞相手下先锋官的想法，这很好。忙你的去吧，到时我们会见面的！"萨家奴很是感动，两眼闪着泪花儿，扑通一声跪下来，给二位将军、秉仁公主、明月长老磕头。然后他站起来说："请诸位放心，我这就走了。你们务必注意岸上是否有埋伏，千万小心，不能吃亏呀。相信我萨家奴，后会有期了！"萨家奴说完，还没等他们几个再回话，反身往后一仰，来了个后滚翻，一个跟头从船上蹿入海里，只听几声"哗啦、哗啦"的水响，早已无影无踪了。

舟师的战船扇形摆开，靠近了旅顺口码头。海岸上十分平静，没有发现元兵的踪迹，吴祯命令所有的船只靠岸。停稳后，马云、叶旺赶忙督促各船兵卒抓紧时间下船，车马亦赶下舟船，动作要快。东征大军蜂拥般下得船来，仍按原来各队顺序，迅速隐入了岸上的一片老林之中。吴老将军遵照圣旨，需帮助马云、叶旺镇守辽东，因此，安顿好了舟师后，也一同随军而去。

马云、叶旺刚刚将大队人马带入老林，忽然有几个卖鱼人的吆喝声传来，由远而近，听得清晰、真切。喊的是什么呢，只听喊："哎，卖海鳗了！贱啦，贱啦，谁要海鳗哪？"他们顺声音往远处望去，因为此时天才蒙蒙亮，只能看出点儿暗影儿，还辨不清。再细看时，就见有三个挑担儿的人，叫卖着向林子走来，一边走一边喊："哪位要海鳗呀？新网上来的，又大又肥哟！黄海特产喽，海鳗，海鳗，贱啦，贱啦！"卖鱼人的叫卖声，其他人并没有在意，而马云、叶旺一听，却抑制不住内心的激动，高兴得搂抱在了一起，相互祝贺着。怎么回事儿呢？原来他俩在来辽东之前，先与已在辽东的人订下了联络暗号儿，即叫卖鳗鱼。说实在的，在船上的时候，从送走了萨家奴，到看吴老将军指挥舟师靠岸，二人心里一直十分紧张，不知上岸后，能否听到那早就期盼着的、让人心动的声音。没想到，双脚一踏上辽东的土地，暗号儿立马传来了，你说他们能不高兴吗？那么，暗号儿是谁发出的呢？就是大家都知道的豁鼻马。

前书讲过，豁鼻马是蒙古人，原为扩廓帖木儿手下的一员猛将。马云、叶旺离开辽东时，安置他继续留在金山纳哈出的身边，随时了解和掌握其动向。此次，二人重返辽东之前，曾秘密派人暗中北上，与豁鼻马取得联系。一是让他探听纳哈出及其兵马的活动情况；二是约定在东征大军到达旅顺口时，以卖鱼声为号，与豁鼻马相见。因此，当马云、叶旺一听到那卖鱼的吆喝声，知道肯定是豁鼻马来了。那么二人对他的声音怎么辨别得那么准呢？原来豁鼻马说话声音嘶哑，嘴唇那儿又有个豁口儿，发出的声音和正常人当然不一样了，从老远就能听出他的声儿来。叶旺对身边的护卫说："快去把卖鱼的叫过来，咱们买他们的鱼吃！"护卫遵照叶将军之命，立即跑过去，冲着那几个人喊道："卖鱼的，快点儿，到这边来，跟我走！"三个卖鱼人乖乖地走了过来，由护卫领向林中大队人马停歇的一座新搭起的帐篷处。在一个短暂停留的地方，为什么还要搭建帐篷呢？这是专门为前军统帅临时议事设的，便于研究军情，其他人则于密林里休息。护卫来到了帐篷门前，回头对卖鱼人说："你们先在这儿等着，待我去通报一下。"然后便进去了。不一会儿，护卫出来喊："你们三个谁是掌柜的？只他一个人来。另外两个在外边候着，不许乱走乱动，否则可不客气！"话音刚落，其中一个自称是掌柜的，护卫马上领着他进了帐篷。外边的护卫看着另两个卖鱼人，卖鱼人眼睛只盯着自己的那几筐海鳗。

掌柜的前脚儿刚迈进帐来，叶旺遂命带他来的那个护卫到外面去守候，叮嘱一定要严加防范，不许任何人闯入。护卫出去了，百倍警惕地看守着大帐。马云、叶旺见前来的不是别人，正是豁鼻马，兴奋地笑着大步走过去，拉着他的手说："豁鼻马，我们好想你呀，来得真准时，有功啊！"要知道，此时辽东的天气已经很冷了，何况是在海边儿，夜里风又大，黎明时分气温更低了。叶旺他们觉得此地要比关内京师一带冷多了，至少能差三四十天的节气，浑身不禁直打战。豁鼻马顾不上天气的寒冷，急忙摘掉戴在头上的羊绒皮帽子，施礼叩拜道："二位大人，我在旅顺已经等你们三天三夜了，真是急死人了。镇守这里的仇成将军前些天被高家奴抓去了。怎么回事儿呢？有一天，仇成将军想领着人马出外看一看，查一查是否有元兵活动。手下的将士劝阻道：'请将军最好别去，咱是在元朝的地方，元兵就隐藏于四周，只是不知究竟在哪个沟沟坎坎。出去以后必遭袭击，千万不要上当。'仇成将军没听，到底还是离开营帐了，信马由缰地东走走、西瞧瞧。果不其然，他没走多远便遇到了城外的埋伏，被元兵抓住并关押在狼牙屿的水牢里。你们要再来晚些，恐怕不赶趟儿了，肯定把他送到金山了。到那儿可难说了，谁也保不准是死是活，所以，得赶紧想办法救人哪！"马云、叶旺一听，豁鼻马同萨家奴讲的一样，便确信无疑了。二人本来对豁鼻马的印象就不错，现在更觉得此人既精明能干，又完全可以信赖，做起事儿来认真、细致，而且件件办得圆圆满满、周周到到，真是很感激这位对大明朝有功之人。

接着，豁鼻马又向马云、叶旺介绍道："二位将军，我还得告诉你们一个关于高家奴的情况。"说心里话，这也正是二人想知道的，因为东征大军面对的首要敌人便是高家奴。马云问道："他目前在哪里？"豁鼻马说："高家奴眼下驻兵老鸦山寨，平时不敢动窝儿，只是派小股儿兵马出外侦察。而他在山寨里待着，居高临下，便于观察。听说你们要来，正忙于军需，准备迎战。要想战胜高家奴，务必千方百计地夺下老鸦山寨。对那个地方绝不能小瞧，纳哈出把好多兵马放于此，力量挺强，将高家奴当成了一把先锋尖刀，直接对着旅顺口。凡有明兵到来，首先要过的，就是高家奴这个关口。二位将军，对付他可要慎之又慎呀！因为我对老鸦山寨的情况知道得不详细，所以，还没有找出什么好的办法进到那里。"看得出来，豁鼻马为此很是焦急。

马云听后，看了看叶旺，然后问道："豁鼻马，我问你，知道一个叫萨家奴又叫萨勒痕的人吧，他怎么样？"只见豁鼻马眼睛顿时一亮，忙说："哎呀，将军，你怎么知道的萨家奴？他是女真人，属于另一部分人马，在金山不一般哪！如果说我们这些蒙古人是在地上，他却在天上，红得发紫啊！纳哈出不管办什么事儿，一向是用谁，就把谁放到前头。他为了壮大自己的力量，稳定地面，便把女真人看成亲爹一样。女真人眼下可吃香了，远比我们阔得多，还有权，过去不是这样。现在纳哈出用人家、靠人家呀，身边拥有女真野人的'四奴'。'四奴'都了不得，个个响当当的，有萨家奴、高家奴、曾家奴、安家奴。萨家奴是将军方才提到的这个人，他的名字排在'四奴'的前头，他们是纳哈出得力的心腹党羽，全是大元朝至正年间册封的平章抚倭大将军。官比我们高，挣的俸饷比我们多，管事儿更超过我们。曾家奴坐镇在大宁路；安家奴坐镇在虎尔哈河和窝多岭那块儿，专管女真兵，目前仍在混同江一带；高家奴驻守辽东，辽东半岛紧紧攥在他的手里，坐镇在辽阳城附近的老鸦山寨。唯萨家奴很怪，从不干领兵打仗的事儿。战场上见不到他，前敌刺探似乎也没有他，活动异常诡秘，来无影儿去无踪。我为了给将军了解情况，一直在注意萨家奴，可到现在没能摸清他究竟是干什么的。只知道是纳哈出身边的一个极为有用的谋士，经常帮其出谋划策，然而在大庭广众之下，一般见不到他。萨家奴凡人不搭语，专门与纳哈出私下联络，具体差事不详，但可看得出他最有地位。我是在伙房里干事儿，给纳哈出送饭时，曾见过萨家奴鬼鬼祟祟地与纳哈出在屋里谈着什么。因为门儿总是关着的，戒备极严，所以很难听到他们说些啥。由此可见，他与纳哈出的关系不同寻常，相当密切。在金山那块儿，萨家奴有自己的房子，好几个夫人陪着，贪恋酒色，丢人现眼的事儿太多了。由于纳哈出对他的信任和重视程度远远超过其他'三奴'，故而想当然排在最前头。我分析，他一定是做最内层的机密重差，否则怎么会这样呢？不过二位将军，最近一段时间萨家奴可没在金山，正经有些日子没看到了。'四奴'都是女真人，生活习惯和所处的环境与蒙古人不完全一样，经历亦不同，对纳哈出的忠实程度也有区别。要是能把这几个人弄到手，对你们打进金山、直捣老鸦山寨及联络东海女真各部，将大有益处哇！"

　　豁鼻马说到这儿，停了下来，咽了口唾沫，忽然又像冷丁想起了什么似的，拍了拍脑袋道："咳！二位大人，我来了半天，光顾唠了，外头撂的两个弟兄忘安顿了。那是咱们的人，这几天可累坏了，为了找你们，已经在海边儿转悠好几天了，一直没机会安安稳稳地睡一觉。"叶旺笑道："哎呀，你咋不早说呢？"边说边走到帐外，命卫士赶紧把两个弟兄领到另一个地，给吃的、喝的，让他们美美地吃一顿，好好儿歇一歇。回大帐时，还端来一大碗炒肉饭，放到豁鼻马跟前说："你也够辛苦的了，先消灭了这碗饭，然后接着唠。"豁鼻马真是饿了，遂端起碗来，拿双筷子，狼吞虎咽地吃了起来。

　　马云、叶旺从豁鼻马口中知道了很多情况，尤其对萨家奴的现状有了进一步的了解，证实了他的确是个很重要的人物。把豁鼻马介绍的与萨家奴讲的相对照，说明萨家奴还算诚实，没有撒谎。心里琢磨着，看来萨家奴或许不至于辜负我们，能帮助办一些事儿。马云同叶旺在暗地里商量了一下，然后对正吃饭的豁鼻马说："告诉你一个好消息，知道之后千万不要传扬出去。我们已经抓住了萨家奴，经审，供出了不少要事。

现命他先去探探高家奴的行踪，以便设法捉拿之，估计一会儿能回来。"豁鼻马一听，高兴得忽地站了起来，啪地一拍大腿道："哎呀，二位将军，这可太妙啦，真得祝贺你们哪。能把他掳来，可大有用处哇！这小子机灵得很，鬼点子多着呢，要是真心归附大明，肯定能帮上大忙的。不过现在我不能暴露身份，还是不与他见面为好，你们看呢？"叶旺赞同道："对，你俩之间各做各的事儿，不必相通。"豁鼻马说："我正是这么想的，互不见面，对他对我都不是坏事儿，同时对二位将军负责。我仍然在纳哈出的伙房里干事儿，由于饭做得好，他很喜欢吃，无形中为我在金山内部的活动提供了方便。我与萨家奴平时关系一般，虽然认识，但很少说话。将军，可千万别跟他提到我，更不能说咱们熟悉，人和人之间还是提防着点儿好。一旦露出去，再有个一差二错的，或许讲不清楚也未可知。另外，我不想再在这是非之地待下去了，太危险了。只是为了帮你们办事儿，才不得不在金山熬了下来，要不早就走了，从来没想混个什么一官半职。我呀，等把交办的差事办完以后，立马离开此地，回赤峰老家去。那儿还有一个从小与我一起经风雨、受苦寒的老妻在等着呢，很想和她一起过个舒适、安稳的晚年哪！"他说到这儿，止不住流下了滚滚热泪。

马云、叶旺听罢，眼睛也湿润了，非常感激豁鼻马。别看他是蒙古人，自从归附大明以后，在徐达大将军面前表现得相当出色，已经帮了不少忙。大明朝能有今天，北方社会秩序安定，这里有豁鼻马的一份功劳啊！叶旺把皮囊打开，拿出一些银子来，全是特意为豁鼻马带来的赏金，一共是九锭，每锭一百两，计九百两。他手托白银，对豁鼻马说："这九锭银子，是朝廷给你生活用的。另外，还有十锭，因为太沉，怕拿着不方便，我先替兄弟保存着。等有一天还乡时，再交给你。"豁鼻马感动得一时竟不知说什么好了，只是一个劲儿地嘿嘿咧嘴笑。叶旺又道："你呢，先把自己的这份儿白银收下。另外那两位弟兄，还有其他参与联络的一些人的银两，一会儿由马将军给你，你再交给他们。"豁鼻马替弟兄们谢了。叶旺接着说："下一步，真还有些事儿需要你做，只好请兄弟帮忙帮到底了。放心，大明朝不会忘了你们，功劳将会一桩桩、一件件记录在册的。那么，准备让你干什么呢？只有一个差事，就是要死盯着纳哈出，别的事儿不用管。尽量一刻不离纳哈出的身边，了解他平常的一言一行及所有的动向，及时告诉我们。现在看来，你能继续做伙房的头儿，证明纳哈出是很信任你的。我们绝对会保守秘密，请你不必挂心。

为了安全起见，以后咱们之间不用老碰面，目标太大容易误事，可以找一个手下的亲信做耳目。千万记住，要挑一个最可靠的人，以后就通过他用暗号儿联系，不到万不得已，你最好不出面。这样做，既不容易引起纳哈出的注意，也能更好地保护自己。"说完，他又在一些小事儿上细细地嘱咐了一番。

豁鼻马一看朝廷对自己这么好，马将军、叶将军想得又那么周到，便说："二位将军，我带来的两位弟兄你们看到了，那是自己人、身边的心腹。经常跟我联络的还有十几位，全是铁哥们儿。可以告诉你们，弟兄们早已不愿恋战了，大元朝没了，此乃天命啊！没就没了吧，可纳哈出仍拼着命要干，已经死了不少人，谁还愿意继续卖命？都想回去。大家看明朝的人挺好，各样事儿如日中天，所以更不愿意跟着纳哈出打大明了。蒙古不少弟兄明着不敢反对纳哈出，暗中却希望快点儿散了，早点儿回家才好呢！我呀，因为与二位将军处得挺近，像兄弟一样，实在太想你们了，所以才特意前来寻找的。况且，此次是兴师北上，事关重大，能不出面吗？无论如何得亲自出马，咱们好见见面。当然，有些事儿我的弟兄们也能转达，可总是不放心，再说还想把心里话唠一唠。刚才二位将军说了，以后前来联系的，不一定是我了。但是要记住，不管谁与你们联系，他准会拿着一个绿色的双头神龟玉坠儿。只要见到玉坠儿，便可以相信，那肯定是我豁鼻马派来的人。若没有这个，则不要同他打交道，千万别把我折进去。"说着，他从脖子上摘下一根儿红线，红线上吊着个淡绿色的精巧美观的双头神龟玉坠儿。

马云、叶旺接过仔细一看，玉坠儿不大，比大拇指大一点儿，雕刻得很是精致、漂亮，连连称赞道："真是太好了，好像是个稀罕之物哇！"叶旺紧接着问道："豁鼻马，从哪儿淘换来的？拿它做联系之物可有点儿大材小用了。要是让人偷去怎么办？或者万一丢掉了，就联系不上了，那会耽误大事儿的呀！再说了，这么贵重的物品，怎么舍得用来做联络物呢？"豁鼻马说："小瞧人了不是？二位将军，别看我一向胆儿大，但做事儿心挺细，特别喜欢这个双头神龟玉坠儿，怎么会被偷或丢了呢？它可不简单哪，本是金山大寨大元丞相纳哈出的宝物，常挂在脖子上。不少平章大人以及金山的王公大人、公主、夫人等，全见过这个从不离身的稀罕之物。那怎么会到我手呢？说来挺有趣儿。由于我在纳哈出那儿当伙夫的头儿已有多年，他很吃得惯，认为做的饭菜有滋味儿、合胃口；所以，平时不但让我给他做各样的饭菜，而且到哪儿皆让我跟着。我所办的酒宴，没有一次不受到他的夸奖。有一天，不知是怎么闹的，可能是他酒喝多了，有点儿迷糊了，便天南海北地侃起了大话。然后说是非常感谢豁鼻马老师傅菜做得香，让人爱吃，无以回报，边说边从脖子上摘下了这个元朝皇帝赏赐给他的玉坠儿，要赏给我。我心里清楚呀，知道他说完大话后，肯定舍不得，便不管他舍得舍不得，当着众人的面儿扑腾跪下了，咣咣咣地磕头，谢赏感恩。那时，他说出的话收不回去了，拉出的屎总不能往回坐吧？只好忍痛割爱把宝物给了我。就这样，他的宝贝稀罕物从此到了我手里。二位将军，你们想不到哇，连我自己都没想到，得了宝物以后立马抬高身价了。我本是个不起眼儿的人，既没地位，其貌也不扬，很多人瞧不起。自从我脖子上挂上了大丞相的双头神龟玉坠儿，一下子就变了，所有的人不仅刮目相看，还向我下拜呀，认为我必与纳哈出的关系不一般。我仅仅是个伙夫头儿，原来允许去的地方很少，现在却大不一样了，可以在金山大寨里任意走，什么重要的地方全能去，如入无人之境啊！这样，我为二位将军了解情况、出来进去的方便多了，谁也挡不住，能多知道不少事儿呢。我曾不止一次为此高兴过。大元朝有个老规矩，皇宫大内各个宫院之间不能随便走动。要想通过宫院，得用虎符，它像腰牌儿似的。如今，双头神龟玉坠儿倒成虎符了，有了它才能过去，否则兵将不放行。你们说该多有意思，一想到此事，我就暗自好笑。这件稀罕物，原是大元朝皇帝的御宝，纳哈出得到了，后来一时糊涂竟给了我。估计他现在还心疼呢！"豁鼻马侃侃而谈，显露出一种抑制不住的高兴和自豪，对双头神龟玉坠儿喜欢得不得了。

马云、叶旺见豁鼻马拿着宝物爱不释手的样子，想来会加倍珍惜，丢不了，而且能把心爱的双头神龟玉坠儿作为互相联络的物件，足见他把与大明联系的这件事看得很重，因此便放心了。然后，二人又跟豁鼻马谈了下一步要做些啥。马云说："眼下张良佐被困于盖州那座孤城之中，粮米奇缺。仇成大将军又因在狼牙屿，高家奴以雄兵据守辽阳，形势比较紧张。我们一方面要靠萨家奴帮忙，另外，你的担子也很重，回去抓紧了解纳哈出的动向。他若知道大明的兵马已进入辽东半岛，肯定不会老实坐等，必将兴师动众。所以，你要特别注意观察。"豁鼻马微微点头说："二位将军，我明白你们的意思，会记住这些话的，兄弟该走了。"叶旺忙道："不要着急，还要请兄弟见一位本朝的大贵人，就是过去曾经讲过的、你十分敬重的军师刘伯温的女儿。她原来跟着京师明月庵的住持明月长老学习经文、习练武术，法号妙善居士，后来承蒙大明王朝陛下和皇后的恩旨，封诰秉仁公主，并为东征武威安抚使，参赞军务。她现已随军北上，是代表圣上到辽东来的。我们觉得你为大明做了不少好事儿，功劳不小，理当叩拜。再说了，秉仁公主也想见见你呀！"豁鼻马一听很激动，动情地说："将军，能够见到秉仁公主，兄弟真是太高兴了。能不能让我那两位弟兄一块儿来叩见？"叶旺说："好哇，当然可以！"叶旺马上命卫士把在外面的两位弟兄请到帐内。

不大一会儿，卫士来报："秉仁公主驾到！"只见，帐篷门帘儿被人打开，娟娟、明月长老、吴祯鱼贯而入。豁鼻马等三人早已跪在那里恭候，见秉仁公主进来了，连连叩拜。娟娟以前从马云、叶旺口中，曾听说过豁鼻马这个名字，也知道他降过来以后表现得不错。叶旺和马云平定辽东，争取刘益降明，都有他的功劳。应该说，他对大明打开辽东大门，是功不可没的。娟娟便朗声儿言道："起来，快快起来！豁鼻马，久闻你的大名，今天有幸一见，很让人高兴。"因豁鼻马个子不高，嘴上又有一个小豁口儿，一见秉仁公主那么英姿飒爽的，觉得怪不好意思的。特别是见到女的，他更不知如何好了，于是用手遮着嘴，仍跪在地上叩头道："秉仁公主能来见小人，真乃无上荣幸，豁鼻马和弟兄们给您叩头了。"接着，他侧过身来，面向明月长老叩头，道："在这里，我们也给长老叩头了。老人家是世外高人，久有耳闻，早想盼求一见。今日有幸目睹仙颜，实为三生有幸。秉仁公主和明月长老此次到辽东有何事要小的去办，尽管吩咐就是。"之后，他又叩拜了吴祯老将军。娟娟让豁鼻马等三人平身，落座，说道："你们早已是我大明的臣子，有功于朝廷，何必客气？咱们是自家人，今后还望多多提供良策，早日安抚辽东漠北，使百姓得以康宁。这是圣上之意，亦是此行之目的。待辽东山河既定，朝廷必会有旨，定论功行赏！"聊了一小会儿后，豁鼻马等三人与马云、叶旺、吴祯、娟娟、明月长老一起共进了早餐。

按照叶旺与萨家奴的约定，东征之师上岸后，将号令大军秘密向附近的小镇金州进发。金州小城是萨家奴的同族弟弟卜家奴所在的地方。当初他从舟船上跳进大海，便是径直到卜家奴那儿去了。去的目的，首先要劝说弟弟降明。卜家奴是个参将，目前受高家奴的指挥，镇守金州小城，对在纳哈出身边的哥哥萨家奴很是崇拜。又因为与萨家奴同族同宗，是自家人，所以对他几乎是言听计从。萨家奴到这儿以后，向卜家奴详细介绍了形势，说明了成败利害，劝其早日归降大明。卜家奴当即表示："哥哥，你说咋办就咋办，小弟全听哥哥的。你说降，咱就降！"这样一来，没费吹灰之力，萨家奴劝降了卜家奴。叶旺等人在与豁鼻马一起吃早饭的时候，便接到了萨家奴派人送来的卜家奴已降的密信。于是，叶旺立即传令，大军马不停蹄地向金州小城进发。

当马云、叶旺率领的东征大军迎着朝阳、踏着晨露飞快地赶到金州小城时，金州城寨大门早已打开，萨家奴、卜家奴正率城中官员站在城外恭候呢！大军被迎进城后，稍事休息。马云、叶旺他们就商量攻占金州附近的海岛、去狼牙屿救仇成将军之事。商定后，各自安歇。

第二天一早，由萨家奴带路，神不知鬼不觉地一举占领了金县旁边的一个海岛。然后，马云命萨家奴带八十多名壮士，穿着元兵的号坎儿，冲进了海岛旁边的狼牙屿，打开水牢，顺利地救出了还没有来得及转移的大明将领仇成大人。仇成将军的身子骨儿已非常虚弱，众将士将他安顿在大军的车轿之中，护卫着随军继续前行，向盖州进发。

说书人在这里需补讲几句。那么，此时豁鼻马和他的两个弟兄上哪儿去了呢？他们同马云、叶旺、娟娟、吴祯、明月长老一起在密林里用过早膳之后，遂与之拜别，悄悄儿从另一条路返回金山了。他们为什么没有随军去金州呢？因为豁鼻马已经表示了不愿见到萨家奴，怕暴露身份，那样对谁都不好，当然不可能去金州。在此也就不多说了。

回头咱们接着讲叶旺率大军攻占盖州之事。盖州是辽东半岛上靠近西部海岸的一个重要战略要地。高家奴十分重视这里，派自己的心腹达家奴带着一万多兵马驻守在周围。那么，为什么只驻守而不攻占该城呢？开始因为有仇成将军的保护，他们没能夺下来，城里一直被明军占着。刘益被杀后，张良佐曾到京师请求圣上派人支援，从京师返回并没有去辽阳，而是在仇成将军的帮助下，占据盖州，代理执行大明辽东卫指挥使司的行政事务。实际上，他并没有多少兵马，盖州只是一座空城。即使是这样，达家奴也不攻城，依然在城的四周困着。萨家奴告诉马云、叶旺："达家奴这小子挺坏，之所以不攻城，是想让盖州不攻自破。什么意思呢？他知道，天天围着你，里边的人出不来，外边的人进不去。到一定时候，城里没吃的了，自然受不了，必得自己开门投降，攻你们干啥？达家奴还有一个想法，即不到万不得已，不想与大明朝直接刀兵相争。他向高家奴保证道：'大将军，我自有办法，一定能守住此地。假如明兵从南边来，也没法儿跨过盖州城。'"萨家奴分析盖州眼下是这样一种形势，然后接着说："二位将军，咱们前两天打金县附近的海岛挺顺手，是因为占据那里的好些人是我的朋友，解决得当然比较容易，要对付达家奴可就难了。他虽然是北山部落的人，我们也都是弟兄，但他的心却向着纳哈出和高家奴，跟高家奴有手足之情。特别是达家奴的夫人和高家奴的夫人是亲姊妹，他俩是连襟儿，因此，二人的关系挺近。我们要想取胜，必须得有奇招儿。"叶旺问道："依你看，该用什么招儿呢？"萨家奴回道："最好用骗降的办法。"叶旺没明白，忙又问道："怎么个骗降？"萨家奴说："还像攻海岛那样，我仍然率领百十名壮士，换上元军的号坎儿。你们再率领一百多人，同样身穿元兵的号坎儿，一律马队。我在前面走，你们在后面跟着，不要跟得太近。我先过去，达家奴一看见我便会紧张，肯定认为是纳哈出大丞相派来的。因为这些人平时见不到我，一般跟我没联系，突然见到了，一时不会弄清是怎么回事儿。在他们还没明白过来之前，我已经到跟前了，只要一到，他们咋的都不好办了！必须记住，等我到达家奴面前时，你们率队赶紧冲上去，占领中军大帐，控制住指挥部。至于下边的兵将，由我来对付。"马云、叶旺认为此办法可行，点头道："好，就这么定了。"于是，他们按照萨家奴的建议，所带骑兵全部穿上了元兵的号坎儿。正要出发时，他的弟弟卜家奴也来了，要随同哥哥一起攻占盖州。萨家奴一看，好啊，求之不得呀！便并辔带领百余名壮士向盖州而去。

　　单说那盖州城外有一万多兵勇围着，马队不停地绕着城转。到了夜晚，笼起了堆堆篝火，灯笼、火把一片片的，把整个盖州城照得通亮。城外的元兵擎着火把、举着刀，呼号直喊，震慑城里的人，做出一副随时攻城的样子，造成一种剑拔弩张的声势。达家奴生怕明兵偷袭，不断地派探子出外刺探，严令全副武装的兵卒于周边不间断地巡查。萨家奴和卜家奴所带之百十号人的队伍，那可是挺长一溜哇。何况又是夜间来的，由于路黑，也拿着火把，很快就被达家奴派到南路的探子发现了。从远处看不清，以为是前来偷袭的明军。往前细一瞅，见兵卒们穿着元兵的号坎儿，便认为是自家的队伍。待再近瞧，前头带队的有两个人，其中一个是镇守金县的参将卜家奴，另一个没认出来。探子遂赶忙打马回报达家奴："有一队元兵朝这儿来，走在前面的，一位是卜家奴大人，还有一位小的不认识。"达家奴想："那另外一位是谁呢？谁会在这时候来？"他边寻思，着边骑着马往前迎。达家奴认识萨家奴呀，一看是他来了，当即吓了一跳！心里又琢磨开了："萨家奴那是大丞相、太尉纳哈出帅帐的红人，平时是不大露面的，只要出来，肯定是做秘密的要事。今天怎么来了？可能是大丞相有什么急务才把他派来了。"他慌忙滚鞍下马，跪拜在道："小的迎接萨家奴大人。"这时，萨家奴才下了马，卜家奴亦随之骗腿儿而下，跟着达家奴向营地走去。

路上，萨家奴在暗中向卜家奴使了个眼色。卜家奴马上明白了，回头叫过身边的几个卫士，如此这般地吩咐了几句。卫士们微微点了点头。之后突然猛虎般扑上前，把达家奴的两个肩膀给摁住了，后边的随行卫士将他的刀也下了。达家奴自然不明白这是怎么回事儿，跪在地上问道："萨家奴大哥，怎么了？我没犯罪呀，在这儿守城守得挺好呀，干啥抓我？"萨家奴反问道："兄弟，你是听我的还是听谁的？"达家奴连忙回答："我当然听大哥的了。""那就好，给我闭嘴，不要声张！"萨家奴说完，向后边一招手，呼啦一队兵马过来了，为首的是两位穿着明朝官服的将军。萨奴向达家奴介绍道："二位将军是大明天子派到辽东都指挥使司的都指挥同知。这位是马云大人，这位是叶旺大人，此次是来接管辽东的。达家奴，你是我的好兄弟，是个正直的人，不要再跟纳哈出他们走了。现在唯一的出路是降明，此为光明之路，不能再为元朝卖命了。纳哈出还有几天蹦跶头儿？过去，女真人受他的害还少嘛，咱们的妈妈、很多的叔叔不都死在了他们的手里吗？听大哥的没错，让将士赶紧投降吧。你是个聪明人，若是不降，结果会怎样，眼前的形势还看不出来吗？可别犯糊涂啊！"说着，他两眼死盯着达家奴。

达家奴一点儿不糊涂。实际上，他对纳哈出强行和明朝作对很是不满，更知道女真人所受的苦难，不仅目睹了别人受苦的情景，自己也亲尝过。正因为元朝欺压女真人，他才追随祖先起兵反元的。可他们起兵之后不久，就被元朝的猛将洪宝宝给打散了。达家奴从此便成了洪宝宝手下的一员属将。洪宝宝当时以平章大将军的身份驻守在老鸭山寨，保护辽阳城。他对辽阳指挥使司的指挥使刘益总是不放心，遂与纳哈出商议，派达家奴随同马延辉到刘益手下。在刘益叛元投明被马延辉杀死后，达家奴又被洪宝宝带到金山，交给了高家奴。达家奴在这里目睹了纳哈出的心狠手辣，只要对谁有了猜疑，那是说杀就杀，非死即残。还不是一般的杀，而是采用剐刮的办法。即把人赤身裸体地绑在柱子上，任兵士用快刀一刀一刀地剐，真是惨不忍睹，纳哈出常对将士们说："谁要不听我的命令，都看见了吧？如法炮制！"此话的确令人胆寒，金山的人没有不惧纳哈出的，尤其是那些胆小鬼，几乎吓破了胆。女真人更怕纳哈出，当然，达家奴也不例外。

纳哈出手下的众将之间，谁都不敢跟谁多说什么，唯命是听。他们对纳哈出是既怕又恨，还不敢明目张胆地反对，只能是"身在曹营心在汉"，对纳哈出若即若离。达家奴便是如此。在高家奴派他去围攻盖州时，高家奴说："兄弟，给你一万人马不少吧？快点儿把盖州城给我拿下来。那样的话，整个辽东半岛又是咱们大元的天下了。"达家奴这个人尽管办事儿犹豫，脑袋却不笨，他不想得罪纳哈出手下的元将，包括高家奴这些人，还不得不防着，不敢交心，不说心里话。其实，高家奴也是女真人，他们是麻秆儿打狼两头害怕。因此，达家奴当时琢磨着："不能不听令，不听就没命了。"可他知道，大明的天下已定，不是一两个人所能改变的，辽东早早晚晚必归属人家。于是他留了一手，没把事情做绝，心想："我采取'围而不攻'的招儿，给自己留一条退路。吴立、张良佐要是开门纳降，那是你们的事儿，与我无关。如果上司高家奴追问，就说自有办法使盖州归我所属，两边皆可应对。"方才经萨家奴这么一说，他顿时明白了："萨家奴是纳哈出身边的红人，他都能变，我有啥不能变的？识时务者为俊杰，何不顺水推舟呢？"他想明白后，手一招告诉大队人马："不要再围城了，从此将盖州城交给当今有道之君、大明天子派来的人管。咱们是女真人，应为女真人长志气，再不能受纳哈出的辖制了，应走光明之路。"他的大军当然听主子的话，就这样，在萨家奴、卜家奴的帮助下，达家奴率一万多兵马归顺了大明。

东征大军于黎明时分，浩浩荡荡地开进了盖州城。大明朝之指挥金事吴立、张良佐率领着众臣和乡绅百余人在城中迎接自己的兵马。全城人无不欢呼雀跃，一时鼓乐齐鸣，欢声雷动。看上去，吴立、张良佐消瘦多了，走起路来显得蹒跚无力。多少天来，他们早已抱定誓死守城的决心，忍饥挨饿，总算坚持下来了。此刻，他们兴奋得与马云、叶旺搂抱在一起，不禁喜泪横流。能够相聚真是来之不易呀，没想到还能活着见到天朝大军的这一天，那真是感慨万千啊！对此，说书人也来不及细说了。他们相互叙礼之后，就把大军引到了盖州府衙。入府之后，秉仁公主穿戴着凤冠霞帔，由众卫士们护拥着，安坐在府衙的中堂。左侧有明月长老捧着圣旨玉匣儿相陪，马云、叶旺二位将军坐在秉仁公主的右侧，靖海侯吴祯就坐在明月长老的旁边。纳哈出的降将萨家奴、辽阳参将达家奴、金州参将卜家奴因为在征讨辽东中立下了功劳，现在当然是自家人了，所以便让他们也入了座。接着，秉仁公主召盖州指挥金事吴立、张良佐上堂。

这里说书人要讲一下。历史上对马云和叶旺名次的排列不一，朱元璋在下旨的时候，封二位将军并列为辽东都指挥使司同知。当时，刘伯温曾对皇上说："陛下，他们两个本是并蒂弟兄，互帮互助，相辅相成，名次谁先谁后倒无关紧要。但马云的岁数大些，叶旺较他年轻，又是我的女婿，还是把马云放在前头为好。"马云一向谦虚，坚持把徐达大将军的徒弟、爱将叶旺推到前头。二人就这样推来推去的，互相谦让，最后仍没个结果。我在讲书的时候，是按照军师的意思，始终将马云放在前头，叶旺放在其后。马云后来因病奉旨离开辽东，去京师调养；叶旺却直至重伤而死也没离开那儿，这是后话。

现在咱们再表表盖州守城的有功之人。吴立原是曹国公李文忠手下的一员大将，又是朱元璋的侄子、干儿子，受皇上的旨意，从京师到辽东后，为守城受了不少惊吓，吃尽了苦头儿。张良佐与吴立不同，原来是元顺帝朝的右丞，那可是个挺大的官呀，降明之后，认真辅佐刘益执掌辽东事务。刘益被杀，他遣亲信迅速将此消息通报给大明朝廷，让赶紧派人去。他见辽阳不能待，遂退守盖州，守城之志坚定不移。另外，还有黄遵和房嵩，皆为侍郎，原来是元朝的重臣，降明后，一同帮助吴立坚守盖州城。咱们且不说元兵万人是完全有可能攻下盖州的，却未攻取，而是久久围困。守城之人虽未遭失城之灾，但因处于久困无助、缺粮断炊的境地，也是相当艰难的。他们就在此座孤城里，同心一致，紧紧抱团儿，内部没出现一个反叛的，保住了明朝在辽东的这个据点。不管怎么说，都是有功的。

吴立、张良佐等人今天应秉仁公主所召，高高兴兴地来到了府衙中堂，先是叩拜了秉仁公主千岁、千千岁，又拜见了靖海侯吴祯、马云、叶旺和明月长老。然后，他们由叶旺引见，与萨家奴、卜家奴、达家奴见礼。达家奴向吴立、张良佐二位大人叩头请罪致歉。吴立忙道："哪里，哪里，咱们已经是一家人了，一家人不说两家话，不要讲过去了。今天大家到一起了，都是大明的臣子，这是正道。"达家奴同张良佐早就认识，原来皆在刘益手下干过，后来才分道扬镳的，没想到重又相聚，也是感慨万千哪，便对张良佐说："张大人，真是对不住啊！想当年咱俩一块儿在刘指挥使手下的时候，您对我多好啊，家里的许多事情全替我办了，连夫人治病的银两，都是用大人省下的俸禄。我之所以围盖州始终不攻城，那是觉得下不了手哇！千不看万不看，咋的得看在张大人的面子上吧？您对我们全家的恩情，达家奴永世不忘啊！"说着，达家奴扑通一声跪下，连连叩头。张良佐高兴地说："达家奴呀，你算做对了，不要讲什么恩不恩的了。人哪，总有碰面的时候，如今不是又到一块儿了吗？我早已给你点过了，最后还得走这条路吧？沧海桑田，事情总有个根，真正坐天下的是大明。明朝是天作之运，元朝气数已尽，肯定是完了。你看我说得对不对？"达家奴听张良佐这么一问，越发惭愧，边点头边回道："对，张大人，我达家奴浑哪！要是早听您的话，何必直到今天才过来呀？"大家听后，禁不住笑了起来。

闲话少叙，再说朱元璋生怕南京至辽东的交通受到战事的影响而阻塞不通，因此，在东征大军出发前，特向秉仁公主降旨："如遇为政之事，可按情慎酌，就地代朕宣诏，重事后奏。"什么意思呢？就是说，道路遥远，一旦有阻塞，来回送奏折不方便。遇有要急办的事情时，可根据这道圣旨的本意，就地拟旨，代圣上宣诏。其中重要的事情，待办后再奏报。正是因为有了圣上的旨意，秉仁公主那是代天巡事，权力可就大了。无怪乎她父亲刘伯温说："娟娟，此行担子很重啊，是代表皇上办事的，掌有生杀予夺之权哪！"此刻，在吴立、张良佐等人拜见后，秉仁公主手持玉匣儿，代圣上宣诏道："吴立坚守盖州，为大明立下了大功。张良佐、黄遵、房嵩本是元朝重臣，归依我朝后，精诚克职，其功堪嘉。现擢命吴立为盖州卫都指挥兼督理军务；任张良佐为盖州卫指挥佥事，总理州县诸务，办理民间的户籍之事；对攻盖州时不幸故去的黄遵深表哀痛，赐银厚葬；房嵩年迈多病，赏银万两，颐养天年。"吴立、张良佐叩谢皇上圣恩。

召见完毕，秉仁公主带着马云、叶旺、吴老将军前去看望了黄遵的遗夫人仇氏和侄女，给予慰唁，赏银有加。为了安抚百姓，稳定市井，马云、叶旺以大明镇守辽阳都指挥使司同知的名义，在盖州城张贴告示。让百姓皆知当今大明天子恩抚四海，迄自今日，元暴靖除，市井工商，各安其业。同时，任鞍前马后跟随马云、叶旺多年的爱将韦富、吴祯老将军水师的参将王胜为金州城的守卫指挥，兼理旅顺军政及海运诸务。二人得令，随即前往金州赴任，镇守海疆，执行政务。马云、叶旺见仇成将军的身体极其虚弱，便将他交给吴立，嘱咐要好生照顾，待在盖州把身体养好了，再奏报朝廷另任。马云、叶旺、娟娟及众将把在盖州应该处理的、须立即做的事情，一件一件地办得很是周延、妥帖，百姓的生活开始有了好转，商店、茶肆、酒肆纷纷开门营业，市井也随之热闹起来。

东征大军在盖州的要务基本完成，大家商量了一下，认为必须迅速北上。马云、叶旺的意思是：我们虽然得了金州、盖州，但是要想真正解决辽东问题，则要攻克辽阳，直逼金山。吴祯老将军表示赞成，说道："如若再攻下辽阳，纳哈出盘踞的金山便会成为一座没有外援的孤城，因此应趁热打铁，一举夺之。既然一切已经就绪，老叟考虑到停留在旅顺口的舟师还有些事情要办，想就此别过。不知二位将军意下如何？"马云、叶旺忙异口同声地表示道："不可，不可！"马云说："现在正是紧要关头，还望老将军给予更多的帮助。等攻下辽阳，擒了高家奴，您再凯旋回京向圣上复命，岂不更好？"吴祯在二位将军的诚意挽留之下，只好答应共同攻打辽阳。

话说东征大军在盖州待了四天后的一个夜晚，马云、叶旺传下军令："偃旗息鼓，秘密北进。"为行动方便、调动灵活，将所带的家眷、辎重留在了盖州，只带领着能与元兵厮杀的壮士，化装成元兵，轻装简从，登程辽阳方向。为防止元兵听到动静，战马勒着嚼环，马蹄包上布裹，兵卒衔枚止语，声言违者军法伺候。大军飞速行进，不到一天的时间，便驰奔到了辽阳附近的平顶山。当山上的元军发现有支队伍向驻地开过来的时候，还以为是纳哈出关心他们而派来换防的援兵呢！于是一传十，十传百，全都抻着脖子看，高兴地喊着："好啊，终于有人来换咱们了，可以歇息一阵子啦！"直到刀枪逼到了眼前，他们才大吃一惊，赶忙拿枪、拿矛还击，但为时已晚，脖子一凉，脑袋就掉了，稀里糊涂地成了刀下之鬼。一千多人有的死于非命，有的束手就擒，平顶山神奇般被明军占领了。

东征大军打扫了战场，稍做休整，又奔向了下一个目标——高家奴所据守的老鸭山寨。前书说过，老鸭山寨不是一般的地方，经过了元朝几位平章持续不断的经营，现在为纳哈出重点设防的据点。整个山寨的四周，是依山用石头堆砌起来的，每个山口儿皆有城楼，城楼上修有瞭望台、烽火台。在瞭望台上，能看到很远的地方。如遇有紧急情况，立即将烽火燃起，可迅速传递消息，联络各方，真有一夫当关、万夫难进的气势。当时有那么句话："谁想夺下老鸭山寨，先要卖掉自己的脑袋。"元兵对守住这里很有信心，认为哪怕是明朝的徐达来了，照样得头疼，根本拿不下来。那可不是平原，而是大山哪，爬山都不容易，何况还有山寨呢？所以，高家奴每天安卧在山寨上，以为是四平八稳，稳如泰山，从未想到会有什么危险。纳哈出为什么在此地严密设防呢？不仅因为地势险要，居高临下，易守难攻，重要的它是辽阳东部的屏障，要想夺下辽阳城，必先占领老鸭山寨。也就是说，只要守住老鸭山寨，辽阳城方可安然无恙，也才可能扼守住辽东。否则，不单单是失去了老鸭山寨，还要失去辽阳，进而失去辽东的大片土地。为此，纳哈出在派人上、布兵上确实动了一番脑筋。

说起辽阳，咱们在这里要多讲上几句。辽阳城池非同寻常，自古以来，人们便把它看作进入辽河以北的白山黑水乃至东海的重要关口。早在战国时期，燕国就在这里置郡，辖境相当于今大凌河以东。西晋时，此地改为国，称之为东京。北燕入驻时，此地又改为辽东郡，其后的高句丽族也曾在这一带誓师立国。五代时，契丹族崛起，其首领耶律阿保机将辽阳置为东平郡；契丹天显十三年，设置为辽阳府，辽阳的名称就是自此叫起来的。到了金代完颜时期，这里的政治、经济有了很大的发展。金世宗完颜雍在废帝完颜亮后，遂于此登基即位，定年号为大宝。为了纪念其母，还修建了白塔，即佛塔，辽阳之名更是远播内外。时进元朝，工、农、商有了更大发展，经济繁荣，成为辽东的重要商埠；后将其置为辽阳路，并设立了辽阳等处中书省，下辖两府、两州、十二县，辖境东至东海，北至黑龙江以北，土地广袤辽阔。历史一再证明，辽阳乃历代兵家必争之地，明朝当然也不例外。朱元璋起兵推翻元朝后，十分关注辽东之地，想尽各种办法夺之。首先诱刘益降明，继而占有了濒临太子河畔、物产丰富的辽阳，扼守了辽东的咽喉之地。明朝初始仍沿用辽阳路原名，后改置为辽阳卫。不久，形势突变，元朝残部重又占据了辽阳，控制了辽东。这才有了前书所说的皇上传旨，派马云、叶旺进入辽东，收复辽阳之举。

马云、叶旺率领着大军马不停蹄地到达老鸭山寨后，顷刻间将这里围了个水泄不通，所有的关口、要道全被封住。明军为了在不发出任何声响的情况下，互相能辨识出来，便以每人脖子上挂一白布条子为号，白布是在从盖州城出发前到店家买回、早已准备好了的。兵将之间谁也不许说话，全瞪眼看下巴颏子底下是否有白布条子，如果有，就是兄弟。马云还秘密传告，对山寨里的人，出来一个圈起一个，只许出，不许进，违者就地斩决。于是，他们把抓起来的人圈在旁边的一个帐篷和旧马圈里，并设专人看守。所有的行动，都是在十分隐蔽的情况下进行的，老鸭山寨里的人毫无察觉。

回头咱们再说老鸭山寨的守将高家奴。高家奴虽然曾接到纳哈出的传报，说大明朝廷从降明的元兵、元将中挑选了千余人，组织了东征大军，由马云、叶旺二将带领杀向了辽东。可他怎么都没料到能来得如此神速，已神不知鬼不觉地包围了山寨。再者还想，别说明军没来，即使来了，凭我山寨的防御和自卫能力也不怕。他就是这么自信，眼下依然在山寨里做着美梦呢！

那么，高家奴究竟有什么能耐如此自信？又是怎样被纳哈出选中而派来驻守老鸭山寨的呢？这话得从元朝被大明推翻后说起。自元顺帝被大明赶出皇宫跑到大漠后，纳哈出便据守在金山，野心很大，一直筹谋卷土重来。他所仰仗的有三员大将：第一个是据守在甘肃、宁夏一带的扩廓帖木儿，目前正与明将徐达、李文忠、冯胜对峙；第二个是其心腹、势力较强的曾家奴，早被派去驻守大宁一带了；第三个就是高家奴了。这位女真人五十多岁，大高个儿，膀大腰圆，力过常人；手使两根镔铁棒，每根重达百余斤，抡起来呜呜山响，只要被碰上，必碎成齑粉；平时常举石球玩耍。石球是由他的叔伯弟弟曾家奴带领着十几个壮士，专门从燕州一步一步推了两个多月，又要上下山崖才运过来的，可是来之不易呀！高家奴每当举起石球，那是气不长出、面不改色，天天坚持练，练出了一身使不完的力气。他同曾家奴、安家奴等人都是东海女真野人的后裔，天生在荒野中生活。打鹰、打虎、打豹、打熊，下海捕巨龟、巨鲸，久而久之，熟能生巧，巧而生技，日积月累，才有了真本事。满身的功夫不是哪位师傅教的，师傅就是自然界，就是阿布卡恩都力[1]。他们使用什么家巴什儿，全是凭着自己的体能、习惯和爱好，什么用起来得心应手，便用什么，还能将巨木、巨石、铁杖等磨凿出千奇百怪的兵刃来；不但用哪样武器很随意，而且跟明军打起仗来，其打法也挺格路。他们不按一般的常规打，而是想怎么打就怎么打，既无阵法，又无战法。有时马队排山倒海般地平推过来，烟尘滚滚的，还未等你弄清怎么回事儿时，很可能已葬身于万马惊蹄的狂涛之中了，不允许有半点儿的犹豫或观望，就这么快、这么狠！

前书讲过，元朝所用的将领、兵卒，多数是以签军的办法强行征来的辽东女真野人。一个个剽悍、魁梧、肩宽膀圆，像座黑铁塔、小山堆似的，勇猛无敌；使用的兵刃奇形怪状，进招儿没什么定式，不像中原

---

① 满语：天神。

武士遵照一定的传承流派，进招儿前各有各的礼数。跟元朝的兵马打仗不能讲这些，说了他们也不懂，就是个猛杀、猛砍，怎么顺手怎么打。千万不要跟他们论啥文明，若是那样，你可要吃大亏了。说实在的，元末各路义军同大元兵马对阵时，没少吃他们的苦头儿。朱元璋的很多战将原来几乎全是学过武术的，有少林派、武当派，还有峨眉派、南派、北派、海派，等等；使用的兵器各不相同，有使棍子、使刀、使剑的，也有使长枪、板斧的，各有各的招式。假如对阵双方皆是武林人，交手前，一要讲"义"，二要讲"尊"，三要讲"信"，礼数过了才能开打，此乃中原武林各派千百年来形成的规矩。倘若不讲礼节见面就打，人家会认为你连武林人都不是，还比画啥？纯粹给武林人丢脸。然而，元朝兵马打仗根本不理会什么这个、那个的讲究，赢了便是好家伙。明朝将领开始时不知道哇，跟元军对阵时，先摆好架势，礼数过后才慢慢进招。对方可不管这些，冷不丁啪嚓给你一下子。你要是发问："哎？来将，用何招儿？"人家连话都不说，接着啪嚓又一下子。你要再问，人家会大吼道："什么招式，打死你就是招式！"说着，还会啪嚓来一下子。如此一来，讲礼数的人不眼瞅着吃亏了吗？好多武士恰恰就是这样倒在刀棍之下的，死于非命之人太多了。

咱们在这里还要多说几句。早些年，元朝的蒙古兵不是曾横扫过欧罗巴吗？在两军对垒时，白人吃老鼻子亏了。我们都知道，欧洲人打仗时，有自己的一套阵法和礼节。开战前，先排成方队，主将喊着口令，奏着军乐，敲鼓咚咚咚，吹号嘀嘀嗒，方队整齐地迈着正步向前走。到一定时候，主将一声令下，指挥刀一甩，兵卒们才平举刀枪，雄赳赳地继续向前进，以阵势吓唬对方。应该说，用来吓唬兔子还行，吓唬大元的蒙古兵就不灵了。老蒙古哪管那套？一看你排着队，刀枪端得一般高，还奏着乐，早乐得不行了。心想，这是干什么？打仗就是打仗，玩那些花样儿有啥用，让你早点儿见阎王爷得了！随即马队哗哗哗往前一推，真可谓排山倒海呀，许多白人顷刻间死在了马下。身临其境的人都见识过，当年蒙古兵马踏千军，相当厉害，差不点儿没攻进俄罗斯腹地呀！元军过去对付欧洲是这种打法，现在依然如此。高家奴便是无章无法作战的领军人物之一。

高家奴自入元军以来，逐渐成为一员著名的大将。在关内同明军打过不少仗，跟陈友谅、韩林儿打过，与朱元璋打得更多了，也曾在徐州同徐达鏖战过。徐达佩服他勇敢、不怕死的精神，称其为元朝的一员勇将。已过世的常遇春大将，还有现正征战的傅友德、李文忠、冯胜这些将军，都知道高家奴能打仗，稍不留意，有可能被他打败；也十分清楚，同高家奴对阵，头脑必须灵活，反应要快，眼睛盯得要紧，不能有打奔儿的时候，要以快对快、以猛对猛，在快与猛中求胜，或者出奇制胜。刘伯温为什么会受到大明从皇上到兵将的由衷崇拜、被看成活神仙呢？就是因为他有计谋。刘伯温主张，同元朝兵马打仗，不要与之对拳头，你是对不起的；也不要与人家对家巴什儿，那也是对不过的；应该与其对头脑、对智谋。正因为徐达等将懂得了此窍门儿，你不是猛吗？我比你还猛；你不是狠吗？我比你还狠；你要是快，我比你还快，不能有半点儿的犹豫、徘徊，这样才能压住对方。再一个便是以奇、以巧制胜。别看元军将士一个个像大熊瞎子似的，凶猛无比，打起仗来瞪着眼睛哇呀呀一个劲儿地叫着往前冲。此刻，不能跟他对打，你设陷阱，用罗网想办法抓住他们。马云、叶旺奇袭老鸭山寨，则完全是按照军师刘伯温和徐达大将军的战术，进兵必快，连番突袭，采取了以快制稳的打法。

闲言少叙，咱们接着讲高家奴。他不但使用的兵器独特，而且打起仗来更是又勇又猛，任何人不惧。他还有个特点，就是非常能吃，在大元朝里也是出了名的。因为能吃，所以养了不少火头军，专门为他做馒头的师傅差不多有六十人。各位阿哥，是不是觉得说得太玄乎了？可绝不是朱伯西胡嘞嘞，此事在《东海沉冤录》里记得很清楚。高家奴每天要练十几个人才能推动的石球，又使那么重的兵刃，不吃能行吗？五六十人天天轮着班儿给他做饭吃，一天得好几拨儿，这十几个人是这拨儿，那十几个人是那拨儿，仍然又累又忙不得闲。他吃饭特别快，从不细嚼慢咽。其实，那简直不是吃，而是不间断地往嘴里填、往肚里灌，吃得还相当多，尤其爱吃海鱼。他是东海女真野人，靠近大海，吃鱼方便，从小便养成了吃鱼的癖好，现在更是顿顿离不开。鱼有刺儿呀，一般的吃法是：先摘一下鱼刺，然后吃一口；再摘一下鱼刺，再吃一口。可他吃东西心急呀，哪还等得摘鱼刺？故而他只吃大海鱼，不吃小鱼。他吃海鱼也不是常人的吃法，像吃其他的东西一样，猛劲儿往肚子里吞。为此，火头军们给他做鱼宴时，总是先将大鱼刮了鳞、开了膛，之后把所有的大小鱼骨、鱼刺一根根剔出去。有的鱼肉炖着吃；有的鱼肉则同面糊、蛋糊、香糊、藕粉和到一起，过了油，烹炸出各种美味，也有的重新加料，上锅上屉，做出来的鱼好看又好吃。高家奴在辽东单有个土窑，除烧制碗、盆外，还烧制装鱼的各种盘子。其中，最大的鱼盘儿是椭圆形的，像个大脚似的，人称脚掌鱼池，需两个人才能抬得动。由于他爱吃鱼，也愿意招待客人吃鱼，便有了"高家鱼宴"之说。那色、香、味皆很独特，成为高家奴府中绝无仅有的待客上肴，令人垂涎欲滴，不少好事者想方设法贪此一餐。

纳哈出在考虑辽阳该如何设防、由谁去驻防屏障之地——老鸭山寨时，选来选去，最后把既能战又能吃的高家奴选中了，对他交代道："为了行动方便，你只身率兵前往，两个儿子和家眷留在金山。我会好好儿照顾他们的，也会找最好的师傅教两个孩子武功的，一切都不用挂心。想必你也知道，老鸭山寨是驻守辽阳的重中之重，只有守住它，不让明兵进来一步，才能保住辽阳，金山亦有了安全保障，基地将稳如泰山。你若能出色地完成此项差事，有朝一日，会有享不尽的荣华富贵呀！"当时，高家奴没想那么多，更没想到儿子和家眷实际上已成了纳哈出手中的人质。一旦辽阳出个一差二错，纳哈出便抓住了把柄，高家奴家眷和两个儿子就要替他坐牢房，甚至上断头台。高家奴反倒觉得儿子和家眷有纳哈出的照护还不错，可以放心了，当即凭着自己的勇敢、自负一口应承下来，并向太尉立下了军令状，夸下海口："请丞相放心，本将有把握守住老鸭山寨，卡住大明兵马。只要有我高家奴项上的这颗人头在，决不让明军靠近辽阳半步！"于是，高家奴受纳哈出之命，带领着万余元兵开赴老鸭山寨。他到山寨后，又加固了原有的工事，派重兵把守各个路口儿和要道。

与此同时，纳哈出还秘密派出许多耳目，刺探明军的情况。前书说过，萨家奴便是其中的一个探子，而且同明朝的丞相胡惟庸有着密切的联系，这也正是纳哈出对明军的一举一动十分清楚的原因。纳哈出最近又遣人告诉高家奴："明军攻打辽东，很可能从海路来，因为那是一条直道儿。听说朱元璋已经派马云、叶旺二将带兵向辽东进发，你千万小心，不可麻痹，不能自傲，要带好自己的兵马，严加防守。别的事儿不用管，只需两眼紧盯南方，倘若有大明的兵马到来，必须给我就地铲除！"可以看出，纳哈出把辽东的底牌全押在高家奴身上了。高家奴听了这些情况，并没在意，为什么呢？他想："我早已摆好了大阵，静等着马云、叶旺来攻，倒要看看你们怎么攻我的山寨。四周埋伏下的万名弓箭手可不是吃素的，再说主要道口的堑壕、鹿砦、石栏、立桩、狼牙陷阱也不是白设的，易守难攻，谁能过得来？只要来了，必然会被乱箭穿心，或者陷下狼牙陷阱，绝跑不了你！"因此，高家奴根本没在乎，仍然那么悠然自得。

回头再说马云、叶旺率兵秘密围了老鸭山寨之后，天天在想，该如何攻取眼前的固若金汤之地呢？硬夺肯定不行，只能按照刘老军师的办法——奇袭。可怎样才能出奇制胜呢？二人同娟娟和明月长老商量一阵儿后，又将萨家奴叫了过来。娟娟说："萨家奴，你前一段帮了我朝很大的忙，这些早已记在功劳簿上了。待回朝以后，向皇上奏报，你将会受到嘉奖的。现在让你帮助做的最紧要的事情，就是要想法儿制服高家奴。依你看，用个啥招儿才能使这个老熊瞎子服服帖帖呢？"萨家奴一听是为了此事找他来，当时便愣怔在那儿了，非常打怵。因为他知道，目前元朝的残部能与大明相对峙的，除了纳哈出、扩廓帖木儿、曾家奴外，再就是高家奴了。此人虽然是自己的同族弟兄，但位高权重，相当难对付，且性格古怪勇猛善战，在辽东俨然是纳哈出第二了。他的兵马多，纳哈出把辽东三分之一的兵力都集中在老鸭山寨，并筑有坚固的工事。在这种情况下，硬性攻打不是好办法。那么劝降呢？恐怕也不行。因为高家奴眼下已经明白了，他的两个儿子是作为人质押在纳哈出那儿的。一开始，他对纳哈出的做法没寻思过味儿来，现在是越想越后怕呀！那大丞相、太尉纳哈出可是个杀人不眨眼的魔王，如果守不住老鸭山寨，盯不紧马云、叶旺他们，辽阳有失，不仅自己身败名裂，两个儿子十有八九也活不成了。所以，他只能背水一战，与马云、叶旺死拼。萨家奴分析来分析去，对该怎么制服高家奴一时束手无策，很是犯愁。

萨家奴又经过多方了解，探得一个消息，令他喜出望外。是个什么消息呢？高家奴要娶小妾啦！高家奴十分好色，身强体壮，像头熊似的，身边总少不了女人。这些女人中，有的是明媒正娶，有的是露水夫妻。此次纳哈出派他到老鸭山寨时，将其家眷、爱妾及两个儿子都留在了金山，只让他轱辘棒子一个人去。时间一长，他便熬不住了，觉得不行，无论如何得弄个女人来。如今，他已让东海女真野人部落的人从家乡送来了一个年轻美貌的女子做小妾，三两天准备在老鸭山寨大摆鱼宴，举行婚礼。可见高家奴脸真挺大，在当前的紧要关头，仍有闲心搞女人。萨家奴听到信儿以后，心里琢磨开了："哎呀，好哇，这可是个突破口。强攻不行，咱们可以智取呀！就利用娶小妾的事儿做文章，故意抓把柄，把他牢牢掐在手里。"如此这般想好之后，萨家奴立即将自己只身前往老鸭山寨的想法同马云、叶旺、娟娟、明月长老、吴祯老将军说了。大家也觉得目前没别的什么好招儿，强攻当然不可取，自己才有精兵千八百人，怎么能同上万的兵马硬拼呢？况且，用上几天的时间都未必能攻下来。要是纳哈出再派来援兵，威胁则更大了，损失惨重不说，将来怎么向圣上交代呀？那么只能采纳萨家奴所说的办法，不失为一条智取的路子。大家分析，现在让萨家奴出面，有可能绝处逢生，起码有一线希望。于是，叶旺当机立断，说道："好吧，萨将军，我们听你的。相信此去能制服高家奴，放心大胆地行动吧。"

第二天夜里，萨家奴没带任何人，单骑来到了老鸭山寨的寨门口儿。前书我们讲了，老鸭山寨的外头，早已被马云、叶旺他们秘密控制住了。寨门里边的人，出来一个被圈起来一个，完全不知道外边的情况，这是高家奴和下边所有的人做梦都想不到的事儿。而明军全在暗处躲藏，隐没在附近的山坳或树林里，城楼上的人根本发现不了，以为挺安全。高家奴一直琢磨，正经有些日子不见金山等处来人了，为什么呢？可他又一想："不来更好，看来大丞相对我是信任的，不如趁此机会，把喜事儿办了。不过不能告诉大丞相，倘若他知道我又娶小妾，肯定发怒，保准儿饶不了我。因为他早就有话，叫我一心一意守住老鸭山寨，保住辽阳古城，别的事儿不许做。不过，我心中有数，马云、叶旺他们即或来，也来不了太快。再说了，到现在一点信儿没有，连个鬼都没见着，还能插翅飞来呀？他"这么想着，便放心了。

就在高家奴的婚宴正要开席的时候，有人传报："金山平章大将军萨家奴大人到！"这一声传报，可把高家奴吓坏了，大吃一惊啊！可以说，任何人没有不惧怕纳哈出身边的红人萨家奴的。知道他非同寻常，出没像幽灵，来无影、去无踪，外号儿"无影飞侠"。高家奴弄不清他在太尉身边究竟是个什么角色，又不敢问，怕问出事儿来。高家奴平时见不到他，只要见到了，必有要事，真可谓无事不登三宝殿呀！此次的突然出现，高家奴吓出了一身冷汗，很是坐立不安，心想："我今天娶亲或许老丞相已经知道了，要不然为什么派身边的萨家奴来到老鸭山呢？此前一点信儿没有哇！难道说对我产生了怀疑，暗中命萨家奴到山寨来办我？若是那样就糟了。何况自己在战事正紧、大明兵马开来辽东的时候，于寨中私办婚宴，事先没向纳哈出禀报，能饶我吗？再说了，老太尉一向武断专行，说啥是啥，对下属看得特别紧。我没禀奏给主帅，不仅不够尊重、失去礼节之事，还违抗军令、自行其是，犯下的罪怎么说都不过分哪！咳，怪我疏忽了。只为此，说你要把辽阳拱手让给大明，暗通明廷，出卖金山，即使满身是嘴，也没法儿辩驳呀，可怎么办好呢？况且两个儿子和家眷全押在金山，又立下了军令状，等于我的脑袋已押在纳哈出手里了，看来是凶多吉少啊！萨家奴绝不会只身来老鸭山寨，肯定还有随从，却没上山来，如此看来则更严重了。纳哈出从来是神不知鬼不觉地办事儿，用兵不可预测，虚虚实实呀！"高家奴越想越怕，越怕越不知如何是好。不过人既然来了，只能是硬着头皮、恭恭敬敬、十分小心地侍候高家奴见到萨家奴后，根本没敢问是从何处而来的。

萨家奴早已摸透了高家奴的脾气，知道这个人自恃武功高强以及在辽东的重要地位，狂傲自大，一般人不放在眼里，不像其他将领那样唬一唬、吓一吓便可以就范的。他有老猪腰子，不会轻易上当，最大的毛病和纳哈出一样，即疑心太大，常常聪明反被聪明误。萨家奴从高家奴那忐忑不安的神态中，看出对方已是六神无主、疑心病犯了，弄不清怎么一回事儿，真正是丈二和尚摸不着头脑。事实确实如此，萨家奴的分析是对的。高家奴见纳哈出身边的爱将、秘密耳目萨家奴来了，首先想到的，毫无疑问，是纳哈出肯定抓住了自己什么把柄。更令他生疑的是，萨家奴以前从没来过老鸭山寨。两人虽然是女真野人的后裔，来自同一哈拉①，为萨勒奴妈妈的子孙，又一块儿被女真部落推荐到元朝衙门为，但由于各为其主，联系并不多，偶尔在纳哈出处议事时见面，只是谁都认识谁，不可能有更深的了解。为什么呢？因为纳哈出心很细，早有规定，不允许下头的将领相互之间交头接耳，更不得私下有什么秘密联系或者妄议军情，唯主帅可以这样做。如发现哪个将领有类似行为，就是违反军纪，兼刺探军情之嫌，将严惩不贷。当然，这也是纳哈出最忌讳和不愿意看到的事儿。

萨家奴到了老鸭山寨后，一切均不敢轻率而行，不敢露出半点儿自己已经投明或与明朝有什么联系的迹象。因为他知道高家奴不好惹，做事需特别谨慎，说出的每句话及每一行动，都要反复斟酌。尽管早已看出高家奴很是惧怕，也不能说降明之事。他清楚，高家奴最怕的是纳哈出，两个儿子又掐在大丞相手里做人质，在这种情况下，是不会轻易反叛的。如果立马把事儿说了，反倒激起了高家奴的对立情绪，弄不好会视死如归地跟着纳哈出走。因此，只能见机行事，将计就计。可是事不宜迟呀，必须在高家奴方寸大乱、六神无主时，先下手为强，让他乖乖听从我的摆布。箭射头雁，只要控制住高家奴，老鸭山寨的十几万兵马便成了无头的苍蝇，到那时一切皆好办了。

---

① 满语：姓。

　　萨家奴想妥帖之后，遂采取了暗度陈仓之法，准备演一场突如其来的好戏。他想，务要让高家奴在糊里糊涂中交出老鸭山寨，变换大寨的旗子。他这一招儿很厉害，在大明初期，已被人们传为佳话。萨家奴当时是怎么办的呢？他坐在椅子上，不管高家奴如何左右逢迎、溜须拍马，一再解释为何办喜事儿没向老丞相请示的缘由，并表示过些日子会向主帅禀奏的。正笑着的萨家奴好像没听见似的，忽然态度一变，露出满脸的杀气，摆出一副阎王爷见小鬼的架势，掷地有声地说："高家奴，跟你说实话吧，咱们的老帅已到了山下，是来巡查军情的。此为军事机密，不许往外讲。他老人家心里惦着的，便是老鸭山寨的情况，在金山实在坐不住了，才让我陪着一块儿来的，怕惊动四方，故而未公开露面，现正在山下等你。你千万不要声张，把山上的事儿先交给别人，婚宴也暂放一放，赶快跟我走！"话虽不多，但句句都挺狠。高家奴一听，吓得哪还有什么踌躇疑虑的空儿，心想："糟了，这下算彻底完了！我就估计大丞相来了，要不，哪能萨家奴一个人上山呢？"高家奴只好连声称是，把山寨的诸务交给了乃喇吾，并稍做嘱咐。乃喇吾问怎么回事儿，高家奴遵照萨家奴之意没敢告诉，只是说："我去山下一趟，想巡视一下，你在山上要注意慎行。"此刻，高家奴尽管十分慌乱，却没忘了得带几个弟兄一同下山。萨家奴当即阻拦道："老帅要单独见你，你带一伙儿人是什么意思呀？"也是高家奴太相信萨家奴了，众护卫皆晓得萨家奴的赫赫名声，竟没有一个心存疑窦的。就这样，高家奴随着萨家奴出了帅府，向山下走去。路上，萨家奴板着个脸，高家奴问啥一概不答。更使高家奴万分紧张的是，他一个劲儿地哀求递小话儿："既然萨将军来了，请在老帅面前帮助遮掩一下，好话多说，日后必有厚谢。"可萨家奴像没听见似的，仍毫无表示。

　　话说简短。二人下了山寨，转了几个弯儿，进入老鸭山柞树密林之中。高家奴见这里有元朝的兵马，呼呼啦啦飘着元朝的旗帜，金州的平章卜家奴站在那儿恭候，再向前走，盖州的达家奴正向他招手致意，心里话："哎呀，怎么都到老鸭山来了？在这么个当口儿，我干吗一门心思非要办喜事儿呀？不纯粹是自讨苦吃吗？老帅不定怎么惩治呢？当着那么多人的面儿，我张脸皮可往哪儿搁呀！"高家奴边想边犹犹豫豫地跟着萨家奴向前边的大帐走去。大帐前，护兵执刀仗剑，站立两旁，威风凛凛。萨家奴亲自传报："禀大丞相，辽阳平章高家奴求见。"说着，手拉高家奴进了大帐。

因为是晚上，大帐内只点了一盏獾油灯，火头儿不太亮，所以显得黑乎乎的。在灯影儿中，只见紧里边正案上坐着一位老将军，留着长胡子，头上戴着明朝的钢盔，身上穿着铠甲，远看很像纳哈出。前书讲了，纳哈出曾被明朝抓住过，朱元璋当时一看他不愿降，便封了官，并让其全家团聚，最后采纳了刘伯温的建议，按照诸葛亮七擒七纵的策略，把他放还了。结果，他回去后立刻反了。不过，纳哈出尽管反了，暂时还没有到处杀戮。是什么意思呢？他想："你朱元璋别管我，我也不搅扰你，咱们划地为界。只要给我辽东这块儿地方就行，必须先积聚力量啊，才可以在这里偏安做皇上。明朝是明朝，你挂你的旗子，我挂我的旗子，互不干涉。"正因为做的是这么个美梦，所以，纳哈出平常总穿明朝的衣服。放回去之后，明朝廷还给了他几次给养、俸饷。对此事，朱元璋想起来挺后悔，觉得不该给他那些东西。军师刘伯温却说："陛下，心眼儿不要太小，宽宏大量些。任何一个大将之才，都应胸装四海，放心吧，将来会有用处的。皇上这么做，他又不傻，怎能不想将来该如何办呢？"事情的发展，正像刘老先生预料的那样，纳哈出果然投降了，这是后话。

再说高家奴从远处看，上面坐着的是太尉、大丞相纳哈出，完全信以为真了，哪还敢再抬头儿细瞅哇？他从报号进帐到向上叩拜，一直低头跪在那儿，心里在想："老帅真的来了，说啥都跑不了我了，弄不好可要一命归天了！"他也根本没想别的，只想这些事儿，担心自己的脑袋能否留住。还没等他说话呢，就听上边坐着的那个人一声令下："把高家奴给我绑了！"话音刚落，上来六七个护卫，七手八脚地把他摁到地上捆了。此时，一伙儿护卫手拿火把进了帐篷，把四外照得通亮。萨家奴才一步步走上前，对他说："高家奴兄弟，站起来吧，仔细看看这些人是谁？"刚才听那断喝之声，他立马觉得有点儿不对，也不是太尉纳哈出的声音呀？刚一惊一愣时，便被人结结实实地绑上了。他现在听萨家奴这么一说，抬头向上一看，才知道上当了！帐中哪有什么大丞相纳哈出哇？坐在上边的分明是一位明朝的老将军，而且曾不止一次地见过，在一起打过仗，多次交手，只是没交谈过而已。高家奴暗暗恨自己太鲁莽了，今天这个亏可是吃大了，统兵南征北战几十年，什么事儿没经历过，今天怎么就吓昏头了？打了几十年鹰，最后竟让鹰给啄了眼睛！他当即沮丧得一声儿不吭。

萨家奴看了看马云，见对方给他使了个眼色，语气立刻缓和下来，接着说道："高家奴，你真的是栽了。今日是老弟奉大明朝众位将军之命，特意把兄弟请到这儿来的。上边坐着的，是靖海侯吴祯老将军，你大概能认识。"然后，伸出右手指了指娟娟说："这位你可能就不知道了，是当今大明天子特旨钦封的武威安抚使、刘伯温的爱女秉仁公主。"他又转过头来指着马云、叶旺介绍道："这二位是大明朝奉旨北上东征统帅、辽阳都指挥使司同知马将军、叶将军。"高家奴一听，上头坐的原来都是大明的将领，可气坏了，尽管被绑着，却故意昂首站在那儿，强打精神。萨家奴继续说道："好兄弟，这么做完全是为了你好。我知道哥哥正直，咱俩都是女真人，听老弟一句吧，不能再为虎作伥了。大元朝已经败亡，纳哈出拥兵辽东，只能以卵击石。咱们的祖先受大元九十多年之苦，使得妻离子散、家破人亡。如今不仅不为祖先复仇，还要助纣为虐，想起来真是惭愧万分哪！如此下去，能对得起谁呀？不能丧尽天良啊！我联系了卜家奴、达家奴兄弟，也早想联络你。知道老哥虽心好，但有一肚子难言之隐，两个儿子尚押在纳哈出手上，怕一时难听我的劝。可事情紧急，不容等待，便采取了此策。这是众位将军为了救你出水火，不得已而为之，望不要见怪。当今大明天子不记旧恶，凡一心投明者，皆视为至亲手足兄弟，给妻子，给田产。愿为大明效力者，以其功破例重用，重新为建新朝共谋大计。哥哥，你应该识时务呀！"萨家奴话音刚落，吴祯从座位上站起，向高家奴走过来。吴老将军常在黄海海面上指挥舟师，运送粮草，往来于黄海海峡之间。而高家奴恰是镇守辽东半岛的将领，两人能不清楚对方吗？高家奴敬慕吴祯的大名，吴祯当然知道辽东元朝大将高家奴，互相对峙数年，想不到今天竟以如此过节儿见面。老将军来到高家奴跟前，亲自为他松了绑。

　　说来，高家奴此刻也不想死心塌地为大元朝出力，只是出于无奈。儿子和家眷掐在纳哈出手里，自己的命运无法支配，才走到了今天的地步。他一直从心里钦佩当今的大明天子朱元璋以及徐达、刘伯温等人，将他们尊为圣人，认为个个仗义，都是大英雄。俗话说："树倒猢狲散。"大元朝自从元顺帝死在大漠以后，虽然还有些以纳哈出为首的元朝将领想做垂死挣扎，欲强打精神支撑下去，但并不那么容易，难哪！再说气数已尽，像大皮囊一样，被针一扎，气儿全跑了，想再让它鼓起来，那能行吗？元朝的臣民和将领及皇亲国戚，对此早已失去了信心，认为大元彻底完了。高家奴亦如此，被擒拿以后，便没什么硬顶的决心和信心了，知道终归就是个降，脑子里突然产生了新的想法："今天上头坐的要真是纳哈出，还不好办了呢，脑袋肯定搬家了，没二话可说，军令如山倒！纳哈出的心极狠，我已经违抗了军法，那能有好吗？今天也算是绝处逢生啊，遇到了吴祯、马云、叶旺这些明朝的将领，看来兴许有活路，能保住小命，难道不是阿布卡恩都力对我的保佑吗？只要活着，才有可能再在人世上干一番大事儿，没准儿还能见到我的两个宝贝儿子呢！"高家奴想到这儿，反倒高兴了，心里亮堂了，马上叩头下拜，匍匐在地道："众位天朝大人们，我高家奴绝非冥顽不化之人，早有心降明，只是没有机会，身不由己而已。今天愿降，愿降！"吴祯老将军说："高家奴，这算对了，降过来就好，是大英雄该办的。听说你是一方豪杰、顶天立地的男子汉大丈夫，咱们在海上曾有过多次交锋，双方不是没领教过。从现在形势看，对纳哈出究竟能支持多长时间，我想每个人心中是有数的。他是靠着你，可你一个人能当啥？降明是唯一生路，必会柳暗花明、前程似锦的。你若仍负隅顽抗，只能是身败名裂。实话告诉你，据守甘肃的扩廓帖木儿也不会支撑多久了，徐达大将军很快会将他制服。我们相信你，知道眼下尚有难处。不过，无论如何都应该为女真人争气，真心实意地归附大明。降过来了，从今往后，咱们就是亲兄弟。"高家奴听后，半天没言语。叶旺见此，进一步说道："高将军，为防夜长梦多，倘若真降，必须做好两件事：第一，要想办法把老鸭山寨的兵马带过来，我朝将全部收留。愿回原籍为民者，可发给银两；愿留下办差者，一个不落地收归大明东征都指挥使司的行营大军，你仍为一方主帅。第二，认认真真地将辽阳城保护好，我朝要立即进城张榜安民。"高家奴见已山穷水尽了，又没别的路可走，只好一一答应下来："是，是，马上照办！"

老鸭山寨解决得真是太出人意料了，没想到竟能如此快捷，远比估计的要顺利百倍，谁不高兴啊！吴祯急不可待地问高家奴："高将军，如何能够让老鸭山上的两万多兵马迅速降过来呢？"高家奴笑了，说："请众位将军放心，我说降，这就降定了。你们不知道，我也怕内乱，所以对手下的管理有自己的一套办法。何况自大元败北，兵卒哗变之事甚多，不少将领，包括我的一些朋友都死于兵变。故而在非常之时，不能不防啊！只能将军权及大事小情皆系于一身，如若不信，你们看我胸前。"说着，高家奴解开了里外三层的衣襟儿，现出了内衣，又解开内衣，露出毛茸茸的胸脯。大伙儿一看，真是吃惊不小，怎么的呢？原来高家奴的胸前挂着二十余枚金牌，都是令牌。他说："上下人等皆知，凡是老鸭山寨的人见到此令牌，等于见到了主帅高家奴。让他们做什么，哪怕是赴汤蹈火也得去，如要退缩，必斩无疑！这就是我的将令。没有这个令牌，任谁不许有任何行动，否则立斩。"说着，他把脖子上挂的令牌一一摘了下来，整整一大串儿呀！挺沉的，因是铁铸的，上头有"令"字，还有其他一些符号，是代表高家奴的。他将令牌交给了马云、叶旺二人，并说："你们换上元将服饰，拿着令牌，可以到老鸭山寨任何一处随便走。不管到哪儿，不论男女，也不管他认不认识你，是只认令牌不认人。你们把令牌一举，啥事儿都能办，让他们怎么做，他们定会怎么做。因为本将从来是一声令下、驷马难追，谁敢违抗，即使是亲人或多么近的人，一概定斩不赦，个个知道我的脾气。你们只要把老鸭山寨那么几处占了，整个老鸭山所有的兵权便会归到手上了。哪几处呢？一个是老鸭山寨的城门。令牌一到，城门必将归你管。还有北山左翼大营、北山右翼大营、中军大营、后山大营等处，拿此令牌，完全可以传令。兵将见了令牌以后，自然会俯首听命，绝无二话。这时，或收缴其兵刃，或把兵卒重新改编皆可。山寨的左、右两翼不受我管制，由乃喇吾的五千兵马所辖，每个大营二千五百骑。他们在我的大营两边，此为大丞相特派到山寨来监视我的，只听大帅之命。我对老鸭山寨没有最后决定权，到底该如何办，得听乃喇吾的。只要我有一点儿不轨之事，左、右两翼大营则有权控制本将的中军大帐，发号施令。不过，你们可以先把我手下的兵马收容到一起，由于已跟随几十年了，是同生死、共患难、一块儿发展起来的弟兄，因而愿意听命于我。他们见了我的令牌，没一个不照做的，这一点尽可放心。另外，吴老将军可拿着此令牌去辽阳城。如果需要的话，我愿陪同前往，他们会开城相迎的。"

众人听了高家奴的一番话，觉得讲的是真的，没有欺骗，可以按他说的办，而且应抓紧。叶旺挺有心眼儿，他想："怎么着总不能把你高家奴一块儿带过去，说得倒挺好，一旦有诈，到那儿令牌不起作用不糟了吗？"想及此，他便对高家奴说："我看这样吧，高将军，你不用跟我们去了。先暂住我处几日，委屈几天，不能露面儿，必须封锁消息，不能让外边人知道。待该办的事情了结以后，再放你出来。"高家奴一听，立马明白了，知道明军对自己没完全相信，爽快地答应道："那好，我把令牌交给你，本也没想跟你们去。我就住在这儿，等你们回来，可派护卫看着。"叶旺说："你帮了不小的忙，我们非常感激。待办完这件大事之后，咱们一块儿领兵会会大元朝的丞相、太尉纳哈出老将军。请高将军放心，我们到那儿，必先救出你的两位公子，绝不会伤及一根毫毛。为什么要封锁消息呢？当然是不能让纳哈出他们知道。倘若走漏了风声，事情随之会难办的，请不要多心。我们已拜托萨家奴了，他会护送二位公子前来的，让你们父子团圆。"高家奴听后，真是万分喜悦，一块石头总算落了地，连连感谢天朝的深恩大德。说实在的，他最担心的则是当人质的两个儿子有个一差二错，别的还真没啥顾忌的，既然降，也就降过来了，无所谓。

按照高家奴所说，马云、叶旺、娟娟、吴祯、萨家奴等人很快换了衣服，率领明兵、手执令牌上了山寨。他们到那儿把令牌一亮，果然奏效，只用了一夜工夫，辽阳方圆三百里之内，纳哈出的近二十万人马几乎全部收归于明军，连辽阳城也悄悄儿变成了大明朝的督指挥使司同知马云、叶旺管辖的地方了。此举非同小可，在大明的建国史上，留下了震撼人心的一页。你想啊，只一宿的工夫，就解决了辽阳城的问题，该有多迅捷呀，真是太快、太顺当了！

再说那乃喇吾一见大事不好，便率众开溜了。马云、叶旺他们原本也没想与乃喇吾征战，只想将老鸭山攻下来，把辽阳古城夺到手。然后发告示，名正言顺地在辽阳竖起大明的旗帜，由都指挥使司正式行使政务、军务的管辖之权，就算把事情办明白了。于是，他们故意给乃喇吾留了一条后路，好让他赶紧捎信儿回去，使纳哈出知道大明的厉害。马云、叶旺是真有办法，为了利用乃喇吾把大明的声势和军威传给金山之兵将，还特意用弓箭将一封致大元朝太尉、大丞相纳哈出的信函射给了他。信是这样写的：

> "大明乃仁义之师，望纳哈出念天朝对尔等恩宠有加，令尔返回大漠。大元气数已尽，勿再顽抗，生灵涂炭，其罪难恕。我东征大军即日赴金山，成败利害，望将军及早定夺。迟疑匪测，悔之晚矣。"

乃喇吾带着大明的信函，慌忙收拢兵卒，择路逃回金山。大概真是大元走到头了，尽管后面无兵追杀，乃喇吾只勉强集拢了五百多兵卒，其余的早已不愿再跟着去做无谓的拼杀了，而是偷偷随高家奴的兵卒降了大明。

当马云、叶旺带领兵将来到辽阳的时候，城门早已大开，百姓欢呼着、雀跃着，高高兴兴地将大军迎进城里。二位将军又回到了几年前曾来过的辽阳指挥使司官衙，就在这里，重新建立了大明辽东都指挥使司，用收编的一些元朝官员和抽调大军中的数十人，担任辽东府衙的官员、差人、衙役等职。为戍守辽阳，还设了辽阳都指挥使司兵备总指挥，由马云、叶旺担任，选部将周鄂、孙强、刘靖、丘明为副指挥，并以新建衙门的名义，迅速发布安民榜，诏告天下。

马云、叶旺等人刚在辽阳安顿好，京师内臣钱俊便带着圣上的旨意，由张良佐陪同来到了此地。大家同钱俊已是好长时间没见了，重又相见，真是喜出望外呀，少不了一番寒暄问候。然后，他们在府衙里，像亲人团聚一样，通宵叙谈。钱俊讲了京师的情况和圣上一直惦念他们的心境，介绍了皇上听到东征大军出师大捷，收金州、盖州，救出仇成将军的消息后，高兴得连连击掌的情景，又说道："皇上现在还不知道收复老鸭山取得辽阳大捷的消息呢，要是知道了这件喜事儿，那更是龙心大悦呀！"说完，他传了两道圣谕。第一道是给仇成的：

"仇成将养数日后，即向吴立交接辽东兵备诸务，迅赴北平徐丞相处，任兴和[①]指挥，驻戍于此。"

第二道是给吴祯的：

"靖海侯吴祯海运功高，速返京师，朕有事面谕将军，望将未来辽海海运事宜详细斟酌奏上。"

圣旨宣毕，仇成和吴老将军叩头谢了圣恩。接着，钱大人又向娟娟和众位介绍了刘伯温的情况。他说："军师刘大人已经回到青田，身体挺好，天天耕陌自娱。老人家让我捎个信儿，说塞北风寒，遥祝娟娟等人安壮自重，不必挂念他。"大家是越唠越热乎，不觉天色已白。钱俊因京师事情繁多，便同吴祯老将军一起，与众位告别，仍从海路返回京师，此话不提。

单说东征大军虽然收降了高家奴，占领了辽阳，打开了辽东的门户，但辽东的大部分地方，仍然控制在元朝残余势力的手里。西辽河岸的金山一带，不用说，那是纳哈出的老窝。开原以北的大片土地，还掌握在

---

① 即张北。

他手里。从粟末水①到黑龙江这广阔的领域，也被元兵控制，或者在女真氏族部落联盟之手。乌苏里江南北一直到东海，包括东海女真野人诸部，皆与纳哈出有着密切的联系，或受他管辖。东征大军眼下只是占据了辽东半岛的一个尖儿，为深入辽东创造了有利条件。要想真正全部占有辽东，可不那么容易，形势并不乐观。特别是元末的辽东，经过多年征战，兵荒马乱，人们四处奔逃。由于元朝的苛政和对东海女真野人诸部的征敛、抢掠以及鹰赋等的摊派，致使田亩荒芜、民不聊生。没有粮食，粮谷贵如金，百姓只好以野菜充饥。由于受纳哈出的欺蒙，当地土民对大明政权不了解，故而惧怕、仇恨朝廷，认为天下老鸹一般黑，去了大元，换了大明，依然是换汤不换药。女真各部为了自保，组织起了许多兵团，一伙儿一伙儿的。他们相互排挤、倾轧、拼争、兼并，大欺小，强凌弱，辽东各处动荡不安、战事不断。有些部落已被纳哈出笼络过去，为其充当反明的马前卒。

马云、叶旺、娟娟、明月长老面对辽东当前的形势，便在一起商议下一步该怎么办。明月长老说："依老尼之见，咱们前几步棋完全是按刘老军师的招法走的。广结土民，依靠了在辽东的萨家奴、高家奴、卜家奴、达家奴等人，走得挺顺、挺好，看来这样就对了。目前，女真人确实是我们的好帮手，也真是帮了大忙了。因此，后几步棋仍离不开他们，还得继续走下去。"老人家的话一针见血，大家都认为说得在理。是呀，我们为啥一路能非常顺当，还不是靠了"四奴"？如果把这些人团结过来，相信、重用他们，便可步步为营、稳扎稳打，占有辽东。娟娟说："既然是商量以后的路该如何走，那就不如把四位将军请来，同咱们一块儿合计合计，岂不更好？"马云、叶旺、明月长老一致表示同意娟娟的意见。

于是，叶旺走了出去，很快把"四奴"请了进来，对他们说："望四位将军不要分心，更不要多心，咱们已是一家人了。前段的收获，全靠兄弟们的相助，对此我们心中是有数的。回到京师后，将据实奏报皇上，必一一行赏。下一步怎么办，还请各位帮忙，希望多出好点子。"萨家奴问道："我们都是降将，有些话不知当说不当说？"娟娟回道："这是哪里话？既然已经降过来了，便是兄弟，当然有啥说啥。我呢，是第一次到辽东，想请问一下，辽东到底有多大呀？我们已占了金州、盖州，还有多少地方未占？身在的辽阳，是不是辽东最重要的地方？""四奴"听

① 即松花江。

了娟娟一连串的问话，皆哈哈大笑起来。萨家奴说："禀告秉仁公主，辽阳乃重镇是真，管辖着辽东广袤的土地也不假。但是，要问辽东尚有多少地方未占，那可多了。现在所处的这块儿，等于刚站在辽东的门槛儿上，里边的地方大得很呢！往北去，即使骑马也得跑几个月；要往东去，不走上五六个月是到不了海边儿的。各位将军，纳哈出占着辽东的大片土地，所以不能光在一地守着，必须像以前一样，迅速发兵北进。如果只守不进，那是坐以待毙，纳哈出一旦反扑过来，吃亏的可就是咱们了。我们几位兄弟选择降过来了，说明身家性命从此全交给大明了，请放心，今后一定会尽心尽力的。"卜家奴、达家奴、高家奴亦随声附和着。

"四奴"这么一讲，越发激起了马云、叶旺、娟娟的责任心，点燃了同纳哈出决战的怒火。说得是呀，不能光守着辽阳，等着纳哈出来进攻，而是应主动出击，趁势猛追，扩大地盘儿。纳哈出的几个心腹都降服了大明，正该充分发挥他们的作用，做好策反工作，以壮大自己的力量。只有这样，才能够最后战胜纳哈出，收复辽东。大家越想，越觉得刘老军师的在辽东需遵循之十六字赠言的确重要，只有稳扎稳打、广结土民，才能就地生根、稳中求进。广结土民，即要想尽一切办法，积极主动地跟辽东当地的女真野人结成兄弟之谊。具体该怎样做呢？"四奴"纷纷向马云、叶旺、娟娟和明月长老献策。达家奴说："要更多地接触东海女真野人，迅速派人进驻东部山区，也就是锡霍特山麓。此处是多年来逃散的女真野人藏匿之地，眼下元朝的势力还没延伸到那儿。"卜家奴介绍道："那里是我们的故乡，也是最熟悉的地方。大家都知道，在佟佳水、珲春、瓦尔喀地区以及绥芬河、乌苏里江、瑚布图里河地区的女真野人部落，过去受大元之害最深，恰恰又正是纳哈出极力要笼络的人。这些东海窝稽部的人是我们的本部、族亲，非常相信同族，经过耐心的说服，肯定能争取过来。"马云、叶旺、娟娟听罢"四奴"的介绍，异常兴奋，感觉眼睛顿时明亮了许多，头脑更加清醒了。叶旺说："对呀，从目前的情况看，不能直接去攻打金山，与纳哈出硬拼。倒是应该照刘老军师的嘱咐，先去串亲戚，广结土民，诚恳交心，使其信任大明王朝的军队。只有这样，才能斩断纳哈出向他们伸出的魔爪。有了土民的支持，则等于占据了地盘儿，才有可能聚集更强的力量去围攻金山！"大家认为叶将军的想法是对的，至于到底该怎样分兵，决定仔细想想后再定。

"四奴"走后，马云、叶旺、明月长老、娟娟等人十分感激四位兄弟的帮助，觉得为进一步调动他们的积极性，使之继续忠诚、安心地为明朝效力，是不是该有个什么表示？马云说："娟娟带来的圣上手诏中不是讲得很清楚嘛，'凡有功之将，不分身世贵贱，不咎元时旧恶，一概重用。民安其业，官安其职，赏责有加'。萨家奴、高家奴、卜家奴、达家奴原来全是纳哈出的心腹，降过来后，皆立有功劳，就该封官赏赐。况且，秉仁公主又有代圣上宣诏的权力，我们何不先向他们颁诏封赏？待班师回朝，再禀明圣上。"大家议论了一会儿，觉得此办法可行。之后，娟娟把圣上的手诏摆在桌案上，亲自拟写诏文。因为她从小便在刘伯温的身边生活，与兄长刘琏同受父亲的影响，很喜爱读书，也通晓书文。所以，她很快便将诏文拟好了，并拿给马云、叶旺两位兄长看，二人齐夸写得好。

第二天，辽阳都指挥使司衙门中堂摆起了香案，秉仁公主身着凤冠霞帔，手执玉匣儿端坐书案，马云、叶旺、明月长老分坐两边，然后召"四奴"上堂议事。"四奴"进得大堂，叶旺命道："请四位将军听宣。""四奴"慌忙跪倒在地，齐曰："小民接旨。"秉仁公主捧起诏文，朗声儿宣道：

> "萨家奴、高家奴、卜家奴、达家奴，东海女真族裔也。久愤纳哈出心怀异志，向有裂土之心，拥兵自立，罪孽难磬。适洪武四年孟冬，我征师入辽，四将慨然相助，献金州，解盖城之围。辽阳与老鸭山寨未动弓矢，亦揖手还我王朝，其心诚哉，其功嘉哉。谨奉圣谕，特授四将大明朝抚辽指挥，待返京师奏明后，另行封赏。洪武四年冬腊月。"

宣诏后，又授四将军牌。"四奴"叩头谢恩，山呼"万岁，万岁，万万岁"。马云、叶旺走了过来，向"四奴"表示祝贺，并说："今后咱们同殿为臣，更是一家人了！"四将军特别高兴，激动地表示："为天朝效劳，鞠躬尽瘁，死而后已！"之后，大家连饭都没顾上吃，一块儿商议起了分兵之事。

萨家奴是个很聪明的人，有主意，从前曾任纳哈出的谋士。他说："依小的看，咱们这些人不能全在一块儿。能不能分一分？其中一拨儿人马跟我去金山，打入内部，摸摸那里的情况，以便掌握纳哈出的动向。马将军、叶将军、秉仁公主，请你们放心，我有办法进得金山，会把纳哈出的部署探个一清二楚的。另分一伙儿去串亲戚，我这几个哥们儿个个行，都能领着去。再分一伙儿镇守辽阳，此地乃咱们的据点，应当严加防守。"萨家奴把眼前儿的事儿摆得挺细,三人听了,觉得可行,正与自己的思路合拍。叶旺马上表态道:"我看萨将军的主意不错,可以分成几路人马,八仙过海,各显神通。大家伙儿务要精诚团结,同心努力,克服万难,目的只有一个,就是把刘老军师提出的那十六个字儿变成现实。"所有在座的人皆点头表示赞同,又经过一番仔细商议,最后决定分兵四路。

第一路为金山路。萨家奴仍以纳哈出的亲随平章、先锋官身份,回到他身边,探明金山大营的秘密。暗中与平抚辽东诸务的马云、叶旺联络,提供信息,为大明在金山的重要心腹内应。娟娟随萨家奴去,明着到那一带寻找亲生母亲,实际是在寻母的同时,探虎穴,查敌情。倘若遇到什么事儿,则由萨家奴和豁鼻马鼎力相助。考虑到明月长老年岁大了,原打算到辽东来,是要做大军进入东海女真野人诸部向导的,顺便采些东海草药。现在既已有了萨家奴等四位女真人,东海本是他们的家,对路途也熟,就不准备麻烦明月长老了,可以自行采药了。然而,老人家最牵挂、最不放心的是娟娟,知道丫头以前从来没一个人到外地闯荡过,此次又是去虎狼之窟,怕她有个什么闪失,便执意陪娟娟去金山,师徒二人共探金山大寨。别看明月长老年事已高,由于是练武之人,一天走个百八十里仍如壮年,飞檐走壁轻如猿猴,娟娟非常佩服。平时还真不是娟娟照顾师太,而是师太处处关照娟娟。娟娟从入明月庵那天起,就像个孩子一样与师太吃睡在一起,天天离不开,现在当然希望老人家能在自己身边。当听说师太要一块儿去金山时,娟娟竟乐得一下子蹦了起来,紧紧抱住师太不松手。马云、叶旺觉得师徒同行也好,师太武功高强,还擅轻功,有万夫不当之勇。在辽东这地方,恐怕不会有更高的对手了,有利于保护娟娟。况且老人家懂医药、会脉学,能诊治各种疑难杂症,到哪儿都受欢迎。又有人缘,朋友多,易于深入敌方内部。于是,决定一老一少不分开了,不管啥事儿全在一起办。先办娟娟的侦察要务,有空闲时,明月长老再采药。

萨家奴对此安排特别满意,举双手赞成。他很早便听说过明月长老的声名,今天能随自己去纳哈出处,那可是求之不得呀!开始时,当听说让他一个人带娟娟去金山时,吓得心怦怦直跳,真有点儿打怵,又不敢分辩,直犯嘀咕。为什么呢?因他过去常在纳哈出身边,对大丞相的脾气、秉性很是了解,知其为人十分狡诈,难以琢磨,而且疑心大,凡是被怀疑上的人,就是一个字儿——杀,毫不留情。何况这次让带着去虎狼窝的不是一般人，而是大明朝的秉仁公主，又是赫赫有名、德高望重、万民敬仰的军师刘伯温之女，能不担心嘛，一旦出个一差二错，可怎么好？真要有个三长两短，能有啥招儿哇，只好陪着殉葬了。即或这样，也交代不下去呀！他正急得不知如何是好时，明月长老却来个自告奋勇，主动提出与徒儿同去金山，这可是菩萨保佑啊！萨家奴顿时觉得有把握、有倚仗了，你说他能不高兴嘛，感到像卸下了块大石头般的轻松，连连表示一百个同意，并出主意说："师太最好以云游僧人的名义去，可说是半道儿相遇的。到那儿之后，我可以介绍说，人家出家之人以慈悲为怀，给大伙儿治病送药来了。金山需要郎中，突然从中原来了位游医，到了辽东荒僻之地，那还不像天降活佛一样，家家都愿意迎请啊？长老就能很风光、很顺利地进入戒备森严的金山大寨了。"马云、叶旺、娟娟听后，认为萨家奴说得在理。

　　第二路为东海路，以叶旺为首，两位新任的抚辽指挥卜家奴、达家奴做他的助手和向导。此路人马将去打开进入东海女真各部的山门，同部落的穆昆达、女罕相见，与他们交朋友。通过安抚和慰问苦难的林中人、山中野人，使之从不了解明军到主动亲近明军，担子可不轻啊！在东海，外有纳哈出的兵马控制，各进山要道皆有布防，阻隔着明朝大军与山里人见面、联络；内有各个女真野人部落在大元时代建起来的女真兵，早已归附纳哈出，死心塌地为其效劳，与大明对立。不仅如此，各部落土民间，天天刀箭对峙，战事不断，互相杀戮，眼睛都杀红了，已经不认真假人了。只要不认识的，一律视为仇敌。在这种情况下，对那些人做安抚工作，把已经被颠倒的黑白再颠倒过来，使其认清纳哈出的狼子野心，看清大明才是他们的救命恩人，从而平息女真野人部落之间的征杀，达到真正的团结和睦，是十分不易的。如此看来，东海路的人马不仅进入东海女真各部很难，进去后做分化、瓦解工作也相当难，甚至还会遭到暗箭的射杀，险象环生。如果说第一路打入金山大寨是完成探听虚实的差事，那么第二路则是安抚东海野民，做的是开基之业。为什么这么说呢？大明王朝要想占有辽东，并收入大明的版图，首先需按照刘老先生的十六字赠言中的"广结土民"去做。由于元朝几十年的挑拨，致使民族仇恨太深了，做起来能不难吗？再加上外有元兵阻隔，内有女真兵的对立，能不险吗？可以说，这路人马是"明知山有虎，偏向虎山行"啊！虽说卜家奴、达家奴原来就是那里的人，但已离家很久，此次重返故土，能否顺利很难说，大家不得不为叶旺他们捏把汗哪！明月长老知道女真野人部落里有不少规矩，实施起来残忍、野蛮，毫不留情，便反复叮咛千万要小心。娟娟对叶旺自然是格外牵挂，一再嘱咐遇事要冷静、细心，不可麻痹大意，还请卜家奴、达家奴两位兄弟多多帮助叶旺大哥。

第三路以马云为首，同张良佐等人一起坐镇辽阳城。辽阳刚刚回到大明手里，百废待兴，有许多事情要做。明朝的辽阳都指挥使司的牌子需挂出去，名声也得打出去，它将代表大明朝廷在那里管辖辽东军政事务；要布告天下，实施对辽东的安抚之策，督促黎民百姓各安其业，市井商号照常营业。另外，纳哈出对失去辽阳当然不会甘心，肯定会伺机反扑。因此，还要招募兵源，扩大力量，操练兵马，固守城池，严防匪患。虽不主动出击，但要时时警惕和应付纳哈出的突然袭击和挑衅。本来朝廷任命马云、叶旺为辽阳都指挥使司同知，共同执掌都指挥使司的重任。因为叶旺得去东海，所以只好由马云一人带领都指挥使司的官员管理各辖区、各部落，可想而知，会是非常忙碌的。

这第四路，说是一路，实际就是高家奴一个人。怎么回事儿呢？明朝大将军徐达于北平府准备率兵西征扩廓帖木儿的时候，北平府的四周常受元兵袭扰，主将便是曾家奴。此人十分凶猛，杀人如麻，受纳哈出之命驻守在北平府北面的大宁，管辖着赤峰以北的蒙古族各个部落。他常常带领由蒙古人组成的马队突然出现在北平府周围的村屯，一顿烧杀抢夺、掳掠奸淫后，随之即遁，令百姓苦不堪言、日夜不安。明军一直想歼灭他们，可因其来如旋风、去如闪电，很难捕捉到，使之疲于奔命。此事让徐达大将军很是头疼，不无担心地想："马上要去西征了，我头脚儿走了，驻扎之地后脚儿肯定会遭到曾家奴兵马的涂炭，北平府可是燕王府邸所在地呀！"前书我们说过，洪武三年，朱元璋在分封诸王时，把他的第四个儿子朱棣分封到了大都，即现在的北平府，封号为燕王，其府邸在原来元朝的皇宫大殿。燕王喜爱武术，聪明好学，娟娟和叶旺曾在皇后内宫表演阴宗、阳宗双鹤剑，小燕王当时也去看了。按照明朝的规定，分封的王子到二十岁时，才离京就藩。朱棣的大哥朱标，早被封为皇太子，二哥、三哥已到了就藩的年龄，分别去了西安和山西的分封之地。燕王年纪尚幼，因而还没去藩地就职，只派了些藩王府的重臣于燕王府邸驻守。燕王朱棣是徐达的女婿，大将军当然会尤其关心燕王府的安宁。朱棣很得父皇和母后的喜爱。特别是马皇后，对亲生的儿子比其他皇子更为亲近。朱元璋曾一再嘱告徐达："好兄弟，你在北平府要多关照燕王的驻地，一定要保住那里的平安，千万别出啥事儿。"徐达表示："皇上，请放心吧，臣知道了。四皇子同样是臣的孩子，能不精心吗？"在娟娟他们北上辽东时，马皇后也跟马云、叶旺讲过："你们到了辽东，有暇时去北平府看看，帮助照料一下燕王府。四王爷还小，一时不能去藩地，别让他总惦着那块儿的事儿。"皇后的懿旨，三人当然得重视了。

那么，现在燕王府由谁来主事儿呢？即徐达大将军派去的亲信大将华云龙。此人尽管年岁大了，却仍很勇猛，办事干练。其祖上原来就住在大都，掌握建筑技艺，元朝的不少宫殿是其先辈帮助设计、建造的。华云龙从小生活在大都，对那里太熟悉了，一草一木皆了如指掌。他长大以后，既继承了家族的建筑工艺和技术，又是一员大将。自投靠朱元璋麾下，便分派他跟随徐达南征北战。燕王府设立后，徐达觉得华云龙不但熟悉北平府，而且可领兵打仗，遂将他推荐给了燕王府，做了燕王的丞相。然后，徐达把调动的缘由禀告给了马皇后。马皇后十分高兴，又告知了朱元璋。朱元璋也很满意。于是，徐达每次出外征战，总要拨给华云龙一些兵马，让他用以防守城池，保护燕王府。即使如此，北平周围仍然常受元兵的袭扰。徐达觉得这样下去不行，得想个办法制服元兵才是。要让北平安宁，看来只靠华云龙是远远不够的。于是，他吩咐马云和叶旺，帮助物色一位元朝依赖的、既懂得武术又有威望的降将，做身边的谋士。马云、叶旺本是徐达大将军的亲信，叶旺又是其爱徒，对此事能不重视嘛，能不答应师傅的要求嘛。"四奴"降过来后，二位将军想从这四个人里选一位推荐给徐大统帅，选来选去，觉得还是高家奴最合适。为什么选他呢？一是可以同纳哈出、扩廓帖木儿、曾家奴比肩的，唯有高家奴；再者，高家奴同侵扰北平府的曾家奴关系密切，让他到北平府，估计会有办法联络和收降曾家奴。如果能够劝服之，那北平府一带将会一劳永逸了，也就帮了徐达一个大忙了。不仅使其西征免去了后顾之忧，还可帮助华云龙更好地守卫住北平府。二人决定之后，与高家奴一谈，连个奔儿都没打，欣然应允了，因此在分兵时，便把他单独作为一路。

高家奴与曾家奴相处得确实不错，他们皆是萨勒奴的儿子，共同生活在北部山区。不但是一个妈妈所生，而且叔叔都挺近，说不准还是一个爸爸呢！这样，他俩感情当然不一般，可以说是有血缘关系的兄弟俩。萨家奴与这二人不同，他是生在南部山区，后来才到北部山区的。高家奴在听了叶旺分配给的要务后，说道："将军让我办的差事儿，没说的，很愿意去做，也一定会尽心努力的。不过得把丑话讲在头里，此事办起来可不是想得那么容易，难度很大呀！"高家奴说这话时，脸上分明现出了为难的神情。

高家奴为什么这么说呢？因为曾家奴和扩廓帖木儿虽然同纳哈出关系很近，官位在其之下，以纳哈出为首、为兄长，但他俩都有独立权。扩廓帖木儿拥兵三十万，据守在宁夏、甘肃西部地区，以大漠和蒙古为后方基地，一个人说了算。曾家奴也是如此，尽管势力没有扩廓帖木儿那么强大，兵力没人家那么多，但总还有十来万人马，后头是蒙古大漠，有后方基地，上头同样没有上司。元顺帝死了以后，这些人各自为王，独霸一方。扩廓帖木儿、曾家奴二将与纳哈出关系好时，能说一说互相之间的事儿，讲讲礼节；关系不好时，脸一撑，各走各的路。纳哈出有野心，官位又高，可红花儿得有绿叶儿扶哇！为了达到个人目的，他不仅不惹扩廓帖木儿和曾家奴，反倒想办法笼络他们。时间一长，二人渐渐霸气十足，老子天下第一，办事主观，不愿受人控制。正因如此，高家奴才向马云、叶旺一再讲："我一定去说服、劝降曾家奴，然而不一定马上奏效，不敢说有十分把握。这一点请二位将军不要着急，我会尽力而为的，也请把实情禀报给徐大统帅。"他停了停，又道："我在考虑应以什么由头去找曾家奴呢？看来只能以败逃的名义了。要不突然去了，他肯定会想，到底怎么回事儿呀？犯了寻思就不好了。干脆说我据守辽阳老鸭山寨，被明兵破了，趁半夜逃了出来。因怕纳哈出大元帅说我无能，再置于死地，所以只好死里逃生，投奔到兄弟你的门下，分一碗羹喝。好在曾家奴是个讲义气的人，有良心，与他又有兄弟之谊，我曾救过他的命，是救命恩人呀！"

叶旺听高家奴这么一说，来了兴致了，忙问："是怎么个救命恩人呢？"高家奴说："那件事儿发生在大元至正二十三年春天，明朝徐达率兵攻打大都，镇守大都的将领便是曾家奴。我当时在山西奉命驰援，解大都之围。一天，徐达命大将傅友德冲杀大都的边城，与曾家奴鏖战。就在他俩打得最激烈的时候，我催马赶到了，站于一旁观战。开始看得还挺高兴，曾家奴和傅友德刀枪对打，战了一百来个回合没分胜负，双方都很勇猛。我是从心眼儿里佩服这二位勇将。正在难解难分之时，曾家奴反背把马一带，向城里跑去。看得出来，他是虚晃一招儿，想用诱敌之计使傅友德上当，引入城里，然后再将其包围活捉，故而我站在那儿没动。傅友德还真没在乎，横枪立马拼命追赶，紧随其后冲进城去。我心里开始琢磨了，傅友德本是一员大将，却不知道破计，只是一个劲儿地往前冲，这不成了愣头青了吗？可能也是老天庇佑了大明朝，帮助傅友德，在此节骨眼儿上，就听轰隆一声，烟尘四起，曾家奴连人带马掉进了陷阱之中。怎么回事儿呢？为了防敌，曾家奴在城边儿挖了不少陷马坑，一个连一个，都有记号儿。只有自己知道应该怎么绕，马须从哪条道儿走，外人看不出来。应该说，曾家奴对亲自领兵挖的陷马坑很熟，可当时心慌呀，在虚晃一招儿、打马往回跑的时候，不知怎么走错了路，手一兜，马脖子往后一拐，马失前蹄，突然一蹄，不偏不倚，扑通一声掉进了陷马坑之中。曾家奴原本设计陷阱是抓明兵的，哪承想却把自己设计进去了。恰在这个时候，傅友德冲了上来，高举手中的长矛，大声儿喊道：'老子在战场上，从不能让对手活着。宁可不要矛枪了，也要把你连人带马穿到一起，一块儿死在大都得了！'傅友德是战将、勇将，力大无穷。手中的长矛是铁铸的，一百八十多斤重，要真的投过去，说实在的，曾家奴和战马不被砸烂了才怪呢，肯定全玩儿完！那曾家奴又怎么没被扎死呢？当时光顾看热闹的我一惊，心想，这下糟了，即使打马过去也不赶趟了。在紧要关头，说时迟，那时快，我立马拿出弓箭，拉紧弓弦，在后面"噌"的一箭，正好射中了傅友德举起长矛的左臂，一个趔趄，长矛当即落在了地上。等元兵上来想捉拿傅友德时，只见他用右手把马缰绳一带，左脚一磕马肚子。战马明白是主人有事儿，让赶紧回去，随即咴儿咴儿一叫，前蹄纵起，竖向空中，一反身，带着受伤的主人嗒嗒嗒一阵急跑，折向大营去了。那真像演马技一样，运用的是反马技，此招儿相当厉害，可是不容易练哪，就是这么救了曾家奴一命。为此，他始终感激我的救命之恩。"

马云、叶旺听了高家奴的讲述，又思虑了一番，认为以败逃的身份去曾家奴那儿，理由充分、可信，估计会被收留的，也相信高家奴能说服曾家奴，帮助徐大元帅解除对北平府的后顾之忧，故而表示同意高家奴的做法。接下来，高家奴又忧心忡忡地说："我去大宁，并不怕曾家奴兄弟不收留，最担心的是金山大寨呀！不知怎样才能顺利瞒过纳哈出，那可是个人尖子，不是轻易能唬住的人。尤其是现在，连续丢城，损兵折将，从金州一直到辽阳，全被大明兵马给占了。面对突然打击，他怎么能承受得了？在这种情况下，他能轻易相信我吗？对此，真不知怎么办好。再说了，金山那儿还有家眷和两个儿子呢，万一纳哈出知道我背叛了他，能饶过他们吗？必须得想出一个万全之策，让纳哈出知道，我仍是大元的将领，得从心里信得着。马将军、叶将军，我想来想去，想出一个'血书自荐'的招儿，不知行不行？"马云问："什么'血书自荐'？"高家奴解释道："为了将这出戏演得真切，得备一封血书。佯装是在征杀中，我咬破手指头写下的，结果被征战的小校捡到了，交给了萨家奴。然后，再由萨家奴转交纳哈出。"马云、叶旺、娟娟听后，都觉得这招儿挺好，编得也圆全。一旁的萨家奴补充道："高家奴兄弟，真有你的，想得好、想得妙呀！放心，我一定帮你演好戏，会将血书、眼泪巴擦地送给大丞相，再绘声绘形地虚乎几句。不但让他看不出一点儿破绽，而且使他敬佩你、信任你，更好地保护你的家眷和那两个宝贝儿子。说到血，何必咬破自己的手指头呢？反正是唬他的，用后院儿灶房笼子里圈的活野鸡血就行。可是请谁给写呢？咱们这儿没有代笔先生啊！"娟娟说："不用找什么代笔先生，只要能说得清楚便好办，我来写。"叶旺一拍脑门儿，笑着说："对呀，怎么忘了秉仁公主了呢？"事儿就这么定下了。

萨家奴马上到后院儿灶房，从笼子里抓出了一只野鸡，它哪知是咋回事儿呀，吓得咯咯直叫。萨家奴回到屋里，从身上掏出匕首，把野鸡头向后一拧，冲脖子嚓地一划，血当即流出。高家奴赶忙递过一个半大的瓷碗，接了野鸡血，回过头来，说："秉仁公主，快，快写，慢了血就凝了。"他边说边用小木棍儿搅和碗里的血，并告诉应该写些什么。娟娟想了想，也拿起个小棍儿，蘸了蘸鸡血，在旁边放的一张花鼠皮子白板儿里子上，写下了这样几个字：

"金盖失守，明兵克辽，血刃千员，余生何惜，速驰援。鹰。"

落款为什么用个"鹰"字呢？这是纳哈出所有属军的代号之一。前书讲过，纳哈出属军的旗上，分虎头、豹头、鹰头、鲸头、熊头五军。高家奴为鹰头军，打的是鹰头旗，因而用之。写好以后，萨家奴把花鼠皮子拿过来，放在有阳光的地方晾晒，不一会儿，血干了，又卷好收了起来，然后告诉高家奴："兄弟，放心吧，尽管做好你该做的，剩下的事儿全由我包了。"萨家奴这个人，还有个特点，就是好管别人的闲事儿，觉得不能只用高家奴，也要替他想想，便回过头来冲着马云说："马将军，咱们应当帮高家奴办件事儿，没有牵挂了，人家走了才心安哪！"马云忙问："什么事儿？"萨家奴回道："你们忘了？咱们到老鸭山寨时，我兄弟不是找了个女真姑娘正准备娶过来吗？我看干脆叫他如愿了吧，省得老惦着。"马云他们几个一合计，认为说得也是。不管我们同不同意办，高家奴早晚得娶那姑娘，不如现在帮着张罗张罗。他一高兴，说不定替大明朝干事儿会越发来劲儿，何乐而不为呢？马云遂爽快地答应道："行，可按萨将军的意思做，咱们说办就办！"于是，大家凑了些银子，准备了婚宴。第二天头午，热热闹闹地给高家奴操办了新婚之喜，过了洞房花烛夜。

四路人马做了细致的分工，各自明确了所承担的差事和要达到的目的，又简单备了些酒菜，众人在一起吃了分别前的最后一餐。饮酒时，他们除了做殷殷嘱咐、互祝安全、互道珍重外，还表示一定稳扎稳打，不达到既定目的，决不罢休；相互约定，要经常联络，及时通报进展的情况，以便做到心中有数。现在是一个共同的目标把几路人马联系到一起了，心心相印，话不多说。

次日，高家奴坐着一辆大轿车向喀喇沁方向奔去，因为曾家奴有可能在那里。他想先见到曾家奴，待一切就绪后，再去叩见徐达大人。马云、叶旺、萨家奴、卜家奴、达家奴等人骑着骏马，将高家奴送出很远，才依依惜别而返。

各位阿哥，下面由我说书人一路人马一路人马地向大家介绍，讲一下他们不寻常的经历，先说第一路。

咱们前面说了，这路人马有萨家奴、明月长老和娟娟，差事是密探金山大寨。他们在一个天未完全亮的朦胧时刻，告别了众人，各骑一匹千里驹，带着足够的银两和干粮，悄悄儿上路了。在与马云、叶旺分别时，三人对各自扮演的角色已想得很仔细了，连到时候说什么话、怎么说，都考虑得十分周到。

萨家奴的打扮，依然是以前的装束，不带随从。此番返回金山大寨，他要佯装一副奉纳哈出之命，探听明兵的行踪和消息后，满头大汗、慌慌张张地匆忙来见自己的主子，是专门向其报告秘密而至的。就说大明兵马已经夺下了辽阳，事情紧急，只好特意回来告之。至于该如何办，请大丞相抓紧定夺。为了取得纳哈出的信任，见了面，他还要详细地、如实地讲明："大明兵马是从登州上船渡海，于旅顺口登岸的。其中有靖海侯吴祯，还有两位大明辽阳都指挥使司同知，另一个叫马云，一个叫叶旺，皆是徐达身边的部将。他们勇猛善战，行动迅速，连夺了金州、盖州。"因为那是遮盖不住的，全是秃子头上的虱子明摆着的，所以决定不用隐瞒。必要的时候，可以把卜家奴、达家奴端出去，将已经投降明军的事儿和盘托出，且二人也同意让萨家奴这么讲，根本不在乎。卜家奴、达家奴觉得反正不愿受窝囊气了，早想投明了，纳哈出爱咋说就咋说，爱咋办就咋办，况且现在已是大明王朝的将领了，岂能奈我何？没什么可怕的。萨家奴想到了纳哈出肯定会问到高家奴的情况，因为高家奴尚有重任在身，又有两个儿子和家眷扣在金山。这就需要萨家奴靠自己的那两片嘴左右逢源了，无论如何不能讲出实情，要尽量使纳哈出不胡乱猜疑，不一刀斩断双方的感情。他断定，纳哈出目前正是用人之时。在此种情况下，不能只说坏消息，那样会使他越发丧气，还要留有一线希望。得怎么说高家奴好呢？萨家奴觉得可以这样禀报："因明军对老鸭山寨的围攻非常迅猛，高家奴才未来得及与之对战。待我赶到时，山寨已被明军夺去了。当时看到那种情况，心里急得了不得，便单枪匹马地同明朝的一些将士搏斗了一阵子，然后偷着跑到山上。在一小校处，发现了高家奴的一封血书，是写在花鼠皮白板儿里子上的。小校把这封从山边儿捡到的血书交给了我。我藏在身上，知道大势已去，只好赶紧回来禀报大丞相。从血书可以判定，高家奴没有降明，近日未发现他的踪影，估计不日即可返回金山。"萨家奴认为，经过一番绘声绘色的描述，纳哈出会相信高家奴是忠于他的。否则，何必如此勇敢忘我又献上血书为证呢？或许纳哈出不单单信赖高家奴，还会欣赏我萨家奴百里报急情的一片忠心也未可知。

明月长老和娟娟也想好了怎么办。明月长老对萨家奴说："萨将军，你的差事很重，需赶紧去金山大帅府报信儿。为了行动方便，咱们仨不用非得在一起，你大可不必老在身边陪着我们。大庭广众之下，两个尼姑和一个男人同行，反而不便，容易让人生疑不说，再传出是非来，就更不好了。再说了，我俩是出家之人，到哪儿都好说。秉仁公主是老尼的佛前弟子，像亲孙女一样不离左右，放心吧，我会很好照顾她的，不会有啥事儿。你一定要记住，只叫我们佛家之名号，千万不要称呼秉仁公主的官职，我是明月长老，她是妙善居士。到了金山，老尼自会口念佛号、敲打山门的，那时萨将军再多多关照就是了。"萨家奴一听，觉得师太讲得在理，分开走，自己确也方便，还不易在纳哈出和金山众弟兄面前露出什么破绽，便表示同意了。

明月长老、娟娟、萨家奴三人一块儿出发走过一段路后，见有一座门楣上的牌匾题"鸿图"二字的山野客栈，准备到那里打打尖、歇歇脚。这个小客栈很显眼，建在山岗儿上，店幌儿迎风招展，从很远便能看到。他们打马到了跟前，店伙计忙迎了出来，热心地招呼着。三人进去后，洗漱完毕，吃过饭，一问那伙计才知道，此地离开原城尚有百余里之遥。明月长老抬头望了望天，见天色已晚，遂对娟娟说："咱们今晚不走了，住在鸿图客栈吧，明早起行。"娟娟听后，赞同地点点头。萨家奴因心中有事儿，想早日赶回金山，决定不留宿了，就此与明月长老和娟娟告别，换上夜行衣，走出客栈，骗腿儿上马蹁镫，嗒嗒嗒很快隐没在一片茫茫的古林之中。

师徒二人当夜睡了一宿好觉。次日刚拂晓，明月长老便将娟娟唤醒，告诉她："快点儿起来，今天咱们早些赶路。反正身上带着银两，还有些饽饽，到半路何处都可以打个尖、歇个脚。"娟娟自然听师太的，赶忙整理完所带之物，到后院儿牵出两匹吃饱了草料的坐骑，告别了小店主人，匆匆上路了。

这是一条平坦的东西大道，很好走。辽东地界的天气，比南京早冷两个多月。京师一带眼下仍是杂花生树、绿草如毡、气候宜人之季，而此地却是落叶凋零、草木枯黄、秋风萧瑟之时，师徒二人骑在马上，感到了一阵凉意。此刻，明月长老心事重重，无心观赏两旁的山光林色。娟娟则惦记着此行能否顺利地找到从未谋面的亲生母亲，还想知道纳哈出究竟是个什么样的三头六臂之人，该如何对付，也盼着早些赶到金山。

师徒二人一连气儿走了三个多时辰，天已近晌午。只见前边过来几个推双轮小车的人，有男有女，有老有少，车上装满了干柴。她们这才注意到，原来道南是一片山坳，小车正是从山道上推下来的。道的北边有一处很大的村落，鸡鸣犬吠，炊烟缭绕。显然，推车人全是那个村庄的，进山里拾干柴刚刚回来。

明月长老和娟娟边骑马走着，边看着几个推车的人，突然发现前边有两辆柴草车陷进了水沟里。这一带因为有山，所以雨水一大，便汇成了细流，从山上流向山下，把道冲出很深、很长的沟谷。力气大的或者有马的人，可以从沟谷中过去，挡不住；力气小的人，又无畜力帮助，车就有可能陷进去。被陷的那两辆车，一辆是一对儿穿得十分破烂的老太太、老头儿推的，看样子是夫妇俩；另一辆是一个女子推的，背上背着个吃奶的孩子，正仰脖儿睡觉呢，旁边还有个十一二岁的十分瘦弱的小小子，吃力地帮着推，看上去像是娘儿仨。不管他们怎么推、怎么喊、怎么用劲儿，终因力气太小，两辆车的轱辘纹丝不动。连急带累的，个个汗流浃背，脸涨得通红。明月长老见此情形，冲徒弟说："娟娟，我看骑马并不得劲儿，受拘束。此处离金山只有百余里地了，干脆不骑了，走着去吧，把马让给他们用。"骑在马上的娟娟听师太这么说，乐不得的。为什么呢？因为过去她跟师太无论到什么地方去，凭的就是一双大脚板儿，由于练就一身轻功，行走如飞，根本不觉累。而今坐在马上，反倒觉得难受，双腿活像坠上了千斤大锤，不自由、不灵活。于是，娟娟高兴地说："好啊，我正寻思这事儿呢！师太，咱们当然不能骑马到金山，能把马给纳哈出吗？早该松松脚板儿了，可遭老罪了。百姓多苦呀，把马给他们，也算做了件好事儿嘛。"说着，她拉紧缰绳急赶了几步，走到前边下了马，回头忙来到师父的坐骑前，扶师太下马。两人将马背上的囊袋解下来，其实并没带多少东西，只是些吃的、用的。娟娟牵着马走过去，向那老少四人打招呼。一问，果不其然，两位老人是一家的，儿子被征入伍七年了，连个后继之人都没有，那个女子是个寡妇，男人病死了，扔下两个孩子，无依无靠。娟娟心想，巧了，还真是值得救济的人，便慨然将两匹坐骑送给了他们。有了马，对农牧民来说，简直是凭空降下了金元宝，感动得不知说什么才好，赶忙跪地磕头谢恩。明月长老说："善哉，善哉。我们是云游在外之人，不必谢了。这马反正不用了，送给你们拉车算是派上了用场，回家好好儿度日去吧。"二人从老夫妇的口中得知，该村落叫刘家窝棚，住有百十户人家。土地和牧场是大东家、金山大寨的将领博木狼儿的领地，全村人都是他的奴隶，任他驱使。

明月长老和娟娟将坐骑送人之后，将所带的换洗衣服、不多的日用品、干粮等装进一个行囊里，往身后一背，再用十字缎带系好。那些遇事必用的刀、剪、绳子和夜行用的备品，用一条宽布卷好，往腰间一围，勒紧系上，掉不下去。兵刃别在腰间，袖箭放于两只衣袖儿的小囊里，用起来特别方便。那么，匕首放在哪儿呢？她们外出时，一向脚蹬千里快靴。为使靴子跟脚，行动轻快自如，得用丝绳绑紧，匕首就插在靴子的侧边。头上戴着黑丝绒头巾，外面披着一件英雄长衫。这长衫的用处可大了，既可以做行间休息的铺盖或防风避雨，又可把一切防身之物遮挡起来，使外人不易察觉。明月长老为行动灵便，手里还挂一根拐杖，其实也是兵刃。她们将一切整束完毕后，便轻松上路了。

一路上，师徒二人靠着一双大脚板儿，像飞似的不停歇，没用多少时候，几十里地便被甩在身后了。正走着，突然前面出现两条岔道儿，一条是通向密林的，另一条则是绕过密林，通向平原一个村落的。往远一看，两条道儿绕过来、兜过去的，好像又合到了一起，按方向来说，都能到金山。由于路上未见行人，无法问道儿，娟娟性急呀，提出走山道近路。明月长老说："那就依你吧，从山林穿过，要省不少时间。"俩人立马钻进林子里，进入了山岭。

林中的山不太高，是慢坡儿向上的，像丘陵一样。树倒挺高，遮天蔽日，树枝七杈八杈地连在一起，密密麻麻的。矮小丛生的灌木叶儿，因天冷了，几乎快掉光了。林中很静，只听到"呜呜"的风声，师徒二人疾行了好半天，也没能钻出密林，又走了一阵子，听到前面有"哗哗"的流水声。不知道是泉水激流，还是瀑布自天而降，因为只能听到，却看不到。再向前赶了一段路，流水声听得更清楚了，明月长老站住了，说道："这块儿蛮不错的，咱们不妨歇歇脚、解解乏，喝点儿清泉水，吃口干粮，然后再上路。"娟娟答应道："好吧，听师太的。"他们边说边向四下看了看，选了个地方，歇了下来。选的地儿挺有意思，有巨石耸立，巨石中间长着两棵榆树，约三四搂粗，看上去是年头儿不少的古树。她们在巨石下找了一块儿平地，明月长老坐下后，前后瞅了瞅，说："嘿！此处既背风又僻静，挺好的。娟娟哪，你到下边弄点儿泉水，咱们就在这儿解渴消乏。"娟娟按师太的吩咐，提着水葫芦，向听到泉水声的方向走去。

那么，泉水声是从什么地方来的呢？原来是发自前面一个陡峭的石碴子下边。娟娟走到石碴子跟前，想寻找一条好走的路，以便到底下去接泉水。待找好了地方，刚要顺石碴子往底部下的时候，你说巧不巧，就在此时，只见一个人已经打好了水，正在攀缘石头而上呢！一般来讲，偏僻寂静的地方很少见到人迹，做梦想不到竟能如此巧遇，能不令人高兴嘛！娟娟大睁着眼睛看着。对方也抬头看见了娟娟，深感惊讶，自言自语道："哎呀，怪了，这里怎么还会有人？"双方突然在陌路相逢，虽有亲切之感，但毕竟都是路行人，相互均有些戒备。

各位阿哥，其实遇到生人加以提防并不奇怪。那时候，凡是行侠在外之人，时刻得有警觉性，因为世道乱哪！此刻，由于娟娟不晓得对方是什么人，当然有些提心吊胆，仍紧紧盯着，十分注意地仔细观瞧。从悬崖下上来的是一位壮士，他到上面一看，原来要下山崖的是一位女行者，再侧头向前望去，见有位长者坐在大树下面歇着，断定她们必是远行之人，半路上口渴，眼前的女行者要到崖下提水。想及此，他便热情地向娟娟打招呼："你好啊！想必要下去提水？我刚才喝了一口，还真挺清甜、爽口的。你就从这条道儿下去，正好有三块石头，蹚着好走些。"说完，转身便走。娟娟没出声儿，刚要沿着他指的路往石碴子底部下的时候，那壮士又回转身来，说道："要不这样吧，咱们都是行路之人，你别下去了。我已经去过了，路熟，我帮你提上来吧。"没等娟娟回话，壮士已边说边走了过来，一把拿走了娟娟手中的水葫芦，纵身往下一跳，很快顺石碴子到了崖下。不一会儿，壮士把清泉水提来了，身子又轻轻一蹚，灵巧地跳了上来，将水葫芦交给了娟娟。娟娟很是感激，不禁连声儿道谢。两人一前一后分别提着水，来到了明月长老所在的那块儿平地。

此刻，正悠闲歇息的明月长老抬头一看，见一位壮士随娟娟来到跟前，心想："哎呀？这么个工夫，怎么多了个人呢？"还没等娟娟向师太介绍，那壮士已走到巨石下边的另一块儿地方，将先前放在那儿的一个小背囊背了起来，又拿下了背囊上插的一根拨草棍。过去远行之人，为了踏荒方便，防蛇或需要沿路拨草，也为了防身，总要带一根棍子，称之为拨草棍。娟娟和明月长老刚到这儿时，光顾着选个地方歇歇了，并没注意到离她们不远处还放着一些东西，见壮士拿起了背囊，方知道对方也是一位远行之人，只不过比她俩先到一步，放下东西到崖下提水去了。

方才，明月长老已从囊袋中拿出了干粮等物，静等娟娟提来水，好一块儿吃晌饭。此时，一见那人要走，便说："这位壮士，能在此处相遇不容易，先不忙走，坐下一块儿吃口饭吧。"娟娟因为壮士帮助提了水，很觉过意不去，马上随声附和道："是啊，请歇歇吧，你往哪儿去？吃完再上路也不迟呀！"壮士笑了笑，说："噢，不了，谢谢。我得赶紧回金山，家就住在那儿。"二人一听说他去金山，心中一惊，明月长老忙道："这可巧了，我们也要云游到金山，和施主还是同路呢！"壮士仔细一看明月长老的一身打扮，知道是位老尼、得道的师父，遂礼貌地说："原来是位老师父，在下有礼了。"壮士边说边深深地鞠了一躬，又说："在下得抓紧时间赶路，不想在这儿耽搁了，就此告别。"说完，转身便走。壮士刚走了几步，似乎有什么不放心，反身回来了，关切地告知明月长老："师父，此地不宜久待，还是快些走吧。"壮士这么一说，反倒引起了明月长老和娟娟的注意。娟娟问道:"敢问施主,此地不宜久待是何意? 光天化日,朗朗乾坤,难道还有什么强盗不成?"壮士又笑了笑,回道:"不是的。这一带的林子有只疯狼,已经闹腾半年了,害死了不少人。"娟娟越发好奇,认真地说:"疯狼? 哪儿的疯狼能那么厉害,我还以为是什么三头六臂的凶猛野兽呢! 狼有啥可怕的? 我倒要看看。"壮士说:"如此看来,二位师父是从外地来的了,不是这块儿的人自然没听说这个事儿。本地人全知道,那只疯狼非同一般,长得又高又大,来无影儿去无踪,来去如飞。等知道它来的时候,想跑都不赶趟了。我们曾经派兵马捉拿过,不仅没捉到,还伤了不少弟兄。因此,奉劝二位师父还是小心为好,尽早离开。"

此时,娟娟始终打量着这位壮士,见他眉宇间透着一股英气,年龄不算大,和自己差不多少;头戴狍皮双耳帽;即狍头帽;身着熟好的白板儿鹿皮上衣、白板儿鹿皮裤,飞鼠皮的披肩;脚上蹬着一双白鹿皮靴,背后插着双剑,右边腰间还挎着箭囊和镖囊及匕首等物,很是利索、精神、俊美。特别是配上一身儿白色皮服,更显得英姿飒爽。从穿戴上判断,壮士是辽东人氏。为什么呢? 辽东天寒哪,眼下已到了初冬时节,他穿的全是御寒的皮服。

与此同时,明月长老也没闲着,早看得仔细。一听壮士说是金山人,便格外注意,从话里话外,还听出像是金山的主人。他不是说了这么句话嘛:"我们曾派兵马捉拿过疯狼",由此可以断定,壮士是金山纳哈出的人。明月长老尽管表面上显得很沉静,心里却一直琢磨着怎样才能从壮士的口中,摸出一些有关纳哈出的情况,于是,微笑着说:"看来你不但是金山之人,而且是金山的主人,咱们真是有缘哪,阿弥陀佛。小壮士,来来来,先别走了,陪老尼坐一会儿,一块儿唠唠。你看好不好? 我带了瓶江南的绍兴美酒,在此地可是不容易见到的。说起来,还是给人看病时,人家为了感谢我,一再表示:'老人家,没什么可送的,把它带回去做药引子吧。'我看实在是推却不了了,才收下了这瓶酒。眼看着一天比一天冷了,为了御寒,你喝了吧。我们还带着干粮,将就着吃点儿,暖和暖和再上路,咱们一起走。既然是同路人,那便是一家人,一家人不说两家话嘛,请不要客气。"壮士听后,仍站在那儿没动。明月长老站了起来,说道:"壮士,怎么,是不是怕有野兽袭击? 假如真有凶猛的疯狼来,人多也好对付呀,不要怕。"壮士见人家姑很是热心,说得十分诚恳,不太好意思非走不可,只好回转身将斜背的行囊取下,放在地上，凑了过来。

三个人同坐到巨石之下。明月长老把从辽阳带来的所有吃的东西，包括没有剃度过的娟娟吃的烧烤的牛肉、一块儿小鹿的后腿、饽饽、咸菜、花生米及那瓶绍兴酒全拿了出来，一摊开，显得真不少。壮士从自己的背囊里掏出几大把鹿脯、肉干儿，还有几根儿用木扦子穿在一起的烤鹌鹑串儿，冲娟娟说："师父，还是品尝一下我们当地的土产吧，是家中的老嬷嬷特意让我带着道上吃的。因为找人，又急三火四地赶路，所以没来得及吃。今天有幸见到师父，既然留我吃饭，那就不客气了。请尝尝这个，准保清香可口啊！"娟娟被烤得焦黄的鹌鹑串儿吸引住了，那阵阵扑鼻的香味儿确实诱人哪，真想快快吃几口解馋。明月长老把酒瓶盖儿打开，送到壮士面前，说："来，赶快喝口酒，就着酒吃肉串儿那才香呢！"壮士捧起一些肉干儿、拿几个肉串儿放到娟娟面前，然后自己先抓了几块儿鹿脯干儿，又扯下一块儿鹌鹑肉放到嘴里嚼了起来，边嚼边对娟娟说："师父，吃吧，别客气。吃完之后，咱们早点儿奔金山，这儿我熟，可以给师父引路。"明月长老、娟娟对壮士的一举一动很是满意，看得出他是一位武将，经常在外闯荡，十分懂规矩。怎么的呢？凡是与初次相遇的人打交道，在请人家吃自带的东西时，自己要先进第一口。这可不是不礼貌，恰恰相反，是表示对对方的信任和尊重，说明他对你没怀二心。反之，你拿出东西后，自己不吃，让人家先进第一口，要是有毒呢？那不是想害对方、怀有歹心吗？所以，行侠在外之人，凡初遇陌生人互相拿出自带的吃食时，第一口都是自己先进，以便告诉对方：请放心，我的东西没有毒或蒙汗药，不用怕，跟你没有二心，是诚心诚意地请你吃。

明月长老、娟娟见壮士挺诚实、挺忠厚的，举止也不像心怀叵测的歹人，渐渐地开始喜欢上了。壮士还故意把头上戴的狍头帽子往脑后一推，额头全部露了出来，意思是让对方看得清楚。明月长老细细打量一会儿，不禁有些惊诧，心想："哎？壮士长得眉清目秀的，看年纪最多不过十五六岁的样子，模样怎么跟娟娟那么像呢？"娟娟却在想："这个人如果真是金山的，那他出外干什么来了？从装束看，他肯定是一名武士，究竟在纳哈出那儿做何差使呢？"她感到好奇，很想多知道一些情况，当听壮士说让吃他带来的东西时，便抓起鹿脯干儿放到嘴里嚼了起来，态度显得很友好。吃这种东西，娟娟在来到辽东后，还是头一次。鹿脯干儿真的是越嚼越香，味道特别好，着人爱吃。北方的肉干儿怎么做的呢？

首先是把切成的宽条儿鲜肉喷上苏子油、松子油、黄瓜香精，然后用阴干的方法晾晒。晒好的肉干儿为红色透明的，嚼到嘴里感觉外硬内软、肥腻适口。每每吃起来，那是越嚼越爱嚼，越嚼越香，越嚼烂香味儿越大，而且既好消化，又增加食欲，还顶饿。因此，女真野人诸部主要以肉干儿为口粮，并成为几千年来形成的北方美食。由于肉干儿便于携带和保存，可经久储放，不怕霉烂，故而一年四季皆可随时随地食用。

娟娟在热心的壮士一再劝让之下，一点儿没客气，根本没吃自己带来的硬饽饽，而是填了一肚子肉干儿，还有三四串儿烤鹌鹑。壮士又从背囊中抓出一大把蜜饯奶饽饽，放到明月长老和娟娟跟前。二人饶有兴趣地品尝着这些鲜美的佳肴。尤其是娟娟，吃了那么多美食，可是真饱了，蛮高兴的。壮士一看她们不戒心地吃了，也乐了，便说："二位师父到了金山，可以到我那儿去，一定预备些更好吃的东西，让你们品尝个够。好了，天色不早了，再喝点儿水，然后赶紧上路吧。待赶到金山，或许天不会太黑。"他边说，边拿起了水葫芦。

三人正在喝水之时，突然觉得林中刮来一股冷风，忽地吹过来了。因他们都会武功啊，所以知道静中生风，动风推耳，乃凶兆，必有硬物袭来。只有那些没有练过功夫的人，才不会觉察到危险。当异物袭来之时，或不知所措，或只顾愣神儿，再想躲避已经来不及了。而武侠一旦听到特异的风声，马上会警觉起来，并且随之立见行动，于刹那间躲风，即是躲风后跟来的袭击自己之硬物。凡习武之人，全有这份儿能耐，能眼观六路。耳听八方。有经验的武林高手更知道，即使有细小的微风、凉风冷不丁袭来，也要俯身就地侧滚，不能面迎来风之同一方向躲，必须向风声的反向或侧向去躲，前仆、后仆皆可，或滚翻伏地，或旱地拔葱，还击袭来之物。否则，必会遭其害。

说时迟，那时快，就在明月长老、娟娟和壮士感到有寒风袭来时，只听壮士大喊一声："不好，快躲！"三个人本能地、速度极快地倒身躲避。应该说，明月长老的功夫没白练，要不咋称高手呢，非常有经验。当她进了树林、打算在这里歇息的时候，便观察好了地形。别看坐在那儿好像挺不在心似的，吃着饽饽，其实早做好了遇有不测的准备。因此，一来风声，壮士话音未落，师太已倒身弹跳，噌地一下身子拔地而起，轻松地坐在了头顶儿一丈多高古榆树的粗干上，手中没忘了拿着从不离身的挂杖。看起来似乎是一般的挂杖，其实是根雕花镶铁杖，若按一下把手的缩簧，即能抽出一把白光闪闪的阎王刺。阎王刺比剑还好，有三个棱，前边有刺。无论是刺呀、砍呀，还是挑哇，运用自如，重量又轻。

当明月长老跳起时，娟娟只一愣，还没等反应过来呢，身子顺势往后一侧，刚好退到了巨石跟前，后背紧靠着。由于身后有巨石挡着，已无法再退，此刻硬物若从侧面袭来，可就没处躲了，相当危险。果然，那硬物快速地向娟娟奔来。在万分危急的时刻，壮士一看不好，大喝一声"快躲"，边喊边一手握剑，一手把娟娟紧紧挟在怀里，就地一滚，骨碌碌滚出好远，然后顺手将娟娟推了出去，腾身跃起，一个大跨步挡在了娟娟的前面。随之见一黑影儿闪电般从刚才娟娟躲避的巨石前忽地蹿了过去，好险哪！娟娟被壮士推出，躲过了黑影儿的捕抓，身子往后一仰，一个鹞子翻身跳将起来，"刷"的一声抽出了阴宗双鹤剑。再看壮士，早已挥舞着宝剑冒死与黑影儿搏斗起来。黑影儿不是别个，正是在此为害多时的那只凶猛的疯狼，黑黝黝的鬃毛上沾了很多泥，还滚上了不少草，尤显出身躯的庞大。嗥嗥怪叫，声音凄厉，感觉整个密林都跟着震颤。头排老公狼向前没扑着，随即转过头来，竖起两只尖尖的耳朵，瞪着一双放着贼光的红眼睛。特别是那张着的血盆大口，大得嘴角儿快要咧到耳根子了，好像要是没有耳根子挡着，大口便能劈成两个大下巴似的，一览无余地露出了锋利的牙齿，顺着红红的长舌头和嘴丫子淌着口水。它将双爪摊开，像两个小簸箕一样，又一次蹿起，冲向了壮士。壮士仰脸执剑、圆瞪双目死盯着疯兽。

娟娟头一次身处一个从未见过的生死关头的紧张场面，着实吓了一大跳，深感不安："人家是为了救我，冒死把我推到一边，并用自己的身体护着。意思是，疯狼你要抓，就往本壮士身上扑，不许碰她。真是令人崇敬啊！"娟娟眼看着由于壮士离疯狼太近，没有任何还手的余地，已躲不过疯狼的巨口和舞动着的利爪，马上要碰到他了，这不是要命丧黄泉吗？急得拿剑便要过去。各位阿哥，你可知道，刚才娟娟是被壮士推出好远、腾身跳起又落地，落在了壮士的身后、疯狼的侧面。这样一个站位，疯狼正好可直接冲向壮士，而扑不到娟娟。即使娟娟迅速过去相助，也不赶趟了，所以她心里非常着急。

此刻的明月长老是个什么情况呢？她跃到树上后，赶忙低下头来寻找着娟娟，看是否有危险。正好看到那黑影儿扑向了徒弟，惊得张开嘴巴竟没喊出声儿来！再瞧那壮士已把娟娟推了出去，这才稍松了一口气。可随即便见凶猛的老公狼疯狂地扑向了壮士，不免为壮士的安危捏了把汗，心想："小伙子是为了我和徒儿的安全，先告知了附近有疯狼，最好快些走，不要在此耽搁。当疯狼真的来了，又是他大喝一声，以极快的速度保护了我们，而自己却要死于非命了。真让人心疼啊，并且还不知人家姓甚名谁呢！"想到这儿，明月长老脱口大喊一声："壮士，小心！"随之欲纵身从树上跳下来救援，同样也来不及了。

咱们再说那腾空而起的疯狼，恶狠狠地向壮士扑下去，离地只一尺多高了，眼瞅着要咬住壮士的脸了。在这千钧一发之际，壮士临危不惧，沉着冷静地顺势向后一仰，用了一个软缩身功，全身迅疾扁平扁平地紧贴在地皮上。由于疯狼冲过来的速度太快、力量太猛了，来不及调整高度，"嗖"的一声从壮士的身上跃过去了，直蹿出三四丈远。疯狼见没有扑到猎物，当然不甘心，一反身跳起来，立起身形，声嘶力竭地怒吼着、长啸着，似乎在气急败坏地说："怎么样，想跟我斗，这回无路可躲了吧？今天非咬死你不可！"完全是一副不吃掉壮士誓不罢休的架势，随即张开比方才还大的血盆大口，舌头伸出一尺多长，口水到处喷，伸出两只毛乎乎的大爪，冲向了刚刚跳起来手举宝剑的壮士。立马就要扑到了，哪知壮士又来了一个顺势仰身倒地，仍然用的软身功，全身像张纸一样贴在地表皮上。疯狼那可是用了全身的力量嗥叫着扑过来的呀，想用巨口咬死他、用利爪撕碎他。哪知所要吞噬的人身手如此不凡啊，没扑到不说，还因为此次冲力比刚才更大、速度更快，再一次从壮士身边吼声如雷、飞如闪电般地蹿过去了。接着只听咔嚓一声，随之是哀怨的惨叫声，一头射向了十几丈远的丛林之中，一点儿声音没有了。

这时，惊悸未消的明月长老和娟娟一同跃了过来。只见壮士半躺在地上，满身、满脸全是血，鲜血顺着手中的宝剑往下流，可把她俩吓坏了，以为是被疯狼撕咬的呢！正愣神儿时，壮士一个鲤鱼打挺，纵身跳将起来，放下了手中的剑，拿出白布巾擦了擦身上的血，然后哈哈大笑着站在了她们面前。二人才如梦方醒，知道壮士不仅没有受伤，还杀死了疯狼。真是壮哉，天下难得见到的大英雄啊！亲观了壮士勇斗疯狼的豪举，连明月长老都说："我活了这么大岁数，还是头一次目睹如此神奇而又惊心动魄的血战啊，让老尼开了眼啦！"娟娟更是激动不已，对壮士的舍己救人敬慕得五体投地，并为他的安然无恙高兴得掉下了眼泪。对娟娟来说，自然是平生难得的一次经历，感人肺腑。她走了过去，也顾不得男女之别了，拿出手帕，亲自为壮士擦脸上、头上、耳朵眼儿里的兽血。可倒好，壮士原来穿的一身儿白板儿皮衣，前身儿全被血染红了，只有后身儿依然是白的，成了怪服了。

三人朝疯狼窜过去的方向走去，只见地上留下一道长长的血迹，一直延伸到前边十几丈远的林子中。他们顺着血迹，在一片桦树丛里，找到了那只早已死掉了的头排老公狼，凑近一看，从咽喉到下胯全被豁开了，肝、肠、肚淌了一地。

各位阿哥可能要问，疯狼是怎么死的呢？原来，刚才壮士的身体紧贴在地皮时，双手却上举着利剑。在疯狼从身上腾过去的一刹那，猛一用力，利剑正好刺入它的咽喉。随着疯狼的冲力和速度，再将剑一带，当即把胸膛给豁开了。可见，疯狼的冲力有多大、多猛，壮士握剑的神力则是常人难以比拟的。三人都很高兴，为当地除了一害，真乃莫大的幸事。娟娟不无夸赞地对壮士说："你的武功很了不起，干净、利落，令人羡慕啊！"壮士笑着道："二位师父有所不知，我本是住在深山荒谷的人，打小与野兽争雄搏斗，早已习惯了。"明月长老问："壮士，老尼看你的武功路数咋这么熟呢，是辽东人士吗？"壮士不好意思地回道："怎么说呢，说是辽东人吧，算得上是；说不是吧，也不是。老家本是江南，恍恍惚惚听说住在长江边儿，更详细的情况不知道，从没听母亲讲过。自幼随母到了辽东，时间一长，就入乡随俗了，成了辽东人。再加上每天忙于武功修炼，求学于人，便没认真打听。"壮士的话，引起了明月长老和娟娟的极大兴趣，心里琢磨开了："既然老家是江南水乡、长江边儿的人，那不是老乡吗？看来壮士是汉人。他们母子缘何流落到辽东，又怎么到了夷民野人地区的呢？这些年来，在辽东做什么、靠啥生活、花销从哪儿来，能长久住下去吗？不管怎么样，壮士的确叫人另眼相看。"

俗话讲："奇缘情深"，此言一点儿不假。明月长老和娟娟为壮士的行为及神功所震撼，由衷地感激救命之恩，并对他产生了一种难舍难分的感情。要知道，明月长老那是德高望重的世外高人、武林强手。娟娟在明月长老的训教下，也是当代的娇美女侠，何况又身怀阴宗双鹤剑的传世神技。应该说，师徒二人的眼光是很高的，能得到其钦敬和赞佩之人不多见，而壮士却令她们发自内心地折服。还有一种说不清的感觉，这就是一系列的问号在二人的头脑中萦绕着。明月长老从一开始见到壮士，便发现他长得英俊、好看，让人总是看不够，模样似乎像谁，而且娟娟同他坐在一块儿，看上去显得那么亲近，好像原来是一家人一样，具体也说不清究竟是个什么感觉。而娟娟对壮士同样有一种说不出来的亲切感，从帮自己提水、一块儿嚼肉干儿以及刚才目睹的那场奋勇杀疯狼的壮举，立刻莫名其妙地产生了一种手足之情，觉得在他身边有安全感。

明月长老和娟娟正琢磨着，从远处传来了马队銮铃之声。听声音，人数不少，足有三四十。壮士抬眼一看，见马队向林中奔来，便说："噢，是弟弟来寻了，在下先行一步了。二位师父如果到了金山，可去八角楼找我，名儿叫田田，到那儿一打听都知道。"而明月长老与娟娟此时正陷入沉思之中，壮士向她们告别时，并没太在意。待引起注意时，壮士已如飞燕、猿猴般从她们的目光中消逝了，就这么快捷，令人瞠目结舌。

明月长老望着壮士离去的方向，若有所思，说道："娟娟，壮士的岁数不大，武功却那么高强，这点令我疑虑不小。不知你注意没有，他斗疯狼的剑术，虽不像阴宗、阳宗双鹤剑法，但辗转腾挪的脚下功夫，挥展侧臂的大鹏探海之技，确非常人所能掌握的。此功法为何那么像我师姐月禅禅师呢？月禅禅师在早曾在明月庵，我的不少武功功法都是她传授的。记得师姐于大元至正二十五年重阳之日进武当山云游时，曾告诉我：'荒乱年月，民不安生，不想久恋凡俗之世。在山中了结神迹，遁入仙界为吾愿。'后来，果然无有信息，便以为师姐已入神界。看了壮士的武功，我就想：'难道她仍活在世上并于深山修行？莫不还有亲传弟子不成？不能啊！'然而壮士擒杀疯狼的剑功又忒像师姐降世了，真是太奇啦。虽说他是江南人氏，可也不一定能有如此高的功法呀，从哪儿学来的呢？难道真与师姐有关系？师姐呀，师姐，祈您在天之灵速显神通，愚妹思念心切呀！"说着，面冲武当山方向扑通一声跪下了。娟娟边搀扶师太边劝慰道："师太，我倒不知壮士是什么功法，只觉得神奇至极，非一般武林之士可比。不知您是否注意到他的长相，看出像谁了吗？我去接泉水与他四目相碰的一刹那，心中马上一惊：'咦，此人长得咋像李佑呢？'当时真以为这小子追咱们来了。正一愣神儿时，又从他的个头儿、侧影儿看，不像李佑那么高大魁梧，方知道是认错人了。好师太，您倒说说看，他俩长得像不像？"明月长老沉吟片刻，点头道："唉，娟娟，说得没错！我也总觉得壮士眼熟，似乎像谁，又像是在哪儿见过。对了，他的脸盘儿太像李佑了。不，师太再说一句你可别生气，壮士的眼睛咋怎么看怎么像你呢？"娟娟笑着说："哦，是嘛。师太，不知咋回事儿，同他只是一面之交，可印象非常深，有好感。一般碰到男的，我从不愿多搭一眼。对他不同，从第一眼看到时，就觉着特别亲切，从心里喜欢。师太，您说怪不怪？"明月长老听后，微笑着点了点头。

明月长老和娟娟因方才的奇遇，话匣子打开了，说不完、唠不够的，边唠边往金山路上走去。突然，见前面有三位骑马的将士向她们这边儿跑过来，一看来者的装束，就知道是纳哈出手下的兵将。为什么呢？因明朝当时初建，又多是些起义的兵将，穿啥的都有，服饰没有统一。后来虽然一样了，但是仍没有定制。而大元朝已有几十年的历史了，军队的着装有一定的样式，兵和将亦有分别。如果是兵，身穿号坎儿，号坎儿上有"卒"字；如果是将领或小校以上的，官服上有"将"字，"将"即是官。"卒"字和"将"字皆在衣服的前胸上标着，印在白地的圆圈儿上。圆圈儿的边缘是不同颜色的彩圈儿，看圈儿的颜色，便可分出兵将的等级。圈儿的边儿为黑色或蓝色的，则表示兵的不同等级。如果是比兵大、属小校以上的，则是官员。官员的"将"字白地外圈儿有蓝色、红色、黄色，还有彩绣的金黄色之分。平章以上的将军圈儿的边儿是黄或金黄两种颜色。从来的三个人的服饰上清楚地看出，其中两个胸前印有"将"字，外圈儿是红色，证明是小校；另一个胸前印有"卒"字，外头为蓝圈儿，自然乃稍高等级的兵卒。

三匹马刚跑过来时，明月长老和娟娟没太在意，以为是巡逻或到什么地方去的，与己无关，仍边唠边往前走。哪知三位将士见到她俩之后，一位官员勒住马，冲她们大声儿问道："前面来者可是去金山的师父吗？"二人一听，哎呀，原来是找我们的！这才站住了。三人从马上跳下来后，其中一位带"将"字的官员走了过来，礼貌地言道："二位师父，我们是奉命前来迎接你们去金山大寨的。一是怕路上不安全，二是怕路不熟，因此，特来护迎。等到了金山后，再帮助师父安排下处。"另一小校说："师父，咱们可以慢点儿走，不用着急。转过山头儿，进了前边的密林，就可看到缕缕炊烟，那便是金山大寨了。"此刻，明月长老和娟娟真是吃惊不小，觉得这儿没有什么熟人呀，更不会有谁知道今天要去金山，怎么会有人来接呢？踌躇了一下，还是同意随他们一起走，目的是想知道到底是怎么一回事儿。三个将勇牵着马，恭恭敬敬地、十分热心地一直陪着师徒二人同行。

一行人走了一段路后，明月长老停了下来，说道："几位壮士，不用烦劳跟着一块儿步行了，去金山的路我俩能找到。无端地连累你们，叫老尼感到太过意不去了，心里不安哪！"其中一个小校说："哪里，哪里，请不必客气。一会儿，多尔济台吉爷爷还来接师父呢，我们可不敢怠慢啊！"明月长老一听，更吃惊了，转念又一想："莫非是方才相遇的那位小壮士安排的？难道真有这么大的本事，叫了兵勇来接，他到底在金山是做什么的呢？"于是问道："敢问官爷，是谁派你们来的？两个出家之人，何必如此兴师动众，太折杀我们了！"小校回答："老师父，您有所不知，方才二位见到的小英雄，非一般寻常人。你们是真有福分哪，见到他可不是件容易的事儿，那是我们金山大丞相、大元太尉纳哈出的义子殿下，在帐中专门为大帅掌印，被封为金山复国崇元大将军。别看人小，却是大丞相之下、辽东第一小王爷。这且不算，大将军身下还有一位比他小几岁的弟弟，那就是一会儿要用大轿来接你们的扎浑多尔济小王爷，年方九岁，都尊称为多尔济台吉小爷爷，在万马营中，已经是号令三军的将军了！"明月长老像是很随便地接着问了一句："噢？这么说金山没有可用的将领了。不然的话，怎么用一个九龄将军呢？"小校笑着说："非也。老师父，扎浑多尔济小王爷是大丞相的亲儿子，乃非常疼爱的美夫人所生，不用他用谁呀？聪明着呢！"小校很是自豪地夸赞着。

正在说话间，果不然，过来一彪人马，有骑马的，有抬轿的，好不热闹。为首的将领看上去，也就是个八九岁的小孩儿，头戴插金簪的英雄冠，身披英雄氅，身后背着一杆金鞭，骑着匹黄骉烈马，周围有十几个勇士护从。马队的后边，跟随着一顶四人抬的大轿子，小跑着过来了。只听那个小将高喊："哎，二位可是尼姑师父？本王爷奉大哥大将军之命，接你们上轿，别在地上蹽了。我家爹爹大丞相是仁义四海、专结天下豪杰之人，尤敬重八方僧道仙家。欢迎到我金山，平抚朱逆，共谋天下太平，重整大元山河。师父若问我是谁，二将军扎浑多尔济是也！"他是个大舌头，吐字不清，似乎汉话刚学不久，音还发不准呢！要不细听，说出的话像捣的蒜一样，分不出瓣儿来。

娟娟听了扎浑多尔济的一番话，可气炸了肺！心想："哎呀？你好大的胆子，竟敢将当今圣上、大明洪武皇帝肆无忌惮地说成'朱逆'，真是胆大包天！不想活了是不是？"这么想着，她无论如何也忍不住了，回手就要按弹簧，亮出那把无敌的阴宗双鹤剑，好好儿教训教训眼前的狂野小子。明月长老早注意到娟娟的举动了，忙一把将她拽住，小声儿制止道："不许乱来！忘了咱到什么地方、干啥来了？要那么做的话，你也变成同他一样不知天高地厚的糊涂蛋啦！听师太的，一切看我的眼色行事。"娟娟听了师太的话，便没吱声儿。明月长老缓缓走了过去，揖手道："善哉，善哉，阿弥陀佛。谢谢金山大寨的施主。老尼是一双脚掌量天下，五洲四海任意游，习惯了，不好坐轿。今天，有劳大公子迎接，老尼不客气了。你们头前引路，我们在后跟随就是了。阿弥陀佛。"扎浑多尔济小将军见她们不坐轿，硬是要步行，着急了，扯开嗓门儿嚷道：

"不行不行！是兄长命我让你们坐轿的，还没有谁敢违抗兄长之命的呢，快点儿！不然，我可让王府的营兵抱你们上轿了。众虎将，给我抱人，抱！"营兵听命，一下子围了上来。

恰在此时，一匹快马嗒嗒嗒快速地驰了过来，骑在马上的人大声儿喊道："扎浑多尔济，不许胡来，快住手！"话音刚落，马已跑到跟前，来人翻身而下，笑容可掬地牵着马来到明月长老和娟娟面前。二人这才看清，原来正是于密林中相遇的、俩人在路上一直念叨着的壮士田田。田田致歉道："二位师父，不，咱们是刚刚相识的好朋友。我弟弟不晓事理，多有得罪，请息怒。他是金山大寨的迎宾主帅，承担迎来送往诸事，完全出于一片热心。望不要怪罪，确是一片赤诚，请千万谅解。父罕有令，凡到金山之客，只要没有攻伐之意，不与我方为敌，皆视为挚友嘉宾，动用彩轿相迎。这里离金山尚有五十余里，道路难行。而且近来得悉金州失守，盖州沦丧，辽阳老鸭山寨被明朝的马云、叶旺二将所夺，高家奴叔叔也不知去向，形势危急。父帅已命金山大寨之兵马，分别驻守各要塞关隘哨口，道路亦严加把守。考虑到这些情况，故而先派小弟来接，保护二位师父去金山，免得被巡逻之兵阻挡，生出不必要的麻烦。小弟走后，因对此仍有些不放心，所以又特意赶来。二位师父，还是请上轿吧，以便快些走。咱们选择近路去金山，有本将军在，任何巡查的兵马都不敢肆意盘问。"明月长老听田田说得恳切、真诚，明白了其中的一切，知道了纳哈出由于叶旺他们的到来，使之丢城折将，很是恼怒，各地看守得愈加严密了，心想："其他事儿暂时不必打听，以后再说。眼下不如顺水推舟，就按田田之意，随其先进入金山，不是省去很多麻烦吗？再说一路有人侍护，想必不会遇到什么为难之事。待到金山后，找萨家奴弄清情况，仔细了解田田家的背景，然后做进一步打算也不迟。"想到这儿，明月长老便给娟娟使了个眼色。娟娟才很不情愿地与师太一起上了轿。

众卫士抬起大轿前行，轿的两边是田田兄弟带着随从持刀执剑护卫着，好不气派！大轿里，明月长老小声儿对正在生气的娟娟逗趣儿道："哎呀，大明的秉仁公主到哪儿都威风。这不，连元朝的丞相也不敢怠慢，派人用八抬大轿抬着，多有气势呀，还噘什么嘴？娟娟行啊，想不到去金山竟是坐轿来的，回去得跟你皇娘马皇后好好儿夸耀一番哪！"娟娟说："师太别开玩笑了，田田把咱们抬进金山，不知下一步又出什么新花样呢！到那时，可怎么应付啊？"明月长老嘱咐道："徒儿记住，俗话讲得好:'兵来将挡,水来土掩。'到一站说一站的事儿,师太我自有妙计,只要求你务要心细、谨慎、遇事不慌、三思而行便可。"娟娟听话地点了点头。

　　一个时辰后,田田率领的这彪人马进入了金山大寨。明月长老和娟娟眼中所看到的金山大寨,没有什么土木的房屋,也没有城里那样的街路,有的不过是一片片大小不等的蒙古大帐包,还有用木栅栏围起来的羊圈、牛圈、马圈及大轱辘车等。一些散在的牛、羊在雪地上吃着草,各色的骏马尥起四蹄奔跑着,倒是有点儿生气。二人又仔细地看了看大寨的周围,四面环山,林木葱茏,水草丰美,中间有一片洼地,一看便知原来是牧场,而今却成了纳哈出为屯兵新选定的军事要地。所谓金山的"金"字,恐怕是表示此地像金子一样坚硬,任何力量都摧不垮、打不烂、攻不克。可以断定,"金山"这个名字是纳哈出新给起的,并不是以前就有的地名。再向远处望去,可南下开原,东进粟末水,的确是一处极好的屯兵之所,不愧为一块宝地。

　　田田将明月长老和娟娟用大轿抬进了自己的府邸,请她们住在那里。说起来,田田的府邸没什么特别,也是一片帐包,帐包之外,以柳条斜叉编成的网架作为围墙,进到帐篷里,可见搭有木杆子,杆子上苫着大羊毛毡;最上顶儿是空着的,留出一个洞口,像天窗一样;地面中央有个深挖下去的火塘,上有支架,拴着吊锅,用来煮奶茶、红茶,还能炜肉,放上铁帘儿,可以烤牛羊肉、烤饼等,烟就从帐包中央上部留出的天窗飘散出去;帐包里很宽敞,西面供有佛龛、神堂、神像。蒙古人以西为大,人则住在东面和南面,所有的摆设皆很规整。田田专为二位师父拨出一个中等洁白的羊毛毡苫成的小帐包,内部设施齐全,打扫得干净、整洁,地上铺着毡子;还派来两个女奴,随时随地予以侍奉,严令必须照顾得周周到到。

　　大元末年至大明中期,北方各地匪霸横行,杀人越货屡见不鲜。由于交通不便,走方郎中极少,连挨屯挨堡叫卖布头儿、糖果、针头线脑的小货郎都很难见。偶尔见到一两个为人治病、解民之难的,多数为僧道中人。这些人常常沿屯云游,化些斋缘,讨点儿供佛灯所需之油银两,顺便为穷乡僻壤的乡民看看各种疑难杂症。因为僧道是出家人,身上除了袈裟、木鱼、佛珠之外,没油水可捞,所以,除非得罪了土匪,一般不会遭到抢劫或受什么伤害。土匪也觉得要是无故惹他们或是杀了,老天难容，尽量不讨那个厌。当时各路兵马对出家之人都网开一面，不管走到哪儿，皆放行。僧道除了能占卜、通晓周易、会诸葛马前课等受到众人欢迎外，还有不少得道高僧懂医道、药道，会脉学。什么女人的不孕症、妇女身怀六甲之胎位正否、闺阁秀女经前经后不适症、男人的阳痿、老人的哮喘、五劳七伤、小儿百科，乃至疥癣癫痫、聋哑癫狂等，全在医治之列，可开药，亦可按摩、针灸。元末，各路军事割据势力不但不得罪这些以医道助人的世外高人，而且奉为上宾，热情款待，小心侍候。明月长老、娟娟此次到金山来，之所以受到欢迎，就因为她们是出家之人，被看作金山之幸，是菩萨佛光普照，因而不可能有什么怀疑。

在师徒二人到达金山的第二天，田田便前来看望，并带来了两只天鹅，让用人给她们烤着吃，享受一下烧烤天鹅的美味，还介绍了一些有关金山的情况。据田田讲，眼下金山四周，包括辽东的不少地方都有重兵日夜把守，不停地巡逻。要道口、山口皆设了哨卡、烽火台，没有纳哈出发给的入山金牌，一律不得通行。连东海的东大荒子，即乌苏里江到日本海的广阔之地，还有长白山以东等地全去不了。为什么？纳哈出派兵控制了那些地方。一是怕明朝的兵马潜入，二是怕同他作对的东海女真野人逃入东大荒子。女真野人多数已被纳哈出笼络过去了，也有一些讲正义、不怕死的人不听邪，自发地组织起来，你来打，我坚决跟你拼，誓死斗到底。其实，纳哈出是无力同女真野人相斗的，因为他得用主要力量去对付大明。咋办呢？就想方设法把这些人收了。又怕他们成帮结伙儿地进入东大荒子，如果真到了深山老林，可没个抓了，只好派兵戒备严守。明月长老听了这些情况，觉得自己来之前的打算很难实现了。她原来是怎么个想法呢？即先帮助娟娟到金山探母，摸一摸纳哈出的军情；待办完要务以后，再去东大荒子采药，见见东海的各个女罕。现在看来，要去东海采药已经不可能了。这还算好说，暂时去不了就不去，在金山安心帮助娟娟把事儿办明白，顺便为当地的牧民、百姓及纳哈出的骑兵们治治病，广行善事，也是功德无量。然而，令她担心的倒是叶旺。不知他率领着卜家奴、达家奴是否到达了女真野人部，同当地的土民是否有了接触、交上了朋友，进行得是否顺利。尤其娟娟，那更是寝食难安、日夜惦念啊！

明月长老和娟娟住到田田的帅府以后，将各自的名号告知了田田，并急着与前几天到达的萨家奴联系。按原来的约定，在住地的大门外，竖起了高杆，高杆上挂了一个不起眼儿的小木牌儿。木牌儿锯成葫芦形，作为治病、卖药的幌子。凡是当地的人，不管是哪个部落、哪个民族，都认识这种幌子，一看便知道此处有人卖酒、卖药，或给人瞧病。幌子是府上的主人田田应明月长老之请求，特让家奴照着样儿做成的，还在小木牌儿下边拴上了一绺儿马鬃穗子，挂在高高的竖杆之上，从老远就能看到。这样一来，为附近不少牧民及纳哈出的兵卒们开了方便之门，经常来此讨药、看病。

明月长老和娟娟住的地方，外有大院儿，院内架了十几个大小帐包，门口儿由二十来个护卫轮流把守，天天车来人往、战马嘶鸣的。帅府的院子里挂着个卖药的幌子，显得极不协调，护卫们看了直摇头。可田田却不以为然，只要是明月长老、娟娟提出来的，不管是什么要求，都一一照办，而且只要有工夫便前去看望，什么好吃的全拿去，照顾得无微不至。有一次，娟娟对田田说："田田多尔济大人，非常感激您的关照，一切很是顺心如意。不过总感到住在这里多有不便，还是让我们住到别的地方去吧。"田田说："妙善师父，请不要客气，别叫什么大人。咱们萍水相逢、一见如故，还是随便些好，就叫田田吧。我考虑过了，诊室设在院内，不仅为人治病出入不便，来找看病的人还不容易进来。不如明天在大院儿外面架一座帐包，把看病的有关设施准备齐全，你们白天在那儿为人诊病、抓药，晚上回到院中的帐包歇息，这样会方便多了，既安全又静心。另外，再配备两匹骆驼和一架车马，并派五个马夫供调遣。若到附近看病，既可以骑骆驼去，也可以赶马车去。如果需要往远处去，事先千万告诉我一声，不能乱走。"明月长老和娟娟听了很高兴，对田田的周到安排表示了感谢。

隔了几天，田田送来了两身全新的白羊绒大衣、两顶白羊绒风雪帽、两双皮马靴，并对明月长老和娟娟说："二位师父，天气开始冷了，你们的衣裳不行，太单薄。此地霜之后，一天比一天冷，深冬时节的气温极低，恐怕一时半会儿不习惯呢。到时候，这些衣帽和靴子都得穿上、戴上，否则过不了冬啊！"二人再一次表示了谢意。第二天，田田命几个用人赶来了五匹母马，还带着小马驹儿呢！有两匹小马驹儿脑门儿上长有白点儿，欢蹦乱跳的可好看了。娟娟十分喜欢，可她不明白，田田送来母马和小马驹儿干什么？一打听才知道，原来是为了让她们能喝到马奶。可是，每天挤出的马奶被人喝了，那小马驹儿不就倒霉了吗？它们吃不到大马的奶，饿得不行。用人只好从外地弄来几匹母马，专门供马驹儿吃奶。这样，田府院外可热闹了，马声嘶鸣，小马驹儿到处跑来跑去的，给人一种生机勃勃的感觉。如此一来，田田饮用的奶，皆是由大丞相府日日供应的；而田府马群里的小马驹儿及明月长老和娟娟用的奶，则全是田田帮助调配的，师徒二人不禁由衷地感激。

又过两天，田田命用人赶来了几只母羊和一头母牛，奶子膀得圆圆的，供明月长老和娟娟喝奶用，还让用人给她们做奶干儿、奶酪、奶油等，样样儿不缺。对这一切，明月长老和娟娟无论怎样谢绝全没用。田田依然如故，热情不减，令她俩很是过意不去。尤其是娟娟一直在想，田田如此帮忙，以后该怎么回报人家呢？说实在的，从一见到田田那天起，就给她留下了深刻的印象。通过这些天的接触，又接连为她们做了许多事，印象更好了。娟娟听田田的汉话讲得很好，在金山，像他这样能说一口流利汉语的人还真不多，基本都是大舌头唧唧的，吐字也不清楚。而田田说话慢条斯理、口齿流利、吐字准确。从语音的清晰、刚柔、抑扬顿挫来看，近似江浙一带的口音。她心想，怎么回事儿呢？他的语音咋会与我老家的方音相似呢？特别是田田的为人是接受了谁的训教、汉语的发音缘何如此准确、精湛的武功从师何人等，都令她感到是难解之谜。

单说季节已临近小雪时分，金山下过三场雪了。有一场下得特别大，遍地皆白，白地、白帐包、白林海，甚是好看。一天夜里，明月长老接待了一对儿远道儿而来的老牧民。老太太骨关节疼痛，腿肿得挺粗，不能行走，是老头儿赶着牛车将她送来的。到这儿以后，明月长老认真地为老太太号了脉、瞧了腿病，并熬了草药热敷。因还需换几次药，当天晚上自然回不去，明月长老便让他们留在帐篷内安歇。为了使之休息得好，不至于冻着，娟娟生起了火，炉火通红，帐篷里暖烘烘的，还弄来了一些吃的、喝的，以便让老两口儿吃饱喝足。每天来找明月长老看病的人很多，一个接一个，从不收分文，你想那来的人能少吗？娟娟见师太累了，也支撑不住了，在给老太太敷了药之后，忙请师太赶紧回到院内帐包安歇，由自己来照顾二位老人。明月长老不放心，临回去时说："若有事儿，一定去叫我。"师太走后，娟娟就在院外陪伴着老夫妻俩，同时看守着帐包。因为帐包里有不少药材，炉子还生着火，所以必须得有人照管着。

夜已经深了，娟娟又给老太太弄了些药，敷好。然后，老夫妇俩躺在地炕上，盖着羊皮大衣睡着了。娟娟则坐在炉边，不时地添柴，微闭着双目养神。她是武功高手，别看闭着眼，耳朵可没闲着，灵得很。就在这时，冷不丁听到帐包外有轻微的脚步声传来，既不像过路人走在雪地上发出的声儿，也不像纳哈出派出的夜哨巡逻时所发出的声儿。为什么呢？因为夜查时，都是几个人一块儿慢慢走，踩在雪地上的咯吱咯吱之声是有一定声律的，很容易分辨出来。门外的人却不是，而是一种单个人蹦跳的声音，不注意听不出来。娟娟立刻警觉起来，判断夜行者能有此功夫，绝不是寻常之人。那是什么人呢？难道有贼或有刺客不成？还是自己身在虎狼之地，已经引起了某些人的注意或怀疑？想至此，娟娟马上把用两个木碗做成的油灯"噗"的一声吹灭了，帐包里随之黑了下来。她看了看已睡熟了的老夫妇，心想："让他们好好儿睡一觉吧，我倒要去察看个究竟。"之后站起身，穿上外衣，摸摸腰间的兵刃，悄无声息地出了屋门。

娟娟到了外面，抬头一看，星光满天，顿时感到寒风瑟瑟，反身回到帐包门口儿，从帐包上的一个空洞伸进手，把门从里边反锁了。这是明月长老和娟娟做的机关，只有她俩知此秘密，外人，包括田田都不知道。她反锁了门后，静心听了一会儿，没有听到什么动静，接着又以那双犀利的明目，仔仔细细地搜寻、观察周围，看看雪地上有没有新脚印儿。由于帐包外白天有牛、有马又有小马驹儿的，它们到处乱跑，因此雪地上的脚印儿太乱了，根本分辨不清哪个是旧的，哪个是新踩上的。她只好隐身在帐篷的暗处往四处察看，突然，发现在田府大院儿的木栅墙上，紧贴着一个黑影儿。如不仔细看，不会武功或粗心大意之人，是很难发现的。

纳哈出的部落和局部地方，为安全起见，皆用木栅围起了高墙。木栅墙就是把碗口儿粗的木头锯成两半儿，一根儿挨一根儿地插到围着帐篷的四周所挖的沟里，有留两个门的，也有留四个门的，然后用土埋上便成了，高大而坚固。待娟娟再看时，见那黑影儿穿着黑衣服，蹲在暗影儿里，身子紧贴在木栅墙上，脑袋却探了出来，正往院子里东张西望地窥探呢！她马上意识到是个贼人，随即一按腰间剑囊的弹簧，刷地抽出了阴宗双鹤剑，蹑脚俯腰地紧贴着地皮追了过去，边追边想："黑影儿若不是贼，便是到大寨来夜探的，必是金山的对头。难道是明廷方面的人？不能啊，皇上只派了我们几个人，又各有各的分工，不会再有人来呀！那又是谁呢？或许真是与金山对立之人，还是一般的好奇者？"她琢磨了半天，也没弄明白，心里话："不管咋的，我得想法儿接近夜行人，不能让他跑了。"

娟娟为不易被对方发现，以猫步曲线而行。猫身上有毛哇，身子又软，走路自然轻，很难听到声音。可她是个大活人哪，又踩在雪地上，能不发出点儿声响吗？就在她刚要纵上木栅墙时，可能被那个人看到了或听到了声音，只见黑影儿匆忙纵下了木栅墙，向远处窜去，动作相当快。等娟娟刚要跟上时，黑影儿却爬上了一棵高树，再从高枝上一纵，纵进另一个院子里。娟娟紧紧跟踪过去，黑影儿行动神速，几个箭步便隐入了一片帐包之中。娟娟没敢深追，一是怕初到金山，地情不熟，陷入暗道机关。因田田早有话，到远地方一定要事先告诉他一声。田田说得极是，这可是纳哈出的金山大寨、虎狼之窝，能没有暗道机关吗？应该小心谨慎些。二是怕此为调虎离山计。好家伙，你引我出来，另一伙儿强盗则趁此空当儿赶到诊室烧、杀、抢，那不就坏事儿了吗？她想到这儿，便马上打住，反身回来了。

在往回走的路上，娟娟细想那黑影儿的身形和动作，觉得既像李佑，又像田田。为什么会这么想呢？因为他俩的身材差不多，胖瘦一样，只不过李佑比田田高点儿不多，而且攀缘的动作很相像，无论是跃上还是跳下，都那么轻便、灵活。然而由于在暗处，又是夜间，穿的是黑色夜行衣，所以大小个子很难分辨得特别清楚。她心想："如果是李佑的话，他来辽东干什么，又为何夜探金山呢？倘若是田田，难道还要探看自己的府地吗？没有道理呀！不管他俩是谁，看来目的只有一个，皆为来窥探院外诊室的。当时，诊室里点着油灯，挺亮的。我坐在里面，对外面丝毫没有防范，贼人在暗处，帐篷内的一切完全可以看得清清楚楚。姑且算是在暗地里观察我，为何如此呢？"她寻思了好一会儿，也没弄明白。

娟娟还没回到帐包呢，由于冬天的夜很短，天已开始放亮儿了。明月长老向来睡不了早觉，再说心里惦记着徒弟，便早早地来到了院外的诊室。到了跟前，一看门反锁，急忙打开门进到里边，见老夫妇俩还躺着没起来，娟娟却不在了，当时心里一惊："咦？怪了，上哪儿去了呢？或许出于好奇，夜里去逛金山了？那是个胆大而有主见的孩子，也未可知呀！"明月长老暗暗埋怨娟娟太任性，不该不告诉一声私自出去，要是有个三长两短的，回去咋向刘伯温老先生和皇上、皇后交代呀？正在着急时，帐篷的门被推开了，娟娟回来了。师太啥都没问，怕直截了当地责备起来，娟娟挺要强的，肯定小嘴儿一噘不高兴，反倒事与愿违，不如等天亮之后，再找个机会与徒儿讲。娟娟一见师太来了，忙乎了一宿，还真觉得有点儿累了，便没有细说黑影儿的事儿，认为反正有师太在这儿照护老夫妇，可以放心了，先回到院内的帐包睡一觉再说。

当娟娟走进了与明月长老用于歇息的帐包时，不经意间抬眼一看，忽然发现在自己睡榻的被褥上面，摆放着一株南方的双朵夹竹桃，花儿开得挺鲜艳，着实令她大吃了一惊！心想："奇怪呀，北国辽东目前正处在冰天雪地之时，包括地窖里都没有此种鲜花。严冬季节，只有在江南，夹竹桃还盛开着。那么，是谁把花儿送给我的呢？送花儿之举，是向对方表达内心的情意，显然送花儿人是对我有意呀！"她这么想着，不由得脸忽地就红了。

这天中午，正巧田田来看望明月长老和娟娟。娟娟实在憋不住了，便把田田叫到一边，背着师太问道："田将军，想冒昧地问一下，昨夜可是你来窥视我们坐诊的帐包吗？"田田一听，是丈二和尚摸不着头脑，忙道："妙善师父，没有，没有啊！肯定不是我，一准看错人了。要真有此事，我倒觉得挺奇怪的，多少年了，金山还从没发生过有人暗自窥探之事呢！放心吧，我立即禀告父王，以后多加防范，必捉住那个奸细，跑不了他。"娟娟说："倒也不必，看看再说吧。"此事说到这儿便放下了。

当晚，明月长老发现确有夜行人来窥视，甚感诧异。第三夜，娟娟又看见了那个黑影儿，迅即追了过去。她生怕此次黑影儿再从眼皮底下跑掉，异常警惕地紧随其后，穷追不舍。正撵着，那人手一扬，打过来一个硬物，娟娟往旁边一闪躲过，硬物落在了她的身后。她捡起来一看，原来是一个干硬的泥球儿，将泥球儿掰开捏碎，从里边掉出了一个纸团儿。展开来后，见纸上有一首诗，是这样写的："万里助神佑，关山度痴恋。庵堂情切艺，长剑忆友善。"诗句带几分明显的轻佻之意。娟娟一下就明白了，没错儿，正是李佑干的！为什么这么肯定呢？因为那所谓的诗，赤裸裸地表述了对娟娟的思恋之情，不仅说到了在明月庵时，两人共同切磋剑艺之景况，还表达了他的宝剑直到今日仍常常回忆起难以忘怀的友善之情。从带点儿肉麻的诗句里不难看出，李佑在写这首诗时，真动了脑子。那结尾的"友善"二字，是把李佑的"佑"字谐音"友"，同妙善居士的"善"字连在了一起。另外，诗的开头有"佑"字，结尾有"善"字，足以说明正是李佑所为。

娟娟是何等人？一个姑娘家，看了赤裸裸的表白、轻狂的挑逗，哪能受得了此等侮辱呢？肺都要气炸了，边哭边骂带跺脚的，恨不能马上抓住这个无赖，千刀万剐才解恨呢！于是娟娟拿着那首破诗，哭着去找师太，向她泄怨诉苦。明月长老一听，同样怒不可遏！心想："李佑真是狗改不了吃屎，怎么能死皮赖脸地追到万里之遥的辽东来调戏娟娟呢？竟到了如此程度，太不像话了，可恶已极！咳，也难怪，随根儿呀，他的父辈李善长、李存义不就是专干男盗女娼的勾当吗？连娟娟之母都敢收留、霸占，玩儿够了再转送给纳哈出，还能指望着牛屎堆上长出什么好苗苗来？"明月长老冷静下来后，转念又一想，反倒觉得李佑这么个当口儿来辽东，对娟娟寻母来讲，说不定是个好事儿呢！便好言劝慰道："娟娟哪，别哭了，更用不着生气。李佑的为人你还不清楚嘛，瞪着眼睛瞎吹呗，还能上他的当不成？那是癞蛤蟆想吃天鹅肉，痴心做梦！我的好娟娟，要心胸大度些，一切考虑得周全些。眼下你到辽东寻母，不恰恰是因为李佑揭露了他家的罪恶，才得以知道母亲的身世，并据此分析有可能在纳哈出这里吗？事情再多再乱，即使是千头万绪，也不要影响了你寻找母亲和为大明制服纳哈出的要务。应心明眼亮，有主见，不为各种干扰所迷惑。娟娟，我认为李佑前来有两种可能。一个是有意来阻止咱们办大事儿，搅扰大家的心绪，打乱寻母的步子。照我看，这种可能性不大。怎么说呢？要真是有仇，有心害你，或者为其他事儿而来，就不会露面，也没必要借诗说出自己的姓名。况且那李佑不一般，是个挺狡猾的人，这一点你是知道的。再一个是他真心恋你，为情而来。据我推断，这种可能性很大。李佑有心于你，已不是近时之事了。你们在庵中学剑时，对他的一举一动，不是非常反感吗？正因如此，他才不顾万里之遥，遭罪受苦地前来寻找。也正是由于有了感情，他才能写出那首令你讨厌的恋诗来，从中表明心中确实有你。过去，他能不管不顾地找其父帮助了解你母亲的实情，如今又追来辽东，何不把握机会，让他再帮一次呢？我觉得不仅不要气跑他，反倒应继续抓住他，为我们所用。相信他肯定能听你的话，不也是多一份儿力量、多一把剑吗？说实在的，想找他都不易，何况主动送上门来了？娟娟，或许此乃天意，说不定对完成夙愿有好处呢！好姑娘，仔细琢磨琢磨，是不是这么个理儿？"明月长老耐心地开导了一番。娟娟听后，不哭不闹了，心里立马觉得亮堂了："对啊，师太讲得在理呀！变敌为友，变仇人为助手，何乐而不为呢？就让李佑为实现我娟娟的大心愿、办出理想的大事儿来助把力、添把火吧！"

师徒二人正说着话，田田进来了，还在为夜行人之事犯愁呢，是来与娟娟共谋对策的。娟娟说："田田兄弟，不必再愁容满面了。我已弄清楚了，夜行人既不是为贵寨而来，也不是与你作对，而是为我们而至。确切地说，是来找我的。放心吧，今天便想办法将他引出来，牢牢地抓住。只求兄弟派些人在四外设下罗网，严密地监视，不让乘机跑掉就行了。"田田毫无二话，一口应承下来。

当夜，娟娟让师太在院内帐包里休息，然后把诊室打扫得干干净净，点燃了五大碗獾油灯，亮亮堂堂的，还特意将门开着。她将一切布置完毕，便独自坐在诊室门口儿的凳子上，怀抱最喜欢的琵琶，弹了一首乐府"吴歌歌曲"，名为《春江花月夜》。那是首乐府著名的曲牌，相传最早的作曲者是南朝的陈皇帝。这位南朝陈后主，名儿叔宝，在位时，大建宫室，生活奢侈，每天都与妃嫔、文臣游宴并作艳曲，如《玉树后庭花》《临春乐》等。《春江花月夜》是诸多艳曲中最为著名的一首，其唱词中的许多优美句子成为千古名句，流传于后世。说起娟娟学弹此曲，还是乍到明月庵时，向李佑学的。李佑是大家公子，管、箫、琵琶样样儿精通，吹弹皆好，为了向娟娟献媚，主动教授弹琵琶。娟娟也很爱学。当时，李佑问她喜欢什么曲子，娟娟答曰愿听父亲经常弹的《春江花月夜》。李佑笑着说："这太好办了，不瞒你说，此曲本人最拿手。来，我教你弹！"就这样，娟娟在练功之余，学会了弹奏此曲，而且弹得挺好。她回家给父亲弹奏了一番，刘伯温很是吃惊，大加赞赏。此刻，娟娟想："今夜唯一的办法，即仍装出一副对李佑有恋情的样子，用相互熟悉的曲子加以引诱，必能擒住这贼。"只为此，她才上演了一场空城计，独坐中军帐，专拿飞来客。

单说这位夜行客是谁呢？各位阿哥，此人的确是李善长之侄、李存义之子、于明月庵同妙善居士一起向明月长老学习剑法的李佑。那么，他为何来到了辽东金山呢？听我说书人慢慢道来。前书咱们讲过，当太师李善长得知了刘娟娟是从李存义处了解到的百花楼之事后，火冒三丈，将弟弟骂了个狗血喷头。李善长一发脾气，平时仗着哥哥权势为虎作伥的李存义立马坐不住了，知道祸端是儿子闯下的，又悔又恨，恼羞成怒，回到家里，不仅痛骂了李佑，一气之下，还将其逐出家门。李佑没办法，只好携妻带子找了另处住下。两天后，李佑动用武力打倒了父亲家中的几个护卫，开了银库，抢走了三万两银子。李存义知道后，疯了一般，差点儿没背过气去，从此染了重病。李佑把抢来的银子交给了妻子胡氏，告诉她要好好儿养活儿子，自己有要事必须办，然后向妻子跪下，说："今天不想瞒你了，说句实话吧，咱们夫妻一场，看来缘分已尽，我又有了新爱。你呀，也别等我，三万两银子全给你。以后呢，能找到好主儿便嫁过去，不出嫁，可拿这些银子做生活之用。我李佑是有良心的人，生不更名儿，行不改姓，会时时关照你的。因你仍在为李家教养儿子，只冲这个，也一定管到底。我出走后，有了定处会通知你，放心，照样供给银子，说话算数！"胡氏听完此言，那是号啕痛哭哇，硬是抱住丈夫无论如何不让走。情急之下，李佑推开了妻子，拿起匕首，手起刀落，咔嚓一下剁掉了自己的小手指，忍着剧痛吼道："你要再相逼，我就接着剁！告诉你，我既然决心已下，万马难拉，决不回心转意！"胡氏一看，丈夫满身是血，又心疼又惧怕地早吓昏了过去，待稍缓醒过来，鼻涕一把、泪一把地哭号道："夫君哪，夫君，妾不逼你了，可要善待自己呀！胡氏得你恩爱之情，生有一子，心足矣。夫君走吧，妾生为李家人，死为李家鬼，允你再娶。胡氏将孤守终生，育儿成人，以报夫君多年之爱也！"说着又昏过去了。李佑一刻不想在家停留，甩开一直抱着自己大腿不停哭叫着的六岁小儿子，一咬牙一跺脚，转身跑了出去，从此离开了金陵。

李佑从金陵出走之前，曾到明月庵打听过娟娟的去向。那天，他到熟悉的明月庵门前一看，此时已今非昔比，正在奉旨修葺，因为心里着急，所以也没停步，只瞅了几眼，便匆忙进庵去见代理住持、明月长老的大弟子了静和了慧。他与娟娟在庵中学剑时，二位尼姑在后院儿管理衣食、供品、香纸等物。李佑是公子哥儿，好吃懒做，在庵中也同别人不一样，嘴馋时，总想找点儿好吃的，不敢跟明月长老要，就去后院儿苦缠了静和了慧。她俩被磨得实在没招儿时，常给些供果吃。从那时起，李佑与这两位师父渐渐熟了。

了静、了慧现如今已是年近五十的老尼姑了，心地慈善，从不发怒，遇事又能忍让，在庵里很有威望。通常情况下，不论谁找她们办事儿，准能成。不但李佑愿意与之打交道，小尼姑们有事儿没事儿地总是跟在身前身后，而且明月长老也很喜欢、信任亲自带起来的大弟子，遇有外出，就由她俩代理住持。李佑到了后院儿，径直去找了静、了慧，见二位师父正在庵里指挥工匠大兴土木呢！李佑打了招呼后，便向其打听娟娟的去向。当时她俩很忙，并没细说，只是告诉他："你别找了，妙善居士已随师太北上辽东了。至于具体到什么地方去了，我们和你一样，不清楚。"李佑一看，从她俩嘴里不会得到更多的信息，谢过之后很快离开了。

李佑为了把娟娟的去向摸得更准，又让夫人胡氏回到娘家，向时任大丞相的父亲胡惟庸打听一下。胡氏遵照丈夫的吩咐，回娘家找了爹爹，询问是否知道刘娟娟到哪儿去了。胡惟庸一听说又是关于刘伯温家里的事儿，就打心里往外不愿听，于是不阴不阳地说："问她干啥？这丫头随马云、叶旺到北边去了。现在妙善居士可了不得啦，也真有吹的，是以皇上钦赐的秉仁公主的名分随军东征的，还被封为武威安抚使、参赞东征诸务呢！不知是哪辈子积下德了，一步登天了，成了皇家的公主、马皇后的女儿啦。要我看哪，那是全仗有个能说会道的爹才飞黄腾达的！"胡氏听父亲这么一说，问道："爹，您不是大丞相嘛，女儿我怎么没跟着发达呢？"胡惟庸没好气儿地说："你爹不行呗，没那两下子，斗不过刘伯温。再说了，咱也没人家那样的三头六臂的姑娘呀，甘拜下风喽！"胡氏从娘家回来，便把此话一五一十地讲给丈夫听了。李佑此刻根本没心思听妻子学说岳丈那些不满的唠叨，随即走出家门到外面溜达，边走边想："咳，反正下了决心了，必须得去辽东找娟娟。她是为寻母而走的，我那么喜欢她，此时不帮还待何时？对，马上去！"他回到家里，草草收拾了行囊，带点儿银两，以行侠之名北上了，也才有了前面说的抢父宅银两、抛妻舍子离家远行的一幕。

李佑去辽东，走的路是由南京奔天津卫，过山海关再进辽东，绕了一个大弯子。他为何不走海道呢？那时海道由明兵控制着，即吴祯老将军领兵在那里严加把守。除了军需品以及重要的兵源、给养外，一般闲杂人等在当前的紧张形势下，如没有朝廷的腰牌儿，是不能从海道过的。另外，也是为了防备纳哈出派来奸细到各处打探情况。李佑为了赶路，晓行夜宿，足足走了一个半月，才见辽东地界。因他心中有数，估计娟娟寻母一定会到金山，所以进入辽东后，便直奔金山而来。应该说，李佑在明月庵的那段儿时间尽管没认真学、下苦功夫练，但武功底子还是可以的，能飞檐走壁，一般关卡挡不住。他一路十分顺利，到金山后，一看就发愁了，心想："这偌大的地方，谁知道娟娟在哪儿呀？可是太难找了。"又想："即使找到了她人，明月长老那么严厉，还不得一个劲儿地轰我走哇？再说了，娟娟又膈应我，你想贴乎人家，人家要不让你贴乎，如何是好？看来得先探探。一是打听打听她们究竟在哪儿，二是看看娟娟对我是怎么个心情，然后再说。"于是，他吃饱喝足后，开始马不停蹄地到各处寻找师徒俩。

一天夜里，李佑突然发现在一个院落的外面挂有葫芦形的幌子，知道里头准有卖药、看病的，心想："能是谁呢？哎呀，说不准是师太呢。师太过去到东海采药，就常常边采药边给人看病，在辽东一带很是出名啊！"想到这儿，便轻轻走近帐篷，偷偷向里面观瞧。果不其然，他看到了明月长老和娟娟的身影，顿时高兴得心怦怦直跳哇！刚想迈腿进去，转念又一想："我对此处的情况不知，哪能贸然而进呢？不行，还得再瞧瞧。"于是，他抽回腿来，躲在暗处继续观察着。不一会儿，只见师太和娟娟收拾完东西之后，走出了诊室，进了后面的兵马大院儿。当即他感到很奇怪："哎呀？她们怎么会住进众多元兵把守的、戒备森严的大院儿呢？怪呀，其中必有道道儿。"李佑这个人本来就多疑，平时不管碰到啥事儿都好琢磨，此刻自然要弄清到底是怎么一回事儿了。他马上回转身来，向四处望了望，在院外找了个地方隐蔽起来。

第二天一大早，李佑出现在院落的旁边，看清了院外的诊室是一座新搭成的高大、洁白的蒙古包，明月长老和娟娟正是在那里给人看病、拿药的，心想："是谁给她们特意建了一座蒙古包呢？这可是纳哈出的地方呀！娟娟在金山并无熟人，谁肯帮如此大的忙呢？"不久，他发现一位年轻俊美的少壮武士常常出没于此，还注意到，少壮武士非寻常之人，后面跟有许多随从，不少人见了都得叩头，看来像是统领此地的将领。李佑开始往邪念上想了："他同娟娟是什么关系？难道娟娟来到辽东以后，有了心上人不成？可真是'窈窕淑女，君子好逑'啊！是呀，像娟娟这样年轻漂亮的姑娘，不知会有多少人仰慕呢，我不就是其中的一个嘛！多亏来了，来对了，要不肯定让人家抢走了。不行，我得赶紧想办法，不能让那小子轻而易举地占便宜，夺去我的心爱之人！"李佑每次看见少壮武士到娟娟的蒙古包来，连忌妒带生气的，几次想动手杀了他，可又一想："到底咋回事儿没弄明白呢，怎么好蛮干？再说又是在纳哈出的一亩三分地上，也没弄清壮士后头究竟有多少人帮他，若真动起手来，能否打得过还两说着呢！他"想来想去，觉得应稳妥些，仔细摸摸情况后动手不迟。

到了晚上，李佑见师太一个人回到院子里去了，却不见娟娟和少壮武士随同，心想："他俩此刻能在哪儿，难道还在作为诊室的蒙古包里？看来真有名堂啊！"于是他从隐蔽之地走了出来，悄悄儿地贴近了蒙古包，仔细一听，果然里面有声音。又听听，似乎不只一两个人，便没敢造次。谁知不经意间却碰了一下帐包，以为里边的人听见了，吓得他撒丫子跑走了。其实，这次并没引起帐包内人的注意。李佑见没什么动静，下面就发生了所说的黑影儿夜探府邸，娟娟紧紧追踪的情景。李佑在隐入一片蒙古包后，见娟娟没有再追，重又反身运用轻功飞檐走壁，把从江南带来的夹竹桃偷着送到了娟娟和明月长老住的帐包里。娟娟见到此花儿颇感奇怪，接着又出现了前书讲过的再次追赶夜行人及李佑用诗传情通报之举。

单说这夜，李佑在西山森林里实在是被等待煎熬得受不了啦，觉得不管怎样，是吉是凶，是杀是打，总得去拜见师太和日夜思念的娟娟，把心里话向她们吐个明白。再说了，长此下去也不是个办法，无论结果如何，我都认了。于是，李佑乘夜色来到大院儿前面给人看病的蒙古包旁，俯身向诊室望去，见诊室的门开着，里面的灯光很明亮，娟娟正独坐门口儿，弹着琵琶，侧耳一听，立马惊呆了，激动得心儿几乎快跳到嗓子眼儿啦："哎呀，娟娟心里还是有本师兄啊，弹奏的竟然是我教的那首《春江花月夜》呀！她之所以选中弹这支曲子，不就是让我赶快露面与之相会吗？"此刻，他恨不得立即扑进诊室，与心爱的娟娟见面。他站起身刚要迈步，又停住了，心想："哎呀，不会是歹人有意设的圈套、引我上钩儿吧？"正在迟疑中，忽然一张大网呼啦一下从头上落了下来，刚好把他罩住了，就这样神不知、鬼不觉地被活捉了。李佑在网里往外定睛一看，擒他的不是别人，正是那个常来看娟娟的少壮武士。壮士走上前来，不容分说，命兵勇把李佑用皮条绳儿绑好后，推进了娟娟所在的诊室，说道："妙善师父，人我给你抓来了！"娟娟抬头一看，被抓来的真是李佑，便笑着说："谢谢田田兄弟，麻烦你了。他是我的师兄，也是明月长老的徒弟，自家人。请你们忙自己的军务去吧，由我和师太打发此人。放心，不会出事儿的。"这时，明月长老已从诊室里间走了出来，坐在了椅子上。

诸位阿哥可能要问，明月长老不是在院内的帐篷里歇息吗？怎么又来了呢？原来，娟娟一个人留在诊室后，明月长老总觉得有些不放心，在住室里待不住、睡不着的，索性穿衣起来，回了诊室，躲在了里间。此刻，田田见二位师父都在，便说："那就遵嘱先退下了，有事请敲击挂在帐包上的云板，我们随时会闻讯而至的。二位师父，告辞了！"说完，田田转身率兵勇们出去了，屋里只剩下明月长老、娟娟和刚刚被擒的李佑公子。

娟娟站起身来，走了过去，把紧绑着李佑双臂的皮条绳儿解开，然后回到了师太身边。明月长老板着脸坐在那儿，一声儿不吭。李佑伸展了一下被皮绳儿勒麻了的手臂，扑通一声跪地道："徒儿给师父叩头请安了！同师太一别多日，甚是想念。您老一向可好？"说完咣、咣、咣磕了三个响头。他接着转过身对娟娟说："妙善居士，在下给妹子叩头了。"刚要磕，明月长老开口了："起来吧，别假惺惺地给妹子磕什么头啦！我问你，为何到此，受谁指使来的？难道要跟我老尼较量不成！话说回来了，你有这个本事吗？"李佑哪敢起来呀，仍跪在地上连连叩头道："徒儿不敢，不敢。师太，我来辽东，真是没有丝毫歹意。咳，既然到这个份儿上了，不妨直说了吧，我是不放心妙善哪，是为娟娟妹子而至呀！她为了寻母，千里迢迢来到辽东，面对赤诚之心谁能无动于衷？说起妹子的母亲流落辽东，那还是我的家族给造成的呢，怎能不理？再说，我敬重恩师您老，也敬重妙善居士，更为寻母之孝心所感动。俗话讲：'孝感动天'，我们家做了很多对不起娟娟的事儿，身为李氏的子孙，理应为家族过去的罪孽忏悔。此次来北疆，目的只有一个，即是为了赎罪。想到师太年高，徒弟来了，总可以帮助师妹尽点儿绵薄之力。为此，我把家里全安顿好了，又从父亲那儿弄到了三万两银子，交给了内荆，由她抚养我们的骨肉，随即便到了辽东，打算全心全意地帮助师妹了却心愿。说实在的，我既然来了，从没想再返回南京。为了与师妹一块儿寻母，哪怕赴汤蹈火，在所不辞！何况纳哈出这个大元余孽，当今正同大明朝负隅顽抗，国家兴亡，匹夫有责嘛！我不想安适于相府养尊处优的生活，不愿苟且偷生。如能为国家效力，为师太、师妹做些力所能及的事儿，让师太教我的那般武艺有点儿用场，才算是没白在世上走一回，师太也没白疼徒儿一场。"明月长老知道，李佑嘴巧，特别会说，死人都能让他给说活了，不管在什么地方，小嘴儿巴巴儿的，总是没个完。李佑还要往下讲，被明月长老给打住了："行了，差不多了吧。李佑，既然来了，我不想说什么了。能为师妹做点儿事情也好，师太倒要看看你是光耍嘴皮子呢，还是真心帮忙。从今天开始，我派给你个差使，做我们的守卫吧，省得老麻烦人家田田将军。"李佑一听高兴了，心想："师太，您哪里知道我的心思？其实我要求并不高，只要能天天看着娟娟，跟在前后左右，便是最大的满足了。盼了好长时间，就是盼的这个日子呀！"他马上忙不迭地说："行，行，放心吧，师太，我一定担当好守卫之职！"随之，又连连磕头称谢。娟娟看他那眉飞色舞的样子，早已忍不住了，转过脸捂着嘴偷偷乐了。

　　说实在的，李佑对娟娟真是不错，从没为什么事儿得罪过。倒是娟娟瞧不惯也看不上他，从心里烦得慌，平时动不动就呲他、贬斥他。此刻，娟娟看着李佑，心中暗想："我之所以能知道自己的身世和生母的下落，还全靠了李佑跑前跑后地帮忙，着实费了不少脑筋。他不顾自家的声誉，把了解到的事儿全都告诉我了，这样的人在家里能像往日那样吃香、心安理得地待下去吗？不仅不能了，还得遭到他大爷李善长乃至父亲李存义的记恨，认为是可恶的叛逆。再说了，人家李丞相本来在皇帝面前是相当受宠的，此事一抖搂出来，肯定一落千丈了，能不把侄子看成娟娟送自己上断头台的催命鬼吗？"又想道："李佑为我解开了难解之谜，算是有功之人。现在他又不怕辛苦，只身奔来相助，也算仗义，不是每个人都能做到的。"娟娟想到这一切，火气慢慢地消了，甚至对李佑产生了些许好感和同情，便温和地说："师哥，方才师太说了，答应留下你。从今以后，千万要听师太的话，不许乱来，惹出什么事儿可不饶你。"李佑赔着笑脸儿表示道："妙善妹子，请放心，一定谨遵师太和师妹的吩咐就是了。"

　　当晚，田田因为不放心二位师父的安全，再次前来看望。娟娟便把李佑介绍给了他，还请帮忙为师兄准备一处住的地方。田田听说李佑是从京师来的，没有丝毫的敌意不说，反而表现出了特有的热情，愿意亲近李佑，并马上让随他去，安顿在府邸内一个作为客房的蒙古包里歇息。李佑进了蒙古包后，又摆出一副公子哥儿的架势，说什么帐篷里被子铺得太薄了，窗子透风冷了，门口儿的地面儿不平了，等等，还支使田田为他买这、买那的。田田不但没反感，而且不厌其烦地一一去做，主人倒变成了附庸。

　　田田的这些行为，引起了娟娟的好奇。自打与师太在来金山的半路上与之相遇，田田的一举一动令她十分不解：看似文静，然而能奋不顾身地勇斩疯狼；明知二位师父是从金山之外来的，但从不盘查；刚刚相识，却一路护卫，迎入府邸，处处关照，无微不至，并特意搭建了为人治病的帐包；平时的一言一行，不像金山的将领，倒像个大明朝打入山寨的内应。娟娟越想越不明白，天天在警觉中注意着田田的表情、言谈举止。明月长老今日又有一个新发现，欣喜地悄悄儿讲给娟娟："孩子，你注意没有，田田和李佑的模样可太像啦！你看那鼻子、眼睛、嘴、脸庞，不就是从一个模子里刻出来的吗？"明月长老的话还真提醒了娟娟，想起方才李佑站在那儿，田田也站在那儿，两个小伙子都是风华正茂的年龄，只是乍看起来李佑比田田稍大一点儿。当仔细对比时，发现他俩确实长得挺像亲兄弟。更奇怪的是，田田也有好些地方，比如眼睛啊，眉毛啊，下巴颏儿呀，一说一笑的神态呀，倒与自己相像。为什么会这样呢？一时想不明白。

李佑住进蒙古包的第二天晚上，田田破例打发了身边的护从，也不让弟弟扎浑多尔济列席，单独设宴款待明月长老、娟娟和李佑。一是为李佑压惊，向他致歉；二是由于李佑的到来，为自己又结交了一位新朋友而庆贺。李佑原本出身于大家的公子哥儿，又常在官场上走动，对此种场合当然会应付得八面风光。他尽量讨好明月长老和娟娟，生怕一不小心，惹她们不快；对田田则不远不近，做得很适度。田田在酒宴中，刨根问底儿地想知道李佑的出生之地，还不时地询问秦淮河这个地方。明月长老对秦淮河再清楚不过了，多少年来一直在那儿化缘，可以毫不夸张地讲，对河两岸的不少人家能道出名姓来。娟娟也一样，对秦淮河及周围的一切耳熟能详，可不知田田打听那儿究竟是何意，又不好多问，便没吱声儿。李佑嘴快呀，忙说："秦淮河是生我、养我的家乡呀，从小可是在河上坐船、玩儿水长大的。田田多尔济将军，你问它干什么？"田田支吾着说："不……不为什么，只是突然想起来了，随便问一问。"李佑又道："你想问秦淮河的什么地方吧？"田田说："听说秦淮河上有个叫江宁的地方，是吗？"李佑答道："有啊，秦淮水是西北流向的，流经的第一个大城市就是江宁。"田田说："哦，好像在江宁的南边有个小渔村，叫阿湖。对，可能是这个名字，有点儿记不太清了。"说完，轻轻地摇了摇头。

明月长老从田田的问话里，断定眼前的金山将领不是辽东当地人，说实在的，从与他相见的那一刻起，便有这种感觉，而且他本人说的也是实话。及至今日，他一直在打听江南著名的河流秦淮河，莫非与那条河有什么关系？便开口道："田将军，听老尼说几句。咱们已相处有日了，谢谢你的热心关照，自打到了金山，真有宾至如归之感哪！昨天我的弟子李佑又来了，都是朋友，不是外人。当然了，你的行动证明，同样没把我们当外人看，这就好啊！刚才将军问到的秦淮河，还是让老尼来告诉你吧。我原本是秦淮河上的渔家之女，后来才出家为尼的，因此对秦淮河太熟悉了。不仅小的时候在那儿生活过，出家后的数十年来，还仍在那儿读经拜佛。明月庵建在秦淮河边儿，具体地点不说了，以后定请将军到我们的庙堂一游。相传秦淮河有两个源头，东源出句容大茅山，南源出溧水东芦山。两水在秣陵关附近汇合北流，经江宁、金陵入长江，流域很广。在长达二百二十多里的流程中，上游有句容、龙潭、薛埠三角地带，下游两岸沃野连片，是富庶的鱼米之乡。为什么叫秦淮河呢？田田，你可能不知道。据讲，秦朝始皇为了开凿中山，疏通淮河，故名秦淮，名字就是这么留下的。它是一条很有名气的河，两岸风光秀丽、景色宜人，乃物阜民丰之地。唐朝有首古诗写道：'烟笼寒水月笼沙，夜泊秦淮近酒家。商女不知亡国恨，隔江犹唱后庭花。'作者借用这首诗隐喻南宋沦陷以后，秦淮一带人们的生活状况，诗中的'秦淮'，即指秦淮河。田田，你听到'烟笼寒水月笼纱'这句，不觉得把秦淮河写得很美吗？此诗流传几百年了，秦淮河也名扬几百年了。田将军不妨讲讲，为何对江南的秦淮河如此有情呢？"明月长老一问，大家才注意到，田田早就酩酊大醉了，趴在桌案上睡着了。李佑上前将他抱起，低头一看，见将军已是满脸热泪。娟娟用手绢轻轻为田田拭去泪水，然后让李佑将其搀扶到诊室的内间，放倒在临时歇息的卧榻上，心想："田将军是有难处呢，还是有愁呢？作为主人，能在为客人设的酒宴上喝醉，一定是心事重重啊！"李佑怕田田冻着，又给盖了盖被子。明月长老和娟娟依然坐在那儿琢磨着。

这些天来，从表面看，田田是金山丞相、太尉纳哈出的义子，又是纳哈出大帐前的第一领兵掌印大将军，有众多护从跟随，应该是权重位高、威风凛凛了，然而却与金山的其他将领不一样，对外来人明月长老、妙善居士不仅从不防范，不追问来历，还热诚相待、百依百顺，难道不是很反常吗？更令人不解的是，他对二位师父和后到的李佑，明显的是在保护，不许有元兵、元将来打扰。在多数时，看望师太是他一个人来来去去的。明月长老和娟娟的行动十分自由，就像在大明京师一样随便。在这种情况下，性急的娟娟当然等不得，极想快些弄清真相。明月长老则不同，一再嘱咐她，要仔细观察，静观其变，不必着急，会看到葫芦里到底卖的什么药。

此刻，师徒三人坐在田田的身边，见他睡得正香，便小声儿唠了起来。娟娟问道："师太，我该如何做，才能打入纳哈出的内部？又怎么寻找亲娘呢？"明月长老安慰说："娟娟，咱们现在不正在纳哈出的心脏嘛，你不已经在寻找了吗？真是佛祖和菩萨在庇佑我们，多顺利呀！若不出我所料，与此有关的田田之谜，今日就会水落石出。"一听说到田田，娟娟不免担心起来，又问道："这可咋办哪，一会儿那些兵勇和扎浑多尔济要来找田将军，发现已把他灌醉了，不是惹事儿了嘛，如何是好？"明月长老胸有成竹地说："别急，不用怕，我觉察到田田这个小伙子是个很有心计的人。他敢设宴款待我们，并且命所有侍从，包括做饭的厨师们送来酒菜后都回去歇着，还特别告诉自己的小弟弟不要来。这说明什么？显然是要与咱们通宵相聚，事先已做好了各方面的准备。因此，我想没有特殊情况，是不会有人找上门儿来的。不妨就在旁边陪伴着，让他多睡一会儿。看出孩子是有难言之隐哪，憋在心里无处诉，否则咋会哭呢，更不会醉酒。咱应设法取得田将军的信任，使之吐露真情，解开这个谜团。"说完，明月长老回身从包袱里取出银针，在田田嘴唇上边的人中、前胸的坛中、腿上的足三里等几个穴位进针，之后对娟娟说："让田田再睡一会儿，睡醒后，酒劲儿也过去了。娟娟，你沏好茶水，只等着听他的故事吧。"

不一会儿，正如明月长老所说，田田真的醒了过来。他睁开双目，见到眼前的二位师父和李佑正关切地看着自己，忙从卧榻上扑棱一声跳下地，连连说："哎呀，失礼了，失礼了！抱歉，抱歉！由于高兴，酒便喝多了，没想到还睡过去了，让各位师父陪着我，真太过意不去了。方才唠什么了？听师父们讲了不少新鲜事儿，很招人听，没听够哇！"娟娟是个心急口快之人，听田田这么一说，知道他仍有顾虑，有意遮遮掩掩，不敢唠真心话，不禁有些生气，想当面儿触他几下，以便说出真相，心想："你是何苦呢？憋在心里多难受啊！相互之间已很熟了，有啥话不能说呢？早应该刀对刀、剑对剑、直截了当地一股脑儿抖搂出来了，何必没完没了地捉迷藏？一直到现在都不敢讲。表面上看着挺好的，还是个壮士呢，有啥怕的？"想至此，娟娟实在憋不住了，忽地站了起来，准备跟田田说道说道。明月长老一看娟娟的表情，知道她忍不住了，忙用手拉住了，随即笑着对田田说："田将军，睡醒了？很好，工夫不算大，我们没敢动地方，在这儿守候着呢。刚才你好像有话要说，这不，没等唠什么，就打开盹儿了，可全等着听下文呢！"田田听罢，不好意思地摸摸后脑勺笑了。

正说话间，忽然来了一队兵丁，为首的正是扎浑多尔济。他下了马，几步跨进屋来，谁也没看，冲着田田喊道："哥哥，父王让你快去，大事不好，纳木扎勒台吉反了！"田田厉声儿打断了弟弟的话："慌什么？别说了，快跟我走！"说着抽身便往外走。他刚出门，又回过头来对明月长老他们说："各位师父，不用担心，没事儿，你们好好儿安歇吧。别听我弟弟的，纯粹是小孩子胡说，在金山谁敢反？我去看看就来。"然后，翻身上马，随众兵将飞马远去了。

话说明月长老、娟娟、李佑送走了田田，刚一回屋，哪承想看见屋里坐着一位元将，不禁大吃一惊！你道来人是谁呀？待仔细一看，三人乐得差点儿没叫出声儿来！原来是同到金山的、在鸿图酒店与之分手的萨家奴。明月长老和娟娟到金山后，就急着想找他联系，今天总算见到了，能不高兴嘛！萨家奴穿着一身元朝的官服，笑吟吟地起身走过来，向明月长老和娟娟俯身叩拜，当抬起头来见到李佑时，因为不认识，一时有点儿愣神儿。明月长老忙介绍道："这位是我的徒弟李佑，刚从江南赶来，自家人。"萨家奴又向李佑一拜，然后说道："方才来时，见田田大将军正与各位共饮。因怕他认出我，便没有搅扰，一直在外面等着。明月长老、秉仁公主，二位师父确有本事，能够把纳哈出最亲近的义子给弄到手，这可太不简单了，真得祝贺你们！田田是个非凡的人物呀，得了他，等于即将抓住了纳哈出哇！"明月长老让萨家奴坐下说话，娟娟把门重新关好，随即将油灯吹灭了。四人围坐在暗室里，交谈起这些天来所了解到的情况。

其实，娟娟早已按捺不住了，便快嘴先说了："萨家奴，正想等找到你以后，好好儿问问呢！方才不是说了嘛，认为能认识田田很好，是个不寻常的人物。我和你有同感，觉得他的确不一般，况且对我们仨真是不错。可是到现在对这位将军的细情并未了解清楚，从没听他本人介绍过，正开口要讲时，又被他的弟弟招呼走了。"萨家奴说："不要急，以后有的是机会，我先讲讲金山的情况。目前，在大寨执掌兵权的是纳哈出，还聚集了不少元朝的大臣、皇族和将领。他们都盼着有朝一日大军得胜，东山再起，重建大元天下，天天在做美梦呢！纳哈出也下的这个苤子，往这方面使劲儿。金山有兵力三十多万，还在不断扩大。军需品很充足，在大漠已聚集马匹上万、骆驼数千、牛羊不计其数，绝不能小觑。当他们得知金州失守、辽阳已入明廷之手后，纳哈出加紧了活动，与东海女真野人三部首领联系，控制了额苏里、虎尔哈和珲春、长白山等地；最近，又调集所掌握的三十余万兵马，与辽东各部女真兵二十余万相会合，准备下辽东，攻辽阳，与马云、叶旺一决雌雄，重新夺回此城，改变辽东半岛目前的形势。为了切断明廷对辽东的支援，使明军无法立足，纳哈出还要把旅顺口夺过来，打通海道，妄想与北平以北的大宁、喀喇沁地方的元兵联起手来，与大明形成南北对峙之势。不过，眼下纳哈出却遇到了十分棘手的事儿，故而打乱了原来的打算。"娟娟忙问："他遇到什么事儿了？"萨家奴回道："纳哈出有个好兄弟，乃元朝的大将，叫纳木扎勒台吉，在喀喇沁与大宁一带拥兵二十来万，势力不小。纳哈出为扩大金山的力量，便把这个人给请到了金山，开始说得挺好，答应可同掌山寨大权。纳木扎勒台吉被纳哈出软化了，完全相信了，当即带领部分兵马来到了金山。可纳哈出那是喜欢一己独断之人，怎能容纳木扎勒台吉与金山第一人平起平坐？于是，想尽各种办法慢慢吞掉纳木扎勒台吉的兵马。时间一长，被纳木扎勒台吉给看穿了，遂带着自己的人马，举旗谋反，声言将独霸金山的控制权。纳木扎勒台吉是一员猛将，有万夫不当之勇，是很难对付的。他与纳哈出掰翻，将直接威胁到金山的安全和稳固，可以说眼下正处于危急之时。方才田田被其父王叫走，就是要让他与帐前将领们紧急商量，找出制服纳木扎勒台吉的办法，彻底平息叛乱，进而收降其二十多万兵马。"萨家奴说到这儿，停了下来，似乎是口渴了，舔了舔干裂的嘴唇。

娟娟她们是越听越兴奋，李佑赶忙递上一碗茶来，让萨家奴润润嗓子。萨家奴接过碗，咕嘟咕嘟地连喝了几大口，放下后继续说道："这些日子，还有一件让纳哈出上火着急的事儿，那就是身边的一个最喜欢的爱妃疯了，可把他愁坏了。听说还不知去向，多次命田田多尔济和弟兄们带众将到各处去寻，到现在仍未找到。纳哈出的这个爱妃，是田田的母亲，也是扎浑多尔济的生母。哥儿俩找不到母亲的踪影，心里十分焦急，吃不下，睡不好的。特别是田田，最近的情绪相当糟糕，烦躁不安，什么也干不下去，天天头昏脑涨的，眼睛都不愿睁，这可能是主要原因。"明月长老、娟娟听后明白了，那天在来金山的路上，之所以能遇见田田多尔济和他的弟弟扎浑多尔济，原来哥儿俩是出来寻找生母的。难怪这些天，田田精神不好、眼神儿发愣、愁眉苦脸的，皆与母亲疯了走失有关。

接着，萨家奴又向三人介绍了纳哈出那个疯爱妃的情况。他讲道："若说起来，他的这个爱妃是第一掌印夫人，又是金山的第一美人。虽已四十多岁了，但青春娇艳不减当年，其美色迷住了纳哈出，被接来金山时，只有三十一二岁，品貌兼优，令很多人折服。大丞相更是将她视为心肝儿一样爱不释手，奉为最受宠爱的妃子、最亲近的心上人，天天与之形影不离，日夜侍寝不辍。金山的人都知道，纳哈出是何等的飞扬跋扈、独断专行，可在爱妃面前，却变得异常柔顺，对其处处关怀备至。据讲，爱妃知识渊博，对朝代的更迭及社会的方方面面了解得不少，尤其对大明朝的内部情况知道得更多，也不知是从哪儿得来的，可称得上是一位了不起的传奇人物。纳哈出得到她是如获至宝，言听计从，娇宠有加。关于爱妃的身世，传闻则更多、更奇了。有人说她是宋元以来第一位绝代佳人，容如西施女，颜比赵飞燕。还有人说这是太尉以'驰驻金山不搅平宁①'的代价，从大明朝丞相胡惟庸手里换来的江南美女。可惜，对此传闻，纳哈出矢口否认，从不谈起。我是个搞秘密联络的人，在胡丞相府里做过伙夫，曾向胡惟庸打听过。可胡惟庸不仅极力否认，还尽量避而不谈。纳哈出把爱妃尊称为大夫人。她原来有一个儿子，就是对你们挺好的那个田田多尔济。自从田田来到金山以后，她首先逼纳哈出认下这个儿子，提出：'要想让我做你的爱妃，得先收下孩子，认为义子，主掌金山大帐的第一帅印。'开始，太尉有些犹豫，怕刚来就把她的儿子封这么高，众将不满，故而不想这样做。大夫人见纳哈出犹犹豫豫的，遂以'不合卺，休上床'胁之。意思是，要不答应，那咱俩别成婚，也不是你的什么爱妃，休想上床与我同睡。在纳哈出没答应要求之前，她足足孤守了六十多天，把门一关，不允许纳哈出进来或碰她一下。这可急坏了大丞相，见美色而不得亲近。就他那个人，怎么能忍得住啊，馋得团团转哪！最后实在没招儿了，只好一概应承下来。因此，田田一到金山，便被纳哈出认为义子，尊为帅帐的第一大将军。小儿子扎浑多尔济是大夫人到了金山以后，同纳哈出所生，毫无疑问地成了金山大寨的骄子，娇纵无比，俨然如小皇帝一般，比田田多尔济还吃香。关于纳哈出爱妃的容颜、魅力，曾被不少文人评述。有的说她的身子曾为元末明初的显贵豪杰数人所御，尽管如此，其美艳却不减。当年有位名士叫谢子兰者，元末曾避守吴中，酒醉后写了一首诗，称赞这位奇女子。诗中有'阴溪宿名杰，柔乡何言国'等妙句，是韵深且讥诮，令人品味无穷焉！"李佑听到这儿，冲娟娟做了个鬼脸儿，失声大笑起来。明月长老回头瞪了他一眼，李佑马上收敛了笑容，不敢作声了。娟娟不小了，啥不明白呀？早已羞得两颊绯红，连头都不敢抬了，再不想听萨家奴胡诌了。

萨家奴看了看涨红了脸的娟娟，笑了笑，接着说："对这些事情，大伙儿议论纷纷，莫衷一是。再说，这是人家夫妇俩的事儿，别人干瞅着，

---

① 系指北平、大宁。

管不着，咱也就此打住吧。说起田田这个人，挺孝顺，武功高强，据讲有高人传授。还听说他是江南汉人之后，不知生活发生了什么变故，为何与母亲沦落到此。我们这些纳哈出的属下，包括田田手下的大多数将领，都很敬重年轻有为的掌印大将军。因为他诚恳、稳重、聪明、平易近人，而且十分有谋略，所以在金山大寨威信极高。大丞相很是倚重他、信赖他，平时不管发生什么事儿，首先得同义子商量。在金山，要想真正控制住纳哈出，掌握主动权，关键是必须取得田田多尔济的绝对信任。唯如此，才能得到纳哈出的认可，以至在金山站住脚，完成预想的一切计划。看得出来，田田多尔济对我们很帮忙，处处关照。反过来，咱也得想方设法帮助他树立威信，这一点很重要。"对萨家奴所讲的，明月长老、娟娟、李佑非常赞成。那么，眼下该怎么办呢？大家认为，当前金山最大的问题，就是要平息内讧，制服纳木扎勒台吉，削掉这员大元的猛将，将权力集中到纳哈出处。要是能为此出力建功，则等于既帮助了田田，又能靠近纳哈出，进而取得他的信任，往后的事儿会好办多了。四人议定后，觉得事不宜迟，说办就办，于是各自分头准备。萨家奴急速回了金山大寨，明月长老、娟娟、李佑整理好了行囊和家巴什儿，静观动向。

当明月长老等三人发现纳哈出的兵马向城南旷野集中时，便立即携带兵刃，随之而出。到了人声鼎沸的城南一看，那里已是火把熊熊，红光一片，显然对峙双方已摆成了阵势。田田骑马站在队前，陪着一员老将，细看这人，头戴钢盔，身穿铠甲，手握一把大砍刀，胯下一匹乌骓马，身后跟着不少战将。此时，只听他向对方队伍大声儿喊道："纳木扎勒台吉，我的好兄弟，为何不顾大局、如此糊涂哇？明廷早进兵到了咱们的鼻子底下，你不是不知道，形势危急呀！先帝已经驾崩，为了大元的天下，你我应同舟共济、肝胆相照才对呀，安可分心？倘若火拼下去，不仅会使所占据的金山毁于一旦，也恰是朱元璋苦盼之举，尔等绝不可造次，不能干此亲者痛、仇者快的愚蠢勾当。速命尔等兵马重返营地，本丞相有何得罪之处，会负荆请罪的。为大元社稷，从今以后，我宁愿退避三舍，由你纳木扎勒台吉主掌金山兵权如何？皇天在上，誓言即出，驷马难追，说话一定算数！"听此言，知道阵前喊话的老将，正是赫赫有名的纳哈出。再看他的对面距一箭之地，队前列有十几位骑马的战将。中间的那个立马横枪的大将，豹眼圆瞪，咧着大嘴，如血盆儿一般，听完纳哈出的喊话，轻蔑地哼了一声，随即破口大骂："纳哈出，谁还听你的花言巧语？已欺骗我们多时了，再不能买你的账了。兄弟们，走啊，回喀喇沁去，走！"他这一喊，人马开始乱了，有些站在原地没动，有些则打马向西方驰去。纳哈出见此情景，高声儿命令道："不准走，快截住他们，绑了这个元朝的败类、叛贼纳木扎勒台吉！谁要擒了他，本丞相将封其为金山大寨的总寨主，就是我的兄弟。大元复国后，将有享不尽的荣华富贵，快点儿给我抓，抓呀！"话音刚落，只见田田所带的兵马呼啦一下冲了过去，战马奔腾，势如破竹，不一会儿便追上了纳木扎勒台吉，把他团团包围起来。纳木扎勒台吉一看无路可走，回头大喊一声："弟兄们，抄家伙，干哪！"于是，双方交手了，噼里啪啦地打到了一起。

前面我们说了，纳木扎勒台吉可不一般，那是一员猛将啊，手举镔铁长矛只打了几个回合，便将纳哈出的两员战将挑于马下，当即死于非命，接着，又连挑了三员战将。这时，从纳哈出身后冲出一员挥舞着长刀的大将，然而还没战到两个回合，就被枪刺穿胸膛，甩出几丈远。战马见主人死了，惊恐地咴儿咴儿怪叫着，炮开四蹄跑走了。纳木扎勒台吉是真厉害呀，一眨眼儿工夫，要了纳哈出六员大将的性命。田田与小弟弟扎浑多尔济无论如何看不下去了，一踹坐骑，大喝一声，打马冲了上去，齐战纳木扎勒台吉。田田的武功当然好，可扎浑多尔济就不行了，年龄小不说，力气、功夫比纳木扎勒台吉差得远去了，哪是他的对手呀？只见纳木扎勒台吉收回大枪一压，哈哈大笑道："纳哈出，还有什么能耐，难道让你的带犊儿上来送命不成？这两个孩子平时像我的侄子一样，看在他们可怜的娘的份儿上，今天不想与之交战，实在是不忍心下手哇！我对他们的娘一向很佩服，大家特别敬重她，可惜却让你给逼疯了。仔细想想吧，你还是个人吗？每天得有十几个女人陪着，那欧早都放干了，有啥活头儿？声称要复什么大元的天下，狗屁！来吧，让我先收拾你得了！痛快出来送死，快，快出来！"纳木扎勒台吉越骂越不像话了，身边的众将也跟着嗷嗷叫号儿，把个纳哈出气得呀呀直喊，横刀立马便要冲上去。

就在这时，只听一声高叫："大帅慢来！"纳哈出一愣，停在了那儿。接着有人朗声儿说道："善哉，善哉，阿弥陀佛。纳木扎勒台吉，你太狂妄了，可谓欺人太甚！怎么能当众说那些污言秽语呢？多有损大将的尊严哪。老尼不想再做旁观之人了，大帅不必上阵，让我这个过路人来打这个抱不平吧！"话音刚落，众人就见一位手拄禅杖的老尼姑精神抖擞地缓步走上前来，边走边大声儿念着"阿弥陀佛"。当即便把双方人马镇住了，也惊住了，谁都没有想到恰在这个时候，竟来了一位口念佛语的老尼姑！纳哈出看着老尼，立马想到了："田田倒是说过金山来了一位给人看病的长老，莫非就是她？不知为什么要帮我，再说能帮得了吗？"骑在马上的纳木扎勒台吉一下子愣住了，一时不知说什么好了，心想："哎呀？今天可真邪了，老尼是从啥地方冒出来的？听她说的那几句话好像有多大能耐似的，本将倒要见识见识。"

在火光的照耀下，众人仔细端详着阵前的老者。只见她白发苍苍，满脸皱纹，足有九十岁开外，精神抖擞，当走到离纳木扎勒台吉不远的地方时，站住了，目光炯炯地抬头盯看着骑在马上的纳木扎勒台吉。纳木扎勒台吉一瞅她那泰然自若的样子，气坏了，心想："我一口气枪挑纳哈出六员大将，眼看胜利在望了，哪成想好事儿却让你个老尼姑给搅和了，可恶至极！"便大嘴一撇，不屑一顾地高叫一声："呀呀呸！"他一声喊没使别人怎么样，倒将自己嘴上的胡须喷起老高，满下巴颏儿溅上了唾沫，接着又声嘶力竭地骂道："臭老尼姑，是不是活腻歪了？我是心疼你活这么大岁数不容易，要不然，非用长矛捅了不可。别说捅啊，只一嗓子，也能震得你去见阎王老爷！"站在地上的老尼并未发火，反倒"嘿嘿"笑了两声，慢条斯理地言道："纳木扎勒台吉，最好不要太放肆了，让谁去见阎王老爷还不好说呢！我是想劝劝你，苦海无涯，回头是岸。当今，大明朝差不多已经占据了整个大元的山河，仅有辽东一隅仍在尔等手中，如果再继续发兵，说实在的，辽东很快就成了人家的囊中之物了。纳哈出太尉讲得对呀，尔等应精诚团结、同舟共济，不该反目成仇。古语云：'皮之不存，毛将焉附。'奉劝你还是不要打了，归顺纳哈出吧。老尼早已算定，未来天下，全系于他一人之身哪！"纳木扎勒台吉哪能听得进有人替纳哈出说好话儿？根本听不下去呀！于是暴跳着大叫道："你个混账老尼姑，是从何处蹦出来的，竟敢搅扰我的好事儿？少啰唆，看枪吧！"说着，在马上向站立于地上的老尼一连扎去三枪。令他万万想不到的是，老尼却站在那儿纹丝没动，只是身子左扭扭、右转转、前躲一下、后闪一下，那刺过来的三枪愣是没扎上。纳木扎勒台吉觉得可太怪了，真是邪了门儿啦，怎么没扎着呢？接着还想再来一枪。纳木扎勒台吉刚刚举起枪来，只听一女子高声儿喊道："师太，请您老退下，杀鸡焉用牛刀？让我来结果这不知好歹的性命，替方才被杀的大元弟兄报仇！"你道这女子是谁呀？就是明月长老的徒弟、武威安抚使秉仁公主！娟娟喊出的一嗓子是真亮堂，清脆、痛快！赢得了满场的叫好儿、喝彩，好像说到大家的心里去啦！正因为纳木扎勒台吉太嚣张、太猖狂了，目中无人到了极点，激起了民愤。所以，不单是纳哈出的部将对他咬牙切齿，连跟随纳木扎勒台吉多年的部将也感到他说得、做得太过分了，没有一个赞成他的。

此时的金山大丞相、太尉纳哈出，原本已被气得喘不过气来了，后来由于不知名姓的老尼教训了纳木扎勒台吉一顿，才稍缓了口气，现在又见一年轻女子横空出世，立刻助长了他的威风，大有天降神兵助佑之感，高兴极了，连连说："好哇，好哇，我说嘛，腾格里①总是时时护佑着纳哈出！这位神母啊，救救本丞相吧，替我杀了那个十恶不赦的叛贼，以解心头之恨哪！"娟娟没有骑马，只见她疾步来到纳木扎勒台吉面前，摆好架势，两人不容分说地战了起来。纳木扎勒台吉同样是一连三枪刺了过来，说时迟，那时快，娟娟突然向上一纵，只听"咔吧"一声。还没等大伙儿弄清她是怎样躲过那三枪的，也不知声响从何而来，就见亮光一闪，宝剑即出，纳木扎勒台吉的人头连同头盔一起掉到了地上，骨碌碌滚出好远。再看那坐在马上的纳木扎勒台吉的身躯，也随之扑通一声摔了下来，手里仍攥着那把镔铁长矛。让众人更惊奇的是，不知何时，娟娟却端坐在了纳木扎勒台吉的马上，正往马鬃上擦拭着剑上的血呢！待擦干以后，一摁弹簧，"刷"的一声，将剑收入腰间，然后，一个双鹤凌空展翅，悄无声息地站到了地上。纳木扎勒台吉的坐骑这才缓过腔儿来，咴儿咴儿怪叫着，炮蹶子跑走了。眼前的一幕真是太惊、太奇了，所有在场的人全张着嘴、瞪着双目看呆了。这时，年轻女子冲田田大喊道："田将军，快快收拢兵马。谁要是胆敢不服大丞相的军令，本姑娘绝不客气，宝剑伺候！"声音洪亮不说，话讲得更是斩钉截铁。本来那些想随纳木扎勒台吉反叛的兵将见领头儿的被斩杀，早已吓得哆哆嗦嗦、魂不附体了，现在又听一声喊，谁不怕脑袋搬家呀？都不敢造次，只好听从田田多尔济和扎浑多尔济兄弟的将令，乖乖地回了营盘，一场惊险的拼杀就这样奇迹般地平抚了。

俗话说："疾风知劲草，危难见英雄。"纳哈出在连失六员战将、即将无力支撑的节骨眼儿上，却得到了老尼和年轻女子的仗义相助，能不在他的头脑里留下深深的烙印吗？他不仅仅是目睹了年轻师父令人叫绝的非凡武功，感到如此技艺在金山大寨难找难寻，而且认为世外高人能

① 蒙古语：天神。

突然出现在阵前，那是老天赋予本人的造化呀！他高兴极了，忙跳下马，走了过来，向老尼和年轻女子深深作揖致谢。田田多尔济和弟弟扎浑多尔济也一起鞠躬表示了感激之情。田田向纳哈出介绍道："父王，这就是我对您老说过的两位游方师父，一位是明月长老，另一位是妙善居士。她们云游到此，专做功德无量的好事儿，为兵丁、眷属诊治疾患，为众人消难免灾。方才……"还未等田田说完，纳哈出便接过了话茬儿："是啊，真是帮了我们大忙啦！我代表犬子和金山大寨所有的人，衷心感谢二位师父！今天若是没有师父的果断出手，金山大寨很可能四分五裂，前景不堪设想啊！你们挽狂澜于既倒、平逆贼于霎时之举动，令老夫今生今世铭感肺腑。今日天色甚晚，二位师父也累了，早点儿歇息吧。明日将派车驾迎请，到本丞相的府邸就座，望能赏光。"明月长老说："我们乃出家之人，方才只是看着气不过，为主持正义，做了应做的事。区区之举，何足挂齿？大丞相不必介意。这些日子多蒙田田大将军的热心关照，算是一点儿小小的回报吧。老尼与徒儿该回去了。"说完，唤上娟娟、李佑，回身便走。纳哈出忙命田田陪同三位师父仍回到田府，并嘱咐一定要认真、细致地多方面给予照顾。话不多说，三人很快到了府邸，各自入帐安歇。

次日早晨，田田率纳哈出手下的三位平章来到明月长老、娟娟的帐包前，首先将住在旁侧蒙古包的李佑唤出，说道："我奉父王之命，来接三位去观赏金山大寨，父王和众将、众臣正在恭候。"李佑忙道："将军请稍等，待我去禀明师父。"不大一会儿，明月长老、娟娟同李佑一起出来了。互致寒暄后，田田向师父们介绍了随来的礼仪官恭格拉平章、乌迪什平章和萨家奴平章。三位拜见明月长老、妙善居士、李佑后，恭格拉平章说："昨夜恩师仗义相助，惩恶扬善，剪除奸恶，使金山大寨转危为安，此大喜事也。大丞相对此感戴不尽，金山所有的兄弟皆钦敬万分。今大丞相特命我等随帐前田田主帅前来迎请师父游览金山，并到丞相大帐内叙谈。"明月长老、娟娟、李佑高兴地答应了，简单收拾了一下，然后上了随来的大轿，在田田、恭格拉、乌迪什、萨家奴等人的陪同下，去往金山大寨。

说起金山大寨，偏门离田田的府邸并不远，像前后院儿一样。今天，明月长老他们才看明白，原来田府是在大寨的外面辟出了一块儿地方建起来的。四周围着木栅墙，里边搭了不少帐篷，成了金山大寨之外的一个独立大院儿。现在要去的，才是真正的纳哈出的金山大寨。首先映入眼帘的是大寨的城门，嚯，好气派呀！城门建在山坡儿上，门洞儿的两边，是用很粗的圆木摞起来围成的院墙。院墙外面为木栅，内里以土堆成，墙很厚，看上去非常坚固。城门上，修有瞭望楼，内有护兵把守。瞭望楼两旁，旌旗猎猎，好不威严！进了城门，三人从轿里往外看，两旁站了十几排手持刀枪的兵勇，城里整整齐齐地并列着五六百个大帐包。一个连一个的羊皮帐包甚是好看，洁白如雪，把金山变成了一片银色的海洋。再向远处看，那里有专人放牧着数以千计的战马群、骆驼群，还有黑压压的牛群、白花花的羊群。看起来，金山的早晨，人们十分繁忙，到处充满了勃勃生机。

明月长老和娟娟已到金山有些天了，为什么这些却一点儿没看见呢？仔细想想，可能是因为一直以来，几乎全是田田安排的。二人除了在诊室看病，就是去田府休息，连金山大寨的城门都没到过，何谈看见城门内的一切了？由此，他们又想到，田田热情周到的背后，是不是还有另一层心思？或许是出于对外来人的防范，不让随意走动，免得了解到金山更多的情况。看来田田是个很有心计的人。今天，总算开了眼界，初识了庐山真面目。正琢磨呢，不知从哪儿传来一片喊杀声。寻声儿望去，原来是在远处的一个山头儿上，有三千多兵马在有序地操练着。这是能够见到的，那没见到的，还不知在哪个山坳、哪片林子藏着呢！明月长老心想："金山果然不负其名，无怪乎元朝的后裔残部纷至沓来，看成是未来复主的希望之地。大明朝的军师刘伯温、大将军徐达等人把金山大寨视为最大的心腹之患，不是没有道理，确实值得重视。我们在此真得多动脑筋，小心应对，不可麻痹大意呀！"

大轿走了一段路后，来到了一道门前。一问，方知刚才走过的是外城的城门，这道门才是大寨的第一道寨门。明月长老和娟娟一看进了寨门了，便让轿夫停下，想要下轿步行。田田骑马跑过来对她们说："师父，路挺远呢，还是坐轿去吧。"于是，她们只好在元兵、元将的护拥下，继续坐着大轿往里走。三人从轿里向大寨的寨门望去，此道寨门同前面的城门一样，门洞儿的两边也是用圆木堆砌而成的寨墙，里边仍用土堆起来，显得坚固耐用。门楣之上有城楼，众多的兵勇在那里执枪佩剑，警惕地护卫着。进了寨门，再向前看，里边的景象全然一变，原来已进入金山繁华的街市了。房屋与寨外的帐篷不同，多是泥土平房，盖得同样很整齐，错落有致，由此形成了井然有序的街道。从街道两旁的各个店铺里、小摊儿上，传出了阵阵的叫卖声，很是热闹。有卖日用百货、瓜果蔬菜、海产品的，也有卖穿戴、饰物的，还有卖皮张的。总之，金山大寨所需的各种各样的东西都有卖，货色挺齐全。仔细看去，卖货的店主、小摊儿的贩夫并非商人，也不是外来的闲散杂人，而是由军士们承担的。

到底是怎么回事儿呢？原来一建起金山大寨，为了安全起见，保全所有布防的机密，也为了大寨的生存和发展，纳哈出于是便将兵士们做了详细的分工，既有练兵准备打仗的，于城内各处巡逻守卫的，又有放牧马、牛、羊、骆驼的，耕田种地的，还有摆摊儿开店的。如此看来，是由清一色的元兵将士农工商揽于一身，承担着各行各业的差事。这且不算，大寨里另设有不少的作坊。其中有铁匠铺，即锻造各种兵刃的武行铺，掌钎、打铁，制造多种多样的刀、枪、剑。锻炉火光熊熊，叮叮当当的打造声不绝于耳。也有几处熟皮场和缝衣场，专门给兵将做衣裳。与此同时，三人往左一瞧，看到了郎中府。什么是郎中府？就是专门看病的地方。那些郎中府都设在泥土平房里，府门大开，可见里边的坐堂先生。各郎中府设备不一、等级分明，有的是给官员看病的，有的是给兵丁看病的，有的则是给眷属看病的。看来，金山大寨麻雀虽小，五脏俱全哪！

明月长老、娟娟、李佑开始来大寨时，还觉得没什么，稀松平常。可今天到实地一看，才有了新的认识，金山的确是别有洞天，尽管离开原较远，又是在一片丘陵地带建起来的，然而不过两三年的时间，就变成了进可攻、退可守的军事基地，实在不能小瞧，再加上有山有水、水草丰盈，足可以与大明进行长期的抗衡。他们看到这一切，深感纳哈出确实不简单，是一位有眼力、有远谋的强大对手，并认为对金山大寨不能强攻，只能靠智取才能获胜。为什么呢？如果有明军强攻，他们早从瞭望台窥见到很远的兵马了，不但有所防备了，而且能迅速地把消息通过烽火台传出去，使得对手还没到近前，人家自己的兵力已经分散了、转移了，帐包也可以随时拆掉，全部带走，机动灵活。因此，硬攻肯定是不可取的。

车轿继续向大寨的深处走去，又过了两个山头，便进入了内城。内城的面积不算大，城周围是用土堆起来的墙。城墙的四个角儿建有城楼，派了重兵防护。城的四个方向各开一门，共有四门，亦有护兵把守。一行人刚到内城，就听号炮声声、鼓乐齐鸣。田田下马走到轿前，请明月长老、娟娟、李佑下轿，准备进城。三人下来后，这才看清大丞相纳哈出已率文臣武将在城门口恭候，身后的元兵人山人海，刀矛林立，甚是威武！纳哈出见明月长老等人走出了轿门，马上兴致勃勃地爽笑着迎了上来，群臣众将紧随其后，将三人团团围住，水泄不通啊！纳哈出与每位见了礼，随即引领着位于左边的明月长老、右边的妙善居士、后面的李佑，大步流星地向城内一栋二层木楼走去。

木楼为红色漆柱，圆式拱顶儿，小巧玲珑，很是美观。当纳哈出领着明月长老、娟娟、李佑来到跟前时，礼仪官大喊一声："让路！"只见楼外的将士呼啦一下闪出一条道，请他们过去。进了木楼，仰头儿上看，见大厅的正面，悬挂着一块金字匾，上写正楷汉字"宗元一宇"。不知是哪位汉人文士书就的，却也苍劲有力。匾很大，字不小，从老远便能看到。"宗元一宇"四个大字是什么意思呢？"宗元"，即宗照元朝之意；"一宇"，即一统天下之意。总起来说，就是要在金山重新建立大元，按照元朝的样子一统天下，亦是表明纳哈出要重新光复元朝的决心。正因为他有此野心，所以，那些仍怀念元朝的遗老遗少们纷纷奔向这里，把金山大寨看成复元的中心。纳哈出经过几年的经营，费尽了心机，终于建成了复元的军事基地。在他们心中，如果说元朝未灭之前，其都城为应昌，即大都，后改为北平府，那么，现在的金山大寨，便是立誓要复元的指挥中心。未来元朝的都城，则是金山这新的"应昌"，新的"大都"。纳哈出不论对谁，都毫不隐瞒自己的志向和目的，也正是以"宗元一宇"来号令各地的元朝残余势力凝聚到金山的，以期共谋中兴。

明月长老、娟娟、李佑看过匾额之后，便有穿着蒙古盛装的少女们，手舞彩袖，边唱着迎宾曲，边翩翩下拜，将他们一行人引到正厅的主位桌前。三人向正厅四周望去，见摆放着各种花卉，姹紫嫣红，香气扑鼻，顿时让人产生一种春意盎然之感。纳哈出在客人入座后，率领着田田、扎浑和群臣众将依次一一就座。接着乐声响起，随着悠扬的音乐，一群美丽的少女捧着金盘，金盘上摆放着酒、马奶、茗茶，分列在主客人的前面。这时，纳哈出站起来说："我的同族兄弟们，今天是腾格里为咱金山大寨送来吉祥如意的日子，也是元朝人迎来腾格里的使者、救命恩人和朋友的日子。按照蒙古人的习俗，首先让我们向尊贵的客人敬迎宾酒，祝他们永世吉祥幸福、万事如意！三位恩人，你们可以随意，喝白酒还是马奶、茶水，什么都行。为表敬意，作为主人，我先干一杯。"说完，纳哈出从少女托着的金盘上端起一杯白酒，双手高高举过头顶，然后放下来，左手拿着酒杯，右手食指蘸了一下杯中的酒，向天上弹一下，表示敬天；又蘸一下酒，向地上弹一下，表示敬地。接着，他面冲明月长老、娟娟、李佑及所有在座的将领再一次举起杯来，仰脖儿一饮而尽。纳哈出爽快地喝完酒，将空杯底儿朝上一挥，向着明月长老他们三位说："请！"明月长老和娟娟自然是不喝酒的，遂从少女托着的金盘中各自取了一杯红茶，李佑取了一杯白酒。三人也按照蒙古人的礼俗，双手把酒杯高高举起，以酒敬天、敬地，再一饮而尽。喝罢，众人齐声叫好儿。接下来，于鼓乐声中，在座的众将群臣一个不落地站了起来，一口饮干了杯中酒。

众人回坐之后，纳哈出缓步来到明月长老、娟娟、李佑面前，先抱拳，再以右手放在左胸深深一躬，说道："三位远方贵客，听田田亲奏，师父是游方僧尼，到金山慨然相助，给兵勇、眷属治病除灾。我非常感激，早想在军务松弛之时，把几位师父请到府邸，设宴款待。可一拖再拖，竟一直拖到今天，请多多海涵。世人皆知，大元大行皇帝已入仙界。我们这些世代蒙受皇恩之臣虽力主复兴天朝，竭尽全力，但本朝正逢厄运之期，时乖运塞，事事艰难。就在这个时候，师父们来到金山，以大义为道，帮助弱小，济困扶危，怎能不让人感动万分！尤其令人感激涕零的是，在不忠不孝的逆贼纳木扎勒台吉分裂我金山大寨、另行立旗、图谋不轨的危难之时，师父又以惊人的武技，刹那间平息了叛匪，固我金山，救我纳某。此恩、此举，真是惊天地、泣鬼神啊！或许是大行皇帝在天之灵的眷佑，请来了神兵、神将，援救了大元。或许是我纳某秉忠心、复大业，感动了天地，天神派各位来辅佐本丞相。在此，我代表元臣、元将，向师父们叩头致谢！"说完，金山的堂堂大帅扑腾一声跪倒在地，咣、咣、咣地磕着响头。他这么一跪、一磕头不打紧，在座的所有将领全随之跪下了。明月长老、娟娟、李佑对突如其来的大礼颇感吃惊，立刻顺势以跪还礼。明月长老说："大丞相，何必如此？我不是说了吗，昨日只不过是出家之人看不惯那贼的猖狂举动，打抱不平而已，小事一桩，快请起！"说着，上前把纳哈出扶了起来，众人也都跟着站起。纳哈出又道："明月长老，我曾许诺过，有功平暴者，奉为我的兄弟，封为金山大寨的总寨主，执掌帅印。你们是腾格里派来的盖世高人，唯一的大任，即协助本帅复国安邦。所以，今天特向师父授金丝帅带一条、金刚龙头棍一根。两件宝器，皆为大行皇帝在世时的御宝。主帐的大帅佩此帅带，便享有号令诸军之权，如有不听令者，可生杀予夺。金刚龙头棍是肃正朝纲所用，可以上打浑王、下打逆臣。现在，请老师父收下两件御宝，帮助主持金山大寨，以表纳某的一片诚心！"说完纳哈出手一抬，侍卫马上捧着金盘走了过来，金盘上摆放着金丝帅带和金刚龙头棍。

金刚龙头棍是什么呢？实际上就是个金杵、镂花儿盘龙的金棍，不太长，也不太粗，棍上的雕刻精致美观，为最高权力的象征。明月长老见纳哈出真的命人把两件御宝拿过来了，心想："虽是件好事儿，但不能轻易接受。"于是说道："大丞相的心意，老尼和徒儿领了。遗憾的是，出家人实在不能接此重礼，更不能受此重权。我们云游天下，四海为家，不可能长居金山，还是将两件宝物授给大丞相身边的重臣吧！"明月长老如此推让了几番，纳哈出执意要赠，一再请求务必接受。这时，田田兄弟俩、萨家奴、恭格拉、乌迪什等人也过来苦劝。尤其是萨家奴，还特意向娟娟暗暗使了个眼色，又扯了扯明月长老的衣襟儿。师太当即领会了他的意思，知道认为是个机会，不能错过，遂佯装为难地对纳哈出说："哎呀，大丞相，可是难坏老尼了，您的真诚之心实在无法回拒。这样吧，老尼年岁已高，世俗之心早已荡然一空，再说一个游僧也没有此能，这份儿权柄和感情由我的晚辈弟子妙善居士代收吧。她还年轻，以后的日子长着呢，一定能为大丞相帮不少忙。还可让另一位晚辈弟子李佑，跟随他的师妹作为辅弼，共同为大丞相效力！尽管云游在外，只要在金山一天，就要当一天和尚撞一天钟，全心全意辅佐大丞相固守金山。不过话得说回来，我们终是出家之人，负有游方普度众生之责，不能老守一地，那也违谬佛法。一旦云游他地，恳请大丞相不要怪罪。到时候，必会将金丝帅带和金刚龙头棍完璧归赵，老尼须事先讲个明白，免得误会。"众将听了，觉得此话讲得在理，个个点头称是，没说别的什么。纳哈出心想："明月长老是师父，武功肯定高于徒弟，但尚未见识。那妙善居士的武功却是亲眼所见，能够为金山效力，当然甚好。"于是，他心悦诚服地将金丝帅带和金刚龙头棍授予了妙善居士。娟娟接过两件御宝时，众人异常高兴，欢呼雀跃！之后，纳哈出满面春风地摆宴庆祝。

这次酒宴，吃的是三百只燔烤的手把肉全羊席和素席，喝的是不知何时从江南运来的上等茗茶和葡萄美酒。大家吃着、喝着，盛装的少女们载歌载舞，以助酒兴，整整闹腾了一天才结束。宴后，纳哈出命在内城专门拨出三个大帐包，给明月长老、妙善居士、李佑居住，不让他们回城外的田府了。诸位阿哥呀，而今的娟娟可了不得啦，原本是大明王朝皇上钦命的秉仁公主、武威安抚使，现在又得了纳哈出亲封的金山大寨总寨主之职，身披金丝帅带，后面跟着手捧金刚龙头棍的卫士和百余名用人，真是好不威风啊！

世上的一切就是这样奇奇怪怪、难以预料。两天来，金山所发生的事儿，明月长老、娟娟、李佑都始料不及，暗自好笑。娟娟对明月长老说："师太，不能因纳哈出封了我一个金山大寨的总寨主而打乱原订的计划，捆住咱们的手脚，还是办自己的事儿要紧。"娟娟说得对呀，那么该怎样应付眼下的局面呢？三人经过一番商量后，便去丞相府找了纳哈出。娟娟开口道："大丞相，有个建议得向您禀明。今后，是不是应该仍由田田多尔济执掌大寨大帐的帅印，任主帅？因为他毕竟比我们熟悉情况。请放心，我这个被大丞相亲封的总寨主会在侧行使权力、认真辅佐的，一定尽力。"纳哈出听后，觉得妙善居士说得极是，心里琢磨着："看来他们还行，真是为我着想啊！"遂高兴地说："好啊，总寨主想得周到，那就让田田和扎浑共同掌权吧！你们可要帮帮我的小儿子，他尚在冲龄，将来会很有出息的，尤其希望妙善师父多多训导才好。"田田自然十分感激明月长老和妙善居士在父王面前一再推许自己，于是，按照明月长老的意思，任命萨家奴担任大寨帐前诸事的执行官。为什么要举荐他呢？因为萨家奴原来仅仅是纳哈出身边的一个谋士、执事官，整天需围着大丞相转，别人无法接近他；担任新的职务后，他能经常名正言顺地接触明月长老、娟娟和李佑，便于相互之间的联系，而且不会被任何人怀疑，有利于下一步的行动。待所有该做的事儿落地后，明月长老把一些事情交给娟娟、李佑去办，自己则抽出身子与郎中府的诸位坐堂先生切磋医道，为人看病。

明月长老、娟娟、李佑自被纳哈出请进金山大寨的内城住了一段时间后，反倒觉得不如在田田府里方便。在田田府中，他们出门不仅可见高山、平川，以及牛、马、羊群，还可以接触到很多的兵卒及家眷；而现在，居住的地方是三层城墙之内的最里面，随处可见纳哈出的巡逻兵卒，说是被拘在森严壁垒之中更为恰当。尽管凡是见到他们的人都很有礼貌，甚至老远就跪拜致意，却总觉得有一种无形的力量约束着自己的行动，不自由。

一天晚上，田田来到内城，到明月长老他们的新居来拜望。互致寒暄后，田田坐在椅子上，唉声叹气地说："师父，我咋弄不明白呢？你们有这么大的功劳，父王还不相信，竟给圈在了内城，跟蹲牢狱有什么区别？"此话使明月长老、娟娟、李佑猛醒，感到了纳哈出表面热情的背后，肯定另有心意，觉得田田说得对呀，原来是纳哈出看到我们的武功高强，想利用罢了。由于没完全掌握身家底细、有所担心，便采取了外礼内控的手段，既让为他效力，又暗中加以防范。看来，纳哈出真是一只狡猾的老狐狸，不可等闲视之。田田此次来，把纳哈出的表面尊敬，实则暗中监视、控制的那层窗户纸一下子捅破了，可见其为人正直，对父王的做法是不满的。他能把这些话讲出来，足以证明与纳哈出不是一条心，倒是跟我们一条心。由此，三人觉得与田田的感情较前更亲近了，并想进一步了解他的心事。于是，明月长老亲昵地走到田田跟前，不称呼田将军了，而是直呼其名，深情地说："田田，咱们那天喝酒时，唠得很是投缘。不过话没说完，你就醉了，只好作罢。当你醒来想接着唠时，谁知碰巧遇上纳木扎勒台吉反叛，把嗑儿给打断了。今天正好来了，老尼有好多心里话没来得及说呢！田田哪，我看你这个人挺好。自打相识后，你的仗义救人、临危不惧、对人的坦诚热情，令我们十分钦佩，很愿意在一块儿推心置腹地攀谈。从离开你的府邸，搬到寨内这么个生疏的所在，说实在的，谁都不习惯。再者，与大将军隔开，总免不了从心里想着、惦着呀！田田，我看咱们还应像以前一样居于一处。老尼和娟娟、李佑愿意住在你的府上，可以天天在一起，随随便便的，那多舒心啊！"明月长老的话音刚落，一旁的娟娟马上随声附和，李佑亦表示赞同。田田说："咳，有些话已在心里憋了好长时间了，早想讲出来。实话告诉各位师父吧，我喜欢你们，不知为什么，从见到的那天起，便感到特别亲切、无拘无束。我也曾跟父王一再讲起师父们，可后来发现，越是讲得多，反而令他越生疑，甚至不让我到师父们的住处来，不纯粹是硬要把咱们给拆开吗？其实，纳哈出并不是我的亲生父亲，弟弟扎浑多尔济才是他的亲骨肉。父王对我和我娘一向是防而又防，久而久之，心里能好受吗？真是苦闷极了。因此，我才喝起烈性酒的，一醉解千愁嘛！"说着，不禁一阵难过，眼圈儿红了。

各位阿哥，咱们把话说回来。这些日子，明月长老、娟娟一直在暗观田田的所作所为，看出他确实没把三位师父当外人，很是信得着，说明对田田的有意亲近起了作用。自来到金山后，明月长老一再嘱咐娟娟，还有之后赶来的李佑："对田田多尔济要以诚相待、以情相近，平时不必多说什么，只需用心去感化。"还说道："人与人之间在相互不熟悉的时候，你一个劲儿地拿自己感兴趣的话题去抠问人家，反倒使得对方生疑，甚至产生反感。"如今看，师太讲得真对。事实上，从他们三人与田田见面到现在，处处给予关心和友爱，找机会与之交谈，使他感到温暖。反过来，田田也愿意并喜欢与师父们在一起，双方的心贴得越来越近，感情亦越来越深。尤其是娟娟，不仅仅喜欢田田的为人，连长相都使她感到特别亲切，待如自己的亲弟弟一般。一天见不到就想，盼能常来，来后才感到心里踏实。否则，总是觉得没着没落的，甚而坐立不宁。

此刻，娟娟看到田田心情不好，便坐在他的身边，极力劝慰不要过于伤心。田田向明月长老和娟娟说："二位师父，过去我一直不敢问你们的来历，只能将长老当作我的奶奶待，把妙善居士作为好姐姐处。现在能告诉我么，师父是哪里人氏，为啥到金山来？听口音，非常像我小时候住过的那地方人。"然后，他又转过头来冲李佑说："这位哥哥称是来自江南，实不相瞒，我就是江南人氏，可能居住在大明朝京师南京，出生时，后背的肩胛骨处有三块红色的虎斑痣。母亲生下我不到五个月，不知为什么，不得不到别处生活，还不能带着我。无奈之下，母亲只好把我送到江宁秦淮河边的湖洞屯，被住在那里以打鱼为生的老两口儿收养了。到了刚近五岁的时候，我突然得了一场重病，抽风硬是抽得没气儿了。老夫妇俩吓坏了，怕将来没法儿向我母亲交代，就把我扔到了秦淮河上的一条破渔船里。真是天不灭我！恰在此时，一位过路的活菩萨、心肠极好的女僧人发现了我。老人家用手摸摸我的小嘴儿，感到还有气息，马上施以救治，没想到这口气儿还真缓了过来。救活以后，老仙师把我抱走了，带到武当山盘霞洞中，教授武艺。学到第五个年头的时候，有一天，师父说：'孩子，前些日子云游时，曾到处打听，听说你的母亲现居于辽东，咱们去找她好吗？'我高兴地答应了。于是，师父领我到了纳哈出这儿，找到了母亲。母亲凭我身上的三块虎斑痣，还有老仙师留下的小时候包我的小被子，认下了失散多年的儿子。记得当母亲看到我身上的虎斑痣和亲手为儿子做的小被子时，那真是百感交集呀，好一顿哭哇！从此与母亲一起留在了金山，又在她的一再说合下，被纳哈出收为义子，执掌大帐帅印，列为众军之首。说来也要感激父王，当时我年岁那么小，就成为丞相身边的大将军了。"说完，无奈地苦笑了一下。

娟娟一直认真地听着，见田田停了下来，忍不住问道："田田，小时候的事儿，还能记得清吗？"田田回道："童年时，与秦淮河上那对儿老夫妇在一块儿是怎么生活的，已记不清了。知道的一些事儿，全是听后来救我的老仙师讲的，她也是江南一带的口音，跟你们一样。从老仙师讲过的往事中，我才知道自己既不是辽东人，又不是蒙古人，而是江南人，为名副其实的汉人子弟。师父们不用隐瞒了，我已观察多日了，各位肯定是从江南大明朝那边来的。至于究竟干什么的，不想多问，就是要认同族同乡。我是身在他乡为异客，心里始终向着当今的大明朝，尤其佩服朱元璋、刘伯温、徐达这些英雄好汉。大元朝的天下已经寿终正寝了，父王想东山再起，重振大元江山，只是一场黄粱美梦而已。各位师父，不要怀疑、嫌弃我，要相信我。多少年来，内心非常痛苦，总想找个知音，倒倒一肚子苦水。正是老天有眼、阿布卡恩都力的福佑，让我遇上了你们。尽管萍水相逢，却是一生之幸啊！真希望师父们能救我、指点我，完完全全是心里话，绝不是虚情假意。没有任何人指令我来套你们的什么口供，也不是有啥图谋，更谈不上为纳哈出做内应。咳，恨不能扒开胸膛，让各位看看那颗心是红的！"说着，扑通一声跪在地上，难过得痛哭起来。

李佑听了这番话，很受感动，走过去一把将田田搂住了，然后拉他站了起来，不停地安慰着。娟娟说："田田，我们早已看出你不是金山人，并想到了一定有着不寻常的经历。从今以后，如刚才所说，把我看成姐姐吧。可以毫不隐瞒地告诉你，姐姐的父亲是大明朝的军师刘伯温，李佑的大爷乃当今大明朝的太师李善长。我跟你一样，准确地说还远远不如，生下不久，母亲因生活所迫不得不抛弃了我。直到现在，从没见过亲生母亲什么样儿，是刘伯温的全家把我养大的。此番千里迢迢来辽东，不为别个，只为寻找亲人。前段时间我已打听清楚，母亲也被送到了辽东，被纳哈出纳为妃子，名儿叫楚绣绣。不知将军认识不？"田田一听，有如五雷轰顶，惊讶异常！怀疑不是在做梦吧，世上能有如此巧的事儿？他瞪着眼睛盯看着妙善居士，激动得连话都说不出来了，任眼泪刷刷地流淌。娟娟见此，心疼地劝慰道："田田，怎么了？稳住架儿，有话慢慢说。"田田走上前来，一把抱住妙善居士，带着哭腔儿说："姐姐，楚绣绣是我的亲生母亲呀！"娟娟一听，更是惊诧，忙问："田田，这么说你是我的弟弟？"田田连连点头道："是呀，没错，是你的弟弟。母亲到了辽东之后，被丞相看中，封为贵夫人。父王有数十个美妾，皆不被看好，唯独宠幸我母，列在众妃之上。大元至正二十四年，甲辰冬，母亲到金山的第二年，为纳哈出生下一子，他是你见到的弟弟扎浑多尔济，现年九岁了，聪明伶俐，成了戴英雄金冠的小将军。"娟娟又问："那么，你为啥叫田田，是何意思？"田田说："我以前曾问过母亲，说是此名儿是她自己给起的。之所以叫田田，是因为母亲还有一个可怜的女儿，是我的姐姐，生下不久被扔在了青田，一直无有音信。为怀念姐姐，才给我起了这个名儿。为此，父王几次暴怒，逼迫母亲非改成蒙古名儿不可，她执意不肯。后来，因母亲年轻貌美，迷住了父王，所以只好顺从。不过还是在'田田'之后，又加了'多尔济'三个字，变成了汉蒙混合的怪名儿。每当与父母亲在家时，他们叫我田田；在大寨帐中议事时，父王便叫我田田多尔济。"田田讲到这儿，娟娟一切全明白了，顿时热泪滚滚，紧紧抱住了田田，泣不成声地说："好弟弟呀，田田，姐姐没白来，总算找到你了，我的亲人哪！"边说边亲着弟弟。田田如梦方醒，恍然大悟，原来眼前的这位妙善居士竟是来自青田的姐姐！随即也情不自禁地搂住了娟娟，边哭边说："姐姐，好姐姐，你的长相和慈善之心，让弟弟早有亲人的感觉呀！知道我为什么有事儿没事儿地老往这儿跑吗？就是觉着你特别像自己的姐姐呀！"姐弟俩一时间哭成了泪人。

此时的明月长老和李佑，目睹姐弟二人相逢的情景，更是激动不已，李佑站在一边忍不住抹起了眼泪。明月长老上前把田田拉了过来，高兴得满含热泪，说："孩子，你不仅是娟娟的弟弟，还是老尼师姐的关门弟子呢！如今见到了你，就像见到了月禅禅师呀！"田田一愣，不解地看着明月长老。师太接着又道："宝贝孩子，告诉你吧，方才所讲的那个抱你、养你、教你武功的武当山盘霞洞的活菩萨，不是别人，正是老尼的师姐月禅禅师呀。她最初的修行地点，就是我所在的明月庵，那是一位令人敬重的得道高僧啊！孩子，我再问你，月禅禅师告没告知你有关她的身世？"田田回道："师父，老仙师其他啥事儿都没讲。只是向我说，她已一身皆空，看到我们母子的苦命，特意下凡来拯救我并传授剑法的。要求诸事不许多问，除去好奇之心，更不必讲出其行止。说是与我分别后，不再去武当山盘霞洞了，要回到阔宇诸天之中去了。还算定我会一生圆满的，要好自为之，将来必会碰到应遇之人。师父只交代了这些，对她的去处没说一个字儿。"明月长老听后，很是难过，不禁长叹了一声。她知道师姐月禅禅师的秉性，从来不愿坠入尘世，早想走了。只因自己的一再挽留，才在明月庵多待了三年，后来终于还是离去了。虽经多方查寻、到处打听，但始终没找到。明月长老心中不免暗暗思忖："看来师姐早已算定，会有一日，我们将见到她的徒儿田田，等于又一次见到了师姐。我必牢记师姐临别时赠给的佛家偈语：'修佛心，修禅心，少担俗情，自悟正果。'我要潜心修炼下去，待把娟娟他们安顿好后，也该去入太虚之中了。"她想到这儿，拿出手帕，把眼泪擦拭干净，然后，一手搂着田田，一手搂着娟娟，说："孩子，别哭了，姐弟相逢是喜事儿呀，师太真为你们高兴啊！娟娟，老天不负有心人，咱们没白来辽东，不是已经找到弟弟了吗？只要继续努力，便可以母女相见啦！"说罢，朗朗地笑了起来。

明月长老的话，使痛苦中的田田稍微得到了些许慰藉。然而，他急于知道的事儿太多了，尤其想了解姐姐这些年是怎么过的，便一双泪眼看着娟娟，急不可待地问道："好姐姐，你的身世还没对我说呢，讲讲好吗？"娟娟忙道："田田弟弟，姐姐的身世苦得很，说来话长了，以后有的是时间给你讲。还是快些告知母亲现在的情况，多想见那自我生下来几个月后就再没见过的母亲呀！她在哪儿？为什么疯了呢？"田田说："姐姐，咱们母亲是让父王给蹂躏、折磨疯的。上个月，不知怎么的，突然无影无踪了，一点儿消息没有。这些日子我是又愁又累呀，领着人到处找，父王也派出不少兵卒和用人各处寻，均无结果。他为此大怒，把原来母亲身边的四个侍女吊起来活活打死了，到了也没查出个究竟。母亲失踪之前，整天哭叫大骂，有时喃喃自语，谁都听不出她说的是什么，披散着头发，把自己身上穿的衣裳全撕碎了，赤身裸体地往外跑。见母亲这样，父王派了不少侍女，昼夜轮番看护。可是很难看呀，母亲不是用牙狠咬她们，就是日夜大闹，难于消停。父王实在没办法了，想来想去，只得把母亲锁在了一个冰冷的帐包里。"娟娟疑惑地问："为什么？那不把人冻坏了吗？"田田说："据说人得了疯病，经过冷冻，可以清醒过来。母亲在那帐包里冻了不少日子，有一天，帐包的门锁不知怎么开了，发现母亲早已不知去向，走得任何痕迹没留下。"说着，沮丧地摇了摇头。

这时，一直在旁边倾听的李佑感到十分不解，忍不住插嘴道："戒备森严的金山大寨，三层大城墙，几十道重兵把守，一个大活人却能凭空不见了，实在太奇怪了。"田田说："是呀，谁也说不清到底是怎么回事儿，父王为此还撤了几个哨卡的平章之职。尽管他原来很宠幸母亲，可毕竟失踪了，所以很快又有了新人，就是纳木扎勒台吉从大宁带来的十八岁的爱妾苏苏。其实，苏苏早让父王给霸占过来了，这便是纳木扎勒台吉反叛的起因之一。由于父王有了新欢，加上母亲不在了，我逐渐就不吃香了。苏苏已经怀孕，当然不知是男是女。纳木扎勒台吉声称那个孩子是他的，父王说肯定是自己的，两人为争孩子互相大骂。那天，纳木扎勒台吉被姐姐给斩杀了，想来父王一定高兴，不愁再有人与他争孩子了。"娟娟关切地问："弟弟，母亲能到哪儿去呢？咱应该到什么地方找？有啥线索和希望没有？"田田说："咳，一点儿线索没有。那天你们在山上见到我的时候，正是跟扎浑多尔济带着兵勇分头去寻找母亲，在走出三四百里没有找到而忧伤难过地往回走的路上。当我走到疯狼出没的林子里，又累又渴，下去提点儿清泉水刚上来时，正巧碰到了姐姐你。好姐姐，弟弟心里真是万分愧疚啊，没有看好母亲，还给丢了，弄得好些日子一直无精打采、精神恍惚、失魂落魄的。说实在的，失去生母，在这个世上再没有亲人了。如果真是找不回来，只剩下孤零零的一个人，那还有什么意思？也就不想活下去了。我做梦没想到会在山中遇见你们，而且见面有一种说不清的亲切感，很想找机会把心里话掏出来，可始终不好意思讲出那些窝囊事儿。说啥呀？说自己的母亲疯了、丢了？无法启齿呀！心里特别难受。今天咱们姐弟相逢，又认识了老仙师的师妹师太您，真是三生有幸啊！姐姐、师太、李佑兄弟，快帮助想些办法吧，告诉我，怎样才能找到亲生母亲？"说着，不禁又是一阵热泪潸潸。明月长老、娟娟、李佑也相跟着落泪不止。

就在这时，帐包的门吱扭一声开了，萨家奴慌慌张张地跑了进来，向田田多尔济叩头道："掌印大帅，大丞相唤你快去，可能有紧急军情商议。"满脸泪痕的田田怕萨家奴看出来，赶忙转过头去，边偷偷拭去泪水，边说："噢，知道了。"随即与明月长老他们匆匆告别，去纳哈出那儿了。

萨家奴进得帐包，立马感到气氛有些异常，又看到个个眼泪巴擦的，虽然擦了擦，但那留在脸上的泪痕仍清晰可见。尤其是方才田田的眼睛都哭红了，当时就蒙了，不知发生了什么事儿。娟娟见他那个愣怔怔的样子，估计可能觉察出点儿什么，于是说道："萨将军，告诉你一个喜讯，田田今天终于开口了。原来他是我寻找多年的母亲所生的儿子，是我的弟弟。纳哈出的爱妃、现在已疯了的那个女人，乃我和田田的亲生母亲。刚好正在谈论母亲、为她得了疯病而难过的时候，你就进来了。"萨家奴听了，如释重负，高兴地说："哎呀，好哇，祝贺公主知晓了生身母的消息！不是天大的喜事儿么，哭什么呀？应该好好儿庆贺一番才对呀！"娟娟制止道："咱先不说这个。我问你，知不知道纳哈出叫田田去是为了什么，还是出了啥事儿？"萨家奴停了停，这才低下声来，急促地说："我要告诉公主和师太一个最坏的消息。来之前，在纳哈出大寨那块儿，正巧碰上刚刚从东海巡逻归来的将士。从他们口中得知，此次收获不小，押回一个叛徒和一个奸细。我赶紧过去一看，吓了一大跳哇！你们说那是谁呀？在木笼囚车里被五花大绑着的，竟是卜家奴和叶旺将军！看来往东海去的，只有达家奴未被抓住。我只能偷偷地看，见他俩正低着头坐在囚车里，也没敢上前打招呼，便急着跑来告诉你们。纳哈出可是个杀人不眨眼的魔王，眼下被押来金山，肯定是凶多吉少呀！要是知道了叶旺将军的身世和身份，绝不会轻饶的，必杀无疑。事不宜迟，请速速想应急的招儿吧，拖延不得呀！"说完，他把帽子摘了下来，用衣袖儿擦了一下脑门儿上的汗珠儿。

萨家奴的一番话，可谓晴天炸雷呀！明月长老和娟娟从到金山以后，已了解到纳哈出早已派兵把守了去东海的所有山口，路全给堵死了。从那时起，她们一直提心吊胆的，生怕叶旺将军出个一差二错。今天看，果真出事儿了。李佑认识叶旺，当然十分担心，也跟着上火，一时急得连搓手、带跺脚的。娟娟说："我是纳哈出亲封的金山大寨总寨主，有了这么重要的情况，他们为何不告诉？我马上去丞相府那儿问问他，想法儿搭救叶旺大哥和卜家奴。"萨家奴说："秉仁公主，你把事儿看简单了，不太了解纳哈出其人。当时，我之所以同意你把封赏接下来，是考虑有个职衔，起码能在金山站住脚，有利于办好有关金山大寨的一些事情，不过并不等于金山大寨的大权牢牢地掐在手上了。纳哈出丞相可是非常狡诈的人，不是白给的，很多人想斗都斗不过。他封你为高官，那只是个虚位，有名无实，目的是让你们相信他、帮助他，为其效力而已。试想，他对各位的情况知之甚少，又不晓得来金山的真实用意，能那么放心地把大权交出去吗？这个人非常不好对付，一贯用巧计、以假象哄骗人。其实，他对你们不可能信任，又知道个个武功高强，怕一时制服不了，便用封高官、暗中软禁的伎俩，逐一控制起来。公主，你以为有了总寨主的头衔，就可以去质问他，那不是太幼稚了吗？纳哈出一向是多疑之人，对手下的臣仆、将领，包括自家的亲人都有几分戒备，何况你们了？依我看，公主千万不能去，去了反倒会引起纳哈出的警觉。他会想：'为什么妙善居士对这件事如此关心，难道被抓的人与她有什么关系吗？'如果真要这么想，可不好办了。不如表面上听之、任之，不去理他，暗地里下功夫。因为纳哈出目前还不知道叶旺将军的真实情况，只是作为一般奸细来抓的。至于叛徒，那是卜家奴的事儿，况且他肯定不会讲什么。依我看，索性先不着急，静观动静，再想办法去解救。"明月长老说："萨将军讲得对，过去的确把纳哈出看轻了，通过这件事儿，使得咱们认清了他。绝对不能去见纳哈出，就来个佯装不知、不闻不问。

使他感到不管抓的什么人，奸细也好，叛徒也罢，一概与我们无关。这样，纳哈出反倒不太注意被抓的人，我们才有可能暗中采取行动。萨家奴，你速去探清囚叶旺、卜家奴的具体地点和那里的布防情况、周围的环境以及把守的兵力有多少，等等。详查后，立即告知，去吧！"萨家奴答应一声，告别了明月长老和娟娟、李佑，转身出去了。

夜晚，萨家奴又来到李佑的帐中禀告情况，因为娟娟也在这里。他说："关押囚犯的地点极为秘密，据说有几层兵卒看守，详细情况还未弄清。正在我着急之时，偏巧于丞相府大厅内，碰到了田田多尔济将军。由于他被留在府内商议军情要务，暂时脱不开身，故让我务必把秉仁公主曾借给他的麻布黄手帕还了。你说有意思不，这是啥新鲜之物，至于那么郑重其事吗？说什么好借好还，再借不难。这不，奉命给捎回来了。"说着，他从衣兜儿里掏出一块叠得方方正正的麻布黄手帕，交给了娟娟。娟娟说："好，谢谢萨将军，我没事儿了。"萨家奴见无别的吩咐，随即退了出去。

单说娟娟接过手帕，感到奇怪得很，遂拿着去找明月长老，想跟师太讲讲这事儿。到帐内一看，见师太正背靠着被子微闭双目打盹儿呢！便没打扰，反身回到了自己的帐包，坐在炕上拿着那块黄手帕仔细地看着，自言自语道："田田弟弟可真是怪了，我也没借他什么麻布黄手帕呀，为什么跟萨家奴说还回这个东西？到底是啥意思呢？难道手帕是什么暗语不成？"她认真揣度了半天，也没弄出个子午卯西来，便把手帕放在桌子上，回身躺在卧榻上，仍翻来覆去地琢磨。突然，她心中一震，忙从炕上下了地，到桌边重新把那个半新不旧的麻布黄手帕拿起来看了又看，心想："很显然，麻布黄手帕是田田平时带在身上的常用之物。为何要捎给我呢？肯定是马上无法脱身，想用手帕传报什么信息。"想至此，眼前一亮，开始对手帕一小块儿一小块儿地一遍遍瞅。果然，在一个角儿上，她发现有用骨针蘸着墨汁画出的两个极小的图形，一般是注意不到的，只有非常细心的人才能看出来。是什么样的图形呢？一个是在一个圆圈儿里，画有很多用小点点儿构成的横线和竖线；另一个是画了一个小人儿，头上有三条竖线，下面有两条锯齿儿形的线，中间是两个小黑点儿，底下是水波纹曲线。娟娟心想："这两个图形是什么意思呢？有何关联吗？"寻思一会儿没明白，就拿着手帕去了李佑的帐包，让他帮着看看。俩人研究了半天，仍未解其意，于是一同去找明月长老。

娟娟和李佑来到帐包时，明月长老已经睡醒了。娟娟立即向师太说了萨家奴来报之事，又讲了对田田送还手帕的疑惑，并请帮助破解上面的图形。明月长老接过手帕瞅了瞅，说道："要我看哪，图形是田田用来向咱们密告什么事情的。你们想想，眼下的当务之急是什么？咱往最要紧的事儿上猜，此图或许便破解了。"经师太一提醒，娟娟和李佑豁然开朗，又看了看图。李佑一拍脑门儿，急不可待地抢着说："哈哈，我猜着啦！你们看，这是一个圆圈儿，圈儿里有个用密密麻麻的小点点儿画出的字。仔细端详，横向和竖向组合在一起，分明是个'田'字，肯定指田田了。圆圈儿是告诉我们，外头有人管着他呢，已被困在那儿出不来了。"娟娟马上赞同道："对呀，跟我想的一样，师兄说得没错。田田是被纳哈出以商议军情之名圈在了丞相府，一时来不了咱们这儿了。"明月长老说："有门儿，是这么个意思。另一个图说明啥呢？你们仔细瞧瞧，图上那个小人儿下面的锯锯齿儿可看作长着胡子呢，表示是个老头儿。老头儿的头上还有三条竖线，代表三道光芒，应该是指一个名声显赫、有地位的人。很可能就是大丞相纳哈出，因为目前只有他，才是金山最有权势的老头儿。你们再看中间那两个小黑点儿，这是田田在告诉我们，丞相府下边的地牢里囚着两个人，那便是叶旺和卜家奴。底下的曲线，则用以表明水的。即是说，囚叶旺、卜家奴的地方为水牢。"娟娟、李佑听了，兴奋得直劲儿拍手叫好儿，连称师太英明。三人非常感激田田的暗中帮助，使原本扑朔迷离的一团雾，立刻柳暗花明了，有了清晰的线索了，认为田田送出的情报真是太及时、太重要了！可以看出，他已完全相信自己的姐姐，并公开站在姐姐一边，与父王对立，而且将对娟娟他们的营救行动十分有利，不仅创造了条件，也是个难得的契机。

　　娟娟、明月长老、李佑三人弄明白田田在手帕上所画图形的意思之后，娟娟据此提出，当夜前去营救叶旺和卜家奴。明月长老同意这个提议，说道："对，越早越好，乘其不备下手，成功的概率大。日久防范越严，越不那么容易了。要是现在动手，纳哈出无论如何想不到会有人到他府内的地牢里去劫狱。"那么，谁去好呢？明月长老和娟娟的意思是，让李佑留下。李佑立马急了，忙道："这不行，只有我去最合适。娟娟，师兄说话你可别多心，今天的李佑已不是当年在明月庵的那个李佑了。我敬佩叶旺将军，应该为他做点儿什么，去了一定会很好完成差事的。师太，要不这样吧，还是您老在家坐镇，我与妙善妹妹去劫牢，以便互相有个照应。"娟娟想了想，表态道："行，这么定了！"说完，又像忽然想起啥了，马上冲李佑吩咐道："对了，你快去大丞相府，找门丁

'大磕巴'嘎尔沁。他是咱们的人，又是豁鼻马的小腿子。到那儿不要说别的，只需往相府门口儿对面的上马石一躺，装睡。一会儿准会有人出来，来的就是嘎尔沁。他会制止道：'上马石是大帅用的，不能在上面睡觉。'你听后，不用吱声儿。他接着会问：'好兄弟，是想要碗炒米吧？'你立即三点头，他会转身回去端来一碗炒米给你。你接过碗，只说一句话：'啥破豁牙子碗！'说完回头便走。噢，这身儿衣裳不行，得换换。我已备了一件蒙古人穿的赶羊用的破羊皮袍子，在门后放着呢。你穿上它，再找一条带子系在腰上。记住，办好以后，赶紧回来，不能耽搁，听明白没有？"李佑回道："听明白了，放心吧，小事一桩。不过想问一句，让师兄前去的目的是什么？"娟娟说："哪那么多话？听我的吧，不用再问什么目的了。只要咱们配合好了，以后会有很多事儿让你去办呢！"李佑一听乐了，忙到门后，弯腰拎起那件七窟窿八眼、又脏又沉的破羊皮袍子，啥都不顾了，看也没看就穿在身上了，又找了条蓝布带子系在腰间，这么一打扮，倒真像个赶羊倌儿了。李佑穿戴好后，冲娟娟问道："师妹，师兄可以走了吗？"娟娟叮嘱道："去吧，照我说的做。千万要记住该说的话，别忘了，办好马上回来。"李佑答应一声，转身出去了。

李佑曾与明月长老、娟娟去过大丞相府，知道那里大帐包的气魄和装饰同别的帐包不一样，容易辨别。因此，他径直来到了大丞相府的门口儿，四下一看，果然在府门的对面有块上马石。他装出一副步履蹒跚的样子走到跟前，见上马石不仅仅是个石磴子，底下还有个石座子。石座子又宽又大，一个人躺在上面睡觉宽宽绰绰的，旁边立着一根石柱子，很是气派。上马石是阶梯式的，需要上马时，就从这里一磴磴儿地走上去，极为方便。平时，不但相府的将军们从此处上马，而且府里的一些孩子想要练习骑马，也利用这块上马石。

李佑像个懒汉似的，懒懒散散地跳上了石座子，躺了下来。头靠在石柱子上，手伸到破羊皮袄袖子里，眯缝着眼睛装作睡着了。没多久，果然见一个人走了过来，到李佑跟前说："上马……石是大帅用……用的，你……你不能在……那上面睡觉。"说话磕磕巴巴的。李佑睁眼看了看来人，猜想可能就是娟娟说的那个"大磕巴"嘎尔沁，没吱声儿。那人紧接着问："好……好兄弟，你是想……要一碗炒……炒米吧？"李佑点了点头，那人走了。不一会儿，那人端来一小碗炒米，伸手递给李佑。李佑看了看碗，说："啥破豁牙子碗！"边说，边从来人手里接过碗，头也不回地走了。

李佑疾步进到娟娟的帐中，气儿没喘匀呢，便道："师妹，你看，要的炒米拿来了，交代给我的事儿可办完了！"娟娟看着他那急巴巴的样子，直劲儿想笑，并没接他手中的小碗炒米，好像还在等什么。李佑觉得奇怪，心想："葫芦里到底卖的什么药哇？"正寻思着，忽然有人敲门，忙走过去打开门，见一位身穿元兵号坎儿的人站在那儿，冲他说："请禀告妙善师父，豁鼻马来见。"娟娟已听到了门外的说话声，没等李佑转回身来传报，忙迎了过去："豁将军，快请进，我们正等你呢！"李佑仔细看看来人，见他的上唇有豁口儿，方才明白，原来去丞相府门口儿的上马石那儿，是为了找这个人哪！

豁鼻马进来后，向娟娟施礼问候。娟娟先给他介绍了李佑，告知是自己人，不用介意，接着问道："豁将军，你知道大丞相府内设有水牢吗？"豁鼻马回道："有，我还给那里的囚犯送过饭呢！水牢在帅府后院儿马棚的下边，旁边草垛处有扇门，能通到里面。地道挺深，有两个相连着的囚牢，一个是水牢，另一个是旱牢。水牢小，旱牢大。水牢是囚重犯的，看守甚严，任何人进不去，小校、兵卒亦如此。连我们这些给大丞相做饭的，没特殊情况，也是不许进的。给犯人做的膳食，得由看牢的牢头儿来取，然后由他送进去。等吃完了，牢头儿再把碗筷收好，一并送回厨房。听说过去曾出过投毒的事儿，所以，现在大丞相对水牢管得较前更严了。我已有一年多没到那边去了，牢房的四周派兵丁把守，一般人接近不了。地牢上面的马棚，是为大丞相专门盖的，里面饲养着四匹作战用的良驹。看马的人，并非普通兵卒，而是纳哈出的自家人：一个是他的侄子，三十多岁，为马房总管；另一个是他的同母哥哥，六十多岁了，差事是伺候马。除此，就是看地牢的兵卒，有二十六七个。很显然，纳府后院儿的人并不杂。在那里管事儿的，是纳哈出大夫人所生的儿子都布多尔济，四十来岁，是个武将，平章衔。为什么派他去呢？因为此牢房关的是要犯，绝对不能跑喽。纳哈出对别人不太信任，只有自己的儿子亲自看管，他才放心。"娟娟听后，一声儿不吭，露出一副若有所思的神情。

在豁鼻马谈情况时，明月长老已进了娟娟的帐包，听到了豁鼻马的详细介绍，心想："照这么说，纳哈出府下的地牢的确戒备森严，劫牢反狱没那么容易。"遂对豁鼻马说道："豁将军，该看你的了，帮助出个主意吧。还不知道吧？你的好朋友、大明朝辽东都指挥使司同知叶旺将军和卜家奴兄弟，最近被纳哈出的兵将俘虏，押来了金山，关在大丞相府内的水牢里。咱们必须想办法尽快救他们出来，不然夜长梦多，很可能会出大事儿的。"豁鼻马真的不知道这个消息，一听说叶旺被抓，焦急万分，心想："怎么叶将军初来辽东便遭此厄运呢？要救他出来，等于是从虎口里往外抢人呀！纳哈出是个吃人不吐骨头的魔鬼，若是知道叶旺的底细，绝不会客气的。"想及此，忙说："这如何是好？关进纳哈出水牢的全是要犯，很少有活着出来的。如不尽快施救，可就没命了！"边说边急得直搓手。

娟娟在地上边思索，边踱来踱去的，过了好一会儿，才开口问道："豁将军，都布多尔济是个什么样的人？每天早早晚晚总在牢房吗？能不能详细介绍一下这个纳哈出大公子的情况，我倒想认识认识。"豁鼻马说："都布多尔济武功高强，威猛过人，曾在峨眉山拜师学过剑法，从小跟随纳哈出，在江南一带住过，还到过湖北、四川等地。他平时使用的是一把毒剑，人称'七步尸'。就是说，双方对阵时，只要他身上的佩剑碰到你身体任何一个部位，哪怕只是刮破点儿皮、不出血，走不出七步必会倒地死掉，变成僵尸一具，相当厉害。他是大将军，又是纳哈出的左膀右臂，十分信得过。那天纳木扎勒台吉反叛时，正是都布多尔济的新婚之夜，故而当时没在场。要是去了，纳木扎勒台吉怕他，根本不敢那么嚣张。谁也没想到的是，猖狂一时的叛匪，最后竟被秉仁公主给送上了西天。"娟娟问："怎么，都布多尔济刚结婚？"豁鼻马回道："咳，公主，哪里呀，他们父子都是夫人不计其数啊，太多了！都布多尔济不知何时又看上了一位将军的夫人，于是硬给霸占了。将军夫人年方二十，长得很美，丈夫原来是都布多尔济手下的先锋官。当时，都布多尔济一眼看中了先锋官的新婚妻子，从此常与之勾搭。那女人同样是个水性杨花、偷男人的风流货，索性抛下忠厚的先锋官丈夫，奔都布多尔济这儿来了，图的当然是他们父子的权势和地位。你们看，那女人哪有什么廉耻、情意可言哪？当来到都布多尔济身边后，二人毫不顾忌，吹吹打打拜了花堂。听说，先锋官为妻子离去既窝火又没辙，后来上吊死了，此事在金山早传遍了。都布多尔济天天与这个美女缠磨在一起，平时根本不露面，因此不容易见到他。"娟娟又问："他们的洞房在何处？"豁鼻马回答："在大丞相府的后边，紧贴马棚和牢房。因为从都布多尔济住的帐包窗口儿可以看清楚牢门，去牢房的人，必从那儿路过。所以，他不用出来，坐在家里便能监视牢卒们的活动，生人不可能从他眼前混过去而进入地牢。"娟娟接着再问："你知道不，那些进牢里办事儿的兵勇持什么牌证？"豁鼻马说："知道，凭的是都布多尔济发给的羊角令牌，是把小羊白色的角破为两半儿做成的。都布多尔济平时将这些羊角令牌挂在腰间，命谁下牢房查监时，才解下半片儿令牌发给他。进牢房的人拿着都布多尔济的半片儿羊角令牌，须同牢中看守手中拿的另一半儿羊角令牌对上，门岗方能放行；如果对不上，不仅进不去，还得把你抓起来。换岗时，从牢里出来的狱卒把那令牌交还门岗，门岗再把令牌交给下一个要进去的人。这个人出牢后，把那半片儿羊角令牌还给都布多尔济，才算销差。差半点儿就是一个字儿：'杀'。"边说边做了个砍头的动作。

坐在旁边半天没说话的明月长老听后，认真想了想，插问道："豁将军，照你刚才说的，都布多尔济在田田多尔济、扎浑多尔济兄弟中年岁最长，也是最有权势的人。想必他与两个弟弟的关系挺好？田田怎么看他，敬重这位大哥吗？"豁鼻马说："师太，可不是这样。金山的人都知道纳哈出大儿子的德行，狂妄自大，任性放荡，只是不愿说他的那些肮脏臭事儿而已。田田是个好孩子，跟都布多尔济完全不一样，金山的人没有不夸的。田田的母亲当年是纳哈出的爱妾，天天搂着、抱着，形影不离。后来，都布多尔济不知怎么也插进来一脚，占有了田田的母亲，你想那能好吗？于是，纳哈出父子活活把田田母亲给折磨疯了，至今生死不明。出了这事儿，田田能不仇恨纳哈出和他那个大公子吗？何况都布多尔济和田田不是一母所生。都布多尔济为了继承父业，总是尽力排挤、欺侮田田和扎浑多尔济，而田田又不同于小弟弟。扎浑是田田母亲和纳哈出生的孩子，大丞相自然很是喜欢，处处宠着、向着老儿子，让这个九岁的孩子当了小将军。田田不同啊，是从外地来的'带犊'。当年，田田的母亲凭着姿色，硬是在纳哈出面前为自己的儿子讨得了义子之名分，也封了官。可是，随着田田的母亲疯后失踪、人走茶凉，田田便江河日下、自身难保、不得烟儿抽了，将来的下场恐怕是可悲的。师太，方才您问田田他们兄弟之间的关系咋样，这么说吧，不但很僵，而且田田对都布多尔济一直是恨之入骨的，更无敬重可言！"明月长老听罢，点了点头。

娟娟听了豁鼻马的介绍，见应掌握的情况了解得差不多了，于是侧过头来向明月长老示意了一下，然后说道："豁将军，谢谢了。务必记住，对今天的事儿，不能露出半点儿风声，权当什么都没发生。你照常给大丞相做饭，仍要做得好，精神上不要紧张，不准有丝毫的改变。叶旺和卜家奴就不用将军挂念了，我们自有办法。你的差事只有一个，就是在纳哈出等人面前装出三个饱儿一个倒儿、啥也不寻思的样子，该干啥干啥，不使周围的人产生任何猜疑。只要这样做了，便是帮了大忙了。记住没有？"豁鼻马连忙回道："记住了，请师太、公主尽管放心，一定照办。"娟娟说："好，时候不早了，回去吧，别让那些人到处找你。"豁鼻马边答应，边退了出去。

豁鼻马走后，明月长老、娟娟、李佑三人详详细细、反反复复地商量着营救叶旺将军和卜家奴所应采取的办法。当议论到什么时间动手合适时，明月长老说："娟娟、李佑，我有个大胆的想法，不知你俩同意否？"二人异口同声地问道："什么想法？请师太快快讲来。"明月长老接着说："豁鼻马刚刚已经讲了，金山丞相府平时一向戒备森严。现在又抓来了叶旺、卜家奴，况且纳哈出本来是个多疑而狡猾的人，防范肯定会更加严紧，必将把丞相府看守得水泄不通。如果夜探、夜袭，必要大动干戈。他们人多势众，我们人少势单，又是到心窝儿里掏一把，可谓极难之事。双方为此真要打起来，咱倒不一定白给，会杀他个痛快。可眼下的第一要务是营救叶旺、卜家奴，而不是打打杀杀、赢了便行了。因此，不妨在白天去大丞相府劫狱，当较为稳妥。"娟娟、李佑听后一愣，忙问："大白天怎么能救人呢？请师太明示。"明月长老说："你们想啊，夜晚劫牢反狱，乃历代武侠信手拈来之法，成了惯用的常规。故此，这个时间的防备必然是非常严的。而白天却不同，不仅是在赫赫有名的金山，还是在大丞相府内，任何人都不会想到有人敢在光天化日之下劫牢反狱。我们就是要打破常规，出其不意，攻其不备。再说了，丞相府的地牢，恰恰是由纳哈出的大公子都布多尔济掌管着。对他我算看透了，那是一个好色之徒，心里头不会装着地牢。为什么这样说呢？他坚信那里有严密的布防，又掌握着暗道机关，一般情况下，是不会出事儿的。尽管如此，在纳哈出的督促之下，夜晚他倒有可能出去巡视一番。而白天，不但不会有人催他，而且他会认为谁长几个脑袋，敢在大白天来送死？那么唯一要干的事儿，只剩下搂着霸占来的美女补夜间之不足，睡在风流乡之中了。这不就使咱们有机可乘吗？最好选在天刚放亮儿时进入丞相府。"说到此，明月长老停了一下，很有把握地看着眼前的二位徒弟。

娟娟和李佑听后，精神为之一振，频频点头，认为师太讲得太好了！明月长老继续说道："天亮前这段时间，是人们最困倦之时，也是巡查较为放松的时候。夜间巡逻之人认为天要亮了，安全了，该回屋歇息去了，而白天巡逻的人员还未接班。我们就利用这个空当儿，以飞檐走壁的轻功，进入丞相府，找准都布多尔济住的挨着马棚的帐包，抓住那个男盗女娼之人，然后，利用他的羊角令牌，营救叶旺和卜家奴。去的时候，李佑从我的囊袋里拿出一些'九转如意还魂散'，按过去传给你的方法，把它吹进大丞相府兵卒住的帐包里，叫他们睡个不醒。这个时候，你俩便可乘机劫狱。把人救回来后，咱们不能再在金山大寨了，得赶紧乘马远走他乡。娟娟，估计你的生母已不在此地，离开金山后，再设法寻找，你们看说的可不可行？"娟娟听后，觉得为救叶旺哥哥，只能如此了，固守金山大寨已毫无意义，不过又一想："我走了，田田弟弟怎么办呢？咳，暂时顾不过来了，以后会有相见之日的。再说这么做，不至于连累田田，他完全可以在金山安生。否则，田田没找到母亲，还要与我们一同远去，何苦呢？把他留在这儿，总算有个可靠耳目，待日后来接也不迟。"想好后，遂对明月长老说："师太，我看挺好，就按您说的办！"三人一直商议到大毛星升上中天、外面传来了头遍鸡叫声才完毕。明月长老说："时候到了，娟娟、李佑，你俩可行事去了。"二人穿好衣服，带上兵刃，推门离开了帐包，俯身蹿行，疾步向大丞相府奔去。

大丞相府的周围全是帐包，不用蹿房越脊，只需施展行如狸猫的轻功，便可很快到达相府的院外。娟娟和李佑嗖嗖地蹿房越墙，腾上跃下，迅速进入了丞相府邸。你别说，一路上，还真没遇到兵勇，看来明月长老的估计是对的。二人如入无人之境，顺利地奔向了大丞相府后面的帐包，即都布多尔济的住所。为什么能摸得那么准呢？因为娟娟自被封为金山大寨的总寨主后，曾多次来过大丞相府，对这里的一切早就留心了。当豁鼻马说起都布多尔济住在大丞相府后面马棚旁边的白帐包时，她的脑海中立即呈现出了那帐包的样式，进入丞相府后，自然神速、准确地寻到了。二人看了看帐包，会意地点了点头。李佑按照师太的吩咐，从怀中拿出一根喷杖，即一个喷烟用的竹管儿。竹管儿不粗，前面镶有铁尖头，可以刺入帐包。尖头上有个小眼儿，从竹管儿这头儿一吹，能将烟通过小眼儿吹进帐包里去。李佑将喷管儿蘸上了"九转如意还魂散"，敏捷地在附近几个帐包之间，使劲儿把睡药往里吹。尤其是娟娟特别点到的兵营守卫之帐包，吹进去的更多些，让他们睡如死猪。然后，他又到大丞相府门前的小帐篷，这是守卫门丁住的地方，也往里面喷了不少睡药。

在李佑做这些事的时候，娟娟已用匕首将都布多尔济所住大帐的小门儿插关儿捅开了。都布多尔济太傲慢、太麻痹大意了，一点儿没有防备，门根本没锁，肯定以为在大丞相府里，没人敢碰他。再说金山大寨过去从没出现过夜入相府之人。娟娟轻轻地打开了门，一闪身进了帐包，反身将门关好，然后，用蟒蛇蠕动之技，即仰身伏地蠕动双肩，无声而快捷地到了中心大帐，那便是都布多尔济的卧房。大帐包的北面挂有蚊帐，蚊帐里是支起来的卧榻。一般来说，蒙古包没有炕，为防潮，卧榻支得离地挺高，底下是空的。娟娟一个滚身，钻入了卧榻之下，刚刚停稳，突然听到上面女人的哼哼声，知道准是那个淫妇了，心想："都布多尔济此刻要是不在帐包，可就糟了！"紧接着，她又听见一个男人呢喃地说着一些淫荡的话语。正是都布多尔济正趴在那个女人身上。娟娟马上想到了白天豁鼻马所讲的，她的生母就是被都布多尔济野蛮蹂躏、糟蹋疯的！又想到自己的弟弟田田多年来承受的苦难，顿时怒火中烧，再也忍不住了，满腔怨愤像火焰般迸发出来，决心为疯了的母亲和可怜的弟弟报仇！随即伸手从腰间抽出阴宗双鹤剑，仰过身来，把剑狠狠地从下往上唰地一下捅了进去！卧榻上的一对儿狗男女正在淫乐，哪里会想到有人竟伏在床下向他们动手呀？阴宗双鹤剑真是太锋利了，加上娟娟用劲儿很猛，你说咋就那么寸，那剑干净利落地从卧榻底下刺入，不但从躺着的女人后心直接穿过，而且刺入了趴在她身上的都布多尔济的胸膛。娟娟想早点儿送他们去阴间，又连连猛捅猛剜了几下。她将剑拔出，滚身出了卧榻，随之站了起来。娟娟见那女人早已断气了，生怕都布多尔济没死，遂举剑将头颅割了下来。这对儿狗男女可倒好，正值狂热放纵地交欢时，却稀里糊涂的一命呜呼了。可叹，都布多尔济一手峨眉剑法徒有其名，没用到正路，竟断送在贪恋美色之中！

娟娟用被子擦了擦带血的宝剑，擦得锃亮，然后插入了腰间的剑套儿，又巡视了一下帐包的四处，鬼都没见着，只有一只猫吓得嗖地一下钻进木桶里。她在卧榻旁边，找到了都布多尔济的一串儿羊角令牌以及开牢门的钥匙。她拿着令牌和钥匙走出了帐篷，径直到了地牢，打开牢门进去了。因为看守地牢的门卫早已被李佑给打昏了，所以无须出示羊角令牌，只用钥匙打开水牢就行了。当她进入水牢时，关在里面的叶旺和卜家奴见来的不是狱卒，而是娟娟，不禁大吃一惊啊！娟娟忙示意不要出声儿，将羊角令牌和钥匙往地上一扔，上前解开了捆绑他们的绳子，之后手一招，二人迅速地相跟着走出了地牢。

此刻，刚刚回到牢门口儿的李佑见叶旺、卜家奴出来了，赶忙上前搀扶着，引他们向马棚走去。他们进入马棚，牵出纳哈出专用的四匹坐骑，那马发出"咳儿咳儿"的叫声。这叫声惊醒了几个班头儿，个个睡眼蒙眬的，刚要出来，早被眼尖的娟娟看到，遂快步上前，唰唰几剑，痛痛快快地送他们回了老家。四个人拉着马，走到纳府的后门，见看门人已被李佑喷的睡药麻醉，仍未醒来。李佑逗趣儿道："平时挺辛苦的，这回可以好好儿睡一大觉了，咱们不打扰了！"随即打开城门，四人走出了丞相府。明月长老早已在那儿等候，见一个个顺利地出来了，很是高兴。牵来的四匹马，娟娟让叶旺、卜家奴、李佑和明月长老各骑一匹，并说："你们快走，我用轻功在后追赶，不用特意等。"四人听后，翻身上马。由于四匹坐骑都是纳哈出派专人驯育出来的，很通人性。骑上人之后，它立刻觉得不对，知道不是自己的主人，便咳儿咳儿地怪叫，连跳带刨蹶子的，似乎是在通知它的主人。马的踢叫声惊动了城内那些未被睡药麻醉的兵卒，他们操起家巴什儿，呼喊着冲出了帐包，城内立刻乱了。叶旺说："快打马出城，马若不走，就用匕首往屁股上划一下！"于是，每人抽出匕首，回身往后一划，马屁股的肉当即翻开了，鲜血直流。这一疼，那马能受得了嘛，能不拼命往前跑吗？于是刨开四蹄，飞快地向林子奔去。

单说田田身处大丞相府内，正想着明月长老他们是否理解了自己传去的信息呢，就听有人来报："水牢被劫，贼徒已救走！"他立即想到了一定是姐姐等人所为，为了呼应娟娟，护送他们过关卡，于是传令备马，集合了手下的兵丁，说是要赶快去追劫狱的贼徒。他出得帐包，骗腿儿上马，回头向兵丁们喊道："随我来，快跟本将军走，不要听别人的！"众将士遵命，翻身跨马，跟着田田拼命向前追赶着。前头着实挺乱的，也不知哪个是娟娟他们一伙儿的。正追着，突然从一个帐包上嗖地跳下一个人来，恰好落在田田身后的马背上。他回头一看，不是别人，而是娟娟姐姐！这是怎么回事儿呢？原来，娟娟让叶旺他们骑马快跑，自己却悄悄儿躲藏在元兵的一个大帐包顶儿上，想凭借武功和剑法，等待元兵骑马追过来，飞骑夺马。她正伏在帐包上仔细观瞧、等待着，忽然见田田奔来，高兴极了，知道肯定是接应他们来了，遂站起身来，顺势往下一跃，不偏不倚地跳到了田田的马背上，双手紧紧搂住了弟弟的腰。

骑兵追了一大阵子，也未撵上劫狱的人，连个人影儿都没见着，只好停住马，反身往回走。在混乱之时，田田和娟娟乘机离开了元兵，打马向林中跑去。姐弟俩在密林中穿行，以最快的速度，马不停蹄地追赶着叶旺、卜家奴、明月长老和李佑他们。可是追出好长一段路后，仍听不到马蹄的嗒嗒声，心中有些着急。难道是走差道儿了吗？又走了一气儿，还是没有找到，田田说："姐姐，咱们已离开金山百余里地了，眼看要到罗锅哨口了。哨口的管事人是我的好友，有一次喝醉酒了，痛打了都布多尔济。父王大怒，兄长则口口不饶，不仅抽了他八十鞭子，还割下了他一只耳朵，并从一个平章大将军贬职到此，领十几个兵卒守候哨卡。这个处理结果还全仗我向父王为其求情呢，要按都布多尔济大哥的意思，就得将他活活打死。此人叫岳索图，朴实、正直、脾气暴烈，是个兢兢业业干事儿的人。依我看，咱俩不妨先到他那儿去。"娟娟说："你一个人去吧，我不能去。主要是担心继续拖延下去，一旦纳哈出的兵马赶来，该如何是好？"田田笑着说："好姐姐，听我的吧。咱们在罗锅哨稍事歇息，向岳索图多要几匹马，每人两匹不更好吗？顺便可了解一些情况，然后再走不迟。你放心，事实上，金山大寨真心实意为纳哈出卖命的人并不多。父王一向独断专行，霸气十足，又好猜忌别人。任何人不敢轻易有造次之举，全像个拨浪鼓似的，你不去摆，他是不会动的。而且皆认为多一事不如少一事，离麻烦越远越好，个个只是小心翼翼地侍奉他而已。在此种情况下，姐姐你想，父王不亲自出马，或者不是都布多尔济和我们这些人率队追赶，下属的众兵将怎能会主动前来呢？"娟娟边听边点头，觉得田田说得在理。

田田见娟娟姐姐已将他的话听进去了，接着又道："今天的事儿，你不是见到了嘛。当我离开队伍的时候，兵卒们像无头的苍蝇，草草地追了一阵儿便回去了，没人那么认真。金山大寨虽然名声在外，但说到底，不过是外强中干而已。谁人都看透了，早早晚晚得被大明朝灭掉，这个趋势是阻挡不了的。自打咱们的母亲被逼疯走失，母子分离后，我已心灰意冷，所有的梦幻像肥皂泡儿一样破灭了，对金山也没有任何留恋，可以说与己无缘了。我之所以能成为纳哈出的义子，说来是个笑谈。当年母亲美貌多姿、心地善良，性情却十分刚强。纳哈出要霸占母亲，母亲提出了条件，必须认我为义子。开始，他无论如何不答应，母亲对其不加理睬不说，并拒之门外。后来，在母亲的一再坚持下，纳哈出没招儿了，只好按母所请，摆了香案，向祖神盟誓，许下宏愿，说什么日后只要他纳哈出得到元朝的帝位，有天祚之福，就立田田多尔济为太子，传位于太子。在没有得到皇位之前，把我作为他大帐掌印的主师。如有违逆，神人共诛，尸骨不全。那话让他说绝了，母亲信以为真，总算使纳哈出如愿以偿。在以后的日子里，正是那些甜言蜜语蒙骗了母亲，也迷醉了我，对未来始终抱有幻想。可是，我和母亲渐渐地看清了过去的想法是不切实际的，完全是一场白日梦。纳哈出心里的美女，几天一变哪，母亲在他心目中越来越淡漠了。更可气的是，母亲又遭到纳哈出的长子、禽兽不如的都布多尔济的蹂躏，与其父轮换着百般地折磨。过了一段时间，母亲终于不堪凌辱，活活被逼疯了。从此，我在纳哈出面前的地位变了，一天不如一天。心里十分清楚，我不是都布多尔济，不是扎浑多尔济，而是田田。既不是纳哈出的亲生，又与都布多尔济毫无关系，我就是我。仅冲那父子二人禽兽不如的德行，总有一天，必要举义旗反金山。这个夙愿，已经心存多时了，只是孤掌难鸣、独立无援罢了。后来，我下定决心，在找到生母后，离开金山，远走高飞。就在非常失意、六神无主、像断了线的风筝、不知哪里是归宿的时候，你们来到了金山，田田我才算有了奔头，有了生存的信心和希望。姐姐，看看下一步该怎么办？你说咋办，我就咋办，绝无二话。只要说出来，弟弟必服从调遣，跟姐姐走定了。"娟娟听了田田的一番话，很高兴，笑着说："好弟弟，既然罗锅哨的岳索图是你的朋友，人又可靠，我同意先到他那儿。弄几匹马，详细了解一下金山周围的情况，打听打听明月长老的去处，再做打算。"田田说："好，我听姐姐的。"姐弟俩一边兴致勃勃地谈着，一边在白桦密林中穿行。

路上，田田怕姐姐寂寞，知道她一直想更多地了解金山，便讲起了这里的风光和所发生的不少典故。田田一讲起来，连比画带说的，非常生动，娟娟特别爱听。娟娟来金山不少时日了，还真没找到一个适当的机会去四野游逛过，现同弟弟一路走着、看着，一路听他介绍着，真正感受到了大草原的壮阔和美丽。虽然天气已近深秋，寒风瑟瑟，草木凋零，但那南归雁阵在空中的鸣叫，牲畜在地上低头觅草的情形，仍使人有风吹草低见牛羊、天高地阔、心旷神怡之感。娟娟高兴地问道："弟弟，金山到底在哪儿？为什么叫'金山'，名字是咋来的？"田田笑着说："姐姐问得好，不少人觉得是个谜。是啊，大草原上哪有什么金山呀？说来这名字是父王纳哈出给起的。平时每当向我们讲他如何创业、开荒占草等故事时，常讲到金山的来历。据父王讲，他刚从南朝，即大明朝被放回来时，想选一个能够发迹的地方，好好儿干一场，重振元朝。可选哪块地方好呢？寻来找去，寻到了西辽河一带。他童年时，曾在那儿待过，故而对其既熟悉又喜欢。于是，他准备在西辽河建营寨，设立基地，以发展自己的势力范围。可是在西辽河的老朋友，还有家乡的一些牧民告诉他，选西辽河不如选辽河，因那里有出名的驿镇，是骆驼常去的地方，叫骆驼乡，即后来的通辽一带。也有人认为选甘旗卡或北边的金泊吐更合适，都是些美丽、富饶之地。但他一概没有选定，觉得那里人口太多、太乱，不利于军队发展，不便于保守机密。要是在当地建兵营，不是很快就传扬出去了吗？得找一个相对幽静之地开营建寨，平地起城楼，才有可能发迹。于是，他带领几个人，骑上快马，在辽河周围数百里以内，走了十几天选地方。当走到现在的金山大寨时，见此地杳无人烟，只有百鸟的鸣唱，他高兴了，认定是个好地方。说也奇怪，恰在这时，突然有三十多只白天鹅在头顶上盘旋，发出"嘎嘎"的叫声，好像表示欢迎似的。他抬头看着空中的奇景，笑着决定道：'好，就这个地儿了，在此处建咱们的营寨！'因听天鹅的叫声特别好听，又对随去的人说：'哎，得起个什么名儿呢？要我看哪，不按蒙古的名儿来起，咱按天鹅吉祥的声音定营寨的名字，叫'吉尔嘎朗'吧。对，太好听了，干脆叫它啦！'父王就是这样定下的寨名儿。"娟娟插嘴问道："那后来怎么叫金山了呢？"田田做了个鬼脸儿，调皮地说："姐姐别急呀，听我慢慢道来。定下建主寨的地方之后，父王立刻领着兵马挖沟建城寨，大伙儿干得可来劲儿了，热火朝天的。说起来，建得真够快的，只十几天的工夫，便在西辽河的大草原中，出现了兵营、城墙、马圈、羊群，幽静的草原霎时变成了喧闹之地。南人，即南朝的人很快听说了纳哈出在北边建起了营寨，准备恢复元朝，打听具体在什么地方，回答说是在'吉尔嘎朗'。汉人听'吉尔嘎朗'的音很像'金山'之音，时间长了，'吉尔嘎朗'又不好记，便叫成了'金山'。后来传到了父王的耳朵里，有人对他说，南朝的人管咱们这个地方叫'金山'，说你要在金山重整旗鼓，东山再起。父王听了哈哈大笑，连连说：'好哇，太好了，汉音的名字好听，金山正表明此地的特色呀！这块儿水草肥美，牛羊遍地，鱼虾满湖，非常富饶，可不就是一座金山嘛！'从此，金山的名字开始叫起来了。"

　　各位阿哥，依说书人看，纳哈出将金山作为基地，算是有眼光。史书上讲："金山在开原城西北三百八十里，辽河的北岸。"因为这里有滚滚向东流淌的西辽河，与之并行的有曲曲弯弯的敖来河，又称教来河，两河中间形成了水草丰美的天然牧场。所以，金山向为蒙古族的游牧之地。同时，也有不少的湖泊和小溪、沼泽，鸟兽鱼虾十分丰实，在这儿建营可以得到充足的给养。除此之外，还有一个特点，就是作为军事要地，进可攻，退可守，易守难攻。为什么这么说呢？你想啊，在茫茫的草原上，突然一彪马队从远方来攻，目标清楚，老早便可看到，使之反攻可有准备，退守便于隐蔽。再说到处是塔头甸子，若不是在此经过驯养的马匹，是不会走沼泽之地、踩塔头甸子的，跑不起来不说，必陷入泥潭之中。而纳哈出的那些蒙古骑兵，可全是专门训练出来的，在塔头甸子上照样奔跑如飞。我们说纳哈出选得好，有眼光，还因为金山确实是控制辽东的战略要地，既是大漠，又不在大漠深处，紧挨着辽东的许多重镇，离得都不远，向前走可进入辽东的平原腹地。正是在这样的地方，他率领兵将很快建起了众多的据点，像阿都沁、白音芒哈、习尔舒，还有伊胡塔、海斯甘旗卡、敖吉斯塔。再往远处，有敖来河流域的保屋通等，真是方圆数百里之内，尽归纳哈出所有。

田田、娟娟骑马漫行在辽阔的草原上，一边观赏着风光，一边谈了许多金山的情况，转过山谷小道儿，到了一处所在。可以说，地方很奇特，东南西北的大路皆由此经过，乃交通之要道，又是在平原上突起的一个不太高峻的山丘上，居高临下，凭栏眺望，四周情境尽收眼底，为理想的瞭望之地。作为兵家来讲，一看便知，这里是军事要地。他俩登上山丘，见山顶上有片不太大的平地，四周林木繁茂，构成了一道天然的屏障。透过密林，可见中间有二十几所用圆木搭盖的房子，四面有木栅围墙。寨堡是用北方特有的建房方法搭建起来的，遍地林木，可以就地取材，方便得很。挑选最粗、最直溜儿的钻天松，锯下以后，去了枝叶、头尾，余下大圆木，即木克楞。再根据所盖房屋的大小，锯成一定长度。然后将一根根圆木摞起来，旁边用粗木头夹着，中间凿些眼儿，把木橛子从这个圆木钉到那个圆木上，即加上销子，搭就的墙既坚固又结实。四面墙建好后，中间掏窗户，上头棚上盖儿，盖儿上抹些泥，百年不烂。不管是狂风暴雨的侵蚀，还是地动山摇的损毁，皆可岿然不动。用此种方法盖起的房子，叫木克楞房子，是北方特有的居所。那么，这里是什么地方呢？就是罗锅哨口。岳索图来后的几年里，由于进行了认真的治理，使原本只有七八个兵丁的哨口，发展成了拥有二三百兵丁的大哨——金山第一哨，为金山通往北方、东方、南方的重要门户。纳哈出对罗锅哨的变化很满意，也十分重视。只有在这时，他才对岳索图因打了自己的儿子都布多尔济而受的罪，甚至被割了右耳成了独耳大将的事儿，感到抱歉。在金山，同罗锅哨大小一样的哨口有七八个，并且同时兼有驿站的职责。

说起驿站，咱们得多讲上几句。元朝时，十分注重驿站的建设和发展。那时的驿站，蒙古语叫"站赤"，即驿传之意。当时凡属王公朝会、军队调动、使臣往来、官物运输等，全依赖驿站，即由站赤来运转。然而到了元朝末期，由于连年的战火，很多地方的哨口兼驿站被破坏了。元朝被推翻后，辽东所有的哨所、驿站，由纳哈出全部接管过来了。他为什么特别注意哨口、驿站的建设呢？因为他早有野心哪，想要划地割据，重新打起元朝的旗号，背北面南，继任大元的皇帝。于是，他便想方设法、下大力气充实、整顿、加强驿站，使之力量更强、马匹更多、沟通更灵活，使每处驿站就像一个人的神经、耳目和触角一样，一直深入最前哨。各个站赤有如中枢通往各处的条条通道，上下连接，异常顺畅。站赤里有赤兵，或称"铺兵"，也叫"急递捕"。他们的差事是负责保卫、传递各方文书、往来信函，通达边情，宣布号令。根据各站赤所处环境和所用交通工具的不同，分为陆站、牛站、马站、狗站、轿站、步站等。

所说的陆站，就是以马、牛、骡、驴等挽力作为运输工具的站点。这样的驿站，占当时所设站赤的多数。从松花江松阿里奔黑龙江到北海，从兴格定①进乌苏里江奔东海，道路、环境复杂多样，有崎岖的山路，有草木丛生的林间小道儿，也有泥浆遍地的沼泽。由于气候的变化，造成了路况不同，所使用的交通挽力随之各有区别。以马、牛为主的，称之为马站或牛站。冰天雪地时，因雪太深，牛车、马车进不去，则以雪橇，即狗爬犁作为主要交通工具，这样的站赤称为狗站。一个狗站，要养数百条狗，每架狗爬犁得使用几十条狗。狗爬犁的速度相当快，比马爬犁快得多，拉爬犁的小狗都是驯化出来的，单有赶狗橇的"急递捕"。他们常选出一些公狗作为头狗进行专门调教，不但识路，而且懂信号。什么信号呢？只要赶狗橇的人用不同的声音把所要表示的意思喊出来，头狗就会逢山开路、遇水搭桥，嗖地一下蹿过去。其余的狗会跟随头狗拼命地跑，生恐落在后面，在雪地上显得很是壮观。因为辽东这块儿夏天只是几个月，在长达九个月的寒冷天气里，经常是风雪迷漫。所以，狗橇自然成了重要的、必不可少的交通工具。还有些地方，既不能过车，又用不上狗爬犁。什么样的地儿呢？如从这个山涧到那个山涧，需要攀缘，爬岭登石崖；沼泽地泥泞不堪，车马难行，只能人背肩扛物资步行走过去，于是便有了步站。有些地方的运输必须抬着走，抬人或抬物，走狭

————————

① 即兴凯湖。

窄的小路，踩着石头过去，这就需要建立轿站，以北方特有的二人抬或四人抬的轿作为运输工具。总之一句话，元朝凭借着驿站，构成了江阜的信息传递网和交通运输网。

各位阿哥一定会认为，那个时候路途迢远、荒野连片，消息肯定不灵通。其实不然，当时就是依靠各个驿站，三千里地的消息，三千里地的货物，三千里地的文书通告，往往十几天，最多二十几天准能送到。不论是传信还是送物，都是日夜兼程。宁可死人、死马、死狗，也要将信和物传递下去，一站接一站，从不耽误。纳哈出为发挥驿站的作用，把凡是能用的交通工具全用上了，不仅保证了公文、信件或信息的传递，还承担了达官显贵吃的、穿的、用的等所有物资的供应。他们是吃啥有啥，珍馐美味样样儿俱全，金银珠宝源源而来，稀有皮张任啥不缺。哪儿来的？全是各个站赤运来的。纳哈出把站赤治理得像人身上的血管一样，畅通无阻，运送一天不停息。

那么，站赤的铺兵是怎样运输的呢？以步站来说，承担运输的铺兵将所要运的海物也好，金银珠宝也罢，皆装入木匣子或绢匣儿之中，外面贴上封条、加上锁，然后背在身上。另外，要挎上铜铃，备好防雨的蓑衣，还得带着用豆油或鱼油泡好了的麻披或皮张，作为雨布或用于冬天睡觉时铺在地上，以便防潮。夜行时，需要举着火把。为什么带铃铛和火把呢？一可用来吓唬野兽。走起夜路来，身上的铜铃叮叮当当一响，手中的火把一照，狼虫虎豹一看，全吓跑了。同时，也是为了照亮儿或向下一站报信儿，让他们做好接传的准备。站赤有军令，谁要误了事儿，必斩无疑。每个站赤的铺兵都是轮换着睡觉，总有一部分人待命接班，听到远处铜铃一响，马上到门口儿等候，上个站的人一到，接过货物便走，向下一站传送。如果听铃声突然不响了，必须赶紧去救援，这便意味着出事儿了。可能是碰到野兽了，或许摔到山下了，还是出现其他什么异常情况了。倘若不去救援，充耳不闻，也要立斩。还有一条规定，叫交回历。怎么个交回历呢？就是铺兵运货物或传递信息到下一站，此站接到了货物或信息后，要给铺兵回讫卡，卡上有交差的大印。铺兵回来得将讫卡交上，算是圆满交差。不然千山万水的，谁知道你是否把所传之物或信息送到下一站没有？说了谎呢？把东西扔到了荒郊野外呢？总得有个证据才行。这回历，显然是起证明的作用。在回讫卡上，把送到的时辰、送来几件什么东西、几封信函皆写得一清二楚。一旦发现问题，可据此详查，就这么严格。

站里的铺兵非常辛苦，承担差事后，每天至少得跑四五百里，多则六百余里，即所谓的六百里快报。他们一年到头不得休息，不少人坠下山崖，死于非命，或活活累得吐血而亡。各个站赤对送递物品、信函的来到本站赤的铺兵有什么优待呢？实在是没什么，只是在打了回讫之后，给他们吃顿饱饭，总不能让人家饿着肚子往回跑。如果有摔伤的，便用预备好的药给抹抹或做些简单的包扎，仅此而已。

元朝建起的站赤，从好的方面讲，它使荒僻野莽的北边之地，有了便捷灵通的网络，政令下达得快。边关有事，驿兵即出，朝廷马上就能知道。反过来，朝廷有重要的信息和御告要通知下边，也可以立即传下去。这种驿站制度，一直延续到明代和清代，而且一代比一代更严密，此为后事，不赘述。

单说在辽东这块土地上，驿站还同北方各氏族向朝廷缴纳的贡赋紧密联系在一起。各个土著部落的贡品，像名鹰、海东青呀，各种东珠、海产品、山货及名贵的皮张啊，等等，都是通过站赤往上传递的。各地按时、按数、按质、按规格将贡品交给传输之道——站赤，再由站赤一站接一站地送交给朝廷，速度很快，安全可靠。有些站赤为了保证贡品的运输，设了不少分站赤，由分站赤代理朝廷收缴和验收贡品。这样一来，站赤的权力就大了，随之出现了不少弊端。一些大站赤的官员，即驿令、达鲁不花等，借收缴和验收贡品之机，肆无忌惮地捞取财和物，中饱私囊。其富有在一定程度上，远远超过王朝的达官显贵。这些人有生杀予夺之权，以没有按质、按数、按时缴纳土贡为由，任意捆绑和囚禁各部落的人。一切由他们说了算，想怎么处置就怎么处置，随心所欲，更不要说平时作威作福、抢男霸女了。

在元朝，驿站的官员分好几等，上有驿令，下有总把，即抓总的那个人，下头再小的还有牌子头儿。各层有自己的官员符号，最高的是"金"字圆符，次之为"银"字圆符，再次为"铜"字圆符。这些驿站看似很强，但由于官贪兵苦，埋下了不小的隐患。就说站赤铺兵的来源吧，在辽东的各站，全来自当地的土著乡民。具体说，大多由女真各部承担。上边分派给各屯寨人数，由寨主自选自定，必须按时按数把人送到。否则，诛灭户寨，老少皆斩。人们都知道铺兵的差事太苦了，去了是九死一生，不去也是个杀，故而民怨沸腾。这样一来，驿站便像一座闹事的火山，为逃避征召铺兵，常有逃跑的，或集体起来反抗官府的，致使站赤兵源短缺，甚至处于瘫痪状态。

纳哈出接手治理站赤时，不仅加强了防范，还采取了一些让步政策，软硬兼施。对势力比较强的部落，觉得管不住人家时，不主动去碰，该部落的人就相对少遭点儿殃；对一些势力弱的、抵不过他纳哈出兵力的小部落，则强行征召，成为土民的一场灾难和重负。正因如此，纳哈出的驿站逐渐有了新的发展，其中的罗锅哨口，是辽东众多站赤中的一个最重要的前哨陆站。它早已不是十几个人的小站赤，而是由独耳将军岳索图执掌的、有三百六十六个大小不等的下属站赤的大站赤，像从罗锅哨口伸向各处的触角一样四通八达。所以，这里驿令的权力很大，消息特别灵通。

娟娟通过一路观察及听了田田对金山驿站一番详细的介绍，增长了不少知识，明白了纳哈出是怎样控制辽东的，再不奇怪辽东为什么能一呼百应了，知道了罗锅哨口在战略上的作用。它既不是一个简单的小哨口，也不是草原上的一处无名之地或是几个瞭望楼的事儿，而是一颗心脏或一双眼睛，是金山大寨的关口，是纳哈出想要干一番所谓复元大业不可或缺的经济与信息的攸关要地。她还清楚了大明要想控制、占有辽东，夺得广袤的沃土和争取诸少数民族部落的归附，不仅要在金山与纳哈出一决雌雄、争个高低，更需想方设法真正获得一个又一个像罗锅哨口那样站赤的控制权。唯如此，才能砍掉纳哈出的胳膊和腿，使之饿死、渴死、困死，不战自亡。娟娟此时才感到，来罗锅哨口不单单是借用几匹能征善战的快马，重要的则是真正结交达鲁不花岳索图，创造条件，扎根在金山；并认为田田能把自己领到罗锅哨口，正是完成凤愿的关键步骤，同打入纳哈出的心脏是一回事儿。在这里，利于了解方方面面、各种各样的情报，上边可知纳哈出的动向，下边可掌握三百六十六个小站赤的一举一动。她想到这儿，愈加精神焕发、信心百倍，恨不得一步就跨到罗锅哨口，同田田一起去拜访那位头领岳索图。她催促田田道："弟弟，咱们快些走，以便早点儿到那儿见见你的好朋友。"田田答应一声："好哇！"随后一扬马鞭，飞快地向前驰奔。

娟娟在随同田田走向罗锅哨口的路上，又见到了不少瞭望塔和烽火台。在这里，请诸位阿哥同说书人一道领略一下那些别具特色的建筑。

咱们先说说瞭望塔。塔楼建得异常坚固、巧妙精致，下方是用石头垒起来的高台阶。仔细看，石头的棱角都凿下去了，然后凿出卯眼儿，再一块块地咬合在一起，卯眼儿用黄泥糊住，相当结实。在第一层石台上摞第二层，在第二层石台上又摞了一层，共三层，已经很高了。在第三层石台上，用粗而高的圆木插进石头凿出的窟窿之中作为立柱儿，中间有梯子，可以上下。上方有瞭望的地方，因其高，故能看出很远。像这样的瞭望塔有十几座，三余里一个，一直伸向密林深处。

值得注意的是，在各瞭望塔楼之间，每隔十里的高山顶儿上，还有用土石垒起的烽火台一座，日夜都有兵丁把守。只要瞭望塔发现异情，便会传报给烽火台，守卫兵卒马上点起烽火。一个烽火台的烽火点燃，其他的烽火台也陆续点起，彼此呼应，信息传递得非常迅速。尽管山高林密，又是俗话所讲的"望山跑死马"的地方，由于有了瞭望塔楼和烽火台，情况就不同了。马一天跑不到的地方，可用烽火闪电般地传出信息，在极短的时间内，或传到金山大本营，或下达至边远的哨卡。罗锅哨的十几座瞭望塔和烽火台，成了纳哈出的耳朵和眼睛，尽管坐在金山，却可以知道辽东千里或万里之外的情况。这个处在大草原上被蒙古人叫作"清坦"或"浩坦"的地方，是从开原向南进、东进、北进的重要枢纽。往东北方向可以到松花江以至松阿里湖众多的山岭；上行可到黑龙江萨哈连，通往北海；东可至伊通河、饮马河、松花江，再到虎尔哈河[①]，进入淀海[②]；过了乌苏里江、伊曼河，可入日本海；往东南可以进入长白山、图们江、珲春河，再至鸭绿江、图们一带乃至东海窝稽。显然，罗锅哨口是极为重要的战略据点。

咱们暂且撂下罗锅哨口的重要性不说，单讲田田引着娟娟来到了此处所在。一看，真是别有一番景象啊，热闹、繁华得很。只见，从罗锅哨门里出来一队队的骑马人，个个背着皮囊，手腕子、脚腕子上均系有铜铃，马脖子上也挂了几个，向着不同的方向、不同的地方策马驰奔，去传送纳哈出发出的军令、政令。与此同时，也有一些骑马人从远处奔向这里，铃声、犬吠声、人喊马叫声震撼耳鼓，是其他站赤的铺兵到罗锅哨交差来了。

娟娟随田田直接进了哨卡。哨卡的营官、驿令们都认识田田大帅，纷纷叩头下拜，早有岗哨的人匆忙往里传报。不大一会儿，走出一位身材魁梧的大将军，头戴钢盔，身着铠甲，手握一柄腰刀；再看长相，大脸庞，浓眉大眼，络腮胡子，嘴唇上方留有黑黑的胡须，向两边翘着，

---

①　即牡丹江。

②　即兴凯湖。

笑声朗朗，像清泉流淌的声音。他边走边大声儿喊道："田田大帅，今天能到我们小小的哨卡，真是满站生辉呀！来得好哇，刚刚传来三道急递，是大丞相的钧旨，命令找你，让速速返回金山大寨。我正急得团团转、发愁找不到呢，怕遇到什么闪失，没想到你主动送上门儿来啦。再要没你人影儿呀，可真无法交差喽！"他一见面就急巴巴地来了一大通儿，边说边命站在旁边的铺兵接过田田大帅的马缰绳。娟娟从此人的言谈举止中，一看便知，这是岳索图将军。

此刻，田田、娟娟早从马上跳下。岳索图的眼睛光盯着大帅了，根本没注意到他身旁的人。田田转过身，拉过姐姐向岳索图做了引见。娟娟因已听了田田的介绍，十分佩服岳将军，知道是自己人，又想同他交朋友，故而显得很亲热。可岳索图对一切全然不知呀，当时一下愣住了，大睁着眼睛从娟娟的头上往下看到脚，又从下往上看到头，见她身着尼姑袍服，脚蹬皂鞋，打着裹腿，头戴僧帽，可是吃惊不小。他一时不知道该说什么好，表露出一脸的窘态，就那么瞪眼瞅着，心想："哎？怪了，大帅钻到哪个旮旯胡同拉来一位尼姑呢？"还是田田在一旁给他解了围，说道："大哥，干吗怔怔地站着呀？忘了吧，这不就是平定逆贼纳木扎勒台吉的女杰、父王新近加封的金山大寨的总寨主妙善师父嘛，特意看你来了，还不快快施礼！"娟娟忙制止道："将军，请别客气，不必施礼，不必了。"

当岳索图听说来的女子不是一般人，而是解金山之难的高僧，又是大寨的总寨主，那真是平地起惊雷呀！娟娟救金山时，他正在下边的哨口，没赶上，可对此事是知道的，没想到这位高僧今天却来到了自己的一方哨卡，能一睹芳容，不是三生有幸嘛！他当即与一起来恭迎田田大帅的各位达鲁不花、驿令、牌子头儿、总把、班头儿等跪倒在地，边叩头边说："不知恩师驾到，罪该万死！总理罗锅哨军情传递事务的达鲁不花岳索图，率众将叩拜总寨主，叩拜田田掌印大将军！"田田命大家快快起来，接着分宾主由岳索图头前引路，一同进入了大寨的迎客厅。这里虽然只是个哨所，但客厅的摆设却很讲究。墙上挂着各路哨卡的旗帜，四周摆放着虎榻、虎椅，地上铺着金钱豹的地毡，还燃着熏香。可以看出，岳索图是个能干的将军，不是无所事事、混日子的人。田田请姐姐上座，自己在下首陪坐，另一侧是岳将军。岳索图同田田是老朋友，为说话方便，遂屏退了众驿丞。驿丞们知道主帅与田田大帅的亲密关系，都知趣儿地退了出来，只在外厅恭候，随时听从吩咐。

岳索图见厅中无外人了，便迫不及待地告诉田田："大兄弟，你到哪儿去了？恭格拉、乌迪什平章等人已从哨卡离去回返金山了，扎浑多尔济也出来找你，终未寻到，还因此遭到了大丞相的斥责。大帅，得赶快想好理由哇，看样子在这场追逐逃贼的出兵中，你的差事完成得不好，惹得大丞相暴跳如雷呀！"田田忙解释道："岳大人，天没亮时，我在府中听到丞相府里有马叫声，知道可能出大事儿了，赶紧出来骑马追赶众将。中途正巧遇上了妙善师父，便同她一起追杀逃贼，进入了密林。可是转了一大圈儿，始终没发现什么可疑的踪迹，立刻就想到了罗锅哨，这块儿可是信息中枢之地呀！另外，我们只骑一匹马，想在你处再弄两匹，了解一下情况，然后到其他地方追拿逃犯去。"说完，偷眼看了一下岳索图。

岳索图听罢，使劲儿撇了撇嘴，脸上的肉不由自主地抽搐着，看了看田田，又瞅瞅娟娟，显然是气坏了！他本来是个直性子，像个猛张飞似的，从不会拐弯抹角。不管干啥喜欢小葱拌豆腐，一清二白，最不愿听谎话。田田如此这般地一编，听了能不生气吗？只见他牛眼珠子一瞪，喊了起来："田田，还跟我玩儿什么心眼儿？方才已经跟恭格拉大人他们一块儿骑马搜了三座山，方圆六十余里，老林子都转遍了，也没见你影儿，到底上哪儿去了？这么屁大个地方，如果在林子里，我们能瞅不着吗？看来根本没到前敌抓逃犯，而是在后头瞎出溜，人全让你放跑了，不想要命了吧？别忘了，恭格拉、乌迪什平章那可是大丞相的心腹，又是都布多尔济的拜把子兄弟。他们恨透了杀你大哥的人，起誓发愿地非抓住凶手不可，一定要报仇雪恨！咱们之间是什么关系，你不清楚咋的？我是一心一意地为你祈祷，不顾一切地想法儿相救，就怕出啥事儿。你可倒好，却在紧急关头耍嘴皮子蒙我，怎么分不出真假人呢？可急死我了，为了找你报信儿，几乎快急红眼啦！别的先不说了，要紧的是得赶快想招儿哇。田田，你真的到现在还闹不明白嘛，咱俩是一根藤上的蚂蚱。大丞相早已看不上你了，弄不好，我不也得跟着一块儿玩儿完吗？只盼着快些见到你，好商量商量怎么应付。在大丞相面前，即使再长出六张嘴，恐怕都说不明白了。"田田静静地听着，一声儿没吭。岳索图还在说："反正你是我的救命恩人，都布多尔济是我的仇人，金山谁人不知、哪个不晓？他一死，这个屎盆子不扣到你脑袋上，也得扣到我头上，肯定认为与咱俩有牵连。我的小爷爷、活祖宗，你怎么了？为啥不出声儿啊？实话说吧，大丞相要亲自到罗锅哨来，看咋办吧！我的天哪，田田，想等着束手就擒哪？你傻了，不寻找那可怜的妈啦？"岳索图越说越生气，脸涨得通红，唾沫星子四处喷。尽管娟娟一再劝他小点声儿，可哪里听得进？那穿着大马靴的双脚照样跳着、蹦着，口中仍不停地喊道："我岳索图倒没啥怕的，从没怕过谁。再说罗锅哨口处处是我的人，兵将一个鼻孔出气，我怕的哪门子呀？唯一担心的就是你，知道不？"岳索图越是发怒，对田田的斥责越狠。而田田不仅没生气，反倒挺高兴，还深受感动。娟娟也为岳将军为朋友两肋插刀、在所不辞的真情所震撼。

其实，田田之所以没敢对岳索图说出真情，有他的考虑：一是今日突然带着娟娟姐姐到罗锅哨来，岳索图原本不认识，怕说了真情，一时不理解；再者，罗锅哨是各路传递铺兵来往最频繁的杂沓之地，什么人都有，况且正逢元亡明兴的乱世，知道人家心里想些什么？脸上又没贴帖儿。因此，田田有些顾虑，只好装腔作势地搪塞、迎合。当田田真的感到岳索图对因没说真话而气得受不了啦，又从他的责备里，判断出对自己的安危确实给予了由衷的关怀和记挂，觉得顾虑多余了，马上站了起来，向岳索图施礼道："岳大哥，请息怒，不要再说了，我怎么会不知道大哥对小弟的一片心呢？正因为不见外、不介意，才什么地方也没去，直接投奔这儿来了。说实在的，父王对我看管甚紧。为了避免在他面前平添一些不必要的麻烦，不得不小心为上，做事一向力争谨慎、周到，少出纰漏。大哥，罗锅哨是金山的耳目，天天人来人往、进进出出的。小弟处于掌印大将军的位置上，名声在外，虽然不全认识他们，但上上下下、大大小小的官员、兵卒哪有不认识我的？尤其在这个关键时候，能不多加注意吗？俗话讲得好，咱们在明处，人家在暗处，隔墙有耳呀！大哥，我看你门外就有很多生人，警惕些没有坏处。请兄长千万理解小弟的难处，望见谅为好，在此再次给大哥赔罪了！"说着又深施一礼。

岳索图听完田田一番真诚的道歉，紧绷的脸松开了，不满的情绪一扫而光，并且打心眼儿里乐了。此人一向这样，气来得快，消得也快，大笑道："听出来了，是心里话，赔罪倒不用了。哥哥我头脑简单，不像弟弟的心那么细，想得那么周到。没错儿，是该如此！"岳索图每当高兴起来，总有自己独特的表达方式，那便是喝酒。在他的大帐里，单有个酒柜，里边放着好多酒坛子。他兴致勃勃地到酒柜前，抱起一樽元代官窑烧制的工艺精美、上印二十四孝图的兰花儿酒坛子，边走边说："好哇，到哥哥这儿来的待客方式，就是以酒代水。我呀，不管是忧愁时还是烦闷时，都离不开酒坛子，成了心尖儿宝贝啦！"说着，打开了酒坛子盖儿，香味儿顿时飘散出来，满屋酒香扑鼻呀！站在门外的一个铺兵，即岳索图身边的卫士，对主帅的习惯早已知晓，立即走了过来，从另一个柜里拿出三只也是元代官窑烧制的兰花儿大酒碗放在桌子上。之后，岳索图给他使了个眼色，铺兵悄悄儿地退了出去。岳索图把住坛子口儿稍稍一斜，依次倒了三大碗，然后向娟娟抱拳道："请师父端起碗来，我这儿有个规矩，以酒代水，以酒代茶，凡来客人全如此。师父，可别破了我们的山规哟，喝口咱罗锅哨的同心酒，五湖四海皆兄弟，利斧钢刀不变心！"娟娟被岳索图的诚挚和热情感染，立即端起酒碗，闭着眼睛抿了一口。田田与岳索图则互相对举着大酒碗，搂抱在一起，仰脖儿一饮而尽。田田不胜酒力，喝了一碗便有些醉了，不敢再碰第二碗。岳索图却不然，一连气儿咕嘟咕嘟地喝了三大碗，像饮白开水一样，面不改色、心不跳，并兴奋地冲娟娟、田田夸口道："我要一时兴起，可连喝九大碗不醉！行了，不能再喝了，一会儿老丞相要来了，咱们不能误了大事儿。田田，你还没说清与妙善师父的关系呢，我看你们挺亲近，应该让大哥知道一下真正的底细吧？有些话才敢当着你俩的面儿讲啊！要不，妙善师父是金山大寨的总寨主，又是老丞相金口玉牙亲封的，究竟心向着谁怎能知道呀？田田，倒是快点儿痛痛快快地告诉我，也好抓紧时间商量事儿呀，我的小祖宗！"边说，边把酒碗"哪"的一声放在了桌子上。

　　田田见岳索图又有点儿急了，赶忙手把娟娟的肩膀介绍道："岳大哥，先告诉你一件大喜事儿，我找到了亲姐姐，就是这位乳名叫娟娟的妙善师父。我俩是同母所生，然从未谋面，她从小被遗弃，刚刚来到金山。说起姐姐的义父，你我如雷贯耳，即是大明朝赫赫有名的军师刘伯温老先生。我和姐姐是苦命之人呀，一直在为寻母到处奔波，而今，我田田总算有了唯一的亲人了！"说着，眼圈儿一红，涌出了热泪。娟娟说："岳大将军，请不要称什么师父，还是叫娟娟吧。既然大哥认田田为弟弟，年岁比我大，那自然也是我的哥哥了。咱们兄妹相称，比啥都强，显得更亲、更近。我此次来到金山，只为一个目的，那便是寻找生母，了却此生的夙愿。尽管没找到母亲，却意外地见到了弟弟，不枉此行。尤其是今天有幸能认识大哥，从言谈、处事中，看出不愧为一个烈性男儿。田田曾多次讲过您的为人，敬佩之至。望能伸出援手，多多帮助，我们姐弟将终生没齿难忘。娟娟在这儿向大哥施礼了！"说着就要下拜。岳索图赶忙上前搀起，随后一手拉着田田，一手紧握娟娟的手，笑着说："真得祝贺难得的姐弟团聚呀，大哥为你们高兴！娟娟，我与田田非一般关系，乃实实在在的生死弟兄，这条命还是他给的呢。请相信，岳索图是个顶天立地的男子汉、女真的后裔，讲义气，讲情理，讲信用。在金山混了这么多年，已看清了世道，不能再给纳哈出卖命了，他纯粹是个疯子！大明朝天下已定，人心所向，你们姐弟应当早做打算。娟娟即使不说，我也能想到，今天能到罗锅哨来，绝不仅仅是要两匹马那么简单，有事儿尽管说。"娟娟忙道："大哥，有些情况以后再告诉您，咱们有的是时间唠。我想先弄清一件眼前的事儿，大丞相为什么特意来罗锅哨呢？"岳索图说："你们有所不知，我干吗这么着急呢？就是因为凶手已经就范了，是我和恭格拉、乌迪什二位平章一同在前面树林子里抓到的。此人不仅杀害了都布多尔济，还参与了劫狱救人。大丞相听说后，马上传令要来这里亲审。凶手现正押在死牢之中，由恭格拉大人的亲随侍卫德布楞率人看管着呢！"

当娟娟突然听说捉到了劫狱和杀死都布多尔济的人时，简直不相信自己的耳朵了，以为听错了，顿感莫名其妙！她心里清楚哇，这两件事儿全是亲自与李佑合着干的，怎么会有人冒名顶替呢？天下之大，真是无奇不有，替什么的都有，难道竟有愿去替死的？实乃太奇了！她想到这儿，忙问岳索图："大哥，你说的准吗？抓到的那人是谁？"岳索图说："咳，这还有假呀？任谁听了全不会相信，此人竟是大丞相最信赖的膳房主事豁鼻马！大丞相父子平时待其不薄，相互之间的关系也不错，大家对豁鼻马能干出此等事，觉得太不可思议了。他说早就恨死了都布多尔济，蓄谋已久要杀之，并一口咬定杀人、劫狱皆是自己所为，还慷慨陈词，表示杀了都布多尔济，死也心甘，愿意堂堂正正地到阎王爷那儿报到，很有男子汉大丈夫的气概。因为发生的事儿太蹊跷了，太出人意料了，所以大丞相不但高兴抓到了凶手，而且一定亲自前来见见豁鼻马。目的是弄清为什么干这勾当，非问个水落石出不可，今儿个肯定能到。"

岳索图的一席话，使娟娟知道了豁鼻马的所作所为，何止是感激，而是由衷地赞赏和敬重！前书我们讲过，娟娟为救叶旺和卜家奴，曾找过豁鼻马，向他了解有关水牢以及负责看守那里的都布多尔济的一些情况。豁鼻马得知叶旺将军被抓后，心急如焚。为什么呢？因为他俩很早就在辽东刘益手下一块儿干过事儿，相处得挺好，关系十分密切。豁鼻马投靠大明后，便与叶旺建立了真挚的友谊，并帮助朝廷做了不少好事儿。此次马云、叶旺和娟娟从蓬莱渡海北上到辽东，前来接头的仍是豁鼻马。他是个不错的人，对人、对事非常认真，对明朝廷更是一心一意。

在这种情况下，当知道叶旺他们被捕，关押在纳哈出相府后院儿的水牢中，你说哪能不着急呢？恨不得马上实施劫狱，以便救出叶旺和卜家奴。娟娟当时考虑豁鼻马一直在纳哈出身边做内线，还有许多重要的事情需要做，因此没让参加劫狱，令他继续老老实实地待在纳哈出身边，监视其一举一动。另外，娟娟、明月长老曾分析过，认为救叶旺之事生死攸关，必须严格保密，做到万无一失，才有胜算的把握。交给别人还真有些不放心，合计来合计去，最后决定由娟娟来完成。于是，一再劝阻豁鼻马，要他回去安心为大丞相做饭，其他事儿不要多管，也不能显露出一丝半点儿由于叶旺被抓而产生的不安情绪，方方面面都需小心、谨慎，千万不可引起周围人的怀疑。事到如今，娟娟想起来了，当时豁鼻马对此安排是答应了，还痛痛快快地回到了纳府。现在看来，他早做好了顶罪的准备。因此，在劫狱发生后，他故意逃出大丞相府，来到罗锅哨口的密林中，等待追兵来抓。没想到豁鼻马平时话语不多，为了正义的事竟如此大义凛然，堪称世上难得的英雄豪杰！为救叶旺，他为救我娟娟和明月长老等人，把劫狱、凶杀之事揽于一身，其慷慨、悲壮之举，怎不令人感佩之至！

娟娟想到这儿，又前前后后、仔仔细细地考虑了一下，然后直截了当地对田田和岳索图说："田田兄弟、岳大哥，事已至此，我不能不把真情说出来。纳哈出以为擒住了豁鼻马，便是抓到了劫狱和杀人的真凶，会非常庆幸，似乎大功告成了。实话告诉你们，其实事情根本不是这样。那杀死都布多尔济，劫狱救叶旺、卜家奴的，不是豁鼻马，而是我娟娟和师兄李佑所为。都布多尔济无恶不作，甚至污辱我的生母，欺压田田弟弟，又夺部下之妻，真是十恶不赦、死有余辜！我为救大明朝的辽东都指挥使司同知叶旺将军，亲手杀死了都布多尔济，一人做事一人当，同豁鼻马毫无关系。豁鼻马一心向明，是叶旺将军的知己、好友，而今却为我们几个铤而走险，一人承担了全部责任。不知便罢，既然知道，还能让他去白白送死吗？那样做人太不仗义了！一定得想办法救出牢笼，带他远走高飞才是。情况相当紧急，田田，有些事儿你可能已猜出大半，但一些细情我还没有来得及详细介绍。好弟弟，不要认为姐姐太失礼了，本不想瞒你，实在是没有找到适当的机会讲。岳将军，相信咱们仨是一家人，亲如手足，也愿将一切和盘托出。我探望、寻找生母，这是真事儿。不过还有另一层用意，即是为了大明王朝尽快收复辽东，才与师太一同来到金山的。我刘娟娟不单是刘伯温之义女、南京明月庵的妙善居士，还有一个身份，就是大明皇帝册封的秉仁公主。我身上带有当今天子御前的圣旨，钦封为武威安抚使，随着大明东征兵马来到辽东，参赞军务。"娟娟边说，边一只手伸进上衣里边，从内衣上方掏出一个不长的、白板儿皮熟成的皮筒儿。皮筒儿是用彩线系着挂在脖子上的，垂于内衣里，从外边看不到。她拧开皮筒儿前的小帽儿一倒，一块儿黄绸子掉了出来。她展开后，用手指点着让田田和岳索图看朱元璋亲笔书就在黄绸子上的圣旨、盖着的皇帝御印以及"大明洪武四年吉日"之落款，然后递给了田田。

田田将圣旨捧在手里，仔细看了半天，异常高兴，边看边不停地轻轻抚摸着。岳索图也兴奋不已，激动得流出了热泪，表示一直在企盼着能亲眼见到大明朝的圣旨啊！说起来，元朝的不少将领由于形势所迫，不得不跟着纳哈出。实际上，他们早已心向明朝，不想稀里糊涂地陪纳哈出断送性命，只盼着有机会能叩拜南朝。娟娟让二人看过了圣旨，又小心翼翼地卷好，仍装进那个皮筒儿里，盖上盖儿，将小帽儿拧好，把丝线重新挂在脖子上，慢慢塞进前胸的内衣中，之后问道："弟弟，想不想帮姐姐？岳大哥呢，你敢不敢？等大事完毕之后，我必在大明天子驾前为你们二位奏报，请功封赏。"田田首先开口道："姐姐，其实我的眼睛是最毒的，看出姐姐不是一般人。尽管如此，也没想到竟是金枝玉叶、大明的秉仁公主，当弟弟的可跟着沾了光啦。咱们的母亲若是知道了，该有多高兴啊！姐姐，我敢干，啥都不怕，跟定你了，大不了就是一死呗。"娟娟笑着说："哪里话，就是一死？至于嘛。只要咱们姐弟同心，劲儿往一处使，万难可破。"岳索图接着表态道："刚才我讲了，早盼望着能遇见名主、投奔大明朝了。真是老天有眼哪，今天遇见贵人了，是福星高照哇！娟娟，不，秉仁公主，若不嫌弃，我岳索图从今以后，愿做大明天子驾前的一员战将，谨遵武威安抚使的将令，让怎么做，就怎么做，绝无二话！"说完，还郑重地抱拳盟誓。娟娟一看二人精神饱满、目光炯炯、劲头儿十足、决心跟自己干到底的架势，高兴极了，斩钉截铁地说："好！事不宜迟，趁纳哈出没到之前，咱们抢在他的前面，先到囚牢中去面见豁鼻马将军！"岳索图痛快地答应了，对此没有任何异议。

岳索图遵照娟娟之命，命身边的亲信做好瞭望，随时禀报金山大寨方向的动静，加强防范，不可有半点儿的马虎大意，然后带领娟娟和田田向哨寨内的囚牢走去。到了囚牢门前，见恭格拉平章指派的亲随德布楞正率兵勇严密地把守着，看得很紧，亲兵一步不敢离开。岳索图没管那套，上前冲德布楞说："大帅与金山大寨总寨主妙善师父要进牢房，审问囚犯。"德布楞见田田多尔济来了，他当然认识呀，赶忙叩头，又给金山总寨主叩头，禀道："大帅，小的奉恭格拉平章之命，对所关押要犯严加看守。还发下话来，非他本人与大丞相来之外，不准将囚犯交给任何人审，以防出现闪失。大帅非要这么做，小的可担待不起呀，万望恕罪！"说完，抱拳深深一礼。田田听后，怒目横眉，高声儿喝道："好大胆子，恭格拉也敢管我吗？本将军是大丞相亲封的金山大寨帐前掌印主帅，除了父王外，为主掌金山一切权利之人。你糊涂了？连我与恭格拉谁管谁都弄不明白啦，难道还得用手中的宝剑先杀掉你这个叛逆不成？"德布楞吓得忙跪地哀求道："大帅饶命，小的不敢，不敢哪！这一切只是遵奉恭格拉平章之命而行。他让往东，小的哪敢往西呀？再说未曾告诉我大帅会驾临罗锅哨哇！"边说，边磕头如捣蒜。

娟娟见此，用手捅了一下田田。田田会意，马上退后一步。娟娟走到跟前，和蔼地说："德将军，我知道你是奉恭格拉平章之命而为。这样做很对，忠于职守，谁都不会怪罪。一会儿，大丞相来了，定会为你请功的。"边说着，边拿出一条玉带给德布楞看："德将军，仔细看看，我手里拿的是什么？是咱们大丞相、太尉亲赐给本人的金山大寨总寨主的玉带，现在是以总寨主的身份跟你说话。德将军，可不能犯上啊，那是杀头之罪呀！我们之所以现在来，是要紧急抓捕杀人案犯的同党，事不宜迟。如再拖延，夜长梦多，同党必会逃匿远遁。因此，抓捕逃犯之前，须先立审此贼。千万别干扰我们，否则，贻误战机，后果自负。到那时，任谁都不能为你求情了，恐怕连所谓的主子恭格拉平章也要因下属的过失而承担罪责。你不仅无功，还得落个里外不够人。仔细想想吧，看我说得对不对？"娟娟的一张巧嘴真挺能说，就这么几句话，便把德布楞给说通了。于是，德布楞乖乖听命，回身令兵丁后退，然后亲自上前打开牢门的铁锁，再退后五步，守护在牢房旁。

娟娟、田田、岳索图三人径直进入囚牢内，见豁鼻马在那里正襟危坐，闭目养神，一声儿不吭，连进来人都没注意到，完全不去理会。牢内潮湿、幽暗，石墙上有个拳头大小的窟窿可以通风，仅能透进一线光亮。四周是用碗口儿粗的四棱木头间壁的，经久耐用，十分坚固。整个牢房只囚豁鼻马一人，蓬头散发的，脸上有血迹，可能是被抓入牢时，与兵勇们厮打擦伤的。娟娟心疼地走过去，含着眼泪说："豁将军，受苦了，我们救你来了。告诉我，为何承担此责？你还有老母，不该这样做呀，走吧，赶快出去！"豁鼻马一听，似乎声音很熟，噢，对了，这不是大明朝的秉仁公主到了吗？顿时如梦方醒，睁开眼睛一看，不但见到了秉仁公主，而且有田田大帅及岳索图将军。他看了看眼前的各位，平静地说："妙善师父，自从那天告诉了我要劫狱以后，便决定一切由自己承担。既然决心已下，是不会改口的，谁也别劝了。妙善师父，请不要忘了，你为何到辽东金山大寨来？不是要寻找生母嘛。她已走失，生死不明，目前尚未找到。早知道你讲义气，有胆量，总不能为了救我而因小失大呀！每当闲来无事想起来时，很为你高兴，庆幸巧遇了亲弟弟田田大将军，你们姐儿俩应速速去寻找自己的母亲。再说，你又是为收复辽东而来，是重任在肩之人。纳哈出正拥兵数十万占据着金山，有许多大事儿要你做，像这等区区小事儿就应当落在我的头上，算什么呀？至于纳哈出那里该怎么应承，我已全想好了。放心吧，他肯定能相信我的口供，眼下只能听我的。妙善师父，事不宜迟，快走吧，不要管我。否则也是白费劲儿，除了死，肯定不会迈出囚牢一步的！你们如此信任我这一介武夫，冒死前来相救，今生感到很知足了。我若真能为大明朝的社稷、为平定金山献出一点儿绵薄之力，将死而无憾矣！"说完仍闭目无言而坐，任三人无论怎么劝说，豁鼻马就是头不抬、眼不睁，根本不动地儿，把娟娟急得团团转。那豁鼻马本是高个子，体态又胖，抱是抱不走的。何况他硬是不动，跟你别劲，神人也无法应付。在一旁的岳索图着急了，一个劲儿地提醒道："快，不能再拖了，没听兵丁们说大丞相打马过来了吗？很快要到罗锅哨啦！"娟娟不放弃，依然不停地苦劝。可豁鼻马像没事儿人一样，仿佛眼前的一切与己无关，一句话不说。

这时，守在牢门口儿的德布楞进来告之："禀总寨主、田田大将军，大丞相率领恭格拉平章已到哨卡寨门，请速出寨迎接！"说完，便退了出去。三人听后，只能离开囚牢，别无选择。娟娟、田田的心怦怦直跳，因为事先根本没想到会在远离金山大寨的罗锅哨口与纳哈出相遇，立即会意地使了个眼色，点了点头。意思是，一切要沉着应对，你我都是金山的主帅，到任何地方去皆可讲得通，只要注意观察动静，小心侍候，便无懈可击。娟娟刚迈出两步，又回转身来，眼含热泪向豁鼻马俯身下拜道："豁将军，我代表明月长老、马云、叶旺众将军，也代表大明天子叩拜。您忠于大明朝廷，为国立功，万死不辞。其诚可嘉，容后必奏报皇上！"田田把娟娟扶起，赶紧向牢外走去。当到囚牢门口儿时，突然豁鼻马在三人身后大声儿说了一句话："田帅、秉仁公主，有事千万勿忘到月牙楼探看，到月牙楼！"然后又闭目无语，表现得很是绝情。显然目的就是让他们死了这条心，他是抱定了去顶罪，绝无二话！岳索图催促着、拉扯着娟娟、田田离开了囚牢，并令门外的德布楞锁好牢门，重兵看守不提。

再说纳哈出率领着恭格拉、乌迪什、萨家奴等众将，后有数百马步兵丁跟随，浩浩荡荡地来到了罗锅哨。金铎立即响起，岳索图的全哨兵勇早已排列两旁叩拜，跪迎大丞相、太尉的驾临，娟娟、田田也跪叩两侧。纳哈出下马走了过来，一眼就看到了找了多时未见的义子、掌印大将军田田，刚要发问，又见神威无比的妙善师父跪在田田旁边，当即为之愕然，怔怔地想："咦，她怎么会到罗锅哨来呢？"由于天生狡黠的秉性，他心中突然生发出怀疑的念头："哼，最近总不消停，发生了不少诡诈之事，很可能与小尼姑有关。"但他又不好直言，只好装作若无其事的样子，向娟娟爽朗地笑着说："哎呀呀，没想到竟在罗锅哨碰到了金山大寨的总寨主、我们的恩公师父，不知何时到了此地，怎么不通知本丞相或我的部将，也好陪你出去走一走哇？"随即收敛了笑容，阴着脸问道："总寨主，你是怎么与掌印大将军相遇的？田田多尔济，为父已发令找你多时，可是到处不见影儿，为何来了这里呢？"纳哈出说此话时，两只眼睛转来转去的，整张脸上充满了疑惑和愤怒，恨不能上去给田田几个耳光，狠狠地教训一顿，终因娟娟在一旁，起码现在不想节外生枝，便没动。

娟娟此时并不慌张，泰然自若，现出一副对周围的人不屑一顾的神情，心想："纳哈出已心生疑窦，虎视眈眈，必然要想法儿对付我和田田弟弟。在此万分紧急之时，一定要冷静，绝不能让他的气焰压住我，而应以自己之威仪震慑住对方。只有这样，才能赢得主动、把握形势。"另外，她又想道："同师太和李佑一块儿在商量如何劫狱时，每一步骤都考虑得极其严密。加之我和师兄的轻功高超，像风一样吹来吹去的，出入相府如入无人之境，事情办得干净利落，他们根本不可能抓住任何把柄。没什么可怕的，你纳哈出可以随便怀疑，就用我的一身正气和盖世武功予以较量，进而支配、控制你们。"娟娟是个机灵的姑娘，决定采取以攻为守的策略。只见她眼珠儿一转，抢在田田之前，大声儿说道："哎呀，大丞相可好啊？能在远离金山大寨的罗锅哨见到您，实乃不易呀！一路辛苦了，累了吧？我们已等候多时了。"分明话里有话，估计纳哈出听后会感到噎得慌，但面部却愣是装出没有任何不满的表情。娟娟接着说道："没想到掌握威震北方一柄宝剑的都布多尔济竟惨遭横祸，真是不幸啊！大丞相痛失贵子、辅弼良将，大家都很难过，敬望节哀才是！"说得很是大方得体。她停了停，环顾一下四周，又道："自今天早上闻听此信儿，我一直难以平静，简直气炸了肺！在堂堂的大丞相府里能出这等恶事，难道金山没人了吗？因不知底细，况且相府也不是谁人皆可以随便打扰的地方，加上无令，所以只好以礼敬待大丞相，坚守在户，不敢轻举妄动一步。在屋内，清清楚楚听到了外面的一片嘈杂之声，那真是心急如焚哪！不过觉得自己为金山大寨的总寨主，又是大丞相亲口封的；本人的武功高强，大丞相亦略知一二。故而，坚信您老人家必会亲自或派人前来我处告知，共商大事。咱们同仇敌忾，速速调动兵马封城守寨，奸贼安有逃脱之理？正因有这个把握，自以为心中有数，便始终静候大丞相的到来。可等了好长时间，终未有动静。我以为，能在大丞相府里干此勾当的，肯定是内部人，必熟悉府里的情况。故而，不应四面出击，而应清验府中之蛛丝马迹，凶手当会浮出水面、束手就擒。可惜您不相信我，将总寨主置之不顾，可叹当时只能是干着急，有劲儿使不上。见不到大丞相，又不知是怎么打算的，急得实在是等不下去了，只好自作主张了。千不看万不看，也得看您的面子上，怎好不尽力帮助呢？何况后来我琢磨，或许先前自己想错了，不是大丞相不相信，而是太忙，没来得及上到我处去；或许事情出现得太突然，您一时慌乱，忘了找我。我又想到自古有'食君禄，报君恩'之说，既然已被大丞相奉为金山总寨主，理应主查此事，便毫无顾忌地单枪匹马出来了。再说率众领兵讨伐逆贼、平定作乱，乃本分之事。遗憾的是，身边无有一兵一卒，又不知金山的具体情况和部署，仍不敢轻举妄动，主动点兵。当出来看时，见兵无主帅，像一窝蜂似的搅成一锅粥了，本居士还从未见过如此一场乱战，令人可气又好笑！"说完，双手一摊，做出一副无可奈何的样子。

娟娟的侃侃而谈，令在场的很多将士从心里服气，频频点头表示赞同，却吓坏了身旁的田田。他忙上前挡住姐姐，直扯她的衣角儿，不让多说，怕把事情弄僵，惹恼了父王。可娟娟根本没在乎，索性耍起了小孩子脾气，把金山大寨总寨主的绶带从怀中一把掏了出来，生气地说："大丞相，既然没看得起我这个小尼姑，不如将绶带奉还于您，免得总感到像欠授命之债似的，以便使妙善居士能寝食得安哪！若不然的话，整天坐不住、站不宁的，受宠若惊的滋味并不好受。"纳哈出听了娟娟一句接一句的质问，无言以对，瞪眼、咧嘴的很不自在，一时不知说什么才好，像根儿木头一样僵在那儿了，心想："我刚刚进了罗锅哨，只问了几句，就惹出妙善居士一大串儿话来。句句在理，句句厉害，句句叨到疼处，真没想到小尼姑会来这么一手！"

正在这时，不知好歹的恭格拉平章凭借着自己的权势和武功，狗仗人势地站了出来，一改过去对明月长老、娟娟毕恭毕敬的奴才相，趾高气扬地吼道："好个小尼姑，休得无礼！没大没小的，竟敢指责万人敬仰的大丞相，成何体统？大丞相待你不薄，天高地厚，封为总寨主。你不仅不感激，还以小犯上，我看此场大乱你跑不了干系！本来就来路不明，怎么的吧，还想在这儿挑唆事端不成？"边说边唾沫星子满天飞，整张脸已气成了猪肝色。

恭格拉生来有股野性，啥都不在乎，天不怕地不怕。那天眼瞅着纳木扎勒台吉被娟娟斩首，他心里就不服："凭一个年轻、弱小的小尼姑，却能除掉我们一员大将，金山的人真是熊到家啦！"当所佩服的都布多尔济也被杀死后，他认为自己眼下成了金山的第一好汉、能手了，小尼姑之所以能要了纳木扎勒台吉的命，不过是一时侥幸占了便宜而已。恭格拉原本早想找个机会同她一比高低，显显满身的能耐，可一直没能如愿。巧了，今天小尼姑主动送上门儿来了，此乃天赐良机也！况且恭格拉还知道，纳哈出最不喜欢有人当面儿指责自己，对小尼姑的出口不逊，心里一定非常记恨，觉得理当为大丞相出这口窝囊气！他想到这儿，立即狂傲地催马冲了过来，奔到娟娟面前。可还没等他抽出腰中的宝剑呢，只见娟娟悄悄儿一按弹簧，"刷"的一声弹出了阴宗双鹤剑，随之握在手上，喝道："好大胆恭格拉，竟敢血口喷人，污蔑金山大寨总寨主！要我看哪，所谓没大没小的不是别人，正是你！难道还想造反不成？"边说，边将总寨主的绶带又挂回了身上，转过头来冲纳哈出说道："大丞相，现在看来，赐予本人的绶带暂不能奉还。我要戴上它，行使金山大寨总寨主之职，惩治这个不义之人！"纳哈出一看娟娟的架势，知道弄不好要惹乱子，心想："小尼姑可一向翻脸不认人，只要话一出口，那是说杀就杀、说做就做呀！恭格拉想以自己的武力镇之，硬逞能，非要与人家比试个高低，不是找死吗？"想至此，他刚想阻止，便见妙善居士手中的宝剑唰唰闪了两下。

娟娟此刻是怎么想的呢？她寻思着："好哇，纳哈出、恭格拉根本没把我刘娟娟放在眼里，目空一切呀！我必须得拿出点儿本事给这帮人看看，让他们见识见识马王爷长几只眼！恭格拉，你是请佛容易送佛难。

想以武力把我们从金山赶出去，没那么容易，这回不给留个记号儿算对不起你，也好从此记住我妙善居士！"说时迟，那时快，正是在刚才，娟娟趁纳哈出的话尚未出口之时，已用完了剑，速度极快，就那么一眨眼的工夫。再看恭格拉，只听得"哎呀"惨叫一声，便从马上扑通一声掉了下来，娟娟顺势将宝剑指向了他的鼻子。恭格拉四仰八叉地躺在地上，手中的宝剑早已扔出老远，右手腕已断，不知去向，血流如注，众人全没看清那只右手、右腕是怎么被削掉的。

恭格拉平章带来的部将一看主帅出事儿了，哪能让呢？于是，持刀的、仗剑的、携枪的蜂拥而上，围住了娟娟，大声儿嚷嚷着，个个现出一副不刹死、捅死妙善居士誓不罢休的气势。娟娟一看上来了一大帮人，便没客气，又将手中的宝剑唰唰唰闪了几闪，随之只见十几个兵卒的脑袋骨碌碌滚到了地上，鲜红的血直往上喷。那尸体挺奇怪，脑袋虽然掉了，但身子却不倒，像根儿木桩子一样矗立在那儿，手脚仍在摆动，可知剑的速度该有多快了。要是让胆小的碰上了，还不得吓死！接着，娟娟又来了个连环腿，啪啪啪地把一些人踢得扑通扑通地躺倒在地，半天爬不起来。德布楞这小子也是个不要命的家伙，一看恭格拉平章的右手腕子掉了，身边的同伙儿被砍倒那么多，立马瞪着眼睛提刀冲了过来，照妙善居士的头部刚要劈下去，就听娟娟大喊一声："德布楞，你还敢造次，不想活了是不是？"谁知德布楞一听，一下子被高声儿断喝镇住了，吓得忙回反身，屁滚尿流地跑进众兵卒堆里去了，蹲在那儿一声儿不敢吭。

此时，整个院子的气氛变得阴森森的，异常恐怖。面对眼前发生的一切，真把纳哈出气坏了，眼睛都红了，脸色铁青，鼻子快歪了。只见他按住身上的腰刀，拔了几次，又推回几次，犹豫不决的。想持刀与妙善居士决一死战吧，十分清楚自己肯定不行，不是人家的对手，不过以卵击石而已；不理睬吧，实在是欺人太甚，打狗还得看主人呢。妙善小尼姑也太狂了，胆敢当着本丞相的面儿杀了这么多人，惨不忍睹啊！他怎么想都没辙，就在那儿大瞪着双眼，不知该如何办好。还是乌迪什、萨家奴、岳索图过来好言相劝，纷纷说："大丞相千万息怒，此事确实怨恭格拉，本不该闹这么大，伤了和气。"在这种情况下，纳哈出才不得不下了台阶。乌迪什命人把恭格拉大人搀进寨子里，迅速包扎伤口，敷上药，以止血、止疼；同时，吩咐兵丁收拾了院中的尸体，抬来了不少沙子和土，把院子重新铺了一下。萨家奴见机，赶紧走上前搀着气急败坏的大丞相，向屋内正厅走去。纳哈出低着个头，边走边叹气，心想："咳，真丧气。小尼姑见面便来了个下马威，根本不把我放在眼里，好歹我也是大丞相、太尉呀，简直无法无天啦！"

说来，纳哈出这回可真是丢尽了面子，不但自己的爱将稀里糊涂地丢了右腕，而且连身边的护卫兵卒也被杀了十几个，满地陈尸，确实尝到了妙善居士的厉害，心里很是堵得慌。他在护兵的搀扶下，到了门口儿，刚要迈步进屋，一眼瞅见了身旁低头站立的田田，不由得无名火起，暗暗骂道："你小子纯粹是没事儿找事儿，那小尼姑便是你给我招来的。她是金山的马蜂子，蜇人！"于是，他索性把火气全撒在了田田身上，转过身来当啷就是一脚。田田没防备，当即被踢了个趔趄。纳哈出仍觉不够劲儿，又急扯白脸地吼道："快后退，还在这儿装什么？一帮窝囊废，没一个顶用的！到艮劲儿时候都成龟孙子了，谁能给我争口气呀，也算没白疼他！"在场的人没有敢搭言的。

娟娟一听，心里明白呀，偷偷抿着嘴乐，知道纳哈出因吃了一闷杠，火儿没处发，所以就指桑骂槐，冲着田田弟弟来了。她很会来事儿，走到跟前说："大丞相，为何向儿子发火儿呀？有火儿还是冲我发吧！您一向讲，只有治军严，方可永固金山，取来日之福。打狗不是还得看主人吗？恭格拉竟敢在大丞相面前无礼斥责金山大寨总寨主，以小犯上，这可是在打您的脸、丢您的面子呀！我想，即使今天本人不惩治他，日后您也要比我更施以重罚。自从丞相府出事儿一直到现在，田田已经一天多未进一餐了，并护卫我到罗锅哨来，全是一心为了他的父王您哪！看看吧，大丞相的部将有多少还在前阵？不都早早鸣金收兵回了金山嘛。我与田田得悉要犯囚在罗锅哨后，怕有意外，便不顾劳累骑着一匹马赶来了，恭候大丞相来此定夺，难道错了不成？"纳哈出被娟娟的一番话噎得无言以对，知道她本伶牙俐齿，这会儿又是一副满脸神威的样子，想一想，只好就高下驴，觉得还是尽快审问豁鼻马，把问题弄清楚才是上策。

纳哈出对恭格拉同样有气，心想："既然不行，还瞎闹个啥？事实证明，口口声声号称武将，却没多大能耐。折腾了半天，不仅没得胜，反倒被人家给拿下马来，还丢了右腕。看来你这武将是当不成了，只有告老还乡喽，可怜、可悲哟！"又想道："妙善师父武功的确高强，虽是年轻女流之辈，但有大将风度。如果金山能有这样一个总寨主，也是我纳哈出之幸，真不可伤了她的情面，更不能得罪人家呀！"说实在的，纳哈出对田田与妙善师父有密切关系这一点并不怀疑，认为是很自然的事儿。为什么呢？因为田田早就向他禀报过，并引妙善居士和明月长老到金山来，而后又让二位师父住在自己的府上，关系怎能不好呢？正由于有了这层关系，妙善居士和明月长老才在紧要关头仗义相助，解决了纳木扎勒台吉叛逆金山之举，不正是在情理之中吗？方才纳哈出只是想向田田发发心中的怒气，火儿发出来了，气便跟着泄了，此刻见妙善师父双目圆瞪瞅着他，当然得知趣儿，不敢再碰田田了。

纳哈出不愧是当今的枭雄，能屈能伸，听了娟娟的话后，当即换了一副面孔，笑呵呵地说："妙善师父、我的金山大寨总寨主，俗话讲：大丈夫一言既出，驷马难追。我纳哈出是顶天立地的男子汉，从来是说一不二的。奉您为总寨主，乃金山之幸，哪有更改之理？敬望见谅。都布多尔济是个惹是生非的逆子，树敌甚多，死了是咎由自取，不值得怜悯。你们哪里知道呀，作为父亲我已为他操尽了心，都快气死了。咳，人哪，死生有命啊！我来罗锅哨之前，看过了他被害的现场。实在是作孽太多了，竟夺人家的结发之妻，就是放在任何人身上，谁能不怀恨呢？干了那么多伤天害理之事，被杀是都布多尔济的报应。我尽管是他的父王，并不因此惋惜。'塞翁失马，焉知非福。'少了一个都布多尔济，兴许会给金山带来人丁兴旺呢！目前唯一担心的是明朝暗探插手金山，所以便想查一查。请总寨主息怒，你讲的我很赞同，恭格拉失礼罪有应得。"说着，冲娟娟伸手礼让道："师父快请，咱们就此打住，还是进寨内好好儿商议一下如何审问豁鼻马吧。"娟娟以点头表示不再追究。此场风波就这样顺顺当当地过去了。

大家鱼贯而行，进了议事厅，按序入座后，岳索图命人送上了茗茶。不一会儿，恭格拉也受命前来，看样子，已经包扎了伤口，血不淌了，疼似乎也止住一些。恭格拉前脚儿刚迈进来，纳哈出都没容空儿，就命他向金山大寨总寨主妙善师父赔礼道歉。此时恭格拉尽管心中有气，但不能不听丞相的，何况又领教了妙善师父的厉害，只好上前跪地施礼。娟娟忙站起身来，弯腰将他搀起，说道："恭格拉大人，对不起，是我的手过重了，该向你致歉才是。"边说，边从身上取出一包药来，递了过去，说："这是明月长老送给我的补血生肌丹，请服下。此药不仅止疼消肿，还活血化瘀，会很快长出新肉进而愈合的。"恭格拉谢过，接了药，端起一杯水，冲服下肚。药还真神，吞下后，他马上觉得全身畅适了不少。纳哈出见他大有好转，遂令德布楞护送他坐轿车回金山调养，娟娟、田田以礼出门送行，岳索图一直护送很远。从此，这位桀骜不驯的恭格拉，很长一段时间只好在金山大寨养伤了。

再说纳哈出急于审问豁鼻马的目的，当然是想弄清都布多尔济被杀的真正原因。说心里话，他实在不相信这事儿是豁鼻马干的，觉得豁鼻马与自己的关系处得十分融洽，往日无冤无仇，不可能是此人所为。豁鼻马很会办事儿，也非常能干，自到金山的一年多来，由门卫主事官很快升任丞相府库房总丞，掌管府内的一切物品和所有库房，像后勤总管一样；后来又任经略丞相府灶膳总监，既要专门照应纳哈出的一日三餐，又要按大丞相所提出的要求，备办各种大小不等的宴席。说实在的，此差事谁看着都眼红，只有纳哈出的心腹才能干上。再后来，豁鼻马升为灶膳总经略官，直接管理丞相府的酒宴、大丞相和女眷一年三百六十五天的餐食以及总理督办饮食的验试等差务。什么叫验试？即每天做出的膳食要由豁鼻马亲自品尝、检验，看有没有投毒及其他不轨之事发生。纳哈出对豁鼻马终朝每日脚不沾地儿地前前后后忙碌、兢兢业业做事、赤胆忠心侍奉皆很满意，特别是觉得在这个灶膳总经略官的精心操作下，每餐相当舒心可口。纳哈出渐渐地同豁鼻马的感情越来越近，谁也离不开谁，甚至比手足、父子还亲。再说了，纳哈出本是个疑心很重的人，总怕有人害他。自从豁鼻马当了丞相府灶膳总经略官之后，府里一切顺利，从未出现过任何闪失，事事使纳哈出放心，连他的几个心爱的妃子都喜欢吃由豁鼻马主持烹饪的佳肴。正因如此，豁鼻马愈加得到纳哈出的信任，接触大丞相的机会亦随之增多，而且最方便、最经常，对其身边的秘事知道得最详细。时间一长，纳哈出便不回避豁鼻马了，一些内心的不快之事，包括对某个儿子、哪个妃子有什么想法，常向豁鼻马披露。可以说，两人相处得几乎到了无话不说、形影不离的地步，就像一个人多长了个脑袋一样。

正是在这种情况下，当纳哈出突然听下人禀报说，杀害都布多尔济的凶手是豁鼻马，并已在罗锅哨口抓获，你说他怎能不大吃一惊呢？脑袋当即嗡的一下，差点儿昏过去，根本不相信是真的。恭格拉、乌迪什也说抓的凶手就是灶膳总经略官，没错，千真万确，为了防止意外，已由重兵看守，关押在罗锅哨，没敢带回金山。纳哈出再也坐不住了，尽管如此，他仍不相信自己的好朋友会做出此等事，心想："如果是豁鼻马干的，究竟为什么呢？或许是哪个黑手插进来嫁祸于豁鼻马也未可知。"

后来，他仔细琢磨了一下，觉得不管怎么样，应该去见见豁鼻马。他是这么想的："在我的大丞相府里，身边的人只是有数的几个。除了豁鼻马、长子都布多尔济、妃子，还有一些用人、亲属和精心挑选了多少遍的护卫自己的兵卒，没有别的什么人了。要求他们平时不许在府内随意走动，要说活动方便、不受驻兵监视、对府内一切情形熟悉的，除了我和都布多尔济之外，就是豁鼻马了。唯有他像个小丞相一样，哪儿都可以去，具备作案的条件，其他人不太有可能。为什么这么说呢？因为丞相府邸戒备森严，所有的将士不经允许，不得随便出入。门卫皆由我的七大姑、八大姨等亲属担当，可以说他们全是可信的。何况府内的人到任何一个地点去，皆有岗哨过问，一般也过不去。那么，除了他们，谁又能在天亮之前，穿门过巷、不留任何破绽、不受任何阻挡地到都布多尔济所住的偏僻之地呢？如果对府邸不熟，怎能轻而易举地找到马圈附近的地牢呢？劫狱又干得如此干净利落。从种种迹象来看，凶手不是外人，肯定是府邸内部的人。还不是一般人，得有点儿能耐才行。再说了，豁鼻马跟都布多尔济很熟，对他早有看法，曾多次向我讲过，应管教一下大儿子，约束他的行为。"他从各个方面一考虑，越想路越宽，觉得豁鼻马干这事儿不是没有道理。他退一步又想："豁鼻马呀，豁鼻马，自从到丞相府来，本丞相对你不薄呀，看成亲兄弟一样。可以说，什么话都愿意跟你唠，没有隐瞒的地方，是什么原因非做绝了呢？若有啥想不开，可以直接跟我说呀，缘何下此毒手哇？也没仔细想想，你不单单是杀了一个都布多尔济的问题，更主要的是涣散了军心哪！而且就在大丞相府之内下的手，要是传扬出去，名声不好听呀，得给我丢多大的脸哪！看来，我必须得亲自去一趟罗锅哨，见见那个绝情、没良心的人，当面儿质问他，为什么既杀我儿子又劫狱的，如此恶毒狠心，对得起谁呀？或者你是受重金收买、有谁威逼不成？如果是这样，别看都布多尔济已经死了，只要老老实实相告，本丞相还是能给你做主的。"他翻来覆去地冥思苦索，觉得要真是豁鼻马所为，实在让人无法理解。为了不造成更大的影响，他最后决定只带几个人前往罗锅哨，亲审豁鼻马，了解到底是怎么一回事儿。

纳哈出马不停蹄地来到了罗锅哨，想赶紧审问豁鼻马，查清楚之后，如果没别的什么，尽量大事化小、小事化了，趁早解决，别传出去影响自己的名声。哪知道一来，却碰上了不顺心的事儿。这些刚才我们已经讲了，说书人再给大家捋顺捋顺。首先，纳哈出在此碰到了不给他争脸的、不愿见的、不喜欢看的田田；其次，还见到了同样不愿意看的、心存许多疑虑的田田陪着的那个女子、妙善小尼姑。当时，纳哈出一看他俩在这儿，内心非常不快，脸立马拉下来了。一向看主子脸色行事的恭格拉见大丞相不高兴了，便狐假虎威、有恃无恐地跳了出来，结果被妙善居士给教训了，丢掉了右腕。下属的部将见此，纷纷声嘶力竭地高喊要为主帅复仇，也被妙善一顿杀伐。出现的这样一个紧张局面，好不容易才平复下来，把恭格拉送回了金山寨调养，看来事情总算过去了，该抓紧时间审问豁鼻马了。可纳哈出是个趾高气扬、诡诈多端、放荡不羁之人，对谁皆抱有疑心，对任何人都不服气。他原本一肚子火儿，没想到来了以后，妙善居士竟让他下不来台。哪能受得了？自尊心被伤害，岂不更怒火冲顶？他几次抽刀想杀了小尼姑，几次又收了回去，恨自己来时带的兵马太少，担心斗不过妙善，怕是以卵击石。他眼珠儿一转，计上心来，有了章程了，趁大家喝茶不注意，悄悄儿一抬手，把乌迪什平章叫出屋外，在耳边小声儿嘀咕了几句。乌迪什当即理会，反身出了大门，离开了哨口。干什么去了？飞马回金山调兵遣将去了。此举意在显示纳哈出的力量和威风，让小尼姑看看，别以为我身边没有兵马就可为所欲为，想得倒挺美，本丞相呼之即来，下次你要再敢穷咋呼，绝不答应，看我怎么收拾你！

　　纳哈出把乌迪什派走之后，没想回厅，大伙儿不知道哇，仍在那里等候着。娟娟以为大丞相或许有什么事儿，并没理会，心想："今天我就跟你靠，看看葫芦里到底卖的什么药，要是审豁鼻马，一定争取参加。纳哈出非常可能不让我到场，那也得想办法挤进去，想把总寨主甩一边儿，没门儿！"边想，边坐在那儿闭目养神。过了不到半个时辰，便听院子里有马队的銮铃声，那声响越来越大，震耳欲聋！屋内的人正不知发生了什么事情的时候，一小校进来向岳索图禀报道："乌迪什平章的兵马到！"这时，大家才知道，原来纳哈出命乌迪什调兵将来了。娟娟马上警觉起来，心想："既然是审豁鼻马，带这么多兵马干什么？"他们立即走出屋来看，见映现在眼前的，是密密麻麻的十万骑兵，排山倒海般向罗锅哨推了过来，人群中的纳哈出正对乌迪什指手画脚地说着什么。此刻的大丞相，已不像刚才进屋时低着头、唉声叹气的样子了，而是摆出一副不可一世、耀武扬威的架势，不时地指挥着这个、命令着那个。他让乌迪什将带来的兵马里三层、外三层地围住罗锅哨，任何人不许进，更不许出。田田、娟娟一看，来的人真不少，不仅乌迪什率领的骑兵全到了，还带来了恭格拉所统帅的一部分兵马。这些人中，有豹头军总帅毛木帖木儿、虎头军总帅旦曾帖木儿，还有恭格拉手下的鹰头军总帅罗乐帖木儿，三人各率三万铁骑。

要知道，罗锅哨虽然是关东第一大哨，但毕竟地方不大。一下来了近十万兵马，这不纯粹是纳哈出为了显示自己的力量而采用了穷兵黩武的做法嘛，给谁看的呢？很清楚，就是给他心中始终耿耿于怀的妙善居士看的。意思是，别以为金山没人，要再敢要我们，先看看十万铁骑吧！纵有双翅，也难于飞出罗锅哨。俗话说得好，好虎架不住一群狼，只要发现杀害都布多尔济和小尼姑有关，休想走出半步！你的宝剑不是厉害吗？能杀一个，我有两个；能杀一万，我有两万等着，难道还能把十万兵马斩光了不成？最后不被抓住才怪呢！

聪明的娟娟完全看清了纳哈出的恶毒用心，觉得这人真是太坏、太故动了，表面上笑脸相迎，却阳奉阴违，跟你较劲。审一个普普通通的灶膳总经略官，有必要用十万兵马保护吗？显然是冲我与田田下的茬子。好，既然如此，咱们就对着来。你实在是小看本公主了，我有头脑，不傻不笨，以为得跟你硬拼了是吧？想错了，不会的，没那么简单。若是动真格的，我们姐弟俩绝不白给，说实在的，还真没怕过谁呢！再说了，田田的武功是出了名的，这是大家包括你纳哈出都知道的。表面上看，他像个儒生，温文尔雅，话也不多，然而手中的宝剑可不是吃素的，那是从得道高僧处学得的，是明月长老的师姐月禅禅师的关门弟子，剑法相当纯熟、利落。以从师排位来说，应该是我的师兄，武术并不差。

娟娟想得一点儿不错，从前书讲到的田田奋勇斗疯狼、舍己救人之举，便可见其剑术非凡，令人刮目相看。别看他平时不哼不哈的，真要舞起剑来，万夫难挡，可以说在金山是首屈一指的人物。至于娟娟的武功，咱们已介绍过多次，那是阴宗双鹤剑的传承人，剑术非同一般。真要硬拼，以二人的武功，不至于败在纳哈出手里。可娟娟不想这么干，认为将会死伤无辜太多，更主要的是不利于下一步的行动。最好的办法，则应以智谋夺下罗锅哨，削弱纳哈出的力量。即使纳哈出想拼，娟娟也不会回应，不过她还是做了两手准备。一个是想办法参加对豁鼻马的审问，亲耳听听豁将军到底是怎么讲杀人劫狱之事的，承担罪过的理由是否能站得住脚。因为她太清楚了，豁鼻马参与哪门子刺杀都布多尔济的行动？当时怎么动的手，他根本不可能知道。令娟娟万万没有想到的是，豁将军竟把所有的罪责一股脑儿全揽到了自己身上，可硬揽不行啊，那口供能合上牙吗？嘴再巧，没亲自去做，无论如何不能讲得那么圆全、叫人听起来是那么回事儿呀，再说人家听了信不信还两说着呢！谁都长个脑袋，谁不会分析呀？你若说得不对，是瞎编的，人家能听不出来吗？娟娟对此很是担心。她后来曾问过豁鼻马这么做是否有把握。豁鼻马再三请娟娟放心，说纳哈出保准能信他的口供。娟娟想："如果纳哈出真的那么蠢，相信了，当然好；如果不信，一旦有变，肯定怀疑到我和田田头上，必会以所带之兵全力抓捕我们。真要这样，那就采用第二个方案，即先下手为强。审问时，我就坐在纳哈出旁边。要是变了脸，先薅住他的衣领子，擒贼先擒王，大不了一命抵一命，没什么了不起的！再说，金山的兵马又不全是纳哈出的人，只要把老帅抓到手，他们不至于非跟我硬拼，况且为了保住主子的性命，哪个敢弄到鱼死网破的地步？到那时，便可见机行事。当然，此为最坏的打算，最好是好说好散，用智斗的办法与他们迂回而战。"

此刻，在形势危急、孤军奋战的情况下，娟娟知道纳哈出没抓住自己啥把柄，内心很平静，对什么情况下该怎么做，琢磨得挺细。田田想得简单多了，特别相信娟娟姐姐，认为她有随机应变的能力，完全没把纳哈出调来兵马当回事儿。姐姐说怎么办，那就怎么办，无二话。要来武的，咱也来武的；要来软的，咱便软着来。总之一条道儿：听姐姐的，跟着姐姐走准没错儿！

回头再说乌迪什把兵马调来之后，按阴阳八卦、阴阳五行金木水火土布好阵势，把罗锅哨围了个水泄不通，铜墙铁壁一般，谁也跑不出去、进不来。由三位主帅率领大军，兵士们仗剑执刀，如临大敌。乌迪什部署好一切后，来到了大厅门口儿，向大丞相做了禀报。纳哈出听后，很是满意，心里有底了，觉得现在已是万事俱备、万无一失，到了该办正事儿的时候了。于是，他摆出一副洋洋自得的架势，叫上乌迪什、萨家奴，高声儿命道："走，咱们到大厅去，今天让你们开开眼！"然后，他又回过头来，故意大呼小叫的："岳索图！岳索图在哪儿？"岳索图赶忙走了过来，问道："大丞相，有何吩咐？"纳哈出说："快，把正厅陈设好，派兵严守房门。再将豁鼻马给我从囚牢里提出来，本丞相要亲自审问这个没良心的杀人凶犯！"岳索图忙退下办理去了。

站在旁边的娟娟一直观察着纳哈出，见他带领乌迪什、萨家奴往屋里走，一点儿没有向自己和田田打招呼的意思，便来气了，心想："你还真要甩开我们姐弟俩呀？想得倒美！不让参加审问豁鼻马肯定不行！这样也好，本公主今天让你见识见识，不但甩不成，而且必须得请我俩进去！"娟娟小脑瓜儿一琢磨，来招儿了，于是反其道而行之，几步蹿了过去，还没等纳哈出进得厅门，就挡住了他，双手抱拳道："大丞相，您要审大案了，我们守候要犯的差事完成了，恕不奉陪。我与田田先返回金山，在那儿恭候大丞相，静听您的钧谕。"什么意思呢？即是说你不是不让我俩参加审问豁鼻马吗？还不在这儿待了呢，你们看着办吧。有什么事儿需告诉我们的，或让立马去做的，回金山恭候您的吩咐就是啦！这可太刺人了，话中有话呀，言外之意是：知道你纳哈出要排挤我妙善居士，本总寨主不伺候啦，自己酌量着办吧！

　　说实在的，纳哈出的确是不想让妙善居士参加审问豁鼻马。为什么呢？一是妙善居士剑伤了他的爱将恭格拉。对此，他虽然心中很不满，但又不能说，甚至还得违心地指责恭格拉。他认为妙善太盛气凌人了，使人十分打怵，受不了。二是纳哈出总觉得命案不是豁鼻马干的，很可能与来路不明的妙善尼姑有关，必须时时提防，有她在场没法儿审。三是不愿让妙善尼姑知道金山更多的内幕，因为要审问豁鼻马，就要涉及都布多尔济的所作所为。说来，纳哈出也是真怕把都布多尔济的那些肮脏之事抖搂出来，要是不小心传出去了，那家丑不外扬了吗？故而认为听审的人越少越好，尤其不能让妙善尼姑参加。可万没想到的是，这事儿又让人家挑了理了，不让到场不行啊，讲不出理去！方才还对妙善居士讲，我纳哈出大丈夫说话，一言既出，驷马难追，今奉你为金山大寨总寨主，可哪有刚说完立马更改之理呀？既然是总寨主，那么审问豁鼻马，不仅得请人家参加，还应是主审官之一才对呢！因此，纳哈出听娟娟这么一说，很是尴尬，只好赔着笑脸儿道："妙善师父，哪里，哪里。我因事儿太多，一时昏了头，说话忙乱，竟忘了您了。您是金山大寨总寨主，怎能不参加审问呢？咱们应合审凶犯才是，千万不能离开此地。不可，不可，少谁都行，唯独少不了您呀，是不是？妙善师父先请。"娟娟并不领情，仍口不饶人地说："大丞相，事实上，您对我已经不信任了。根据啥说呢？因为案发时，您并未招呼我们，让我一直记在心里，觉得无论如何这么做是不对的。尽管如此，考虑本人是总寨主，出了大事儿，哪能不闻不问呢？只好硬着头皮出来到此巡察，做梦没想到反遭恭格拉的羞辱。既然如此，妙善不想再凑这个热闹、讨这个没趣儿啦！"纳哈出又一次领教了妙善居士的咄咄逼人、伶牙俐齿，心里话："你个小尼姑，还想怎么着？已经得了便宜，就别再卖乖啦！"

纳哈出本来已有兵马做后盾，为什么在娟娟面前表现得如此软弱呢？这里得向各位阿哥讲几句。他很爱才，眼下正是用人之时。在此之前，他早已目睹了妙善居士的剑法，认为非常厉害，如果能笼络过来，十个恭格拉都比不上。所以，他便对妙善好话多说，尽量想法儿把这个活菩萨留住，若能助金山一臂之力，真是求之不得。怎么才能留住呢？干脆来软的，决不得罪，况且刚才又让人家抓了理儿。纳哈出见娟娟不依不饶的，再一次致歉道："请妙善师父海涵。既然恭格拉已经因为自己的过错而得到了应有的惩罚，您也出气了，就请消消火儿吧，咱们还有很多重要的事儿等着办呢！再说了，提那些个不愉快，多影响心情呀！可以明确地说，在场的各位都是我的左右辅弼，皆要参加听审，怎能缺其中的任何一位呢？田田，傻站在那儿干吗？还不快请大家一块儿进大厅。"众位阿哥，听到了吧？纳哈出此刻特别提到了田田。他知道，不把田田放在前头，妙善居士肯定不能答应，算是识时务。

闲言少叙，单说纳哈出率众位进入大厅依次坐好后，便令岳索图派人将因牢中的豁鼻马带上来。岳将军领命出去了，没一会儿，由德布楞率兵卒押着豁鼻马进来了。只见，豁鼻马被铁链子紧紧捆绑着，迈着蹒跚的步履，一步步艰难地走着。娟娟此刻听到那令人心碎的沉重的铁镣声，心里十分难过，又替他担心。当豁鼻马走到纳哈出面前时，显得很是虔诚，扑通一声跪倒在地，痛哭流涕地说："大丞相啊，罪将给您老人家叩头了！没想到还能亲自来罗锅哨看我，九泉之下，也不会忘记大丞相的深恩哪！"豁鼻马的几句话，说得纳哈出挺不得劲儿，不禁一阵阵心酸。他站了起来，缓步走到豁鼻马跟前，命岳索图把豁鼻马身上的铁镣除掉，又叫人搬过一把木椅，让他坐在地当中受审。纳哈出说："豁鼻马，好兄弟，不管怎样，看在往日的情分上，也应来看看你。说句良心话吧，我纳哈出待你咋样？"豁鼻马忙站起身来，又扑通一声跪地道："大丞相待罪将恩重如山、视为知己，此生难以报答！"纳哈出说："快快起来，坐下，坐下。"豁鼻马回坐到木椅上。纳哈出双眼盯着豁鼻马，问道："兄弟，既已至此，应对我讲实话。都布多尔济被杀到底是怎么回事儿？为何非把杀人的罪责揽到自己身上呢？这里究竟有什么过节儿？还是有人暗地里故意害你不成？"豁鼻马没吭声儿。纳哈出接着说："我从来是为朋友两肋插刀，不要怕，一切由本丞相给你做主。说真的，自始至终就没相信杀人、劫狱大案是你所为，所以才特意赶来，要亲耳听听你的肺腑之言。大厅里没其他什么人，除了金山大寨总寨主妙善师父不太熟悉外，在座的几位你全熟。说白了，不管这里有谁，都用不着惧怕。记住，金山的天下，就是纳哈出的天下。只要有本丞相在，必会替兄弟撑腰的，谁也不敢随便碰你，有啥话直截了当地说吧。豁鼻马，今天不是什么审问，咱们还像往日一样，作为好朋友，互相谈心，唠唠家常嗑儿。放心吧，可以把你的想法如实端出来，讲讲究竟是怎么回事儿。"说完，眼中还挤出几滴老泪，似乎很伤心，做出一副挺感人的样子。

大家是知道的，纳哈出是个非常狡诈的人。他之所以能如此坦诚地与豁鼻马交谈，并不是真正同情属下，而是猜疑其中有诈。为什么说他是枭雄呢？那是因为他一向能伸能屈，特别会做戏，想用听起来很能打动人心的深情话语，获取豁鼻马的好感，进而诱使其讲出心里话。实际上，纳哈出从来是对谁都不相信，对谁都怀疑，逢人防三分。此次府里出现的凶杀大案，你就是说出大天来，即使是豁鼻马干的，也不会是他一个人，一定有别人参与其中，深信自己先入为主的判断。他正是受这种想法的支配，才亲自来审，争取让豁鼻马说出真相。绝不可能让别人去审，包括对恭格拉、乌迪什等亲信照样不相信，生怕他们有逼供、欺瞒之举。由此可以看出，纳哈出的疑心该有多大！为得实情，竟不惜放下大丞相、太尉的架子，采取一种软的、温情的办法来感化、打动豁鼻马的心。他一再强调，自己是金山的大统帅，有权威，是你的靠山。有本丞相给你豁鼻马撑腰，还怕什么？有啥话尽可公开讲出来。应该说，纳哈出把所有的软招子全使出来了，想尽快套出点儿真东西来。遗憾的是，豁鼻马与纳哈出在一起待了很长时间了，早将主子的脾气、秉性吃透了。他决心要救出叶旺将军，还要保护好大明朝来的明月长老、秉仁公主等人，一切为他们的安全着想，避免出现任何闪失。他想来想去，决定紧紧抓住纳哈出对什么都疑心、对任何人皆防范的心态，上演一出代人受刑的苦肉计。

各位阿哥，说书人不能不在此多讲几句。豁鼻马可不简单哪，那也是武林中人、一员武将，原来在元廷里是相当有名气的人。他最早为元朝大将扩廓帖木儿身边的参将，能征善战，屡立奇功；后来被徐达所俘，并归降大明，一心为明朝廷效力。这个人真不错，凡事说到做到，一就是一，二就是二，最讨厌嘴甜心苦、耍两面三刀之人，是个顶天立地的大丈夫。依照徐达大将军的安排，他随着马云、叶旺深入辽东，三人关系十分密切，共同做了不少分化、瓦解元将之事，完成得很是顺利。在马云、叶旺离开之后，豁鼻马没有走，仍然留在辽东，打入了金山内部，使出浑身解数，得到了纳哈出的信任，成为其心腹。尽管如此，他一心向明的信念始终没变，尤其尊重马云和叶旺，很讲义气，即俗话所说的够朋友。当他听娟娟说叶旺将军被俘了，心里急得火烧火燎的，觉得必须得帮这个忙，当即横下了心，即或天塌下来，也要想尽一切办法把叶将军救出。他十分清楚，妙善居士若是从长远考虑，无论如何不会同意让自己随他们一起去救叶旺的。那得怎么办好呢？他经过反复思忖，为报效大明，对得起如同兄弟般的马云、叶旺二人，只能以命相抵。唯如此，才有可能骗过大丞相，既救下叶旺，又替代了秉仁公主，也是死得其所，不枉来此一生。叶旺将军他们绝不能白白送死，因尚有大事未成，此难理应担在我豁鼻马身上。他想好之后，便着手做细致、周密的准备，还想道："我不可能直接出面去救大明朝派来辽东的都指挥使司同知叶旺大人，恐怕难以承担，秉仁公主断不会相信一个人能完成此任。再说了，秉仁公主和明月长老都是世外高人，武术高强，肯定能救出叶旺将军，完全不用我操这份儿心。我所要办的，就是按秉仁公主的嘱咐，烧好饭，做好自己的差事，以职务之便尽可能地帮助他们。我对大丞相的底细了如指掌，情况最熟，完全可以暗地里当好他们的帮手，秘密地给予保护，堵一些避不开的漏洞，以便铺平拯救叶旺大人的道路。怎么办呢？不妨利用管丞相府膳房的权力，用酒灌倒府里的门倌儿和夜里打更的更夫们，让他们睡不醒。另外，对丞相府里的纳哈出和他的儿子们要好生侍候，严密监视。一旦发现什么情况，立马禀告给秉仁公主。"此刻的豁鼻马觉得有事儿干了，心里较前踏实多了。说实在的，他自从那天受秉仁公主的召见，得知了救叶旺的事儿以后，这两日一直没睡觉。每天把晚膳做完以后，到了晚上，就偷偷地观察，看秉仁公主如何救叶旺和卜家奴，好暗中掩护他们。他懂些夜行术，还会一点儿轻功，为防止意外，秘密地到各处巡逻着。

说来，丞相府夜里挺热闹，纳哈出有夜宴的习惯，膳房每晚都要为他置备膳食。这样一来，膳房白天闲不着，晚上仍忙碌得很。谁管夜宴呢？就是豁鼻马。夜宴一般在子夜时分，于是，便将膳房的人分成两拨儿：一拨儿是白天班，子夜时休息；另一拨是夜间班，从子夜初刻开始干活儿。豁鼻马是总管呀，不仅白天忙，对膳食诸事要照顾周全，夜里也忙，包括菜准备得怎样，肉食的储藏如何、有否腐烂的，以及每道佳肴的做法等全要照顾到；另外，还得起来巡查膳房的灯火，因做饭必用火，火最容易出事儿。那时点灯用的皆为兽油，哪块儿容易着火、哪块儿容易出事儿心里得有数，须十分小心才是。因此，他天天不得闲，哪块儿眼不到都不行，兢兢业业，勤快得很。他累的时候，从不脱衣服，随便在哪儿打个盹儿或睡一会儿算是歇了，接着又张罗这个、忙乎那个的。纳哈出心疼他，要给派个帮手，他也不干，把丞相府的膳房后勤诸事安排得井井有条，使大丞相很是满意。他每当夜间巡查膳房时，不但督促夜班的师傅务必把膳食做好，符合纳哈出及嫔妃、儿子们的口味，别因犯困打盹儿而将上好的佳肴烧焦，而且总是不停地提醒大伙儿说："精神点儿，备菜的速度加快些，别打盹儿、别睡觉哇！"他还到各处冲着师傅们的耳朵喊："认真点儿，菜要做好，味儿要正，要色味相形。"饭菜做好后，由他负责送上去，你说豁鼻马能不忙吗？

单说纳哈出这个人挺怪，白天不管吃得多么饱，到晚上必须设夜宴，同时伴有歌舞和武术表演。他作威作福惯了，一吃就好几个时辰，席上佳肴满桌，身旁有妃子作陪。都布多尔济住在他父王的相府里，远比田田多尔济、扎浑多尔济吃香、享福，俨然像个小皇上一样，称其纳哈出第二并不为过。然而都布多尔济不往好里学，也学他父亲设夜宴，自然仍由府内膳房承担。这样，豁鼻马去都布多尔济处的机会便多了，成了常事，来去随便，对所居之处的情况了如指掌。豁鼻马特别会办事儿，对都布多尔济手下的纳哈出之内亲，如囚牢总班头儿、马厩总班头儿、管府门的头儿，包括巡逻、打更的总班头儿都很关照，与他们混得越来越熟。这些人想吃什么，少不了麻烦豁鼻马。他没有一次不到场的，亲自送夜宴之佳肴。他还常到各班头儿的家里去，了解吃的方面缺什么、少什么，然后一并送过去。

再说相府里的夜宴，一般是从亥时正刻开始做准备，至北斗斗柄指向北天时结束。夜宴需用哪些菜呀、吃什么鱼呀、选哪块儿肉啊及哪种海物哇，等等，全要在这个时间置办齐。子时初刻摆第一道大菜，子时正刻大宴开始，歌舞上场；丑时初刻上第二道大菜，丑时正刻第二排歌舞上场；寅时初刻上第三道大菜，也叫关席宴，寅时正刻撤宴。一吃就是三个时辰，十分讲究，同元朝的宫廷大宴程序完全相同。所说的初刻和正刻，即指一个时辰中间的两段，相当于有了计时表以后的两个钟点。子时初刻，指的是现在计时表的夜里十一点，子时正刻是夜里十二点到丑时初刻，即凌晨一点。元朝和明朝时，不用计时表，而用子、丑、寅、卯来代替。当然，纳哈出的夜宴不都是这么长时间、这么大的规模，也有比较简单的。有的是从子时初刻开宴，到丑时初刻结束，即从夜里十一点吃到凌晨一点。有的是从丑时初刻开宴，到丑时正刻结束，即从凌晨一点吃到两点。不管是大宴还是小宴，总之丞相府总有宴席，兼备歌舞和武术献艺活动，皆由大管家、总经略豁鼻马操办。

豁鼻马几天来头脑里一直惦着的也是最不放心的，就是秉仁公主要劫狱救叶旺和卜家奴这件大事儿。可他又不知道他们哪天动手，只好多方注意，暗地里悄悄儿配合。他每日不停地给城门巡逻的总班头儿、马厩的总班头儿、各个站房的总班头儿送夜餐，多带些好酒，想尽办法将这些人灌醉。他们被侍候得挺高兴，边喝边说："哎呀，豁大人真好，够哥们儿。你看这几天把他忙的，好酒、好菜总忘不了咱们！"他们也从不得罪豁鼻马，知道他是相府里最有权的人。若是不小心触犯了人家，好酒、好菜肯定品尝不到了，因此也都乐不得往好里处。事实上，豁鼻马只是表面奉迎，心里想的只有一件事儿，即如何做才能早些结束夜宴。因为一有夜宴，至少好几个时辰，几乎大半宿是人出人进、推杯换盏、吵吵巴火的，那劫狱的事儿还能办得了吗？

经过一番周密的思考后，豁鼻马到纳哈出那儿去了，见面就说："大丞相，我跟您商量个事儿。咱们相府膳房里储备的料不太多了，供不应求。为什么会这样呢？因为从今年秋天以来，暴雨不断，道路泥泞，路不好走，到东海去的运输队到现在还没回来。不过，前几天我已派出几个亲戚，让他们抓紧给大丞相弄些鲸鱼、大虾、海参、海蜇什么的。打算过两天给您和爱妃、爱妾们办东海海宴，尝尝鲜儿，换换口味。噢，对了，大丞相啊，我还从北海弄到一只海豹，很快也会运来了。那可既香又鲜呀，同其他的海物相比，味道完全不一样啊，不知愿意品尝不？这几天的夜餐不妨少点儿，屈就一下，过两天肯定会非常丰盛的。"纳哈出当然相信豁鼻马所讲的一切了，咧嘴大笑道："好好好，好哇！总经略官怎么说，咱就怎么做。刚巧我的小爱妾身体不适，晚上要多陪陪她，夜宴少举办几次也好，简简单单吃点儿便行了。"你道那小爱妾是谁吗？她是前书所讲的、被妙善居士杀了的逆贼纳木扎勒台吉的妻子。现在纳哈出将其金屋藏娇、奉为新欢，捧在金山嫔妃的最高位置上，当作心肝儿宝贝一样。豁鼻马一听，正中下怀，很是高兴，大丞相总算答应了。豁鼻马就是用此招儿将这几天的夜宴取消了，为娟娟他们实施劫狱创造了条件。

有一个人使豁鼻马觉得很难办，谁呢？就是荒淫无度、傲慢无比的都布多尔济。这个人好吃懒做，每天晚上，除了纳哈出开夜宴，他也要开，要啥立马得给啥，必须得侍候好。要不然他便破口大骂膳房，一闹起来没个完，谁都不敢惹。他还特别蛮横，不讲道理，只要不对心思，抽出宝剑就杀人，胡杀乱砍，是个杀人不眨眼的魔王！豁鼻马琢磨来琢磨去，终于琢磨出一个办法来：如果这两天都布多尔济要开夜宴，就在酒里放乌头。乌头是什么呢？是一种有块根、茎直立、五角形叶子、多年生的草本植物，侧根含乌头碱，有剧毒。将它放进酒里，酒即有了毒性。不能放多了，那会毒死人的，要适量，可搀点儿其他的草药。将放了少量乌头的酒喝下后，没一会儿就犯困，想睡觉。这样，即使都布多尔济要开夜宴，喝了乌头酒也就安定了。豁鼻马将一切想好并做了精心的准备，只等秉仁公主动手了。

值得一提的是，豁鼻马所有这些想法和做法，事先并没有向明月长老和娟娟通禀，只是出于对大明的一片忠心，想为朝廷出点儿力，秘密保护师徒而已。他由于不知道秉仁公主具体如何实施、什么时候行动，不得不每天晚上都做此类的准备。而劫狱救人之举措，明月长老和娟娟为了保护豁鼻马，压根儿没想牵扯他，他们是各行其是。

单说明月长老、娟娟和李佑决定，就在这天晚上，于丞相府里动手，在天即将冒亮儿的时候，以迅雷不及掩耳之势，到都布多尔济的住处去。那么，当天夜里丞相府是怎么个情况呢？纳哈出由于小爱姜身体不适，俩人亲亲密密地早早上床了，不仅未开夜宴，连晚餐都没用，为此膳房省了不少事儿。但子时初刻时，都布多尔济那边却要了三道大菜。所说的大菜，即套菜，好多盘儿呢，豁鼻马叮嘱膳房师傅认真做好。其实，三套菜只由都布多尔济带着小情人消受，俩人能吃得了吗？当然不能。吃不了没关系，沾两口便扔，一向这么挥霍无度。三道大菜做得后，豁鼻马怕都布多尔济挑刺儿，亲自将泡好的乌头酒和三套菜装进从南方买来的竹篓儿里，盖好盖儿，放在担子上，然后挑着担子，忽忽悠悠地向都布多尔济的住处走去。他到了地方，敲开头一道门，向里面传报酒菜送到。都布多尔济并没让豁鼻马进去，只听从里边传出嗲声嗲气的女人声儿，知道这是那个小夫人。等了一会儿，都布多尔济衣着不整地走了出来，将酒菜一样样儿地端进去了，回头吩咐道："吃完以后，再来取竹篓儿。"豁鼻马点头称是，反身出来了。此时已是深秋，天气很凉，时而能感到寒风瑟瑟。他紧紧衣裳，仰头上看，繁星满天，星光灿烂，一道道流星滑落夜空，是个好天气。他心想："今天晚上，正是动手劫狱的大好时机。明月长老、秉仁公主，此刻你们在哪儿，怎么还不动手呢？机会多好哇！"于是，他便在都布多尔济住处的附近边暗中巡视，边焦急地等待着，觉得时间过得太慢，真是一分钟一分钟地艰难熬过，终于将近子夜时分了。

过了大约两个时辰，豁鼻马正在东瞧西望的时候，猛然听到远处有轻微的脚步声，分明是从相府外面传进来的。前面我们讲了，豁鼻马也是武林中人，不用说，夜活儿当然干过，只是功夫没那么利落、武艺不那么高强而已，但总是受过这方面的熏陶，起码能眼观六路、耳听八方，那耳朵灵着呢！有些声音，常人兴许听不清，却瞒不过武林中人的耳朵。他们的分辨力极强，耳朵听甚至比眼睛看管用，可分辨出各种鸟及老鸹、山鹰、猫、狗、狼、熊、狐狸等很多飞禽和走兽所发出的不同的声音，连哪个是老者走路，哪个是孩子在跑，是刮风以后掉下来的石块儿还是木板儿，或者是其他什么东西，皆可听得清清楚楚。当然，说书人讲得比较简单，作为武林高手，听得比这还要细，所掌握之技能比这还要神奇。过去不是说嘛，哪怕是一张纸、一块儿丝绸落到地上都能听得到，就这么神。

豁鼻马凭着自己的本事，听着那一直企盼着的令人心动的脚步声，知道秉仁公主他们快出现了。他一边细听，一边躲进暗影儿里，蹲在地上向四处仔细搜寻着，并从腰中抽出早已准备好的匕首，以便一旦有情况时，好暗中保护，必要时，杀掉胆敢阻碍劫狱的人，不管他是谁。他心想："我今天豁出去了，无论如何得让秉仁公主把救叶将军和卜家奴的事儿办成，哪怕用这条百多斤的老命换回二人也值！"豁鼻马一向这么仗义，别的什么都没想。

豁鼻马四处观察了一会儿，又等了半个时辰，至丑时正刻、寅时初刻时，忽然看到从墙外嗖嗖地跳进两个黑影儿。夜行人行走如飞，从身形认出来了，一个是秉仁公主，另一个是熟悉的明月长老的弟子李佑。他高兴极了，寻思着："平常夜行人的老习惯一般办什么事儿都是从子时到丑时动手，选择天最黑的时候，不易被人发现。而他们却不然，专找丑时正刻到寅时初刻、天还没亮正要冒亮儿、人们正睡回笼觉这半个时辰动手，此招儿可真高哇！必须得麻溜、快当，不能拖泥带水，否则很容易惊动别人。"转念又一想："丞相府里又有帐篷又有房子的，里边的小巷也不少，他们千万别走错了道儿啊！"他正担心着，便见两人进入丞相府后，直接奔向所要去的目的地了。豁鼻马在后边悄悄儿跟着，心里琢磨着："他们所经之路，我得跟着走一圈儿。这样，将来倘若审问此案，可以说得清是我干的。"豁鼻马的确挺有心计，身后的背囊里还背了些特别的东西。什么呀？原来是给都布多尔济送餐时多带的一些饭菜。他走一段路，便把饭菜故意往路上撒点儿，以证明来者是做膳食之人，有丢下的遗物为证。

娟娟和李佑一路上，因为巡逻人早被豁鼻马做了手脚，用过了特意给送去的好吃的饭菜、芬芳的美酒，吃得饱饱的，喝得足足的，个个烂醉如泥，睡得像死猪一般。何况天马上要亮了，以为不会有啥事儿，谁还没事儿找事儿出来巡逻呀？所以，二人没有遇到任何阻挡，如入无人之境，顺利得很。

豁鼻马见他俩走了一会儿，便分路而行。那李佑到驻守府内巡逻营的帐篷处，不知是把什么工具往帐篷上一插，还用嘴使劲儿一吹。他恍然大悟："噢，原来是往帐篷内熏香呢！"心里话："李佑哇，这样做没错。不过你晚来了一步，不喷也没事儿，我早已把他们灌醉了。放心吧，他们一时半会儿醒不过来。"他又见秉仁公主以狸猫扑鼠的敏捷动作直接进入了都布多尔济的大帐内，行动干净、利落，不大一会儿就出来了，与李佑会合后，二人转身又到地牢那儿救叶旺去了。

豁鼻马趁此机会，按秉仁公主走过的路线，以轻功来到了都布多尔济的帐外，与此同时，仍然没忘在来的路上和门口儿撒上些菜饭、酒肴和果品什么的。当他进入都布多尔济的大帐时，因天还没亮，里边发暗，什么也看不见，待眼睛适应了一会儿，再仔细观瞧，才看见床上有两具死得相当惨的尸体，都布多尔济的脑袋被砍下来了。满床是血，他用手一摸，没有完全凝固，于是用匕首蘸点儿床上的血，抹到自己身上，为的是让人看起来似乎经过了一番搏斗。他又找了一块布单子将都布多尔济的头颅胡乱包上，倒拎着出来了，之后，把人头扔到了马厩的马槽子底下，反身去了地牢。他把扔在地上的羊角令牌和钥匙捡起，放在地牢门口儿，真乃神不知、鬼不觉。

豁鼻马刚把一切做完，就听到外面战马嘶鸣，知道一定是秉仁公主他们已把叶旺将军和卜家奴救出来了，要牵走大相府马圈里的马。然而他清楚，纳哈出的那几匹马是经过驯养的，别人谁都骑不走。这可怎么办？正犯愁呢，只听马咴儿咴儿地大叫，马蹄声声，嗒嗒嗒地飞驰而去。他奇怪了，哎？怎么回事儿呢？前书讲了，叶旺他们见马牵不走，便用刀划开了马屁股的外皮。马一疼，能不叫、不跑吗？马这一叫，巡逻营的人全醒了，丞相府里开始乱了，兵丁们冲出来了。豁鼻马估计，此时秉仁公主带叶旺将军他们早已跑远了，为了不至于再出什么差错，更好地掩护他们，便在乱军中也牵出一匹马，麻利地骗腿儿而上，打马奔出府来。

在此混乱之时，巡营的人光知道是地牢被劫，并不晓得都布多尔济被杀，一个个像无头的苍蝇，到处乱窜抓人。骑在马上的豁鼻马为了吸引那些兵将，故意边跑边喊："纳哈出的兵还没来呢，快跑，快跑呀！随我出城，快呀！"好像他在领着劫狱的人往外跑一样。追兵们听有人高声儿一喊，调头便朝豁鼻马所在的方向追赶过来。此时，已知内情的恭格拉、乌迪什，也急忙率领兵马向着大喊大叫的人追去。豁鼻马拼命打马往秉仁公主他们所去岔道儿的相反方向驰奔，意在转移视线，将恭格拉的兵马引到自己这边来。当他绕过岔道儿、向罗锅哨的大道径直跑下去时，在一片密林里，被追赶的重兵围住了。包围圈儿逐渐缩小，元兵越来越多，想要活捉此人。

此刻，天已大亮，豁鼻马见追兵里三层、外三层地围了过来，便从马上跳下，拔出腰刀，仰脖儿要自刎。说时迟，那时快，恭格拉早骑马冲将过去，用刀头一横，"当"的一声，把豁鼻马的刀挡住了，随即跳下马，上前把他紧紧抱住，俩人厮打在一起。众卫士见状，上前摁的摁、踹的踹、绑的绑，七手八脚地把豁鼻马给捆上了。恭格拉这才站起身来，不经意地朝对方瞥了一眼。这一瞥不要紧，大吃一惊啊！一看是谁呀，这不是丞相府里的灶膳总经略官豁鼻马大将军嘛，怎么会是他呢？不能啊！龚格拉瞪眼看了半天，伸手扯扯他的耳朵、抬抬他的下巴，疑惑地问道："你是豁鼻马吗？"豁鼻马眯起双眼，轻蔑地说："恭大人，怎么连我都不认识了？你享用了我送去的多少酒菜呀，难道只一会儿工夫全忘了？咱们咋碰的杯了？"恭格拉的心怦怦直跳，没想到从早起就蒙头转向地领兵抓凶手，折腾了半天，结果抓的竟是豁鼻马！无论如何不能相信这是真的，对此内心十分生疑。不过见豁鼻马满身是血，再问话时，又支支吾吾的什么也不说，倒像是真的，琢磨着只能将他五花大绑地先押起来。

恭格拉没把豁鼻马押回大丞相府。他想："现在相府里挺乱，还需查找劫牢者的证据和足迹。密林离罗锅哨只有二里多地，不如暂时先押到那儿去，况且罗锅哨的达鲁不花岳索图也奉命随之追拿逃犯。再说，豁鼻马是大丞相灶膳的总经略官，一旦弄错了，为此触怒了主子可不是小事儿。"龚格拉打定主意后，便将豁鼻马押到了罗锅哨，命卫士扒下身上的血衣，另找一件衣服给他披上，之后将血衣交给身边的仵作和郎中，让他们一起到杀害都布多尔济的现场对证、辨认。结果很快就出来了，认定豁鼻马衣服上的血，确实是都布多尔济大人的血，杀人凶手是他无疑。恭格拉随即又审问了豁鼻马，追问为什么要跑到这个地方来，豁鼻马说是因怕官兵追杀，才慌不择路，只顾打马奔逃，哪承想却跑到了罗锅哨的眼皮底下，到了儿还是被恭大人给抓住了。至此，恭格拉初步验证没有抓错人，遂将豁鼻马囚到罗锅哨的囚牢之中，命亲信德布楞率重兵严加看管，并告之不准声张，不能出丝毫差错，若有半点儿纰漏，拿你德布楞的脑袋是问！德布楞诺诺连声，领命带兵小心把守，任何人不得近前。将一切交代完毕后，恭格拉立即飞马返回金山大寨，准备直接向大丞相禀报。

纳哈出自从得悉本府出了人命大案，长子都布多尔济被杀，人犯被劫，受到很大震动，便由侍卫陪同，亲自察看了府内各处，并命人快传豁鼻马，让来帮助查明此案，结果却四处不见其人影儿。他很是奇怪："平时有什么事儿，豁鼻马早到身边了，今天怎么了？"尤其是在巡视出事地点时，他发现周围有零零星星的饭菜、宴果等物，立马产生了疑惑，心想："为何这里竟有只在膳房办夜宴时才用的遗物呢，难道此事与上灶的师傅有关？"正在他惊魂未定、百思不得其解、暴怒不知所措之时，侍卫来报："恭格拉大人追赶逃犯已返回相府，求见大丞相。"纳哈出听报后，忙命召见之。

恭格拉来到大厅，拜见了纳哈出，然后禀报道："大丞相，闯入相府内的杀人凶犯和劫狱之人已经抓到，正羁押在罗锅哨的囚牢之中。"纳哈出十分满意恭格拉办事如此神速，忙问："是谁呀？"恭格拉回道："禀大丞相，是相府的灶膳总经略官豁鼻马！"此话一出，刚才还正襟危坐的纳哈出惊得"啊"的一声，犹如五雷轰顶啊！脸一下子就白了，差点儿从椅子上跌坐下来，甚至怀疑自己的耳朵是不是出了毛病，瞪着眼睛盯问道："你说的可是豁鼻马？有何凭据？千万不能胡说呀！"恭格拉禀道："大丞相，千真万确，绝不是没有根据的猜测。经仵作、郎中共同验定，豁鼻马衣服上所溅之血，正是被害的都布多尔济的血，这是杀人的铁证。来此之前，我们审问过豁鼻马，他已供认不讳，承认杀人、劫狱皆他一人所为。"

这时，一直在出事现场忙乎的乌迪什、扎浑多尔济等人也来到了大厅。乌迪什禀报道："经过仔细搜查，发现都布多尔济与小夫人在屋中同时被害。都布多尔济的人头被扔在马圈的马槽子底下，地牢门口儿扔有一大串羊角令牌和钥匙，班头儿三人被诛杀，地牢当班儿门卫被击成重伤，至今昏迷不醒。另外，马厩里丢失了四匹马，除此，其他任何物件未少。"纳哈出听完了禀报，令恭格拉、乌迪什陪着他详细地审问了府内的众班头儿人等，其中包括看门儿的班头儿、巡逻打更的班头儿。看门儿的班头儿说："血案发生的时间很特殊，不是在半夜，而是在丑时正刻、寅时初刻天将亮前的短暂时辰里，恰好是更班儿的人巡查完毕，准备换班儿安歇，日班儿当值人员尚未接替的空当儿。选在这个时候作案，可见此人对丞相府内的住宅、兵将把守的时间安排及更夫换班儿巡逻等情况了如指掌，估计是内部人所为，外部不知情者断不敢为之。如果不是内部人，那一定是知内情人与府外人共谋而为。"一旁巡逻打更的班头儿频频点头，表示赞同。

为弄清知内情人是谁，府外人可能又是谁，纳哈出急命召集府内主事人共同来审理此案。当被召集的人到齐后，大伙儿周围这么一看，发现缺一个人。所缺之人是谁呢？就是金山的帐前掌印大将军——田田多尔济。纳哈出问："田田呢？"大家你看看我、我看看你，纷纷摇头说："没看到哇，不知上哪儿了。"纳哈出命人快去把他叫来，并连发几道急令催促，大将军却始终未到。田田的弟弟扎浑多尔济坐不住了，心想："哥哥这会儿到哪儿去了呢？"怕大丞相对兄长不满，随即禀道："父王，我哥哥肯定还在追逃犯的路上，不能很快赶回来。"站在身旁的恭格拉马上接过话茬儿，一口咬定："我在追逃中根本没有见到过田田，他没去，大概是躲起来了。"扎浑多尔济听后，气得脸涨得通红，急眼了，跟恭格拉吵了起来："你胡说！我哥哥去了，人那么多，能看得准吗？再说了，你没看到，就等于他没去呀？简直岂有此理！"田田手下的部将也争抢着为主师申辩："大将军确实去了，是他率领我们追出相府的，怎会不在追逃的众兵马之中呢？""大将军兴许是走错了方向，跟我们不是一条道儿，目前正在往回返的路上呢！"还有的证明说："我们看见了，田田多尔济是与金山总寨主妙善师父同骑一匹马去追逃犯的。"纳哈出一时被众将的七嘴八舌弄得莫名其妙，心想："田田怎么会同妙善居士同骑一匹马呢？"恭格拉有意挑事儿，说道："田田大将军现在见不到影儿，一定有不可告人的原因。府里出这么大的案子，又是其兄被杀，若是不知底细，能偷着躲起来吗？出事儿以后，府内上下人等没有人不为此着急的，他是否着急，谁知道呢！如果像平常人似的，只能证明这里有问题，很可能与此案有瓜连，应予追查。"恭格拉就这样不急不躁地、一句接一句地煽风点火。

此刻，大伙儿觉得还缺一个人，无论如何她都应该在场。谁呢？就是纳哈出亲任的金山大寨总寨主——妙善师父。有人在想，总寨主不会无故不来，或许是大丞相没请，压根儿没告诉人家？乌迪什说："大丞相，命案发生后，田田大将军不在姑且不说，总寨主妙善师父总应该到场啊！人家可能觉得此为相府中的事儿，不好贸然而来，是否去请一下？这是礼节呀！再说了，既然人都用了，用人不疑，疑人不用，宁落一群，不能落一人哪，将来会挑理的。"乌迪什的话说得挺圆滑，明里的意思是，纳哈出只要你用妙善师父为金山大寨总寨主，就不能怀疑。假若不信任她，莫不如干脆不用！寨里出这么大的事儿，应该赶紧请来共同商议破案才对。暗里则是可以从商议中，摸清妙善师父到底持什么态度，以便从中找到些许蛛丝马迹，也可认定妙善等人与相府大案是否有关联。

应该说，乌迪什是个很狡猾的人，相当有经验。当时若真按他的话做了，去找妙善居士和明月长老，说不定真就露出了破绽。因为明月长老和娟娟为了救叶旺，已经骑马远遁，根本不在府上，那不立马引起怀疑了吗？大寨的重要证据便找对了。刚愎自用的纳哈出不仅没重视乌迪什的话，还不想让妙善居士来。众人见大丞相没理这个茬儿，谁还敢再说啥？全瘪茄子了，乌迪什等于白放了个屁！

那么，纳哈出为什么不照乌迪什的话去做呢？难道他真没想到金山大寨总寨主妙善师父是武艺高强之人，如果能找来，一旦有啥事儿，是完全可以帮上忙的吗？可以肯定，想到了。他也琢磨了，倘若这个案子是深知相府内部的人同外部人互相勾结干的，那上上下下住在金山大寨的外人，只有自己亲封的总寨主妙善居士等人。将她找来商议，完全可以察其言、观其行，看看他们是个什么眼神儿、咋个情绪、怎么个态度，了解究竟在关心什么、与血案有否关系。可是又想，即使发现了疑点，本人在场，焉能奈其何？在戒备森严的相府里，竟然发生了建起金山后的第一桩凶杀大案，罹难的又是亲生儿子！要是说出去，大名鼎鼎的金山吹来吹去的，家里却出了窝反，丢人哪！假如不是金山大寨总寨主妙善所为，她听了以后，还不得怎么取笑呢！再者，审案子时，必然要涉及都布多尔济的许多隐私，弄不好很可能触及自身。因此，绝对不能声张，更不能外泄，传出去可就太没面子啦！看来，纳哈出还挺要脸面，之所以没按乌迪什的话去做，是有自己的老猪腰子。他知道，家丑不可外扬啊！便想办法压下此事，或缩小范围，尽可能在内部自行解决。没承想这样做，无形中却帮了娟娟他们的大忙，使之处于安全的境地。而对纳哈出来说，则酿成了不可弥补的损失，不但错过了侦破此案的机会，没有抓到娟娟等人的把柄和破绽，而且弄不好还得同家里的一些见不得人的事儿扯到一起，越扯越不明白，越扯越乱套，越扯涉及的人越多，恰好为从中插一杠子的豁鼻马以身揽过创造了条件，致使案情更加复杂、扑朔迷离。冥冥中帮助了豁鼻马在接受审讯时对杀人、劫狱大案的虚假供词。

造成如此难以收拾的局面，说来只怪纳哈出办事一向独断专行、我行我素，对周围的人不信任，连身边爱将乌迪什提出的建议都不听，结果错过了机会。恭格拉一直在耳边吹风，要把此事引到大将军身上，甚至鼓动道："田田多尔济肯定有事儿，不信咱们就看着，那罪还不轻呢！要我说呀，应该立即抓捕才是。"此话讲出后，仍然没起作用，纳哈出还是没听。他虽然不喜欢这个儿子，但田田的亲生母亲，是内心深处十分宠信的第一美人。况且田田毕竟一直在自己的身边，再熟悉不过了，清楚是个什么样的人，知道其品德与不足。所以，恭格拉讲的那些话动摇不了纳哈出。他认为田田是个老实、厚道之人，从不惹是生非，尽管与长子有些隔阂，相互疏远，那是由于都布多尔济盛气凌人、没把田田多尔济放在眼里、一向看不起弟弟、加上是个带犊儿所致。而田田从来与世无争，更不是争雄好斗之人，你不给的，我绝不要。你好你的，你长你的能耐，我长我的能耐，咱们井水不犯河水。面对都布多尔济的趾高气扬，田田总是往后缩，不与其争高低、上下。若认为我赶不上你，好，那咱就不如离得远点儿，不得罪还不行吗？这些，纳哈出都知道。再者，都布多尔济的权势远远高于田田多尔济，住的不一样，待遇不一样，享受自然也不一样。虽然不平等，但田田从没显露出忌妒，甚或有仇视的表现。正因如此，纳哈出相信他们兄弟之间不至于产生什么仇隙，都布多尔济被杀，与田田的关系不大。

知子莫若父。纳哈出对都布多尔济同谁争雄斗胜，心里明镜似的。到底跟谁争呢？并非别人，是在跟他的父亲争，也就是跟纳哈出争。想到这里，纳哈出的心咯噔一下，暗暗伤感，又不寒而栗。说来，都布多尔济是他的长子，也是爱子，生于大元至正九年的江南太平，即安徽当涂的长江岸边。那时，纳哈出是被大元朝派到长江天险处镇守长江的一个千总，夫人卜氏是汉人，乃长江岸边一个渔镇的员外之女，夫妇俩情爱甚笃。可万没想到的是，卜氏生下都布多尔济后，因产后风而死。这对纳哈出的打击太沉重了，竟痛失结发之妻，当时难过得大病了一场。事过两年，他一直未续弦，儿子由奶娘抚养，决心终生不再娶；后来，在大家的再三劝说下，才在都布多尔济五岁时，娶进了陈氏。不料陈氏也早死，又续妻冯氏。大元至正十五年，纳哈出于当荼升任万户之职，不久被朱元璋所俘，成了明朝的降将。后来，朱元璋将他放还，他返回漠北，先到应昌，后到了金山。北逃的元顺帝封他为丞相、太尉，责令镇守金山。之所以称纳哈出为大丞相、太尉，便是指那时的封号。

纳哈出到了金山后，爱屋及乌，对长子都布多尔济有一种特殊的宠爱，喜欢得不得了。都布多尔济的名字，前两个字"都布"是汉语，后三个字"多尔济"是蒙语。"都"字即"涂"字的谐音，"布"字即"卜"字的谐音，就是为了纪念在当涂那块儿认识的卜氏。都布多尔济从小锦衣玉食，娇养得惯惯儿的了。长大以后，经高僧引见，纳哈出将儿子送到峨眉山学剑法，锻炼成了一员战将。都布多尔济的剑术很高，剑法亦相当好，在每次比武中，没有超过他的人，成为大元朝的后起之秀，是父王的左膀右臂。

这人哪，就是怕惯，怕骄傲。俗话说"惯子如害子"，真是一点儿不假。由于受纳哈出娇宠，都布多尔济便不知天高地厚了，开始学坏了，处处要尖儿，谁也不放在眼里不说，仗着武艺高强、恣意妄为、放荡不羁、淫欲无度，逐渐成了一个恶棍。在金山，只要一提到都布多尔济的名字，没有不怕的。纳哈出早就对儿子的做法不满，特别有气，不仅仅憎恶，有时恨得都想干脆杀掉算了。但是他内心十分清楚，要想在金山重整旗鼓，承继大元朝的帝业，必须得有都布多尔济这样的武术高强、能闯敢拼之人，何况又是亲生的骨肉。所以，他只好处处顺从，将来好做复元的靠山。纳哈出对其是离不开又舍不出去，一忍再忍，一让再让。都布多尔济一看，父亲都不敢把自己怎么样，别人哪还在话下？更加有恃无恐、蛮横无理。其实，都布多尔济在府内被杀，纳哈出已经想到了是早早晚晚要出的事儿，因此他不怨任何人。他觉得这个结果，一个是都布多尔济自身招来的横祸，再一个是由于做父亲的管教不严、太放纵了所致。

这里，说书人不妨把纳哈出与长子都布多尔济之间的一些事儿说得明白点儿。都布多尔济不但争占父王的女人，而且更重要的是，近两年一直暗中盯着父王所占据的金山大位，想办法揽其权势，并欲找机会取而代之。平时他在喝酒时，常流露出争位的意思，一些人，包括豁鼻马都听到过。他们虽未将此事对纳哈出直说，但话里话外也透露过。又鬼又精的纳哈出心里自然明白，知道大儿子是个相当危险的人物，不久前的一件事，使之更有了觉察。

什么事儿呢？有一天，都布多尔济到丞相府大厅，对纳哈出说："父王，我向你举荐一个人，让他来代替豁鼻马，做丞相府的总丞、总经略吧。此人很有能力，尤其胜任这个职务，丞相府交给他肯定没毗，今后府内的一切尽可放心好了。"纳哈出问："你说的是谁呀？"都布多尔济回道："当然是恭格拉平章，可由他兼任嘛，再合适不过了。父王，孩儿奉劝您不要太亲近豁鼻马，那算什么人哪，到父王身边才几年呀？再说对他原来的情况并不十分清楚，很可能不是咱们的人呢！父王也知道，大元后裔本来就分好几派，有什么东派、西派、大都派等。豁鼻马原是扩廓帖木儿的人，属宁夏、青海的西派后裔，与咱东派不是一个绺子的，怎么可能和我们一条心呢？父王可要警惕呀，一旦这些人得势，便会把扩廓帖木儿从青海引来，夺取辽东之地，那时父王的大权必将旁落。所以，孩儿劝父王用人千万小心。"纳哈出一听明白了，心想："原来你小子是要给自己安插亲信，以便削弱你爹我的力量啊！"故而没有采纳都布多尔济的建议。他很清楚，恭格拉尽管是自己手下的大将，也重用了，更没亏待，可是却与都布多尔济的关系十分密切、非同一般。他们虽未拜过把子，也是无话不谈，常在一起饮酒。府内有的人曾暗中提醒过："如果恭格拉入主相府，成为丞相府总经略，势必会与都布多尔济联手，把大丞相架空，对您将百害无一利。"纳哈出仔细想想："此话说得在理呀！豁鼻马是不属于东派后裔，但自从做了总丞、总经略，处处事事替我纳哈出着想，够得上心腹朋友，比谁都强，让我放心。如此看来，动谁都不能动他。再说豁鼻马做的几件事，的确是心向着我的，不能不让人深为感动。"

纳哈出指的是什么事儿呢？一件是都布多尔济与恭格拉曾在地牢内饮酒密谈。因为酒菜都得由豁鼻马备办并亲自送去的，故而知道了此事。他心存疑惑，便密告给了大丞相。纳哈出听后，非常震惊，心里开始琢磨了："你们吃吃喝喝在哪儿不行，为什么非要藏到地牢里去呢？难道是居心叵测？不能不令人深思呀！"

第二件是恭格拉为了讨好都布多尔济，帮助他占有属下部将郎格泰新得的貌美如花儿的妻子，竟将郎格泰拨给了都布多尔济，以方便占其妻。你说此人该有多坏、多故动！经恭格拉的唆使，都布多尔济果然将早已垂涎三尺的郎格泰的妻子霸到手了。

说来郎格泰是个烈性男子，自己的小娇妻成了别人的床上物，哪能心甘呢？堂堂一个男子汉、大将军，能咽下这口气吗？他带上宝剑就去找了都布多尔济。结果由于都布多尔济护卫众多，不仅没有杀成，还被他用酒灌醉，囚入了地牢，日日遭严刑拷打。豁鼻马听说后，把这件事儿也密告给了大丞相。纳哈出听后可气坏了，到地牢大骂了都布多尔济一通儿，并让赶紧放了郎格泰。都布多尔济非但不听父王的命令，反而仍然不停地当面儿羞辱郎格泰，简直是骑在人家脖子上拉屎！

豁鼻马对恭格拉怂恿都布多尔济霸占别人之妻的所作所为非常气愤，实在看不下去了，便又一次禀告纳哈出："大丞相，您可能不知道，都布多尔济强行占有郎格泰的妻子之举，元凶是恭格拉。郎格泰本是恭格拉手下的一位年轻、英俊的武将，打仗勇猛，箭法高超，人称'神箭手''名箭手'。那么，后来他为什么被恭格拉送给了都布多尔济呢？这其中有个故事。一天，郎格泰到乃蛮部落去办事儿，正赶上那里神箭手比武。乃蛮部落自古的习俗，就是谁在比武中取胜，部落长必会将自己的女儿嫁给谁。郎格泰同当地的一些箭手参加了射箭招亲。在比赛中，他每箭都射穿两只天上飞的大雁，三箭射下了六只雁，箭法真是太厉害啦！按说那大雁飞得又高又快，三支箭能射下三只雁，箭箭不空，已十分不易了。可他却射下了六只雁，其箭法令当时所有参加射箭招亲的人佩服得五体投地，皆夸赞是神箭手。郎格泰在比赛中夺了魁，乃蛮部落长阔可道尔曼当即把射箭英雄拉到了身边，给予十字披红，并将小爱女赐予为妻，所有的年轻人无不为之欢呼。那小女子可是草原上的一朵花儿，郎格泰非常喜欢，正是捧在手里怕碰着、含在嘴里怕化了。回来时，他美滋滋地骑着马，将爱妻带到了军寨的营房。营房里的众将士奔走相告，纷纷前来，为他比箭招亲夺魁表示祝贺。当然，恭格拉作为郎格泰的上司也挺高兴，专门预备了酒菜，欢迎英雄携爱妻归来。在酒席宴上，恭格拉是越看这草原美女越可爱，不知怎么，竟然喜欢上了，遂借着酒劲儿，拉过美女纤细的小手，又掐了一下娇嫩的脸蛋儿。郎格泰见恭格拉瞅自己妻子那色眯眯的样子，还动手动脚的，当即不让了。他也是个火暴脾气的人，一点儿没客气，劈头盖脸地申斥了主帅，让恭格拉很是下不来台。恭格拉一向盛气凌人，心想，你好大胆子，竟敢当着大家的面儿羞辱我！随即破口大骂不止，并为此怀恨在心，声称一定要惩治郎格泰。后来恭格拉想出了一个办法，干脆把郎格泰送给了都布多尔济，让他到那儿受罪去。你送去就行了呗，还觉得不够，恭格拉又添油加醋、别有用心地向都布多尔济夸赞郎格泰从草原上带回的爱妻如何年轻美貌、娇柔似水，以勾起他的淫欲之心。果不然，后来便酿出了都布多尔济霸占郎格泰的妻子之事。这中间，虽然大丞相把郎格泰从囚牢中救出过，但从此天天备受羞辱。况且心爱的妻子又属于都布多尔济的了，觉得无法抬头，人家势大位高，惹不起，后来实在忍无可忍了，一天于丞相府门前，大箭自刎了。"

各位阿哥要问：什么是"大箭自刎"？此为过去的一种自杀方法。就是在地上插两根树桩子，树桩儿顶端绑上箭弓子，箭弓上搭着利箭，箭弓连着一条绳儿，将绳子拉到自杀者这一边，箭对着心口窝儿，用脚一端绳子，立即将箭放出，直接射进自杀者的胸膛。北方草原上常出现这种壮举。郎格泰在丞相府门前大箭自刎，据说被豁鼻马救下了。那么，他到底死没死成呢？咱们后书再讲。

纳哈出知道都布多尔济害死了不少人，拆散了一些家庭。不仅如此，让他更难以忍受的是，亲生的大儿子还吃着碗里、看着锅里，竟敢同父王争女人！前书讲了，都布多尔济曾多次凌辱田田的母亲楚绣绣，暗暗调戏已成为纳哈出爱妾的原纳木扎勒台吉的妻子，被纳哈出堵住过，也被豁鼻马发现密告过。纳哈出为了女人的事儿，深恨都布多尔济，甚至大骂道："兔子还不吃窝边草呢，可你个混账小子连畜生都不如，什么草全吃！"既然是这样，纳哈出为啥如此重视都布多尔济的被杀呢？说来很简单，倒不是可惜儿子的那条小命，而是要从中了解金山的隐患。他到了罗锅哨，见到豁鼻马之后，说了许多温情的话，就是想以此感化之，以便使之说出事情的真相。

各位阿哥，说书人费了这么多口舌，占了这么长时间，详细地介绍了纳哈出丞相府内那场骇人听闻的凶杀要案产生的背景、起源和内幕，目的是什么呢？就是想让大家知道，从外表看，金山大寨在辽东赫赫有名，打着已灭亡的元朝旗帜，使用元顺帝的至正年号，与大明南北对峙、分庭抗礼。实际上，内部早已乱糟糟了，不可收拾了，相互钩心斗角、尔虞我诈，父子仇雠，像一座一点即燃的火山，危机四伏。纳哈出大丞相的位置十分不稳，天天处于大厦将倾、朝不保夕的境地。说书人还想让大家看到，豁鼻马之所以能仗义执言，公然揽过于自身，说明现在的人心所向、大势既定，大明稳坐天下。辽东之地虽然还有个金山大寨控制在纳哈出手中，也不过是螳臂当车，无济于事了。此次娟娟他们能成功劫狱，并顺利地杀了都布多尔济，足以证明金山的形势确确实实在渐趋败落。

其实，作为一代枭雄的纳哈出，早已看清了眼下的形势，只不过是仍在拼命挣扎而已。按理说，出现都布多尔济被杀的案子，由恭格拉等人去审便行了。可他对身边所有的人都不相信，更不信任恭格拉了，认为那是都布多尔济的人。他之所以要亲审，亲耳听听豁鼻马的供述，主要考虑的是：第一，要从案件发生、处理的过程中，看看还有多少人是对自己一心一意的，眼下总感到贴心的人越来越少，孤立无援。第二，要探探豁鼻马制造凶案的真实动机，是不是为了帮助我纳哈出除害、清君侧，有利于金山，有利于权力的稳固。如果真是这样，也就安心了，还要很好地感谢豁鼻马。第三，摸摸案件的背后是否有什么阴谋诡计，有没有元朝的大都派，即处于北平大明府一带的曾家奴的势力在插手金山，想故意干扰、控制我，或有没有大明的奸细在左右此案。大明朝廷的徐达大将军力量很强，那是一员勇将，威名赫赫，现正据守青海、宁夏一带。说不准他们派了奸细打入金山，要摇撼我在金山的地位，瓦解手下的兵将，以削弱现有的力量也未可知。纳哈出很想了解以上三点，弄清楚后，再决定将来如何去做。

纳哈出在审问豁鼻马时，首先得知了作案动机，供词同他所预料的完全一致。豁鼻马交代道："大丞相或许不会忘记，我曾经多次告知过您，相府早晚必生血灾。只不过那时并没估计到什么时候能怎么出现，凡事难以预料。想不到吧？此难竟是小弟先揭开了，大丞相，得罪了！我这样做，知道您会很生气，可全是为了您哪！说来所以杀都布多尔济，一是为清君侧，二是为了金山的安宁和大寨名字的纯洁，三是为了大丞相能够号令辽东诸部跟着您。请大丞相不必枉费遐思，只要想想小弟曾多次向您殷殷密告，就会清楚这件事儿确实是我蓄谋已久的，为豁鼻马所为。大丈夫生不更名、死不改姓，一人做事一人当，绝无其他人参与其中。应该说在丞相府里，小弟官是不大，可哪块儿都离不开我，任何地方皆能去。所以，只有我才有机会制造血案，也只有我能够替大丞相除此一害。反正人已经杀了、狱也劫了，丝毫不后悔。至于该受何等惩罚，您是剐、剎、刮、削，悉听君便，虽死心亦足矣！"豁鼻马说得慷慨激昂。

纳哈出瞪着眼睛听着，周围的人也一愣一愣的，全傻了。这时，只听纳哈出突然问道："豁鼻马，既然两个案子皆是你所为，怎么能证明？先说说凶杀案的现场在哪儿、尸首什么样儿，让我听听。"为什么叫豁鼻马讲这些呢？因为纳哈出对现场察看得很仔细，如果说错了，毫无疑问，不是他干的，而是冒名顶替，坐在那儿瞎忽悠呢！豁鼻马表现得既沉着又冷静，不慌不忙地说："大丞相，其实事到如今，问啥都没用了。已经过了这么长时间了，只记得当时是一时气上心头，挥刀就把人斩了，想得并不很仔细，不过可以把几个主要的、印象最深的情节跟您说说。第一，我知道什么时候动手最方便，那就是在天没亮快要亮、更夫和大家睡得正香之时。您可别忘了，我是丞相府灶膳总经略官，去各处如走平地，来去自由，相府诸事全都得顾及，而且到哪儿都行，别人进不去的地方我能去，甚至连大丞相不去的地方我照样能去。第二，为了办妥劫牢反狱，早在十几天前就做了充分的准备。大丞相，请您问问相府上下人等，特别是各个班头儿，什么门军班头儿、地牢班头儿、更巡班头儿以及一些参将头领们，这些日子吃的、喝的，哪个不是我亲自给送去的？尽量让他们吃得饱、喝得好。然而要告诉你们的是，送去的可不是一般的酒，那里放了乌头，是让人喝了立马睡觉的酒。"说完，故意向四周扫了几眼。

在场的人听到这儿，脑袋嗡的一声。特别有些是丞相府的随从，你看看我，我看看你，心里琢磨着："哎呀，不好，放了乌头的酒我都喝了，这小子真毒哇！"豁鼻马接着说："大家不要怕，酒里下的毒不大，只是让你们睡觉而已，不伤身体，无大碍。另外，大丞相您最喜欢夜宴。一到晚上，丞相府里是载歌载舞、笙箫鼓乐、酒宴不断，这样不利于我实施杀人和劫牢反狱的打算，只好改变你们夜宴的习惯。想必大丞相能记得，我不是同您商量过嘛，咱们准备办东海宴。因运输不畅，好些海物没送到，所以暂时得等一等。您也答应了，说夫人身体欠佳，宴席可缓办。因此，这几天的夜宴很少，对不对？"纳哈出一听，觉得事实正像豁鼻马说的那样，没错，便点了点头。在旁边坐着的娟娟却一愣，心想："没想到豁将军为了帮助我们顺利完成营救叶旺大哥的计划，竟默默无闻地暗中开了不少道儿，做了周密的筹谋，而我和李佑对这一切却浑然不觉！"

豁鼻马侧过头，将目光停留在娟娟脸上几秒钟，然后继续说道："也赶巧了，去杀都布多尔济之前，他到我那儿，吩咐晚上给预备三道大菜。这一点，可以去问问膳房师傅，看是不是真的。做好后，我把那些菜肴装进竹篓儿里，挑着亲自给都布多尔济送去。"旁边的乌迪什、萨家奴、扎浑多尔济及其他在场的人，异口同声地表示是有这么回事儿。因为他们早已询问过了，纳哈出也了解过，与豁鼻马说的完全一致。豁鼻马又道："大丞相，我在送的路上，因为走得急，体力不佳，右脚前两天不小心崴了一下，腿脚不灵便，所以撒了一些。你们注意一下巷道和去都布多尔济住房的路上，若是发现有甩出的饭菜，那就对了。加上我走得特别慌张，好像从皮囊中还撒出不少榛子、山丁子及大宴用的果品呢！"豁鼻马话说得不慌不忙，事儿摆得环环相扣。

　　豁鼻马还要接着讲下去，纳哈出不耐烦地大声儿制止道："豁鼻马，不要说那些没用的！我问你，杀了都布多尔济之后，砍下的人头在哪儿？"豁鼻马立即回道："噢，人头早让我给扔到马厩里的马槽子底下了。"娟娟听后，心一下子提到了嗓子眼儿，下意识地捂住了嘴，心想："豁将军，糟了，你说错了！我割下人头后，扔在床上了，根本没动地儿！"在座的人谁也没出声儿。只有乌迪什厉声儿问道："豁鼻马，地牢的门是你打开的吗？"豁鼻马坦然承认道："是我打开的。地牢关押的全是都布多尔济的仇人，凡是认为与他作对的，就因在那儿，几乎成了私人牢狱了，这是大丞相都知道的。刚要开牢门时，当班儿门卫认识我呀，马上走上前来询问。我冷不防抽出木槌击打他的头，门卫昏了过去，随即乘机打开了牢狱，放走了里边的四个人，让他们逃命去了。不管咋的，心里还是挺慌，出来时不知钥匙放哪儿了。后来想起来了，可能是扔在地牢门口儿了。因急着要走，便没顾上捡。"娟娟听到此，又有点儿坐不住了，心想："不对呀，这不越说越错吗？"一时急得满头是汗。她冷静下来后，联想到刚才豁鼻马说错了人头所放的地方，心里呼啦一下明白了："噢，原来如此。很可能是豁将军为了救我们，怕暴露身份，重新布置的现场。其诚可嘉呀，真是帮了大忙啦！这种以生命替他人受过的壮举，实在令人敬佩啊！"

　　纳哈出听到这儿，在座位上正了正身子，又问："你放走的四个人都是谁？"豁鼻马说："大丞相，我怎么知道呀？再说了，您被都布多尔济害得还不够吗？这样做，实在说是为您赎罪、为您救人，省得遭人骂呀！"纳哈出无奈地叹了口气，紧皱眉头寻思着："豁鼻马呀，豁鼻马，到底安的什么心哪？是在真心实意帮我的忙呢，还是故意帮倒忙？自古人称一生有一知己足矣，我一向视你为兄弟。可你呢，却往大哥身上攮刀子，那都布多尔济毕竟是亲儿子呀，让我说什么好呢？"豁鼻马停了一下，接着慨然道："关于都布多尔济所干的那些伤天害理之事，小弟多次冒死谏言过。大丞相虽未因此怪罪于我，然而也未曾对其加以处置。在这种情况下，越发对都布多尔济心中有憎恶之感，并觉得大丞相家法不严，安可治军？呜呼，金山难卜啊！"纳哈出当即嗔怒道："豁鼻马，算我有眼无珠，错把你当人看了。休想教训我，没时间跟你多缠，赶紧交代罪行！"豁鼻马振振有词地说："大丞相，不要自欺欺人，更不能装糊涂。您最清楚都布多尔济是什么人了，同老父争风吃醋，难道会不知道？"纳哈出忽地站了起来，脸腾地红了，真是哪壶不开提哪壶哇！随即将桌子一拍，喝令道："豁鼻马，你给我住口！"豁鼻马哪管这套，也大声儿喊道："大丞相，家丑已不是什么新鲜事儿了，谁不知道？我不止一次地向您讲过，都布多尔济是人面兽心无耻之尤。您不是曾痛骂过他嘛！结果怎么样？他不仅继续伤害老父，还夺去了您心爱的南方美妾，真是耻不堪言！"说此话时，一脸的不屑一顾。

此刻，坐在旁边的人见大丞相的脸都气紫了，这还了得，齐声儿喝道："快住口，不要说了！"豁鼻马一听，干脆站了起来，面对大家朗声儿道："我今天就是要吐个痛快，此话已憋在心里好长时间了。大丞相，都布多尔济霸占了您的两个爱妃，一个是蒙古科尔沁的乌曼，另一个是喀喇沁的塔拉格，谁人不知，哪个不晓？他真是积怨如海，多少人早想生剥其皮、生啖其肉呀！大丞相却一味袒护。还想要完成什么大元天子的基业，可叹哪，上天如何能将多娇江山交付于尔等！事实一再告诫我们，亲贤人，远小人，不因骨肉而偏袒，唯因利国而凝聚，此乃天下兴亡之至要也。自古常言：'铲除邪秽方兴正风，剜尽毒痈方生新肌。'古人闻过则喜，敢言己过者方为大君子，金山做到这点了吗？"大将军们屏息而听，认为说得字字有据、句句在理、无懈可击。纳哈出是又气又悔，全身直哆嗦，话也说不出来了，脸红一阵、白一阵、紫一阵的，羞愧不已，只剩下怨恨那个不争气的逆子的份儿了。心想："看来都布多尔济一点儿人缘没有，坏事做尽，犯了众怒啦！我来这儿见豁鼻马，查问了半天，不但什么没问出来，啥也没问明白，而且家丑还扬出去了，越问，说得越难听；越折腾，越丢尽了我的老面子，岂敢深究？弄不好最后只能是不了了之。"

当纳哈出还想试图往下探寻一些细枝末节时，豁鼻马又恢复了原来的老样子，闭目无语。问急了，豁鼻马只有一句话："别费劲儿了，我只求一死，不愿再看到这个龌龊的人世！"再问，豁鼻马却语出惊人："大丞相，我豁鼻马一生征战西疆，暮年有幸结识您，承蒙不弃，待如兄弟。在此就要远行之际，奉劝大丞相几句，权当临别赠言吧：识时务者为俊杰。今天下已定，金山负隅顽抗，难成大业。望以天下生灵为计，快快向明廷丹陛称臣。唯如此，才不愧大将军一世威名耳！"纳哈出听罢，刚要反问，哪知豁鼻马在众卫士没注意的转瞬之间，突然站起身来，伸手欲抽出站在身边一卫士腰间的短剑。等那个卫士警觉过来，忙要按住剑柄时，已经来不及了，豁鼻马早迅速地将短剑握在手中。当众卫士一齐扑上前去夺剑时，只见豁鼻马圆瞪双目，掷地有声地大喊道："大丈夫生而人杰，死而鬼雄。了却一生债，功过后人歈！"随即将利剑猛刺入左胸，顿时鲜血四溅，倒地殉命，终年五十有二。众将士面对此情此景，不禁哑言赞叹。不可一世的纳哈出也为豁鼻马的壮烈之豪举所感动，佩服之至，命厚葬于罗锅哨南大沟。说书人更为豁将军的慷慨陈词和惊天地、泣鬼神的英雄气概所激奋，所震撼！

在这里，说书人有必要再向各位阿哥说一下从未向外透露过的纳哈出的隐私。豁鼻马被审问时，不是曾一针见血地点出大丞相的家丑，纳哈出马上厉声儿制止不让说下去吗？因为此事只有纳哈出和都布多尔济知道，在座的其他人并不知晓，是纳哈出从来不想让更多人知道的，自己最受羞辱、最难张口的父子情仇。

前年，即洪武二年冬日，若按纳哈出所沿用之元历，应是元至正二十九年。他通过专人，从科尔沁和喀喇沁用重银和马群换来两位草原最高贵的"明月"，即最漂亮的美女，一个叫塔拉格，另一个叫乌曼，皆为十八岁的姑娘。当时，很能经营的豁鼻马已是纳哈出丞相府库房总丞，经略大丞相的家务。府里收支的所有黄金、白银，都须经库房总丞之手，买那两个草原美女的所有费用与新婚礼宴的花销，当然也要由豁鼻马经办，他便知道了此事。纳哈出吩咐要严格保密，故而除了豁鼻马，任何人不知底细。为什么呢？因为涉及纳哈出的声威呀！他就是为了在众将中，不给留下大丞相贪恋女色的非议和话柄，以便使大家相信他，一心跟随他，重整旗鼓，整治大元破碎的山河。否则，全效仿而行，那将会军心涣散，金山不乱了吗？所以，他只能悄悄儿地、秘密地进行。可是接塔拉格和乌曼，大丞相哪能亲自出马呢，总得有人去呀！当时纳哈出最信赖的知心人，便是同大夫人卜氏所生的草原猛虎——武将军都布多尔济。大儿子这时已是统领金山兵马的都指挥副帅，仅次于父王纳哈出的地位，而且有惊人的剑法，武功高强。纳哈出遂命他为迎亲总督办，先到北部科尔沁草原接"明月"乌曼，再去西部喀喇沁接"明月"塔拉格。尽管田田多尔济和扎浑多尔济同样是纳哈出的儿子，却根本不知此事。至于身边的众将，像恭格拉、乌迪什、萨家奴、高家奴等人，则更是连个信儿都没听说。纳哈出一再叮嘱大儿子："你以操练兵马的名义去，要绝对保密，不许说出去，不能露出半点儿风声。"都布多尔济保证道："孩儿明白，请父王放心，保准出不了错儿！"随后，都布多尔济率领兵马、赶着轿车上路了，分别去两地迎亲。

单说都布多尔济率领着兵马，去科尔沁草原替父接美女乌曼。去的路上，不免晓行夜宿，顺利地到了那里，将乌曼迎上了披红挂彩的轿车，之后，与兵卒们骑着马，前后护拥着大轿车归奔金山。哪知那都布多尔济是个好色之徒，在回来的路上，两眼总是偷偷地溜着乌曼。有时竟把轿车窗帘儿打开，直勾勾地从窗口儿盯着看，把个美女羞得抬不起头来。他骑马走着，心里想的全是乌曼，越看，觉得长相越美，宛如天仙；越瞅，越是贪恋得垂涎欲滴、欲火中烧，迷醉了他色眯眯的双眼，摇动了他原本的淫欲之心。好在所带的兵卒全是自己的部下，一切都听主子的。于是，他决定在半道儿选一处上等的驿站住下，回头向乌曼解释说路途遥远，兵卒很累，需要休息，马匹也得吃草喂料。到了驿馆后，下马解鞍，让乌曼住进客房内歇息。夜里，都布多尔济吩咐卫兵在门外守护，自己则溜进了乌曼的住处，强行霸占，乌曼有苦难述，兵卒们皆不敢言。一连住了多日，按原来说好回返的日期已经过了不少天了，这才不得不回到大丞相府。他向父王谎称途中遇雨，泥路难行，所以回来晚了。由于编得圆全，加上都布多尔济嘴巧，并未引起纳哈出的怀疑。过了十几天，纳哈出又命他去西部，迎娶喀喇沁美女塔拉格。在接亲回来的半道儿上，都布多尔济仍如法炮制，与美女塔拉格欢愉数日方归。

淫荡的儿子已给老子戴上了绿帽子，老子却长时间被蒙在鼓里，一点信儿没听说，还时不时地夸赞大儿子是他的骄傲，你说该有多可悲呀！都布多尔济自从于峨眉高僧那儿学成归来后，便被纳哈出委以重任。他二十多岁时，被授予平章之职，成为领兵的大元帅，代理父王统理兵马，金山的军务基本掌握在他的手中。他为人高傲，目空一切，性情暴烈，身边没有几个亲近之人，还常常无端地欺侮田田等非嫡系的兄弟们，对他们总是带搭不理的，甚至嗤之以鼻。对待女人，则认为是不可缺之物，且淫欲无度。尤其是占有了乌曼、塔拉格之后，更像是尝了蜜一样，板不住嘴了。他经常在父王外出或同其中一位美女同住的时候，想方设法"顶空儿"而至另一美女处。时间一长，就被两个美女的侍女们看明白了，可是谁也不敢说。乌曼性情耿直，对都布多尔济的横暴早生厌意，经常偷着哭，深恨其无耻，只不过一时难以说出口而已。塔拉格生性风流，觉得纳哈出老迈，远逊其子，故更爱少年，对都布多尔济倍加思慕，两人在一起时，有如干柴烈火，双情如炽，双醉如痴，当然对纳哈出不吐一字。

天长日久，事情总会败露。有一次，乌曼正在流泪，恰巧被纳哈出看见了。经一再盘究，乌曼便吐出实情："妾遭都布之蹂，自已有年。非妾如此，塔拉格亦然。"纳哈出听罢，又追问塔拉格。塔拉格却向着都布多尔济，瞒而不言，一口咬定没有这事儿。可把纳哈出气坏了，当即怒鞭塔拉格，迫使她悬梁自尽。都布多尔济听到信儿后，急忙驱马奔来，横剑救下还有一口气儿的塔拉格，抱于自己帐内。从此，二人公开同室而居。纳哈出碍着儿子的武功高强，在豁鼻马的暗中劝说下，只好以"都布多尔济有功于金山，赐塔拉格下嫁之"为名，将此事了结了，才算平静下来。

按说事已至此，都布多尔济应该收敛了，可仍不甘心，既恨乌曼多舌，又妒忌她为父王的怀中物，便乘纳哈出巡辽南之机，将乌曼掳至自己帐中，日夜百般蹂躏，以报多舌之仇。乌曼被折磨个没完没了，天天连哭带号的，后来让当时还未疯的楚绣绣听到了。绣绣也深恨都布多尔济竟敢背着纳哈出，连连对己无礼，受其凌辱。如今又见他在糟蹋可怜的姐妹，愤怒至极，当夜飞马找回纳哈出，使都布多尔济的无耻行径败露，被堵个正着。纳哈出气得恨不得吐血，决定兴金山之兵，亲手杀死这个无耻的败类！豁鼻马又是一阵暗中苦劝："大丞相，不可这样，千万不要因小事而乱了复元社稷之大事，尤其不能大肆张扬。倘若传出去，金山之兵知父子为争小妾而反目，军心必溃，那大丞相的声威可就毁于一旦啦！小不忍则乱大谋哇，还是忍了吧。再说了，天下何处无芳草？敬望另择佳偶为安。"纳哈出听了豁鼻马之言，辗转反侧，思虑多日，才逐渐平息了这场父子风波。

纳哈出在审问豁鼻马时，豁鼻马唯在此次才开口提起那件最令他头疼、无地自容的事儿。实际上是在刺他的心、揭他的疮疤，也是能使他完全按豁鼻马意愿行事的致命一招儿。为什么这么说呢？因为纳哈出最怕家丑露出去，老底儿揭出来啦，难看哪！不是吗，当他刚听豁鼻马提个头儿，心里便禁不住七上八下地翻腾。一想行啊，赶紧快审，也别深查了，越审越糟，还往下刨根问底儿地追啥呀？豁鼻马的确抓住了纳哈出的把柄，招法见效了，激起了他对不孝之子的满腔仇恨，使得那被点燃的无名之火既不好说，又憎恨儿子，审判随之变成了豁鼻马牵着纳哈出的鼻子走，乃至他哪还有什么心思再追查儿子到底是谁杀的，还有囚牢里的人是谁、何人救出去的，一概不想问了。他反倒觉得都布多尔济早该杀，杀得好！要说有错儿，全是我纳哈出犯的错儿，竟心甘情愿地用了一个淫贼为自己看家，活该倒霉，罪有应得！本来乌迪什就有想法："明明抓进囚牢里的是两个人，豁鼻马怎么说是放出去四个人呢？"刚想开口问，一看大丞相的脸色不好，立马把嘴闭上了。那人多奸猾呀，从不得罪大丞相，一向看着脸儿做事，此刻当然不敢出声儿了。其他人见大丞相都不往下问了，谁还犯得着穷追不舍呀？于是，一本糊涂账便不了了之了。果不然，纳哈出根本没顾上安葬豁鼻马，满腹心事地匆匆带着乌迪什、萨家奴返回了金山，走时，没想同金山掌印大将军田田和金山总寨主娟娟打招呼，更没打算与他们一起走。其实，纳哈出离去时，这二位并未在场。

　　田田、娟娟也没想随纳哈出他们走，而是与岳索图等人含泪打扫了豁鼻马悲壮死难的厅堂，为他洗洗身子、换上了新衣，又到山里选上好的松木，打造棺椁，准备厚葬之。因此，纳哈出离开罗锅哨时，田田、娟娟没在场并不奇怪，那时他们已上山伐木去了。棺椁打好后，娟娟、田田、岳索图等几位知心朋友，细心地料理了豁将军的入殓安葬之事。此时，岳索图已从田田那里得知了娟娟的真实身份，明白了一切，并决心跟着这位非同常人的当今大明皇帝的干女儿——秉仁公主走，听从她的调遣。娟娟以大明天子所赐之"在辽东依情定事，容后奏禀"的御旨，命岳索图请来了附近最出名的上等石匠师傅，到百里之外选最好的山岩白石，凿出了一面大石碑，碑上镌刻着"豁鼻马大将军墓"七个醒目的楷书字。因怕被纳哈出的元兵毁坏，所以没有在石碑上镌刻大明朝洪武年月字样。娟娟又亲自到豁鼻马墓前叩拜吊唁，田田、岳索图在一旁陪祭。娟娟诵读诔文祭曰：

　　　"豁鼻马将军，尔虽后附本朝，然为平定辽东，恪尽职守，大义凛然，为除恶代友慷慨就义。忠兮诚兮，神人敬兮。待奏明圣上，再论功封赏。尔居室妻老必赡养永年，塑尔金碑传世焉，伏唯尚飨。豁鼻马将军流芳千古。"

念完诔文后，三人又一次奠祭叩拜，事毕，一块儿回到了罗锅哨。稍事休息，因娟娟、田田还有别的事儿要做，便与好友岳索图话别，互相做了叮咛和嘱咐。然后，二人跨上从岳索图的马厩中挑选出的两匹上等坐骑，又各带了一匹做随时替补之用，匆匆离开了让姐弟感慨万千、永生铭记的罗锅哨，快马向金山方向驰去。

对豁鼻马之墓，说书人还要多讲几句。立墓碑时，辽东正被纳哈出所占。因战事甚紧、诸务烦冗，娟娟等人对豁鼻马之墓连续几年也没有机会去奠祭。后经叶旺、娟娟将豁鼻马为大明英勇捐躯之事奏明了皇上，朱元璋阅过奏折，感佩其诚，特别是对豁将军归附大明之后，能够如此忠烈，觉得十分难得，实堪厚赏，所以到了洪武二十二年夏天，特颁旨拨银，命辽东叶旺将军在豁鼻马原墓地重筑石墓。墓铭在石碑中间除用金箔嵌成"豁鼻马大将军墓"七个字外，要下署"洪武二十二年吉夏重塑"字样。随着豁鼻马墓碑的重修，南大沟渐渐有了名气，不少人前来瞻仰，开荒占草、开垦牧地的人亦越来越多，至明朝中期，已成为一片兴旺的村寨了，由于有金箔碑刻，皆传称为"金家坟"。后随年深日久，明廷日败，到明亡时，连残碑都没了，便更名为"金家寨"了。此为"金家寨"即往昔"金家坟"之缘由，这是后话。

再说金山大寨的除恶救友之事总算在豁鼻马仗义舍身相助下未被追究，由此引起的风波似乎也平息了。然而，娟娟和田田的心中并没感到轻松。为什么呢？因为直到现在还未找到他们的亲生母亲，究竟身在哪里呢？姐弟俩思念不已。特别是纳哈出在审问豁鼻马时，愤怒的豁将军毫不留情地揭开了纳哈出家族难以启齿的龌龊之事，更使娟娟触景生情，牵挂和渴望见到母亲。娟娟在金山的日子，感触最深的，则是女人的被折磨、被欺凌。从自己生母楚绣绣的被糟蹋，到年轻美貌的乌曼、塔拉格的被蹂躏，记载了多少女人的血泪账，她们都是男人荒淫无度的牺牲品，真是最苦难莫过于女人呀！一想到这些，娟娟的内心怎能不生发出快快找到生母的责任！她暗暗祈盼着："慈母啊，现在究竟是死是活呀，娟娟能不能与您团聚？我已经到了辽东，知道了母亲的苦难。老天有眼，请给以福祐，让女儿见一面吧！"娟娟此次来到辽东，的确长了不少见识，体验了人生的坎坷，目睹了一些人的狡诈嘴脸，还亲耳听了纳哈出审问豁鼻马的全过程，进一步了解了金山大寨的内幕及纳哈出家族的无耻，看到了金玉其外、败絮其中的实质。觉得实在是没什么了不得的，充其量不过是一群苟延残喘的乌合之徒尚龟缩在那里而已，早早晚晚必被大明征服。值得高兴的是，娟娟自到了罗锅哨以后，由于田田的引见，幸运地结识了一位朋友，那就是岳索图将军，从而使身边多出了一个臂膀，增加了一份力量，信心也更强了。

这些日子以来，田田心里十分不平静，通过亲历的一些事情，终于认清了父王的真面目，认为纳哈出丑恶凶残、外强中干，是个连自己亲生儿子都制服不了的可怜虫，何谈光复元祚、重振国威？完全是痴人说梦！他决心离开金山，与姐姐在一起，尽快找到自己的母亲，投靠大明朝，以图新生。田田的选择在与娟娟要离开罗锅哨时，已基本落实，并同岳索图共立了生死相依的誓言。议定由岳将军在罗锅哨做好一切准备，招集各处散兵游勇，凝聚实力，单等秉仁公主一声呼唤，即同时举事，重创辽东的未来。

娟娟与田田回金山的一路上，不由得想起了豁鼻马在囚牢中向他们喊出的最后一句话："田帅、秉仁公主，千万勿忘到月牙楼探看，月牙楼！"娟娟的头脑中很快闪出了一连串的问号："豁鼻马为啥其他话皆不讲，专提月牙楼呢？为啥嘱咐我们一定到月牙楼去探看？探看什么？月牙楼是怎么个所在？那里又有什么值得非去不可之奥秘呢？"遂问弟弟："月牙楼怎么回事儿？是什么人住的地方？"田田回道："我也不清楚具体是个啥情况，以前只是恍惚听父王提过一次。说是都布多尔济曾经要闯月牙楼，不仅没有得逞，还受到了他的申斥，以后再没谈起这个地方。只听传讲月牙楼是大丞相府内的一个挺好的建筑，那里机密得很，任何人不准去，只有父王知道底细。"娟娟听后，眯起双眼，心里琢磨开了："连都布多尔济都不能进去，可见月牙楼非同一般，必是极其重要的所在。"便对田田说："无论如何，一定想办法探看月牙楼，纵然是刀山火海也要去。豁鼻马将军在千钧一发之际，不忘嘱告此事，必是发现了什么疑窦，因为他对大丞相府最熟悉不过了。"田田听后，点头称是。娟娟已估计到月牙楼肯定防范严密，不会像都布多尔济掌管的地牢那样，有空子可钻，为此很是着急，并把想法告诉了弟弟。田田安慰道："姐姐，此次回金山，寻思来寻思去，觉得还是到我府上为好。由于母亲不得宠，故而父王现在不怎么信任我，但不至于拿掉金山大将军的职衔。这样的话，咱们就有探看月牙楼的机会了。父王是知道的，我从不与都布多尔济争雄，更没有理由杀他。作为一位大将军，该做的都做了，他找不出我什么毛病。"娟娟说："田田，纳哈出是个极端狡诈之人，难道没注意到他那双对你十分冷酷的目光吗？还是处处小心为好。我对他可是看透了，他不仅怀疑你，也怀疑我，只不过是对咱俩突然在一起一时没抓住什么把柄罢了。大丞相府内出了这么大的事儿，尽管豁将军承担过去了，可纳哈出能就此了结吗？我猜他必有什么考虑。可惜同明月长老、叶旺、李佑他们走散了，不知如今在何处，或许到了辽阳城？他们肯定在惦记着咱们的安危，正急着寻找呢！咳，要是师太在身边多好，有了主心骨儿不说，什么全不怕了。"

田田和娟娟骑着马，一路走着，一路思考着，一路交流着。这时，突然从前边密林中闪出一个小黑点儿，越闪越大，仔细一看，原来是个骑马的正向他们这个方向驰来。速度很快，嗒嗒嗒的马蹄声由远及近，听到马上人在喊："前边可是秉仁公主和田田大将军么？太巧了，真怕你们走远了碰不到呢！"二人听出来了，是萨家奴的声音，一时高兴极了！因为正在为探看月牙楼无计可施之时，却来了一个既在丞相府待的时间长又熟悉纳哈出的人，如果让他帮助出主意，必会柳暗花明的，这不是及时雨嘛！于是，姐弟俩打马前冲，三人很快凑到一起了。萨家奴收紧马缰，飞身跳下，娟娟、田田也同时下了马。萨家奴将二人引入道边儿一片密林深处，选了块儿空静的干草地，松开缰绳，放马到一边吃草，他们仨坐在了倒木轱辘上。没等娟娟、田田开口问，萨家奴便急忙禀报道："秉仁公主、田田大将军，我刚刚得到信儿，高家奴那小子被曾家奴一通儿花言巧语给说通了，已经叛变了！近期与曾家奴联手，要带着武当山一位武林前辈菩提僧人的高徒——圆觉禅师到金山来，言称是纳哈出早就催促曾家奴必办的事儿。目的只有一个，就是壮大金山大寨的实力，今后若由圆觉禅师、曾家奴、高家奴、乌迪什等人执掌兵权，将声威大震。秉仁公主，实实在在说，这对咱们很不利，恐怕你我都无法在此待下去了。我寻思着是宗大事儿，所以才瞅准机会赶紧离开大寨前来找你们，想早点儿把消息告知你们。"田田说："圆觉禅师不是我师父月禅禅师的师兄吗？不知你所说的那个圆觉，他们是不是一个人？如果是的话，相信他不会助纣为虐的。即或由于不明真相，让人骗了来，也不会干坏事儿。娟娟姐姐，不用怕，必要时，我去找师父来解围……"娟娟打断了田田的话："田田哪，你等一会儿再说，还是先听听萨将军介绍情况，这很重要。"田田马上不作声了。

萨家奴捶了捶脑袋，打了个唉声道："我索性把心里话都掏出来吧，反正已经这样了，憋着不说还挺难受的。我刚开始听到叶将军和卜家奴被抓的信儿时，不知怎么，脑子里突然冒出了个不好的念头。我就是闹不懂，叶将军、卜家奴和达家奴本来是在一起的，可为什么单单他俩被抓，而达家奴却安然无恙？当时十分纳闷儿，没琢磨透。以为达家奴可能是跑出去了，不知躲在什么地方了，还替他担心呢！如今看来，根本不是那么回事儿，很可能是吃了高家奴的亏了。我过去向你们介绍过高家奴这小子，在纳哈出那儿很有权势，下边又有不少站赤的人，一个个全听他的，你说他哪能轻易降明呢？没想到当时真就降了。仔细分析分析，觉得是高家奴要了手腕儿，要找机会抓叶旺将军和卜家奴。达家奴为什么没被抓呢？因为他是高家奴的人。达家奴跟高家奴的关系一向很近，肯定是在很早的时候，他已经知道了高家奴早晚要背叛明朝、回到纳哈出一边的。至于他们怎么串通一气的，现在不好说。但有一点很清楚，达家奴是和高家奴一块儿叛变的。而且基本可以确定，达家奴极有可能参与了抓捕叶旺将军的勾当。秉仁公主，这样一来，辽东的形势必将较前紧张。此事也怨我事先想得太容易了，造成了很大的损失，真是对不起您、对不起明月长老呀！"说着，扑通一声跪倒在地，表白道，"秉仁公主、田田大将军，如今这个变化，你们可千万别怪罪于我。况且咱们在一起相处的时间不算短了，应该能够看出我不是那种两面三刀的人，更没有同他们合谋。若是发现有一丁点儿关系，老天会惩罚的，不得好死！请相信我，以前所做过的一切是诚心诚意的，并早已准备好了，一准儿学豁将军，为大明哪怕这条命搭上了，绝不后悔！"二人听罢，上前将他扶了起来。

此刻，娟娟、田田得知了萨家奴所讲的危急信息，也很紧张。一想到金山的形势马上要变了，元残余势力的力量将立即强大起来，你说他们能不着急吗？娟娟又想："萨家奴既然主动来报信儿，就该相信他，不能以为有诈。凭着自己对萨家奴自登州归顺以来这段时间的了解和考察，看出对大明是真心的，曾为我和明月长老出了不少好的主意，为顺利打入金山是立了功的。如果他真叛变了，完全可以不送这个信儿，而应是骗我们上钩儿，再施以抓捕。另外，他自会想到，田田在金山还是有一定势力的，不会轻易上当，再说我的武功、明月长老的神力也是领教过了的。自从降明后，一切行动都说明，起码到现在没做两面三刀之事。

我们对人应以诚相待、以情感人，在未弄清真相的情况下，对萨家奴仍以信任为最重要。否则，对谁都持怀疑态度，有些事儿将不那么好办了，大前提是只要做到心中有数就行了。"想至此，忙道："萨将军，说哪里话？咱们从登州相识已经数月，是生死患难的朋友，怎出此言？一直以来，我们完全把将军当作自家人，从未分过心，何谈不信任？至于你对大明朝所做的贡献，皆宗宗件件记在心里，朝廷肯定不会亏待的，会看作又一位豁鼻马大将军！今天你能匆匆忙忙赶来报信儿，便是最好的见证，忠诚可嘉，可嘉呀！"话说得很有大将军的派头、大将的风度，而且泰然自若。

娟娟说完，从倒木辘辘上站起并走了过来，坐在一个不大的石块儿上，随后，向田田和萨家奴招手道："来，你俩坐过来，咱们一起好好儿商量出个办法来。"田田和萨家奴顺从地坐了过去。娟娟继续说："我看没啥可怕的，大明朝如日中天，仅仅几个辽东元朝的残兵败将能奈何？萨将军，说心里话，我并不在乎曾家奴、高家奴带什么大师来助阵，也不挂心高家奴叛大明。他若那样做了，是欠了大明朝又一笔债，到时候会一块儿算清的。正是败子不回头，最后遭殃的必定是自己，只能自作自受啦！我倒要向你打听一个地方，将军一定听说过月牙楼吧，它究竟是个什么所在？若是知道，请详细说说。"娟娟这么一问，萨家奴当即吃了一惊，忙道："秉仁公主，怎么突然想到月牙楼了呢？那可非同一般之处呀，刚建成一年多，是座木楼，为大丞相府中之府、心腹要地。没听说过一句嗑儿吗？每当纳哈出酒醉时，经常挂在嘴边的口头禅便是'金山是吾面，月牙为吾心'。月牙楼是在大元至正三十年末，即洪武三年元顺帝应昌驾崩岁尾，纳哈出奔丧归来后建成的。据传，里面存有元顺帝的遗宝和元帝之玉玺。说起元帝玉玺，根本没在顺帝儿子的手里，而是在月牙楼里供着，另外还有些稀世珍宝和遗物。这还不算，我因常到纳哈出那儿去，所以有机会偶遇月牙楼的统管平章与大丞相在一起窃窃私语。有一次，为了军情，纳哈出要派人去金陵密授机宜而特将我召去。到那儿以后，忽然听到另一室内，月牙楼统管平章正与大丞相谈着月牙楼里的囚牢所关押之人。听口气好像是大元朝的一位名人，因心志不坚而降了徐达，被抓回后押入此牢，生死不明。那里是否还关押其他什么人，尚不十分清楚。另外，听说凡纳哈出视为对他构成危险之人，也全被作为重犯押入月牙楼中，裁决而终，尸骨均不知去向。月牙楼是金山之秘、金山之谜，任何人不准近前和过问。连纳哈出最信任的大儿子都布多尔济想去看看，都好险没被他鞭笞、关押。"田田插话道："娟娟姐姐，关于月牙楼，父王的确从不让过问。记得有那么一回事儿，在母亲还得宠的时候，父王陪着她去过一次初建成的月牙楼。至于楼内具体什么情况，没听他们讲过，可惜当时没太在意，只听说一位明朝的什么将军被押在楼里。母亲为此曾劝父王：'人家要是回心转意了，赶紧放出来吧，不要杀了。'又听说那是一位很有名望的将领的堂弟，是为元朝出过力的人。到底怎么回事儿，谁也不清楚。姐姐，豁鼻马要咱们探看月牙楼，莫非是母亲并没有走失，只是纳哈出当初有意散布的谎言？还是生母其实就关在月牙楼，豁将军探听到了，报告给咱们消息呢？"说到这儿，激动得一跃而起，精神大振，看得出他的两眼突然异常明亮。

娟娟被田田一提醒，激灵一下，随之也从地上跳将起来，着急地说："唉呀，我怎么没想到？要是像你说的不太危险了吗？弟弟，你想啊，这么长时间了，母亲假如真被押在楼内，有可能早就死了。快，说什么也得破月牙楼，必须想法儿尽早摸清那里的情况，哪怕把月牙楼翻它个底儿朝天，非找到母亲不可！"然后转过头来，表情严肃地问萨家奴，"萨将军，我要你个准话儿，能否帮忙想出破月牙楼的办法？要想巧破此楼，全凭你鼎力相助了，起码我们尚没想出更好的辙来。再说田田是被他父王怀疑和监视的对象，行动不便，稍有不慎，容易引起纳哈出的警觉。所以，想来想去，帮助破月牙楼的差使，不能用田田，非萨将军莫属。萨将军哪，快拿主意吧，说说看，怎么破好？"萨家奴听了娟娟的一番话，感到非常为难，说道："秉仁公主，这可愁死我了。月牙楼专由纳哈出身边的马步赤兵护守，任何人不能靠前，严密得很。我是真没什么好招儿哇！"说完，两手一摊，显出十分无奈的样子。

娟娟是个性格挺急的人，听萨家奴这么一说，有点儿不高兴了，大声儿说道："萨将军哪，萨将军，难道要看我姐弟俩的热闹不成？倒想问问你，到底是真降明还是虚情假意？现在正是考验是否真心的当口儿上！萨家奴，必须告诉我，得用什么法子接近月牙楼。你若不行，还有没有最贴近的人能协助咱们？哪怕对月牙楼知情一点儿的也行。你可是纳哈出身边最红的人，又从没怀疑到你头上，怕什么？无论从哪个方面讲，萨将军肯定比田田更熟识纳哈出贴身的人。多余的话咱不说了，快好好儿想想。"娟娟连较真儿带叫号儿的，把个萨家奴弄得还真为秉仁公主的生气而吓昏了头，后来对他又捧又吹嘘的，再一启发，反倒清醒了不少，忙赔着笑脸儿说："秉仁公主，你可别吓唬我。本来就怕不相信是真心降明，恨不得把心掏出来给你们看。方才一着急，立马蒙圈了，不知说啥好了。让你一开导，嘿，我倒想起两个人来。他们都是月牙楼的管事人，与我还算莫逆之交。要不，去找他俩先摸摸底？"娟娟问道："这俩人是干什么的？叫啥名儿？"萨家奴说："一个叫巴革什，女真人，祖籍粟末水，富朵伶人士，恭格拉平章的义子。原是纳哈出护军骑营的大将军，现在是月牙楼护军副使。另一位你们听起来一定亲切，是汉人，叫季广，号东坡，是位文士。原是纳哈出在关内安徽太平当万户时的典簿官，随其多年，后来又一块儿到辽东来了。此人六十来岁，深得纳哈出的信任，是月牙楼夜更主事。月牙楼的当值者，分日更、夜更两拨儿人马，双月一换。更夫、兵丁的管理、调动、督察等，均由纳哈出指定的日更和夜更主事负全责，对他们要求相当严，不准外出，不准结友。季广较老实，还算听话。可巴革什却受不了，他经常往富朵伶故乡捎信、捎物，皆由我帮着办，因而便跟巴革什挺近。"说完，看了看嘴不饶人的娟娟。

田田对萨家奴提到的两个人认真想了想，然后说道："你讲的头一个巴革什有印象，他是恭格拉的干儿子、金山的红人，记得还救过父王呢！有一次父王外出打猎，被三只黑熊困住，一时脱身不得。全仗巴革什发现了，并用箭射死了其中的一只，另两只吓跑了，父王这才逃命。要不，必遭熊害，可以说对父王有救命之恩。那后一个夜更主事季广，我怎么没听说过呢？"萨家奴说："你太应该知道了，他与你母亲都是江南人，就是外号儿叫'老太平'的那个，想起来没？""老太平？"田田当然认得，也熟悉，忙道："噢，知道，那是位好人。因为与我母亲同为江南人，所以对他挺看重，不过好长时间没看到'老太平'了，不知上哪儿去了，原来竟在月牙楼！以前得到过他不少帮助呢。看来，你说的那个巴革什，不一定跟咱们一条心。若是知道恭格拉已受重伤，肯定会站在他那边，对我们必怀恨在心，不可能相帮。'老太平'倒是个人选，诚恳忠厚又实在，对母亲一向挺好，或许能告知一些实情。"娟娟、萨家奴也赞同田田的分析，最后决定还是去找季广"老太平"。

求得"老太平"的帮助这件事商定后，三人又研究了怎么才能顺利地回到金山，以便早日接触月牙楼。娟娟说："萨将军送来的信息非常及时、重要，谢谢你！我们必须在高家奴、曾家奴到达之前，尽快赶到金山，利用现有的影响站稳脚跟，想法儿除掉高家奴，以铲除祸根。否则，让高家奴得逞，他再与纳哈出联手，咱可要吃大亏了。豁大将军为报效大明，仗义以命承担了所有非他所为之事，而且做得滴水不漏，对杀人之举讲得头头是道、一清二楚，不容任何人生出半点儿怀疑。即使纳哈出内心特别不痛快，也说不出什么来，给我们留在金山创造了有利条件。咱们就是要昂首挺胸走路，正大光明地出现在金山，唯如此，才能证明与都布多尔济之死毫无干系。若去晚了，或从此不在金山大寨露面儿了，反而辜负了豁大将军的一片苦心，等于往自己身上扣屎盆子，那可是再失策不过了。"田田接着表态道："姐姐讲得对。若说起来，弟弟在金山有自己的人马、自己的力量，什么都不必怕，完全能做你的靠山。对金山掌印大将军的武功，上上下下的人没有不知道的。虽未曾同都布多尔济真正交过手，但在一起切磋过武艺，走过招儿，双方互有高低，父王对我的武艺一直是夸赞的。对平时与都布多尔济的武术相比，有人认为：都布多尔济的武功剑法为'武加武'，田田多尔济的武功剑法为'武加谋'。所以，父王常向我们兄弟讲：'人外有人，天外有天，武武之术易拙，武谋之术易赢。'眼下，纳哈出正是用人之际，都布多尔济之死，已使他失去了一员大将，肯定不愿身边的人再有谁远走高飞，分崩离析。说实在的，没有了都布多尔济，无形中使我与父王之间少了一堵高墙，以后在他面前会较以往受到重用了。"娟娟亦认为田田说得极是。

萨家奴听了姐弟俩的这番话，连连点头，觉得秉仁公主是真有眼力，看得深、看得透，田田讲得也蛮有道理。他马上便转忧为喜，不再怕高家奴反叛了，不担心圆觉大师一来会打乱阵脚了，反而信心更足了。娟娟说："凡事在人，事在人为，成事在天。谁把握住机遇，谁便是赢家，的确不能拖。曾家奴的西路大军很快就会到来的，此乃眼下的大敌，不可小觑。我们这里尽管人单势弱、万分不利，然而目前顾不了那么多了，得赶紧返回金山。在金山尚处于紊乱不定之际，力争站稳脚跟，以图未来。萨家奴，不用担心，高家奴未到前，你仍可在此全力一拼。高家奴若来，不单你，就是我在金山亦无立足之地。不过萨将军，能否设法找个可靠的贴己人，速去辽阳传信儿，让叶旺明了金山眼前的困境，请他们合力支援。说心里话，初来金山时，只以寻母为主。如今看来，解决辽东之地是重中之重，金山确实是个症结所在，不能放。唯有抓住金山，才可能扩大辽东地盘儿，已经是越看越清楚了，必须让马云、叶旺大哥他们尽快知道此事。"说完，从怀里解下了由京师带来的、朱元璋颁圣旨授命娟娟为武威安抚使时赐的令牌。拿着它，就有参赞东征军务的大权，这点萨家奴也清楚，娟娟把令牌交给了萨家奴。不管是谁拿着它去，皆等于是娟娟亲自到了辽阳，马云、叶旺自然会恭敬从命。

萨家奴接过令牌后，不敢耽搁，准备立即找人去送牌。他转身刚要走，娟娟又说："这样吧，萨将军，与其找人，不如你亲自去一趟。当马将军、叶将军的面儿介绍一下金山目前的情况更好，换个人去，怕讲不明白。"田田也附和道："萨将军，我看姐姐说得对，还是你去合适，早去早归。"萨家奴说："也好，那我就去了。"此事定下之后，萨家奴将见季广"老太平"之事托付给了田田，由田田向娟娟引荐，交代完毕，便同姐弟二人告别。田田又将自己的坐骑拨给他一匹。因路途遥远，有两匹马换着骑，不至于误事。萨家奴打马南下，娟娟、田田直接北上，向金山而去。二人回到金山大寨时，天色已晚，娟娟当夜没回金山总寨主府，而是在田田的府邸住下了。

说话曾家奴率领的西路大军正与田田、娟娟预料的完全一致，尚未到达金山，纳哈出也未得到任何信息。他还破例请金山大寨总寨主妙善师父、金山大寨掌印大将军田田多尔济等所有将领，到大寨议事厅，就是那日封赏娟娟的厅内欢聚。纳哈出摆出一副很高兴的样子，似乎什么事儿也没发生，朗声儿说道："本丞相由衷地欢迎总寨主妙善师父回到金山大寨！前些天，因用人失察，竟让叛逆之徒豁鼻马钻了金山的空子。一时间，真假难辨，人人自危，险些乱了阵脚。金山久受皇恩，承担着复元大业，任重道远。大家今后休提前事，当精诚团结，同心协力，共赴国难。我纳哈出继续践前言：'爱子田田多尔济仍任帐前掌印大将军、统御金山各路兵马副总督办之职。经查，都布多尔济罪恶昭彰，不知悔改，死有余辜！现令原由都布多尔济统御的金山虎、鹰、豹、熊、鲸五路军权，交由田田多尔济和乌迪什平章执掌。等大国师圆觉禅师与西路大军到来之后，将专门成立复元立国大都督府。到那时，再设军师、总都督、副总都督、监军总都督以及兵马、钱粮、总备六库都督府。"娟娟一听，纳哈出真要大干一番呢！眼下已把注意力放在了创建复元立国的大都督府诸事上去了，还是那么野心勃勃，不为小事纠缠，图谋与大明争天下，并把此次金山大寨所以发生杀人大案的总账都算在了都布多尔济的头上，定他为"罪恶昭彰，死有余辜"，顺理成章地把事儿平息了，真是个老奸巨猾！她又觉得纳哈出这样做，恰是难得的好机会，可以尽快设法见到关键人物季广"老太平"，从他身上找到进入神秘的月牙楼之机关暗道。心想："看来，揭开月牙楼的秘密已指日可待。"甚至认为，若有了季广"老太平"的帮助，不一定非等师太和叶旺大哥他们来不可，与田田一起，凭我们超凡的武功，尽早进入月牙楼应该是不难的。

娟娟越想越美、越想越痛快，想得晚上觉也睡不着了。哪知道，好事多磨，凡事不会那么顺利。谁想到田田在找"老太平"联络时，竟未见到他人影儿。怎么回事儿呢？原来"老太平"心肠特别好，像个老妈妈一样，是个跟谁都不错的人。不但对楚绣绣给予了很多帮助，而且同纳哈出的第一夫人、江南的同乡卜夫人关系同样处得挺好，其长子都布多尔济还是由"老太平"夫妇从小侍候大的呢！在一次与明兵交战中，季广为了保护纳哈出的宝贝儿子，自己的夫人和儿子却被马踏而死，不禁号啕痛哭，昏了过去。纳哈出为此很是感激，安慰道："季广啊，今后就让都布多尔济做你的儿子吧，由他养老送终。"这样，季广渐渐地喜欢上了都布多尔济，关心他，疼爱他，像对自己的亲儿子一样。最近听说都布多尔济被杀，季广心里难受极了，这些天来一直找大丞相吵着、喊着要抓凶手。纳哈出本来不愿再提及此事，一说起来心情很不好，气不打一处来，十分烦躁。而季广天天不是逼就是磨的，要求必须替都布多尔济报仇，一来二去的，便惹怒了纳哈出。而季广因与大丞相相处的时间长了，觉得自己有身份、有地位，对纳哈出家族有贡献，所以敢于顶撞，根本没在乎他生气不生气，仍然闹个没完。纳哈出实在没法儿办了，咋劝都不听，遂命身边的侍卫把季广软禁起来了，眼下生死安危不知，田田当然与季广联系不上了。娟娟得知此信儿，大失所望，很是上火。原以为有了"老太平"的线索，马上可以顺藤摸瓜了，没想到突然断了，办不成了。娟娟性急呀，不能只傻等啊，肯定得另想办法，琢磨别的道儿接近月牙楼，于是，表面平静地安慰田田说："好弟弟，此事先缓一缓，忙你的去吧，容姐姐再想想。"娟娟是怕田田吃不住，不得不这么说，把他打发走了。可她嘴上劝着田田，实际上心里却是火辣辣的急呀，焦虑得坐不住、站不稳、吃不下、睡不着的。

单说这天早晨，天还没亮娟娟就穿衣起来了。出外练练功，打打拳，回来后读经文、做功课。诸事完毕，已到用膳的时候了。田田府中有个老习惯，早膳大家不一块儿用，谁想吃可随时唤，由婢女端到饭厅，一伙儿一伙儿的，不用谁等谁。娟娟心里话："这样好啊，我不去用膳，不会引起别人的注意。"她是真吃不下，一点儿胃口没有，火上得厉害，再说心中有事儿不觉饿。她既不想吃饭，又在屋里坐不住，烦闷得心里直发慌，觉得与其这样，不如出门散散心。以前每回出去，都是由田田陪着，今天她想："田田刚回来，有不少事儿需要去做。就是纳哈出那儿，从礼节上，作为儿子总该去探望一下，不能把关系搞得那么僵。再说我一个人随便走走，一般人即使看到了，也不会怀疑什么。正好可借机秘密地探看一下月牙楼的地形和周围的环境，熟悉一下那个陌生的地方，人多反而不便。"想好后，出得门来，没去找田田，而是一个人向内城走去。

娟娟进了金山大寨的内城，好在有出入城的腰牌，很是顺利，先回到了同明月长老一起住过的绿瓦四合院儿，即纳哈出拨给金山大寨总寨主的住处。明月长老很有心计，自从拿了这套宅院的钥匙，便不要婢女和仆人。纳哈出几次带仆人来，都被她婉言谢绝了，说道："我们是出家人，一世自己动手，习惯了，吃住很简单，没什么别样要求，不愿叨扰俗人。如果以后需要的话，再麻烦大丞相。"纳哈出当时显出很大度、很信任的样子，表示尊重师父们的习惯，也没派兵丁守院，全交由他们自己管理。于是，四合院儿从此只有娟娟、明月长老、李佑三人居住。外出的这段时间，大院儿是空着的。娟娟此次回来，特意在院子里站了站、走一走，给外人一个印象是四合院儿还有人住。其实，他们在这儿住着时，由于外头来的牧民进到内城看病很不方便，明月长老和娟娟只好经常住到田田那边去，四合院儿也就时常空着。所以，虽然空了那么长时间，但并未引起人们的注意和警觉。娟娟从院子里向外观瞧，见城内同往常一样，仍很平静。唯一有点儿变化的是，一队队巡逻的兵卒来来往往、走街过巷，比以前频繁得多，可能是由于相府里出现了凶杀案的缘故。娟娟看了一阵儿，又房前、房后地绕了一圈儿，这才推门进屋，稍事歇息。她举目望四周，见物思人，想到了明月长老、叶旺和李佑，不知他们眼下在哪里。满肚子的话没办法与亲人沟通，心里更觉堵得慌，越发思念师太。后来，她在屋里实在待不住了，索性一步跨出屋门，打开院门，朝前面的大丞相府走去。

大丞相府就在四合院儿的南边，四面高墙耸立，兵士戒备森严。细看那高墙，底部是泥砖结构，上方是密密麻麻的大圆木并排林立，风雨不透，坚固得很。从外往里看，啥也看不到。娟娟想："在这块儿，一是观察不到什么，二是不能久待，一旦遇到熟人不好。我是金山大寨的总寨主，尽管不认识人家，人家却见过我呀！要是传到纳哈出的耳朵里，容易引得他生疑。那么，如何能窥探到丞相府里的子丑卯酉，又能见到那座月牙楼呢？"正想着呢，突然，不知从哪儿飞过来几只喜鹊，在头顶儿盘旋着，叽叽喳喳地叫个不停。没承想由此却给了她启示："哎呀，我要是只鸟该多好啊！高高地飞在空中，想去的地方都能去，也可以尽情地观察丞相府内的一切了。"奇特的想法只在娟娟的头脑中那么一闪，一个新思路便油然而生："对呀，何不到城外选一高地，俯临远眺，静观院中之月牙楼呢？一日看不好，就两日；两日不行，就三日。必细细观之，只要认真察看，就能弄明白。俗话说得好，有志者事竟成嘛！"想过之后，觉得做成这件事更有信心了。她向周围一看，内城西边有座小山，山上长些树，觉得地势挺好，可以登高远眺。她转身迅即返回了住地，推开院门进屋，脱下十分显眼的尼姑袍服，换上了一身儿在金山大寨最不打眼儿的，也是人们穿得最多的、最低级的兵卒穿的衣裳。什么兵卒最低呢？当然是城内扫垃圾的，即圾卒。他们夜晚专管打扫大寨城内各街巷，白天则要从寨内往外运送脏土、脏物和从寨外搬运泥沙垫城寨的道路。圾卒的构成很杂，男女老少皆有，全是纳哈出招募来的。倘若混于其中，任何人都不会注意，亦不易被认出来。娟娟索性扮了一个男圾卒，将蓝号坎儿衣裳往身上一穿，头上再戴顶头盔式的大黑帽子，乍一看，还真分辨不出是男是女。特别巧的是，垃圾的外送地点，恰恰在西山下。

西山是金山大寨旁边的一座不太高的山，因形状是圆的，当地人便叫它馒头山。金山大寨是建在草原上的，周围唯独这么一座山，上边长着草和松树。馒头山本是石头山，怎么会长草、长树呢？由于年深岁久、风吹日晒，石头已风化，再刮来许多土，当然就有草、有树了，甚至还有些高树。馒头山旁边有座墓地，埋了不少坟。经常有到山上送垃圾、推脏土的，也有往回拉干净水、烧柴的，还有上坟添土的，来来往往的人不少。由此看来，它正是处不易被人注意又能较细致地观测丞相府的有利地点。娟娟自来到金山后，早已发现了这座草原上突起的小山，只不过没到实地一游而已。

娟娟穿戴好后，没骑马，也没带随行的，独自一人徒步向馒头山走去。从远处看，山不算高，草木榛榛，有一些高树，却也郁郁葱葱。来到山下，从底往上看，由于全是石头堆积起来的，反倒显得挺高。仔细看那石头，没有小块儿的，几乎都是大块儿的，大得几个人抬不动。有的像一面墙似的竖立着，有的像大石板似的平躺在地上，有的石头上摞着石头，一层层的，摞得挺高。特别是有些石头已呈黄褐色，表面溜光发亮，真像巧夺天工的神匠磨凿出来的一般。还有些并不同别的石头连在一起，而是单摆浮搁着，风大时，甚有晃动之感。就是这些横倒竖歪的石头，成就了此座小石山。

说起山上的草与树木更是奇特，一簇簇、一团团的，都长在石头缝儿中，挺拔、茂密，就像有人故意插进去的一般。别看是一株株的小松树，却有极强的生命力，愣是把坚硬的石头给挤出裂缝儿来！娟娟一边看着，一边暗暗地赞叹："人类的生存，不正像这小松树一样吗？你不让我生，我偏要生；你不让我长，我非要长。凭着难以估量的韧劲儿，在看似无法立足的地方，努力挤出生存的空间。那么顽强，那么刚毅，那么坚贞不屈！"

娟娟向四周望去，寻找着可攀缘的路。待绕到山的南面一看，只见眼前有两块巨石，不少中等石块儿附着在周围，觉得唯独这里是登山的好地方。再细看，见那些石头有不少凸凹不平的台阶，显然不是人工凿出来的，因为有大有小，有高有低，有的还很光滑。可能是由于多少年来人们不断地从此处攀登，走的人多了，渐渐地便踩踏而成了。这时的天气开始冷了，有些草木已经枯黄，只有小松树依然葱绿，显得特别有生气。娟娟紧了紧衣裳，脚登着天然的台阶，一步步地攀缘而上，好不容易爬到了山上的一块平地，发现地上卧着一块大石头。它就像将军的帽盔儿一样，扣在馒头山的上头，只有爬到巨石的顶端，才算到了山尖儿。

那么，从这里怎么能攀上去呢？娟娟仔细一瞧，发现巨石的表面也有很多深浅不等的小坑儿，于是便小心地踩着那些小坑儿，顺势爬了上去。到了巨大的盔石上头，呈现在眼前的，是长在石头中间的几株高大的松树。其中，有两株已是多年的老树，挺拔粗壮，根部竟把那巨石扩裂出不少条沟来，你说树木向上生长的力量何物能挡！娟娟站在那儿再往上看，见两棵从石头里钻出来的松树长得非常奇特。树干先是并排摽着劲儿往上蹿，伸展着直向天空，没入彩云之间，树根的根须却把石头牢牢地箍住了。长到相当高度后，再不往上长了，而是分道扬镳，向两边抻开平着长，你没见过吧？这还不算，其枝叶伸出一定长度后，又都往下弯着，很像将军帽子上佩戴着的两条大盔带，鸟儿就从"盔带"之下飞过。当有白云飘来时，松树似乎也在天上游动一般，烟雾朦胧，若隐若现，有如仙境。娟娟越观瞧那两棵松树，越觉得有意思，长得真是太怪了。就像哥儿俩摽着竞比，看谁向天际伸展得最远、为人们搭起的天梯最高！